新校宋文鑑

第三册

〔宋〕吕祖謙 編

李聖華 徐子敬 張婷 校

浙江古籍出版社

新校宋文鑑卷第五十六

校者按：底本此卷抄配，據麻沙本刻卷校改。

奏疏

上皇帝書

蘇轍

臣官至疏賤，朝廷之事，非所得言，然竊自惟，雖其勢不當進言，至於報國之義，猶有可得言者。昔仁宗親策直言之士，臣以不識忌諱，得罪於有司，仁宗哀其狂愚，力排群議〔一〕，使臣得不遂棄於世，臣之感激，思有以報，爲日久矣。今者陛下以聖德臨御天下，將大有爲以濟斯世，而臣材力駑下，無以自效，竊聽之道路，得其一二，思致之左右，苟懲創前事，不復以聞，則其思報之誠，没世而不能自達，是以輒發其狂言而不知止。

臣聞，善爲國者，必有先後之次。自其所當先者爲之，則其後必舉；自其所當後者爲之，則先後並廢。《書》曰：『欲升高，必自下；欲陟遐，必自邇。』世未有不自下而能高，不自近而能遠者。然世之人，常鄙其下而厭其近，務先從事於高遠，不知其不可得也。《詩》曰：『無田甫田，維莠驕驕。無思遠人，勞心忉忉。』以爲田甫田而力不給，則田茀而不治，不若不田也；

思遠人而德不足，則心勞而無獲，不若不思也。欲田甫田，則必自其小者始，小者之有餘，而甫田可啓矣；欲來遠人，則必自其近者始，近者之既服，而遠人自至矣。苟由其道，其勢可以自得，苟不由其道，雖彊求而不獲也。臣〔二〕愚不肖，蓋嘗試妄論今世先後之宜，而竊觀陛下施設之萬一，以爲所當先者失在於不爲，而所當後者失在於太早。然臣非敢以爲信然也，特其所見有近於是者，是以因其近似，爲陛下深言之。

伏惟陛下，即位以來，躬親庶政，聰明睿智，博達宏辯，文足以經治，武足以制斷，重之以勤勞，加之以恭儉，凡古之帝王曠世而不能有一焉者，陛下一旦兼而有之矣。夫以天縱之資，濟之以求治之心，施之於事，宜無爲而不成，無欲而不遂。今也爲國歷年於兹，而治不加進，天下之弊日益於前世，天下之人未知所以適治之路，灾變横生，川原震裂，江河湧沸，人民流離，灾火〔三〕繼作，歷月移時，而其變不止，此臣所以日夜思念而不曉，疑其先後之次有所未得者也。

夫今世之患，莫急於無財而已。財者，爲國之命，而萬事之本，國之所以存亡，事之所以成敗，常必由之。昔趙充國論備邊之計，以爲湟中穀斛八錢糴三百萬斛，羌人不敢動矣。諸葛亮用兵如神，而以糧道不繼，屢出無功。由是觀之，苟無其財，雖有聖賢，不能自致於跬步；苟有其財，雖庸人可以一日而千里。陛下頃以西夏不臣，赫然發憤，建用兵之策，招來横山之民，將奪其嶮岨，破壞其國而後已。方是之時，夏人殘虐失衆，横山之民猒苦思漢，而又乘其荐饑，苟加之以兵，此非計之失者也。然而沿邊無數月之糧，關中無終歲之儲，而所興之役有莫大之費，陛下方且泰然不以爲憂，以爲萬舉而有萬全之功。既而邊臣失律，先事輕發，亦既入踐其國，係虜其民矣，然而陛下得其地而不敢收，獲〔四〕其人而不敢臣，雖有成功，而不敢繼也，其終卒至於廢黜謀臣而講和好。夫陛下謀之於朞年之前，而罷之於既發之後，豈以爲是失當而悔之哉？誠無財以善其後耳。且夫財之不足，是爲國之先務也，至於鞭笞四夷，臣服異類，是極治之餘功，而太平之粉飾也，然今且先之，此臣所以知其先後之次有所未得者也。

今者陛下懲前事之失，出祕府之財，徙内郡之租賦，督轉漕之吏，使備沿邊三歲之畜，臣以此疑陛下之有意乎財矣，然猶以爲未也。何者？祕府之財不可多取，而内郡之民不可重困，可以紓目前之患，而未可以爲長久之計，此臣所以求效其區區而不能自已也。善爲國者不然，知財之最急而萬事賴焉，故常使財勝其事而事不勝財，然後財不可盡而事無不濟。財者，車馬也；事者，其所載物也。載物者常使馬輕其車，車輕其物，馬有餘力，車有餘量，然後可以涉塗泥而車不僨，登坂險而馬不躓。今也四方之財莫不盡取，民力屈矣，而上用不足，平居惴惴，僅能以自完，而事變之生，復不可料。譬如弊車羸馬，而引丘山之載，幸而無虞，猶恐不能勝，不幸而有陰雨之變，陵谷之嶮，其患必有不可知者。故臣深思極慮，以爲方今之計，莫如豐財。

然臣所謂豐財者，非求財而益之也，去事之所以害財者而已矣。夫使事之害財者未去，雖求財而益之，財愈不足；使事之害財者盡去，雖不求豐財，然而求財之不豐亦不可得也。故臣謹爲陛下言事之害財者三：一曰冗吏，二曰冗兵，三曰冗費。

冗吏之説曰：請原古之所以置吏之意，有是民也，而後有是官；有是官也，而後有是吏。量〔五〕民而置官，量官而求吏，其本凡以爲民而已。是以古者即其官以取人，郡縣之職缺而取之於民，府寺之屬缺而取之於郡縣，出以爲守令，入以爲卿相，出入相受，中外相貫，一人去之，一人補之，其勢不容有冗食之吏。近世以來，取人不由其官，士之來者無窮，而官有限極，於是兼守判知之法生，而官法始壞，浸淫分散，不復其舊。是以吏多於上而士多於下，上下相窒，譬如決水於不流之澤，前者未盡，來者已至，填咽充滿，一陷於其中而不能出。故布衣之士多方以求官，已仕之吏多方以求進，下慕其上，後慕其前，不愧詐僞，不耻爭奪，禮義消亡，風俗敗壞，勢之窮極，遂至於此。夫人情紓則樂易，樂易則有所不爲；窘則濫亂，濫亂則無所不至。今使衆人相與皆出於隘，足履相躡，肩肘相逮，徬徨而不得進，又將禁其奔走而爭先者，苟將禁之，則莫如止來者而闊其隘。今也驅市人而納之，不勝其多也，設嶮於中塗而艱難之，是以法愈設而爭愈甚。惟陛下以時救之，下哀痛之書，明告天下，以吏多之故，與之更立三法：

其一，使進士諸科增年而後舉，其額不增，累舉多者無推恩。其説曰：凡今之所以至於不可勝數者，以其取之之多也。古之人其擇吏也甚精，人知吏之不可以妄求，故不敢輕爲士，爲士者，皆其脩絜之人也。今世取人，誦文書，習程課，未有不可爲吏者也。其求之不難，而得之甚樂，是以群起而趍之，凡今農工商賈之家，未有不捨其舊而爲士者也。爲士者日多，然而天下益以不治。今世所謂居家不事生產，仰不養父母，俯不恤妻子，浮游四方，侵擾州縣，造作誹謗者，農工商賈不與也。祖宗〔六〕之世，士之多少，其比於今不能一二也，然其削平僭亂，創制立法，功業卓然見於後世，今世之士不敢望其萬一也。士之多不及於今世，而功則過之，無足恠者，取之至少，則人不敢輕爲士，其所取者，皆州郡之選人也。故爲是法，使人知上意之所向，十年之後，無實之士，將不黜而自減。且夫設科以待天下之士，蓋將使其才者得之，不才者不可得也。吾則取之，而彼則不能得，猶曰雖不能得，而累舉多者必取無棄，則是以官徇人也。且累舉之士類非少年矣，耳目昏塞，筋力疲勸，而後得之，數日而計之，知其不能有所及也，則其爲政無所賴矣。今有人畜牛羊而求牧，既取其壯者，又取其老者。取其壯者，曰吾取其力也；取其老者，曰吾憐其老也。如憐其老而已，則曷爲以累牛羊哉？苟誠以爲有遺才焉，則今所謂遺逸之書有以收之矣。

其二，使官至於任子者，任〔七〕其子之爲後者，世世祿仕於朝，襲簪紱而守祭祀，可以無憾矣。然而爲是法也，則必始於二府〔八〕。法行於賤而屈於貴，天下將不服，天下不服，而求法之行，不可得也。蓋矯失以救患者，必有所過而後濟，臣非不知二府之不可以齒庶官也。

其三，使百司各損其職掌，而多其出職之歲月。其説曰：百司，臣不得而盡詳也，請言其尤甚者，莫如三司。三司之吏，世以爲多而不可損，何也？國計重而簿書衆也。臣以爲不然。主大計者，必執簡以御繁，以簡自處，而以繁寄人。以簡自處，則心不可亂，心不可亂，則利至而必知，害至而必察；以繁寄人，則事有所分，事有所分，則毫末不遺，而情僞必見。今則不然，舉四海之大，而一毫之用必會於三司，故三司者，案牘之委也。案牘既積，則吏不得不多，案牘積而吏多，則欺之者衆，雖有大利害，不能察也。夫天下之財，下自郡縣而至於轉運，轉相鉤較，足以爲不失矣，然世常以轉運使爲不可獨信，故必至於三司而後已。夫苟轉運使之不可獨信而必三司之可任，則三司未有不責成於吏者，豈三司之吏則重於轉運使歟？故臣以爲天下之財，其詳可分於轉運使，而使三司歲攬其綱目，既使之得優游以治財貨之源，又可頗損其吏，以絶亂法之弊。苟三司猶可損也，而百司可見矣。

然而此三法者，皆世之所謂拂世戾俗，召怨而速謗者也，今且將行之，臣非敢犯衆人之怒而行此危事也，以爲有可行之道焉。何者？自臺省六品，諸司五品，一郊而任一人，自兩制以上，一歲而任一人，此祖宗百年之法，相承而不變者也，而仁宗之世則損之。三載而考績，無罪者遷其官，自唐以來亦未始有變者也，而英宗之世則增之。此二者，夫豈便於俗哉？然而莫敢怨者，以爲吏多而欲損者天下之公議，其不欲者天下之私計也。以私計而怨公議，其爲怨也不直矣。是以善爲國者，循理而不卹怨，非不卹怨，知其無能爲也。且今此三法者固未嘗行也，然而天下亦不免於怨。何者？士之出身爲吏者，捐其生業，棄其田里，以盡力於王事，而今也以吏多之故，積勞者久而不得遷，去官者久而不得調，又多爲條約以沮格之，減罷其舉官，破壞其考第，使之窮窘無聊，求進而不遂，此其爲怨，豈減於布衣之士哉？鈞之二怨，皆將不免，然使新進之士日益多，國力匱竭而不能支，十年之後，其患必有不可勝言者，故臣願陛下親斷而力行之。

苟日增之吏漸於衰少，則臣又將有以治其舊吏，使諸道職司，每歲終任其所部，郡守監郡，各任其屬，曰自今以前，未有以私罪至某，贓罪正入已至若干者，二者皆自上鈞其輕重而裁之，已而以它事發，則與之同罪，雖去官與赦不降也。夫以私罪至某，贓罪正入已至若干，其爲惡也著矣，而上不察，則上之不明亦可知矣，故雖與之同罪而不過。今世之法，任人者任其終身，苟其有罪，終身鈞坐之。夫任人之終身，任其未然之不可知者也，任人之歲終而無過，任其已然之可知者也。臣請得以較之，任其未然之不可知，雖聖人有所不能；任其已然之可知，雖衆人能之。今也任之以聖人之所不能，既不敢辭矣，而況任衆人之所能，顧不可哉？且按察之吏，則亦不患其不知也，患其知而未必皆按，曰是無損於我，而徒以爲怨云爾，今使其罪及之，其勢將無所不問。陛下誠能擇奉公疾惡之臣而使行之，陛下厲精而察之，去民之患如除腹心之疾，則其以私罪至某，贓罪正入已至若干者，非復過誤，適陷於深文者也。苟遂放歸，終身不齒，使姦吏有所懲，則冗吏之弊可去矣。

冗兵之説曰：臣聞，國朝創業之初，四方割據，中國地狹，兵革至少。其後蕩滅諸國，拓地既廣，兵亦隨衆。雍熙之間，天下之兵僅三十萬，方此之時，屯戍征討，百役並作，而兵力不屈，未嘗有兵少之患也。自咸平、景德以來，契丹内侵，繼遷叛逆，每有警急，將帥不問得失，輒請益兵，於是召募日增，而兵額之多遂倍前世。其後寶元、慶曆之間，元昊竊發，復使諸道點民爲兵，而沿邊所屯至七八十萬。自是天下遂以百萬爲額，雖復近歲無事，而關中之兵至於二十八萬。舉雍熙天下之衆，適以備方今關中一隅之用，兵多之甚，於此見矣。然臣聞方今宿邊之兵分隸堡障，戰兵統於將帥者，其實無幾，每一見賊，賊兵常多，我兵常少，衆寡不敵，每戰輒敗。往者將帥失利，未有不以此自解者也。

夫祖宗之兵至少，而常若有餘；今世之兵至多，而常患於不足，此二者不可不察也。《兵法》有之曰：『興師十萬，出征千里，百姓之費，公家之奉，日費千金，内外騷動，怠於道路者』，『七十萬家』，『而愛爵禄百金，不能知敵之情者，不仁之至也』，『故三軍之事，莫親於間，賞莫重於間』。間者，三軍之司命也。臣竊惟祖宗用兵至於以少爲多，而今世用兵至於以多爲少，得失之原皆出於此。何以言之？臣聞太祖用李漢超、馬仁瑀、韓令坤、賀惟忠、何繼筠等五人，使備契丹，用郭進、武守琪、李謙溥、李繼勳等四人，使備河東，用趙贊、姚内斌、董遵誨、王彦昇、馮繼業等五人，使備西羌，皆厚之以關市之征，饒之以金帛之賜，其家屬之在京師者仰給於縣官，貿易之在道路者不問其商税。故此十四人者，皆富厚有餘，其視棄財如棄糞土，賙人之急如恐不及，是以死力之士貪其金錢，捐軀命，冒患難，深入敵國，刺其陰計而效之，至於飲食動静，無不畢見，每有入寇，輒先知之，故其所備者寡，而兵力不分，敵之至者，舉皆無得而有喪。是以當此之時，備邊之兵，多者不過萬人，少者五六千，以天下之大，而三十萬兵足爲之用。今則不然，一錢以上皆籍於三司，有敢擅用，謂之自盗。而所謂公使錢，多者不過數千緡，百須在焉，而監司又伺其出入而繩之以法。至於用間，則曰官給茶綵。夫百餅之茶，數束之綵，其不足以易人之死也明矣。是以今之爲間者，皆不足恃，聽傳聞之言，采疑似之事，其行不過於出境，而所問不過於熟户，苟有藉口以欺其將帥則止矣，非有能知敵之至情者也。敵之至情既不可得而知，故常多屯兵以備不意之患，以百萬之衆而常患於不足，由此故也。陛下何不權其輕重而計其利害？夫關市之征，比於茶綵則多，而三十萬人之奉，比於萬人則約。衆人知目前之害，而不知歲月之病，平居不忍棄關市之征以與人，至於百萬則恬而不知恠。昔太祖起於布衣，百戰以定天下，軍旅之事，其思之也詳，其計之也熟矣。故臣願陛下復修其成法，擇任將帥而厚之以財，使多間諜之士以爲耳目。耳目既明，雖有强敵，而不敢輒近，則雖雍熙之兵，可以足用於今世。

陛下誠重難之，臣請陳其可減之實。何者？今世之强兵莫如沿邊之土人，而今世之惰兵莫如内郡之禁旅，其名愈高，其廩愈厚，其廩愈厚，其材愈薄。往者西邊用兵，禁軍不堪其役，死者不可勝計。羌人每出，聞多禁軍，輒舉手相賀；聞多土兵，輒相戒不敢犯。以實較之，土兵一人，其材力足以當禁軍三人；禁軍一人，其廩給足以贍土兵三人。使禁軍萬人在邊，其用不能當三千人，而常耗三萬人之畜。邊郡之儲，比於内郡，其價不啻數倍。以此權之，則土兵可益，而禁軍可損，雖三尺童子，知其無疑也。陛下誠聽臣之謀，臣請使禁軍之在内郡者勿復以戍邊，因其老死與亡而勿復補，使足以爲内郡之備而止，去之以漸，而行之以十年，而冗兵之弊可去矣。

冗費之説曰：世之冗費，不可勝計也。請言其大與臣之所知者，而陛下以類推之。臣聞，事有所必至，恩有所必窮。事至而後謀，則害於事；恩窮而後遷，則傷於恩。昔者太祖、太宗，敦睦九族，以先天下。方此之時，宗室之衆無幾也，是以合族於京邑，久而不别。世歷五聖，而太平百年矣，宗室之盛，未有過於此時者也。禄廩之費，多於百官，而子孫之衆，宫室不能受。無親疏之差，無貴賤之等，自生齒以上，皆養於縣官，長而爵之，嫁娶喪葬，無不仰給於上，日引月長，未有知其所止者，此亦事之所必至，而恩之所必窮者也。然未聞所以謀而遷之。

古者天子七廟，三昭三穆，與太祖而七。以人子之愛其親，推而上之，至於其祖，由祖而上，至於百世，宜無所不愛，無所不愛，則宜無所不廟。苟推其無窮之心，則百世之祖，皆〔九〕廟而後爲稱也。聖人知其不可，故爲之制，七世之外，非有功德則迭毁，春秋之祭不與。莫貴於天子，莫尊於天子之祖，而廟不加於七。何者？恩之所不能及也。何獨至於宗室而不然？

臣聞，三代之間，公族有以親未絶而列於庶人者。兩漢之法，帝之子爲王，王之庶子猶有爲侯者，自侯以降，則庶子無復爵土，蓋有去而爲民者，有自爲民而復仕於朝者，至唐亦然。故臣以爲凡今宗室，宜以親疏貴賤爲差，以次出之，使得從仕，比於異姓，擇其可用而試之以漸。凡其秩禄之數，遷叙之等，黜陟之制，任子之令，與異姓均。臨之以按察，持之以寮吏，威之以刑禁，以時察之，使其不才者不至於害民，其賢者有以自效。而其不任爲吏者，則出之於近郡，官爲廬舍而廩給之，使得占田治生，與士庶比。今聚而養之，厚之以不貲之禄，尊之以莫貴之爵，使其賢者老死，鬱鬱而無所施，不賢者居處〔一〇〕隘陋，戚戚而無以爲樂，甚非計之得也。昔唐武德之初，封從昆弟子，自勝衣以上皆爵郡王。太宗即位，疑其不便，以問大臣，封德彝曰：『爵命崇則力役多，以天下爲私奉，非至公之法也。』於是疏屬王者降爲公。夫自王而爲公，非人情之所樂也，而猶且行之。今使之爵禄如故而獲治民，雖有内外之異，宜無有怨者。然臣觀朝廷之議，未嘗敢有及此。何者？以宗室之親而布之於四方，懼其啓姦人之心，而生意外之變也。臣竊以爲不然。古之帝王好疑而多防，雖父子兄弟，不得尺寸之柄。幽囚禁錮，齒於匹夫者，莫如秦、魏，然秦、魏皆數世而亡。其所以亡者，劉氏、項氏與司馬氏，而非其宗室也。故爲國者，苟失其道，雖胡、越之人，皆得謀之；苟無其釁，雖宗室，誰敢覬者？惟陛下蕩然與之無疑，使得以次居外，如漢、唐之故，此亦去冗費之一端也。

臣聞，漢、唐以來，重兵分於四方，雖有末大之憂，而饋運之勞不至於太甚。祖宗受命，懲其大患，而略其細故，斂重兵而聚之京師。根本既强，天下承望〔一一〕而服，然而轉漕之費，遂倍於古。凡今東南之米，每歲泝汴而上，以石計者，至五六百萬。山林之木盡於舟楫，州郡之卒疲於道路，月廩歲給之奉不可勝計，往返數千里，飢寒困迫，每每侵盗，雜以它物，米之至京師者，率非完物矣。由此觀之，今世之法直以其力致之，而不計其患，非法之良也。臣願更爲之法，舉今每歲所運之數而四分之。其二即用舊法，官出船與兵而漕之，凡皆如舊。其一募六道之富人，使以其船及人漕之，而所過免其商税，能以若干至京師而無所欺盜敗失者，以今三司軍大將之賞與之。方今濱江之民以其船爲官運者，不求官直，蓋取官之所入而不覆較者，得其贏以自潤，而富民之欲仕者，往往求爲軍大將，以此推之，宜有應募者。其一官自置場，而買之京師，京師之兵當得米而不願者，計其直以錢償之。夫物有常數，取之於南，則不足於北；捨之於東，則有餘於西，此數之必然而不可逃者也。今官欲買之，其始不免於貴，貴甚則東南之民傾而赴之，赴之者衆，則將反於賤。致賤必以貴，致貴必以賤，此亦必然之數也。故臣願爲此二者，與舊法皆立，試其利害，而較其可否，必將有可用者，然後舉而從之，此又去冗費之一端也。

臣聞，富國有道。無所不卹者，富之端也；不足卹者，貧之源也。從其可卹而收之，無所不收，則其所存者廣矣；從其無足卹而棄之，無所不棄，則其所亡者多矣。然而世人之議者則不然，以爲天下之富而顧區區之用，此有司之職，而非帝王之事也。此説之行於天下數百年於兹矣，故天下之費，其可已者，常多於舊。臣不敢遠引前世，請言近歲之事。自嘉祐以來，聖人迭興，而天下之吏，京秩以上再遷其官，天下郡守職司再補其親戚。自治平京師之大水，與去歲河朔之大震，百役並作，國有至急之費，而郊祀之賞不廢於百官。自横山用兵供億之未定，與京師流民勞徠之未息，官司困乏，日不暇給，而宗室之喪不俟歲月而葬。臣以此觀之，知朝廷有無足卹之義。臣誠知事之既往，無可爲者，然苟自今從其可卹而收之，則無益之費猶可漸減。此又去冗費之一端也。

臣不勝拳拳私憂過計，爲是三冗之説以獻。伏惟陛下，思深謀遠，聽斷詳盡，於天下之事無所不矚，臣之所陳，何足言者。然臣愚以爲，苟三冗未去，要之十年之後，天下將益衰耗，難以復治。陛下何不講求其原而定其方略，擇任賢俊而授之以成法，使皆久於其官，而後責其成績？方今天下之官，泛泛乎皆有欲去不久之心，侍從之臣逾年而不得代，則皇皇而不樂。今雖不能使之盡久，然至於諸道之職司，三司之官吏，沿邊之將佐，此皆與天子共成事者也。天下之事將責成之而不久其任，開其源者不見其流，發其謀者不見其成功，此事之所以不得成也。陛下誠擇人而用之，使與二府皆久於其官，人知不得苟免，而思長久之計。君臣同心，上下協力，磨之以歲月，如此而三冗之弊乃可去也。然而爲此則猶有所患，何者？今世之士大夫惡同而好異，嫉成而喜敗，事苟不出於己，小有齟齬不合，則群起而譟之。借如今使按察之官任其屬吏，歲終而無過，此其勢必將無所不按，得罪者必將多於其舊，然則天下之口紛然非之矣。不幸而有一不當，衆將群指以罪法。一不當不能動，不幸而至於再三，雖上之人，亦將不免於惑。衆人非之於下，而朝廷疑之於上，攻之者衆，而持之者不堅，則法從此敗矣。蓋世有耕田而以其耜殺人者，或者因以耕田爲可廢。夫殺人之可誅，與耕田之不可廢，此二事也，安得以彼而害此哉？故夫按人而不以其實者，罪之可也，而法之是非，則不在此。苟陛下誠以爲可行，必先能破天下之浮議，使良法不廢於中道，如此而後三冗之弊可去也。三冗既去，天下之財得以日生而無害。百姓充足，府庫盈溢，陛下所爲而無不成，所欲而無不如意。舉天下之衆，惟所用之，以攻則取，以守則固，雖有西戎、北狄不臣之國，宥之則爲漢文帝，不宥則爲唐太宗，伸縮進退，無不在我。今陛下不事其本，而先舉其末，此臣所以大惑也。臣不勝憤懣，越次言事，雷霆之譴，無所逃避。

校勘記

〔一〕「議」，麻沙本作「言」。明嘉靖刊本《欒城集》作「議」。
〔二〕「臣」，麻沙本無。明嘉靖刊本《欒城集》作「臣」。
〔三〕「火」，麻沙本作「害」。明嘉靖刊本《欒城集》作「火」。
〔四〕「獲」，麻沙本作「捕」。明嘉靖刊本《欒城集》作「獲」。
〔五〕以下自「民而置官」至「多方以求進」，底本殘缺，據麻沙本補。
〔六〕「祖宗」上，底本有一「一」字，麻沙本無，據改。明嘉靖刊本《欒城集》無「一」字。
〔七〕「任」，底本作「以」，據麻沙本改。明嘉靖刊本《欒城集》作「任」。
〔八〕「府」，底本作「有」，據麻沙本改。明嘉靖刊本《欒城集》作「府」。
〔九〕「祖皆」，麻沙本作「外無非」。明嘉靖刊本《欒城集》作「祖皆」。
〔一〇〕「處」，麻沙本作「諸」。明嘉靖刊本《欒城集》作「處」。
〔一一〕「望」，底本作「命」，據麻沙本改。明嘉靖刊本《欒城集》作「望」。

新校宋文鑑卷第五十七

校者按：底本此卷抄配，據麻沙本刻卷校改。

奏疏

論呂惠卿

蘇轍

臣聞，漢武帝世，御史大夫張湯挾持巧詐以迎合上意，變亂貨幣，崇長犴獄，使天下重足而立，幾至於亂，武帝覺悟，誅湯而後天下安。唐德宗世，宰相盧杞妬賢嫉能，戕害善類，力勸征伐，助成暴斂，使天下相率叛上，至於流播，德宗覺悟，逐杞而後社稷復存。蓋小人天賦傾邪，安於不義，性本陰賊，尤喜害人，若不死亡，終必爲患。

臣伏見前參知政事呂惠卿，懷張湯之辯詐，兼盧杞之姦凶，詭變多端，敢行非度，見利忘義，黷貨無厭。王安石初任執政，用之爲腹心。安石，山野之人，彊很傲誕，其於吏事，冥無所知。惠卿指擿教導，以濟其惡，青苗助役，議出其手。韓琦始言青苗之害，先帝知琦樸忠，翻然感悟，欲退安石而行琦言。當時執政皆聞德音，安石惶遽自失，亦累表乞退，天下欣然有息肩之望矣。惠卿方爲小官，自知失勢，上章乞對，力進邪説，熒惑聖聽，巧回天意。身爲館殿，攝行内侍之職，親往傳宣以起安石，肆其僞辯以難琦説，仍爲安石畫刼持上下之策，大率多用刑獄，以震動天下。自是諍臣吞聲，有識喪氣，而天下靡然矣。

至於排擊忠良，引用邪黨，惠卿之力，十居八九。其後又建手實簿法，尺椽寸土，檢括無遺，雞豚狗彘，抄劄殆遍，專用告訐，推析毫毛，鞭箠交下，紙筆翔貴，小民怨苦，甚於苗役。又因保甲正長給散青苗，結甲赴官不遺一户，上下騷動，不安其生，遂致河北人户流移，雖上等富家，有驅領車牛，懷挾金銀，流入襄、鄧者。旋又興起大獄，以恐脅士人，如鄭俠、王安國之徒，僅保首領而去。原其害心，本欲株連蔓引，塗污公卿，不止如此。獨賴先帝天姿仁聖，每事裁抑，故惠卿不得窮極其惡，不然，安常守道之士無噍類矣。

既而惠卿自以贓罪被黜，於是力陳邊事以中上心。其在延安始變軍制，雜用蕃漢，上與馮京異論，下與蔡延慶等力争，惟黨人徐禧助之，遂行其説，違背物情，壞亂邊政，至今爲患。西戎無變，妄奏警急，擅領大衆，涉入虜境，竟不見敵，遷延而歸，糜費資糧，棄捐戈甲，以巨萬計。恣行欺罔，坦若無人，立石紀功，使西戎曉然知朝廷有吞滅靈夏之意，自是戎人怨畔，邊鄙騷動，河隴困竭，海内疲勞。永樂之敗，大將徐禧，本惠卿自布衣中保薦擢任，始終協議，遂付邊政，敗聲始聞，震動宸極，循致不豫，初實由此，邊釁一生，至今爲梗。及其移領河東，大發人牛，耕葭蘆、吴堡兩寨生地，托以重兵，方敢布種，投種而歸，不敢復視，及至秋成，復以重兵防托收刈，所得率皆秕稗，雨中收穫，即時腐爛。惠卿張皇其數，牒轉運司交割，妄言可罷饋運，其實所費不貲，而無絲毫之利，邊臣畏憚，皆不敢言。此則惠卿立朝事迹一二，雖復肆諸市朝，不爲過也。

若其私行嶮薄，非人所爲，閭閻下賤，有不食其餘者。安石之於惠卿，有卵翼之恩，有父師之義，方其求進，則膠固爲一，更相汲引，以欺朝廷。及其權位既均，勢力相軋，反眼相噬，化爲讎敵。始安石罷相，以執政薦惠卿，惠卿既已得位，恐安石復用，遂起王安國、李士寧之獄，以梶其歸。安石覺之，被召即起，迭相攻擊，期致死地。安石之黨言：惠卿使華亭知縣張若濟借豪民朱華等錢買田産，使舅鄭膺請奪民〔一〕田，使僧文捷請奪天竺僧舍。朝廷遣蹇周輔推鞫〔二〕其事，獄將具，而安石罷去。故事不復究，案在御史，可覆視也。惠卿言安石相與爲姦，發其私書，其一曰『無使齊年知』。齊年者，馮京也，京、安石皆生於辛酉，故謂之『齊年』。先帝猶薄其罪，惠卿復發其一曰『無使上知』，安石由是得罪。夫惠卿與安石出肝肺，託妻子，平居相結，惟患〔三〕不深，故雖欺君之言，見於尺牘，不復疑間。惠卿方其無事，已一一收録，以備緩急之用，一旦爭利，遂相抉擿，不遺餘力，必致之死。此犬彘之所不爲，而惠卿爲之，曾不愧耻。天下之士，見其在位，側目畏之。

夫人君用人，欲其忠信於己，必取仁於父兄，信於師友，然後付之以事。故放麑，違命也，而推其仁，則可以託國；食子，徇君也，而推其〔四〕忍，則至於弑君。欒布惟不廢彭越〔五〕之命，故高祖知其〔六〕賢；李勣惟不利李密之地，故太宗許其〔七〕義。二人終〔八〕事二主，俱爲名臣。

何者？仁心所存，無施不可，雖公〔九〕私有異，而忠厚不殊。至於吕布事丁原則殺丁原，事董卓則殺董卓；劉牢之事王恭則反王恭，事司馬元顯則反元顯，背逆人理，世所共知〔一〇〕。故吕布見誅於曹公，而牢之見殺於桓氏，皆以其平生反覆，勢不可存。夫曹、桓，古之姦雄，駕御英豪，何所不有？然推究利害，終畏此人。今朝廷選用忠信，惟恐不及，而置惠卿於其間，譬如薰蕕雜處，梟鸞並棲，不惟勢不兩立，兼亦惡者必勝。況自去歲以來，朝廷廢吴居厚、吕嘉問、蹇周輔、宋用臣、李憲、王中正等，或以牟利，或以黷兵，一事害民，皆不得逃譴。今惠卿身兼衆惡，自知罪大，而欲以閑地自免，天下公議未肯赦之。然近日言事之官論奏姦邪，至於鄧綰、李定之徒，微細必舉，而不及惠卿者，蓋其凶悍猜忍如蝮蝎，萬一復用，睚眦必報，是以言者未肯輕發。

臣愚惷寡慮，以爲備位言責，與元惡同時，而畏避隱忍，辜負朝廷，是以不憚死亡，獻此愚直。伏乞陛下，斷自聖意，略正典刑，縱未以汙鈇鑕，猶當追削官職，投畀四裔，以禦魑魅！

請分别邪正

蘇　轍

臣竊觀元祐以來，朝廷改更弊事，屏逐群枉，上有忠厚之政，下無聚斂之怨，天下雖未大治，而經今五年，中外帖然，莫以爲非者。惟姦邪失職居外，日夜窺伺便利，規求復進，不免百端游説，動摇貴近，臣愚竊深憂之。若陛下不察其實，大臣惑其邪説，遂使忠邪雜進於朝，以示廣大無所不容之意，則冰炭同處，必至交争，薰蕕共器，久當遺臭，朝廷之患，自此始矣。

昔聖人作《易》，内陽外陰，内君子外小人，則謂之『泰』；内陰外陽，内小人外君子，則謂之『否』。蓋小人不可使在朝廷，自古而然矣。但當置之於外，每加安存，無失其所，不至憤〔一一〕恨無聊，謀害君子，則《泰》卦之本意也。昔東晋桓温之亂，諸桓親黨布滿中外，及温死，謝安代之爲政，以三桓分涖三州，彼此無怨，江左遂安，故《晋史》稱安有『經遠〔一二〕無競』之美。然臣竊謂謝安之於桓氏，亦用之於外而已，未嘗引之於内與之共政也。向使安引桓氏而寘諸朝，人懷異心，各欲自行其志，則謝安將不能保其身，而况安朝廷乎？

頃者一二大臣，專務含養小人爲自便之計。既小人内有所主，故蔡確、邢恕之流，敢出妄言以欺愚惑衆。及確、恕被罪，有司懲前之失，凡在外臣僚，例蒙摧〔一三〕沮。盧秉、何正臣皆身爲待制，而明堂薦子，止得選人。蒲宗孟、曾布所犯，自有典法，而降官褫職，唯恐不甚。明立痕迹，以示異同，爲朝廷斂怨，此二者皆過矣。故臣以爲小人雖决不可任以腹心，至於牧守四方，奔走庶事，各隨所長，無所偏廢，寵禄恩賜，常使彼此如一，無迹可指，此朝廷之至計也。

近者朝廷用鄧温伯爲翰林承旨，而臺諫雜然進言，指爲邪黨，以謂小人必由此彙進。臣常論温伯之爲人，粗有文藝，無他大惡，但性本柔弱，委曲從人，方王珪、蔡確用事，則頤指如意，及司馬光、吕公著當國，亦脂韋其間。若以其左右附麗，無所損益，遇流便轉，緩急不可保信，誠不爲過也。若謂其懷挾姦詐，能首爲亂階，則甚矣。蓋臺諫之言温伯則過，至爲朝廷遠慮，則未爲過也。故臣願陛下謹守元祐之初政，久而彌堅，愼用左右之近臣，無雜邪正。至於在外臣子，以恩意待之，使嫌隙無自而生，愛戴以忘其死，則垂拱無爲，安意爲善，愈久而愈無患矣。臣不勝區區，博采公議，而效之左右。伏乞宣諭大臣，共敦忠義，勿謂不預改更之政，輒懷異同之心，如此而後朝廷安矣。

論省曹寺監法令繁密

蘇　頌

臣聞，在昔帝王之發號出令也，必因時而施宜，視俗而興化。時朴野，則濟之以文；俗雕僞，則示之以質。隨變所適，使民宜之，故能久於其道而天下化成，質文損益，百世可知也。國家剗五季之弊，續有唐之緒，累聖創制，或革或因，其道粲然，於是大備。仁宗皇帝以承平日久，事多因循，曠然有改作之志，故開廣言路，整緝治綱。至於先皇帝，遂大有爲，臺閣之務，無所不舉，然而事目寖廣，法令益繁。陛下臨御之初，深知其故，推原先志，稍加裁損，數年之間，講明備至，而法令之繁，尚未盡革。何以言之？先皇帝改定官制，本欲憲章百王，歸於簡要，而奉行之際，群臣不能究宣上旨，各務便文，事有未詳，更復立法，積久不已，遂致滋章。故今日之弊，良由關防傷於太密，而畫一傷於太煩，則難於通融。

蓋省、臺、寺、監，萬務所萃，置長立貳，承之以僚屬，所以裁處事務，助成至治也。苟不任職，每事立條，事務日新，欲以有司之文而盡天下之務，雖使臯陶制法，蕭何造律，勢不能遍，况百司所職條目不同，而一司之間又有細務，或通於此而礙於彼，故有求之人不能卒曉，遂至紛争。或經臺省投牒披訴，文移往復，虚煩取會，其可行者，百無一二，徒長奔競，無益風教。夫關防密，則有司執文重疊問難，小或違戾，遂格而不行，使有求者抑塞而不舒，妄訴者牽制而不斷。

近者陛下特軫宸衷，將革其弊，故丁酉詔書，分命近臣，抽索文案，看詳點檢，内有拘文害事不近人情者，許并元條删改。詔意如此，可謂察見事情，大慰群望，然而行移彌月，取索甚多，比至定奪〔一四〕上省，竟以有礙他條，不能盡如詔書之意，誠由關防大密之所致耳。拘礙如此，亦可以謂之弊矣。誠能少損其文致，而濟之以忠厚，則三代循環之政，亦不過此。

臣愚欲望聖慈，特詔近臣，遍行取索應省、曹、寺、監見用條制格式，仍召集諸司官吏，使之反復詰難〔一五〕，看詳定奪〔一六〕，可删者删之，可改者改之，擇其要切者著爲新令，務從簡易，使便於施用。其餘令式所不能載者，小事則從省曹長官專決，大事則禀於朝廷，薄書期會，悉付衆僚，催督結絶。若官司措置失當，及徇私廢公，致有赴訴，並委臺察糾案。如得實狀，其當職官吏，次第書罰，有涉欺妄，亦行懲責。如此，則臺閣規模有宏遠之致，朝廷法度循簡易之規矣。

論人材

劉摯

臣竊以爲，治之道，唯知人爲難。蓋善惡者，君子小人之分，其實義利而已。然君子爲善，非有心於善，而惟義所在。小人爲惡，頗能依真以售其僞，而欲與善者淆，故善與惡雖爲君子小人之辨，而常至於不明。世之人徒見其須臾，而不能覆其久也，故君子常難進，而小人常可以得志，此不可不察也。

恭惟陛下承百年太平，履大有爲之會，寤寐人物，不次而用。至於今日，未見〔一七〕卓有功狀可以補國利民，仰稱詔旨，而中外頗有疑焉者，此何謂也？豈所以用之者，或未能盡得其人歟？臣且以將命出使者言之。其規畫法度，始皆受之於朝廷也，一至於外，則大異矣，興利於無可興，革故於不可革，州縣承望，奔命不暇，官不得守其職業，農不得安其田畝，以掊削民財爲功，以興起犴獄爲材。陛下振乏均役之意，變而爲聚斂之事；陛下興農除害之法，變而爲煩擾之令。守令不敢主民，生靈無所赴愬。臣以謂此等非必皆其才之罪，特其心之所向者不在乎義而已。

賞之志每在事先，公之心每在私後，故顛倒繆戾，久無所成。其能少知治體，有愛君之心，出憂國之言者，皆無以容於其間。是故今天下有二人之論：有安常習故、樂於無事之論，有變古更法、喜於敢爲之論。二論各立，一彼一此，時以此爲進退，則人以此爲去就。臣嘗求二者之意，蓋皆有所是，亦皆〔一八〕有所非。樂無事者，以爲守祖宗成法，獨可以因人所利，據舊而補其偏，以馴致於治，此其所得也；至昧者則苟簡怠惰，便私膠習，而不知變通之權，此其所失也。喜有爲者，以謂法爛道窮，不大變化則不足以通物而成務，此其所是也；至鑿者則作聰明，棄理任智，輕肆獨用，强民以從事，此其所非也。彼以此爲亂常，此以彼爲流俗，畏義者以並進爲可耻，嗜利者以守道爲無能，二勢如此，士無歸趍。

臣謂此風不可浸長，東漢黨錮、有唐朋黨之事，蓋始於斯。在《易》之象，以君子道長、小人道消爲『泰』，小人道長、君子道消爲『否』。《傳》曰『惟君子爲能通天下之志』，《書》曰『皇建其有極』，又曰『無有作好，遵王之道；無有作惡，遵王之路』，《記》曰『一道德以同俗』，又曰『舜執其兩端，用其中於民』。今天下風俗可謂不同，情志可謂未明矣。臣願陛下虚心平聽，默觀萬事之變，而有以一之，其要在乎慎好惡任用而已爾。前日意以爲是者，今求諸非；前日意以爲短者，今取其長。稍抑虚譁輕僞、志近忘遠、幸於苟合之人，漸察忠厚慎重、難進易退、可與有爲之士，抑高舉下，品制齊量，收合過與不及之俗，使會通於大中之道。然後風俗一，險阻平，民知所向，而忠義之士識上之所好惡無有偏陂，莫不奮迅〔一九〕而願爲之用，則施設變化惟陛下號令之而已。臣謂方今之故，無大於此，惟陛下幸察！

論分析助役

劉 摯

臣昨日准聖旨批下司農曾布劄子，爲詰臣所言助役事，尋已具分析奏聞去訖。臣竊以耳目之於人也，事物過者，必見必聞，以赴其心，而心必受之，未有不信其耳目，而反以其能視聽爲疑者。先王以言置官，代天子耳目，内外相信，無以異於一體之相爲用也。其言雖直必容，雖多必受，則國家安治，不然則反此。故謗木諫鼓，不設危亂之國；鼎鑊斧鑕，不在聖明之朝。恭以陛下躬上聖之德，好問樂善，凡延見臣下，雖賤官小吏，必温恭和容以訪逮之，此堯、舜之盛也。然至於臣等，以職事爲言，則使之分析者，中外皆知非陛下意，乃司農挾寵以護改作，大臣設法以蔽聰明爾。因事獻忠，敢一言之。

今天下之勢，陛下以謂安耶？未安耶？治耶？未治耶？苟以爲未安未治也，則以陛下之睿智，言動起居，躬蹈德禮，夙夜厲精，以親庶政，而天下未至於安治者，將誰致之？陛下即位以來，注意責成，倚以望太平，而自以太平爲己任，得君專政，安石是也。三二年間，開闢動揺，舉天地之内，無一民一物得安其所者。蓋自青苗之議起，而天下始有聚斂之疑；青苗之議未允，而均輸之法行；均輸之法方擾，而邊鄙之謀動；邊鄙之禍未艾，而漳河之役作；漳河之害未平，而助役之事興。其間，又求水利也，則民勞而無功；又開淤田〔二〇〕也，則費大而不効；又省併州縣也，則諸路莫不彊民以應令；又起東西府也，則大困財力。禁門之側，斧斤不絶者，將一年而未已。其議財也，則商估市井屠販之人，皆召而登政事堂。其征利也，則下至於曆日而官自鬻之。推此而往，不可究言。古之賢人，事君行道，必馴致之有漸，持久而後成，至於設施，皆有次序。今數十百事，交舉並作，欲以歲月變化天下，使者旁午，牽合於州縣；小人挾附，佐佑於中外。至於輕用名器，混淆賢否，忠厚老成者，擯之爲無能；俠少儇辯者，取之爲可用；守道憂國者，謂之流俗；敗常鑿民者，謂之通變。能附己者，不次而進之，曰『吾方擢才』；不可招者，爲名而斥之，曰『吾方行法』。凡政府謀議，所以措置經畫，除用進退，獨與一屬掾曾布者論定，然後落筆，同列預聞，乃在布後，故奔走乞丐者，布門如市。雖然，猶有繫國家之體而大於此者，祖宗累朝〔二一〕之舊臣，則鐫刻鄙棄，去者殆盡；國家百年之成法，則剗除廢亂，存者無幾。陛下豈不怪天下所謂賢士大夫，比歲相引而去者，凡幾人矣？陛下亦嘗察此乎？去舊臣，則勢位無有軋己者，而權可保也；去異己者，則凡要路皆可以用門下之人也。去舊法，則曰今所以制馭天下者是己之所爲，而陛下必將久任，以聽其伸縮也。嗟夫！此事之實也，其名則曰『革敝而興治』，是以陛下樂聞其名，而難察其實也。

夫賞罰號令，乃陛下所以砥礪天下，又鼓動四方，以爲勸信者。今有人焉，能舞公事以傾勳舊，構大獄以逐官吏，其事是耶，乃其職耳，何至超任以爲職司耶？趙濟〔二二〕是也。又有人焉，以渭源田欺罔，始既以此得罪，而終復以此增秩，王韶是也。程昉事漳水以興大役，困一方而無成功，趙子幾挾情以違法禁，按吏以防民言，則皆置而不問。乃是賞反施於聖人之所當罰，罰不及於王法之所當誅也。畿邑之民以助役爲訴也，陛下聖旨令召情願。東明知縣以不能禁民有訴而被劾也，陛下聖旨止令劾擅升户等之事。二者皆獨斷之善政，而中書皆格而不下，此則陛下之號令不行也。西師無功，而曰非朝廷之本謀，天下但見給軍之費輦出於京師，空名之誥馳下於西路，又命一知制誥於將幕，使專代天子之言，報復號令絡繹於道。苟以爲非耶，何不止之？迨其事敗，則曰非政府謀也。損費緡錢以千萬計，秦晋之人肝腦塗地，産軍旅之怨，結夷狄之釁，而不自請咎，乃致陛下發中詔以責躬，抑徽號而不受，忠義之士，誰不痛心而疾首？ 至如助役之法，臣嘗言之矣，其條制纖悉，臣雖未能究見，然臣大意，終以謂使天下百姓賦税貸責，公私息利之外，無故作法，升進户等，使之槩出緡錢，豈爲人父母愛養基本之所宜爲者？ 故臣謂之聚斂，非妄言也。

陛下任遇輔臣如此其重，而致主之術乃用此道，是皆大臣之誤陛下，而大臣所用者誤大臣也。今既顛謬乖錯，敗亂綱紀，知天下之不容，懼宸衷之回悟，以謂雖中外之士畏避無敢言者，然其尚敢言者，獨御史有職爾，故又使司農熒惑天聽，作爲偏辭，令臣等分析，以摧沮風憲之體，艱梗言路，欲其憂憚苟容而緘默，或欲撩其危言，從而擠逐，不知忠臣節士，雖戮辱不懼，所以盡事君之義耳。 今羌夷之款未入，反側之兵未安，三邊瘡痍，疲遺未瘳，河北大旱，諸路大水，民困財力，縣官匱竭，聖君恭勤思治，萬方之所知，而在輔〔二三〕弼者，方欲蔽天聰明，使下情不得而上達，其何心耶？ 臣願陛下思祖宗基業之艱難，念天下生靈之愁苦，少回幾慮，收還威柄，深恐異時專權肆志，將有陛下所不能堪者，則必至於虧失君臣之恩，是今日養之，適所以害之也。 若夫馮京、王珪，同列預政，皆依違自固，不扶顛危，雖心悟其非，而無所捄正，已之進退又媕婀而不決，皆非所謂輔臣之體。

臣四海之内，孤立獨進，陛下過聽，任以風憲。 嘗切思之，近歲臺諫官，疊以言事罷免，豈其言皆無補於事歟？ 豈皆願爲訐激險直之語，以自爲名而絜去歟？ 嘗以謂欲言政府之事者，其譬如治湍暴之水，可以循理而漸道之，不可以隄防激鬬而發其怒，不惟難攻，亦爲患滋大。故臣自就職以來，切慕君子之中道，欲其言直而不違於理，辭順而不屈其志，庶幾愚忠，少悟天聽。而亦不敢婞然如淺丈夫，以一言一事，輕決去就，致聖朝數數逐去言事者，而無所裨補。思以上全國體，而下亦庶幾能久其職業而成功名。兩月之間，纔十餘疏，其言及助役法者，止三疏耳。當天下多事之時，而臣言簡緩，又不足以感悟，則其負陛下已多矣。不意大臣之怒至如此，令臣等分析。分析之事，前代無之，祖宗無之，近年以來，乃爲此法，以摧言者之氣。方陛下孜孜聽治，喜於納諫，而大臣所爲，則不得正目而視，此所以發臣之狂而不能默也。伏願陛下，深察事物之變，用安靖之治，以休生民。有所措置，以大小緩急爲先後之序，以義利經權爲本末之辨。自兹凡有獻替於陛下者，乞有以誘掖奬厲之，罷分析之命，以尊嚴朝廷，而養多士敢言之氣。臣不勝惓惓憤懣愛君待罪之心。

請重脩太學條制

劉摯

臣竊以學校之制，主於教育人材，非行法之地也。群居衆聚，帥而齊之，則誠不可以無法，然而法之爲學校設者，宜有禮義存焉也。往歲太學屢起大獄，其事一出於誣枉，於是有司緣此造爲法禁，煩苛凝密，士之學其間者，轉身舉足，輒蹈憲網，束濕愈於治獄，條目多於防盜，上下疑貳，求於苟免，先王之意，禮義科旨，逝已盡矣。法有大可怪者，博士諸生，禁不相見，教諭無所施，質問無所從，但博士月巡所隷之齋而已，謂如此，則請問者對衆足以爲證左，以防私請，以杜賄謝。嗟夫！學之政令，豈不大謬先王之意哉？私請賄謝，如是真可以絶之乎？而又齋數不一，不可以隨經分隸也，故使之兼巡，如《周易》博士或巡治《禮》之齋，《禮》學博士復巡治《詩》之舍，往往所至備禮請問，相與揖諾，至或不交一言而退。昔之設學校教養之法，師生問對，憤悱開發，相與曲折反復，諄諄善誘，蓋其意不如是之踈也，其道不如是之薄也。

先王之於天下，遇人以長者君子之道，則下必有長者君子之行，而報乎上者，斯有禮也。遇人以小人犬豕之道，則彼將以小人犬豕自爲，而報乎上者，不能有義也，况夫學校之間哉？太學自置三舍之法，寥寥至今，未甞應令成就一人，豈真無人也？主司懲前日之禍，畏罪避謗，士雖有豪傑拔萃之才，誰敢題品以人物自任，而置之上第哉？則是先帝有興賢造士之美意，而有司以法害之也。

臣愚欲望聖慈詳酌，罷博士諸生不許相見之禁，教誨請益，聽其在學往還，即私有干求饋受，自依律勑。仍乞先次施行外，應太學見行條制，委本監長貳與其屬看詳，省其煩密太甚，取其可行，便於今者，有所增損，著爲科條，上禮部再行詳定，上之三省，以聽聖斷。

校勘記

〔一〕『民』，底本空缺，據麻沙本補。

〔二〕『鞫』，底本空缺，據麻沙本補。

〔三〕「患」，麻沙本作「恐」。
〔四〕「推其」，底本空缺，據麻沙本補。
〔五〕「越」，底本作「城」。
〔六〕「知其」，底本空缺，據麻沙本補。
〔七〕「其」，底本空缺，據麻沙本補。
〔八〕「人終」二字，底本空缺，據麻沙本補。
〔九〕「公」，底本空缺，據麻沙本補。
〔一〇〕「知」，麻沙本作「疑」。
〔一一〕「憒」，底本誤作「慣」，據麻沙本改。宋淳祐刻元明遞修本《諸臣奏議》作「憒」。明嘉靖刊本《欒城集》作「忿」。
〔一二〕「遠」，底本誤作「速」，據麻沙本改。宋淳祐刻元明遞修本《諸臣奏議》、明嘉靖刊本《欒城集》作「遠」。
〔一三〕「摧」，底本誤作「推」，據麻沙本改。宋淳祐刻元明遞修本《諸臣奏議》、明嘉靖刊本《欒城集》作「摧」。
〔一四〕「奪」，麻沙本作「達」。
〔一五〕「難」，麻沙本作「聞」。
〔一六〕「奪」，麻沙本作「達」。
〔一七〕「日，未見」三字，底本空缺，據麻沙本補。宋淳祐刻元明遞修本《諸臣奏議》作「日，未見」。

〔一八〕「有所是，亦皆」五字，麻沙本無。宋淳祐刻元明遞修本《諸臣奏議》有此五字。
〔一九〕「迅」，底本作「進」，據麻沙本改。宋淳祐刻元明遞修本《諸臣奏議》作「迅」。
〔二〇〕「開淤田」，後二字底本空缺，據麻沙本補。宋淳祐刻元明遞修本《諸臣奏議》作「淤田」，無「開」字。
〔二一〕「朝」，底本誤作「聞」，據麻沙本改。宋淳祐刻元明遞修本《諸臣奏議》作「朝」。
〔二二〕「濟」，底本誤作「齊」，據麻沙本改。宋淳祐刻元明遞修本《諸臣奏議》作「濟」。
〔二三〕「輔」，底本作「輴」，據麻沙本改。宋淳祐刻元明遞修本《諸臣奏議》作「輔」。

新校宋文鑑卷第五十八

校者按：底本此卷抄配，據麻沙本刻卷校改。

奏疏

請修勑令

劉摯

臣竊以法者，天下之大命也。先王制法，其意使人易避而難犯，故至簡至直，而足以盡天下之理。後世制法，唯恐有罪者之或失也，故多張綱目，而民於是無所措其手足矣。世輕世重，唯聖人爲能變通之。

祖宗之初，法令至約，而行之可久，其後大較不過十年一變法。豈天下之大，民物之衆，事日益滋，則法不可以不密歟？臣竊以謂非事多而後法密也，殆法繁而後姦生也。神宗皇帝達因革之妙，慎重憲禁，元豐中命有司編修勑令，凡舊載於勑者，多移〔一〕之於令。蓋違勑之法重，違令之罪輕，此足以見神宗皇帝仁厚之德，哀矜萬方，欲寬斯人之所犯，恩施甚大也。而所司不能究宣王德，推廣其間，乃增多條目，離析舊制，用一言之偏而立一法，因一事之變而生〔二〕一條，其意煩苛，其文晦隱，不足以該萬物之理，達天下之情，行之幾時〔三〕已屢變。今所謂續降者，每半年一頒，每次不減數帙矣。夫法者，天下之至公也，造之而不能通，故行之而不能久，其理然也。又續降多不顯言其所衝改，故官司州縣承用從事，參差抵捂，本末不應，非所謂講若畫一，通天下之志者也。臣愚以謂宜有所加損潤澤之，去其繁密，合其離散，要在簡易明白，使民有〔四〕避而知所謂遷善遠罪之意。

伏望聖慈，酌時之宜，完〔五〕法之用，選擇儒臣一二有經術、明於治體、練達民政者，將慶曆、嘉祐以來舊勑與新勑參照去取，略行删正，以成一代之典，施之無窮。

論監司　劉摯

臣自待罪風憲，屢曾以天下監司爲言，乞澄汰選擇，誠以朝廷政令，使監司得其人，則推行布宣，可以諭上指而究惠澤。苟非其人，則所謂徒善而已，終於民不得被其利。夫上之所好，下必有甚，朝廷以名實爲事，行總覈之政，而下乃爲刻急淺迫之行。朝廷以教化爲意，行寬厚之政，而下乃爲舒緩苟簡之事，皆習俗懷利迎意而作，故所爲近似，而非上之意本然也。今雖因革之政有殊，而觀望之俗猶〔六〕在，但所迎之意有不同耳，其爲患一也。昨差役之法初行，監司已有迎合争先，不量可否，不校利害，一槩定差，騷動一路者，朝廷察其意，固已黜之矣。推此以觀，人情大約類此。且天下之事，散在諸路，總制於監司，其大者治財賦，察官吏，平獄訟，考疾苦。苟使者皆務爲和緩寬縱，苟於安静，則事之委靡不振，世之受敝，不勝言也。向來黜責數人者，皆以其非法掊斂，意在市進〔七〕，虐民甚者，亦非欲使之漫然不省其職，廢所宜治之事，謂之寬厚也。昧者不達，故〔八〕矯枉或過其正。臣謂此俗不可滋長，須要大爲之禁。

伏乞聖慈，詔執事申立監司考績之制，以常賦之登耗，郡縣之勤惰，刑獄之當否，民俗之休戚，爲之殿最。每歲終以詔誅賞，仍自今歲始焉，庶幾有所隱括裁制之，使循良者不入於弛，肅給者不入於薄，然後上副聖明制治用中之意。夫察時之寬猛緩急，觀俗之過與不及，而張弛其政，正今日事也。取進止。

論王中正李憲宋用臣石得一

劉摯

臣竊以陛下〔九〕臨御以來，運動政幾，以時弛張，述成先帝制治立法之意，使光昭於天下，利興害除，四方鼓舞。至於清明朝廷，分别邪正，斥遠姦佞，鋤去彊梗，皆妙慮神斷，優游閑暇，不出於喜怒，不見於言色，而天下之善惡已辨，是非已正矣。何其盛歟！然於此時，臣竊怪天地之和氣尚或未應，忠臣義士之論尚或未平，此其故何也？臣嘗究之，蓋天下之元惡猶有稽誅，天下之大姦猶有漏網，而國法猶有未正，此中外所以猶未厭也。國之失政，莫大於使姦惡幸而免，今論其大者，前日之三四宦官是也。臣待罪風憲，雖知觸權幸，言出而患入，然臣有言責，貪報恩遇，則何卹乎身之危哉？謹爲陛下言之。

王中正，元豐四年，將王師二十萬，由河東入界，計其隨軍賫運役兵民夫，通數十百萬衆矣。中正徘徊於境上，殆半月而後出，翱翔乎疆外，頓沙漠而不進。公違詔書，不赴興、靈會師之約。天寒大雪，士卒饑凍，坐使物故十之七八。古之將帥，固有無功而還者，然猶當保完師旅，歸報於國。今精兵勁騎，一無所施，自取狼狽，死亡殆盡，按之軍法，宜即顯誅。中正略不自劾請罪，而先帝以天地之量無所譴何，又遣〔一〇〕使賜予問勞，然後中正徐徐求閑局厚俸，自佚而去。此國法未正者一也。

李憲之於熙河，貪功生事，一出欺罔，朝廷之威福柄令持於其手，官吏之廢置用舍出於其口，監司帥守而下事憲也如父兄，而憲之頤指氣役之也如奴隸。縣官財用聽其取與，内之府庫金帛，轉輸萬里，外之生靈膏血，漁歛百端，傾之於憲，如委諸壑，出没吞吐，神鬼莫見，而一切不會於有司。興、靈之役，憲首違戒約，避會師之期，乃頓兵以城蘭州，遺患今日。及永樂之圍，憲又逗留，不急赴援，使數十萬衆肝腦塗地，罪盈惡貫，不失於總兵一路。此國法不正者二也。

宋用臣奮其私智，以事誅求，榷奪小民衣食之路，瑣細毫末，無所不爲，使盛朝之政，幾甚於弊唐除陌、間架、搨地之事，傷汙國體，不恤怨讟。其出入將命，捷若風火，務以巧中取悦，事無不諧，動晝密旨，故擅作威福，侵凌官司，冒昧貨財，更無案籍。都城爲之憔悴，商旅所以不行，瘡痍蠹害，至今棼然而莫能理，然亦不失享禄於善地。此國法不正者三也。

石得一領皇城司。夫皇城司之有探邏也，本欲知軍事之機密，與夫人姦惡之隱匿者，而得一以殘刻之資，爲羅織之事，縱遣伺察者，所在棊布，張穽而設網，家至而戶到〔一二〕，以無爲有，以虛爲實，上之朝士大夫，下之富家小人，飛語朝上而暮入於狴犴矣。有司無古人持平守正之心，以謂是詔獄也，成之則有功，反之則有罪，故凌辱箠訊，慘毒備至，無所求而不得，無所問而不承，被其陰害，不可勝數。於是上下之人，其情惴惴，朝夕不敢自保，而相顧以目者殆十年，皆得一發之。今不失厚俸安坐。此國法不正者四也。

是四人者，權勢鋒焰，震灼中外，毒流於民，怨歸於國。宰相執政，知而不以告於上；諫官御史，懼而不敢論其非。幸而出於聖人在上之時，以先帝神武英氣鎮壓其姦，不然其爲禍患，豈不若漢、唐之宦官哉？以堯之聖，不免四凶之在朝，至舜起而後誅投之。孔子爲魯司寇，七日而誅少正卯。然先帝未及肆其誅於市朝，而以遺陛下，陛下所宜以舜之事自任。今閱歲時，尚不聞以典刑詔有司，臣未諭也。伏乞聖慈，以臣章付外，議正四罪，暴之天下而竄之，以明國憲，以服天下。謹具彈劾以聞。

論新法進流民圖

鄭俠

臣伏覩去年大蝗，秋冬亢旱，以至於今，經春不雨，麥苗焦枯，黍粟麻豆，粒不及種。旬日來，街市米價暴貴，群情憂惶，十九懼死。方春斬伐，竭澤而漁，大營官〔一三〕錢，小求升米，草木魚鼈，亦莫生遂。蠻夷輕肆，敢侮中國，皆由中外之臣輔相陛下不以道，以至於此。臣竊惟災患有可召之道，無可試之形，其致之有漸，而來如疾風暴雨，不可復禦，流血藉尸，方知喪敗，此愚夫庸人之見，而古今比比有之。所貴於聖神者，爲其能圖患未然，而轉禍爲福者也。方今之勢，猶有可救，臣願陛下開倉廩，賑貧乏，諸有司斂掠不道之政，一切罷去，庶幾早召和氣，上應天心，調陰陽，降雨露，以延天下萬姓垂死之命，而固宗社萬萬年無疆之祉。

君臣際遇，貴乎知心，以臣之愚，深知陛下養愛黎庶，甚於赤子，故自即位以來，一有利民便物之政，靡不毅然主張而行。陛下之心，亦欲其人人壽富，而躋之堯、舜三代之盛耳。夫豈區區充滿府庫，盈溢倉廩，終以富衍彊大勝天下哉？而中外之臣，畧不推明陛下此心，而乃肆其叨懫，朘割生民，侵肌及骨，使之困苦而不聊生，坐視天民之死而不恤。夫陛下所存如彼，群臣所爲如此，不知君臣際遇，欲作何事？徒只日超百資意指氣使而已乎？

臣又惟何世而無忠義？何代而無賢德？亦在乎人君所以駕御之如何耳。古之人在山林畎畝，不忘其君，其芻蕘負販，匹夫匹婦，咸欲自盡以贊其上。陛下之朝，臺諫默默具位而不敢言事，至有規避百爲，不敢居是職者，而左右輔弼之臣，又皆貪猥近利，使夫抱道懷識之士，皆不欲與之言。不知時然耶？陛下有以〔一三〕使之然耶？以爲時然，則堯、舜在位便有夔、契，湯、文在上便有伊、呂，以至漢、唐之明君，我祖宗之聖朝，皆有大忠義、大賢德之臣布在中外，君臣之際，若腹心手足然，君唱於上，臣和於下，主發於內，臣應於外，而休嘉之德，下浸於昆蟲草木，千百世之下，莫不欽慕而傚則之。獨陛下以仁聖當御，撫養爲心，而群臣所以應和之者如此。夫非時然，抑陛下所以駕馭之道未審爾。陛下以爵禄駕馭天下忠賢，而使之如此，甚非宗廟社稷之福也。

夫得一飯於道傍，則遑遑圖報，而終身饜飽於其父，則不知德，此庸人之常情也。今之食禄，往往如此。若臣所聞則不然，君臣之義，父子之道也，故食其禄則憂其事，凡以移事父之孝，而從事於此也。若乃思慮不出其位，尸祝不越樽俎治庖人之事，牛羊茁壯，會計當，各以其職而不相侵也，至於邦國若否，知無不言。豈有君憂國危，群臣乃飽食饜觀，若視路人之事而不救，曰『吾各有守，天下之事非我憂』哉？故知朝廷設官，位有高下，臣子事上，忠無兩心。與其得罪於有司，孰與不忠於君父？與其苟容於當世，孰與得罪於皇天？臣所以不避萬死，冒千萬重之天閽，以告訴於陛下者，凡以上畏天命，中憂君國，而下憂生民耳。若臣之身，使其粉碎，如一螻蟻，無足顧愛。

臣竊聞南征西伐者，皆以其勝捷之勢、山川之形，爲圖而來獻。料無一人，以天下之民質妻賣兒，流離逃散，斬桑伐棗，坼壞廬舍，而賣於城市，輸官糴粟，遑遑不給之狀，爲圖而獻前者。臣不敢以所聞，謹以安上門逐日所見，繪成一圖，百不及一，但經聖明眼目，已可嗟咨涕泣，而况數千里之外有甚於此者哉？其圖謹附狀投進，如陛下觀圖，行臣之言，十日不雨，即乞斬臣宣德門外，以正欺君謾天之罪。如稍有所濟，亦乞正臣越分言事之刑，甘俟誅戮。

論李憲

鄧潤甫

伏見朝廷以熙河路鬼章爲寇，遣内侍省押班李憲往，以秦鳳熙河路計議措置邊事司爲名，中外之論，皆謂憲雖名計議措置邊事，而軍前諸將皆受憲節制，其實大帥。然自《詩》《書》以降，迄於秦、漢、魏、晋、周、隋，上下數千載間，不聞有以中人爲帥將者，此其故何也？勢有所不便也。蓋有功則負恃驕恣，陵轢公卿，何所忌憚？無功則挫損國威，傳笑四夷，非細事也。

唐自睿宗以前，未嘗以將帥屬中人，至明皇承平日久，志大事奢，稍委近習。會南安蠻渠梅叔鸞叛，而楊思勉請行，遂許之，然猶以光楚客爲大都護。及覃行章亂黔中，始以思勉爲招討使，雖有禽滅醜虜之功，而唐之禍萌於此矣。及代宗用魚朝恩拒史思明，討僕固瑒，而恃功擅命，幾危社稷，倚元載除之，寒心者數月。以程元振判元帥行軍司馬，權震天下，元勳故老，皆見斥逐，洎犬戎内侵，集天下兵，無隻輪入關者，此皆已然之效也。至憲宗時，王承宗叛，以吐突承璀爲行營招討處置使，諫官李鄘、許孟容、吕元膺、段平仲、白居易等，衆對延英，謂古無中人位大帥，恐爲四方笑，乃更爲招討宣慰使，而承璀卒以無功輕謀弊賦得罪。及後世區區踵其故迹，而唐之禍有不可勝言者，其源蓋起於開元也。

今陛下更易百度，未嘗不以先王爲法，而忽降詔命，以中人爲帥，縉紳士大夫皆莫知所謂。夫以陛下之仁聖神武，駕馭豪傑，雖憲百輩，臣等知其無能爲也，然陛下獨不長念卻慮，爲萬世之計乎？使後世沿襲故迹，狃以爲常，進用中人，掌握兵柄，則天下之患，又將有不可勝言者矣。陛下其忍襲開元故迹而忘天下之患乎？方今雖乏人，然文武之士布滿中外，豈無一人可以任陛下邊事？憲出入近密，荷國寵榮，詔下之日，大臣不敢言，小臣不敢議，臣等代匱憲府，以言爲職，故敢盡其狂愚。

代彭思永論濮王典禮

程　頤

伏見近日以濮王稱親事，言事之臣奏〔一四〕章交上，中外論議沸騰。此蓋執政大臣違亂典禮，左右之臣不能開陳理道，而致陛下聖心疑惑，大義未明。臣待罪憲府，不得不爲陛下明辨其事。

竊以濮王之生陛下，而仁宗皇帝以陛下爲嗣。承祖宗大統，則仁廟，陛下之皇考；陛下，仁廟之適子。濮王，陛下所生之父，於屬爲伯；陛下，濮王出繼之子，於屬爲姪。此天地大義，生人大倫，如乾坤定位，不可得而變易者也，固非人意所能推移，苟亂大倫，人理滅矣。陛下，仁廟之子，則曰父曰考曰親，乃仁廟也。若更稱濮王爲親，是有二親，則是非之理昭然自明，不待辯論而後見也。然而聖意必欲稱之者，豈非陛下大孝之心？義雖出繼，情厚本宗，以濮王是生聖躬，曰伯則無以異於諸父，稱王則不殊於臣列，思有以尊大，使絶其等倫，如此而已。此豈陛下之私心哉？蓋大義所當，典禮之正，天下之公論。而執政大臣不能將順陛下大孝之心，不知尊崇之道，乃以非禮不正之號，上累濮王，致陛下於有過之地，失天下之心，貽亂倫之咎。言事之臣，又不能詳據典禮，開明大義，雖知稱親之非，而不知爲陛下推所生之至恩，明尊崇之正禮，使濮王與諸父夷等，無有殊別，此陛下之心所以難安而重違也。

臣以爲所生之義〔一五〕，至尊至大，雖當專意於正統，豈得盡絶於私恩？故所繼主於大義，所生存乎至情。至誠一心，盡父子之道，大義也；不忘本宗，盡其恩義，至情也。先王制禮，本緣人情，既明大義以正統緒，復存至情以盡人心。是故在喪服，恩義別其所生，蓋明至重，與伯叔不同也。此乃人情之順，義理之正，行於父母之前，亦無嫌間。至於名稱，統緒所繫，若其無別，斯亂大倫。今濮王，陛下之所生，義極尊重，無以復加，以親爲稱，有損無益。何哉？親與父同，而所以不稱父者，陛下以身繼大統，仁廟，父也，在於人倫，不可有貳。故避父而稱親，則是陛下明知稱父爲決不可也。既避父而稱親，則是親與父異，此乃姦〔一六〕人以邪説惑陛下，言親義非一，不止謂父。臣以謂取父義，則與稱父正同，決然不可。不取父義，則其稱甚輕，今宗室疎遠卑幼，悉稱皇親，加於所生，深恐非當。孝者以誠爲本，乃以無正疑似〔一七〕之名瀆於所尊，體屬不恭，義有大害。稱之於仁廟，乃有嚮背之嫌；去之於濮王，不損所生之重。絶無小益，徒亂大倫。

臣料陛下之意不必須要稱親，止爲不加殊名無以別於臣列。臣以爲不然，推所生之義，則不臣自明；盡致恭之禮，則其尊可見。况當揆量事體，别立殊稱，要在得盡尊崇，不愆禮典。

言者皆欲以高官大國加於濮王，此甚非知禮之言也。先朝之封，豈陛下之敢易？爵秩之命，豈陛下之敢加？臣以爲當以濮王之子襲爵奉祀，尊稱濮王爲『濮國太王』，如此則敻然殊號，絶異等倫，凡百禮數，必皆稱情。請舉一以爲率，借如既置嗣襲，必伸祭告，當曰『姪嗣皇帝名，敢昭告於皇伯父濮國太王』，自然在濮王極尊崇之道，於仁皇無嫌貳之失，天理人心，誠爲允合，不獨正今日之事，可以爲萬世之法。復恐議者以『太』字爲疑，此則不然，蓋繫於濮國下，自於大統無嫌。

今親之稱，大義未安，言事者論列不已，前者既去，後者復然，雖使臺臣不言，百官在位亦必繼進，理不可奪，勢不可遏，事體如此，終難固持。仁宗皇帝，在位日久，海寓億兆，涵被仁恩。陛下嗣位之初，功德未及天下，而天下傾心愛戴者，以陛下仁廟之子也。今復聞以濮王爲親，含生之類，發憤痛心，蓋天下不知陛下之孝事仁皇之心格於天地，尊愛濮王之意非肯以不義加之，但見誤致名稱，所以深懷疑慮，謂濮王既復稱親，則仁廟不言自絶，群情恟懼，異論喧囂。夫王者之孝，在乎得四海之歡心，胡爲以不正無益之稱，使億兆之口指斥謗讟，致濮王之靈不安於上？臣料陛下仁孝，豈忍如斯？皆由左右之臣不能爲陛下開明此理，在於神道不遠人情，故先聖謂『事死如事生，事亡如事存』。設如仁皇在位，濮王居藩，陛下既爲冢嗣，復以親稱濮王，則仁皇豈不震怒？濮王豈不側懼？是必君臣兄弟立致釁隙，其視陛下，當如何也？神靈如在，亦豈不然？以此觀之，陛下雖加名稱，濮王安肯當受？

伏願陛下，深思此理，去稱親之文，以明示天下，則祖宗、濮王之靈交驩於上，皆當垂祐陛下，享福無窮，率土之心，翕然慰悅，天下化德，人倫自正，大孝之名，光於萬世矣。夫姦邪之人，希恩固寵，自爲身謀，害義傷孝，以陷陛下，今既公論如此，不無徊徨，百計搜求，務爲巧飾，欺罔聖聽，枝梧言者，徼冀得已，尚圖自安，正言未省，而巧辯已至，使陛下之心無由而悟。伏乞將臣此章省覽數遍〔一八〕，裁〔一九〕自宸衷，無使姦人與議。其措心用意，排拒人言，隱迹藏形，陰賛陛下者，皆姦人也。幸陛下察而辨之，勿用其説，則自然聖心開悟，至理明白，天下不勝大願！

論經筵事

程　頤

臣伏覩自古人君守成而致盛治者，莫如周成王。成王之所以成德，由周公之輔養。昔者周公傅一作輔。成王，幼而習之，所見必正事，所聞必正言，左右前後皆正人，故習與智長，化與心成。今士大夫家善教子弟者，亦必延名德端方之士，與之居處，使之薰染成性，故曰『少成若天性，習慣如自然』。伏以皇帝陛下春秋之富，雖睿〔二〇〕聖之資得於天稟，而輔養之道不可不至。所謂輔養〔二一〕之道，非謂告詔以言，過而後諫也，在涵養薰陶而已。大率〔二二〕一日之中，接賢士大夫之時多，親寺人宮女之時少，則自然氣質變化，德器成就。

臣欲乞朝廷愼選賢德之士，以侍勸講。講讀既罷，常留二人〔二三〕直日，夜則一人直宿，以備訪問。皇帝讀習之暇，游息之間，時於内殿召見，從容宴語，不獨漸磨道義，至於人情物態，稼穡艱難，積久自然通達，比之常在深宫之中，爲益豈不甚大？竊聞閒日一開經筵，講讀數行，群官列侍，儼然而退，情意略不相接，如此而責輔養之功，不亦難乎？今主上沖幼，太皇太后慈愛，亦未敢便乞頻出，但時見講官，久則自然接熟。大抵與近習處，久熟則生褻慢；與賢士大夫處，久熟則生愛敬。此所以養成聖德，爲宗社生靈之福。天下之事，無急於此。取進止。

又論經筵事

程 頤

臣聞三代之時，人君必有師、傅、保之官。師，道之教訓；傅，傅其德義；保，保其身體。後世作事無本，知求治而不知正君，知規過而不知養德，傅德義之道固已踈矣，保身體之法無復聞焉。伏惟太皇太后陛下，聰明睿哲，超越前古。皇帝陛下，春秋之富，輔養之道，當法先王。臣以爲傅德義者，在乎防見聞之非，節嗜好之過。保身體者，在乎適起居之宜，存畏慎之心。臣欲乞皇帝左右扶侍、祗應、宫人、内臣，並選年四十五已上，厚重小心之人，服用器玩皆須質樸，應華巧奢麗之物，不得至於上前，要在侈麗之物不接於目，淺俗之言不入於耳。及乞擇内臣十人，充經筵祗應，以伺候皇帝起居，凡動息必使經筵官知之，有翦桐之戲，則隨事箴規，違持養之方，則應時諫止。調護聖躬，莫過於此。取進止。

又論經筵事

程　頤

臣竊以人主居崇高之位，持威福之柄，百官畏懾，莫敢仰視，萬方承奉，所欲隨得，苟非知道畏義，所養如此，其惑可知。中常之君，無不驕肆，英明之主，自然滿假，此自古同患，治亂所繫也。故周公告成王，稱前王之德，以寅畏祇懼爲首。從古已來，未有不尊賢畏相而能成其聖者也。皇帝陛下，未親庶政，方專問學，臣以爲輔養聖德，莫先寅恭，動容周旋，當主於此，歲月積習，自成聖性。臣竊聞經筵臣寮，侍者皆坐，而講者獨立，於禮爲悖。欲乞今後特令坐講，不惟〔一二四〕義理爲順，所以養主上尊儒重道之心。取進止。

論開樂御宴

程　頤

臣伏覩有司排備開樂御宴，臣備員勸講，職在以經義輔道人主，事有害義，不敢不言。夫居喪用喪禮，除喪用吉禮，因事而行，乃常道也。今若爲開樂張宴，則是特爲一喜慶之事，失禮意，害人情，無大於此。雖曰故事，祖宗亦不盡行，或以故而罷，或因事而行，臣愚竊恐祖宗之意亦未安故也。自古太平日久，則禮樂純備，蓋講求損益而漸至爾。雖祖宗故事，固有不可改者，有當隨事損益者。若以爲皆不可改，則是昔所未遑，今不得復作，前所未安，後不得復正，朝廷之事，更無損益之理，得爲是乎？況先朝美事，亦何嘗必行？臣前日所言殿上講説是也。故事未安，則守而不改，臣前日所言冬至受表賀是也。臣前後累進狂言，未嘗得蒙采用，而言之不已者，蓋職之所當，不敢曠廢。伏望聖慈，特賜聽納，自中降旨，罷開樂宴，直候因事而用，於義爲安。

上太皇太后書

程頤

臣愚鄙之人，自少不喜進取，以讀書求道爲事，於兹幾三十年矣。當英祖〔二五〕朝暨神宗之初，屢爲當塗者稱薦，臣於斯時，自顧學之不足，不願仕也。及皇帝陛下嗣位，太皇太后陛下臨朝，求賢願治，大臣上體聖意，搜揚巖穴，首及微賤，蒙恩除西京學官。臣於斯時，未有意於仕也，辭避方再，而遽有召命，臣門下學者，促臣行者半，勸臣勿行者半。促臣行者則曰：君命召，禮不俟駕。勸臣勿行者則曰：古之儒者，召之則不往。臣以爲召而不往，惟子思、孟軻則可，蓋二人者，處賓師之位，不往，所以規其君也。己之微賤，食土之毛而爲王民，召而不至，邦有常憲，是以奔走應命到闕。蒙恩授館職，方以義辭，遂蒙召對，臣於斯時，尚未有意於仕也。進至簾前，咫尺天光，未嘗敢以一言及朝政。陛下視臣，豈求進者哉？既而親奉德音，擢置經筵，事出望外，惘然驚惕。臣竊内思，儒者得以道學輔人主，蓋非常之遇，使臣自擇所處，亦無過於此矣。臣於斯時，雖以不才而辭，然許國之心實已萌矣，尚慮陛下貪賢樂善，果於取人，知之或未審也，故又進其狂言，以覬詳察，曰：『如小有可用，敢不就職？或狂妄無取，則乞聽辭避。』章再上，再命祗受，是陛下不以爲妄也。臣於是受命供職而來，夙夜畢精竭慮，惟欲主上德如堯舜〔二六〕，異日天下享堯舜之治，廟社固無窮之基，乃臣之心也。

臣本山野之人，稟性樸直，言辭鄙拙，則有之矣。至於愛君之心，事君之禮，告君之道，敢有不盡？上賴聖明，可以照鑒。臣自惟至愚，蒙陛下特達之知，遭遇如此，願效區區之誠，庶幾毫髮之補，惟陛下留意省覽，不勝幸甚！

伏以太皇太后陛下，心存至公，躬行大道，開納忠言，委用耆德，不止維持大業，且欲興致太平，前代英主所不及也。但能日慎一日，天下之事不足慮也。臣以爲今日至大至急，爲宗社生靈久長之計，惟是輔養上德而已。歷觀前古輔養幼主之道，莫備於周公，周公之爲，萬世之法也。臣願陛下擴高世之見，以聖人之言爲可必〔二七〕信，以聖人之道爲可必〔二八〕行，勿狃滯於近規，勿遷惑於衆口。古人所謂『周公豈欺我哉』，周公作《立政》之書，舉〔二九〕言常伯、常任，至於綴衣、虎賁，以爲知恤者鮮，一篇之中，丁寧重複，惟在此一事而已。《書》又曰：『僕臣正，厥後克正。』又曰：『后德惟臣，不德惟臣。』又曰：『侍御僕從，罔匪正人，以旦夕承弼厥辟，出入起居，罔有不欽。』是古人之意，人主跬步不可離正人也。蓋所以涵養氣質，薰陶德性，故能習與智長，化與心成。後世不復知此，以爲人主就學，所以涉書史、覽〔三〇〕古今也，不知涉書史、覽古今乃一端爾，若止於如是，則能文宮人可備勸講，知書内侍可充輔道，何用置官設職，精求賢德哉？大抵人主受天之命，稟賦自殊，歷考前史，帝王才質，鮮不過人，然而完德有道之君至少，其故何哉？ 皆輔養不得其道，而位勢使之然也。 伏惟皇帝陛下，天資粹美，德性仁厚，必爲有宋令主，但恨輔養之道有未至爾。

臣供職已來，六侍講筵，但見諸臣拱手默坐，當講者，立案傍解釋數行而退。 如此，雖彌年積歲，所益幾何？ 與周公輔成王之道殊不同矣。 或以爲主上方幼，且當如此，此不知本之論也。 古人生子，能食能言，而教之大學之法，以豫爲先。 人之幼也，知思未有所主〔三二〕，便當以格言至論日陳於前，雖未曉知，且當薰聒，使盈耳充腹，久自安習，若固有之，雖以他言惑之，不能入也。 若爲之不豫，及乎稍長，私意一作思慮。偏好生於内，衆口辯言鑠於外，欲其純完，不可得也。 故所急在先入，豈有太早者乎？ 或又以爲主上天資至美，自無違道，不須過慮，此尤非至論。 夫聖莫聖於舜，而禹、皐陶未嘗忘規戒，至曰：無若丹朱，好慢遊，作傲虐。 且舜之不爲慢遊傲虐，雖至愚亦當知之，豈禹而不知乎？ 蓋處崇高之位，儆戒之道不得不如是也。 且人心豈有常哉？ 以唐太宗之英睿，躬歷艱難，力平禍亂，年亦長矣。 始惡隋煬侈麗，毁其層觀廣殿，不六七年，復欲治乾陽殿，是人心果可常乎？ 所以聖賢雖明盛之際，不廢規戒，爲慮豈不深遠也哉！ 况沖幼之君，閑邪拂違之道可少懈乎？

伏自四月末間，以盛暑罷講，比至中秋，蓋踰三月，古人欲『旦夕承弼』，『出入起居』，而今乃三月不一見儒臣，何其與古人之意異也？ 今士大夫家子弟，亦不肯使經時累月不親儒士。 初秋漸凉，臣欲乞於内殿或後苑清凉處，召見當日講官，俾陳説道義，縱然未有深益，亦使天下知太皇太后用意如此。又一人獨對，與衆見不同，自然情意易通，不三五次，便當習熟。若不如此，漸致待其自然，是輔道官都不爲力，將安用之？將來伏假既開，且乞依舊輪次直日，所貴常得一員獨對，開發之道，蓋自有方，朋習之益[三二]，最爲至切。故周公輔成王，使伯禽與之處，聖人所爲，必無不當。真廟使蔡伯希侍仁宗，乃師古也。臣欲乞擇臣僚家子弟十歲已上，十二已下，端謹穎悟者三人，侍上左右，所讀之書，亦使讀之。辨色則入，昏而罷歸。常令二人入侍[三三]，一人更休，每人擇有年宮人内臣二人，隨逐看承，不得暫離。常情笑語，亦勿禁止，惟須言語必正，舉動必莊。仍使日至資善堂，呈所習業。講官常加教飭[三四]，使知嚴憚。年纔十三，便令罷去，歲月之間，自覺[三五]其益。

自來宰臣十日一至經筵，亦止於默坐而已。又聞日講讀，則史官一人立侍。史官之職，言動必書，施於視政時則可，經筵講肄之所，乃燕處也，主上方問學之初，宜心泰體舒，乃能悦懌，今則前對大臣，動虞有失，旁立史官，言出輒書，使上欲遊其志，得乎？欲發於言，敢乎？深妨問學，不得不改。欲乞特降指揮，宰臣一月兩次，與文彦博同赴經筵。遇宰臣赴日，即乞就崇政殿講説，因令史官入侍。崇政殿説書之職，置來已久，乃是講説之所，漢、唐命儒士講論亦多在殿上，蓋故事也。邇英殿迫狹，講讀官、内臣近三十人在其中，四月間尚未甚熱，而講官已流汗，況主上氣體嫩弱，豈得爲便？春夏之際，人氣烝薄，深可慮也。祖宗之時，偶然在彼，執爲典故，殊無義理。欲乞今後只於延和殿講讀，後楹垂簾，簾前置御座，太皇太后每遇政事稀簡、聖體康和時，至簾下觀講官進説，不惟省察主上進業，於陛下聖聰，未必無補。兼講官輔道之間事意不少，有當奏稟，便得上聞。亦不可煩勞聖躬，限以日數，但旬月之間，意適則往可也。

今講讀官共五人，四人皆兼要職，獨臣不領别官，近復差修國子監太學條制，是亦兼它職事〔三六〕，乃無一人專職輔道者。執政之意可見也，蓋惜人材，不欲使之閑爾，又以爲雖兼它職，不妨講讀，此尤不思之甚也。不敢言告君之道，只以告衆人言之。夫告於人者，非積其誠意，不能感而入也，故聖人以蒲盧喻教，謂以誠化之也。今夫鍾，怒而擊之則武，悲而擊之則哀，誠意之感而入也，告於人亦如是。古人所以齋戒而告君者，何謂也？臣前後兩得進講，未嘗敢不宿齋豫戒，潛思存誠，覬感動於上心。若使營營於職事，紛紛其思慮，待至上前，然後善其辭説，徒以頰舌感人，不亦淺乎？此理非知學者不能曉也。道衰學廢，世俗何嘗聞此？雖聞之，必以爲迂誕。陛下高識遠見，當蒙鑒知。以朝廷之大，人主之重，置二三臣專職輔道，極非過當。今諸臣所兼皆要官，若未能遽罷，且乞免臣修國子監條制，俾臣夙夜精思竭誠，專在輔道，不惟事理當然，且使天下知朝廷以爲重事，不以爲閑所也。

陛下擢臣於草野之中，蓋以其讀聖人書，聞聖人道，臣敢不以其所學上報聖明？竊以聖人之學不傳久矣，臣幸得之於遺經，不自度量，以身任道，天下駭笑者雖多，而近年信從者亦衆，方將區區駕〔三七〕其説以示學者，覬能傳於後世，不虞天幸之〔三八〕至，得備講説於人主之側，使臣得以聖人之學上〔三九〕沃聖聰，則聖人之道有可行之望，豈特臣之幸哉！如〔四〇〕陛下未以臣言爲信，何不一賜訪問？臣當陳〔四一〕聖學之端緒，發至道之淵微，陛下〔四二〕聖鑒高明，必〔四三〕蒙照納。如其妄僞，願從誅殛。臣愚〔四四〕不任懇悃惶懼待罪之至！

校勘記

〔一〕「移」，底本誤作「極」，據麻沙本改。宋淳祐刻元明遞修本《諸臣奏議》作「移」。

〔二〕「生」，底本作「注」，據麻沙本改。宋淳祐刻元明遞修本《諸臣奏議》作「生」。

〔三〕「時」，麻沙本作「歲」，據麻沙本改。宋淳祐刻元明遞修本《諸臣奏議》作「時」。

〔四〕「有」，底本作「易」，據麻沙本改。宋淳祐刻元明遞修本《諸臣奏議》作「有所」。

〔五〕「完」，底本作「究」，據麻沙本改。宋淳祐刻元明遞修本《諸臣奏議》作「全」。

〔六〕「猶」，麻沙本作「故」。宋淳祐刻元明遞修本《諸臣奏議》作「固」。

〔七〕「市進」，底本誤作「市井」，據麻沙本改。宋淳祐刻元明遞修本《諸臣奏議》作「求進」。

〔八〕「故」，底本誤作「政」，據麻沙本改。宋淳祐刻元明遞修本《諸臣奏議》作「故」。

〔九〕「臣竊以陛下」，底本空缺，據麻沙本補。宋淳祐刻元明遞修本《諸臣奏議》有此五字。

〔一〇〕「遺」，底本作「遠」，據麻沙本改。宋淳祐刻元明遞修本《諸臣奏議》作「遺」。

〔一一〕「到」，麻沙本作「致」。宋淳祐刻元明遞修本《諸臣奏議》作「到」。

〔一二〕「官」，底本誤作「百」，據麻沙本改。宋淳祐刻元明遞修本《諸臣奏議》、明萬曆刊本《西塘集》作

「官」。

〔一三〕「有以」，底本空缺，麻沙本作「以」，據宋淳祐刻元明遞修本《諸臣奏議》、明萬曆刊本《西塘集》補。

〔一四〕「臣奏」，底本空缺，據麻沙本補。宋淳祐刻元明遞修本《諸臣奏議》、四庫本《二程文集》作「臣奏」。

〔一五〕「義」，麻沙本作「父」。宋淳祐刻元明遞修本《諸臣奏議》、四庫本《二程文集》作「義」。

〔一六〕「姦」，麻沙本作「下」。宋淳祐刻元明遞修本《諸臣奏議》、四庫本《二程文集》作「姦」。

〔一七〕「無正疑似」，麻沙本作「疑似無正」。宋淳祐刻元明遞修本《諸臣奏議》作「無正疑似」。四庫本《二程文集》作「疑似無正」。

〔一八〕「遍」，底本作「過」，據麻沙本改。宋淳祐刻元明遞修本《諸臣奏議》、四庫本《二程文集》作「遍」。

〔一九〕「裁」，底本空缺，據麻沙本補。宋淳祐刻元明遞修本《諸臣奏議》、四庫本《二程文集》作「裁」。

〔二〇〕「睿」，麻沙本作「明」。宋淳祐刻元明遞修本《諸臣奏議》、四庫本《二程文集》作「睿」。

〔二一〕「養」，麻沙本作「之」。宋淳祐刻元明遞修本《諸臣奏議》、四庫本《二程文集》作「養」。

〔二二〕「率」，麻沙本作「抵」。宋淳祐刻元明遞修本《諸臣奏議》、四庫本《二程文集》作「率」。

〔二三〕「二人」，底本作「一人」，據麻沙本改。宋淳祐刻元明遞修本《諸臣奏議》、四庫本《二程文集》作「二人」。

〔二四〕「不惟」，麻沙本作「乃於」。宋淳祐刻元明遞修本《諸臣奏議》、四庫本《二程文集》作「不惟」。

〔二五〕「英祖」，麻沙本作「英宗」。宋淳祐刻元明遞修本《諸臣奏議》作「英宗」。四庫本《二程文集》作「英祖」。

〔二六〕「堯舜」，底本作「乾舜」，據麻沙本改。宋淳祐刻元明遞修本《諸臣奏議》、四庫本《二程文集》作「堯舜」。

〔二七〕「可必」，底本作「必可」，據麻沙本改。宋淳祐刻元明遞修本《諸臣奏議》、四庫本《二程文集》作「可必」。

〔二八〕「可必」，底本作「必可」，據麻沙本改。宋淳祐刻元明遞修本《諸臣奏議》、四庫本《二程文集》作「可必」。

〔二九〕「舉」，底本空缺一字格，據麻沙本補。宋淳祐刻元明遞修本《諸臣奏議》無。四庫本《二程文集》作「舉」。

〔三〇〕「覽」，底本作「鑒」，據麻沙本改。宋淳祐刻元明遞修本《諸臣奏議》、四庫本《二程文集》作「覽」。

〔三一〕「主」，麻沙本作「至」。宋淳祐刻元明遞修本《諸臣奏議》、四庫本《二程文集》作「主」。

〔三二〕「益」，底本作「功」，據麻沙本改。宋淳祐刻元明遞修本《諸臣奏議》、四庫本《二程文集》作「益」。

〔三三〕「常令二人入侍」，麻沙本作「當令二人侍」。宋淳祐刻元明遞修本《諸臣奏議》、四庫本《二程文集》作「常令二人入侍」。

〔三四〕「飭」，麻沙本作「勒」。宋淳祐刻元明遞修本《諸臣奏議》、四庫本《二程文集》作「勅」。

〔三五〕「覺」，底本作「得」，據麻沙本改。宋淳祐刻元明遞修本《諸臣奏議》、四庫本《二程文集》作「覺」。

〔三六〕「事」，麻沙本作「也」。宋淳祐刻元明遞修本《諸臣奏議》作「事」。四庫本《二程文集》作「也」。

〔三七〕「駕」，底本空缺，據麻沙本補。宋淳祐刻元明遞修本《諸臣奏議》、四庫本《二程文集》作「駕」。

〔三八〕「傳於後世，不虞天幸之」九字，底本空缺，據麻沙本補。宋淳祐刻元明遞修本《諸臣奏議》、四庫本

《二程文集》同於麻沙本。

〔三九〕『學上』二字，底本空缺，據麻沙本補。宋淳祐刻元明遞修本《諸臣奏議》、四庫本《二程文集》作『學上』。

〔四〇〕『幸哉？如』三字，底本空缺，據麻沙本補。宋淳祐刻元明遞修本《諸臣奏議》、四庫本《二程文集》作『幸哉？如』。

〔四一〕『當陳』，底本空缺，據麻沙本補。宋淳祐刻元明遞修本《諸臣奏議》、四庫本《二程文集》作『當陳』。

〔四二〕『陛下』，底本空缺，據麻沙本補。宋淳祐刻元明遞修本《諸臣奏議》、四庫本《二程文集》作『陛下』。

〔四三〕『高明，必』三字，底本空缺，據麻沙本補。宋淳祐刻元明遞修本《諸臣奏議》、四庫本《二程文集》作『高明，必』。

〔四四〕『愚』，底本空缺，據麻沙本補。宋淳祐刻元明遞修本《諸臣奏議》、四庫本《二程文集》作『愚』。

新校宋文鑑卷第五十九

校者按：底本此卷抄配，據麻沙本刻卷校改。

奏疏

論農事

范祖禹

臣近蒙賜告，暫至許昌，竊見畿内已苦雨潦，詢之村民，皆云鄉村安静，公私少事，無呼召煩擾，唯是年歲未得豐熟，不旱則水，民常艱食，夏麥既薄，或全不收，秋苗雖茂，唯憂潦損。臣竊惟陛下，哀矜百姓，賑恤鰥寡，德澤所及，可謂至厚，然猶和氣未應，陰陽隔并，欲修政事以應之，願陛下推其心而已矣。

夫天道不遠，在君心所以感之，人君愛民，則天亦愛。人君愛民者，在知其勞苦而恤其困窮，天下之人至勞苦而常困窮者，農民是也。周公作《無逸》，戒成王以『先知稼穡之艱難』，又言商之逸王，『不知稼穡之艱難，不聞小人之勞，唯耽樂之從』。夫稼穡之艱難與小人之勞，人君不可以不知。天生時而地生財，自一粒一縷以上，皆出於民力，然後人得而用。人臣之禄，受之於君，故不可不報君。人君之奉，取之於民，故不可不愛民。天子者，合天下之力而共尊養之，凡宫室、車馬、服食、器用，無非取於天下，皆百姓之膏血也。其作之也甚勞，其成之也甚難。安而享之，不可不思其所從來，思其所從來，則愛之而有不忍費財之心，憂之而有不忍勞民之心。以此之心，行此之政，而天下不安者，未之有也。天下之大，生民之衆，唯繫於一人之心，君心静則天下静，君心不静則天下亦不静。朝廷唯躬儉節用，無所營爲，常恐煩百姓，則天下安息。先王豈能人人而食之，人人而衣之哉？推其仁心，修其仁政，以及天下，則所被者廣矣。

臣願陛下，當食則思天下有饑而不得食者，當衣則思天下有寒而不得衣者，凡於每事，莫不皆然，唯推至誠，以召和氣，庶幾皇天報應，降豐年之祥，使百姓皆家給人足，則太平矣。昔漢昭帝耕于鉤盾弄田，其事至微，史臣書之，蓋以昭帝欲知稼穡之艱難，與周公戒成王之意同也。周世宗留心農事，常刻木爲耕夫蠶婦，置之殿庭，欲見之而不忘。國朝祖宗以來，尤重農穡，太宗嘗謂近臣曰：『耕耘之夫，最可矜閔，春蠶既登，併功紡績，而繒帛不及其身。田禾大稔，充其腹者，不過疏糲。若風雨乖候，稼穡不登，將如之何？』真宗於内殿植稻麥，臨觀種獲，欲知田畆之勞，至今遵之。惟陛下深留意於農政，而常以保惠小民爲先，則天下幸甚！

論明堂

范祖禹

臣伏見明堂大禮，已在散齋。恭惟仁宗皇帝，若稽古典，斷以聖意，自皇祐二年，始制明堂之禮。先詔有司，乘輿服御，務從簡儉，無枉勞費。御撰樂曲舞名，服靴袍，崇政殿閱試雅樂，如行禮之次。又於禁中靴袍，親書『明堂』及『明堂之門』二榜。將近祀日，霖雨不止，仁宗禁中齋禱，極於恭虔，應禱開霽，天日清潤，風和氣協。祀前之夕，即罷警嚴。仁宗每詣神座行禮畢，鞠躬却行，須盡褥位，方改步移鄉，以示肅恭之至。又令侍臣徧諭獻官，及進徹俎豆，悉安徐謹嚴，無怠遽失恭。質明禮畢，比之他時，行禮加數刻之緩。御樓宣赦畢，降詔中書門下，止絶請託，應内降恩澤及原減罪犯者，不得施行。仁宗欽崇禋祀，布昭明德，傳之萬世，大略如此。英宗、神宗，聖孝遵承，皆極嚴敬。今陛下嗣位五載，再舉宗祀，上帝顧饗，神考配侑，國之大事，莫重於此。惟陛下内盡誠敬，法則祖宗，則神天降祉，群生蒙福。

夫齋者，所以致其精明之德。孔子之所慎者齋，齋必有事一精絜之誠，乃可以交於神明。《禮》之言齋曰：『心不苟慮，必依於道；手足不苟動，必依於禮。』古之君子，其齋如此。齋三日，必見其所祭者，誠之至也。夫惟致齋肅恭，然後動容周旋，無不中禮。《書》曰：『皇天無親，克敬惟親』，『鬼神無常享，享於克誠。』夫皇天惟親至敬，鬼神惟享至誠，天人之交，相去不遠，惟誠與敬，可以感通。陛下躬行於上，則百官有司莫敢不祗肅於下。經曰：『聖人之德，無以加於孝。』惟陛下恭虔祀事，以教天下之孝，使群臣萬國，瞻望盛德休光，臣不勝拳拳之愚！

論立后上太皇太后

范祖禹

臣伏奉詔旨，皇帝納后六禮，令翰林學士、御史中丞、兩省給舍與禮部太常寺官同共詳議。臣竊伏思，此國家大事，萬世之始，福祚所繫，風化所先，自古聖王重之。今陛下宜先知者有四，不可不慎也。臣謹稽之上古，參之後世，爲陛下悉數而詳言之。一曰族姓，二曰女德，三曰隆禮，四曰博議。

所謂族姓者，臣聞古之帝王所與爲婚姻者，必大國諸侯、先聖王之後，勳賢之裔，不然則甥舅之國也，不以微賤上敵至尊，故其福祚盛大，子孫蕃昌。昔者黄帝娶於西陵之女，是爲嫘祖。嫘祖爲黄帝正妃，其子孫皆有天下，五帝三王，皆黄帝之後也。高辛娶陳鋒氏之女，是生帝堯。虞舜娶帝堯之二女，釐降於嬀汭，遂有天下。大禹娶於塗山，是生夏啓，天下歸之，子孫享國四百七十餘年。成湯娶於有莘氏，子孫有天下六百餘年。周之先祖后稷，生於姜嫄，世有賢妃，太王娶太姜，是生王季，王季娶太任，是生文王，文王娶太姒，其禮尤盛，《大雅》歌之曰：『文王初載，天作之合。』言文王之初有識，天已生賢女爲之配也。又曰：『大邦有子，俔天之妹。文定厥祥，親迎於渭。造舟爲梁，不顯其光。』自古昏禮，未有如文王之盛也。太姜，炎帝之後也；太任，太昊之後也；太姒，大禹之後也。太姒生十子，武王、周公，皆聖人也，其餘皆爲顯諸侯。周之子孫偏於天下，太姒之德也。詩人美文王之聖，本由太任，其詩曰：『思齊太任，文王之母。思媚周姜，京室之婦。太姒嗣徽音，則百斯男。』又曰：『刑于寡妻，至于兄弟，以御于家邦。』言文王之化，自家及國，以正天下也。《周南·關雎》，后妃之德，人倫之始，風化天下，皆美太任、太姒也。武王亦娶於姜，是生成王，周有天下三十餘世，八百餘年，其基本蓋由此也。故族姓不可不貴。

所謂女德者，臣聞《禮》本夫婦，《詩》始后妃，治亂因之，興亡繫焉。三代之興，皆有賢妃，其亡也，皆有孽女。夏之興也以塗山，其亡也以末喜。商之興也以有娀，其亡也以妲己。周之興也以姜嫄，其亡也以褒姒。此皆聖賢所紀，《詩》《書》所載，垂之後世，以爲永鑒者也。秦漢以後，昏姻多不正，無足取法，惟後漢顯宗明德馬后、唐太宗文德長孫后、憲宗懿安郭后，皆有后德，出於勳賢之家，其餘敗亂，足以爲戒而已。恭惟本朝太祖皇帝以來，家道正而人倫明，歷世皆有聖后内德之助，自三代以後，未有如本朝家法也。皇帝聖德明茂，睿質純粹，天監在下，必生聖女，以佑皇家。惟陛下遠觀上古，近鑒後世，上思天地宗廟之奉，下爲萬世子孫之計，選卜窈窕，以母儀萬國，表正六宫，非有德，孰可以當之？然閨門之德，不可著見，必視其世族，觀其祖考，察其家風，參以庶事，亦可知也。昔漢之初，大臣議欲立高帝子齊王，皆曰王母家駟鈞惡戾，虎而冠者也，代王母家薄氏，君子長者，乃立代王，是爲文帝。文帝爲漢之賢主，亦由其母家仁善也。故女德不可不先。

所謂隆禮者，臣聞天子之與后，猶天之與地，日之與月，陰之與陽，相須而後成者也。《禮》

曰：『天子聽男教，后聽女順。天子理陽道，后治陰德』，『教順成俗，内外和順，國家理治，此之謂盛德』。又曰：『天子修男教，父道也。后修女順，母道也。』孔子對魯哀公曰：『古之爲政，愛人爲大。所以治愛人，禮爲大。所以治禮，敬爲大，敬之至矣。大昏爲大，大昏至矣。大昏既至，冕而親迎，親之也』，『是故君子興敬爲親，捨敬是遺親也。弗愛不親，弗敬不正。愛與敬，其政之本歟？』哀公曰：『寡人願有言，然冕而親迎，不已重乎？』孔子愀然作色而對曰：『合二姓之好，以繼先聖之後，以爲天地宗廟社稷之主，君何謂已重乎？』又曰：『天地不合，萬物不生。大昏，萬世之嗣也，君何謂已重焉？』蓋深非之也。孔子遂言曰：『昔三代明王之政，必敬其妻子也有道。妻也者，親之主也，敢不敬歟？』《禮》又曰：『玄冕齋戒，鬼神陰陽也。將以爲社稷主，爲先祖後，其可以不致敬乎？』又曰：『敬而親之，先王之所以得天下也。』今臣與衆官討論講議，皆約先王之禮，參酌其宜，不爲過隆，願陛下勿以爲疑。進言者必曰：天子至尊，無敵於天下，不當行夫婦之禮。而荀卿有言：『天子無妻，告人無匹也。』如此，則是周公之典、孔子之言皆不可信，而荀卿之言可信也。臣謹案，《禮》冠昏唯有士禮，而無天子諸侯之禮，故三代以來，唯以士禮推而上之爲天子諸侯之禮，蓋以成人之與夫婦，自天子至於士則一也。臣竊聞親王宗室之間，娶妻殊無齊體之禮，敬而親之之義，天下豈有獨尊而無偶配者哉？至於鄙褻之禮，或雜戎狄之俗，或習委巷之風，下自士族，上流宮禁，有涉於此者，願陛下一切屏絶之，以正基本，以先天下，故禮不可不隆。

所謂博議者，臣聞古者天子聘后，上公逆之，諸侯主之，故《春秋》書：『祭公來，遂逆王后於紀。』夫國有大事，大臣不容不預聞也。昔慈聖光獻之立也，吕夷簡定其議，故其詔曰『覽上宰之敷言』，其册曰『宗公鼎臣，誦言于朝』。先是，茶商陳氏女亦預選擇，王曾、宋綬皆以爲言，大臣繼有言者，遂罷陳氏。仁宗所以爲聖者，能從衆也。進言者必曰：此陛下家事，非外人所預。自古誤人主者，多由此言也。天子以四海爲家，中外之事，孰非陛下家事？大臣無不可預之事，亦無不當預之人。且陛下用一執政，進一近臣，必欲協天下人望，况立皇后以母天下乎？臣恐陛下一日降詔云，立某氏爲皇后，則大臣雖有所見，亦難乎論議矣。今陛下之所選，莫若出其姓氏，宣問大臣，若聖志既定，而衆議僉同，則卜筮協從，鬼神其依，天人之意，無不同矣。故議不可不博。

臣幸備勸講，其職在以帝王之事裨益聖德，故敢獻其所聞。臣之愚誠，惟中宫正位之後，四海之内，室家相慶，則宗社之福也。狂瞽之言，惟陛下留聽，干冒宸嚴，臣無任惶懼俟罪之至。

論聽政

范祖禹

臣等伏以天下不幸，大行太皇太后登遐，陛下號慕哀毀，孝性天至，在廷聞者，無不摧隕。今揔攬庶政，延見群臣，四方之民，傾耳而聽，拭目而視，此乃宋室隆替之本，社稷安危之基，天下治亂之端，生民休戚之始，君子小人消長進退之際，天命人心去就離合之時也。嗚呼，可不慎哉！可不慎哉！臣等久備講讀，職在論思，首當獻言，以助萬一。

陛下宜先誠意正心，推廣聖孝，發爲德音，行爲仁政，以慰答天下生民之望。此在陛下加意而已，非有所難也，願陛下循其本而行之，則其末可以無難。昔周公以成王幼弱，故位冢宰，治天下七年，制禮作樂，以致太平，其功德至隆。周公既没，成王追念周公之勳勞〔一〕，賜魯以天子禮樂，使世世祀周公，以爲非此不足以稱周公之德也。成王所以報周公如此，故天下莫不歸心。漢大將軍霍光尊立宣帝，霍光既没，宣帝亦葬以天子之禮，帝始親政事，又思報大將軍功德。夫周公、霍光，皆人臣也，有非常之功，故成王、宣帝皆報以非常之禮，而況太皇太后，英宗之配，神宗之母，陛下之祖母，有大功於宗廟社稷，有大德於億兆人民，於陛下之恩與天地無極，豈人臣之比哉？然則今陛下所宜先者，莫如報太皇太后之德也。

自仁宗以來，三后臨朝，皆有大功。章獻明肅之於仁宗，慈聖光獻之於英宗，鞠育扶持，勤勞艱難，亦未得如太皇太后之於陛下也。元豐之末，神宗寢疾，已不能出號令，陛下年始十歲，太皇太后内定大策，擁立陛下，儲位遂定。陛下之有天下，乃得之於太皇太后也。聽政之初，詔令所下，百姓無不歡呼鼓舞。自古母后多私外家，惟太皇太后未嘗有毫髮假借族人。不唯族人而已，徐王、魏王皆親子也，以朝廷之故，踈遠隔絶。魏王病既没，然後一往。太皇太后疾已革，然後徐王得入。進退群臣，必從天下人望，不以己意爲喜怒賞罰，故至公無私之德，雖匹夫匹婦之口，亦能道之。臨朝九年，未嘗少自娱樂，焦勞刻苦，以念生民，所以如此，豈有佗求哉？凡皆爲趙氏社稷宋室宗廟，專心一意，以保佑陛下也。故身當其勞苦，而使陛下享其安逸。昔章獻明肅，而〔二〕親黨多僥倖濫恩，仁宗既親萬機，不免釐革，故小人不能無怨。今太皇太后自臨朝以來，左右請求，一切拒絶，内外肅然，蓋以朝廷不可無紀綱，故身當其怨，而使陛下坐收肅清之功。

陛下如欲報太皇太后之德，莫若循其法度而謹守之。祖宗以來，唯以德澤結百姓之心，欲四海安静無事，仁宗行之四十二年，天下至今思之。恭惟太皇太后之政事，乃仁宗之政事也。然而仁宗聖性寬裕，不忍拒人，内降濫恩，其後亦比比而有。惟太皇太后嚴正至静，不可干犯，故能外斥逐姦邪以清朝廷，内裁抑僥倖以肅宫禁，九年之間，終始如一。故雖德澤深厚，結於百姓，而小人怨者，亦不爲少矣。今必有小人進言曰：太皇太后不當改先帝之政，逐先帝之臣。此乃離間之言，陛下不可不察也。當陛下嗣位之初，太皇太后同聽政，中外臣民上書者以萬數，皆言政令有不便者。太皇太后因天下人心欲改，故與陛下同改之，非以己之私意而改也。既改其法，則作法之人及主其法者，有罪當逐，陛下與太皇太后亦以衆言而逐之。其所逐者，皆上負先帝，下負萬民，天下之所讎疾，衆庶所欲同去者也。太皇太后豈有憎愛於其間哉？顧不如此，則天下不安耳。惟陛下清心照理，辨察是非，斥遠佞人，深拒邪説，有敢以姦言惑聖聽者，宜明正其罪，付之典刑，痛懲一人，以儆群慝，則帖然無事矣。陛下若稍入其語，不正其罪，則恐姦言邪説繼進不已，萬一追報之禮小有不至，此於太皇太后聖德無損，而於陛下孝道有虧，必大失天下之心。陛下豈不見司馬光以公忠正直爲天下所信服？陛下與太皇太后用以爲相，海内之人無不欣悦，光没之日無不悲哀，乃至茶坊酒肆之中，亦事其畫像。光所以得人心如此者，爲其能輔佐陛下與太皇太后，功及天下也。以光之功比之太皇太后，止是萬分之一，而百姓思之如此，而况太皇太后有天地之恩於陛下，有父母之德於生民，四海愛戴，思慕無窮！陛下〔三〕若聽小人讒説，或追報有所不至，或輕改其政事，豈不大失天下人心乎？人心離於下，則天變見於上，陛下雖欲爲善以救之，改過以補之，亦無及矣。

孝者萬行之本，本既不〔四〕立，則其餘何足觀焉？夫小人之情非爲朝廷之計，亦非爲先帝之事，皆爲其身之利也，日夜伺候，欲逞其憾者久矣。今太皇太后新棄天下，陛下初攬政事，乃小人乘間伺隙之時也，不可不預防之。此等既上悞先帝，今又復悞陛下，天下之事，豈堪小人再破壞邪？臣等恭聞，陛下自太皇太后寢疾，朝夕不離左右，躬親藥膳，衣不解帶，憂瘁泣涕，形於顔色。自遭變故以來，哀慕毁瘠，中外具聞。喪服之禮，務從至隆，又下詔發揚太皇太后盛德，推恩高氏，此大孝之極也。至親之際，無所間然，而臣等猶言及此者，竊以小人衆多，恐置陛下於有過之地也。如臣等所言，雖萬萬無之，然不敢不慮於未然，或有纖芥流聞於外，則臣等上負陛下，不先言之罪大矣。不勝憂國愛君之至，惟陛下深留聖思！

論宦官

范祖禹

臣聞《書》曰：『與治同道，罔不興；與亂同事，罔不亡。』漢有天下四百年，唐有天下三百年，及其亡也，皆由宦官。相去五百餘年，如循一軌，蓋與亂同事，未有不亡者也。漢自元帝任用石顯，委以政事，殺蕭望之、周堪，而廢劉向等，漢之基業壞於元帝。東漢鄧后臨朝，中官用事，手握王爵，口含天憲，順帝以後，五侯專朝，桓帝、靈帝之時，十常侍擅天下。子弟親黨割剥百姓，毒流四海，附之者寵及三族，違之者滅及五宗，大考黨獄，夷戮天下名士。於是黄巾賊起，朝野崩離。及袁紹誅宦官，獻帝奔播困餓，而曹操因之以篡漢。唐自明皇使高力士省決章奏，宦官始盛，李林甫、楊國忠等皆因力士以進，唐亡之禍基於開元。肅宗任李輔國，末年寢疾，輔國以兵劫遷明皇於西内，殺張皇后及二王，明皇以幽崩，肅宗以駭没。貴爲天子，上不保其父，中不保其身，下不保其妻子，由用輔國一人而已。代宗用程元振，功臣畏讒，吐蕃寇陷京師，播遷於陝。德宗用宦官分領神策禁兵，其後天子由其所立，唐室終以此亡。憲宗服金丹，躁忿，爲陳洪志所弑。敬宗爲劉克明所弑。文宗欲討憲宗之賊，謀泄，仇士良殺四宰相及朝臣，滅其族，流血成渠，朝廷半空，文宗憂憤以至於没。武宗以後皆由宦官所立。僖宗呼田令孜爲父，天下大亂，黄巢賊起，播遷於蜀，又幸興元。楊復恭自稱定策國老，呼昭宗爲負心門生天子。劉季述等廢昭宗於東内，韓全誨等劫昭宗幸鳳翔，於是崔胤誅中官，而朱全忠劫遷昭宗，遂弑之，因以篡唐。觀漢、唐亡國之禍，其酷如此，後之人主，豈可不以爲刻肌刻骨之戒哉？

太宗時，王繼恩有平蜀之功，中書欲除宣徽使，太宗曰：『朕讀前代書史，不欲宦官預政事。宣徽使，執政之漸也。』宰相懇言繼恩有大功，非此不足爲賞，太宗切責宰相等，乃命學士別立宣政使之目，以授繼恩。布衣韓拱辰詣檢院上言，繼恩功大賞薄，太宗大怒，以拱辰妖言惑衆，杖脊黥面，配流崖州。太宗可謂深鑒前古，而塞禍亂之源矣。英宗服〔五〕藥，任守忠往來間構兩宫，政慈聖太后與英宗不相悦，言者劾奏其罪，貶蘄州安置，盡逐其黨，然後慈聖、英宗母子如初，宫省清肅。至熙寧、元豐間，内臣之中，李憲、王中正、宋用臣三人者，最爲魁傑，憲總兵熙河，兼領三路。中正總兵河東，兼領四路。其權勢震動内外，自陝以西，人不敢斥言憲名。中正口勑募兵，州郡不敢違，師徒凍餓奔潰，死亡最甚。憲陳再舉之策，以誘夏賊，致永樂陷没，在熙河僭擬不法。用臣興土木之役，無時休息，榷舟船，置堆垛，網市井之微利，奪細民之衣食，專事刻剥，爲國斂怨。此三人者，雖加誅戮，未足以謝萬姓，朝廷止從寬典，量加廢黜，唯憲獨死，中正、用臣猶存。陛下近召内臣十人，續又召數人，而李憲、王中正之子皆在其中，又除押班二人，帶御器械一人，中外無不駭愕。既而聞二人以執政言其有過先罷，三人以舍人繳詞頭且輟，然前來指揮，首違故事。又李憲、王中正之子既得入侍，則中正、用臣亦將進用，人心不得不憂，故臣敢極言之。

陛下與太皇太后同聽政之初，外逐蔡確、章惇、吕惠卿等及群小人，故朝廷肅清。内逐李憲〔六〕、王中正、宋用臣等及群小人，故宮禁肅清。内外皆無凶人，故天下安静。臣歷觀近古，内外肅清，未有如今日也。祖宗法度，所以維持後世，不可輕變，陛下奈何先自壞之？陛下所以享南面之尊，蒙已成之業，四方萬里，奔走而聽命者，以朝廷公正，天下心服也。陛下何不慎守法度規矩，增修德政，使過於垂簾之時，然後不失天下之望？今未及進一賢，行一善，先驟用中官如此之盛，四方聞之，必以爲政出宫掖，無復綱紀，如衰季之世，豈不大失人心哉？夫人心一失，欲復收之甚難。陛下若作一二事，使中外悦服，四方竦動，則他日所爲，有順流之易，人心先信故也。若作一二事，使中外憂疑，四方解體，他日雖有美意，人已不信在前，豈得便心服乎？如此而望德業之光，名譽之隆，非臣之所知也。

今中官止是陛下左右給事使令，臣雖至愚，亦知其必未有害政之事。然欲治外者，必先治内；欲治遠者，必先治近，是以明王慎選左右。壬人，堯、舜畏之；佞人，孔子遠之，恐其有損而不自覺也。昔唐之時，仇士良教其黨曰：『天子不可令閑，常宜以奢靡娱其耳目，使日新月盛，無暇更及他事，則吾輩可以得志。慎勿使之讀書，親近儒生，彼見前代興亡，心知憂懼，則吾輩踈斥矣。』士良以此固其權寵，故能專恣二十餘年。夫漢唐之事，當今必無，然以先帝天資英睿，聖學高明，可謂不世出之主，而内外爲小人所悞，外興師旅，内興百役，先帝未嘗享太平之樂，終以憂勤損壽，凡不便民之事，皆群小所爲，而使先帝受天下之謗。臣嘗〔七〕痛之，故不願陛下復近小人，蓋以此也。陛下誠能聽臣之言，悉追罷除用内臣指揮，未到者别與差遣，已入者復授外官，則中外之人稱誦聖德，萬口一辭以爲至美，乃可以解衆庶之惑，洗陛下之謗。此如反掌之易，何難而不爲哉？自聞近日兩次指揮以來，外議洶洶，皆云大臣不能争執，陷陛下於過舉。臺諫之臣又皆畏避中人〔八〕，莫敢一言。但恐陛下未之知耳，若使知之，必不爲也。臣侍經筵八年，日望一日，歲望一歲，期陛下爲令德之主，唯恐有纖毫之失，故不避違拂聖意，數進苦切之言。陛下每留睿聽，以臣愚直見知，臣亦不量微力，以獻納自任。今兹事體，實繫朝政汚隆，人情去就，臣義均休戚榮辱，不忍默默坐視，敢冒萬死而獻其忠，唯陛下裁察！

校勘記

〔一〕「周公既没」二句，麻沙本作「周公，成王追念其勳勞」。

〔二〕「而」，底本誤作「明」，據麻沙本改。四庫本《范太史集》作「時」。

〔三〕以上自「有父母之德」至「陛下」，凡十八字，麻沙本無。

〔四〕「不」，底本無，據麻沙本補。四庫本《范太史集》有「不」字。

〔五〕「服」，底本無，據麻沙本補。宋淳祐刻元明遞修本《諸臣奏議》、四庫本《范太史集》作「服」。

〔六〕「李憲」，底本空缺，據麻沙本補。宋淳祐刻元明遞修本《諸臣奏議》、四庫本《范太史集》作「李憲」。

〔七〕「嘗」，底本作「當」，據麻沙本改。宋淳祐刻元明遞修本《諸臣奏議》作「常」。四庫本《范太史集》作「嘗」。

〔八〕「中人」，底本作「小人」，據麻沙本改。宋淳祐刻元明遞修本《諸臣奏議》、四庫本《范太史集》作「中人」。

新校宋文鑑卷第六十

校者按：底本此卷抄配，據麻沙本刻卷校改。

奏疏

論呂大防乞以旱罷

梁燾

臣伏見陛下眷遇大臣，極其恩禮，不忍聞其過惡，輕奪其位，使傷其進退之名，所以委曲覆容，真有天地之賜。爲大臣者，何以副陛下之深仁乎？祖宗之時，宰相率二三年以禮去，今之宰相率二三年以罪去。禮去者，顧義重，雖有功而必去；罪去者，顧利重，非有罪則不去。以禮去者，可以復用；以罪去者，不可以再。蓋祖宗之大臣皆以名節自重，一舉動必存大體，必副人望，不敢專寵禄以自愛，不敢挾權勢以自强，日思以得罪爲憂，以妨賢爲懼，故率二三年自引避位。朝廷褒答自有恩[一]數，其優者爲使相，其次猶須超進數官爲大學士。其去位也，名益重，望益高，眷益厚，一旦復用，則中外之民莫不以爲宜，皆爲朝廷喜之，此所以朝廷重也。其間亦時有貪鄙之人，當去而不去，以固位戀禄，清議已不容矣，以之招致人言，暴著過惡，從而罷遣之。殆不過一諫官一御史論之，則已不能安矣，如臺諫合攻連擊者甚少，一有之，則終身不得復用。故以禮去者多，以罪去者少。大臣既以法，小臣從而廉，士大夫化之，皆磨礪振潔，以節操相高，風俗純美，由此道也。

比年以來，大臣皆以竊禄偷安爲計，寖以成風，雖有大過，猶巧自掩蓋，恐其失位。一二人言之，不知去，臺諫官共言之，又不肯去，至於紛紛不已，上不能止其言，竟出其章疏，然後請退，聖恩因而聽之。公議爲之鄙薄，私友爲之歎惜，喪其節守，敗其名譽，冒其過咎，終以踈絶。朝廷雖以乏人而欲用之，疑其姦心之不測，畏其清議之不容，卒不敢用，必用其以次者，安得人才衆多而爲用乎？朝廷將無人而用矣，此不可不思也。祖宗之時，輔相之材非不多也，然而進者必以其賢，退者必以其禮，去而復來，所以用之有得也。今輔相之材亦不多也，然而進之不必以其賢，退之必以其罪，去而不可來，所以用之不足也。

臣近嘗建言，乞陛下許吕大防以自請罷去相位者，正爲其如此。若蒙陛下許吕大防令以禮去，不唯大防得其進退之道，且掩覆其罪狀，不爲言者之所指擿，不爲公議之所不容，使之養望於外，它日用之，人必無敢議者。設有議者，其跡以無罪而去，陛下主張之，無累知人之明矣。於是大防真有天地之賜，足稱陛下眷禮之本意也。非獨以安大防也，又以示後來之人，皆思以禮去位，而漸以名節自重，如祖宗之大臣也，朝廷由是尊矣。伏望聖慈，以安危爲計，以治亂爲念，以養大臣之譽望爲意，以勵搢紳之廉隅爲術，保完大防今日之去，存全大防它日之用，豈不兢[二]謝旱烈之譴，銷厭愁怨之氣，上敬天道，下順民心，中不失君臣之恩，一舉而三善得，豈不美歟？伏惟聖神采納，天下幸甚！

請還政　梁燾

臣以孤直，上荷拔擢，兩在言路，徧歷臺諫，前後論列，多蒙聽納。昨自外郡再蒙收召，使得待罪翰苑，論思獻納，預聞大政，不獨以文字爲職也。眷遇之厚，群臣莫比，如臣之愚，何以報稱？誓當竭盡死節，知無不爲，終期少補聰明，庶不辜負恩遇。恭以皇帝陛下，富於春秋，早有天下，仁聖孝慈之實，藹聞於外，性資成定，盛德日新。太皇太后陛下擁護聖躬，夙夜不倦，保佑之功，永福宗社，臣民歡欣，四海仰戴。今來選正中宮，已得賢淑，冬至大禮，自當郊見天地，天意人事，上下協應。維是政機之煩，久勞同聽，歸斷人主，不可過時，此陛下今日甚盛之舉也。退託深宮，頤神間燕，遠光前人，垂法萬世，豈不美歟？願早賜處分，以彰全聖[三]。如以臣言爲然，伏望明[四]出手詔，付大臣施行，天下幸甚。臣不勝惓惓，竭忠盡直，以干斧鉞之誅，惟幸裁赦！

請令帶職人赴三館供職　胡宗愈

臣檢會今年三月二十八日三省同奉聖旨，今來内外官，並許貼職食錢并理任外，其餘恩數，並依官制 以前條貫。又準五月三日聖旨指揮，勘會祕書省自有職事官，其舊帶館職，并今後除授校理以上職名，並不供職。

臣愚竊謂士不知朝廷之治體，則不足以立朝；不習國家之故事，則不足以應務。唐李德裕謂『用寒士不如公卿之世』，議者以爲偏論，臣廼謂之知言〔五〕。蓋公卿之世，耳目習朝廷之治體，練熟國家之故事，遠方寒士，有不知其始末者，德裕之言未〔六〕爲過論。太宗皇帝深達此意，始置崇文院，建祕閣，集四庫書，選天下名能文學之士，以爲校讎官，給以見俸，食於大官，優其資秩。自選人京官入者，始除館閣校勘，或崇文院校書，及升朝籍，乃爲祕閣集賢校理，或優之，則爲直館、直院、直閣。其始入而官位卑者，未得主判，且令在館供職。改京官，升朝籍，方得主判登聞鼓檢院，同知禮院之類。資任漸高，則或爲吏部南曹、群牧判官，又高，則爲省府推判官，或出知藩鎮，任轉運提刑。又擇其久任者，或遷知諫院，預講讀，或擢爲左史，遂典詞誥，或待制内閣，由此而爲公卿執政，以躋台輔。遠器大節，方重深厚，事業磊落，載在史册者，前後相望。外至於守土奉使，藹然皆有風績可觀。間有不才蹋茸者，叨預於其間，則指目鄙笑，不容於清議。故累朝得人，方古爲盛，此實太宗皇帝憂深慮遠養育之功也。

熙寧執政，務欲速援親黨，假此以爲進人之階，浮躁狂妄者争趍之，故有朝除校理而夕拜詞掖，夕爲直院而朝作輔臣。館閣涵養之風遂至委地，士人廉耻之節靡有孑遺，既無素養之才，悉苟合士〔七〕。臨時選用，或非其人，左右史才，間用俗吏，以致朝廷厭薄館閣，遽行寢罷。

陛下即位以來，招賢樂善，追復太宗皇帝之政，繼承列聖之業，俾復三館職名，又詔執政大臣各舉所知，召試以充其選，獨不許其供職，臣愚莫知其意。竊計議者必謂昔之崇文院已改爲祕書省，已有官屬，則帶館閣職名者不可供職。臣愚以謂崇文院之名雖改，而祕閣、集賢、昭文館四庫之書猶存，既選英才除職名，而不令供職，不法太宗皇帝養才育士之深意，而徒以虚名爲士大夫進取之階，不唯義理未安，兼亦於事無補。臣愚望朝廷稽考祖宗館閣之制，選人京官除者，且授祕省正字校書，以比昔日之校勘。選人已有改官，并供職四年，除校理指揮外，有自京官除者，亦自校書郎二年方授校理。已升朝者，得兼寺監職事，以比昔日之主判。由此漸進，以歷省府，與舊帶職之人並令入館供職，依舊食於太官，磨以歲月，使多士知陛下育才之意，庶幾優游議論，漸知朝廷之治體，群居講習，以議國家之故事。廉耻清讓〔八〕，去而復還，館閣素風，墜而復振。朝廷自後用人，不乏實才，將以成太平之業，臣愚以爲自此爲始。惓惓之意，惟陛下采擇，臣愚不勝幸甚！

請詔有司講究商賈利病

王巖叟

伏以祖宗盛際，四方之商賈交出於塗，而萬貨無所滯，公私共享其利，優游乎豐樂而不自知。其後利專於公上，商賈爲之不行，通都會邑至有寂寞之歎，非獨商賈之患也，而上下均受其弊。陛下即位之始，首發德音，廢導洛，罷市易，還民衣食之源，以惠養困窮，人人蒙福，如遂更生，有司固無復争利之端矣。然二年於今不爲不久，商賈猶病乎不通，而國家未獲其益，何也？必法有蔽於中，而講之未盡其術也。伏望特詔有司，深究利病，以通天下之商賈，下以裕百姓，而上以資縣官，庶幾人物熙然，復及祖宗之盛。臣愚不勝區區！

請廣言路參用四方之士

王巖叟

臣以謂天下之事，度而知之不如耳聞其説，耳聞其説不如目覩其真。今四海之大，萬里之遠，民情之利害不可以槩言，風俗之美惡不可以凡舉，人材之賢不肖不可以互知。竊以陛下所賴以察四方之事，達四方之情者，言路數人而已，而專用一方之人，非所以廣聰明於天下也。臣願陛下常於言路參用四方之士，天下幸甚！

請復内外官司舉官法

王巖叟

臣竊以人得於表裏不疑則可任，事出於上下相應則易成，此諸府之辟召，群司之奏舉，所以不可廢也。自辟舉之法罷而用選格，可以見功過，而不可以見人材。中外患之，於是不得已而有踏逐、奏差、申差之格。踏逐者，陰用舉官之實，而明削同罪，非善法也。選才薦能而曰踏逐，非雅名也。必當擇人之地，而不重用之之道，非深計也。委人以權，而不容舉其所知，非通術也。臣伏望聖慈，特賜指揮，復内外官司舉官法，以暢公議。

請詔執政裁抑三省人吏僥倖

王巖叟

臣伏以朝廷之弊，莫甚於容僥倖以養蠹，尚姑息以惠姦。不治其源而立法於下流，法愈煩而弊愈多，非計之得也。今天下皆曰：僥倖之甚者莫如三省之胥史，歲累優秩，月享厚禄，日給肉食，春冬有衣，寒暑有服，出入乘官馬，使令得營卒，郊禮霑賜賚。又許有服親入爲吏，如士大夫任子無以異〔九〕，而曾不限年，得禄尤早，其爲恩幸可謂厚矣。言其供職事，則一月之間，或僅踰兩旬，一日之間，常不滿半日，其爲勤勞可謂薄矣。點檢諸司文字差錯，乃是職分當然，何至字字論功，日日計賞？或升名次，或減磨勘，或添料錢，或支銀絹，以彼易此，有如己物。又每遇朝廷舉動一事，曾行過一紙文書，則復妄叙勞能，別希恩澤。如近日二王出居外第，省吏有何辛苦？而亦要〔一〇〕功以冒賞。推此一端，餘皆可見。臣不知平居〔一一〕禄賜優厚，將焉用之？其爲僥倖，可謂甚矣！此蓋前來宰執，以姑息相承，養之至此。賣朝廷之恩以買譽，結左右之愛以固權，何嘗以謹嚴紀綱爲事，澄清根本爲心哉？故議者以爲廟堂之上，爲天下百姓理會弊事則少，與省中吏人行遺濫恩則多，静而察之，非虚語也。伏望聖慈，特賜敕厲執政大臣，裁抑僥倖以除蠹，杜絶姑息以戢姦，棄近例，禁換法，復講治平以前條格循用之，庶可以肅百司而正四方。

請依舊法賑濟免河北貸糧出息

王巖叟

臣伏以救災卹患，惟恐有所不至以傷其仁者，先王之用心也。隨施以有求，乘危以論利，蓋不忍焉。臣按，祖宗賑濟舊法，災傷無分數之限，人户無等第之差，皆得借貸，但令隨税納元數而已，未嘗有息也。故四方之人霑惠者普，銜恩者深，郡縣倉庾以陳易新者多。其後刻薄之吏，陰改舊法，必待災傷放税七分以上方許貸借，而第四等以下方免出息，殊非朝廷本意。緣災傷放税，多是監司以聚斂爲急威脅州縣，州縣又承望風旨，不復體心朝廷，以災傷的實分數除放，若放及七分者，災傷已是十分，况少肯放及七分？又六分之與七分相去幾何？毫釐之間何以辨別？幸而得爲七分則有借貸，不幸而爲六分則無借貸，但繫檢災官吏一言之高下，而被災百姓幸不幸相遠如此！不可不察也。三等而上均爲赤子，均遇天災，豈容因災偏令出息？計其所得則甚少，論其所損則實多，乖陛下平一之心，虧朝廷光大之施。

臣乞復如舊法，不限災傷之分數，並容借貸，不拘民户之等第，均令免息，庶幾聖澤無間，感人心於至和，天下幸甚。如允臣所奏，其河北、京西、淮南等路昨來水災州縣，乞先次指揮施行。

請罷三舍法　　王巖叟

右臣伏以法有爲名則美，而行之則難；事有用意則良，而施之則戾者，三舍是也。故自三舍之法立，雖有高材異行，未見能取而得之，而犇競之患起。犇競之患起，而賄賂之私行。賄賂之私行，而獄訟之端作。獄訟之端作，而防猜之禁繁。博士勞於簿書，諸生困於文法，非復渾然養士之體，而庠序之風或幾乎息，此識者之所共歎也。臣竊謂庠序者，所以萃群材〔一二〕而樂育之，以完其志業，養其名譽，優游舒徐，以待科舉者也。不必科舉之外，别開進取之多歧，以支離其心，而激其争端，使利害得失日交戰於胸中，損育德養道之淳意，非所以敦教化，成人材也。

臣愚乞鑒已然之弊，罷三舍法，開先生弟子不相見之禁，示學士大夫以不疑。講肄之餘，止以公私試弟高下如昔時，自足以奬材氣而厲風聲，使多士欣欣於從學，則上庠宜復有雍容樂易之美，爲四方矜式矣。乞下禮部及司業博士共議其當。

請罷試中斷案人入寺〔一三〕　　王巖叟

臣聞維天下之勢者存乎法，持天下之法者存乎平。權之而後行，議之而後用，使不失其平者，存乎其人。當張釋之爲廷尉，人有盗高廟坐前玉環者，奏當棄市。文帝大怒曰：『吾屬廷尉者，致之族，而以法奏之。』釋之謝曰：『今盜高廟器而族之，有如萬分一，假令愚民取長陵一抔土，陛下且何以加其法乎？』文帝乃許廷尉。臣以謂此不出於法之文，而出於一時論議，能推明輕重之意，以釋上心，而使天下後世莫不稱其當。由是言之，廷尉之選，豈當忽哉？

臣伏覩祖宗時，審刑大理長官及其僚屬，皆擇天下君子長者，通物情知義理者〔一四〕以爲之，其用心平，其持議不阿，其知思足以講明法之微意而必與情稱，故天下號無寃民。以今望之，其遺風餘德，猶釋之之在漢也。後專尚刑名法術之學，而慘刻之吏多在此選，議事不原於法意，論刑不本於人情，執文以致罪，順旨以成獄，不知先王明慎欽恤之心，而不復輔之以經術，申之以道德，故愈務而愈遠，愈嚴而愈戾。試以斷案，巧則巧矣，然不足以得正人，而足以得狡吏。委理卿獨舉，專則專矣，然不足以任至公，而足以得偏見。

臣愚伏乞檢會舊大理舉官法，及講祖宗置審刑院〔一五〕、大理相持並行之初意，今後罷試斷案人，則釋之之徒將自爲陛下用，稍復刑措之治，天下幸甚！

論堂除之弊

劉安世

臣聞，非至簡不足以待天下之繁，非至静不足以制天下之動。故荀卿有言曰：『論一相以兼率』，『人主之職也』。又曰：『相者，論列百官之長，要百姓之聽』，『歲終奉其成功，以效於君』。推此言之，則人主擇輔臣，輔臣擇庶長，庶長擇僚佐，以次選論，不容虚受。是以所任〔一六〕愈隆，而所擇愈簡；所擇愈簡，而所得愈精〔一七〕。此堯、舜、三代之君所以垂衣拱手，不煩事詔，而天下晏然以治者，用此道也。秦、漢以來，官失其守，居宰相之位者或不知其任，在庶長之列者或不守其職，因循至今，流弊日積。臣請爲陛下詳言之。

昔魏、晋已後，采擇庶官多由選部，故晋之山濤爲吏部尚書，中外員品往往啓授。宋以蔡廓爲吏部尚書，黄散已下，皆得自用，廓猶以爲薄己，遂不之官。唐制五品以上，宰相商議奏可以除拜者，則以制敕命之，六品以下，則吏部銓材授職，然後上言，詔旨畫聞，無所可否，謂之旨授。開元中，吏部置循資格，限自起居、遺補及御史等官，猶並列於選曹。其後倖臣專朝，舊典失序，故陸贄抗論以謂捨朝僉而重己權，廢公舉而行私惠，是使周行庶品，苟不出於時宰之意者，則莫致焉〔一八〕。此乃唐之弊風，不可不革也。

臣伏見近來堂除差遣，多取吏部之闕，不問職事之輕重，才品之優劣，爲人擇官，殊失大體。如承議郎王續堂除管勾左廂公事，承奉郎劉敦夫堂差權河南知録，若此之類，名品至卑，吏部選差固不乏使，何煩廊廟一一揀求？臣恐三省之事日益紛紜，執政大臣汩於細務，則朝廷安危之至計，禮樂教化之大原，使天下回心而嚮道者，將何暇以及之矣？然則豈所以稱陛下圖任老成，委注輔弼之意哉？伏望聖慈，明敕三省，別議立法，今後除兩制、臺省、寺監長貳以上，并諸路監司瀕河並邊郡守之類，所繫稍重者，令依舊堂除外，其餘一切歸之吏部。所貴執政事簡，得以留心於遠業，而選部不至失職，漸復舊制。取進止。

請戒約傳習異端

朱光庭

臣竊以天覆於上，地載於下，人位於中，三才一貫，純粹不雜。有聖人作，因天叙而惇五典，因天秩而庸五禮，因天命而章五服，因天討而用五刑，然後三綱五常立而萬事咸治。聖人爲能以皇極之道，彌綸輔相於其中，故天下無一民一物不得其所，此極盛之治，後世無以復加也。不幸三代既還，王道不振，黄老雜之於前，釋氏亂之於後。黄老之術主於清净虚無，世惑猶淺，唯是釋氏，最爲大惑，人無賢愚，皆被駈率。高明之士，則沈溺於性宗，中下之材，則纏縛於輪回，愚淺之俗，則畏懼於禍福，甚可怪也。聖人曰『天命之謂性』，儒者當盡心而後知，苟不務知此而求他，可乎？聖人曰：『未知生，焉知死？』儒者當窮理而後知，苟不務知此而求他，可乎？聖人曰：『惠迪吉，從逆凶，惟影響。』儒者當視履而後知，苟不務知此而求他，可乎？聖人言行，布在方册，明如日星，可師可法。今士夫夫被儒者之服，當師法〔一九〕聖人言行，而乃自暴自棄，區區奔走從事胡法。古者學非而博，在四誅而不以聽。今之棄先聖之言，從胡人之學，無乃學非而博者乎？豈可以不禁之也？學官教多士以禮義，禮官正朝廷之典禮，若習異端，尤當深責。古者道路，男子由右，婦女由左，重其有别。今之士大夫與民庶之家婦人〔二〇〕，恣入寺門，敗壞風俗，莫此之甚，此不可以不禁也。

臣訪聞今月二十日，相國寺惠林院長老開堂，衣冠大集，座下聽法者曲拳致恭，環拜致禮，無所不盡。在無知輩不足責，其士大夫背棄吾道，不知自重如此，不可以不責也。臣昨日上章，乞詔執政詰問，今月二十日於相國寺長老座下聽法臣寮，乞行敕戒，今後更不得造其門，傳習異端。及學官禮官，前日亦曾詣門聽法者，乞正違經棄禮之罪。仍乞今後應士大夫與民庶之家婦女，並不得入寺門，明立之禁。臣所以爲陛下力言者，方聖明在御，俊乂滿朝，尊吾堯、舜、禹、湯、文、武、周、孔之道，以致太平，而不當縱異端之術以惑天下。伏望聖慈，特賜睿斷施行。

請用經術取士

朱光庭

臣竊以聖朝用經術取士，冠越前代，止是不當專用王安石之學，使後生習爲一律，不復窮究聖人之藴，此爲失矣。若謂學經術不能爲文，須學詩賦而後能文，臣以爲不然。夫《六經》之文，可謂純粹渾厚，經緯天地，輝光日新者也。今使學者不學純粹渾厚輝光《六經》之文，而反學雕蟲篆刻童子之技，豈不陋哉？甚非聖朝之美事。臣近已上封事論列，今再具以經術取士之法，約歸義理之文，條列於左：

一、第一場試諸經大義六道，乞令每人各治二經，每經各試大義三道，仍須先本注疏之説。或注疏違聖人之意，則先具注疏所以違之之説，然後斷以己見及諸家之説，以義理通文采優者爲上，義理通文采粗者爲次，義理不通，雖有虚文，不合格。

一、第二場試《論語》《孟子》大義四道，《論》《孟》各兩道，考試之法與經義同。

一、第三場試論一道，乞於《荀子》《揚子》《文中子》、韓吏部文中出題。

一、第四場試策三道，内兩道乞問歷代史，一道時務。省試五道，三道乞問歷代史，兩道問時務。

右臣之所陳，欲令天下學者不失宗經知根本之學，不專用王安石之鑿説，各以己見、諸家之説，窮聖人之藴。履之爲事業，發之爲文章，下之所以修身見於世，上之所以斂材置之用，皆不失道，此臣所以區區爲朝廷力言也。伏望聖慈，察臣管見，如或可采，特賜主張施行。

校勘記

〔一〕『恩』，底本作『異』，據麻沙本改。宋淳祐刻元明遞修本《諸臣奏議》作『恩』。

〔二〕『兢』，底本作『就』，據麻沙本改。宋淳祐刻元明遞修本《諸臣奏議》作『兢』。

〔三〕『聖』下，底本有一『德』字，麻沙本無，據麻沙本删。宋淳祐刻元明遞修本《諸臣奏議》無『德』字。

〔四〕『明』，麻沙本作『面』。宋淳祐刻元明遞修本《諸臣奏議》作『明』。

〔五〕『言』，底本作『事』，據麻沙本改。

〔六〕『未』，底本作『不』，據麻沙本改。

〔七〕『悉苟合士』，底本作『悉皆苟合之士』，據麻沙本改。

〔八〕『讓』，底本作『議』，據麻沙本改。

〔九〕以上自『賚』字至『無以異』，凡十八字，底本空缺，據麻沙本補。
〔一〇〕『要』，底本作『妄』，據麻沙本改。
〔一一〕『見。臣不知平居』六字，底本空缺，據麻沙本補。
〔一二〕以下自『而樂育之』起，至本篇末，底本空缺，據麻沙本補。
〔一三〕自本篇篇題起，至『及其僚屬』止，底本空缺，據麻沙本補。
〔一四〕『者』，底本作『之士』，據麻沙本改。
〔一五〕『院』，底本無，據麻沙本補。
〔一六〕『任』，麻沙本作『受』。宋淳祐刻元明遞修本《諸臣奏議》、明隆慶覆宋刻本《盡言集》作『任』。
〔一七〕『精』，麻沙本作『多』。宋淳祐刻元明遞修本《諸臣奏議》、明隆慶覆宋刻本《盡言集》作『精』。
〔一八〕『致焉』，底本作『敢爲』，據麻沙本改。宋淳祐刻元明遞修本《諸臣奏議》、明隆慶覆宋刻本《盡言集》作『致焉』。
〔一九〕『師法』，麻沙本作『法師』。宋淳祐刻元明遞修本《諸臣奏議》作『師法』。
〔二〇〕『婦人』，麻沙本作『婦女』。宋淳祐刻元明遞修本《諸臣奏議》作『婦女』。

新校宋文鑑卷第六十一

校者按：底本此卷抄配，據麻沙本刻卷校改。

奏疏

請留安燾

王　覿

臣竊聞同知樞密院安燾，家居請郡。臣愚不知聖意之所在，將聽其去邪？不聽其去邪？臣伏見安燾與李清臣，其才能皆無足以過人者。當蔡確、韓縝、章惇、張璪當國用事之際，燾、清臣惟務順從，不能有所建明。方是時，不惟確、縝、惇、璪爲可去，而燾、清臣亦可去也。然諫官御史交章列疏，具言確、縝、惇、璪之惡，而罕及燾、清臣者，蓋知蠹政害物之根本，惟在確、縝、惇、璪，而燾、清臣本非爲惡之人，雖務順從，其情可恕，故言雖或及而不力也。昨者清臣自尚書右丞除左丞，論者謂清臣雖序遷，而常才不可以更有進擢，臣之説亦如是也。燾自同知樞密院，除知樞密院，論者以謂燾從執政下列，而直出門下、侍郎之上，超躐太甚，臣之説亦如是也。蓋其時確、縝、惇、璪未盡去，小人之黨方熾，得全才重德之人進爲輔相，以肅清邪黨，而燾、清臣素乏骨鯁之譽，無足賴者。然言者猶止欲朝廷之不更升遷而已，未嘗欲陛下逐而去之也。今確、縝、惇、璪皆已罷黜，邪黨既清，先帝之舊執政，惟燾、清臣在焉，陛下若遂聽其去，則過甚矣。蓋燾若去，即清臣迹亦不安，而復須求去，其勢然也。

臣向論縝、璪姦邪，累蒙陛下宣諭，欲存留舊人，此聖度高遠，過於常情萬萬。然縝、璪姦邪顯著，勢不可留以害政，故終爲衆論之所不容。陛下必欲留舊人，燾、清臣可留也。燾、清臣雖常才，而留之無害於聖政，去之有損於國體，此公論也。臣竊見言事臣僚，惟務以彈劾爲事，今燾之求去，彼雖或知其留之爲便，而必少肯爲陛下言者，避嫌疑也。臣不敢以嫌疑之故，不盡忠於陛下，惟聖慈詳酌。

請禁絶登科進士論財娶妻

丁　隲

臣竊聞，近年進士登科娶妻論財，全乖禮義。衣冠之家，隨所厚薄，則遣媒妁往返，甚於乞丐，小不如意，棄而之它。市井駔儈，出捐千金，則貿貿而來，安以就之。名掛仕版，身被命服，不顧廉耻，自爲得計，玷辱恩命，虧損名節，莫甚於此。陛下上法堯舜，旁規漢唐，開廣庠序，遴擇師儒，自京師以達天下，教育之法遠過前古，而此等天資卑陋，標置不高，筮仕之初已爲污行，推而從政，貪墨可知。臣欲乞下御史臺嚴行覺察，如有似此之人，以典法從事，庶幾惇厚風教，以懲曲士！

請下御史臺體訪小人造作謗議

丁　隲

臣竊聞，近有小人多興謗議，密相傳報，驚動中外之聽。或虛稱朝廷升黜臣僚，或妄言臺諫官非意彈斥百官，或文致姦言以厚誣近臣，或造爲惡名以玷辱多士，如五鬼十物之類是也。其實出於被罪流落之人，私挾喜怒，陰遣子弟門人，出入朋比，互爲聲援。上則欲惑亂君臣，以成疑似之禍；下則欲離間同心，轉相猜忌，以隳久大之業。此其用意豈淺哉？不可不察也。昔唐穆宗之時，有『八關』『十六子』之説，爲後世譏笑。今二聖居上，區别善惡，進賢退不肖，元首股肱夙夜孜孜，勵精求治，惟恐不及，非有穆宗之時『八關』『十六子』之事，而姦倖者猶能巧作飛語，公然喧播，自京師以達四方，扇摇流俗，爲害不細。不於此時痛行禁止，則恐浸以成俗，傷薄風化，臣切憂之。伏願陛下，特降睿旨，下御史臺體訪其主名，付之吏議，置於典法，以消讒邪横逆之黨，天下幸甚！

請罷國子司業黄隱職任

吕　陶

臣竊以士之大患，在於隨時俯仰而好惡不公，近則隳喪廉耻，遠則敗壞風俗，此禮義之罪人，治世之所不容也。太學者，教化之淵源，所以風勸四方，而示之表則，一有不令，何以誨人？

臣伏見國子司業黄隱，素寡問學，薄於操行，久任言責，殊無獻告，惟附會當時執政，苟安其位。及遷庠序，則又無以訓導諸生，注措語言，皆逐勢利。且經義之説，蓋無古今新舊，惟貴其當。先儒之傳注既未全是，王氏之解亦未必盡非，善學者審擇而已，何必是古非今，賤彼貴我，務求合於世哉？方安石之用事，其書立於學官，布於天下，則膚淺之士莫不推尊信嚮，以爲介於孔孟，及其去位而死，則遂從而詆毀之，以爲無足可考。蓋未嘗聞道，而獨理不明故也。隱亦能誦記安石新義，推尊而信嚮之久矣，一旦聞朝廷欲議科舉，以救學者浮薄不根之弊，則諷諭其太學諸生，凡程試文字，不可復從王氏新説，或引用者，類多黜降，何取捨之不一哉？諸生有聞安石之死，而欲設齋致奠，以伸師資之報者，隱輒形忿怒，將繩以率斂之法，此尤可鄙也。

夫所謂師弟子者，於禮有心喪，古人或爲其師解官行服與負土成墳者，前史書以爲美，後世仰以爲高，此固不論其學之是非，而特貴其風誼爾。昔彭越以大惡夷三族，詔捕收視者，欒布一勇士，敢祠而哭之，漢祖猶恕而不殺，班固亦以爲能知所處，蓋氣節之可尚也。今安石之罪雖暴於天下，惟其師弟子之分，則亦不可輒廢，而諸生之設齋致奠，又非彭越、欒布之比，隱何必忿怒而遽欲繩之以法乎？抑可見其不知義也。向者有司欲復聲律，朝廷方下其事，集群臣而議之，隱乃不詳本末，奉爲定令[一]，揭牓學舍，謂朝廷已復詩賦，使學者知委，傳播四方，人皆疑惑，此又見其躁妄趨時之甚也。夫道德所出之地，長育多士，而庶幾成材，乃以斯人爲之貳，則何以養廉耻，厚風俗哉？伏請早行罷黜，以示勸戒，無使邪憸之士，久累教化之職！

諫立后

鄒浩

臣聞《禮》曰：『天子之與后，猶日之與月，陰之與陽，相須而成者也』，『天子理陽道，后治陰德。天子聽外治，后聽内職』。然則立后以配天子，安得不審？今陛下爲天下擇母，而所立乃賢妃劉氏，一時公議，莫不疑惑，誠以國家自有仁祖故事，不可不遵用之耳。蓋皇后郭氏，與美人〔二〕尚氏争寵致罪，仁祖既廢后，不旋踵并斥美人，所以示公也。及至立后，則不選於妃嬪，必選於貴族，而立慈聖光獻，所以遠嫌也，所以爲天下萬世法也。陛下以罪廢孟氏，與廢郭氏實無以異，然孟氏之罪未嘗付外雜治，果與賢妃争寵而致罪乎？世固不得而知也；果不與賢妃争寵而致罪乎？世亦不得而知也。若與賢妃争寵而致罪，則并斥美人以示公，固有仁祖故事存焉；若不與賢妃争寵而致罪，則不立妃嬪以遠嫌，亦有仁祖故事存焉。二者必居一於此矣，不可得而逃也。况孟氏罪廢之初，天下孰不疑賢妃以爲后？及讀詔書，有『别選賢族』之語〔三〕，又聞陛下臨朝慨歎，以廢后爲國家不幸。又見宗景有立妾之請，陛下怒其輕亂名分，而重賜譴責，於是天下始釋然不疑。陛下立后之意在賢妃也，今果立之，則天下之所以期陛下者，皆莫之信矣。載在史册，傳示萬世，不免上累聖德，可不惜哉！可不惜哉！且五伯三王之罪人也，其葵丘之會，載書猶首曰『無以妾爲妻』，况陛下之聖，高出三王之上，其可忽此乎？

萬一自此以後士大夫有以妾爲妻者，臣寮糾劾以聞，陛下何以處之？不治，則傷化敗俗，無以爲國；治之，則上行下效，難以責人。孔子曰：『名不正，則言不順。言不順，則事不成。事不成，則禮樂不興。禮樂不興，則刑罰不中。刑罰不中，則民無所措手足。』夫名之不正，遂至民無所措手足，其爲害，何可勝道？尤不可不察也。

臣伏觀陛下天性仁孝，追奉謨烈，惟恐一毫不當先帝之意。然先帝在位，動以二帝三王爲法，斥兩漢而下不取，今陛下乃引自漢以來，有爲五伯之所不爲者以自比，是豈先帝之意乎？是豈繼志述事所當然者乎？此尤公議之所未諭也。

臣觀白麻内再三言之者，不過稱賢妃有子，及引永平、祥符立后事，以爲所咨之故實。臣請論其所以然者。若曰有子可以爲后，則永平中貴人馬氏未嘗有子也，所以立爲后者，以冠德後宫故也。祥符中德妃劉氏亦未嘗有子也，所以立爲后者，以鍾英甲族故也。又況貴人之系，實爲馬援之女，德妃之時，且無廢后之嫌，其與賢妃事體迥然異矣。若曰賢妃冠德後宫亦如貴人，鍾英甲族亦如德妃，則何不於孟氏罪廢之初，用立慈聖光獻故事，便立之乎？必遷延四年，以待今日，果何意邪？必欲以此示天下，果信之邪？兼臣聞，頃年冬享景靈宫，賢妃實隨駕以往，是日雷作，其變甚異。今又宣麻之後，大雨繼日，已而飛雹。又自告天地宗廟社稷以來，陰霪不止，以動人心，則上天之意益可見矣。陛下事天甚謹，畏天甚至，尤宜思所以動天而致然者。考之人事既如彼，求之天意又如此，安可不留聖慮乎？

夫成湯，聖君也，仲虺不稱其無過，而稱其『改過不吝』。高宗，賢君也，傅説不告以拒諫，而告以『從諫則聖』。臣雖至愚，不足以方古諫者，常念唐太宗猶有耻君不及堯舜之臣，况直可以爲堯舜如陛下之聖，而於身親見之乎？是以不敢愛身，冒犯天威，圖報陛下親自識拔大恩之萬一，而區區血誠，盡於此矣。惟陛下俯從而改之，不以爲吝，則萬世之下，所以仰望陛下之聖者，亦將在成湯、高宗之上矣，豈不美哉！豈不美哉！伏望聖慈，深賜照〔四〕納，不以一時改命爲甚難，而以萬世公議爲足畏，追停册禮，别選賢族，如初詔施行，庶幾上答天意，下慰人心，爲宗廟社稷無疆之計，不勝幸甚！不勝幸甚！

論選忠良博古之士置諸左右

曾　肇

臣聞，玉雖美，追琢然後成珪璋；金雖堅，砥礪然後成利器，人主雖有自然之聖質，必賴左右前後磨礱漸染，所聞正言，所見正行，然後德性内充，道化外行，以之知人則無不明，以之舉事則無不當。故周公之戒成王，自常伯常任，至於虎賁、綴衣、趣馬、小尹、左右携僕、百司庶府，必皆得人，以爲立政之本。穆王之命伯冏亦曰：『命汝正于群僕侍御之臣，懋乃后德，交修不逮，慎簡乃僚，無以巧言令色，便辟側媚，其惟吉士。』下至西漢，猶詔郡國歲貢吏民之賢者，以給宿衛，則虎賁之任也。出入起居，執器物，備顧問，皆用士人，如孔安國之掌唾壺，嚴助、朱買臣之專應對，則左右携僕之任也。雖用人有媿於古，亦一時之盛矣。其後唐太宗平定四方，有志治道，則引虞世南等聚於禁中，號『十八學士』，退朝之暇，從容燕見，或論往古成敗，或問民間事情，每言及稼穡艱難，則務遵勤儉，言及閭閻疾苦，則議息征徭，以至諷誦詩書，講求典禮，咨詢忘倦，或至夜分。若夫軍國幾微，事務得失，則責之輔相，悉不相干。其上下相與之際如此，是以後世言治，獨稱貞觀。惜其一時之士，不以堯、舜、三代之道啓迪其君，故其成就止此矣。夫以貞觀之治，猶須招集賢能，朝夕親近，然後成功，又況有志於大者乎？

伏惟皇帝陛下，聰明慈惠，有君人之德，沉静淵默，有天下之度，方且躬親聽斷，勵精爲治，其志大矣。臣謂宜於此時，慎選忠信端良、博古多聞之士，置諸左右前後，以參諷議，以備顧問。陛下聽政之餘，引之便坐，講論經術，諮詢至道，不必限其日時，煩其禮貌，接以誠意，假以温顔，庶使人得盡情，理無不燭，於以增益聖學，裨補聰明。漸染磨礱，日累月積，循習既久，化與心成，自然於道不勉而中，於事不思而得，非僻之習，異端之言，無自而入矣。如是而施之任人，則邪佞者遠，忠直者伸；以之立事，則言而爲天下則，動而爲天下法。其於盛德，豈曰小補之哉？與夫深處法宫之中，親近褻御之徒，其損益相去萬萬〔五〕。唯陛下留意毋忽！

論内批直付有司　　曾肇

臣伏見陛下即位以來，更張政事，除民疾苦，開廣言路，收拔淹滯，每一令之出，内外無不驩呼相慶，以至未明求衣，辨色臨朝，躬親聽斷，夙夜不懈。推今日欲治之心，爲之不已，太平之功，指日可待。然臣竊有所見，不敢緘默苟止。

臣待罪右省，伏覩内中時有批降指揮，除付三省樞密院外，亦有直付有司者。雖陛下睿明必無過舉，然付之事體，終有未安。蓋帝王號令不可輕出，必經中書參議，門下審駁，乃付尚書省施行。不經三省施行者，自昔謂之斜封墨勅，非盛世之事。神宗皇帝正三省官名，其意在此。臣愚伏願陛下，凡有指揮，須付三省樞密院施行，更不直付有司，以正國體。其三省樞密院若奉内中批降指揮，亦須將前後勅令相參，審度可否，然後行下，不可但務急速奉行以爲稱職。蓋三省樞密院皆執政大臣，陛下委以平章朝政之人，其任非輕，不同胥吏但以奉行文書爲事。又帝王號令，務要簡大，若夫立法輕重，委曲關防，皆有司之職，非人主之務。《書》曰：『文王罔攸兼于庶言，庶獄庶慎，惟有司之牧夫。』蓋謂此也。至於内外臣僚干求内降恩澤，侵紊紀綱，增長僥倖，以陛下聖明，必不容許，臣亦不復以爲言，更願陛下戒之，嚴行杜絶，無使小人乘間得入，天下幸甚！

辭免左諫議大夫

豐稷

臣伏准尚書省劄子，已降告命，除依前官試諫議大夫者。臣聞，孔子曰：『天子有争臣七人，雖無道，不失其天下。』人主守崇高富貴之極，心易放逸，選正人置諸左右，雖有無道之心，終不爲桀紂惡德，自取敗亡，故能謹守宗廟保社稷。而比者臺諫官員闕久矣，下情壅於上聞。

陛下入承大統，念創業之艱難，思守成之不易，詔求明於治體、堪任言責之人，天下曉然，皆知聖心欲廣聰明，欲新盛德，欲輔朝廷闕失，人人莫不懽忻鼓舞，有樂生之意。臣遭遇聖慈，惕然震畏，莫知所措。臣伏見元豐五年釐正官制，諫官以諫争爲職，不爲容悦逢君之惡，不懷觀望險害忠良，不以聲色爲常事以體〔六〕上心，不以淫巧爲末務以蕩上意，不以細故塞責，不以沽激盗名。俯仰之間，無所愧怍，方能稱其責。臣量分度力，不能任重，不宜虚受，自貽失職之罪，伏望聖慈矜察，追寢成命！

論士風

游　酢

天下之患，莫大於士大夫無耻。士大夫至於無耻，則見利而已，不復知有他，如入市而攫金，不復見有人也。始則非〔七〕笑之，少則人惑之，久則天下相率而效之，莫知以爲非也。士風之壞一至於此，則錐刀之末將盡争之，雖殺人而謀其身，可爲也；迷國以成其私，可爲也，草竊姦宄，奪攘矯虔，何所不至？而人君尚何所賴乎？古人有言，禮義廉耻謂之四維，四維不張，國非其有也。今欲使士大夫人人自好，而相高以名節，則莫若朝廷之上，唱清議於天下，士有頑頓無耻，一不容於清議者，將不得齒於縉紳，親戚以爲羞，鄉黨以爲辱。夫然，故士之有志於義者，寧饑餓不能出門户，而不敢以喪節，寧阨窮終身不得聞達，而不敢以敗名。廉耻之俗成，而忠義之風起矣。人主何求而不得哉？惟陛下留意！

論章惇蔡卞

任伯雨

臣先累有奏狀，言章惇、蔡卞迷國罔上，脅持哲宗以不孝之名，迫懼哲宗以不利之實，激哲宗使怒，惑哲宗使疑，謗毀宣仁聖烈保佑之功，傅致元祐皇后疑似之罪，引功自處，歸過哲宗，挾天子賊害忠良，肆讒説幾危神器，自古姦臣爲害，無甚於此。去年上封事數千，人人乞斬惇、卞，天下公議，只此可見。蓋卞謀之，惇行之，蔡卞之惡，有過章惇。臣前來奏狀已言之，今更詳具大事六件如後。

一、元祐六年，哲宗皇帝始納元祐皇后，前此未納后時，禁中嘗求乳婢，諫官劉安世等連上章論列，皇帝既未納后，不知宫中求乳婢何用？宣仁聖烈令兩府宣諭，是外家高氏所覓，安世乃止。紹聖初，蔡卞還朝，論及此事，以爲宣仁有廢立之意，乞追廢爲庶人。一、自紹聖已來，竄逐臣僚，應哲宗皇帝批出行遣者並是蔡卞誣罔，先於哲宗前密啓進入劄子，哲宗依劄子上語言批出，至今劄子見在。一、紹聖三年，宫中厭勝事作，哲宗方疑，未知所處，章惇欲召禮官法官共議，蔡卞云：『既是犯法，何用禮官？』乃建議乞掖庭置獄，只差内臣推治，更不差有司同勘。若非蔡卞建議，哲宗必未廢元祐皇后。一、編排元祐中臣寮章疏，乃蔡卞建議。卞與蹇序辰自編排，惇不曾與，及卞具姓名乞行遣，惇即奉行。一、鄒浩以言事忤旨，蔡卞即首先奏云，吕公著曾薦浩，浩以此詆譏，故哲宗愈怒，遂編管浩。卞又執奏乞治浩親故送別之罪，哲宗不從，三次堅請，乃許置獄。一、蹇序辰乃卞死黨，首建看詳理訴之議，安惇助之，章惇遲疑未許，卞即以相公二心之言迫之，以此惇即日差官置局。凡此皆蔡卞謀之，章惇行之也。

按卞陰狡險賊，惡機滔天；惇雖凶很，每爲制伏。執政七年，門生故吏徧滿天下，今雖薄責，如卞在朝，人人惴恐，不敢回心向善，朝廷邪正是非不得分別，馴致不已，姦人復進，天下安危，殆未可保。只如去年臣僚上言，蔡卞之惡過於章惇，乃自太平州移池州，順流三程，一日可到，愚弄朝廷，僅同兒戲。蓋人人畏附惇、卞，至今未已，故寧負陛下，不負惇、卞。大姦元惡，未正典刑，人情憤歎，天象示戒，故自今年正月至今，兩月陰雨，蓋蒙氣之證，於此可見。昔周饑克商而年豐，衛旱伐邢而得雨，今惇自以異議當受大戮，所有卞惡，伏乞陛下，早賜宸斷，明正典刑，以答上天蒙氣之證。候正惇、卞典刑之日，乞陛下差人於朝堂道路間采聽，若人人不相慶，臣甘伏罔上之罪。

論求言之詔未及舊弼

陳　瓘

臣切覩陛下近因日食，詔許中外臣民實封言事，天下之忠言必自此而進矣。然而求言之詔普逮於臣，而乞言之禮未加於黃耇，切慮耆德故老久去朝廷，或在謫籍，或已得謝，忠於徇國，意欲有言。泛然應詔，則非舊弼之體；密貢封事，則有强聒之嫌。若非聖問俯及，隆謙示敬，則黃耇之言或不樂告。是以周家忠厚，尊事黃耇，秦穆改過，復詢黃髮，《詩》《書》所載，聖主之所宜行也。願因側身懼變之時，明示養老乞言之禮，必有嘉謨，來助初政，格王正事，無先於此。伏望陛下，上稟慈闈，議而行之，天下幸甚！

論國是

陳　瓘

臣竊惟是非之心，人皆有之，古之聖王以百姓心爲心，故朝廷之所謂是非者，乃天下之是非也。是以國是之説，其文不載於二典，其事不出於三代，唯楚莊王之所以問孫叔敖者，乃戰國一時之事，非堯舜之法也。然其言曰：『夏桀、商紂，不定國是，而以合其取捨者爲是，不合其取捨者爲非。』則是孫叔敖之意，亦不敢以取捨之利，而害天下之公是非也。若夫取捨簡擇，一以私意，合我者是，異我者非，此楚莊王之所不取也，豈聖時之所宜哉？所有國是故事一件，謹録奏聞。

論瑤華不當遽復何大正不當遽賞

陳　瓘

臣二十二日奏稟職事，因論朝廷之議未及瑤華，而先賞何大正等，失於太遽。蓋以當時詔旨，以謂内稟兩宫，外咨宰輔，宰輔之意，人所共喻，兩宫之訓，外人不知，但聞祕獄初興，推鞫嬪御，獄詞既具，遂及中宫，朝廷皆以爲當行，其事遂告於天地。國威所脅，誰敢出言？至於今日，言路既開，是以大正之徒敢陳既往之事，意雖可取，言亦無難，況聞大正所陳，其事不一，請復瑶華者，乃其所言之一事而已。然而外議詾詾，謚語相傳，皆以謂陛下之所以賞大正者，將欲復瑶華故也。當時預議執政，即今皆在朝廷，憂廢者之復興，恐身禍之莫測，雖知聖度之寬大，亦慮言者之沸騰，使其各有懼心，蓋由恩及大正，臣故曰賞之遽也。

雖然，前日之事，以母儀〔八〕之動静，而定是非於獄辭，兹固非所以習天下而尊堂陛也，又況當時推劾事由，郝隨按牘雖存，豈足盡據？設有寃抑，理合辨明。然而訓果出於兩宫，則先帝當時不得不從，事既干於泰陵，則陛下今日安可輕改？假使昔者兩宫無堅確之命，先帝有嘗悔之心，大正疏遠，何由得知？然則朝廷莫大之政，國家難處之事，未可以卒然而議也。

臣願陛下，先思昔者所以致此之因，然後罪之赦之皆得其宜矣。臣謂致此之因，生於元祐之説也，以繼述神考爲説，以讎毁宣仁爲心，其於元祐之事，譬如刈草欲除其根。瑶華乃宣仁之所厚，又於先帝本無間隙，萬一瑶華有預政之時，則元祐之事未必不復，是以任事之臣，過於久遠之慮。若刈草而去其根，則孟氏安得而不廢乎？知經術者，獨謀於心，宰政柄者，獨行於手，心手相應，實同一體。方其造謀之時，自謂密矣，而見微之士，原始知終。彼患失安位之人，不能正救，雖有可罪，然而《春秋》之法，專責造意之人而已。臣願陛下，考往驗今，詢謀於衆，或采芻蕘之論，或乞黄耇之言，議之既熟，乃發威斷。大明誅意之法，則首惡者懼；曲示含垢之恩，則獲免者衆。如此，則事體無傷，謫罰不廣。耿育宣布所起之言，可示於天下；仁祖專責范諷之意，可法於今日。天下静擾，繫此一事。願陛下上稟慈闈，詳擇施行，天下幸甚！

校勘記

〔一〕「定令」，麻沙本作「定律」。

〔二〕「美人」，底本作「夫人」，據麻沙本改。宋淳祐刻元明遞修本《諸臣奏議》、明成化刊本《道鄉集》作「美人」。

〔三〕「語」，底本作「詔」，據麻沙本改。宋淳祐刻元明遞修本《諸臣奏議》、明成化刊本《道鄉集》作「語」。

〔四〕「照」，麻沙本作「詔」。宋淳祐刻元明遞修本《諸臣奏議》、明成化刊本《道鄉集》作「照」。

〔五〕「萬萬」，麻沙本作「如此」。

〔六〕「體」，麻沙本作「蟲」。

〔七〕「非」，麻沙本作「衆」。宋淳祐刻元明遞修本《諸臣奏議》作「衆」。

〔八〕「母儀」，麻沙本作「母子」。

新校宋文鑑卷第六十二

校者按：底本此卷抄配，據麻沙本刻卷校改。

奏疏

論蔡京

陳　瓘

臣聞盡言招禍，古人所戒，言路之臣，豈能免此？臣伏見翰林學士承旨蔡京，當紹聖之初，與其弟卞俱在朝廷，導贊章惇，共作威福。卞則陰爲謀畫，惇則果斷力行，且謀且行者京也。哲宗篤於繼述，專於委任，事無大小，信惇不疑。卞於此時，假繼述之説，以主私史；惇於此時，因委任之篤，自明己功。京則盛推安石之聖，過於神考，以合其弟；又推定策之功，毁蔑宣仁，以合章惇。惇之矜伐，京爲有助；卞之乖悖，京實贊之。當此之時，言官常安民屢攻其罪，京與惇、卞共怒安民，協力排陷，斥爲姦黨，而孫諤、董敦逸、陳次升，亦因論京，相繼黜逐。哲宗晚得鄒浩，不由進擬，寘之言路。浩能忘身徇節，上副聖知，京又因其得罪，從而擠毁。是以七年之間，五害言者，掩朝廷之耳目，成私門之利勢。言路既絶，人皆箝默，凡所施行，得以自恣，遂使當時之所行，皆爲今日之所改。臣請略指四事，皆天下之所以議京者也。

蔡卞之薄神考，陛下既明其罪矣，兄弟同朝，塤篪相應，事無異議，罪豈殊科？一黜一留，人所未諭，此天下之所以議京者一也。邢恕之累宣仁，陛下既明其罪矣，宣訓之語，究治之事，陛下既察其誣造，於是司馬光、劉摯、梁燾等，皆蒙叙復。京嘗奏疏，請誅滅摯等家族。審如京言，則所以累宣仁者，豈特邢恕一人而已哉？在恕則逐之，在京則留之，其可以塞邢恕不平之口，而慰宣仁在天之靈乎？此天下之所以議京者二也。章惇自明定策之功，追貶王珪，京亦謂元豐末命，京帶開封府劊子携劍入〔一〕內，欲斬王珪，京之門人，皆謂京於此時，禁制宣仁，京亦有社稷之功。今陛下雪珪之罪，還其舊官，則是以惇之貶珪爲非也。在惇則非之，在京則留之，如是則惇有詞矣，珪有憾矣，此天下之所以議京者三也。章惇之初，篤信京、卞，傾心竭意，隨此二人，假繼述之説，以行其私，三人議論，如出一口。自紹聖三年九月，卞爲執政，於是京有觖望，而與惇睽矣。四年三月，林希爲執政，於是京始大怨，而與惇絶矣。自今觀之，京之所以與惇睽絶者，爲國事乎？爲己事乎？然京之所以語人者，曰：『我助惇，而惇不聽也，我故絶之。我教卞，而卞不從也，我故怒之。我與弟卞，不相往來久矣。我緣國事，今與愛弟不相往來，而况於惇乎？』臣竊料京之所以欺陛下者，亦必以此言也。何以驗之？卞之赴江寧也，京往餞之，期親遠行，法當賜告，而京之所以告〔二〕閤門者，初以妹行爲請，法不許也，遂請朝假，終不敢以弟卞爲言，雖在朝假，而日至國門之外。京之動静如此，即不知陛下皆得其實乎？此明主之所宜察也。且兄弟同朝，共議國事，自無不相往還之理，假使不相往還，豈人倫之美事乎？此天下之所以議京者四也。

陛下即位之初，以用賢去邪爲先，而京之蒙蔽欺罔曾無忌憚。陛下必欲留京於朝者，其故何哉？臣知陛下聖意本無適莫，而京之所以據位希進、牢不可拔者，蓋以韓忠彦、曾布不能爲國遠慮，輕率自用，激成其勢故也。京、卞同惡，天下所知，若用天下之言以合公議，則顯正二人之罪，何難之有？忠彦等不務出此，而果於自用，於是託於謀帥，而出之太原。雖加以兩學士之職，而實以詭計除之。想當進擬之時，必有不情之奏，用奇設策，不由誠心，二聖安得而無疑？公議亦以爲未允。及京之留，布復争辯，再三之瀆，無以取信，相激之勢，因此而成。唐明皇欲用牛仙客爲尚書，張九齡以爲不可，明皇曰：『但加實封可乎？』九齡又以爲不可，明皇變色曰：『事皆由卿耶？』李林甫曰：『仙客宰相才也，何有於尚書？九齡書生，不達大體。』由是明皇悦林甫之言，卒相仙客，而九齡由是浸踈，終見黜罷。今忠彦及布無九齡之望，而京之氣燄過於仙客，因勢覬望而爲林甫之言者，不知幾何人也！陛下進賢退邪，法則堯舜，明皇之事，固不足道，然而天下〔三〕皆疑陛下有大用京之意者，以京之復留故也。京之所以復留者，以忠彦等去之不以其道故也。去之不以其道，則留之者生於相激，萬一京果大用，則天下治亂自此分矣。崔群謂唐之治亂，在李林甫、張九齡進退之時。今京輕欺先帝，與卞無異，而又歸過於先烈，賣禍於惇、卞，曲爲自安之計，而陛下果留之也。今既可復留，後亦可以大用，天下治亂之勢，繫於一京，崔群之言，可不念耶？臣恐後之視今，亦猶今之視昔，禍亂之機，不可以不早辨也。

陛下嗣位之初，首開言路，可謂知所先務矣。臣愚首預兹選，明知京在朝廷，必爲大患，而不能以時建言，萬一有意外不虞之變，陛下翻然悔悟，誅責當時言事之臣，則臣雖碎首䧟胸，何補於事？此臣所以憤悶而不敢默也。臣嘗爲卞所薦，與京無纖介之隙，所以言者，爲國事耳。非特爲國，亦爲蔡氏也。自古不忠之臣，以私害公〔四〕，初因自利，終必累國，國有迍邅，私家將安歸乎？卞之尊紹王氏，知有安石，豈知有神考？知有金陵，豈知有京師？絶滅史學，一似王衍，重南輕北，分裂有萌。臣之痛心默憂，非一日也。真宗景德中，北虜至澶淵，王欽若請駕幸金陵。當時若用此請〔五〕，則天下分爲南北久矣。賴真宗用寇準之言，所以四方混同，得至今日。天錫陛下聰明仁勇，融會南北，去卞不疑，然而京尚未去，人實憂之。兄弟一心，皆爲國害，一去一留，失政刑矣。唐會昌中，工部尚書薛元賞與其弟京兆少尹權知府事元龜，皆宰相李德裕之黨，及德裕既敗，貶元龜爲崖州司户，元賞爲忠州刺史。迺者蘇軾及轍，亦兄弟也。古今故事非不明白，何獨一京獲以計免？枉朝廷之法令以徇一京，不知祖宗基業何負於蔡氏乎？

且自京、卞用事以來，牢籠薦引天下之士，處要路得美官者，不下數百人。其間才智藝能之士，可用之人，誠不爲少。彼皆明知京、卞負國，欲洗心自新，捨去私門，顧朝廷未有以招之耳。臣謂京在朝廷，則此數百千人者，皆指爲蔡氏之黨，若京去朝廷，則此數百千人者皆爲朝廷之用。所以消合朋黨，廣收人才，正在陛下果於去京而已。此非臣之臆說，乃神考已用之術也。熙寧之末，王安石、吕惠卿紛争以後，天下之士分爲兩黨。神考患之，於是自安石既退，惠卿既出之後，不復用此兩人，而兩門之士，則皆兼取而並用之也。當時天下之士，初有王黨、吕黨，而朋黨之禍終不及於朝廷者，用此術耳。今陛下留京於朝廷，而欲收私門之士，是猶不去李昇、錢鏐，而欲收江浙之士也，不亦難乎？然則消黨之術，唯在去京而已。今京關通交結，其勢益牢，廣布腹心，共謀私計，羽翼成就，可以高飛，愚弄朝廷，有同兒戲，陛下若不早寤，漸成孤立，後雖悔之，亦無及矣。

自古爲人臣者，官無高下，干犯人主，未必得禍，一觸權臣，則破碎必矣。或以爲離間君臣，或以爲買直歸怨，或托以他事，陰中傷之，或於已黜之後，責其怨望，此古之人所不免也。臣豈敢自愛其身乎？若使臣自愛其身，則陛下不得聞京之罪矣。國家内外無事一百四十一年矣，太平之久，古所無有，甚可畏也。譬如年老之人，康寧無疾，日服温暖，猶恐氣衰，至於保養陰邪，必成心腹之患。京在朝廷，何以異此？伏望陛下，慎保祖宗之業，獨持威福之柄，斷自宸衷，果於去惡，天下幸甚！

請檢尋文及甫究問獄案牘　龔　夬

臣竊聞，自古姦臣，戕敗善類，以防後患，必置之死地。而善人修身，無大過失，欲求其罪惡之實而不可得，故託以悖逆無驗之罪，又慮其異時子孫訴理於朝，故必欲滅族而後已。此自古姦邪之常態也。

臣近觀前日文及甫之書，究問之獄，不意兹事出於聖朝，使愚臣痛心疾首，感憤流涕。臣竊惟宣仁聖烈皇后，擁佑先帝，慎擇累朝重望之臣，寘之左右，輔道聖德，彌綸朝政，九年之間，中外安静，此天下之所共聞也。前日止緣一二姦邪嘗被黜逐，遂敢欺罔朝廷，成此大獄，以報私仇，必欲族滅無辜，以快其意。當是之時，天地變色，日月無光，積陰踰時，中外洶懼，以至彗出西方，譴告甚著。先帝爲之肆赦求言，以答天戒，而姦臣之忿不已，持之益堅。由是逐臣死於瘴海，家族不許生還，至有一門二十餘喪者。然則雖無刀鋸，其實族滅也！朽骨銜冤，沈魂爲癘，以及於斯，痛不忍言。今及甫等罪，上賴聖斷，已行竄斥，而當時祕獄，必有案牘章疏，可以見其文致鍛鍊〔六〕、附會欺罔之人，若不早行根究，必慮藏匿焚滅，無所歸咎，則天下何以知其非先帝之本意？伏望聖慈，特賜睿旨，須管檢尋當時照證文書，以正姦臣之罪，以慰天下之望！

論蔡王府獄

江公望

臣聞，天下之理，有隙則物皆可入，故聖人塗隙於未開之前；有迹則瑕皆可指，故聖人泯迹於未形之際。物可入，則親者離矣；瑕可指，則疑者實矣。在物之理，雖甚踈遠者尚且如此，矧閨門之內、骨肉之間，其可不察耶？

臣訪聞蔡王府吏相告，有不順之語，浸淫恐及蔡邸，開封府已行根治。臣聞之，駭汗流浹，驚悸不能自持。豈有極治之世，太平之時，廼容小人銜私怨，逞不軌，謀離間陛下骨肉之親者乎？象之於舜，焚廩浚井，其逆心已明矣，擁二女坐床鼓琴，其逆謀已成矣，舜未嘗藏怒宿怨，卒封之有庳而富貴之，唯恐不得象之心也。至魏文帝褊忿疑忌，一陳思王且不能容，故有『萁豆燃萁，相煎何太急』之語，爲天下後世笑。豈不思兄弟天之大倫也，有手足相扞之親，有首尾相應之義，有塤篪之和，有友于之樂。故孔子以不間於父母兄弟之言爲孝。蓋親隙不可開，隙開則言可離貳；疑迹不可顯，迹顯則事難磨滅。陛下之得天下，天〔七〕下歸之也。章惇嘗簾前持異議，已有隙迹矣。蔡王出於無心，年尚幼少，未達禍亂之萌，故恬不以爲恤。陛下一切包容，已開之隙復塗矣，已顯之迹復泯矣。恩意渥縟，歡然不失兄弟之情，與夫區區未能忘天下，操以自狹者，不啻相十百矣。

伏望陛下，勿以靄昧無根之言，而加諸至親骨肉之間。俾陛下有魏文相煎太急之隙，而忘大舜親愛之道，豈治世之美事也？伏望陛下，密詔所司，凡無根之言，勿形案牘，箠楚之下，何求弗得？一有浸淫旁及蔡王之語，不識陛下將如何處之？莫若略治所告，及被告之人，粗見嫌怨情狀，並流之嶺表，以示天下神器，非人心天命弗得〔八〕，非口舌强力可爭也。示天倫之愛，雖天下莫之奪也。雖善爲間言，莫之離也。儻形按牘，有瑕可指，一入胸次，終身不忘，雖父子之間，尚未能磨滅，况兄弟乎？迹不可泯，隙不可塗，則骨肉離矣。陛下將何道以治天下也？蔡王萬一蒙犯霧露之疾，神考在天之神靈，豈不知之？陛下將何面目見神考於太廟乎？《書》曰：『克明俊德，以親九族。九族既睦，平章百姓。』詩曰：『刑于寡妻，至于兄弟，以御于家邦。』至德要道，足以風動天下，未有不自親始者也。惟陛下深留聖意！

論邏察

江公望

臣聞，人君明目達聰，所以通下情也；前有旒，左右有纊，所以防太察也。太察，則聞人之過；下情不通，則不聞己過。聞人之過，則姦生而刑滋；不見己過，則心塞而禍萌。此周之厲王，以防口而召亡；漢之顯宗，以耳目隱發爲明而速亂也。邏者之興，推求其意，不過以求瑕搜匿，鉤致盜詐，出於不備，擿發如神，此一酷京兆之俗才爾。使京兆爲之猶可羞，矧以天下爲度，海内爲家，而爲良京兆之不爲者乎？

陛下即政之三日，一切罷去，天下聞之，翕然歸心，開口張膽，人人自安，告訐不長，風俗向〔九〕厚。比聞稍稍復置舊額，通爲七十人。一人量以十人爲耳目，十人之中，一人又以十人爲之，散之通途永巷，不啻數十百人矣。夫婦醜詆之言，仇隙怒傳之語，增情飾狀，擿隱抉伏，何所不至？人人跼蹐，各各疑慮，親戚不敢誠，朋友不敢信，目不敢注觀，手不敢直指，若此，定非清世之美事也。

昔吴主孫權用吕壹輩舉罪糾姦，纖介必聞，深按醜誣，排陷無罪，以作威福，步隲力詆其非，權尋誅壹，覺悟尚早。蓋小人因緣銜命，不務奉公，利在憑藉威勢，杜絶人口，公然作過，使上聰不達，威柄潛移，刑及無辜，睽睽萬目，由聞人之過，不聞己之過所致也。老子曰：『察見淵魚者不祥。』以察爲明，是誠不祥之兆也。陛下豈不思畿甸之外非陛下之民乎？人各有口，能使之嘿嘿不議陛下政事乎？既不可揜於天下，何獨察察於輦轂之下以爲明哉？《語》曰『天下有道，庶人不議』，信乎！有道不可得而議也。

伏望陛下，以道御天下，使人蕩然不疑，無得而議，何爲蹈吴之故轍而不知革？彼猶能因言以誅壹輩，孰謂陛下鑒此而不能之乎？願黜獻議之人，通舊額人數一切罷去。除禍者必鋤其根，植福者必封其本，毋謂昔有額而不可去也，其根尚存，枝葉他日復生矣，不可不察！

論馮澥

崔鶠

伏覩六月一日詔書，詔諫臣直論得失，以求實是。此見陛下求治之切也。然數十年來，王公卿相皆自蔡京出，其餘擢居要路以待相繼而用者，又充塞乎臺省，要使一門生死，則一門生用，一故吏逐，則一故吏來，更持政柄，互秉鈞軸，歷千百年無一人立異，雖萬世子孫，無一人害己，此蔡京之本謀也。安得實是之言，聞於陛下？

且如馮澥近日上章，其言曰：『士無異論，太學之盛也。』此姦言也。昔王安石除異己之人，當時名臣如韓琦、富弼、司馬光、吕公著、吕誨、吕大防、范純仁等，咸以異論斥逐，布衣之士，誰敢爲異乎？ 士携書負笈，不遠千里游於學校，其意不過求仕宦爾。 安石著三經之説，用其説者入官，不用其説者黜落，於是天下靡然雷同，不敢可否，陵夷以至於今大亂，此無異論之効也，而尚敢爲此説以熒惑人主乎？ 又曰：『崇寧以來，博士先生，狃於黨與，各自爲説。 附王氏之學，則詆毁元祐之文；服元祐之學，則詆誚王氏之説。』尤爲欺罔，豈有博士先生敢爲元祐之學，而詆誚王氏之説乎？ 自崇寧以來，京賊用事，以學校之法馭士人，如軍法之馭卒伍，大小相制，内外相轄，一容異論者居其間，則累及上下學官，以黜免廢錮之刑待之。 其意以爲一有異論，則己之罪必暴於天下，聞於人主故爾。 博士先生者，敢詆誚王氏乎？ 欲乞下大學，取博士講解覆視，則瀣之誕信見矣。 至如蘇軾、黄庭堅之文集，范鎮、沈括之雜説，畏其或記祖宗之事，或記名臣之説，於己不便，故一切禁之，坐以嚴刑，購以重賞，不得收藏，則禁士之異論，其法亦已密矣。 瀣言『服元祐之學，詆誚王氏之説』，其欺罔不亦甚乎？ 欺罔之言公行，則實是何從而見焉？

先王之求實是亦有道矣。《傳》曰『皇帝清問下民』，《周官》『詢于衆庶』，孟子不以左右卿大夫之言爲然，必詢於國人，則實是見矣。 臣乞以瀣所上章并臣之章，垂於象魏，揭於通衢，以驗國人之論而賞罰之，以戒小人欺罔君父者。 此陛下之福，天下之幸也。 取進止。

再論馮澥

崔鶠

臣鶠近上章，論諫馮澥，未蒙施行，澥復遷吏部侍郎，此士論之所共憂，臣適當言責，不得而已也。觀澥之意，不過欲〔一〇〕拘以熙寧、元豐之法爲治，緣澥乃熙寧、元豐人材之一也，己之説行則身安，己之説廢則身危，非爲國家忠計。此天地否泰所係，國家治亂之所自分，不可忽也。

昔在仁宗、英宗時，選天下敦朴敢言之士，以遺子孫。而王安石用事，皆目爲流俗之人，盡逐去之，乃自爲新説以造士，號爲新美之材，充塞乎朝廷，而人主不聞天下之安危矣。元祐之初，相司馬光，收仁宗、英宗時人材用之，故宣仁聖烈皇后擁少主，不出簾帷，而天下治。問其四夷，則率服矣；問其盜賊，則消弭矣；問其軍士，則豫附矣；問其百姓，則富樂矣。當是時，天下之勢安於泰山。及章惇用事，斥之於瘴海炎荒之外。蔡京陰蓄異圖，兇謀益熾，於是盡收熙寧、元豐時人材用之，誘以美官，餌以厚禄，於是海内小人波蕩而從之，萬口一詞，迭相唱和，爲紹述之論以誑惑人主。紹述一道德，而天下一於諂佞矣；紹述同風俗，而天下同於欺罔矣。紹述理財，而公私竭矣；紹述造士，而人材乏矣；紹述開邊，而四夷交侵，胡塵犯闕矣。此用熙寧、元豐人材之効也。譬之治疾，一醫治病而病愈，一醫治病而病壞，此賢否不待較而明也。且元符末，以連年四月朔日蝕。四月者，正陽之月，古人所忌。詔求直言，應詔上書者數千人，蔡京因此以除去異己者，乃遣腹心之黨考定之，分邪正二等，同己者爲正，異己者爲邪。澥與京同者也，故列於正等，擢以不次。而異於京者，京皆指以爲邪，陷於罪戾，凡數千人。近者上皇下責躬之詔，其言以來〔一二〕直言，奪於權臣，反歸咎建議臣僚。然則前日附會蔡京，號爲上書正等之人，皆今日之罪人也。陛下嗣服之初，天下觀陛下好惡是非，以卜世之興衰。今用蔡京正等之人，非上皇悔過之意，天下之士，聞之解體矣。

校勘記

〔一〕『入』，麻沙本作『之』。
〔二〕『告』，麻沙本作『牒』。
〔三〕『天下』下，麻沙本有『之心』二字。
〔四〕『以私害公』，底本空缺，據麻沙本補。
〔五〕『請』，麻沙本作『計』。
〔六〕『文致鍛鍊』，麻沙本作『鍛鍊文致』。
〔七〕『天』，底本誤作『歸』，據麻沙本改。
〔八〕『得』，底本作『集』，據麻沙本改。
〔九〕『向』，底本作『自』，據麻沙本改。宋淳祐刻元明遞修本《諸臣奏議》作『向』。
〔一〇〕『欲』，麻沙本作『於』。
〔一一〕『來』，麻沙本作『求』。

新校宋文鑑卷第六十三

校者按：底本此卷抄配，據麻沙本刻卷校改。

表

進刑統表

竇儀

臣聞，虞帝聰明，始恤刑而御物；漢高豁達，先約法以臨人。蓋此丹書，輔於皇極。禮之失則刑之得，作於涼而弊於貪。百王之損益相因，四海之準繩斯在。如銜勒之持逸駕，猶郛郭之域群居。有國有家，其來尚矣。伏惟皇帝陛下，實圖攸屬，駿命是膺。象日之明，流祥光於有截；繼天而王，垂洪覆於無疆。乃聖乃神，克明克類。《河圖》八卦，惟上德以潛符；《洛書》九章，諒至仁而默感。哀矜在念，欽恤爲懷。網欲自密而疎，文務從微而顯。乃詔執事，明啓刑書，俾自我朝，彌隆大典。貴體時之寬簡，使率土以遵行。國有常科，吏無敢侮。

伏以《刑統》，前朝創始，群彥規爲。貫彼舊章，采綴已從於撮要；屬兹新造，發揮愈合於執中。臣與朝議大夫尚書屯田郎中權大理少卿柱國臣蘇曉、朝散大夫大理正臣奚嶼、朝議大夫大理丞〔一〕柱國臣張希遜等，恭承制旨，同罄考詳。刑部大理法直官陳光乂、馮叔向等，俱效檢尋，庶無遺漏。夙宵不怠，綴補俄成。舊二十一卷，今并目録增爲三十一卷。舊疏議節略，今悉備。又削出式令宣敕一百九條别編，或歸本卷。又編入後來制敕一十五條，各從門類。又録出一部〔二〕律内餘條，准此四十四條附名例後。字稍難識者，音於本字之下。義似難曉者并例具别條者，悉注引於其處。又慮混雜律文本注，並加『釋曰』二字以别之。務令檢討之司，曉然易達。其有今昔浸異，輕重難同，或則禁約之科，刑名未備。臣等起請捴三十二條，其格令宣敕削出，及後來至今續降要用者，凡一百六條，今别編分爲四卷，名曰《新編敕》。凡釐革一司一務，一州一縣之類，并於〔三〕大例者，不在此數。

草定之初，尋送中書門下，請加裁酌，盡以平章。今則可否之間，上繫宸鑒。將來若許頒下，請與式令及《新編敕》兼行。其律并疏，本書所在，依舊收掌。所有《大周刑統》二十一卷，今後不行。臣等幸偶文明，謬參憲法。金科奥妙，比虧洞達之能；丹筆重輕，徒竊討論之寄。將塵睿覽，唯俟嚴誅！

滁州謝上表

王禹偁

罷直禁中，臨民淮上，雖離近侍，猶忝正郎。省己戴恩，既榮且懼。伏念臣早將賤迹，誤〔四〕受聖知。進身不自於他人，立節惟遵於直道。優游兩制，出處八年。今春召自西垣，入叩内署。既在深嚴之地，仍當繁劇之權。雖積兢虞，終無補報，所宜遠貶，以肅具寮。伏蒙尊號皇帝陛下，曲念遭逢，俯存終始，止罷玉堂之職，仍遷粉署之資。委以專城，置於近地，沿流數日，登陸三程。諸縣豐登，苦〔五〕無公事，一家飽煖，共荷君恩。處之一生，實爲萬足。然而翰林學士，朝廷近臣，陛下登位已來，御前放人之後，從吕蒙正而下，拜此職者，止有八人。臣最孤寒，亦預其數，言於聖選，不爲不精〔六〕。數月之間，忽然罷去。衆情尚或驚駭，微臣豈不憂惶？且臣在内庭一百日間，五十夜次當宿直。白日又在銀臺通進司、審官院封駮司，勾當公事。與宋湜、吕祐之閲視天下奏章，審省國家詔命，凡干利害，知無不爲。三日一到私家，歸來已是薄暮。先臣靈筵在寢，骨肉衰絰滿身，縱有交朋，無暇接見。不知謗議，自何而興？臣拜命已來，通宵自省。恐是臣所賃官屋在高懷德宅中，一昨開寶皇后權厝之時便欲移出，未有去處，甚〔七〕不遑寧。尋曾指約公人，不令呵唱。切恐貴僧出入，中使往還，相逢之間，難爲顧揖。自左右正言已上謂之供奉官，街衢之間，除宰相外，無所迴避。此蓋賈誼所謂『人君如堂，人臣如陛，陛高則堂高』者也。况臣頭有重戴，身披朝章，所守者國之禮容。即不是臣之氣勢，因茲謝表，敢達危誠。况臣粗有操脩，素非輕易。心常知於止足，性每疾於回邪。位非其人，誘之以利而不往；事匪合道，逼之以死而不隨。唯有上天，鑒臣此志。伏望陛下，思直木先伐之義，考衆惡必察之言，曲與保全，俾伸誠節。則孤寒幸甚，儒墨知歸，在於小臣，有何不足？今則隨岸千里，堯天九重，微軀或遂於生還，勁節尚期於死所。

黄州謝上表

王禹偁

乍離近侍，猶忝專城，循省尤違，彌深感泣。伏以黄州地連雲夢，城倚大江。唐時版籍二萬家，税錢三萬貫。今人户不滿一萬，税錢上及六千。雖久樂昇平，尚未臻富庶。永言養活，亦藉循良，如臣庸愚，曷副憂寄？謹當勤求人瘼，遵奉詔條。窒塞嚚訟之民，束縛憸猾之吏。敢言課最，庶免曠遺。況當求理之朝，必爲無害之政。伏念臣叨司帝誥，又歷周星。既不曾上殿求見天顔，又不曾拜章論列時事。入直則閉閣待制，退朝則杜門讀書。雖每日起居，實經年抱疾。不敢求假，恐煩醫官。自後忝預史臣，同脩《實録》，晝夜不捨，寢食殆忘。已盡建隆四年，見成一十七卷。雖然未經進御，自謂小有可觀。忽坐流言，不容絶筆。夫讒謗之口，聖賢難逃。周公爲《鴟鴞》之詩，仲尼有桓魋之歎。蓋行高於人，則人所忌，名出於衆，則衆所排。自古及今，鮮不如此。伏望皇帝陛下，雷霆霽怒，日月迴光。鑒曾參之殺人，稍寬投杼；察顔回之盜飯，或出如簧。未令君子之道消，惟賴聖人之在上。況臣孤貧無援，文雅脩身。不省附離權臣，祇是遭逢先帝。但以心無苟合，性昧隨時。出一言不愧於神明，議一事必歸於正直。慍於群小，誠有謗詞，謀及卿士，豈無公論？以至兩朝掌誥，四任詞臣，紫垣最忝於舊人，白首不離於郎署。以微臣之行己，遇陛下之至公，久當辯明，未敢伸理。今則上國千里，長淮一隅。雖云守土之榮，未免謫居之歎。霜摧風敗，芝蘭之性終香；日遠天高，葵藿之心未死。仰望旒扆，不勝涕洟！

駕幸河北起居表

楊　億

毳幕稽誅，鑾輿順動。羽衛方離於象魏，天威已震於龍荒。慰邊甿徯后之心，增壯士平戎之氣。臣聞涿鹿之野，軒皇所以親征；單于之臺，漢帝因之耀武。用殲夷於兇醜，遂底定於邊陲。五材並陳，蓋去兵之未可；六龍時邁，固〔八〕犯順以必誅。矧朔漠餘妖〔九〕，腥膻雜類。敢因膠折之候，輒爲鳥舉之謀。固已命將出師，擒俘獻馘。雖奪名王之帳，未焚老上之庭。是用親御戎車，躬行天討。勞軍細柳之壁，巡狩常山之陽。師人多寒，感恩而皆同挾纊；匈奴未滅，受命而孰不忘家？行當肅静塞垣，削平夷落。梟冒頓之首，收督亢之圖。使遼陽八州之民，得聞聲教；榆關千里之地，盡入提封。虵豕之穴悉降，干戈之事永戢。然後登臨瀚海，刻石以銘功；陟降雲亭，泥金而典禮。遠追八九之迹，永垂億萬之年。臣忝守方州，莫參法從。空勵請纓之志，虧無扈蹕之勞。唯聆三捷之音，遠同百獸之舞。

謝賜衣表

楊　億

解衣之賜，猥及於下臣；挾纊之仁，更均於列校。光生郡邸，喜動轅門。伏以崇文廣武聖明仁孝皇帝陛下，誕膺元符，恭臨大寶。惠必〔一〇〕先於逮下，志惟在於愛人。鳥獸氄毛，甫〔一一〕

及嚴凝之候；衣裳在笥，爰推賜予之恩。在涣汗之所沾，雖容光而必照。如臣者，任叨符竹，地僻甌吴。奉漢詔之六條，方深祗畏；分齊官之三服，忽荷頒宣。纂組極於纖華，純綿加於麗密。璽書下降，竊窺雲漢之文；駟騎來臨，更重皇華之命。但曳婁而增惕，實被服以難勝。矧於戎行，亦膺天寵。干城雖久，皆無汗馬之勞；守土何功，獨懼濡鵜之刺。仰瞻宸極，唯誓糜捐。

汝州謝上表　楊億

沉痾初釋，寵寄荐臻，祇命惟寅，飭裝靡暇。初臨郡閤，獲見吏民，揣己若驚，戴恩罔措。伏念臣本由單弱，特稟方愚。以童刻〔一二〕之微能，際帝圖之亨會。驟參綸掖，獲草芝函。屬以堯德彌文，漢辭爾雅。雲章有爛，諒黼黻以何施？天律惟精，亦哇咬〔一三〕之罔棄。居常摩厲，徒益空疎，俄踐内庭，預司密命。值皇闈之有慶，扈清蹕以多歡；窺雲瑞於封中，聽棹歌於汾曲。四巡第頌，誠辨麗之絶聞；二豎興妖，致冥煩之坐遘。偶嬰沉痼，遂劇支離。因請急以歸寧，遽迷魂而不復。率由蹇否，自抵困窮。矧〔一四〕以蕞爾之軀，煢然去職，羈孤至甚，毁嫉居多。嘖有煩言，實盈庭之可畏；豁然大度，終如地以見容。比及痊平，果蒙齒叙。此蓋尊號皇帝陛下，仁深惨怛，德茂欽明。軫舊故以興懷，俾肖翹之遂性。特加采録，令獲便安。伏況臨汝舊邦，陪京近輔。姬文之化所及，首載聲詩；地官之籍攸分，寔繁兵賦。土多巖險，民或惰游。置使劭農，抑惟令典；分條察俗，蓋有新書。臣亦夙侍凝嚴，僭窺律度，敢忘瘁盡，以奉化成。然念臣早以斷斷之薄材，獲齒振振之近列。典司訓詁，就望威顏。讀銘字於湯盤，時瞻景式；載史言於董筆，獲次舊聞。舛命邅屯，榮階絶迹。酒泉素願，敢望於生歸？麗正殘編，幾成於死恨。今者星纔接軫，竹使長人。預方國之頒書，稟天臺之布憲。水深土厚，足養於槁骸；晝訪夕修，冀無於秕政。親末光而彌阻，感再造以難勝！

賀册皇太子表

劉　筠

前曜開祥，東闈播憲。漢儀丕赫，天下之本既豐；周制協敷，王者之基克固。殊尤顯會，中外祇懽。恭以《十翼》垂言，黄離之象攸著；四瀆流潤，重海之歌載揚。于以示元吉之有孚，表善利之霈廣。正人倫而張大紀，統天序而荷亨衢。陪翼至仁，登閎昌祚，允鍾聖嗣，克奉宗祧。伏以皇太子，器本夙成，智包妙用。挺温姿而玉裕，藹淑度以金相。至性迪乎天經，積粹發乎真系。而自桂房毓秀，茅壤疏榮。有時敏之進修，有日躋之駿惠。固已悟喬枝而奉順，詢内衛以宣勤。務近老成之人，歷觀盛德之事。賓忠信而由己，服禮樂以蹈中。造理惟微，振辭有典。侍鑾游而儼若，拱列欽瞻；省臺膳以肅如，慈宸敦眷。四學揔於上序，百行紀於司成。洽乃懿聲，被乎磬〔一五〕寓。建儲之論，繄先親而是宜；立愛之文，稽古道而斯順。肇膺徽册，有慶昌辰。

伏惟尊號皇帝陛下，闡〔一六〕長世之善經，率保邦之大法。翕受祕祉，備舉縟儀。上帝是忱，克亨於馨茂；兆民咸賴，用致於輯寧。惟震長之至賢，實乾剛之上體。三善靡煩於在傳，重暉誠〔一七〕契於秉陽。陛下仰奉靈心，旁挹〔一八〕群籲，以爲主器之重，有國莫先。矧錫羡於仙源，在守成於宗禰。增崇巨業，厲〔一九〕我元良。龜獻之告協從，神鑒之徵允格。三讓成魄，知天道之好謙；明兩作離，見皇圖之可大。式備彌文之禮，仍新遵德之稱。涓以茂辰，膺茲鴻典。班輪飭駕，奮五采以相宣；碧鏤題宫，配二儀而胥永。臣以濫叨詞職，竊守藩封。昭數在庭，莫覩鸞〔二〇〕旌之美；含和發詠，率同鳬藻之誠。

謝直集賢院表

夏竦

北門禁省，給青簡以試言；東觀直廬，降紫泥而命職。莫宜假人之刺，彌彰遇主之榮。竊以承明設待詔之官，寔漢朝之芳潤；麗正啓修書之院，乃唐氏之英華。濬圖書之淵，敞龍鳳之宇。自非弓裘繼世，章句名家。通授羲畀姒之靈篇，閑書笏珥彤之故事。則何以繼成康之嘉〔二一〕頌，考宣武之懿文；陪法從於甘泉，奉宸游於屬玉？況當聖日，允屬簡求。如臣者，學不傳經，文非近史。『青青子佩』，雖見刺於勞心；『翹翹錯薪』，亦濫期於刈楚。筮仕勝衣之歲，薦名象日之畿。方博帶以觀光，遽墨衰而沿牒。尋遇國家誕敷尺詔，增廣六科。方棲枳以徒勞，遂上封而自薦。始校文於虀苑，旋試可於鼎司。亟趨文石之墀，遂忝延英之問。擊轅度曲，敢望於九成？縈帶分墉，俄登於百雉。陞象河之屬吏，佐分虎之方州。爰受代於瓜時，遂歸朝於幄坐。典陳陳之粟，閱山委之丘區；從九九之車，總絲棼之案牘。暨還衡睢壤，舍爵太宮。既諧引籍於金閨，將佐于藩於熊軾。又慮沉迷簿領，廢墜簡編。負公朝振舉之科，辜聖主詳延之意。遂殺青而奏技，果出綍以推恩。禁林俾試於雕蟲，書殿遽令於抱槧。閱上帝之册府，目眩星辰；登道家之蓬山，足踐雲氣。奉長者之餘論，與先生而並行。分直石渠，地接嚴更之守；縱觀金匱，門連著作之庭。載惟螻螘之軀，莫報乾坤之賜。

恭惟尊號皇帝陛下，事寢廟以至孝，奉靈祇而克誠。流鴻藻於絶垠，鑠景炎於往號。以文明而行健，體柔克以居高。縱觀唐、漢之大猷，備舉黄、虞之故實。睿藻和而六同韻，天章麗而五佐〔一二〕飛。恢崇務廣於斯文，奬擢不遺於小道。遂使至孤之士，獲塵非次之恩。東陵遽擬於西山，羔裘遂登於狐腋。歌《衛風》而合雅，鬻齊紫而雜良。誠當潔節於素絲，敢不盟心於白水？益三思而出話，彌九復以窮經。永冰淵惕勵之心，奉日月照臨之鑒。庶逭素飡之謗，仰疇明主之知。媿懼所深，兢惶不已。

進兩制三館牡丹歌詩狀

晏殊

臣准傳宣劄子，奉聖旨令兩制三館賦後苑諸殿亭牡丹歌詩者。化合天人，祥開卉木。協風靈雨，散爲膏壤之滋；共蔕并柯，布在密青之囿。畫品難形於卓異，瑞圖不盡於芳妍。乃詔儒臣，各摛華藻。匪太平之特盛，豈榮遇之及兹？昔者虞舜膺期，有臯陶之賡載；周宣繼業，聞吉甫之誦章。蓋默助於謨猷，不專工於辭翰。迨於漢室，尤好藝文。别館離宫，多命從臣之制作；倡優鄭衛，已無前古之箴規。中葉以還，其風未泯。永平《神雀》之頌，孝明稱美者五人；貞元《重九》之篇，德宗考第於三等。並垂編簡，式著熙隆。洪惟聖運之會昌，可繼重華之輝耀。然於衆製，未復前修。思諷諭者，隱其誠而靡宣；局聲律者，艷其言而罕實。不足以上禆睿覽，下達民情。效明良喜起之音，續《雅》《頌》清微之範。姑用登高而能賦，庶幾博弈之猶賢。罔叶精求，豈任多愧？臣首當庸濫，實玷恩華，興寤以思，靦惶無極。其兩制并侍講學士龍圖閣待制，自章得象以下十三人，三館祕閣自康孝基已下二十七人，歌詩共一百四十首，謹隨狀進以聞。

侍讀學士等請宫中視學表

晏　殊

伏奉聖旨，以時暑暫住講書，至秋凉仍舊者。運當文治，日視講筵。以炎暑之盛隆，遂紫宸之游息。載頒明旨，允合舊章。伏惟皇帝陛下，應運挺生，代天化育。御承光之法座，臨照九圍；奉長樂之慈顔，緝熙萬務。緬懷三聖，撫愛兆民。知王業之艱難，識帝模之宏遠。於是順稽古道，崇尚素風。命册府之儒臣，敞金華之經席。包周衆説，既析於篇題；齊魯善言，彌勤於聽覽。屬南薰之届候，憫會弁之增勞。暫錫假寧，聿昭恩遇。臣等退惟鄙質，幸此親逢。

敢忘矇瞽之言，仰效涓毫之助。竊以四方無事，百度允釐，宮禁之間，穆清多豫。伏願重漢皇之六學，惜夏禹之寸陰。時習所聞，愈精大義，間揮仙翰，式就神工。彰睿德之日新，廣鴻猷之天賦。如此則宗祊景福，賛明主之保邦；夷夏仰瞻，識大朝之垂教。

謝除使相判相州表

韓琦

宰職曠功，莫副宵衣之治；鄉邦得請，重叨晝錦之行。被恩典之特優，顧人言而甚愧。伏念臣早繇科第，遂玷寵榮。不圖翰墨之進身，自竭涓塵而報國。備員諫諍，幾不免於竄投；奮命疆陲，實荐罹於艱阻。獨恃聖神之眷，誰開援助之言？仁宗皇帝知其守以孤忠，謂可屬之大事。慶曆之始，已擢貳於樞機；嘉祐之中，乃進登於宰輔。俄膺冢〔一三〕任，益荷殊知。當英廟之承祧，逮聖人之嗣服。稠重遭會，罄竭愚庸。惟知社稷之安，豈顧家宗之末？然而萬微多務，一紀妨賢。爲國持平，敢自私於輕重？裁人所欲，固難免於愛憎。加疾疹之嬰纏，苦形神之耗弊。勉訖因山之禮，懇陳上印之宜。伏蒙皇帝陛下，念犬馬之力易衰，廓日月之明爲照。不罪再三之請，亟垂開可之音。進秩地官，剖符枌社。建高牙之重，既疏淮海之封；增故里之光，仍襲貂蟬之舊。叨塵之甚，今古疇偕？敢不思盡瘁於寢興，泯寘懷於內外！在邊在庭之責，惟驅策以當前；益堅益壯之心，至糜捐而後已。

睦州謝上表

范仲淹

獻言罪大，輙効命於鴻毛；宥過恩寬，迴迴光於白日。事君無遠，爲郡其榮。恭惟皇帝陛下，天德清明，海度淵默。撫群龍以宅吉，念六馬而懷驚。臨軒以來，側席不暇。思啓心沃心之道，獎危言危行之臣。萬寓咸歡，九門無壅。臣腐儒多昧，立誠本孤。謂古人之道可行，謂明主之恩必報。而况首[二四]膺聖選，擢預諫司。時招折足之憂，介立犯顏之地。當念補過，豈堪循默？

昨聞中宮摇動，外議喧騰。以禁庭德教之尊，非小故可廢；以宗廟祭祀之主，非大過不移。初傳入道之言，則臣遽上封章，乞寢誕告；次聞降妃之説，則臣相率伏閤，冀回上心。議方變更，言亦翻覆。臣非不知逆龍鱗者，掇蠆粉之患；忤天威者，負雷霆之誅。理或當言，死無所避。蓋以前古廢后之朝，未嘗致福。漢武帝以巫蠱事起，遽廢陳后，宫中殺戮三百餘人，後及巫蠱之災，延及儲貳。至宣帝時，有霍光妻者，殺許后而立其女，霍氏之釁，遽爲赤族。又成帝廢許后呪詛之罪，乃立飛燕姊妹，妬甚於前，六宫嗣息，盡爲屠害。至哀帝時理之，即皆自殺。西漢之祚，由此傾微。魏文帝寵立郭妃，譖殺甄后，被髮塞口而葬，終有反報之殃。後周以虜庭不典，累后爲尼，危辱之朝，不復可法。唐高宗以王皇后無子而廢，武昭儀有子而立，既而摧毁宗廟，成竊號之妖。是皆寵衰則易摇，寵深則易立，後來之禍，一一不善。臣慮及幾微，詞乃切直。乞存皇后位號，安於别宫，暫絶朝請；選有年德夫人數員，朝夕勸導，左右輔翼。俟其遷悔，復於宫闈。杜中外覬望之心，全聖明始終之德。且黔首億萬，戴陛下如天，皇族千百，倚陛下如山。莫不雖休勿休，日慎一日，外采納於五諫，内彌縫於萬機。而况有犯無隱，人臣之常，面折庭諍，國朝之盛。有闕即補，何用不臧？然後上下同心，致君親如堯舜；中外有道，躋民俗於羲皇。將安可久之基，必杜未然之釁。上方虚受，下敢曲從？既竭一心，豈逃三黜？

伏蒙陛下，皇明委照，洪覆兼包，贖以嚴誅，授以優寄。郡部雖小，風土未殊。静臨水木之華，燕處江湖之上。但以肺疾綿久，藥術鮮功，喘息奔衝，精意牢落。惟賴高明之鑒，不投遐遠之方。抱疾於兹，爲醫尚可〔二五〕。苟天命之勿損〔二六〕，實聖造之無窮。樂道忘憂，雅對江山之助；含忠履潔，敢移金石之心！

謝轉禮部員外郎充天章閣待制表

范仲淹

涣渥自天，震惶無地。改中臺之華序，進内閣之清班。盡出高明，殊登祗近。竊念臣發自顔巷，賓於舜門，一第爲榮，四方無效。爰自書林預選，閨籍〔二七〕升華。恥汩没以懷安，或感激而論事。惟慕古人之節，詎希英主之知？伏惟尊號皇帝陛下，稟帝堯之聰明，加漢高之豁達。坦聖懷而虚受，期鴻化以咸孚。念三聖之艱難，而成丕業；求七人之蹇諤，以補大猷。臣獨愧非材，首當清問。危言多犯，孤立自持，斧鉞居前，雷霆在上。敢避樞機之禍，終乖藥石之良。陛下日月垂光，江海敦量，恕其萬死，假之一麾。望已絶於青雲，咎未更於鴻霈。俄易藩宣之寄，寧分旰昃之憂？忽降綸章，荐加寵數。而况闕圖書之府，叨處於深嚴；踐雲龍之庭，當備於顧問。非名儒而不稱，豈曲士之能堪？矧簉清曹，仍居舊治，輝榮大集，志願何求？敢不內守樸忠，外修景行！進退惟道，遵聖賢視履之方；始終一心，副君父育材之造。

校勘記

〔一〕『丞』，麻沙本作『寺』。

〔二〕『二部』，麻沙本作『一部』。

〔三〕『并於』，麻沙本作『非干』。

〔四〕『誤』，底本誤作『投』，據麻沙本改。宋本《小畜集》作『誤』。

〔五〕『苦』，底本空缺，據麻沙本補。宋本《小畜集》作『苦』。

〔六〕『精』，麻沙本作『遴』。宋本《小畜集》作『精』。

〔七〕『甚』，麻沙本作『尚』。宋本《小畜集》作『甚』。

〔八〕『固』，麻沙本作『因』。明刻本《武夷新集》作『固』。

〔九〕『餘妖』，麻沙本作『妖氛』。明刻本《武夷新集》作『餘妖』。

〔一〇〕『必』，麻沙本作『務』。明刻本《武夷新集》作『必』。

〔一一〕「甫」，麻沙本作「俯」。明刻本《武夷新集》作「甫」。
〔一二〕「刻」，底本空缺，據麻沙本補。
〔一三〕「咬」，底本空缺，據麻沙本補。
〔一四〕「矧」，底本空缺，據麻沙本補。
〔一五〕「罄」，麻沙本作「寰」。
〔一六〕「闡」，麻沙本作「闢」。
〔一七〕「誠」，麻沙本作「上」。
〔一八〕「挹」，麻沙本作「招」。
〔一九〕「厲」，麻沙本作「屬」。
〔二〇〕「鸞」，麻沙本作「鑾」。
〔二一〕「嘉」，麻沙本作「美」。
〔二二〕「而五佐」三字，底本空缺，據麻沙本補。
〔二三〕「冢」，底本誤作「家」，據麻沙本改。
〔二四〕「首」，底本作「眢」，據麻沙本改。北宋刻本《范文正公文集》、明翻元本《范文正公集》作「首」。
〔二五〕「可」，底本空缺，據麻沙本補。北宋刻本《范文正公文集》、明翻元本《范文正公集》作「可」。
〔二六〕「損」，底本作「隕」，據麻沙本改。北宋刻本《范文正公文集》、明翻元本《范文正公集》作「損」。
〔二七〕「閨籍」，麻沙本作「桂籍」。北宋刻本《范文正公文集》作「閨籍」。明翻元本《范文正公集》作「桂籍」。

新校宋文鑑卷第六十四

校者按：底本此卷抄配，據麻沙本刻卷校改。

表

辭起復表[一]

富弼

喪次銜哀，甫終卒哭，使華傳命，繼至弊廬。心積驚憂，情深屠裂。雖屢傾於丹懇，尚未錫於俞音。天遠莫量，物微難動。不避褻煩之咎，更陳隕絶之詞。必冀神聰，俯從哀請。伏念臣早罹家難，偏奉母慈，猥以蠢愚，最鍾愛育。享禄未幾，遽纏風樹之悲；報德永違，徒懷霜露之感。寢苫枕塊，而適抱至痛；食稻衣錦，則若爲自安？實非人情，沈紊邦制。况今中外無事，左右得賢。共輔聖明之期，安有療曠之務？曲蒙下詔，更起孤臣。在陛下馭國之方，蓋欲不遺於舊物；於朝廷敦化之道，必恐有誤於蒼生。何須稽故事以遂前世之非，正可存禮經以圖今日之善。行之即是，義不爲難。豈惟於陛下有復古之風，抑亦俾愚臣得事親之道。一爲匪戾，兩得其宜。兼臣悲傷之餘，衰病交至，精力已耗，神觀未還。假使充員，豈堪應務？苟令終畢於祥禫，庶幾稍復於幹魂。得此從容，可備驅策。伏望尊號皇帝陛下，日月臨照，天地包容。盡母氏平生之恩，憐人子罔極之苦。曲矜末志，得滿鉅憂。生意凋零，或尚未捐於溝壑；清光咫尺，終期伏望於雲天。悲感增深，懇願兼劇。

謝知制誥表

歐陽脩〔一〕

伏以王者尊居萬民之上，而誠意能與下通；奄有四海之大，而惠澤得以徧及者，得非號令誥詔發揮而已哉？然其爲言也，質而不文，則不足以行遠而昭聖謀；麗而不典，則不足以示後而爲世法。居是職者，古難其人，乃以愚臣，而當此選。伏惟尊號皇帝陛下，茂仁聖之姿，荷祖宗之業。日謹一日，曾未少懈。而自羌戎負固，邊鄙用師。勤儉率先於聖躬，焦勞常見於玉色。雖有憂民之志，而億姓未蘇；雖有欲治之心，而群臣未副。故每進一善，則未嘗不欲勸天下之能；每官一賢，則未始不欲盡人材之用。雖以爵禄而砥礪，尚須訓誡之丁寧。尤假能言，以諭至意，可稱是者，不又艱〔三〕歟？伏念臣雖以儒術進身，本無辭藝可取。徒值嚮者時文之弊，偶能獨守好古之勤。志欲去於雕華，文反成於樸鄙。本懼不適當世之用，敢期自結聖主之知？陛下獎之特深，用之太過。此臣所以懇讓三四，至於辭窮；而天意不回，寵命難止。尚慮頑然之未諭，更加使者以臨門。恩出非常，理難屢瀆。及俯而受命，伏讀訓辭。則有『必能復古』之言，然後益知所責之重。夙夜惶惑，未知所措。伏況文字之職，厠於侍從之班。在於周行，是爲超擢。不徒揮翰以爲効，自當死節以報恩。惟所使之，期於盡瘁！

賀平貝州表

歐陽脩

盜孽竊興，人祇共忿，果憑睿算，悉殄兇徒。伏惟尊號皇帝陛下，推仁育物，浸澤在人。常服儉以躬行，惟足兵而在念。至於多捐金幣，講好戎夷，務休戰争，蓋惜士卒。德至深而莫報，恩既厚則生驕。敢肆妖狂，自干斧鉞，脅驅士衆，閉守城闉。既違天而逆人，宜不攻而自破。而況聖神運略，將相協忠，不遺一人，咸即大戮。悖慢者警而肅恪，昏愚者知有誅夷。銷沮姦萌，震揚威令。臣幸忝郡寄，忻聞德音。

謝復龍圖閣直學士表

歐陽脩

恩還舊職，事雪前誣，感極心驚，涕隨言出。臣伏見前世材賢之士，身結主知；勳德之臣，功施王室。然尚或一遭謗毁，欲辯無由，少忤要權，其禍不測。顧如臣者，何足道哉？臣材不迨於中人，功無益於當世。用之未見有効，去之無足可思。矧罔極之讒，交興而並進；易危之迹，何恃而不顛？而聖心不忘，恩意特至。辨欺罔於曖昧，沮仇嫉於衆多。雖暫居譴謫之中，而屢被陞遷之渥。今又特蒙甄録，牽復寵名。以臣之愚，豈比前人而獨異；推其所幸，蓋由聖主之親逢。謂宜如何，可以論報？再念臣禀生孤拙，本乏藝能。徒因學古之勤，粗識事君之節。苟臨危効命，尚當不顧以奮身；況爲善無傷，何憚竭忠而報國？誓期盡瘁，少荅高明。

南京留守謝上表

歐陽脩

守宫鑰之謹嚴，敢忘夙夜？布政條之纖悉，上副憂勤。寄任非堪，兢營並集。伏念臣賦才庸薄，禀數奇屯。毁譽交興，兩嘗過實，寵榮踰分，動輒招尤。念報效之未伸，敢不竭忠而盡瘁！因風波之可畏，則思遠去以深藏。迨此六年，外更三守。學偷安而杜口，負素志以媿心。朽質易衰，已凋零於齒髮；良時難得，尚希慕於功名？豈謂皇慈，未捐舊物，擢從支郡，委以名都。惟此別京，舊當孔道。簿領少勤於職事，廚傳取悦於路人。苟循俗吏之所爲，雖能免過；非有古人之大節，未足報君。

謝覃恩轉官表

歐陽脩

天地號令，風雷鼓行，一氣所均，萬物咸被。遂容僥倖，亦與褒升。伏念臣材不逮人，識非慮遠。徒有事君之節，未知報國之方。冒寵貪榮，已踰其量，見利臨得，曾不知慙。此者伏遇尊號皇帝陛下，堯、舜聰明，禹、湯勤儉。脩前王之曠典，述先志以繼成。昭致精禋，躬臨路寢。膺受上天之多福，推與萬方而不私。臣於此時，限以官守。講儀制禮，不與議郎博士之流；助祭陪祠，不在諸侯方物之列。既乏一言之獻，又無執事之勞。徒隨翟閭，共享餘賜。普天率土，雖異衆以獨辭；蹐厚跼高，但撫躬而無措。

謝宣召入翰林狀

歐陽脩

使車入里，君命在門。閭巷驚傳，豈識朝廷之故事？縉紳竦歎，以爲儒者之至榮。在臣之愚，何以堪此？竊以文章之任，自古非輕。待遇寵榮，至有私人之目；詢謀獻納，因加内相之名。恩既異於常倫，人愈難於稱職。伏念臣器非宏遠，識匪該明。學不通古今之宜，材不適方圓之用。久叨塵於侍從，曾莫著於勞能。而自出守外藩，近遭家禍，苟存餘喘，復齒周行。風波流落者十〔四〕年，天日再瞻於雙闕。進對之際，已蕭颯於霜毛；慰勞有加，賜憫憐於玉色。形神若此，志意可知。身已分於早衰，心敢萌於希進？加以羇危之迹，仇嫉交攻。進退動繫於群言，論議多煩於睿聽。雖覆載之造，每賜保全，而孤蹇偷安，常思引去。敢謂伏蒙尊號皇帝陛下，俯憐舊物，曲軫宸慈。因内署之闕員，俾備官而承乏。臣敢不勉尋舊學，益勵前修！感遺簪未棄之仁，竭駑馬已疲之力。庶伸薄効，少荅鴻恩。

乞罷政事表

歐陽脩

臣聞士之行己，所重者始終之不渝；臣之事君，所難者進退而合理。苟無大過，善退〔五〕其身，昔之爲臣，全此者少。臣頃侍先帝，屢陳斯言，今之懇誠，蓋迫於此。伏念臣識不足以通今古，材不足以語經綸。幸逢盛際之休明，早自諸生而拔擢。方其與儒學文章之選，居言語侍從之流。每蒙過奬於群公，常媿虛名之浮實。暨晚叨於重任，益可謂於得時。何嘗敢傷一士之賢，豈不樂得天下之譽？而動皆臣忌，毁必臣歸。人之愛憎，不應遽異；臣之本末，亦豈頓殊？蓋以處非所宜，用過其量。惟是要權〔六〕之地，不勝耳目之多。周防所以履危，而簡踈自任；委曲所以從衆，而拙直難移。宜其舉足則蹈禍之機，以身爲斂怨之府。復盤桓而不去，遂謗議以交興。讒説震驚，輿情共憤，皇明洞照，聖斷不疑。孤臣獲雪於至冤，四海共忻於新政。況至於賴天地保全之力，脱風波險陷之危。使臣散髮林丘，幅巾衡巷，以此没地，猶爲幸民。況乎擁蓋垂襜，其榮可喜；撫民求瘼，所寄非輕。苟可效於勤勞，亦寧分於内外？伏望皇帝陛下，曲回天造，俯察愚衷，許解劇繁，處之閑僻。物還其分，庶獲遂於安全；心非無知，豈敢忘於報効？

亳州謝上表　歐陽脩

貳政非才，雖獲奉身而退；分符善地，猶懷竊禄之慚。祇荷寵靈，惟知戰懼。伏念臣章句腐儒之學也，豈足經邦？斗筲小器之量也，寧堪大用？而叨塵二府〔七〕，首尾八年。荷三朝之誤知，罄一心而盡瘁。若乃樞機宜慎，而見事輒言；陷穽當前，而横〔八〕身不避。竊尋前載，未有能全。一昨怨出仇家，搆爲死禍。造謗於下者，初若含沙之射影，但期陰以中人；宣言於廷者，遂肆鳴梟之惡音，孰不聞而掩耳？賴聖神之在上，廓日月之至明。悉究罔誣，遂投讒賊。再念臣性實甚愚，而踈於接物；事多輕信者，蓋以至誠。如彼匪人，失於泛愛。平居握手，惟期道義之交；延譽當朝，常丐齒牙之論。而未乾薦禰之墨，已彎射羿之弓。知士其難，世必以臣爲戒；常情共惡，人將不食其餘。而臣與遊既昧於擇賢，在滿不思於將覆。自貽禍釁，幾至顛隮[九]。上煩睿聖之保全，得完名節於終始。洎懇辭於重任，尤深惻於皇慈。雖避寵辭隆，僅能去位，而清資顯秩，愈更叨榮。莫逃僥倖之譏，實負心顔之靦。斯蓋伏遇皇帝陛下，乾坤大度，堯舜至仁。察臣自取於怨仇，本由孤直；憫臣力難於勉强，蓋迫衰殘。既獲免於非辜，仍曲從於私欲。遂同萬物，俾無失所之嗟；未盡餘生，敢忘必報之効！

乞致仕表

歐陽脩

臣近貢封章，乞還官政，伏奉詔答，未賜允俞。退自省循，奚勝殞越！臣聞神功不宰，而萬物得以曲成者，惟各從其欲；天鑒孔昭，而一言可以感動者，在能致其誠。敢傾虔至之心，再黷高明之聽。伏念臣本以一介之賤，叨塵[一〇]二府之聯。知直道以事君，每師心而自信。然而既乏捐軀之効，又無先覺之明。用之已過其分，而曾不自量；毁者不堪其辱，而莫知引去。幸賴乾坤之再造，得逃陷穽之危機。仍許避於要權，俾退安於晚節。今乃苦於衰病，莫自支持。顧難冒於寵榮，始欲收於骸骨。敢期聖念，過軫天慈。謂難迫於桑榆，未忍棄於草莽。竊以古今之制，沿襲不同。蓋由兩漢而來，雖處三公之貴，每上還於印綬，多自駕於車轅。朝去朝廷，幕歸田里，一辭高爵，遂列編民。豈如至治之朝，深篤愛賢之意，每示隆恩之典，以勸知止之人。故雖有還政之名，而仍享終身之禄。固已不類昔時之士，無殊居位之榮。然則在臣素心，雖竊退休之志；迹臣所乞，尚虞僥倖之譏。伏望皇帝陛下，惻以深仁，矜其至懇。俾解方州之任，遂歸環堵之居。固將優游垂盡之年，涵泳太平之樂。惟辛勤白首，迄無一善之稱；孤負明時，莫報三朝之德。此爲慙恨，何可勝陳！

謝賜漢書表　歐陽脩

俯躬承命，拭目生輝。竊以右文興化，乃致治之所先；著録藏書，須太平而大備。惟漢室上繼三代之統，而班史自成一家之書。文或舛訛，蓋其傳之已久；詔加刊定，俾後學之無疑。一新方册之文，增焕祕書之府。而奏篇之始，方經衡石之程；賜本之榮，惟及鈞樞之近。敢期孤外，特與恩頒？此蓋伏遇皇帝陛下，曲軫睿慈，俯矜舊物。謂其嘗與臣隣之列，不忍遽遺；憐其自喜文字之間，俾之娱老。然臣兩目昏眊，雖嗟執卷之已艱；十襲珍藏，但誓傳家而永寶。

謝止散青苗錢放罪表　歐陽脩

有罪必誅，是爲彝典；原情以恕，特出深仁。聞命驚慚，省躬涕泗。伏念臣以一介之微賤，荷三聖之獎知。寵禄既豐，初無報効，筋骸已憊，尚此遲徊。曲蒙大度之并容，誤委一方之寄任。職當撫俗，責在分憂。方兹旰昃之勞心，豈敢因循而避事？昨遇國家新建官司而主計，大商財利以均通。分命出使之車，交馳於郡縣；悉發舊藏〔一一〕之鏹，取息於農氓。而臣方久苦於昏衰，初莫詳其利害。既已大諠於物議，始知不便於人情。亦甞略陳衆弊之三，冀補萬分之一。屬再當於班給，顧已逼於會期。雖具奏陳，乃先擅止，據兹專輒，合被譴呵。豈謂伏蒙皇帝陛下，深軫睿慈，俯矜朴拙，免從吏議，特貸刑章。夫何草木之微，曲被乾坤之施？臣敢不益思祇畏，更勵操脩。戒小人之遂非，希君子之改過。冀圖薄効，少荅鴻私！

乞致仕第二表

歐陽脩

睿訓下寧，曲加慰諭，愚衷懇迫，尚敢黷煩？將再干於冕旒，宜先伏於砧鑕。伏念臣世惟寒陋，少苦奇屯。識不達於古今，學僅知於章句。名浮於實，用之始見於無能；器小易盈，過則不勝於幾覆。徒以早際千齡之亨會，誤蒙三聖之獎知。寵榮既溢其涯，憂患亦隨而至。禀生素弱，顧身未老而先衰；大道甚夷，嗟力不前而難彊。每念恩私之莫報，兼之疾病以交攻。爰於守亳之初，遂決窴滻之計。逮此三遷於歲律，又更兩易於州符。而犬馬已疲，理無復壯，田廬甚邇，今也其時。是敢更殫螻蟻之誠，仰冀乾坤之造！况今時不乏士，物咸遂生。鳧雁去來，固不爲於多少；鳶魚上下，皆自適於飛潛。苟遂乞於殘骸，庶少償其夙志。伏望皇帝陛下，哀憐舊物，隱惻至仁。察其有素非僞之誠，成其識分知止之節。曲從其欲，賜報曰俞。俾其解組官庭，還車故里。披裘散髮，逍遥垂盡之年；鑿井耕田，歌詠太平之樂。其爲榮幸，曷可勝陳！

乞致仕第三表

歐陽脩

恩深煦嫗，感極涕洟。雖情有迫於危心，不知自止；而辭已窮於累牘，幾至無言。惟以至誠，期於必達。自乞憐於君父，不復訊於蓍龜。伏念臣家世單平〔一二〕，性姿中下，少從官學，求免饑寒。不自意於遭逢，遂進階於華〔一三〕顯。然而群材方茂，蒲柳未秋而早衰；衆駿並馳，駑駘中道而先乏。而况荷難勝之任用，竊逾分之寵榮？風波憂畏而慮以深，疾病侵凌而老亦至。故自辭於機政，即願謝於軒裳。蒙上聖之至仁，念三朝之舊物。每曲煩〔一四〕於訓諭，久未忍於棄捐。竊惟臣之事君，必本忠信，言不顧行，是爲罔欺。而臣口日誦於田間〔一五〕，身坐貪於禄利。可畏至公之議，何施有靦之顔？每自省循，莫遑啓處。是敢罔避再三之煩黷，猶希萬一之矜從。伏望皇帝陛下，特軫天慈，俯回眷聽。察前言之可復，蓋屢請者有年；哀下愚之不移，俾卒成於素志。徇其所欲，乞以殘骸。臣若得上印綬於有司，自駕柴車而即路。晚節知無於大過，没身永荷於鴻私〔一六〕！

進脩唐書表

歐陽脩

竊惟唐有天下，幾三百年。其君臣行事之始終，所以治亂興衰之蹟，與其典章制度之美，宜其粲然著在簡册。而紀次無法，詳略失中，文采不明，事實零落。蓋又百有五十年，然後得以發揮幽昧，補緝闕亡，黜正僞謬。克備一家之史，以爲萬世之傳。成之至難，理若有待。伏惟尊號皇帝陛下，有虞舜之智而好問，躬大禹之聖而克勤。天下和平，民物安樂，而猶垂心積精，以求治要。日與鴻生舊學，講誦《六經》。考覽前古，以謂商、周以來，爲國長久，惟漢與唐。而不幸接乎五代，衰世之士，氣力卑弱，言淺意陋。不足以起其文，而使明君賢臣、雋功偉烈，與夫昏虐賊亂、禍根罪首，皆不得暴其善惡，以動人耳目。誠不可以垂勸戒，示久遠，甚可歎也！乃因邇臣之有言，適契上心之所閔。於是刊脩官翰林學士兼龍圖閣學士給事中知制誥臣歐陽脩、端明殿學士兼翰林侍讀學士龍圖閣學士尚書吏部侍郎臣宋祁、編脩官禮部郎中知制誥臣范鎮、刑部郎中知制誥臣王疇、太常博士集賢校理臣宋敏求、祕書丞臣吕夏卿、著作佐郎臣劉羲叟等，並膺儒學之選，悉發祕府之藏，俾之討論，共加删定。凡十有七年，成二百二十五卷。其事則增於前，其文則省於舊。至於名篇著目，有革有因，立傳紀實，或增或損。義類凡例，皆有據依，纖悉綱條，具載别録。臣公亮典司事領，徒費日月，誠不足以成大典，稱明詔。無任慙懼戰汗屏營之至！

賀南郊大赦表

宋　祁

帝儀訖饗，朝涣推慈，飛驛疾傳，庶邦叢慶。竊以天郊之重，國制有常。凡萬乘躬行，必三歲間往。不煩不怠，由列聖而持循；以妥以虔，合諸神而裒對。睿圖累盛，縟典勤脩。恭惟尊號皇帝陛下，纂大合華，執中布度。抵金璧之珍玩〔一七〕，率儉示人；收霜雹之嚴慅〔一八〕，措刑於下。克勵明德，格於皇穹，交熏太和，冒我群品。顧懷時億，瑞應日來，亟蒇上儀，若祗舊典。戒期百執，頒詔九州。曳雲威之常羊，服翠虯之泮涣。殊庭一獻，諸祏徧躋。遂自陽靈之宮，徃會天元之旦。羽旄四合，垓陛參登。上璧左琮之華，合袪而信祝；祖蕝宗題之次，更侑而迪甞。拜嘉胙於席垂，列欽柴於雲表。靈心合荅，熙典備成。然後還坐中天之闈，普肆隨風之澤。改頒大號，崇冠初元，昭神之祥，祈命惟永。賞功赦罪，已責逮瘝。咸與惟新，牖民衷而遷善；聿懷多福，道帝祉於緜區。盛際有光，彝倫咸賴。臣嚮觀舊史〔一九〕，殫見徃朝。或不愛牲玉爲恭，殊非明薦；或所過租賦爲復，蓋出重勞。語昔罕全，訂今絶擬。所恨清塵在望，自苦周南之留；紫橐仍持，不與甘泉之從。第班恩諭，均浹歡悰。

賀生皇子表

宋　祁

寶祏叢休，天支毓秀，慶騰祕禁，歡溢中區。恭惟尊號皇帝陛下，受命溥將，凝圖丕赫。權綱相乂，根乎克念之虔；簡素所安，表于不勉之懿。且復欽刑薄賦，重穀弛畋。一方少饑，則便〔二〇〕馳使節；萬姓〔二一〕稍乏，則輒續禁錢。民用靖嘉，神罔恫怨。是以上帝歆佑，三后顧存。詒美孫謀，昭衍無疆之烈；歸功元首，茂啓多男之祥。誕協仲商，挺生哲嗣，星弧〔二二〕具禮，天第交華。惟翕闢之儲英，固覃訏而絶異。逖聆詔諭，並仰獻儀。薦笏相趨，抃吾君之有子；珪璋流愛，宜天下之繫心。臣始去近聯，遽承吉語。賡歌繇虒，早知周德之遐；參祝祠禖，罔逮漢臣之幸。

代人乞出表

宋祁

臣聞物勝於權，則衡爲之殆；馬竭其力，則御速於顛。蓋以器循量而易施，材過求而難勉。是以功名之際，惟髦士可居；彊力之容，匪暮年勝任。將傾危懇，敢援斯言。竊念臣本以丘樊，託於經術，幸逢先烈，超備從官。服上教之彌文，因至愚而取信。出入扃〔二三〕禁，無所建明，履歷藩宣，蔑聞條教。尊號皇太后陛下，尊號皇帝陛下，奉承謨訓，過聽空踈，簡服在庭，兼容如地。雖百度之治，咸使與聞；每萬機之餘，常參勸講。七周成歲，訖乏寸長。惟君知臣，足以驗其無用；惟國有典，不可逭於黜幽。且臣自知甚明，内省尤熟。以一介之鄙賤，丁千載之會昌。邑户湌錢，非禄之不厚；高冠大佩，非位之不崇。同僚皆賢，非志之不合；處奏多可，非言之不從。固當勉服攸箴，謹脩爾職。荅乃聖之眷遇，爲斯文之寵光。其如犬馬齒衰，桑榆景薄。中年則病奪其壯，晚節則務傷於神。辨色立朝，足居多於跛倚；書思記命，目不辨於焉烏。而臣頃自去秋，願辭近職，上恩不聽，寵渥就加。逮黽俛以及兹，且惷昏而益甚，事皆忘誤，疾愈尫癃。顧四體之已疲，宜一辭而後止。重念臣之鄉籍，世占鄆州，既託枌榆，薄營産利。不勝首丘之志，願諧剖竹之行。庶及餘年，聊蘇疲瘵。况前朝邢昺，本貫曹州，亦自禁廬，得臨鄉部。臣今所請，似有前規。伏望陛下，念舊物之不可遺，憫孤生之老且至。特垂寬詔，俾守先廬。諒亦大君進退之間，微臣止足之分。萬無纖介，可貽累於至仁；一切便宜，尚力思於卧治。仰干睿鑒，伏俟嚴誅！

校勘記

〔一〕此篇底本空缺，僅存末三字「願兼劇」，據麻沙本補全。

〔二〕作者名氏，底本無，據麻沙本補。

〔三〕「又」，麻沙本有注：「一作大。」宋慶元二年周必大刻本《歐陽文忠公集》、元本《歐陽文忠公集》「又」字注與麻沙本同。「艱」，麻沙本作「用」，宋慶元二年周必大刻本《歐陽文忠公集》、元本《歐陽文忠公集》作「艱」。

〔四〕「十」，底本作「六」，據麻沙本改。宋慶元二年周必大刻本《歐陽文忠公集》、元本《歐陽文忠公集》作「十」。

〔五〕「退」，底本作「保」，據麻沙本改。宋慶元二年周必大刻本《歐陽文忠公集》、元本《歐陽文忠公集》作

「退」。

〔六〕「要權」，底本作「權要」，據麻沙本改。宋慶元二年周必大刻本《歐陽文忠公集》、元本《歐陽文忠公集》作「要權」。

〔七〕「二府」，底本作「一府」，據麻沙本改。宋慶元二年周必大刻本《歐陽文忠公集》、元本《歐陽文忠公集》作「二府」。

〔八〕「横」，底本空缺，據麻沙本補。宋慶元二年周必大刻本《歐陽文忠公集》、元本《歐陽文忠公集》作「横」。

〔九〕「隮」，麻沙本作「躋」。宋慶元二年周必大刻本《歐陽文忠公集》、元本《歐陽文忠公集》作「隮」。

〔一〇〕「塵」，底本作「承」，據麻沙本改。宋慶元二年周必大刻本《歐陽文忠公集》、元本《歐陽文忠公集》作「塵」。

〔一一〕「藏」，底本作「縣」，據麻沙本改。宋慶元二年周必大刻本《歐陽文忠公集》、元本《歐陽文忠公集》作「藏」。

〔一二〕「平」，底本空缺，據麻沙本補。宋慶元二年周必大刻本《歐陽文忠公集》、元本《歐陽文忠公集》作「平」。

〔一三〕「華」，底本作「榮」，據麻沙本改。宋慶元二年周必大刻本《歐陽文忠公集》、元本《歐陽文忠公集》作「華」。

〔一四〕「煩」，底本作「熕」，據麻沙本改。宋慶元二年周必大刻本《歐陽文忠公集》、元本《歐陽文忠公集》作「煩」。

〔一五〕「間」，底本作「間」，據麻沙本改。宋慶元二年周必大刻本《歐陽文忠公集》、元本《歐陽文忠公集》作「間」。

〔一六〕「私」，底本作「施」，據麻沙本改。宋慶元二年周必大刻本《歐陽文忠公集》、元本《歐陽文忠公集》作「私」。

〔一七〕「珍玩」，麻沙本作「慅珍」。

〔一八〕「嚴慅」，麻沙本作「嚴玩」。

〔一九〕「觀舊史」，麻沙本作「官舊史」。

〔二〇〕「便」，麻沙本作「係」。

〔二一〕「萬姓」，麻沙本作「萬金」。

〔二二〕「弧」，底本作「弛」，據麻沙本改。

〔二三〕「扃」，麻沙本作「丹」。

新校宋文鑑卷第六十五

校者按：底本此卷抄配，據二十七卷本、麻沙本刻卷校改。

表

謝衣襖表

宋祁

冬籥乘辰，裘官著令，疾馳使駟，臨撫塞屯。並頒齊笥之良，均挾吴緜之煖。被躬且吉，束帶有華。伏惟尊號皇帝陛下，至德誕敷，深仁普愛。念官師所以卒歲，恐天下有受其寒。据泰軫窮，當舒慮慘。况凄其戒序，必惻然動心。特以濱寒沍嚴，持兵皸露，句傳温詔，緘諸紋袍。爛然晝鮮，煦若春至。矧部校什長，賜各有差；僻壘窮鄣，悦而忘苦。振裾交抃，聯襼相趍。和氣暢肢，顧折膠而何畏；大恩壓己，憂稱服以爲難。有可仰酬，不知輕殞。

謝換龍閣表

宋祁

停直複門，徙恩層閣。本緣親而自乞，蒙引籍以對除。揆寵兼常，無顔容愧。竊惟先聖有作，叢構實興。鬱律辰居之嚴，嶷積霧圖之廣。踵華創職，稱是取材；肇允榮塗，何嘗輕授？

伏念臣識局庸淺，術學膚孱，入參玉堂，間陪講殿。徒以朴忠無飾，孤耿自將。附湜湜於涇清，守嘐嘐於雨晦。賴天燾煦，曠日保全。適以臣兄庠召自外藩，復參大政，理所宜避，地不處嫌。稽首請間，素言敘懇。丐上還於禁籍，得專侍於經帷。伏蒙尊號皇帝陛下，見謂由衷，特從換秩，罷茲要近，處以清閑。拂仳倠之塵容，蔭蟫〔一〕蛸之寶宇。伏況臣出入三歲，便蕃五遷。四叨學士之名，罕見從官之比。雖素領焦禿，病幹尪癯。器極斗筲之容，利止鉛刀之割。尚當勉懦爲立，續短裨長。儻有補於涓銖，矢不忘於隕踣！

謝加端明表

宋　祁

乘塞無狀，增秩蒙褒，賜予侑頒，心顔交靳。伏念臣才弗振俗，仕偶逢時，備内朝臣，十有六載。學不足膺天子之問，文無以代王者之言。遂圖外遷，冀云少補。惟定武一道，直契丹右廷。咸平以來，號勁兵處。自夏竦分建四帥，韓琦始領九州。節制中軍，部分諸將。琦既進律，臣實代居。以一介懦儒，當萬夫要任。誼難辭劇，奮靡顧愚。然臣所習者藝文，未曉者軍旅。用非所習，雖勤而弗效；責於未曉，故技有必窮。用是再朞，居無底績，在法云殿，惟黜是宜。敢謂尊號皇帝陛下，憫久戍之勞，排彼譖之侈。雖遠猶録，謂拙可矜。收雲閣之故資，著丹殿之新籍。仍秩經省，未易守藩。叢沓徽章，夸嫮鄙邑。重降嚴旨，切却讓封。臣亦内揆愚心，旁諗公議。若循禮疊請，則恐涉不誠；或固節還恩，又似規早罷。不有麄使，誰扞邊疆？

例格除音，孰尊寵數？輒昧涯分，祇服器色〔二〕。日三省以自營，身九殞而奚報？但臣所念者，邊務至重，虜詐益滋。得人失人，繫今日輕重；知己知彼，爲天下安危。而有司特用苛法相挺，守臣類以生事爲解。封堠畏怯，不敢摇手；倉庫虚乏，正可寒心。建明累上，而朝省未從；姑息小虧，則謗讟立至。况臣衰晏，素自惷冥，判無成功，徒忝休命。望審擇於豪俊，俾臨統於方隅。設張遠謀，羈制驕狄。因罄敷於感臆，竊附列於瞽言。朔壘地卑，君門天阻，被符蠲謁，攬綬知榮。

代陳州章相公乞致仕第一表

宋祁

臣聞，器有所極，强之者必顛；志有所安，違之者將敗。是故智士不窮量以邀受，仁君無咈願以責功。内顧危悰，敢援兹喻。伏念臣姿力駑下，術略迂踈。蒙幸中人之材，待罪宰相之府。寵與時進，負隨日深，謀謨弗良，彫紊相踵。羌夏有未緌之醜，關陝多無聊之人。萑盗跳梁，篁酋煽結。杼軸罄於編户，杍〔三〕皮蠹於遠方。上貽焦勞，外讙謗誚，咎不臣執，罪將孰歸？比者荐瀝肝膺，願乞骸骨。冀蒙不職之竄，以贖安用〔四〕之辜。尊號皇帝陛下，包納荒遐，親喻戒敕。須訖郊丘之享，乃許印綬之還。褒亮所加，諄慈兼至。臣此時外迫大誼，中忘至愚。敢優游以自安，輒皇恐而視事。然而智慮淺局，年鬢頽侵。短臂屈長袖之前，疲足困新羈之左。靦然尸位，倏又彌年。所賴陛下，以百姓爲心，天下爲度。捨末争而納戎帳之欵，捐滯積以撫遼衽之和。克展上儀，遂布鴻慶。永惟横目之庶，方就覆盂之安。臣之及兹，可謂天幸，過此不止，其如罪何？雖大度之見容，在輿議之難遏。抑又聞當退而進者悔必及，宜黜而用者傷必多。高位乃身殃〔五〕之媒，厚禄爲衆怨之舍。借令臣冒厥明戒，苟留上司。玷廊廟之儀形，被史家之貶戮。死有餘咎，仁弗忍爲。伏望察如丹之誠，憐指景之暮。遂容納政，早獲省私。亦不必窮喋喋之言，乃垂開可；惜齪齪之謹，妨用俊良。虔冀曰俞，誓無但已。

乞致仕表

張方平

竊以大君保息之慈，人之老者疾者得所養；治國經常之制，仕之進者退者惟其宜。不堪陳力之勞，爰上乞骸之請。詔函〔六〕下降，天旨未俞。臣聞委質大方，前經明訓。自古不得謝者，在禮雖或有之。然皆德業高賢，功勳夙望。邦家倚以爲重，中外賴之爲安。加恩所以特優，被寵誠爲無愧。是以義全大體，衆罔間言。如臣徒以空疎，早蒙柬擢，事猷弗建，報稱蔑施。遽及衰疲，遂求引罷。而更濫當渥命，遥領真祠。位陪執政之班，禄倍大夫之秩。職憂靡預，官責不加，上紊彝章，俯慙私倖。敢循舊典，謹復自陳。伏惟皇帝陛下，一氣均私，大圓丕冒。匹夫自盡，各伸所志之微；萬物由庚，皆受曲成之賜。俯諒虔勤之悃，特垂開可之恩。精騖紫宸，猶結望雲之戀；迹還白社，終懷樂聖之心。

服闋謝復官表

孫　沔

苴麻之服，方爾外除，綸綍之言，驟然下及。矧不移於舊序，仍獲處於近聯。拜賜之深，竊寵爲甚。伏念臣出自單緒，偶階盛時。無近强之依以進身，惟清素之業以自立。繇由宸眷，升漸禁塗。固常入備諫負，出分使委。雖明目張膽，内屢輸於忠言；而竭力勉心，外未揚於民最。旋以邊烽小警，王師有爲。朝廷擢於常僚，假以煩使。兵儲之寄，固已屢更，邊帥之權，亦嘗冒處。歷踐數任，甫逾七年。轉漕非能，偶芻粟之充給；招懷寡術，幸部落之妥安。以慈親之耄期，益精力之衰耗，力陳愚素，仰瀆宸聰。懇辭益部之行，適遂秦都之請。故雖嘗拜命，曾未莅曹。果家難之纏哀，奉靈輿而歸葬。偶全餘息，以畢通喪，生意蔑然，榮望已矣。此蓋伏遇皇帝陛下，恢天地容蓋之德，廣日月照臨之明。以犬馬之勞，曾屢膺於駈策；而涓埃之益，嘗有補於高深。降中旨以召還，俾參華於舊貫。復援小銓之秩，再躋延閣之榮。敢不謹脩吏方，勤瘁王事！昔焉爲養，尚當避危而就安；今也既孤，自可以身而許國。誓圖大效，庶荅鴻私〔七〕！

揚州謝上表

劉　敞

一介之材，善無所取，千里之地，任爲不輕。仰戴恩華，退增慙懼。臣聞事上之行，莫若愛君，愛君之臣，莫重去國。汲黯遺言李息，望之致意本朝。古今美談，賢哲餘事。況臣本以薄技，遘兹昌辰。幸得出入周衛之中，優游侍從之末。持槖簪筆，庶乎寡尤；帶劍佩衡，足以自効。豈其輕去嚴密之奉，偷得便安之私？蓋引嫌避親，中外著令，因事補吏，朝廷通規。幸蒙賜可之書，殆殊共治之選。伏遇皇帝陛下，天度〔八〕容物，聖資盡人。揆其忠誠，非有違象魏之意；察其淺識，猶足寄民社之安。沛然德音，委以符竹。敢不勤恤人隱，奉宣上恩。自飭固陋之心，庶幾樂易之政！

謝加學士表

劉敞

常人之情，得所求而喜；智者之慮，過其任而憂。今邊備雖嚴，帥責差易，學者雖衆，儒選實難。豈有貪就應聲之求，忽忘非分之任？怔忪失據，欣懼兼懷，固欲辭榮，不獲承命。伏念臣猥以薄技，起於諸生。内之無子産潤色之才，外之無山甫將明之用。久典訓誥，荐臨藩垣，七年于兹，微效不立。猶以陪外廷之末，聞長者之風。間蒙分章，平議臣之奏；時引大體，正宗廟之儀。苟圖納志〔九〕，非敢迕物。然而讒人飾詞以巧詆，法吏挾怨以中傷。當是之時，幾無以免。聖心先覺，公議尚存。浸潤之説不行，震驚之衆爲止。風波可畏，天幸實多，内私自憐，懼久得罪。輒匄千里之守〔一〇〕，庶警一麾之行。不謂尊號皇帝陛下，生成曲全，覆露無已。進預金華之講，增重儒林之光。委以西州，適其素願，望非所及，幸不可涯。夫匹夫一飯之恩，庸士然諾之信，猶能捐生出死，成功立名。况臣連數十城之封，兼四千石之重？於以宣明威信，撫養細民，盡其愚忠，庶無大悔。以此圖報，敢爲虚言？

賀皇長子封公表

王拱辰

建親授社，屏翰於王家；封子維城，安彊於國幹。誕揚休命，敷告群倫。均海寓之歡心，洽朝廷之大慶。竊以宗藩錫瑞，賢戚分疆。周列侯邦，半諸姬而啓土；漢有天下，非劉氏則不王。皆所以滋大本枝，維持京室。綿鼎數於穹壤，固廟祏於山河。屬我熙朝，益隆茂典。恭惟皇帝陛下，纂承皇序，恢闡洪圖，善迪孫謀，遹遵祖構。乃眷元良之重，已昭岐嶷之英。肇啓南圻，崇加上衮。離明震豫，知帝緒之無疆；海潤星暉，戴吾君之有子。臣居留近甸，迹遠鬃墀，側聽恩章，舉增抃懌。

永興謝上表

司馬光

荷恩至重，任責尤深，巡撫吏民，敷宣詔令。臣識慮闇淺，規爲闊踈。唯知愚忠，屢貢狂直，奉事三世，操守一心。間以齒髪浸衰，疾疹交集。曾靡論思之効，久污侍從之班；既無補於本朝，祈自安於散地。不圖睿澤，更委名都。雖要重之權，自知不稱；而煩劇之地，難以固辭。受命以還，措躬無所，竭來就道，甫爾到官。維此咸秦，昔爲畿甸，山川清美，土地膏腴。

論其平時，誠爲樂土，在於今日，適值凶年。經夏亢陽，苗青乾而不秀；涉秋淫雨，穗黑腐而無收。廪食一空，家乏蓋藏之粟；襁負相屬，道有流離之人。老弱懷溝壑之憂，姦猾蓄萑蒲之志。正宜安静，不可動摇。譬諸烹魚，勿煩擾則可免糜爛；如彼種木，任生殖則自然蕃滋。謹當策勵疲駑，雕磨朽鈍，智力所及，勤瘁無辭。雖復失位危身，終不病民負國。庶幾小補，用荅大恩。

進資治通鑑表

司馬光

先奉勑編集歷代君臣事迹，又奉聖旨賜名《資治通鑑》，今已了畢者。伏念臣性識愚魯，學術荒疎，凡百事爲，皆出人下。獨於前史，粗嘗盡心，自幼至老，嗜之不厭。每患遷固以來，文字繁多。自布衣之士，讀之不徧；况於人主，日有萬機，何暇周覽？臣嘗不自揆，欲删削冗長，舉撮機要。取關國家興衰，繫生民休戚，善可爲法，惡可爲戒者，爲編年一書。使先後有倫，精粗不雜。私家力薄，無由可成。

伏遇英宗皇帝，資睿智之性，敷文明之治。思歷覽古事，用恢張大猷。爰詔下臣，俾之編集。臣夙昔所願，一朝獲伸，踊躍奉承，惟懼不稱。先帝仍命自選辟官屬，於崇文院置局，許借龍圖、天章閣、三館、祕閣書籍，賜以御府筆墨、繒帛，及御前錢以供果餌，以内臣爲承受。眷遇之榮，近臣莫及。不幸書未進御，先帝違棄群臣。

陛下紹膺大統，欽承先志，寵以冠序，錫之嘉名。每開經筵，常令進讀。臣雖頑愚，荷兩朝知待，如此其厚，隕身喪元，未足報塞。苟智力所及，豈敢有違？會差知永興軍，以衰疾不任治劇，乞就冗官。陛下俯從所欲，曲賜容養。差判西京留司御史臺，及提舉嵩山崇福宮，前後六任，仍聽以書局自隨。給之禄秩，不責職業。臣既無他事，得以研精極慮，窮竭所有。日力不足，繼之以夜，徧閱舊史，旁采小説。簡牘盈積，浩如煙海，抉擿幽隱，校計毫釐。上起戰國，下終五代，凡一千三百六十二年，脩成二百九十四卷。又略舉事目，年經國緯，以備檢尋，爲目録三十卷。又參考群書，評其同異，俾〔一二〕歸一塗，爲《考異》三十卷，合三百五十四卷。

自治平開局，迨今始成。歲月淹久，其間抵捂，不敢自保，罪負之重，固無所逃。重念臣違離闕庭，十有五年。雖身處於外，區區之心，朝夕寤寐，何嘗不在陛下左右？顧以駑蹇，無施而可。是以專事鉛槧，用酬大恩，庶竭涓塵，少裨海岳。臣今筋骸癯瘁，目視昏近，齒牙無幾，神識衰耗。目前所爲，旋踵遺忘，臣之精力，盡於此書。伏望陛下，寬其妄作之誅，察其願忠之意。以清閒之燕，時賜省覽。監前世之興衰，考當今之得失。嘉善矜惡，取是捨非。足以懋稽古之盛德，躋無前之至治。俾四海群生，咸蒙其福。則臣雖委骨九泉，志願永畢矣。謹奉表陳進以聞。

蘄州謝上表

呂　誨

三諫則逃，敢隳大節？一麾出守，誠自寬恩。舉族均榮，畢身知愧。伏念臣戇冥所賦〔一二〕，忠朴是存，篤於愛君，惟知盡道。向議稱親之禮，屢形繼統之言。豈期佐佑之臣，首違經義；遂啓異同之論，上惑〔一三〕宸聰。暨頒慈壽之手書，仍用定陶之故事。朋姦之衆，蓋希宏博之要榮；致主之謀，不耻哀桓之亂制。業雖已具，理有未安。臣忝備憲司，正當言責。既不能排斥邪佞，將何以振肅紀綱？心匪石以徒堅，力迴天而莫得。容身曠職，公議何逃？拒詔去官，萬死寧贖？而賴陛下，至明委照，全度兼容。屬當求治之初，務廣納忠之益。言雖忤旨，察其所嚮之誠；罪不主名，施以惟輕之典。授符淮甸，晝壤江壖。魚稻之饒，寔惟紓緩；民社之重，獲展勤勞。天幸叢來，國恩彌渥。退思補過，愈精夙夜之虔；知無不爲，更勵始終之節。仰酬洪造，誓竭顓愚。

奏乞致仕表

呂　誨

臣輒罄愚誠，上干宸慈。伏况微臣，本無宿疾，偶值醫者，用術乖方。殊不知脉候有虚實，陰陽有逆順。診察有標本，治療有先後。妄投湯藥，率任情意，差之指下，禍延四肢。寖成風痹，遂艱行步。非祗憚灸鍌之苦，又將虞心腹之變。勢已及此，爲之奈何？雖然一身之微，固未足卹〔一四〕；其如九族之託，良以爲憂。是〔一五〕思逃禄以偷生，不俟引年而還政。顧惟素志，幾負明時，力既〔一六〕不足，誠豈得已？况恃睿監，夙諒孤忠。進非左右之容，退知榮辱之分。與之全節，示以曲成。臣不避再煩天聽，欲乞致仕，仍不願改官，早賜開可。臣無任籲天懇激之至！

潭州通判謝上表

唐介

始竄嶺南，人皆謂之必死；及遷湖外，恩實出於再生。仍復前官，俾關郡政，仰叨成命，增激微衷。竊念臣寒素立身，孤直無援。歷官再紀，才貳郎曹，入朝踰年，幸兼風憲。臣自以逢聖明之治，當言責之司。祇知忠義以事君，不顧患禍之及己。凡所上奏，必盡至公。流輩爲臣寒心，姦邪見臣切齒。臣本欲爲耳目於陛下，勉副束求；不能效鷹犬於他人，以希進用。心雖無媿，迹已甚孤。屬權臣之擅朝，肆己私而害政。輙輸忠欵，冀補涓塵。陛對之間，未能悉意；天威之下，卒莫自明。得罪一時，竄身萬里，流離遠道，殆及朞年。擯棄遐荒，分甘散秩。豈謂皇帝陛下，存國大體，察臣愚忠。欲招諫者之言，免爲後來之誡。三推皇澤，特與一官。以邕、廣之寇攘，擇湖、湘之守倅。俾從征筭，得佐郡符。然臣粗識義方，薄知臣節。納忠獲罪，顧百謫以誠甘；盡瘁報君，雖九死而不悔。謹當益勤官守，以助軍興。夙夜以思，冀免於敗事；毫分有補，少荅於大恩。

賀冊貴妃表

王安石

浸盛之禮，發於宫闈，驩康之聲，播於寰海。伏惟陛下，考古之憲，刑家以身。乃資婦德之良，俾貳坤儀之政。蓋《關雎》之求淑女，以無險詖私謁之心；《雞鳴》之得賢妃，則有儆戒相成之道。於以求助〔一七〕，不專爲恩。臣生逢明時，竊觀盛事。祝聖人之多子，輒慕堯封；思令德以式歌，豈慙周雅？

賀生皇子表 王安石

嘉慶係傳，歡欣揔集。臣歷觀古昔，誕受福祥。厥配天所以久長，乃有子至於千億。伏惟皇帝陛下，《鳧鷖》之雅，媚於神祇；《芣苢》之風，燕及黎庶。弓韣嗣燕禖之報，旐旟仍羆夢之祥。無疆惟休，永保桑包之固；有〔一八〕室大競，方觀椒實之繁。臣嘗汙近司，久尸榮禄。特荷殊憐之至，豈勝竊喜之深！

又表 王安石

皇運郅隆，天枝彌茂，照臨所暨，鼓舞攸均。臣聞史紀文慶之延，豈惟十子？《詩》歌姒徽之繼，爰至百男。肇敏於脩，乃繁厥祉。恭惟皇帝陛下，道冒區宇，德冠往初。品庶蒙休，既饗和平之樂；神靈錫羡，果膺蕃衍之祥。臣嘗汙近司，備叨殊獎。以宿痾而自困，欲旅進以無階。

又表 王安石

祉扶宗祏，慶襲宫闈，凡預照臨，惟胥鼓舞。臣聞，有秩秩幽幽之德，所以考室而見祥；

有詵詵揖揖之風，所以宜家而多子。克參盛美，允屬昌時。伏惟〔一九〕皇帝陛下，膺命上天，紹休烈祖。本支方茂，用光世德之求；功業能昭，永賴孫謀之燕。遹追來孝，申錫無疆。臣久玷恩私，外叨屬任。四方來賀，望雙闕以無階；萬福攸同，撫微軀而有賴。

又表〔二〇〕

王安石

宫闈嗣慶，寰海交欣，凡逮戴天，惟均擊壤。臣聞《螽斯》之言衆子，是爲王者之詩；華封之祝多男，亦曰聖人之事。恭維皇帝陛下，紹祖休顯，憲天昭明。致文武之憂勤，成堯舜之仁孝。宅師無競，莞簟之寢既安；傳類有祥，弓韣之祠屢應。詒謀方永，錫羡用光。臣託備藩維，叨承睿奬。不顯亦世，家實預於榮懷；於萬斯年，心敢忘於慶賴！

漳州進珠表〔二一〕

王　冕

宋大中祥符六年春，冕自廬陵移典是郡。越明年三月，龍溪屬邑民丘顗，於九龍溪網魚，得珠一顆，圍濶三寸七分。中有小珠七顆，如七曜，次如七曜者，不可勝數。縣弗敢留，條珠之始於郡，冕熟而視之，殊大歡忭。即日召厥屬官以驗之，復相稱慶曰：夫珠，至寶也，王者德至淵泉則出。今天子仁且聖，方以寬慈被天下，宜乎珠之出奬聖世。又珠之爲物也，其色瑩净明清，乃化民之象也，於是列表以進。尋奉勑書，以旌至寶。冕既叨爲政能獲斯寶，又懼是事泯絶於後，刊之貞石于公廳之左，用傳于永永耳。

臣晁言：臣聞，皇猷允塞，天乃效祥；聖德升聞，地不藏寶。前件珠得非虵口，産異蚌胎。有感必通，生自煙潭之内；無脛而至，忽居寶肆之中。熒煌外散於月華，皎潔内含於星彩。兹〔一二〕蓋皇帝陛下，齋莊奉道，清净化民。體乾極以握符，致坤靈而薦瑞。遐稽信史，迥殊照乘之光；洞究祥經，弗類媚川之色。臣握蘭郎署，剖竹侯〔一三〕封。幸逢江海之珍，難藏外郡；願繼梯航之貢，干黷内廷。臣無任瞻天戀聖，激切屏營之至！

校勘記

〔一〕「蟺」，底本空缺，據麻沙本補。

〔二〕「色」，麻沙本作「名」。

〔三〕「杅」，麻沙本作「楮」。二者皆通，然據《公羊傳》：「杅不穿，皮不蠹，則不出於四方。」當以「杅」爲是。宋本《景文宋公文集》作「杅」。

〔四〕「黷安用」，底本空缺，二十七卷本有一「黷」字，餘二字墨塊，據麻沙本補。宋本《景文宋公文集》作「黷安用」。

〔五〕「殃」，底本作「殞」，據二十七卷本、麻沙本改。宋本《景文宋公文集》作「殃」。

〔六〕「凾」，底本空缺，據麻沙本補。

〔七〕「私」，麻沙本作「休」。

〔八〕『度』，底本作『廣』，據二十七卷本、麻沙本改。
〔九〕『志』，麻沙本作『忠』。
〔一〇〕『守』，底本作『寄』，據二十七卷本、麻沙本改。
〔一一〕『俾』，底本作『得』，據二十七卷本、麻沙本改。
〔一二〕『賦』，底本空缺，據麻沙本補。
〔一三〕『惑』，麻沙本作『感』。
〔一四〕『郵』，底本作『惜』，據二十七卷本、麻沙本改。
〔一五〕『是』，底本作『爰』，據二十七卷本、麻沙本改。
〔一六〕『既』，底本作『豈』，據二十七卷本、麻沙本改。
〔一七〕『求助』，麻沙本作『助治』。
〔一八〕『有』，底本作『百』，據二十七卷本、麻沙本改。
〔一九〕以下自『皇帝陛下』至本篇末，底本空缺，據二十七卷本、麻沙本補。
〔二〇〕本篇底本空缺，據二十七卷本、麻沙本補。
〔二一〕本篇自篇題至『又珠』，底本空缺，據麻沙本補，二十七卷本亦缺。
〔二二〕『茲』，麻沙本作『此』。
〔二三〕『侯』，底本誤作『候』，據二十七卷本、麻沙本改。

新校宋文鑑卷第六十六

校者按：底本此卷抄配，據二十七卷本、麻沙本刻卷校改。

表

謝知制誥表

王安石

高華之選，欲報常艱；固陋之身，以榮爲懼。竊以自古招智能之士，因使爲侍從之臣。豈特賴其虛名，謂能華國？蓋將收其實用，相與致君。矧號令文章之爲難，而討論潤色之所寄，苟失職不稱，則爲時起羞。伏惟皇帝陛下，躬上聖之資，撫久安之運。趨時有救弊之急，守器有持盈之難。當得俊良，使陪〔一〕遺忘。則典司明命，出入禁門，一有瘝官，尤爲累上。臣羈單賤士，鄙朴常人。仕初有志於養親，學遂不專於爲己。比更煩使，稍竊謬恩。内懷尸禄之慙，仰負食功之意。又蒙采擢，以至超踰。蓋君之視臣，不使同犬馬之賤；則下之報上，亦欲致岡陵之崇。況臣少習藝文，粗知名教，遭逢一旦，度越衆人。唯當盡節於明時，豈敢止懷於私計！

江寧府謝上表

王安石

稽違詔令，經涉歲時。先帝登遐，既不獲奔馳道路；陛下即位，又未嘗瞻望闕廷。所憂後至之刑誅，敢冀就加於官使？雖知黽勉，尚懼顛隮。蓋聞因任以責群材，原省以通衆志。厥或抱能而可用，則雖負疾而見容。如臣者，逮侍先朝，叨官外制。惓惓許國，雖有愚忠，役役隨人，但尸榮禄。銜哀去位，嬰疹彌年，望絶龍光，分投冗散。伏遇皇帝陛下，紹膺尊極，俯燭幽微。延之以三〔二〕節之嚴，付之以十城之重。比緣禋祀，特有褒封，申命曲加，因郵拜賜。唯是土風之美，素無犴獄之煩。久寄託於丘墳，粗諳知其閭里。念雖閉閤，殆弗廢於承流；以比〔三〕造朝，或未妨於養疾。矧恩勤之已迫，且遜避之不容。敢不少嘗體力之所任，祗奉詔條而爲治！冀逃大戾，仰稱殊私。

謝翰林學士表

王安石

臣聞，人臣之事主，患在不知學術，而居寵有冒昧之心；人主之蓄臣，患在不察名實，而聽言無惻怛之意。此有天下國家者，所以難於任使；而有道德者，亦所以難於進取也。學士職親地要，而以討論諷議爲官。非夫遠足以知先王，近足以見當世，忠厚篤實廉耻之操足以咨諏而不疑，草創潤色文章之才足以付託而無負。則在此位，爲無以稱。如臣不肖，涉道未優。初無犖犖過人之才，徒有區區自守之善。以至將順建明之大體，則或疎闊淺陋而不知。加以憂傷疾病，久棄里閭，辭命之習，蕪廢積年。黽勉一州，已爲忝冒，禁林之選，豈所堪任？伏惟皇帝陛下，躬聖德，承聖緒。於群臣賢否，已知考慎；而於其言也，又能虚己以聽之。故聰明睿智神武之實，已見於行事。日月未久，而天下翹首企踵，以望唐、虞、成周之太平。臣於此時，實被收召，所以許國，義當如何？敢不磨礪淬濯已衰之心，紬繹温尋久廢之學，上以備顧問之所及，下以供職司之所守！

謝賜對衣鞍馬表　王安石

出大庭之顯服，束以精鏐；引内廏之名駒，傳之錯采。隆恩所逮，朽質知榮。竊念臣弱力淺聞，久憂積疹。中預從官之選，外分守將之權。僅免譴訶，更蒙收召。論思潤色，曾莫效於微勞；衣被服乘，乃前叨於異數。此蓋伏遇皇帝陛下，醲於慶賞，詳在招延，因示眷懷，使知奮勵。誓竭愚忠之報，冀無虚授之嫌。

謝賜弟安國及第表　王安石

雋乂之求，外覃草野，龍光之施，首逮門庭。竊以躬國論聽斷之煩，而察知孤遠之行；略門資貢舉之法，而拔取滯淹之才。山林之所誦説而難遭，閭巷之所驚嗟而罕見。伏惟皇帝陛下，協德穹昊，比明羲和，博臨四方，洞照萬物。如臣同産，爲世畸人，少遭閔凶，自奮寒苦。雖强學力行，粗有時名；而少偶寡徒，幾絶榮望。豈期聖聽俯及幽潛，遂使窮途坐陞華寵。奬以詔書而試藝，賜之科第而命官。禄不逮親，既永乖於養志；仕非爲己，當共誓於捐軀！

進修南郊式表

王安石

郊丘事重，筆削才難，猥以微能，叨承遴選。蓋聞孝以配天爲大，聖以享帝爲能。越我百年之休明，因時五代之流弊。前期戒具，人輒爲之騷然；臨祭視成，事或幾乎率爾。蓋已行之品式，曾莫紀於官司。故國家講燎禋之上儀，而臣等承撰次之明詔。迨兹彌歲，僅乃終篇。猶因用於故常，特刪除其紛冗。恭惟皇帝陛下，體聖神之質，志文武之功。嘉與俊髦，靈承穹昊。物方昚茂，以薦信而無慙；人具昭明，知因陋之爲恥。固將制禮作樂，以復周唐之舊；豈終循誦習傳，而守秦漢之餘？則斯書也，譬大輅之椎輪，與明堂之營室。推本知變，實有考於將來；隨時施宜，亦不爲乎無補。

謝男雱除中允説書表

王安石

恩驟加於私室，多所超踰；事或累於公朝，誠難冒昧。仰煩睿訓，曲喻至懷。永惟眷奬之殊，實重兢慙之至。伏念臣首叨召節，得侍詞林，隨被賛書，使陪經幄。稍更歲月，莫補涓埃。

竊觀上智之日躋，内訟淺聞而知困。況如賤息，厥有童心。尚迷鑽仰之方，豈稱招延之禮？恕己量主，非敢以私而自嫌；爲官擇人，顧雖成命而宜改。輒布可辭之義，上干難犯之威。伏惟皇帝陛下，屈體優容，垂精寵荅。謂大人照臨之道廣，當養以蒙；意小夫誦説之智專，遽忘其賤。褒稱備厚，訓飭加嚴，揣實未安，寄顔有恧。重念自古君臣之相與，未有如臣父子之所遭。蓋當用儒之時，尤難講藝之職。典謨方御，實參備於討論；誥誓未終，已繼叨於獎擢。獲世官於閭巷，嗣家學於朝廷。自非忘軀，何以報國？知人而官以哲，慨已誤於明揚；委質而教之忠，誓永肩於素守。

乞皇帝御正殿復常膳表

王安石

陽春生物，偶霑澤之稍愆；睿意〔四〕恤民，遽側身而自抑。德已修於消變，數或係於非常。當服彝儀，用安群下。恭惟皇帝陛下，天〔五〕仁博施，神知曲成。躬忘旰食之勞，坐講日新之政。四時協序，萬物致和。適當化養之辰，宜得涵濡之澤。少違常候，深軫清衷。退師氏之正朝，約太官之盛饌。仰窺謙德，志在閔民。然而遐虜來朝，當即法宮之位；誕辰入慶，合陳燕俎之珍。事有所先，禮難偏廢。伏願仰回淵聽，俯徇輿情。夙御九筵之居，並羞十閤之具。上以全於國體，下以副於臣誠。

第二表

王安石

時澤偶愆，屢勤齋禱，聖衷愈勵，曲盡焦勞。將損己以召休，因退次而貶食。列陳㓷奏，尚闕嗣音。在臣列之靡遑，伏帝閽而再扣。恭惟皇帝陛下，體居《離》正，德稟《乾》剛。期揉俗以致康，嘗納隍而興念。七載于此，繼獲豐穰；一春而來，或罹愆亢。皇慈深軫，群祀徧修。恐狴犴乖則親慮其囚，懼黼黻美則躬變其服。仍損内饔之舉，兼虚正宁之朝。然而禮貴從宜，事難泥古。而況甫臨誕節，交舉慶儀。有列辟拜萬年之觴，有殊俗修兩朝之好。苟虧彝制，難副群情。伏望少屈淵衷，特從誠懇，天〔六〕臨廣厦，日御常珍。親事法宫，廓宣於政治；惟辟玉食，昭示於等威。仰以慰兩宫之慈，俯以安群下之望。

謝東府賜御筵表

王安石

恩厚不貲，誠先賢之務稱；頑冥無似，欲報國而知難。臣等過以凡材，並膺殊選，久躔賢路，上孤聖時。伏惟陛下，謀德在容，求仁以恕。謂大臣方宣勞於王室，則人主當加恤其私家。發使禁闈之中，俾視魏闕之下。取才置臬，皆斷於睿謀；成事告功，不煩於宰旅。重紆衡蓋，周視庭除，申以中人，喻之良月。使及日辰之吉，即于堂寢之安。輟車府之傍牽，載其帑重；移饔官之烹割，侑以鼓歌。歡更逮於邇臣，寵先加於小己。陰陽或謬，未知爕理之方；風雨其除，徒賴帡幪之賜。

乞罷政事表　王安石

私懷懇至，已具布聞，聖訓丁寧，未蒙開納。敢冒崇高之聽，再輸悃愊之情。臣聞，任賢之方，要其有用；陳力之義，止於不能。苟弗集於事功，且重罹於疹疾，豈容叨據，以累明揚？伏念臣猥以孤生，親逢盛世。昧於量己，志欲補於休明；失在信書，事浸成於迂闊。每煩衆論，上溷聖聰。久知素願之難諧，繼以積痾而自困。辭而去位，庶逃竊食之誅；勉以就工，重荷包荒之德。雖貪順命，終懼妨功。伏望〔七〕皇帝陛下，閔度并容，大明俯燭，特垂矜允，俾遂退藏。如此則孤進之身，獲全生於末路；具瞻之地，得改命於時材。

乞退表　王安石

臣忠於爲國，故進而能致其身；君恕以及人，故病則閔勞以事。此今昔共由之通義，實上下相與之至情。敢觸冒昧之誅，冀蒙哀矜之聽。臣受才鄙劣，遭運休明。陳愚或會於聖心，承乏遂尸於宰事。謀謨淺拙，謾不見其有成；操行陵夷，又或幾於無恥。久宜辭位，尚苟貪恩。豈圖養拙以乖方，重以瞀昏而廢務？粗嘗陳列，未獲矜從，黽勉以來，浸淫遂劇。大懼典司之曠，上煩程督之嚴。伏惟陛下，詢事考言，循名責實。或輟夜分之寐，常臨日昃之朝。萬方黎獻之多，略〔八〕皆祇辟；三事大夫之守，豈可瘝官？仰冀高明，俯昭悃愊。念其服勞之久，愍其嬰瘵之深。及未干鈇鉞之時，令遂解機衡之任。豈特少安於私義，兹惟畢協於師虞。

第二表

王安石

聖恩所及，有隆天重地之施；私義未安，有深淵薄冰之懼。竊惟成湯、高宗之世，有若伊尹、傅説之臣。其道則格於帝而無疑，其政則加乎民而丕變〔九〕。后惟時乂，相亦有終。迨乎中世之陵夷，非復古人之髣髴。忠或不足以取信，而事事至於自明；義或不足以勝姦，而人人與之爲敵。以此乘權而久處，孰能持禄以少安？此臣之慮危於居寵之時，而昧死有均勞之乞。況於抱病，浸以瘝官。伏惟陛下，道與日躋，德侔乾覆。哀一夫之失所，樂萬物之皆昌。矧夫眷遇之優，既已勤劬之久，宜蒙善貸，使獲曲全。賜其疵賤之身，假以安閑之地。則敝車無用，猶可具於勞薪；棄席未忘，或再施於華幄。

賀周德妃及魏國大長公主禮成表

王安石

明告治庭，寵頒恩册，家邦之慶，海宇以欣。恭惟皇帝陛下，荷天閎休，若古丕式。自禰率而尊祖，備極靈承；謂姊親而先姑，特加徽數。改錫厥壤，增褒所生。大號已孚，庶言惟允。臣久尸榮禄，竊睹盛儀。臚傳雖異於九賓，率舞尚同於百獸。

賀冬表　　王安石

陰偕物極，陽與朋來。推歷玩占，乃見潛萌之信；體元御辨，以知敦復之中。恭惟皇帝陛下，舜孝禹功，文謨武烈。茂對時之福嘏，靈承旅以壽康。臣久冒朝榮，外叨方任。弗預稱觴之末，豈勝存闕之深！

乞宫觀表　　王安石

筋骸衰爾，僅有餘生，肝膈精微，簡在聖聽。豈圖寵獎，未賜矜從，輙冒威尊，更輸情素。伏念臣久妨機要，初乏涓塵。苟免庶尤，實荷恩私之至；敢緣多疾，更尸名器之崇？比辱使軺，俯宣詔旨，深惟策勵，仰稱龍光。而况病瘵有加，療治無損。辭榮家食，乃爲理分之宜；干澤自營，尚恃眷憐之舊。伏惟皇帝陛下，衡聽萬事，器使衆材。念其黽勉之終難，假以便安而少愒。庶完體力，圖報毫分。

賀赦表　　王安石

精意上昭，神靈底豫，茂恩旁暢，夷夏接〔一〇〕和。臣聞，道以饗帝爲難，禮以配天爲至。有秩斯祜，唯四表之歡心；胡臭亶時，匪九州之美味。自古在昔，若聖與仁，厥遭昌辰，乃覩熙事。恭惟皇帝陛下，邁種三德，敷奏九功。率籲奉璋之衆髦，肇稱奠璧之新禮。廟籩致孝，郊血告幽。誠既格於穹旻，福遂均於品庶。振憂矜寡，原宥眚裁。第五玉以褒封，善人是富；發三錢而慶賜，賤者不虚。天其居歆，人以呼舞。臣夙叨寵獎，親值休成。雖無預於駿奔，實不勝於竊抃。

賀正表

王安石

寳歷無疆，嘉生有俶。門憲始和之象，庭充元會之儀。伏惟皇帝陛下，膺保永圖，茂綏純嘏。撫五辰而致順，毓萬物以皆昌。臣久負異恩，尚攖衰疾。瞻雲焕爛，欣逢舜旦之華；擊壤逍遥，樂得夏時之正。

謝朱炎傳聖旨令視事表

王安石

使指遄臻，訓詞俯逮，敢圖衰疾，尚俣眷存。伏念臣曲荷搜揚，久孤付屬。有能必獻，未嘗擇事而辭難；無力可陳，乃始籲天而求佚。然方焦思有爲之日，以此懷恩未報之身，苟營燕安，豈免慙悸？伏蒙陛下，人惟求舊，義不忘遐。乃因乘軺賦命之臣，更喻推轂授方之意。跼履無用，誠弗忍於棄捐；朽株匪材，尚奚勝於器使？永惟獎勵，徒誓糜捐。

謝加南郊恩表

王安石

解澤旁流，明綸俯被，永惟叨昧，深以兢榮。竊以時郊丘之承，所以尊上帝；疇官邑之賜，所以富善人。盛福靡專，至恩惟稱。臣久塵要近，上累昭明。方玉輅之親祠，以銅符而外守。逮均休慶，例獲褒嘉。此蓋伏遇皇帝陛下，以平施於萬方，無遐遺之一物。矧蒙圖任之舊，特荷獎知之深。祇服訓辭，敢忘報禮！

賀景靈宮奉安列聖御容表

王安石

新一代之上儀，極二端之美報。經始有俶，實自睿謀，歡成無疆，乃惟衆志。竊以閟宮鬼享，周特腆於姜嫄；原廟神游，漢獨隆於高帝。遠或遺祖，近止及親。恭惟皇帝陛下，服卑而即功，食菲以致孝。嚴祖宗之衆像，依仙釋而異宮。館御因時，初豈忘於苟簡？修除備物，乃有待於純熙。宸宇祕嚴，扁榜崇麗，祼獻式序，妥侑維時。藐然往初，孰此倫擬？臣久尸榮禄，尚負宿痾。聞釐事之既成，與群情而偕樂。

賀南郊禮畢表

王安石

精明條達，神睠顧而依懷；膏澤川流，人歡呼而蹈厲。臣聞語孝之至，莫大於配天；議禮而輕，不足以享帝。能舉釐事，實歸聖時。恭惟皇帝陛下，鴻化〔一一〕已昭，康年屢應。奔走籩豆，有董正之治官；潔豐粢盛，有底慎之財賦。禮成穀旦，恩浹綿區。雖洛誦之休明，尚難譬稱；豈兒寬之淺訥，能盡揄揚？臣夙荷慈憐，方嬰衰瘵。望九賓之紳笏，獨遠句傳；狎百獸於山林，猶知率舞。

辭南郊陪位表

王安石

萬國駿奔，煒上儀之殊觀；一夫幽屏，叨明命之特招。伏念臣竊禄已多，冒恩最渥。自致惓惓之義，實有素情；再瞻穆穆之容，豈非榮願？而藹然暮景，嬰以沉痾。伏畎畝以負薪，於今未已；侍壇垓而踐豆，用此爲妨。

謝免南郊陪位表

王安石

螻蟻惓惓，上干旒扆；雲天顥顥，俯賁丘園。臣僨矣微生，頹然暮齒。冒恩鼎食，非堅臥以爲高；承命旌招，宜駿奔而反後。顧緣衰薾，致隔清光。伏蒙陛下，特赦尤違，曲垂念聽。蔀昏難望，尚延舜日之華；荒翳易遺，更獲堯雲之潤。

辭明堂陪位表

王安石

合宮丕享，寰宇駿奔。冒被優詔之加，使陪顯相之末。伏念臣投身荒遠，上負眷憐，企踵禁嚴，久勞鑒寐。況宗祈[一二]之盛禮，辱號召之明恩，當即辨嚴，豈容辭疾？而沉冥浸劇，黽勉實難。心若子牟，雖每存於魏闕；身如楊僕，乃自外於漢關。

謝加食邑表

王安石

顯相郊宮，固宜寵奬，曠居田里，乃濫褒加。伏念臣尚負宿痾，久尸榮禄。無可論之薄效，有未報之隆恩。方國明禋，庶工祗載，奉璋執豆，旅幣獻琛。具輸奔走之勞，獨抱滯留之歎。豈圖踈遬，亦冒寵光？此蓋皇帝陛下，荷休駿厖，斂福敷錫，故雖幽屏，弗以遐遺。身每被於慈憐，心敢[一三]忘於勤策！

廣德軍謝上表

錢公輔

曠[一四]官罪大，奪位秩者彌年；享帝恩隆，回雷霆於數日。籍還省部，身忝軍牙，祗荷寵靈，伏深感懼。伏念臣江湖賤士，岩穴孤生，出逢聖辰，升備法從。學非深造，粗能明致治之方；心不苟容，姑欲罄事君之節。義當有在，雖富貴誘之而不回；職所宜言，雖斧鉞威之而益厲。果由官守，遂正典刑。放之窮山，所以苦其心志；授之散秩，將以餓其體膚。期没齒於蒿萊，敢希榮於軒冕？豈圖寬宥，尚被采收？死灰誰謂乎復然，白骨安知乎再肉！便鄉守壘，上冢還家，百計安閑，一身妥逸。使其自請，未必能然。此蓋伏遇陛下，化極文明，恩漸動植。如天之覆，遠則彌周；如日之中，幽無不燭。遂容駑質，猥玷鴻私，况是桐川，獨居江左。俗雖僻陋，而稱風物之良；地雖褊迫，而有山林之勝。養兹不肖，孰曰匪宜？惟修省所以飭躬，惟忠勤所以報國。有民有社，固恪奉於訓詞；爲子爲臣，方益堅於素節。誓殫犬馬，仰荅龍光！

校勘記

〔一〕『陪』，底本作『備』，據二十七卷本、麻沙本改。宋本《王文公文集》、明嘉靖刊本《臨川集》作『陪』。

〔二〕『三』，底本空缺，據二十七卷本、麻沙本補。宋本《王文公文集》、明嘉靖刊本《臨川集》作『三』。

〔三〕『比』，底本空缺，據二十七卷本、麻沙本補。宋本《王文公文集》、明嘉靖刊本《臨川集》作『比』。

〔四〕『意』，底本作『慮』，據二十七卷本、麻沙本改。宋本《王文公文集》作『意』。明嘉靖刊本《臨川集》作『慮』。

〔五〕『天』，底本作『大』，據二十七卷本、麻沙本改。宋本《王文公文集》、明嘉靖刊本《臨川集》作『天』。

〔六〕『天』，底本作『大』，據麻沙本改。宋本《王文公文集》、明嘉靖刊本《臨川集》作『天』。

〔七〕『望』，麻沙本作『惟』。宋本《王文公文集》、明嘉靖刊本《臨川集》作『望』。

〔八〕『略』，麻沙本作『各』。宋本《王文公文集》、明嘉靖刊本《臨川集》作『略』。

〔九〕「丕變」，麻沙本作「有徧」。宋本《王文公文集》、明嘉靖刊本《臨川集》作「有變」。
〔一〇〕「接」，底本作「浹」，據麻沙本改。宋本《王文公文集》、明嘉靖刊本《臨川集》作「接」。
〔一一〕「化」，底本作「圖」，據二十七卷本、麻沙本改。宋本《王文公文集》、明嘉靖刊本《臨川集》作「化」。
〔一二〕「祈」，底本作「祁」，據二十七卷本、麻沙本改。宋本《王文公文集》、明嘉靖刊本《臨川集》作「祈」。
〔一三〕「敢」，底本作「更」，據二十七卷本改。宋本《王文公文集》、明嘉靖刊本《臨川集》作「敢」。
〔一四〕「曠」，底本作「廣」，據二十七卷本、麻沙本改。

新校宋文鑑卷第六十七

校者按：底本此卷抄配，據二十七卷本、麻沙本刻卷校改。

表

謝南郊加恩表

王珪

奉二精之報，方錯事於崇丘；獵三靈之流，遂均釐於邇輔。仰承嘉命，俯惕孤衷。伏念臣蚤會昌期，進聞國論。器雖狹於所用，志常勇於有爲。屬修郊廟之祠，叨與公卿之議。鳴鐘在簴，獲際靈斿之娭；紆佩埽塗，親承天步之恪。曾乏秉文之助，得觀繼聖之能。逮敷錫於鴻休，復過膺於寵數。論非朝允，恩實天隆。玆蓋伏遇皇帝陛下，文輯闓希，仁漸疏逖。因神推惠，既被蟲〔一〕魚之豐；爲己掠功，何勝淵谷之畏？尚勉殫於樸守，期少謝於曲成。

請皇帝罷謁太廟表

王珪

近嘗拜章，以大慶殿將行恭謝天地之禮，乞罷前一日謁太廟者。伏以升燎於壇，既節徂郊之禮；奉璋於室，宜裁假廟之文。俞音未回，群聽猶鬱。恭惟尊號皇帝陛下，膺純耀之烈，撫休明之期。蓋神勞萬務，則氣或盭和；以德交三靈，則福亦旋感。念保綏於鴻業，思昭謝於高穹。廼涓路寢之居，以象圜丘之饗。粢盛芳潔，璧玉華光。方將陟配三后之靈，導迎上帝之貺。兹誠爲人子者孝之盡，有天下者報之隆。今復馳齊蹕之嚴，祇太室之薦。竊恐霧露之氣，涉於宵衣；輿馬之音，震乎天步。則非所以承祖宗之愛，來邦家之休。臣等冒秉化鈞，獲司熙典。謂文之所損，在於適時之變；且事不敢勉，誠以愛君之深。冀專並侑之虔，願弭先期之謁。儻孚衆欲，是契天心！

謝賜生日禮物生餼表

王　珪

詔函俯曁，臺饋申頒。絶衡粥之異恩，動里閭之殊觀。伏念臣所懷蹇淺，自奮羈單。方少而孤，每感劬勞之日；其生也幸，得遭熙盛之朝。遂以區區投老之身，而處赫赫具瞻之地。與〔二〕圖邦政，固無經遠之謀；式燕私門，更誤養賢之禮。此蓋伏遇皇帝陛下，寵綏近辟，丕冒庶工。謂君臣同體，則憂樂宜均；而上下相求，則報施爲重。幣繒實篚，寵已厚於解衣；餼廩盈庭，愧有加於浮食。敢不内竭朴愚之守，上酬奬顧之深！

謝賜生日禮物表

王　珪

聖言如綍，有温厚於芝函；邦錫自天，發光華於蔀室。榮踰素望，愧溢常涯。伏念臣以固陋之資，被睿神之眷。廼預塵於政路，復冠列於台司。歲月峥嶸而屢更，精力勤勞而莫補〔三〕。念速〔四〕譏讒於衆口，愧功烈於前人。逮茲苟完，安有横冀？載及桑蓬之序，方深岵屺之思。念莫報於劬勞，敢饕承於恩禮？良金燭乘，嚴寶靮於天駒；藻帛絢文，雜華章於笥服。豈緊蕃庶，併及衰遲？此蓋伏遇皇帝陛下，敦舜孝以儀民，軫堯仁而冒物。特厚柄臣之遇，過朌御府之珍。交孚曲記於賤生，博愛乃容於濫賜〔五〕。拜漢廷之寵，雖慙稽古之工；報周雅之章，願上如岡之壽。

越州謝上表

沈文通

以親爲請，得郡甚優，越去宮庭，介居江海。就職之始，撫心弗寧。伏念臣本維諸生，知守前緒。親逢文治之盛，冒塵科選之榮。擢躋儒林，遂執史筆。學不足以達治亂，於顧問實難；文不能以通古今，於述作何有？誤出聖朝之遇，進登侍從之塗。黽勉備官，逡巡待罪。雖大恩未報，豈敢便安其身？顧私養弗充，不勝進退之迫。輒以誠乞，既茲奠居，幸溢於涯，感無以喻。此蓋伏遇尊號皇帝陛下，天地之德，覆載而無所不容；日月之明，照臨而無所不暨。故臣得遂其犬馬之志，安於藩翰之間。況茲爲州，自昔建國，連帶數郡〔六〕之廣，總齊萬兵之權。有可以爲，當無所苟。尚寬東顧之慮，少獲萬分之心。

越州謝上表

元　絳

易帥嶠南，方深危〔七〕懼；分符浙〔八〕右，特荷保全。仰服恩章，惟知感涕。伏念臣習知忠誼，竊慕功名，歷事三朝，行將四紀。向自北垂之漕，就更南粤之麾。蒙臨遣以丁寧，敢遑安而留滯？載驅長陸，甫及半途，忽聞羽檄之音，謂有龍編之警。横水明光之甲，得自虚聲；雲中赤白之囊，倡爲危事。邊萌〔九〕擾動，朝聽震驚，况在乎〔一〇〕守臣，敢忽奔命？風馳南海，已久見於吏民；日遠長安，蓋未聞於章奏。仰煩宵旰，咨及臣鄰。謂護〔一一〕塞之急人，且擇才〔一二〕而代戍。驅車萬里，虚出玉關之門；乘駟一麾，幸至會稽之邸。尚兼方面，彌畏人言。此蓋伏遇陛下，法道曲全，等天丕冒。以臣更事縣久，備歷四方之勤，知臣立朝最孤，迥無一介之助。涣然休命，付畀价藩。臣敢不訓旅以嚴，安民以静？庶希樂易之治，仰補熙隆之時。銜賜不貲，論生曷補！

謝致仕表

元　絳

四載披誠，蘄還於朝組；九重垂聽，申錫於詔函。預儲宫之備官，遂家林之佚老。伏念臣衣纓衰緒，樗櫟下材。再齔而孤，僅能構思，未冠而仕，始務代耕。懵儒術之逢原，狃吏文之宿業。歷官三世，服勞四方。蒙上聖之誤知，自東州而即召。擢寘詞禁，進處冬官。浸膺選衆之求，竊貳賛元之任。近藩出守，遇潛邸之建旄；別殿追還，復露門之奉席。遽周歲律，屢對威顔。自惟癃朽之餘，每循止足之戒。深辭圭紱，冀就田廬。载〔一三〕齒孤鳴，空懷疲戀；槁骸如在，正欲全歸。仰煩睿訓之慈，終竊愚衷之守。不圖寵眷，加進榮階。存東宮保養之官，仍西清嚴近之職。効華封之祝聖，佇見多男；階商皓之通賓，願護太子。恩隆山岳，感浹肺肝。此蓋伏遇皇帝陛下，大道曲全，至仁博施。念師丹之垂老，久已宣勤；察衛綰之無他，居常遠恥。越推渥涣，獲保初終。詑里俗而有輝，顧師言而至愧。冥鴻雖遠，正依天寓之函容；時藿未彫，尚傃日華之明潤。逢辰知幸，之死不忘。

定州謝上表

呂公著

尸榮右府，無裨廟筭之奇；假守中山，復當闖制之重。戴恩爲懼，虔命以行，遄届郡封，恪宣條詔。伏念臣降才譾薄，植性愞愚。學術不足以稽五謀之疑，識慮不足以籌千里之勝。特以百年舊族，荷累聖不貲之恩；一介微軀，辱上主非常之遇。夤緣寵渥，更踐清華。晚收疏外之孤蹤，擢贊微幾之要務。奉天光而咫尺，被聖誨之丁寧。謂臣世服近僚，有均休共戚之義；察臣傍無厚援，絶背公死黨之嫌。曲示優容，俾思報效。顧駑鉛之難强，嗟蒲柳之易衰。久預枋司，積有妨賢之畏；洊祈麾寄，更圖陳力之方。伏遇皇帝陛下，體虚静以儲神，極高明而盡下。俯矜素悃，特霈俞音。惟定武之奥區，據朔陲之重地，尚叨付委，靡即棄捐。仍進叙於文階，且兼華於祕殿。併將厚意，增賁舊臣。況臣夙侍軒墀，實司樞筦。凡治軍經武之要，洎守塞禦戎之宜，日炙睿謀，備觀宸斷。逮茲臨遣，得以遵承。謹當細大必躬，夙宵彌勵。進不敢希功而生事，退不敢弛備以曠官。期不玷於誤知，庶少酬於鴻施！

河陽謝上表

馮京

久塵右地，無補聖明，坐竊邇藩，尚寬罪戾。恩私溢望，愧灼兼懷。伏念臣才不逮中，智非經遠，特逢盛際，再列近司。擢之於尋常之中，振之於顛危之下。便蕃異數，究極寵光。齪齪備員，僅能寡過；碌碌成事，無足論功。徒肩許國之誠，靡講衛生之術。曩嬰疾疹，殆至膏肓，雖賴上醫，迄存餘喘。然而氣血潛耗，智慮早衰。筋力乏於步趨，耳目乖於聽覽。勉從職事，仍歷歲時。覆餗之譏，已騰衆口；乞麾之請，遽惻上心。矧惟右輔名都，三城重鎮，水陸皆便，次舍非遥。食物具宜，堂皇尤峻。使傳[一四]罕經於館候，訟牒希至於庭除。加以時雨既優，宿麥滋茂，盜賊屏息，閭里阜安。不煩施爲，有便頤養。此蓋伏遇皇帝陛下，天地容覆，日月照臨。私臣以不報之恩，諒臣有可矜之理。終始眷遇，進退保全，顧何心顔，敢愛軀命？惟願稍加藥餌，益近方書。朝露未晞，儻復還於舊觀；爝火不息，誓更竭於精神。

賀熙寧十年南郊禮畢大赦表

曾　鞏

人之所歸者莫如德，天之所享者在於誠。其惟聖王，克有全美。伏惟皇帝陛下，聰明稽古，承繼祖宗，慈惠愛人，撫臨邦國。有偏覆并容之大度，有防微慎獨之小心。不從遊畋，不近聲色。無紛華盛麗之好，無便辟側媚之私。歲時吉蠲，以承七廟，左右順適，以奉兩宫。其功施於人，效見於事。則宅仁由義，縉紳之徒成材於學校；超距蹋鞠，熊羆之旅養勇於營屯。甌窶汙邪之收，充於倉廩；關石和鈞之利，阜於市廛。家有豫樂之聲，人無愁怨之色。協氣所召，休應自殊。鉤陳太微，星緯咸若；崑崙渤澥，濤波不驚。近則金石之音，鳥獸欣躍；遠則干羽之舞，蠻夷駿奔。象齒旅於闕庭，龍媒納於閑廐。是謂六府三事皆可以歌，四海九州罔不率俾。蓋巍巍而特起，非瑣瑣之能闚。前世議太山之封，謀梁甫之禪者，度崇比大，疇克登兹？陛下抑而不圖，謙以自牧。以謂先后創業垂統，其功莫得而名；上帝隤祉發祥，其德無可以稱。思所以報，一本於心。故寅畏嚴恭，積之有素；而齊明薰祓，進而益虔。在於物者，不取其煩；盡諸己者，必求其實。是以蕭光之烈，奏於宗祊；柴燎之蒸，焜於郊兆。幽隱昭荅，神靈顧懷。無疆惟休，方寖昌於萬世；不敢專享，故敷錫於群元。稽參典彝，定著赦令，弛張從理，同異稱情。蠲罪眚而棄瑕疵，録勞能而縱逋負。顯晦咸暨，洪纖不遺。萬國之歡，既交於沖漠；一人之慶，遂及於跂蠕。孚于上下之間，極乎帝王之盛。臣被學最舊，蒙恩寖深。

莫侍〔一五〕甘泉之祠，獨嘆周南之滯。第從臣之嘉頌，未效薄材；望屬車之清塵，但馳遠思。

謝元豐元年曆日表

曾　鞏

一遠闕庭，十移星曆。顧彫零於齒髮，無報補於毫分。伏惟皇帝陛下，叙大禹之九疇，齊有虞之七政。陰陽寒暑，罔不若時，草木昆蟲，舉皆遂性。循用頒正之典，寵詒分土之官。臣幸備守藩，預聞告朔。去親方遠，已驚歲月之新；許國雖堅，更嘆功名之晚。惟體在民之意，庶裨及物之仁。

謝翰林侍讀學士表

范　鎮

省中四禁，忘誤其一，茍或有犯，加罪不原。猥蒙貸全，猶藉親近，內自循省，以榮爲憂。竊以賞而受賞者，若固有之，善賞也；罰而被罰者，知自取之，善罰也。成王舉魯七百里之地，以封周公，周公拜於前，魯公拜於後，而不以爲泰者，功所當也。管仲奪伯氏駢邑三百，没齒無怨言者，罪所宜也。伏惟皇帝陛下，録社稷之功，而賞加輔臣；重書詔之失，而罰及學士。賞所當賞，罰所當罰，明命一出，中外聳然。因使天下之人，曉然知先帝與子之明，而群臣得君之慶。臣於此時，死固無憾，況蒙再造，使之更生者乎？重念臣出乎遠方，孤陋樸訥〔一六〕。臣子忠義，則嘗講聞；朝廷典章，實匪練習。果緣所短，有玷斯猷，不加鈇斧之誅，才換金華之職。

雖云薄責，足警群倫。且天地大恩，固無論報之理；而冰霜素節，猶有持守之常。願堅初心，以收來効。

謝致仕表

范　鎮

早衰多病，得謝歸休，有命自天，所容如地。仰銜恩紀，伏竊兢榮。伏念臣本出孤生，歷塵膴仕，曾無報効，虚積歲時〔一七〕。仕宦之年，已更一世；遭逢之幸，實事三朝。徒有愚忠，以自信處。雖曰乞身而去，敢忘憂國之心？因叙人言，上干天聽，曲蒙寬貸，未賜誅夷。得於盛明之時，以遂閑適之性。伏惟皇帝陛下，審持賞罰，而一諉於公；總秉權綱，而不移〔一八〕於下。集群議爲耳目，以除壅蔽之姦；任老成爲腹心，以養和平之福。躋民富壽，措國康寧。臣之至情，實在於此。

謝龍圖閣直學士表

宋敏求

推宸扆之誤恩，備禁塗之常從。聞命榮抃，省躬兢惶。伏念臣性理惷冥，局致庸近。猥緣承學之舊，寖沐右文之風。英宗皇帝拔自書林，寘於詞掖。雖汲黯亟進，謬旅於雋游；而蕭育稀遷，自安於拙分。一叨獎拔，星紀僅周。固嘗勵翼其心，靖共所守。顧命義以弗苟，務忱恂而匪他，以至陟諫臣之坡，司史氏之筆。還儒館而壓麗正之職，分使節而贊甘泉之儀。益忻聖旦之親逢，莫匪臺家之茂選。而曲綏皇眷，冒進榮階。謂臣嘗事先朝，典右曹之綸〔一九〕綍；俾臣特陞延閣，直西序之圖書。撫棄迹以重收，帖寵名而差叙。帶環申錫，詔檢垂褒。此蓋伏遇皇帝陛下，權綱大新，恩斷中出。均天地之平施，煦及陳荄；回日月之餘光，豐於蔀室。致茲窳器，亦預清班。敢不慎服官箴，勤殫忠藴，庶圖來效，少報洪私〔二〇〕！

安州謝上表　滕甫

屢致人言，固宜竄殛；曲蒙天造，尚賜保全。雖易守符，仍叨善地。士民純秀，幾同廣魯之流風；里俗驩康，正值元豐之樂歲。安閑事簡，尸素爲慙。伏念臣本以愚儒，出逢真聖。首蒙國士之遇，最在衆人之先。便欲碎首以酬恩，未知死所；故嘗指心而自誓，惟有天知。況事任既已徧更，在人情寧不愛惜？豈有固爲緩縱，自取顛隮？惟日月之至明，亮肺肝而必照。矜憐舊物，收置近藩。而朝廷難廢於公言，故君父特存於大體。稍從遠外，終不棄捐。顧臣何人，受恩若此？此蓋伏遇皇帝陛下，神聖徧物，清明在躬。化覃無外之封疆，仁及何知之草木。況臣累更器使，粗效愚衷。眷此遺簪，嘗辱提携之末；譬之行葦，更收踐履之餘。臣敢不祗奉簡書，服勤吏役！雖桑榆之昃景，將逼暮年；而犬馬之微誠，猶思後效。

謝澶州簽判表

程　顥

論議無補，職業不修，國有典刑，罪在誅戮。曲蒙宏貸，仰荷洪私，期於糜捐，莫可報謝。臣性質朴魯，學術空虚，志意粗修，智識無取。陛下講圖大政，博謀群材。過聽侍臣之言，猥加風憲之任。臣既遭遇明聖，亦思誓竭疲駑。惟知直道以事君，豈忍曲學而阿世？屢進闊疎之論，愧非擊搏之才；徒嘗刳瀝肺肝，曾無裨補毫髮。既不能繩愆糾謬，固不願沽直買名。豈敢冒寵以居，惟是奉身而退。自劾之章繼上，闔門之請深堅。天意未回，憲章尚屈。更奉發中之詔，俾分提憲之權。不惟沮諍論之風，亦懼廢賞刑之實。力形奏述，恭俟誅夷。此蓋伏遇皇帝陛下，極天清明，普日臨照。洞正邪之心迹，辨真僞於幽微。察臣忠誠，恕臣狂直，不忍置諸重辟，投之遠荒。解其察視之官，處以便安之地。生成之賜，義固等於乾坤；涵容之恩，重益〔二二〕逾於山嶽。臣敢不日新素學，力蹈所知！秉心不回，信道愈篤。顧徇小夫之志，不爲儒者之羞。或能自進於尋常，庶可仰酬於萬一。

代謝進和御詩奬諭表

强　至

參群篇而奏御，賡載非工；被優詔之發中，褒嘉甚渥。惕然拜君父之賜，藏以爲子孫之榮。伏以《書》曰『帝庸作歌』，所以極道明良之意；《雅》云『臣能歸美』，所以上酬福禄之辭。

惟千載一時之逢，踰三王二帝之際。乘太平之多暇，講稀闊之盛游。歷寶宇以披祖宗相受之文，御飛帛以縱神聖有餘之學。以至置酒別殿，賦詩中宸，于時從聯，咸續睿唱。如臣者，有朴愚而植性，無文采以表身。自陪風憲之要司，都廢雅言之舊學。妄抉鄙思，綴成斐章。大樂在前，發哇聲而接響；太陽臨下，衒爝火以交光。既黷邃旒，若臨深谷。敢謂兼容之度，例形過奬之辭。游聖門者，謂之難言，矧繼堯文之後？踰華衮者，重夫褒字，矧蒙漢訓之加？夫何孤臣，竊此厚幸。此蓋伏遇尊號皇帝陛下，齊德乾〔二二〕覆，育材士倫。善雖小而弗遺，力或矜其不逮。誓竭講劘之效，庶酬假昜之仁。

代都運趙待制謝上表　　强至

小材而臨大計，不知經畫之所從；薄量以函厚恩，唯有忠勤而可補。竊以今之北道，重曰外臺，邊宿勁兵，境控强虜。歲支洪河之備，而民力幾屈，所以艱於賦輸；地列數鎮之師，而吏員益繁，所以要在刺舉。宜擇精明彊濟之器，以付轉給澄清之權。若臣空孱，於事迂拙。鄉引兩川之漕，近貳大農之司。率俛竭於愚衷，訖罕通於利術。敢期煩使，乃委孤臣？此蓋皇帝陛下，廓天地之容，收涓埃之細。特加不次之命，而欲勸來者；弗責已試之效，而俾懷後圖。得不夙夜以思，始終乃職！豈敢顓聚斂之最，以上累於君仁？亦當拊凋殘之餘，庶下蘇於民瘼。

代謝再任表

强至

悃愊累陳，從欲許還於新節；衰疲自力，竭能勉撫於舊封。委寄逾隆，顛隮自懼。伏念臣本緣一介之曲學，歷被三朝之誤知。自解宰鈞，繼紆守紱。早年遇事，風霜不計於殘軀；晚歲纏痾，藥餌乃同於常膳。比引揣躬之分，數裁辭〔一三〕劇之章，力丐間州，少安病質。而恩生望外，事與願違。俄更西雍之帥旄，仍付北門之留鑰。所以極陳去就，仰黷聰明。幸寵利非事君之宜，必冀寢加恩之命；策疲駑雖老臣可彊，敢不拜再任之休？訖奉俞旨，兩諧愚懇。此蓋伏遇皇帝陛下，至仁天冒，盛德海涵，器使庶工，愛偏舊物。雖俊傑甚衆，並試有爲之時；而尫瘁之餘，惜投無用之地。敢不勤宣條教，兼附兵民！儻溝壑之未填，尚乾坤之可報。

校勘記

〔一〕『蟲』，底本空缺，據二十七卷本、麻沙本補。

〔二〕『與』，底本作『輿』，據二十七卷本、麻沙本改。

〔三〕『補』，底本空缺，據二十七卷本、麻沙本補。

〔四〕『速』，底本空缺，據二十七卷本、麻沙本補。

〔五〕『賜』，底本作『鶻』，據二十七卷本、麻沙本改。

〔六〕『郡』，底本作『鄉』，據麻沙本改。明翻宋本《西溪集》作『郡』。

〔七〕『易帥嶠南，方深危』七字，底本空缺，二十七卷本存『易帥』二字，餘爲墨塊，七字據麻沙本補。
〔八〕『浙』，底本空缺，據麻沙本補。
〔九〕『事，邊萌』三字，底本空缺，據麻沙本補。
〔一〇〕『在乎』，底本作『臣』，二十七卷本作『在』，麻沙本作『在乎』，據麻沙本改。
〔一一〕『護』，底本作『獲』，據麻沙本改。
〔一二〕『才』，底本作『人』，據二十七卷本、麻沙本改。
〔一三〕『戴』，底本空缺，據二十七卷本、麻沙本補。
〔一四〕『使傳』，底本空缺，據二十七卷本、麻沙本補。
〔一五〕『侍』，底本作『待』，據二十七卷本、麻沙本改。
〔一六〕『樸訥』，麻沙本作『樸拙』。
〔一七〕『時』，底本作『月』，據二十七卷本、麻沙本改。
〔一八〕『移』，麻沙本作『放』。
〔一九〕『綸』，二十七卷本、麻沙本作『緡』。
〔二〇〕『私』，底本作『恩』，據二十七卷本、麻沙本改。
〔二一〕『益』，底本作『更』，據二十七卷本、麻沙本改。四庫本《二程文集》作『益』。
〔二二〕『乾』，底本作『天』，據麻沙本改。清《武英殿聚珍版叢書》本《祠部集》作『乾』。
〔二三〕『辭』，底本空缺，據麻沙本改。清《武英殿聚珍版叢書》本《祠部集》作『辭』。

新校宋文鑑卷第六十八

校者按：底本此卷抄配，據麻沙本、二十七卷本（存第一至五頁）刻卷校改。

表

淮南轉運使謝上表

蘇頌

賛畫甘泉，久玷三臺之末；觀風淮甸，驟陞數使之榮。朝寄匪輕，地望兼重，愧非才選，靡稱厥官。姑謹詔期，趨行所部，寵靈所被，畏惕非常。竊以州郡備官，所以分釐於民務；朝廷遣使，所以布宣於主恩。付一道之事權，用六條而舉察。賦輿出内，俾以均輸，吏治否臧，責之薦黜。自匪緜更於事任，詎能振肅於治綱？若臣者，才不足以適時，慮不足以經遠。偶緣資級之例，得從選用之階。始自書林〔一〕，出分使竹；俄從寰服，入佐計籌。粗收歲月之勞，蔑著毫分之效。豈謂伏遇皇帝陛下，察庶工之任使，矜久職之良勤，拔於省僚，授以利柄。矧惟淮海之部，寔搤東南之衝。昔號奥區，今逢樂歲。五稼盈疇而遂茂，四人勤力以厚生。料乎漕運之程，無煩趣辦之急。惟當敷宣惠澤，通究物情。編齊之利病可更，立求其本；刑政之重輕或失，當適其中。止〔二〕期靖嘉，少稱〔三〕論擇。若乃事體貌以爲風采，盡銖兩以斂民財，顧在懦愚，誠多闊略。重念上慈天覆，聖治日新。官無内外之殊，事悉憂勤之繫。昨臣受任之始，獲面於清光；陛下臨遣之言，曲加於勉諭。自省最爲於踈遠，何圖亦記於淵衷？豈非以委任之優，故特示拊循之厚！雖乾坤平施，非報謝之可言；而犬馬微生，第勤勞而思奮。儻駈馳之有用，期終始以無渝。

右僕射待罪表

蘇　頌

聖恩深厚，仰戴曷勝！孤迹兢危，徬徨靡所。竊以宰輔大任，表率百官。人望所歸，則論議行而必信；物情不與，則名器輕而易摇。而臣猥以朴愚，誤蒙任使。上不能謨明國體，以熙庶工；下不能甄别人材，以協衆望。誤朝有譴，擢髪寧窮？致招人言，上黷天聽。名一詿於白簡，罪當寘於丹書。雖二聖覆之如天，未令投迹於四裔，而群言謂其失職，豈宜包羞於近班？是以屢貢封章，冒塵旒纊，再紆中札，曲諭宸衷。捧詔驚惶，重自思省。本欲便祈於歸老，屬兹方負於罪辜。儻布悃誠，懼爲僭越。在臣進退之分，敢計重輕？於國癈置之間，實關勸沮。伏望太皇太后陛下，皇帝陛下，矜憐甚戇，本無它腸，案〔四〕舉嚴科，亟行幽黜。一則安全於介拙，尚保餘生〔五〕；一〔六〕則猒息於煩言，遂清朝路。

衡州鹽倉謝上表

劉摯

議令獻言，知典刑之無赦；原心觀過，荷仁聖之有容。貸其餘生，處以善地。伏念臣禀生艱拙，遭世盛明。學不能窮理而知幾，材不足趣時而適變。晞名塗以旅進，濫文舘之末游。和鉛何功，索米逾歲。間承人乏，偶攝掾於中堂；旋誤聖知，使備員於憲府。仍職書林之舊，就行御史之中。始自愚臣，前無故事。方陛下繼承於五聖，而國朝平治者百年。力勤肯穫之田，大解不調之瑟。蒐拔群材，而審以器使；變化百度，而曠然日新。臣於此時，職在言路，誓殫忠義，敢避勢權？寧以孤睽訐切，咈衆而危身；不忍從容唱和，負恩而速〔七〕進。狂愚自信，裨益無方。故宿官之日幾何，而瞽言之罪非一。至如均民而弛役，因之率户而出泉。雖慮始樂成者，愚人之不知；然損下益上者，先王之大戒。輙條十害，冀補萬分。議臣見譏，以爲敗謀而亂化；清衷獨見，知其有責而盡言。不徇以誅，止容其去。褫臺閣之二職，置瀟湘之一涯。有禄食使之存全，有職事可以報效。銜恩載幸，揣分增憂。此蓋伏遇皇帝陛下，察臣孤忠，全國大體。不惜骫一夫之法，庶幾留衆正之門。謹當上體恩仁，期於必報；下堅節義，死而不渝！

謝青州到任表 劉摯

東方大國，莫如鄆青，愚臣何人，繼命帥守。莅官兹始，揣己不遑。伏念臣器緼至疏，智靈弗競。遭會繼明之始，越膺共政之圖。三府空逮於六期，千慮蔑聞於一得。雖進退必繇其道，常願學乎聖人；而功烈如此其卑，終難收於士論。寬典刑於司敗，假立壠之便藩。報政稽期，實愧三年之魯；改符易地，猶叨四履之齊。惟時東秦，號一都會，士知禮義，境控海山。厥民富饒，少敚攘之舊習；其俗舒緩，有平易之餘風。謹於承流，可以無事。曾是迂愚之品，獲塵寄委之優。此蓋伏遇皇帝陛下，乾健而粹純，豐中而光大。沉幾以通變化，定鑑以御妍媸。人無遐遺，材以器使。臣敢不振厲衰境，激昌至恩？簡禮去煩，稍究前修之治；推仁宣澤，庶求遠俗之安。儻集涓微，仰酬覆燾。

知亳州謝上表 劉攽

齒髮衰暮，藩鎮會繁，據非所安，榮以爲懼。昔者聖門高弟，方六七十則所願爲；漢世諸儒，至二千石謂之達宦。蓋量力審己，雖小邦寔曰才難；逢辰慕君，在有道不容徼幸。此所以前哲言志，區區其若彼；後賢受禄，振振焉在兹。况如愚臣，本緣末學，粤塵仕路，不棄昌時。暨忝分符，遂更三郡。曹爲近輔，非復自鄶之譏；魯并泰山，仍有變齊之舊。至於渦譙名壤，淮楚近郊。猶龍之所誕生，真聖是焉臨幸。大朝景亳，兼武湯之上儀；近年執期，格帝鴻之純貺〔八〕。民俗既富，官守維嚴，豈伊戇愚，猥叨寄任？邈逾涯分，高視曩先，密焉自思，仍有餘寵。獸鞶换舊，僅踰朞月之淹；隼旆越疆，纔倍宿舂之費。此蓋伏遇皇帝陛下，聖神妙筭，睿知極深。廓久照於容光，溥大和於播物。流形品彙，默化陶鈞，致是小材，預膺榮遇。謹當布宣詔旨，盡瘁官箴。爲身愚謀，雖冀不殆於知止；報國本願，尚謝餘生於自然。誓殞百身，勿渝一志。

知襄州謝上表

劉攽

脱身謫籍，緤組近藩，仰荷恩華，不任感懼。臣早者濫承人乏，出假使車。材非所長，力不自料，黽勉歲月，孤負選掄。是所謂斗筲之才，何暇論繩墨之外？然惟〔九〕利術至廣，巧者有餘。果聞係踵之後人，略取析豪之上第。涇以渭濁，故常畏於後生；李代桃僵，竊自悲於薄命。遽〔一〇〕辱黜幽之典，實由既往之愆。浮舟江湖，托身瘴癘。無復自新之望，長懷永棄之憂。不謂明詔發中，湛恩逮下。俾復乘軒之寵，仍加分虎之榮。情同更生，感惟出涕。此蓋伏遇皇帝陛下，離明廣照，乾度并容。紹庭之初，方勤心於陟降；思皇之際，亦代匱於細微。以是孱愚，得從甄叙。謹當勉求民瘼，恪佩官箴。犬馬之心，以勞力故能有養；桑榆之景，雖已老尚冀無渝。

徐州謝上表

蘇軾

分符高密，已竊名邦；改命東徐，復塵督府。荷恩深厚，撫己兢慙。伏念臣奮身農畝，托迹書林。信道直前，曾無坎井之避；立朝寡助，誰爲先後之容？向者屢獻瞽言，仰塵聖鑒。遠豈有意於爲異，蓋篤信其所聞。顧慙迂闊之言，雖多而無益；惟有朴忠之素，既久而猶堅。不忘君，未忍改其常度；言之無罪，實深恃於至仁。知臣者謂臣愛君，不知臣者謂臣多事。空懷此意，誰復見明？伏惟皇帝陛下，日月照臨，乾坤覆燾〔一一〕。察孤危之易毁，諒拙直之無他。安全陋軀，畀付善地。民淳訟簡，殊無施設之方；食足身閑，仰愧生成之賜。顧力報之無所，懷孤忠而自憐。

徐州賀河平表

蘇軾

聖謨獨運，天眷莫違，庶邦子來，民罔告病。萬杵雷動，役不踰時。遂消東北莫大之憂，然後麥禾可得而食。人無後患，喜若再生。伏以大河爲災，歷世所〔一二〕病。禹治兖州之野，十有三載乃同；漢築宣房之宫，二十餘年而定。未有收狂瀾於既潰，復故道於將堙，俛仰而成，神速若此。恭惟皇帝陛下，至仁博施，神智無方。達四聰以來衆言，廣大孝以安宗廟。水當潤下，河不溢流。屬歲久之無虞，故患生於所忽。方其决也，本吏失其防，而非天意；及其復也，蓋天助有德，而非人〔一三〕功。振古所無，溥天同慶。維豐沛之大澤，實汴泗之所鍾。伊昔横流，凛孤城之若塊；迨兹平定，蔚秋稼以如雲。害既廣則利多，憂獨深而喜倍。雖官守有限，不獲趨外庭以稱觴；而民意所同，亦能抒下情而作頌。

謝失覺察妖賊放罪表

蘇軾

盗發〔一四〕所臨，守臣固當重責；罪疑則赦，聖主所以廣恩。目驚廢逐之餘，猶在愍憐之數。伏念臣早蒙殊遇，擢領大邦。上不能以道化民，達忠孝於所部；下不能以刑齊物，消姦宄於未萌。致使妄庸，敢圖僭逆。原其不職，夫豈勝誅？况兹溝瀆之中，重遇雷霆之譴。無官可削，撫己知危。至於捕斬群盗之功，乃是鄰近一夫之力。靖〔一五〕言其始，偶出於臣。雖爲國督姦，常懷此志；而因人成事，豈足言勞？勉自列於涓埃，庶少寬於斧鉞。豈謂蕩然之澤，許以勿推。收驚魄於散亡，假餘生之晷刻。退思所自，爲幸何多！此蓋伏遇皇帝陛下，舞虞舜之干，示人不殺；祝成湯之網，與物求生。其間用刑，本不得已，稍有可赦，無不從寬。務在考實而原情，何嘗記過而忘善？益悟向時之所坐，皆是微臣之自貽。感愧終身，論報無地。布衣蔬食，或未死於饑寒；石心木腸，誓不忘於忠義。

謝宣召入院狀

蘇　軾

詔語春温，再命而僂，使華天降，一節以趨。在故事以嘗聞，豈平生之敢望？省循非稱，愧汗交深。竊以視草之官，自唐爲盛。雖職清事秘，號爲北門學士之榮；而禄薄地寒，至有京兆掾曹之請。豈如聖代，一振儒風。非徒好爵之縻，兼享大烹之養。玉堂賜篆，仰淳化之彌文；寶帶重金，佩元豐之新渥。既厚其禮，愈難其人。而臣以空踈冗散之材，衰病流離之後，生還萬里，坐閲三遷。不緣左右之容，躐處賢豪之上。此蓋伏遇皇帝陛下，生資文武，天胙聖神。雖亮陰不言，尚隱高宗之德；而小毖〔一六〕求助，已啓成王之心。首擇輔臣，次求法從。知人材之難得，采虚名而用臣。敢不益勵初心，力圖後效！才不逮古，雖慙内相之名；志常在民，庶免私人之誚。

謝侍讀表

蘇　軾

北門視草，已叨儒者之極榮；西學上賢，復玷侍臣之高選。省循非稱，愧汗交懷。竊惟講讀之臣，止以言語爲職。考功課吏，無殿最之可書；陳善閉邪，有膏澤之潛潤。豈臣愚陋，亦所克堪？此蓋伏遇太皇太后陛下，憂思深長，德業久〔一七〕大。受先帝投艱之託，爲神孫經遠之謀。故選左右前後之人，罔非吉士；使知興亡治亂之效，莫若多聞。謂臣雖無大過人之才，知臣粗有不欺君之實。故使朝夕，與於討論。奉永日之清閑，不知所報；畢微生於盡瘁，終致此心。

杭州謝放罪表

蘇軾

臣近以法外刺配本州百姓顏章、顏益二人，上章待罪，奉聖旨特放罪者。職在承宣，當遵三尺之約束；事關利害，輒從一切之便宜。曲荷天恩，不從吏議。伏念臣早緣剛拙，屢致憂虞。用之朝廷，則逆耳之惷形于言；施之郡縣，則疾惡之心見于政。雖知難每以爲戒，而臨事不能自回。苟非日月之明，肝膽必照，則臣豈惟獲罪於今日，久已見傾於衆言。恭惟皇帝陛下，濬哲生知，清明旁達。委任群〔一八〕下，退託於不能；愛養人材，惟恐其有過。知臣欲去一方之積弊，須除二猾以示民，特屈憲章，以全器使。臣敢不省循過咎，祇服簡書！眷此善良，自不犯於漢法；時有貸捨，用益廣於堯仁。

又謝太皇太后表

蘇軾

亂群之誅，不請而決。蓋恩威之無素，致姦猾之敢行。方俟譴訶，豈期寬宥？伏以法吏網密，蓋出於近年；守臣權輕，無甚於今日。觀之祖宗信任之意，以州郡責成於人，豈有不擇師帥之良，但知繩墨之馭？若平居僅能守法，則緩急何以使民？顧臣不才，難以議此。恭惟太皇太后陛下，寬仁從衆，信順得天。推一身之至公，納萬方於無罪。而臣始終被遇，中外蒙恩。謂事有專而合宜，情無他而可恕。故加貸捨，以示寵綏。朝廷之明，粗以臣爲可信；吏民自服，當不令而率從。

賀駕幸太學表

蘇　軾

輦回原廟，既崇廣孝之風；幄次儒宫，復示右文之化。禮行一日，風動四方。臣聞五學之臨，三代所共。蓋天子不敢自聖，而盛德必有達尊。在漢永平，始舉是禮。雖臨雍拜老，有先王之規；而正坐自講，非人主之事。豈如允哲，退託不能？奠爵伏興，意默通於先聖；横經問難，言各盡於諸儒。恭惟皇帝陛下，文武憲邦，聰明齊聖。大度同符於藝祖，至仁追配於昭陵。故舉舊章，以興盛節。臣早塵法從，久侍經幃。永矣〔一九〕馳誠，想聞合語於東序；斐然作頌，行觀獻馘於西戎。

謝賜曆日表

蘇　軾

歲頒正朔，蓋《春秋》統始之經；郡賜璽書，亦漢家寬大之詔。實爲令典，豈是空文？伏以望歲者，生民之至情；畏天者，人君之大戒。所以常言報應，而不言時數；每奏水旱，而不奏嘉祥。上有銷復之心，下有燮調之道。固資共理，同底純熙。恭惟皇帝陛下，祗敬三靈，憂勤萬宇。爲仁一日〔二〇〕，自然天下之歸；教民七年，豈無善人之效？臣敢不仰遵堯典，寅奉夏時！謹隄防溝洫之修，行勞來安定之政。庶殫綿力，少助至仁。

賀立皇后表

蘇軾

纘女維莘，俔天之妹，事關廟社，喜溢人神。臣聞，三代之興，皆有内助；《二南》之化，實本人倫。維《關雎》正始之風，具《既醉》太平之福。民有所恃，邦其永昌。恭惟皇帝陛下，自誠而明，惟睿作聖。輯寧夷夏，德既茂於治朝；輔順陰陽，政兼脩於内職。既膺大慶，益廣至仁。下逮海隅，夫婦無有愁嘆；上符天造，日月爲之光明。受禄無疆，與民同樂。

謝禮部尚書表

蘇軾

備員西學，已愧空疎；易職東班，尤驚忝冒。遂領宗卿之任，并爲儒者之榮。始臣之學也，以適用爲本，而恥空言；故其仕也，以及民爲心，而慙尸禄。乃者屢請治郡，兼乞守邊。欲及殘年，少施實効，而有志莫遂，愧負何言？今乃以文字爲官常，語言爲職業。下無所見其能否，上無所考其幽明。循省初心，有靦面目。故於拜恩之日，少陳有益之言。孔子曰：『一言可以興邦』，而孟子亦曰『一正君而國定』。昔漢文悦張釋之長者之言，則以德化民，輔成刑措之功；而孝景入鼂錯數術之語，則以智馭物，馴致七國之禍。乃知爲國安危之本，只在聽言得失之間。恭惟陛下，即位以來，學如不及，問道八年，寒暑不解。講讀之官，談王而不及霸，言義而不及利。八年之間，指陳至理，何啻千萬？雖所論不同，然其要不出六事：一曰慈，二曰儉，三曰勤，四曰慎，五曰誠，六曰明。慈者謂好生惡殺，不喜兵刑。儉者謂約己省費，不傷民財。勤者謂躬親庶政，不近女色。慎者謂畏天法祖，不輕人言。誠者謂推心待下，不用智數。明者謂專信君子，不雜小人。此六者，皆先王之陳迹，老生之常談。言無新奇，人所易忽。譬之飲膳，則爲穀、米、羊、豕，雖非異味，而有益於人。譬之藥石，則爲耆、术、參、苓，雖無近効，而有益於命。若陛下信受此言，如御飲膳，如服藥石，則天人自應，福禄難量。而臣等所學先王之道，亦不爲無補於世。若陛下聽而不受，受而不信，信而不行，如聞春禽之聲〔一一〕，秋蟲之鳴，過耳而已，則臣等雖以三尺之喙，日誦五車之書，反不如醫卜執技之流，簿書奔走之吏。其爲尸素，死有餘誅。伏願陛下，一覽臣言，少留聖意，天下幸甚！

謝賜對衣金帶馬表

蘇　軾

服章在笥，賁及衰殘；銜勒過庭，喜先徒御。伏以物生有待，天施無窮。草木何知，冒慶雲之渥采；魚鰕至陋，借滄海之榮光。雖若可觀，終非其有。妻孥相顧，驚屢致於匪頒；道路竊窺，或反增於指目。此蓋伏遇太皇太后陛下，聰明齊聖，陳錫載周。含垢匿瑕，而察於求賢；卑宮菲食，而侈於養士。士豈輕於千里，念非其人；言有重於兼金，當思所報。

謝復官提舉玉局觀表

蘇　軾

七年遠謫，不意自全，萬里生還，適有天幸。驟從縲紲，復齒縉紳。伏念臣才不逮人，性多忤物。剛褊自用，可謂小忠；猖狂妄行，乃蹈大難。皆臣自取，不敢怨尤。會真人之勃興，與萬物而更始。而臣獨在幽遠，最爲冥頑。迨兹起廢之初，倍費生成之力。終蒙記録，不遂棄捐。此蓋伏遇皇帝陛下，正位龍飛，對時虎變。神武不殺，孰非受命之符？清静無爲，坐獲銷兵之福。聰明不作，邪正自分。使臣得同草木之微，共霑雷雨之澤。臣敢不益堅素守，深念往愆！没齒何求，不厭飯蔬之陋；蓋棺未已，猶懷結草之忠。

建寧軍節度使謝表

吕惠卿

備嚴近之選，而抵非常之愆；當清明之朝，而罹甚重之譴。孽乃自作，咎將誰歸？伏念臣起自諸生，暗於大道。持竊啓之聞，而欲經於事變；信呻吟之得，而希掛於功名。分既過逾，理宜顛越。矧先帝有爲之始，乃群材願効之時。輒先要津，以閡賢路。雖預討論者三四事，而參機務者一二年。凡是蠹國害民之由，實臣懵學誤朝之致。豈亦下流之所處，更令衆惡之所〔三二〕歸？偶失當時士師之刑，難逃今日司直之論。尚蒙善貸，未寘嚴誅。特從四裔之遷，以正三凶之比。衰疲遠謫，人皆知其難堪；親愛生離，聞者爲之太息。伏惟皇帝陛下，天仁自得，聖孝光充。撫弓劍之遺藏，每加悽愴；顧廟堂之舊物，寧不盡傷？特罪悔之至深，猶典刑之爲屈。龍鱗鳳翼，已絶望於攀援；蟲臂鼠肝，一冥心於造化。涕逐言出，莫知所從。

賀元日大朝會表

吕惠卿

寶典更端〔一三〕，明廷四〔一四〕覲，上儀畢舉，綿寓均懽。恭惟皇帝陛下，道大同於堯天，日躋格乎湯聖。深仁溥博，達孝光通。神祇感於治馨，祥嘏由乎和致。維歲日月時之首，乃朝宗覲遇之先。循用舊章，遹陳盛禮。東臺瑞物，冠玉璽之珍符；左户輿圖，增金城之列障。樂象成而乃作，文稱賀以非虚。多士盈庭，四夷在列。忻逢千載之運，敬上萬年之觴。臣俯迫頽齡，久縻外閫。不及趨慶闕庭，徒切瞻依旒冕。

謝翰林侍講學士表

范祖禹

辭其可辭，敢忘故事？受其可受，祗服新恩。洪惟真宗，初置講職。問學常勤於日昃，論經或至於夜分。以啓迪於後人，俾監觀於成憲。先帝更新治職，止命兼官。雖因革之制不同，而經緯之文則一。惟熙寧元豐之成烈，有金匱石室之舊聞。丕顯帝謨，尚資史筆。追觀列聖之典，多委四輔之臣。夫何一介之微，膺此二任之重？此蓋伏遇皇帝陛下，欽明文思，齊聖廣淵，如日方中，法天不息。謂二帝三王之道，當窮極於高深；一祖四宗之書，已光昭於永久。

惟念〔二五〕終於典學，聿追孝於前文。以臣夙侍書筵，叨塵史觀，曲加寵數，用示眷留。昔魯繆公之於子思，亟饋鼎肉；燕昭王之於郭隗，改築金臺。二子者，或以無人乎側而不能安，或欲致士於遠而先爲始。如臣陋學，敢望古人？非懷人爵之可榮，竊喜聖心之不倦。

校勘記

〔一〕『林』，麻沙本作『坊』。
〔二〕『止』，底本誤作『上』，據二十七卷本、麻沙本改。
〔三〕『稱』，底本誤作『釋』，據二十七卷本、麻沙本改。
〔四〕『案』，底本空缺，據麻沙本補。
〔五〕『生』，底本空缺，據二十七卷本、麻沙本補。
〔六〕『一』，底本空缺，據麻沙本補。
〔七〕『速』，底本作『數』，據二十七卷本、麻沙本改。
〔八〕『䁘』，底本誤作『賂』，據麻沙本改。清《武英殿聚珍版叢書》本《彭城集》作『䁘』。
〔九〕『然惟』，底本空缺，據麻沙本補。清《武英殿聚珍版叢書》本《彭城集》作『然惟』。
〔一〇〕『遽』，底本作『遂』，據麻沙本改。清《武英殿聚珍版叢書》本《彭城集》作『遽』。
〔一一〕『疇』，底本作『幬』，據麻沙本改。宋本《經進東坡文集事略》作『疇』。
〔一二〕『所』，底本空缺，據麻沙本補。宋本《經進東坡文集事略》作『所』。

〔一三〕「人」，麻沙本作「有」。宋本《經進東坡文集事略》作「人」。
〔一四〕「盜發」，底本空缺，據麻沙本補。宋本《經進東坡文集事略》作「盜發」。
〔一五〕「靖」，麻沙本作「謹」。宋本《經進東坡文集事略》作「靖」。
〔一六〕「小毖」，麻沙本作「訪落」。宋本《經進東坡文集事略》作「小毖」。明成化刊本《蘇文忠公全集》作「訪落」。
〔一七〕「久」，底本作「廣」，據麻沙本改。宋本《經進東坡文集事略》、明成化刊本《蘇文忠公全集》作「久」。
〔一八〕「群」，底本作「眾」，據麻沙本改。宋本《經進東坡文集事略》、明成化刊本《蘇文忠公全集》作「群」。
〔一九〕「矣」，底本作「矢」，據麻沙本改。明成化刊本《蘇文忠公全集》作「矣」。宋本《五百家播芳大全文粹》作「矣」。
〔二〇〕「一日」，麻沙本作「百世」。明成化刊本《蘇文忠公全集》作「一日」。
〔二一〕「春禽之聲」，底本空缺，據麻沙本補。宋淳祐刻元明遞修本《諸臣奏議》、明成化刊本《蘇文忠公全集》作「春禽之聲」。
〔二二〕「之所」二字，麻沙本作「以皆」。
〔二三〕「寶典更端」，底本空缺，據麻沙本補。
〔二四〕「四」，底本作「肆」，據麻沙本改。
〔二五〕「念」，底本作「永」，據麻沙本改。四庫本《范太史集》作「念」。

新校宋文鑑卷第六十九

校者按：底本爲刻卷，據麻沙本、二十七卷本（存第十二至十六頁）刻卷校改。

表

開封府群見致辭

林希

臣希等伏以聖人在上，首善始於京師；天下修文，貢士興於畎畝。此乃伏遇尊號皇帝陛下，仰稽古道，下育人材。發明詔於多方，命興賢於列郡。臣等繆當詔旨，輒與能書。雖爲草野之臣，得奉天庭之貢。

尚書禮部元會奏天下祥瑞表

林希

臣珪等言：尚書禮部得元豐五年天下所上祥瑞。宣徽南院使判北京臣拱辰、承議郎提舉河北常平等事臣宜之、通議大夫知秦州臣公孺、龍圖閣待制知青州臣縡、正議大夫知安州臣甫、朝議大夫知興元府臣景華、朝奉大夫知滎州臣震、西上閤門使知雄州臣舜卿、禮賓使知安肅軍臣孝綽、文思使知憲州臣詵、朝散郎知鼎州臣伋、知歙州臣堯封、朝奉郎知蜀州臣少連、承議郎知安德軍臣從諒、知利州臣山等言，所部有芝生於州宅寺觀殿閣柱，有七莖者一，苗長尺餘者六；牛生二犢者二；嘉禾合穗者三，五本合爲一者一；麥一莖三穗者四，四穗者、五穗者、百餘穗者各一；白烏、白鵲生於巢者各一。臣聞，聖人出而四海清，帝命昭而萬靈集，必致諸福之物，以表太平之符。

伏惟皇帝陛下，體堯之仁，躬舜之孝。力行勤儉而本以化物，誠意惻怛而出於愛民。是以指麾之間功業成就，覆載之内陰陽協和。蒙被群生，浹肌膚而淪骨髓；涵濡異類，霑動植而洽飛翔。仰而觀者景星慶雲，俯而視者醴泉甘露。扶疎煒燁，發爲朱草三秀之英；游泳服馴，則有白麟一角之異。嘉葩連理之木，異畝同穎〔一〕之禾。巢鵲可俯〔二〕而窺，池龍可拳而擾。謂宜作爲聲詩而奏於郊廟，深詔太史而著之簡編，以永無疆之休，以昭特起之蹟。考諸已往，固可謂絶世之殊祥；抑而弗宣，猶以爲盛德之餘事。自時所紀，殆不絶書。今者駕鸞輅以充明庭，撞黄鍾而御太極。典禮大備，官儀一新，殊方駿奔，重譯輻湊。自昔辮髮卉裳，羈縻之所未至；踰沙軼漠，言語之所未通。咸奉玉帛而介九賓，襲衣冠而獻萬壽。烜赫威德，冠古超今，巍巍煌煌，傳示亡極。鋪張王會之衆美，裒對皇家之盛容。臣等恭率有司，伏尋故事。稽參圖謀，宜先象齒之珎；敷道句臚，敢上龍墀之奏。歡呼抃蹈，倍萬常情。

尚書省謝車駕臨幸表　　林希

天臺肇建，具崇喉舌之司；帝車下臨，增重陛廉之寄。非常之舉，視古無倫。恭惟皇帝陛下，天縱多能，日新盛德，刬除衆弊，裁制萬微。考先王之董治官，立尚書以爲政〔三〕本。紀綱條理，見微旨於新書；刱作規模，別攸司於著位。蓋慮之積年而成於兹日，聞諸前世而驗於方今。忽紆清蹕之傳，罙聳鴻都之觀。且北辰居極，外環象斗之宫；而黄道所經，旁及積星之位。瞻威顏於咫尺，被法語之丁寧。敕以在公，退而交儆。分曹帥屬，燦然周典之文；望輦拜恩，陋彼漢郎之嘆。矧復宗藩旅進，禁從相趨。凡獲侍於宸遊，皆預窺於聖作。歡聲載溢，慶榮遇於一時；信史備書，流美談於萬世。臣等叨膺重任，久負明恩。顧懷備位之慙，第劇逢辰之幸。敢忘策勵，期稱寵靈〔四〕。

亳州謝賜卹刑詔書表　　林希

奉聖詔之丁寧，見上心之欽恤。恭惟皇帝陛下，治道清净，本堯舜之性仁；訓辭哀矜，同禹湯之罪己。雖推行故事，實憂閔黎元。臣所領州，地號重法，南惟故楚，北則全齊。椎埋爲姦，其來尚矣，殺越干貨，間或有之。嚴設檢防，深用懲艾。臣初至問俗，云比年稍登。咸知愛身，頗重犯法。夫廉恥以衣食爲本，豐凶者獄市之原。民之常情，勢自當爾。臣謹遵奉成憲，申戒有司。囹圄之間，敢遂期於無犯；縲繫之下，庶罔底於非辜。祇循寬條，用塞吏責。

謝天章閣待制表

林希

忽繇疎遠，俾冒恩榮，進不得辭，退何勝懼？臣竊惟朝廷名器〔五〕，本以待殊尤特起之才；臺閣縉紳，宜序進侍從論思之列。分義既定，品流自安，敢意超踰，倏及孤外？伏念臣少而嗜學，仕則爲貧。擊柝抱關，初安一命，磨鉛削槧，忝事三朝。金馬石渠，出入殆逾於二紀；皇墳帝典，討論嘗預於片言。一去軒墀，五更符印。方兩宮之旰食，閔赤子之阻饑。申敕守臣，悉發常平之廩；斸裁歲計，就輟上供之儲。全活者一方，更生者萬口。父老至於感涕，童稚莫不驩呼。脱於溝壑之虞，皆自乾坤之施。顧臣無職，在法何逃？覈實之誅，屏息以俟。伏遇皇帝陛下，智周萬物，明燭四方。通達下情，靡遠邇戚疏之有間；主張善類，故包函庇覆以無遺。既保宥以曲全，復矜憐其久次。拜恩舊服，玷籍近班，譽生不虞，寵出非望。無循吏之效，誤被璽書之褒；有稽古之愚，曷稱服章之錫？況臣心甘寂寞，年迫衰遲，分以滯蒙，老於冗散。今兹收擢，彌甚驚憂，惟是偏州，適承明詔。漕由京口，控全吴飛輓之衝；埭復吕〔六〕城，救積歲旱乾之患。方且身先畚築，手諭準繩，計蚤莫以收功，成江淮之長利。儻容戮力，豈憚糜軀？天日九重，但心存於北闕；圖書三閣，許夢到於西清。

賀皇后册禮表

林希

躬御大廷，肆陳徽册，班迎行第，入踐宮朝。臣聞，自古有邦，必先正始。故《易》以《家人》治內，而《詩》美《關雎》好逑。維時盛明，克備儀物。恭惟皇帝陛下，聰明文思，不學而成，恭儉憂勤，所聞者化。太皇太后深惟坤極之配，實重人倫之基。率以舊章，應於古義。蓋天地社稷之事，勷相其難；卿士龜筮之從，諏謀是吉。衿鞶申戒，褘翟增華。左右承顏，交致三宮之養；春秋奉祀，共祇八廟之靈。陰教具宣，宸闈有慶。臣守藩居外，望闕無階，蹈詠之誠，寔均凡庶。

代范忠宣賀平河外三州表

畢仲游

平戎韜略，靡用干戈；陷虜衣冠，自還里閈。豈特犬羊之效順，行知鋒鏑之可消。患弭一隅，治形四海。伏以善戰之至，初無勇功；神武之行，亦云不殺。矧羌夷之叛服，如禽獸之去來。始非得已而用兵，終則附懷之有道。巢穴可窮而不問，邊陲安堵而自如。情狀益殫，欵誠屢至，遂聞革面，相與鄉風。既內慴於威靈，遂盡歸其俘獲。殆非力致，純以德來，矧是生還，率常死節。度湟伐木，不煩充國之謀；謁廟賜田，如見子卿之返。此蓋伏遇皇帝陛下，上仁兼覆，盛德惟新。小二漢之邊功，盡三王之能事。眷惟士伍，偶隔聲明。鞮譯在塗，既奉君臣之義；衣裳改衽，復從父母之邦。邊候告寧，人情底豫。豈異七旬之格，是爲千載之逢。臣頃預政機，親聞睿筭，比分憂寄，獲覩成功。再拜奉觴，雖阻漢庭之列；大書作策，永爲宋史之光。感頌之私，倍萬常品！

京東運副謝到任表

畢仲游

分符京右，方謹頒條，改使山東，猥當外計。恩私併及，感惕交深。伏念臣本以書生，學從吏道。和鉛抱槧，既非博洽之名流；攬轡登車，又乏經營之旅力。出没風波之險，支離疾病之餘。每虞寄任之難勝，願以廢閑而爲幸。比蒙牽用，已戴生成。未遑宣布於上恩，乃復叨移於劇郡。仍遷轉漕，稍畀事權。雖知繁使之可榮，大懼謭材之速戾。此蓋伏遇皇帝陛下，法天廣大，如日照臨。道祇務於遠圖，器不遺於近用。謂從事詔條之内，常欲力行；故遣司調度之煩，試觀心計。臣敢不三思厥職，一意在公？必祇赴於會期，以圖報上；亦愛養其基本，不至病民。非專官謗之逃，兾合公家之利。

謝賜資治通鑑表

張舜民

臨政願治，乃明主之用心；受詔脩書，皆儒臣之能事。成而進御，寵以匪頒，何彼下臣，遽霑優賜？恭惟英宗皇帝，生知典〔七〕學，性好觀書。豈止求之多聞，實欲輔之自得。然萬機叢委，載籍紛繁。自學者不得遍窺，况人主何暇周覽？思有所述，頗難其人，疇若人哉，莫如光者。給尚方之筆札，萃三館之圖書。許自辟官，用資檢討，量〔八〕加常俸，不責課程。上下馳騁於數千載之間〔九〕，出入將隨於十九年之内。其間明君良臣，箴規議論，切磨之精語；名將循吏，方略條教，魁梧之偉功。休咎庶證之原，天人相與之際。抉擿姦宄，褒崇善良，網羅群言，囊括舊史。如海之藏，珎怪魚龍之無數；如山之包，草木鳥獸之難名。披分畎澮之末流，蔽映雕蟲之小技。旅游東國，常屢歎於斯文；留滯周南〔一〇〕，遂克終於先業。雖古者興亡事迹固已燦然，而光之筋力精神於此盡矣。尚苦言官之督責，熟諳俚俗之謗嗤。卒成一代之書，仰副兩朝之志。揭爲《通鑑》，時則弗迷，資彼治原，捨兹安出？神宗皇帝飭講筵而進讀，揮宸翰以賜名。製序而冠其篇端，鏤板而布之天下。仰君臣之際會，已極丹青；何父子之淪亡，忽悲風露？豈謂門墻之舊物，退收鉛槧之微功？開卷涕流，拜嘉汗浹。此乃伏遇皇帝陛下，聰明迪祖，宵旰思皇。留神於乙夜之勤，訪問於西清之奥。伏遇太皇太后陛下，敉寧大業，持載烝民。安所寶之儉慈，格無疆之壽考。遠追三鑑，坐振四維。顧一介之靡遺，與群賢而樂共。儲無儋石，曾非菽水之憂；家有賜書，留作子孫之寶。

謝諫議大夫表

張舜民

方安謫籍，忽對鋒車。入瞻八彩之秀毫，進與七人之上列。竊聞明主臨政而願治，先王爲官而擇人，號曰梓材，取其器使。若夫諫争之任，政惟侍從之臣。地密而選清，秩卑而望重。其所以起居言動，則與史官相表裏；其所以彈訶風察，則與臺憲同戚休。始則專弼人主之違，今乃汎論天下之事。乃者藥石不進，鳧雁僅存，仗馬一鳴，茅茹不已。豈謂大明之東出，廓然晛雪之日消？鼓之以惠風，潤之以膏澤。南窮海嶠，北浹江湘。脱禁錮者何翅二千人，計水陸則不止一萬里。死者傷嗟之不及，生者扶匐以來歸。昔居輔弼之崇，謀謨帝所；終作蠻夷之鬼，棄擲道傍。古先未之或聞，畢竟不知其罪。敢望桑榆之晚景，獲依日月之末光？招魂於楚水之涯，拭目於雲臺之表。手遮西日，口誦《離騷》。齒髮摧頹，謾索太倉之粟；衣裳顛倒，驚聞長樂之鐘。此乃伏遇皇帝陛下，上當天心，下厭人望。見機不俟終日，從諫甚於轉圜。變通得之神宗，寬大類乎仁祖。豈止芻蕘之被賞，將令泉壤以銜恩。率是以行，爲國何有？敢不激昂暮氣，緝理空文！乘白馬而伏青蒲，試圖來效；餓西山而蹈東海，期免後艱。

謝賜恤刑詔表

李清臣

徒拏頌繫，交手傳懽，甿隸聞音，相趨動色。雷風鼓舞，律吕和平，屬在守臣，惟知虔命。竊惟歷代之爲政，莫若本朝之恤刑。承平幾百四十年，覆養方二三萬里。德如天地日月，恩及草木蟲魚。尚慮府縣狴牢，官曹卒吏，誦司空城旦爲業，習柱後惠文之風。喜作煩苛，私行慘刻，或致孤窮亡告，疾痛不聊。是頒詔教之丁寧，申喻州邦之長守，使之綱羅寬大，櫺檻疏通。

日與涼飔，時視藥物。比周王之扇暍，殆又過之；雖夏后之泣辜，亦止如是。此蓋恭遇太皇太后陛下，睿慈燕裕，仁治醇醲。尊居九重之深，周念四海之遠。謂聖世不專以刑爲天下，王者常欲以恩結民心。仰寧八室之光靈，垂慶億年之統祚。臣敢不奉行上意，袛率外臣！

免加右光禄大夫表

李清臣

宗廟穆清，方祔神靈之享；主庭昭曠，重推雨露之恩。優渥荐臻，震皇無措，敢殫血懇，仰冒聖聰。竊以義者天下之大經，分乃人臣之常守，稱多量少，豈宜有失於一毛？論重評輕，必使外猒於群議。如龠合之器，是何足以容鬴區〔一一〕；如欒櫨之材，彼安能以勝梁梠〔一二〕？苟犯滿溢之戒，將貽顛覆之憂。伏念臣技能素卑，問學殊淺。無益當時之實用，宜爲盛世之畸人。歷任累朝，誤躋四輔。日索太倉之米，月受水衡之錢。職空任於股肱，勤不施於竹帛。同省僚列，豈無邪廞而詆訶；舊山隱淪，能不指背而譏笑？夙宵愳赧，形影徬徨。未退即於幽閑，已深慙於尸素。更增顯寵，將累至公。恭遇皇帝陛下，天縱睿明，日新制作。欲賛斯時之美，方收多士之英。致此誤恩，猥加朽質。任人惟舊，固惟聖主之隆私；受爵斯亡，深懼先民之至誡。冀還異數，庶息煩言。

謝除中書舍人表

蘇　轍

越從左史，擢領西垣，口出命書，身參法從。深念山林之迹，本無富貴之心。聞命若驚，固辭不獲。伏念臣生本西蜀，家世寒儒。學以父兄爲師，貧無公卿之助。私有求於禄養，輒自力於文詞。慨然東遊，無以上達。際會仁祖，訪求直言。策語猖狂，恃聖神之不諱；考官怪怒，惡倖直之非宜。孰知牾俗之言，特被愛君之詔。感激恩遇，遂亡死生。莫酬國士之知，適有私門之禍。未填溝壑，重迫饑寒。時於道塗，望見神考。一封朝奏，夕聞召對之音；衆口交攻，終致南遷之患。生雖不遇，嘗辱顧於二宗；時不見容，勢殆瀕於九死。厄窮自致，黽俛何言！敢云衰病之餘，復被寵光之幸？此蓋伏遇太皇太后陛下，母慈均覆，坤德無私。欲以任、姒之明，躬行堯、舜之道。肆求多士，以遺成王。耆老畢會於朝廷，耕築不遺於林莽。遂令拔擢，猥及空踈。馮唐已衰，猶願雲中之往；貢禹雖老，未忘封事之勤。譬如木之在山，生則荷恩，而死無所怨；水之於地，行則潤下，而止不敢辭。臣之事君，義亦如此，欲報之意，非言所殫。

謝除尚書右丞表

蘇　轍

涣汗之恩，已行而不反；傴僂之志，雖勤而莫伸。上愧鴻私，下慙公議。恭惟皇帝陛下，接堯、舜之統，蹈成、康之仁。體貌先正耆老之臣，揀拔後來翹秀之士。俛仰六載，前後幾人？

坦然公明，故不私賢否之實；穆然淵默，故坐照情僞之真。臨御久則鑒愈明，得失分則下無隱。如臣者，西南賤士，章句小儒。早歲猖狂，偶竊方聞之選；中年流落，既安縣尹之卑。遭時乏人，致位近侍。跌宕文墨之囿，囁嚅議論之場。舉皆空言，安有實效？顧惟省轄之重，實參國論之餘。豈無遺賢，遽及微品？地寒資淺，何以望三事之餘光；才短力罷，安能裁六聯之滯論？雖復黽俛就職，愧歎何言！此蓋伏遇皇帝陛下，天地之仁，曲成草木之陋；父母之愛，不録子弟之非。將建大厦以覆群生，故收衆材而無棄物。然臣負過其力，受非所容。惟有潔己無私，或不孤於託付；引類自助，幸得免於顛隮。不渝始終，少荅恩造。

賀明堂表

蘇　轍

饗帝尊親，古今之大典；推恩肆眚，天地之至仁。舉此盛儀，併在今日。伏惟皇帝陛下，以仁御世，以誠事天，乾清地寧，兵戢民阜。人悦故神罔不宥，物備故禮得以成。一享〔一三〕圜丘，三謁路寢。誠敬之心，與日兼茂，寬大之澤，靡物不蒙。能事既修，全福自至。方將享堯、舜之上壽，膺成、康之令名。民願所同，天心是若。臣頃侍帷幄，稍歷歲時。譴責之深，坐甘没齒，江湖之遠，猶冀首丘。久蟄泥塗，聞震雷而惕若；深囚籠檻，得清風而自疑。

降朝請大夫謝表

蘇轍

罪大恩寬，言者未厭；官高德薄，法所不容。尚領真祠，實出寬憲。伏念臣早塵近列，無補明時。下則拙於身謀，上則闇於國體。先朝矜其愚陋，宥以遐荒。前後七年，浮沉萬死。偶真人之御曆，敷大號以惟新。普復舊官，亟叨厚禄。然臣年迫衰暮，知復何爲？身利退藏，顧未敢請。因循於此，黽俛自慙。雖復追削者五官，仍且獲安於閑局。涵恩至厚，爲幸已多。此蓋伏遇皇帝陛下，以堯、舜之仁，行成、康之政。衷未忘於舊物，恩許畢其餘生。臣謹當杜門躬耕，没齒蔬食。知生成之難報，姑静默以待終。

代賀景靈宮奉安御容禮畢表

呂希純

即上都之福地，載廣珍庭；會列聖之睟容，益嚴昭薦。良辰叶吉，縟禮告成，凡預照臨，率同慶抃。竊以仙源濬發，帝業肇基。祖功休盛於湯文，宗軌繼隆於啓誦。雖寢廟時饗，祼將克備於靈承；而衣冠月游，館御未經於制度。茂惟真主，允集大成。皇帝陛下，孝至格天，文明若古。眷神功潛躍之宇，有章聖誕彌之祥。夙建清都，仰延真馭。廼規恢於舊址，庸考卜於新宮。凜然太紫之威，隱若神明之奥。惇宗有昭穆之叙，謁欵無來徃之煩。而復祕殿重深，列儀坤之正位；回廊曼衍，圖拱極之近寮。逮不日以休工〔一四〕，肆前期而蕆事。璿題灑落，煥東壁之星躔；藻衛森羅，備甘泉之法駕。奉雕輿而降格，袚玉座以妥安。詔蹕亟臨，群司徧至。瞻舜瞳而增慕，施禹拜以忘勤。精意克伸，繁禧舉集。洽需雲而示惠，霈解雨以疏恩。嘉與群倫，同兹大慶。臣蚤塵樞幄，方守塞垣。阻陪鴛鷺之班，徒深燕雀之賀。

校勘記

〔一〕『穎』，麻沙本作『類』。

〔二〕『俯』，麻沙本作『附』。

〔三〕『爲政』，麻沙本作『政爲』。

〔四〕『靈』，麻沙本作『臨』。

〔五〕『器』，麻沙本作『位』。

〔六〕『吕』，麻沙本作『古』。

〔七〕『典』，底本抄配葉誤作『興』，據麻沙本改。『典學』，源本《書·説命下》。

〔八〕『量』，底本抄配葉作『重』，據麻沙本改。

〔九〕『間』，底本抄配葉作『前』，據麻沙本改。

〔一〇〕『周南』，麻沙本作『終南』。

〔一一〕『黼區』，麻沙本作『輔』。

〔一二〕『梁梠』，麻沙本作『梁楝』。

新校宋文鑑卷第六十九

〔一三〕『享』，二十七卷本作『至』。明嘉靖刊本《欒城集》作『享』。

〔一四〕『工』，麻沙本作『功』。

新校宋文鑑卷第七十

校者按：底本爲刻卷，據二十七卷本、麻沙本刻卷校改。

表

代文潞公謝太皇太后表

張耒

稽留君命，敢求免於刑誅？惠養老臣，不使勞其筋力。仰睿私之從欲，撫衰志以知榮。伏惟太皇太后陛下，厚德無疆，至仁在上。神孫臨祭，知保佑之聖功；多士充庭，見肅雍之盛德。恩及草木，喜同天人。臣幸以餘齡，獲逢盛旦。雖籩豆駿奔之事，徒有心哉；而禮樂大備之時，爲後死者。豈不偶爾，尚足矜榮！

免右僕射表

韓忠彦

申寵命以自天，榮非意及；措微躬而無地，愧與憂并。仰冒眷衷，歷陳危懇。竊以君臣同體，取象於元首股肱；上下交孚，相視如腹心手足。所以代天工而理物，故能熙帝載以奮庸。自昔御臨，尤艱考慎。惟德業之兼茂，乃邦家之有光。伏念臣學無他長，材止近用。不爲詭隨以徇衆，但知直道以事君。遭遇聖時，未隳素業，賛陪機政，惟任孤忠。墻高每懼於疾顛，綆短固難於深汲。更冒非常之寵，深虞可畏之言。矧今蠢萌未消，國是難一。事有可否，必分年號而得行；臣無忠邪，槩指朋類而皆廢。西方師老而財匱，斗米至於千錢；北道河潰而民流，十室幾於九去。大霈更新，而猶多禁錮；宿逋雖減，而尚困追償。方欣大有爲之時，宜用不世出之士。豈茲綿薄，能副詳延？伏望皇帝陛下，奮獨斷之明，廣僉諧之訪。旁求不間於庶位，圖任況多於舊人？采擢孅才，收還成命。譽歸明主，名器不輕以假人；謗息愚臣，負乘免聞於致寇。

謝史成受朝奉郎表

曾　肇

裁成二帝之書，仰資聖訓；褒録諸儒之效，俯逮孤生。謬進官榮，併叨恩賚，省循非稱，冒昧爲慙。竊以簡册之傳固多，帝王之書爲重；文章之用非一，述作之體爲難。在昔有邦，若時稽古。自周而上，具載百篇之言；繇漢以還，各成一代之史。《典》《謨》之辭略而雅，《春秋》之法謹而嚴。子長雖繆於是非，見稱事核；孟堅頗推於詳贍，或患文繁。降及後人，益艱是任。或紀事支離而失實，或設辭骫骳而不工；或踈略抵捂之相形，或取舍抑揚之未當。歷觀前載，兹謂材難。矧兩朝功德之崇高，而五世聲明之富有，以至俊傑瑰奇之士，檮杌窮璵之姦，載在信書，傳之后裔。宜得貫穿馳騁之學，温純深潤之辭，追二典之光華，垂百王之軌範。如臣之鄙，揣分無堪。幼聞道於父兄，粗知好古；長論文於師友，竊慕著書。然而植性昏冥，受材濩落。有淺見寡聞之累，無屬辭比事之長。遭世盛明，脱身冗散。天禄石渠之奧，蚤預校讎；金匱玉板之文，得參論次。茲儒林之盛選，實仕路之殊榮。特達甄收，莫非帝力；周旋長育，咸出上恩。自視庸虛，固難報稱。雖勤劬於夙夜，謾淹歷於歲時。闡發大猷，豈敢希於作者？整齊故事，或可繼於前人。甫臨汗簡之終，適遘負薪之疾。奏書天陛，阻親望於清光；拜賜宸庭，莫與聞於褒詔。豈期推賞，并及罔功。養拙藏愚，久已逃於常憲；因人成事，茲復玷於異恩。遜避[一]弗容，驚惶失措。此蓋伏遇皇帝陛下，務尊先烈，祇紹永圖。謂祖考之功非形容之可既，而子孫之孝在潤色之爲能。深詔有司，共成大典。蓋兼資於衆智，不求備於一人。每矜載筆之勤，靡間吹竽之濫。致茲瑣質，均被鴻私。螻蟻雖微，素積愛君之志；涓塵有補，敢忘許國之忠？

陳州謝上表

曾鞏

初緣細故，輒丐徙州，繼露危誠，復求易地。補[二]報未伸於萬一，冒煩已至於再三。自非仁恕之朝，當在譴訶之域。聖恩甚厚，私願弗違。視太守之章，孱愚知幸；望長安之日，感涕難勝。伏念臣託勢至孤，叨榮過重。謀身寡術，易致於人非；竊禄無功，難逃於鬼瞰。材微命舛，福薄災深。方祇歷下之行，忽遘漳濱之疾。顧筋骸之素憊，困藥石之交攻。氣屬如絲，識幾去幹。已分身歸於厚夜，不圖天假於餘生。怳如夢寐之初回，愭若酲醲之未解。神明凋耗，形體支離。念官守之尚遥，迫王程之有限，内省尩羸之質，豈堪撼頓之勞？非敢自愛於疲癃，實懼仰孤〔三〕於任使。幸脩門之在望，恃延閣之見收。叩閽自言，伏質俟罪。蓋疾痛之加者，呼父母而是愬；精誠之至者，動金石而非難。果上惻於淵衷，俾曲從於私便。維兹藩輔，密邇京師。事簡民淳，首被朝廷之化；里安户佚，稀聞枹鼓之音。顧臣何人，獲此善地。可覬康寧之福，皆緣覆護之恩。矧常守於是邦，有相望之仲氏。流風未遠，故事可詢。重念臣昨守汝陰，亦隸畿右。始引小嫌而求避，出於慮患之太周；終明大體而復還，良以至公之在上。銘心敢怠，粉骨難酬。此蓋伏遇皇帝陛下，聰明燭於萬微，而隆寬盡下；威德加於九有，而内恕及人。篤遺簪墜屨之仁，推藏疾納汙之誼。太皇太后陛下，處奥突〔四〕之中而周知萬事，據崇高之勢而洞照群情。常懷大德之好生，不忍匹夫之失所。憫臣忝陪侍從之末，察臣實嬰沈瘵之餘。假借寵靈，安全孤朽。臣敢不體上之慈而哀矜於下，念己之病而綏養斯民！庶收塵露之微，少荅乾坤之施。

賀元祐四年明堂禮成肆赦表　曾肇

侑帝饗親，既金聲而玉振；赦過宥罪，遂雷動以風行。歡聲達於幅員，協氣充乎上下。竊以躬事天之禮，莫如王者之堂；極嚴父之心，是謂聖人之孝。講兹鉅典，屬在熙朝。即路寢以親祠，兆於仁祖；黜五精之並祭，斷自神宗。光昭前聞，啓迪後嗣。恭惟皇帝陛下，紹膺寶命，祇遹先猷。平成百度而不有其功，覆載群生而不尸其德。謂時和歲豐之效，乃高穹顧諟而然；謂刑清武偃之祥，乃七廟威神之致。矧屬承祧之始，永懷濡露之恩。將伸報本之誠，且展事生之道。以祭恐數而瀆，故遵三歲之期；以郊則遠而疏，故度九筵之位。季秋令月，吉日上辛。備法駕之儀，協雅聲之奏。牲牷博碩，籩豆靖嘉。元龜大輅之旅陳，篆轂錯衡之輻湊。并柯共柢，按圖諜而充庭；鑿首貫胸，袵衣冠而就列。以引以翼，有壬有林。奠珪幣以告虔，舞羽旄而象德。靈心合荅，精意感通。嘉得四海之懽，增授萬年之策。尚念有司之庶獄，豈無弗獲之一夫？乃御端闈，亟敷大號，滌瑕盪穢，已責逮縲。空狴犴而縱縲囚，開府庫以賜軍士。布慶施德，昭天漏泉。彼泣辜弛網之仁，推食解衣之惠，方之於此，不其狹歟？臣忝綴從班，適分州寄，莫與奉璋之列，徒懷拱極之心。

南京謝上表

曾　肇

得郡便私，未報期年之政；因人易地，更分京邑之權。朝始去於故棲，夕已臨於新部。伏念臣材不堪於世用，行有愧於古人。蚤塵侍從之華，寖冒藩垣之寵。未踰再歲，更守二州。既不能興教化於民，使之遷善而遠罪；又不能作聰明於外，因以譁世而取名。惟殫夙夜之勤，期副焦勞之念。矧彼淮陽之地，舊爲楚國之郊。屬頻年昏墊之餘，加比屋凶饑之後。浚溝湟以疏積潦，發廩庾以振流民。方竭力於經營，遽蒙恩而罷徙。國家別建都邑，内壯皇居，維王迹之所基，視它邦而尤重。掌離宫之筦籥，奉原廟之衣冠。以屬微臣，彌慚非據。此蓋伏遇皇帝陛下，矜憐舊物，優假近班。尚容環走於王畿，因使周知於土俗。奉承清問，敢希宣室之歸？攀仰末光，未覺長安之遠。誓當盡瘁，少冀分憂。至於事鞭扑以立威，飾厨傳以干譽，非明時之所尚，亦私義之不爲。

徐州謝上表　曾　肇

懷章去國，不啻三年；荷橐入朝，未淹百日。復棲遲於民社，驟違遠於闕庭。迫義理之當然，豈人情之所願？竊念臣稟生固陋，承學迂踈。懷是古之至愚，抱守官之獨見。豈特難堪於世用？固已不善於身謀。昨者召自留都，處之宗伯。屬郊丘之肇祀，議天地之經祠。執禮雖明，趣時則戾。已行之令，豈孤論之能回？不韙之誅，敢偷安而苟免！旋抗章而請辠，蒙易地以示恩。繼露微衷，復頒温詔。終賴乾坤之造，曲成犬馬之私。假以使符，置之善地。循行閭里，固多魚稻之饒；周覽山川，頗有江湖之趣。夫何孤蹇，獲此便安？此蓋伏遇皇帝陛下，寬裕有容，包函偏覆。將以招致芻蕘之論，是用特寬斧鉞之威。伏惟恩慈，豈易報稱！臣身雖在外，義不忘君。況仰賴於皇明，忍自愆於素守。深念長人之寄，知無不爲；益堅許國之誠，死而後已。

南京謝上表

曾肇

以儒懦而辭將符，以親嫌而避邊要，頗識事君之義，敢干留令之誅？仰賴聖明，俯矜誠請，既逃罪戾，仍獲便安。伏念臣無所取材，粗知嚮道。雖險阻艱難備嘗之矣，而造次顛沛必於是焉。以平生寡偶而少徒，故臨事易危而多畏。昨祈外補，聊避煩言。未容墨突之黔，遽改并門之帥。且節制方面，號爲儒者之榮；率先戎行，正是人臣之分。便當即路，詎敢懷私？但以任非所長，力有不逮。矧弟兄之孤立，擅將相於一時。中懼滿盈，外虞讒間。再瀝籲天之懇，終蒙易地之優。維陳宋之奧區，首東南之甸服。周流二國，俛仰十期，何幸衰年，復尋故步。望千門之宮闕，識三后之衣冠。合抱千雲，或異時之拱把；峩冠束帶，多前日之佩觿。所愧薄材，曾微惠政，下孤民望，上誤國恩。此蓋伏遇皇帝陛下，舜智兼容，堯仁偏覆。初無心於予奪，皆因物之短長。是致孤生，與叨平施。毋輕民事，方竭力於兹辰；苟利公家，誓捐軀於異日。

賀册皇后表

曾肇

中闈肇建，盛禮興行，人神協謀，夷夏胥慶。竊以家國爲天下之本，后妃實王化之基。致治所繇，求端非遠。恭惟皇帝陛下，紹天駿命，垂世永圖。承七廟之吉蠲，奉三宮之共養。而長秋虚位，六職曠官，咨求淑人，來相宗事。上遵太母之訓，下采有司之言。鼓鍾在庭，典册備物。坤元博厚，已正於隆名；婦順章明，可風於率土。臣身雖在外，義不忘君。誦造舟之詩，想見光輝之盛；申彤管之戒，庶幾補報之忠。

賀上傳國寶表

曾肇

受命之符，爲時而出；自天之祐，維聖是承。方拜況於大庭，遽均恩於率土。官師動色，海寓蒙休。臣聞，夫國璽之有去來，猶周鼎之有輕重。好治而惡亂，舍昏而即明。頃自有唐之衰，薦更五代之季，伏而不發，殆且百年。忽爾自歸，將傳萬世。所以表祖宗積累之慶，告社稷靈長之休。在聖與仁，宜昌而壽。恭惟皇帝陛下，沈潛迪哲，剛健好生。參天地以成能，垂子孫而作則。果有神物，是貽皇家。固將配甘露以紀元，豈止擬《芝房》而度曲？臣職專守土，志切慕君。講稱壽之儀，阻陪下列；奏升中之頌，敬俟方來。

宣州謝上表

賈易〔五〕

信而後諫，愧無平仲之言；罪不容誅，誤脱成湯之網。屈嚴科而賦命，畀善地以寧親。聖澤隆寬，自古未有，愚心感激，欲報何從？伏念臣蔽蒙之人，迂闊於事。以直道爲敬天之實，以詭情爲駭俗之非。殺其身有益於君，行之無悔；見其利不顧其義，死莫敢爲。知萬折而必東，故三已而無慍。汲黯之戇，寧免世嫌？子文之忠，蓋出天性。竊服兩宮之知遇，稍希八彥之激昂。故有横逆之來，曾無左右之助。口欲清而愈濁，外無正而不行。獨傷忠敬之難明，亟比欺誣之重坐。既免投於荒裔，仍擇處於近藩。風俗休戚，在所漸摩，朝夕旨甘，得其順適。道固隆於善貸，恩尤著於曲成。此蓋伏遇皇帝陛下，聽德惟聰，使臣以禮。兼洪覆無私之運，均大明偏照之神。謂好言利病者，有區區憂國之心；謂不事權貴者，非汲汲謀身之輩。方免官而從衆，竟薄責以勸忠。臣敢不敬體惠慈，退加修省？凡正心而誠意，必明辨而篤行。金石可磨，底慎子臧之達節；死生不變，庶幾徐邈之有常。殫夙夜治民之勞，全始終報上之志。

鄂州謝上表

張商英

布宣温詔，開諭遠民。雖湖山千里之間，如酺醵一堂之上。聽歡聲之相告，慙共理之非良。伏以旁接九江，前臨七澤，地遐而陋，俗魯以愚。雖有沈冤，莫能徃愬，至於極病，秖自悲吟。蒙被皇明，申頒德意。所謂率科嚴重，鈎考碎煩。方田擾安業之農，圜土聚徙鄉之惡。省租紐折，公帑貪求。學校駈迫者，或違其孝養之心；保伍追呼者，或失於耕桑之候。寺觀掊繕營之費，東南配漕輓之舟。抑認香鹽，强招卒伍。文移速於星火，追捕遍於里閭。百端紛更，一切蠲罷。可謂崇寧之孝治，真爲紹述之聖功。而臣初效外官，恭承嘉命。唯憂疲懦，未克推行，豈有設施，可圖報稱？有君如此，碎首以之。此蓋伏遇皇帝陛下，誠實應天，典常師古。

王路以平其好惡，道樞以會其是非。察臣於元祐之間，未嘗干預；憐臣於元符之末，首被擠排。一洗刑書，再還仕籍，退循衰晚，虚辱寵榮。辟穀留侯，歸休有素；據鞍馬援，進取何堪？誓堅忠孝之心，永保初終之節。

校勘記

〔一〕『避』，麻沙本作『辭』。

〔二〕『補』，麻沙本作『圖』。

〔三〕『孤』，麻沙本作『甈』。

〔四〕『奥突』，麻沙本作『奥室』。

〔五〕此篇作者，底本及卷目、二十七卷本卷目皆作『賈易』。麻沙本題下署『曾肇』，卷目作『賈易』。四庫本、清康熙六十一年刊本《曲阜集》皆收録此篇，謂賈易作。姑存疑。

新校宋文鑑卷第七十一

校者按：底本爲刻卷，據六十四卷本、麻沙本刻卷校改。

表

明州謝到任表

蔡肇

失職之誅，尚容自劾；非常之寵，更以曲加。弗獲固辭，具嚴名訓，叨塵特甚，感涕難勝。臣聞人有能有不能，聖主量材而受職；仕或去或不去，人臣秉義以事君。儻已試而可知，敢懷安而自止？雖君父保全之恩厚，不汝瑕疵；顧國人可否之論公，有靦面目。伏念臣昨縣省户，擢置詞垣。盡出聖神獨斷之明，本無左右游談之助。然名過其實者殆，用非所習則窮。况逢聖治之日新，竊仰睿文之天縱。咸池張洞庭之野，海鳥炫驚；秋水灌涯涘之間，波臣自蕩。莫知攸濟，宜厚厥愆。敢期全度之恩，更溢褒嘉之典？既聯法從，仍畀名城。恭惟皇帝陛下，如天覆臨，以生以遂；薄海内外，悉主悉臣。眷甌粤之偏陬，控東南之美浸。鰐蛟霧濕之所蟠鬱，夷隸船舶之所往來。方旋反於使軺，將嗣修於貢職。謂宜推擇，以重拊循。而臣結約無奇，間關少與。徙谿潭之醜類，素乏雄文；贏賈客之購金，初無佳句。矧今郡國守令之政，具存典謨訓誥之書。奉以周旋，雖不能識其大者；求之度數，庶幾或推而行之。有以及民，是爲報國。

代范德孺謝户部表

廖正一

邊部終更，王庭當覲，亟承天寵，遽寘地官。静以省躬，忸乎就列。臣降才蹇淺，志學顓蒙，早遇盛時，薦膺煩使。饋糧千里，甞絶漠以知難；勤戍六年，屬鑴羌之未諭。俯思前訓，敢安覬於功名？仰奉睿謀，務久寧於封略。僅逃餘責，竊願投閑。惟邦計之實繁，須賢勞而共濟。乃容踈遠，誤被選掄。臣早預搢紳，特緣承胄。朝廷不掩其遺直，兄弟相戒以盡忠。豈謂馴致高華，迭居要劇。征西合符而相代，省户接軫而並游。衆謂榮觀，臣知非據。陛下天均覆育，聖監清明。政在節財，方且度縣官之用；人無求備，固將觀臣庶之能。當勤早夜之思，庶有毫銖之補。

謝昭雪表

劉跂

投畀讒人，已悟告言之妄；蠲除詔令，更申論坐之冤。没而有知，死且不朽。竊以前世論事，下敢告之章；法家原情，著反坐之律。未聞私書謬悠之謗，可致公朝夷滅之刑。緊彼無良，遘爲不令。因黨友之尺牘，形閭巷之廋〔一〕辭；引鷹揚尚父之言，誦高貴鄉公之語。靡慚嗤鄙，惟幸詆誣。既内慊於不根，又陰虞於後患。禱其付火，固絶意於上聞；託以屏人，復何施於參驗？不攻自破，欲蓋而彰。巧誰謂其如簧，市共知於無虎。雖毁者挾怨，必以惡聲；而小人乘危，遂爲奇貨。密謄舊札，歷遺衆仇。險不啻於山川，食無餘於犬彘。逮從吏訊，幾誤國章，意所株連，人以股栗。浩有漂山之勢，岌如累卵之危。賴先帝照矚之明，察權臣吞噬之患。特迂清問，少緩嚴科。然而先臣諸孤，終以屏廢，闔門百口，益復幽囚。禦瘴癘者十喪，隸臣妾者三歲。無罪且至於如此，大戮亦何以復加？會上聖之龍飛，破群疑而冰釋。譴累所逮，訴告必申。悼前日之禍機，嗟何可及？掛有司之罪籍，名或未除。用再瀝於肺肝，敢上塵於旒扆。理無難者，宜靡悼於改爲；事已灼然，遂悉從於釐正。此蓋皇帝陛下，乾行以健，離麗而明。體大舜堲讒之方，廣有唐辨謗之略。孤忠素節，事已白於九原；弱子幼孫，誓各堅於一死。微生何算，洪造難酬！

謝吏部侍郎表

鄒　浩

代言西掖，已冒至榮；列職中臺，更塵高選。拜恩優渥，撫己兢慚。中謝。竊以六典治邦，周重天官之任；三銓綜吏，唐推文部之權。洪惟神考之正名，肇復先王之成憲。迄至今日，益昭聖功，宜得真材，以貳選事。而臣猥從廢斥，特荷哀憐。俄擢寘於近班，獲預聞於機要。事陛下有如上帝，敢萌一念之欺？仰陛下何啻高山，終乏纖埃之補。未正空飡之責，遽叨越次之陞。靖言思之，可謂幸矣。此蓋伏遇皇帝陛下，孝隆繼志，道廣用中。欲多士之無朋，故孤立者與進；欲四方之不擾，故愚守者并容。爰舉斯心，俾祇厥序。臣敢不激昂遭遇，飭厲猷爲？念此餘生，實神聖之再造；誓殫綿力，稱寵禄之殊私。

謝復官表

鄒浩

萬里投荒，豈生還之敢望？九重獨斷，俄意外以蒙恩。感激哀憐，縱横涕淚。伏念臣最爲固陋，全昧幾微。有言輒至於妄陳，雖死不足以塞責。上賴聖人之救物，特寬司寇之嚴刑。但復竄於遐方，姑使省其徃咎。惟昭潭之可畏，與新州而不殊。形影自隨，朝夕難保。昏昏瘴霧，信爲提耳之師；兀兀愁居，因得致身之道。惟忠惟孝，無古無今。命雖甚於垂絲，心已期於結草。不謂僅存之瘦骨，忽還將絶之驚魂。既獲免於拘攣，遂亟諧於定省。名黜罪籍，品復文階。在拔拭之非常，皆覬覦之莫及。此蓋伏遇皇帝陛下，道彌天覆，德盛春生。千齡光御〔二〕於丕圖，萬物率由於和氣。紹隆先〔三〕烈，坐撫太平。曲回進日之明，旁燭戴盆之下。謂裕陵長育，賜之第而除教官；謂哲宗保全，矜其愚而屈常法。召從五嶺之表，端遇六龍之飛。擢於不次之中，曾是惟新之數。肆令甄叙，俯及孤危。臣敢不因險阻艱難之備嘗，念身體髮膚之再造？益堅夙志，遥瞻北極之尊；長與老親，共祝南山之壽。精誠所貫，高厚必知。

代范忠宣公遺表

李之儀

臣聞生則有涯，難逃定數；死之將至，願畢餘忠。輒留垂盡之期，仰瀆蓋高之聽。中謝。伏念臣賦性拙直，稟生艱危。忠義雖得之家傳，利害率同於人欲。未始苟作以干譽，不敢患失以營私。蓋常先天下而憂，期不負聖人之學。此先臣所以教子，而微臣資以事君。

粤自治平擢爲御史，繼逢神考進列諫垣。荏苒五十二年，首尾四十六任。分符擁節，持橐守邊。晚叨宥密之求，再席鈞衡之寄。遇事輒發，曾不顧身；因時有爲，止欲及物。固知盈滿之當戒，弗思禍釁之陰乘。萬里風濤，僅脱江魚之葬；四年瘴癘，幾從山鬼之遊。忽遭睿聖之臨朝，首圖纖介之舊物。復官易地，遣使宣恩。而臣目已不明，無復仰瞻於舜日；身猶可免，或能親奉於堯言。豈事理之能諧，果神明之見嗇。未獲九重之入覲，卒然四體之不隨。空懃田畝之還，上負乾坤之造。猶且强親藥石，貪戀歲時。儻粗釋於沉迷，或稍紓於報效。今則膏肓已逼，氣息僅存，泉路非遥，聖時永隔。恐叩閽之靡及，雖結草以何爲？是以假漏偷生，刳心瀝懇。庶皇慈之俯鑒，亮愚意之無他。臣若不言，死有餘恨。

伏望皇帝陛下，清心寡欲，約己便民。達孝道於精微，擴仁心於廣遠。深絶朋黨之論，詳察邪正之歸。搜抉幽隱，以盡人材，屏斥奇巧，以厚風俗。愛惜生靈，而無輕議邊事；包容狂直，而無易逐言官。若宣仁之誣謗未明，致保佑之憂勤不顯。本權臣務快其私忿，非泰陵實謂之當然。以至未究流人之徃愆，悉以聖恩而特叙。尚使存殁，猶污瑕疵。又安得未解疆埸之嚴，幾空帑藏之積？有城必守，得地難耕。凡此數端，願留聖念，無令後患，常軫淵衷。臣所重者，陛下上聖之資；臣所愛者，宗社無疆之業。苟斯言之可采，則雖死而猶生。淚盡詞窮，形留神逝。

通州自便謝表

陳　瓘

恩由獨斷，澤被孤忠。刑部之執守雖堅，天子之福威無壅。乃公朝之盛事，豈小己之私榮？恭叙感悰，仰瀆高聽〔四〕。伏念臣昨蒙善貸，賜以生還。萍跡孤睽，久寄食於異縣；蓽門幹蠱，常委事於長男。所營不足以藩身，其出每緣於餬口。去庭闈者累月，聞道路之一言。耳受而輙行，親危而不顧。緣帥司深疾其生事，故傳者多指爲病狂。萬口嗷嗷，兩路詾詾。狐突教子，素存不貳之風；曾參殺人，寧免至三之惑？事既匿而難曉，時浸久而益疑。制所深嚴，就逮於重江之外；獄辭平允，閱實於片言之中。矜其無罪之可書，許以還家而自便。出圜扉而涕感，瞻魏闕而神留。尋沐寬恩，移置近地。海島萬里，不如無子之無憂；淮壖一身，彌覺有生之有患。擢髪不足以數臣之罪，瀝血不足以寫臣之心。羔羊之性自公，犬馬之情愛主。忘身徇國，初無係悋之私；抱疾呼天，惟恃精誠之格。忽因詔諭，特免拘維。此蓋伏遇皇帝陛下，堯大并容，舜明洞照。人人皆使之得所，事事唯恐其有偏。繼志用神考之心，應天以格王之實。舊弊若冰之將釋，新慶如川之方流。家國平康，内外交泰。遂使赦令，昔阻隔而今行；士有宿愆，始棄置而終宥。全家荷德，無路酬恩。螻蟻之力至微，但知恭順；蒲柳之身已老，尚可糜捐。望雖隔於戴盆，向敢忘於傾藿！

進四明尊堯集表

陳　瓘

臣某言：臣六月初五日，准通州牒，准編修政典局牒，奉聖旨取臣所著《尊堯集》。臣依稟聖旨，不敢違滯。緣臣著撰此集，未經奏御，今具狀申編修政典局，乞爲繳進，合於御前開拆者〔五〕。臣竊以畎晦愛君，精誠雖至，芻蕘議政，迂闊難行。葵向不習而常傾，芹陋敢期於得獻？獨因睿斷，許貢危衷。臣……中謝。伏念臣糞土下材，犬馬賤質。數罪固多於擢髮，舍生無意於兼魚。初欲糜捐，終難緘默。因續前言之緒，聊輸垂絶之忠。非敢有善善惡惡之辭，但欲明尊尊卑卑之義。此螻蟻所能知也，在搢紳安可藐然？八十卷之私書，奪此與彼；十九年之懿績，可從而違。陛下於繼述之初，首辨明於兹事；微臣持將順之志，在流竄而靡忘。鋪張痛詆之言，編類厚誣之語。初謂熙寧之輔，不媿有商之臣。於成湯敢肆厥欺，疑安石有所弗忍。及究觀於懟筆，始粗見其游辭。因思大典之久誣，益顧忘軀而徃訴。合浦十論，中舊疏之餘言；四明八門，撮其要於一序。實欲彰火德之盛，不敢畏王氏之强。寧碎首於邦誅，忍謾心於國是？彼效尤於往轍，亦苟逞於陳編。難以縷闕，略舉綱要。謂藝祖濫誅無罪，謂真宗矯誣上天。詘薄裕陵，攘奪先美。以託訓爲箝口之術，以歸過爲自譽之媒。但矜詆訾之極工，罔顧威靈之如在。幾乎罵矣，豈不痛哉！讀其書寧忍終篇，稽其文可爲流涕。代言之筆，盡目其徒爲儒宗；首善之宫，肇塑其形爲坐像。禮官舞禮〔六〕而行諂，吏書〔七〕獻佞而請觀。光乎仲尼，乃子雱聖父之贊；比諸孔子，實卞等輕君之情。彼衰周之僻王，棄真儒之將聖。當時不得配太廟之饗，後世所以廣上丁之祠。今比安石爲欽王之臣，則方神考爲何代之主？又況一人幸學，列辟班隨。至尊拜伏於爐前，故臣驕倨而坐視。百官氣鬱，多士心寒。自有華夏以來，無此悖倒之禮。神考之再相安石，始終不過乎九年；安石之屏迹金陵，棄置不召者十載。八字威加於鄧綰，萬機獨運於元豐。豈可於善述之時，忽崇此不遜之像？因壞先朝三舍之法，遂費今日千倍之財。人材之可擢不殊，國用之添費徒廣。浚吾民之膏血，增彼像之精神。美成其私，怨集於國。陸贄設枝顛之喻，承業以財盡爲憂。忠哉古人愛君之誠，異乎今日養士之意。又況臨川之所學，不以《春秋》爲可行。謂天子有北面之儀，謂君臣有迭賓之禮。禮儀如彼，名分若何？此乃衰世侮君之非，豈是先王訪道之法？贛川舊學，記刊於四紀之前；辟水新廱，像成於一埍之手。唱如聲召，應若響隨。使王氏寖至於强梁，乃元祐助發其氣燄。昔宣仁權同之際，謂介甫節行甚高。宜贈崇官，仍加美謚。司馬光書之於簡，呂公著行之於朝。不以稽弊爲心，徒發鎮浮之議。負安石者重加黜責，欺神考者略不誰何。遂至於枝蔓而難圖，豈非由偏助之太過？雖當時未見誣史，而先朝自有聖批。恬不奉行，養成乖悖。蒙蔽裕陵之衆美，眩耀鍾山之一書。四輔之行，謀畫本生於《日録》；三衛之設，規模初定於《新經》。密密乎鄧蹇之安排，草草乎京攄之傳授。考其音聲，則篪唱而壎和；譬諸手足，則左弱而右强。凝爲〔八〕冰山，烈若原火。愚公老矣，益堅平險之心；精衛眇然，未捨填波之願。殁而後已，志不可渝。望雖隔於戴盆，夢不忘於馳闕。丹誠上格，天語遥詢。要觀尊主之恭，緩議奸時之罪。淵冰在念，梟磔寧逃？

恭惟皇帝陛下，天大普容，日明徧照。覽熙豐記動之史，倣虞夏采詩之官。咨興議於多方，證私書之百毁。舜纂堯緒，孜孜乎善繼之勤；武廣文聲，斤斤乎丕承之美。兹所謂一人之慶，可以得萬國之歡。凡有識知，孰不將順？天地尊卑之已定，首足上下之宜分。孔志在乎《春秋》，漢律嚴於名分。戴上者皆知此義，尊堯者豈獨臣書？燕馬以市骨爲先，騫驥者必將來矣；鄭校決防川之壅，有舌者其忍默乎！臣命可危，衆口難遏。伏望皇帝陛下，念臣役志於享上，憫臣積禍於敢恭。以尺朽之廢材，貢一得之愚慮。言多妄發，事則有稽。宣宗當紹憲之時，寧容德裕之奪語；武帝以述景爲事，忍視馬遷之短辭？父子至情，古今一揆。不懲謗史之罪，則何以謝過於宗廟；不毁坐像之悖，則何以示順於華夷？國是方强，勢難遽改；大器至重，要在深思。庶乎苗莠之分，始於冠屨之辨。至美成於剛健，大患生乎因循。儒宗數人，自是一家之説；聖主獨斷，乃爲我宋之休。天心篤愛之甚明，人情企想而有待。解神考在天之怒，成聖主奉先之仁。克果斷於蔡方，人將大覺；善光揚於堯績，上可無爲。於一顰一笑之中，成允文允武之業。臣將獻駿惠太平之頌，豈特進狂簡不裁之書？胷臆無奇，但盡恭於文字；筋骸已憊，當致命於君親。仰酬再造之恩，退聽一成之議。闔門待盡，殞首知歸。

台州羈管謝表

陳瓘

臣某言：政和元年六月五日，准通州牒、編修政典局牒，奉聖旨取索臣所撰《尊堯集》，請速爲檢取，封角付差去人。續又准通州牒，《尊堯集》係奉聖旨取索，不可遲緩。臣即於六月十九日申通州，乞依聖旨發遞前去，仍申編修政典局云：『上件《尊堯集》先合奏御，今匣內黃帕文字等並題作「臣瓘謹封」，伏望本局特爲進入於御前開拆。』今於十月初七日，准通州牒，准尚書刑部符都省劄子[九]：『奉聖旨，陳瓘自撰《尊堯集》，語言無緒，盡係詆誣。不行毀棄，送與張商英，意要行用。特勒停，送台州羈管，令本州當職官常切覺察，不得放出州城。月具存在，申尚書省。』臣即時望闕謝恩，發離本家，水陸兼行，不敢住滯。今於十一月初十日，已到台州城內者。畎畮之志，一書可通，芻蕘之言，萬里不隔。集群辭而上達，遭一覽以爲榮。竄路雖遥，陳情已畢。臣……中謝。伏念臣材如糞土，身若梗蓬。非敢以著書爲能，所陳者戴君之義。知詆誣之不可，志在尊堯；豈行用之敢私，心唯助舜。語言無緒，議論至迂。獨歸美於先猷，遂大違於國是。不行毀棄，有誤咨詢。虛消十載之光陰，靡恤一門之溝壑。果煩揆路，特建刑章。若非恃庇於九重，安得延齡於再造？由淮入浙，自通至台。怒濤雖阻於重江，毒瘴幸殊於五嶺。尚留頂踵，獨賴君親。此蓋伏遇皇帝陛下，天大并容，日明洞照。以至慈而善貸，推觀過之深仁。憫此顛隮，欲其存在。以身償怨，螻蟻之命至微；徇國捐生，犬馬之心未替。夢馳丹闕，目想清光。重干擢髮之誅，徒鬱戴盆之望。餘生易捨，大德難酬。

校勘記

〔一〕「廋」，麻沙本作「有」。

〔二〕「御」，六十四卷本作「遇」。明成化刊本《道鄉集》作「御」。

〔三〕「先」，六十三卷本、麻沙本作「元」。明成化刊本《道鄉集》作「先」。

〔四〕「高聽」下，麻沙本有小字注「中謝」，以表從略。

〔五〕本篇以上自「臣某言」至「合於御前開拆者」一段，麻沙本略之。

〔六〕「舞禮」，麻沙本作「舞文」。

〔七〕「吏書」，底本作「史書」，據麻沙本改。

〔八〕「爲」，麻沙本作「如」。

〔九〕本篇以上自「臣某言」至「准尚書刑部符都省劄子」一段，麻沙本略之。

新校宋文鑑卷第七十二

校者按：底本爲刻卷，據六十四卷本、麻沙本刻卷校改。

牋

對皇太子問政牋

李　至

伏奉手書，猥賜下問，夙夜尋繹，喜與憂并。何則？至常人也，識不足以經遠，學不足以待問，才不足以幹事，智不足以周身，而殿下目之爲碩儒，曰『可以發蒙』，號之爲端士，曰『可以延譽』，得不憂乎？殿下忠孝之道，貫於神明，温文之德，彰於天下，而猶虛懷訪問，思所以分君父之憂，以元元爲念，且曰『一夫或致於向隅，千里將疲於觀政』。此乃聖上有浸漬生靈之澤，感動天地之德，致使殿下興言及此，實社稷之福，而億兆之幸，得不善乎！然則愚者千慮必有一得。若夫自古太子養德東宮，不親外事，唯問安侍膳而已，固亦宜哉。而黔庶之疾苦，稼穡之艱難，素所未〔二〕覩，自非生知之異，天誘其衷，莫得而知矣。噫！事有背經而合道，時有適變而從宜，是以五帝三王，不相沿襲。聖上知其然，由是以浩穰之務獨命殿下，揔其綱要，而躬決焉。殿下復能欽若聖訓，率由舊章，馭吏民必以誠，待參佐必以禮，慎命令必以簡，察獄訟必以情，恤鰥寡必以仁，抑豪猾必以法，杜讒佞必以正，絶邪僻必以道。有一於此，猶爲善政，況兼是數者乎？而猶曰『奉車苟賜於司南，爲政何慙於拱北』，不亦過謙乎？然則至雖不敏，竊嘗讀《易》，見群爻稍過，必有悔吝，唯《謙》象獨亡，是知謙之時義大矣哉！願殿下守之而已，勉之而已。如此，則何正言不入？何正道不行？若正言入而正道行，則生民不泰，未之有也；政化不洽，亦未之有也。輒因問及，輕肆狂瞽，僭易之罪，安敢逃焉？

箴

大寶箴

陳彭年

二儀之内，最靈者人。生民之中，至大者君。民既可畏，天亦無親。所輔者德，所歸者仁。恭己臨下，輝光益新。載籍斯在，謀猷備陳。内綏萬國，外撫百蠻。治亂所始，言動之間。觀之則易，處之甚難。由是先哲，喻彼投艱。苟能慮末，乃可防閑。審求逆耳，無惡犯顔。既庶而富，教化乃施。慈儉之政，富庶之基。鰥寡孤獨，人之所悲。發號施令，宜先及之。黄髮鮐背，心實多知。左右侍從，何莫於兹？瞻言百辟，咸代天工。儻無虚授，可建大中。克彰謹柬，惟藉至公。知人則哲，視遠則聰。才固難備，道亦少同。葑菲罔舍，杞梓乃充。不扶自直，惟蓬在麻。非揀莫見，唯金在沙。參備顧問，必辨忠邪。獻替以正，裨益無涯。自區草澤，亦有國華。訪此髦士，可拒朋家。三章之立，庶民作程。欽哉欽哉，可以措刑。七代之建，寇孽是平。本仁本義，可以弭兵。是謂齊禮，亦曰好生。有教無類，自誠而明。宗廟社稷，饗之以恭。宫室苑囿，誡之在豐。春蒐秋獮，不廢三農。擊石拊石，用格神宗。使人以悦，乃克成功。治國以政，罔或不從。濟濟多士，用之有光。硜硜小器，謀之弗臧。忠言致益，豈讓膏粱？六藝爲樂，寧後笙簧？任賢勿貳，堯所以昌。改過不吝，湯所以王。六合至廣，萬彙攸多。風俗靡一，嗜慾相摩。如馭朽索，若防決河。左契斯執，六轡遂和。導之以德，民免嬰羅。不懈于位，俗乃偃戈。先王之訓，罔不咸然。吾君之治，亦取斯焉。小心翼翼，終日乾乾。三靈降鑒，百禄無愆。由兹率土，永戴先天。巍巍洪業，億萬斯年。

用材箴

田　錫

天運四時，地生萬類。以覆以載，各得其位。天地猶爾，人胡求備？堯以仁化，舜以孝理。稷專播穀，禹務導水。聖賢猶然，人胡求全？是以有才者不必有德，有德者不必有言。無與人結交，能護其短。掩短録長，交即悠遠。任人之職，能從其長。録長掩短，邦實阜昌。無好之則忘其不肖，無惡之則忘其允臧。執心至公，取其所彊。馬或奔踶，乃致千里。士有跅弛，可任以事。一善可稱，則勿求具美。然後會衆善以涖庶官，民實攸暨。

文箴

孫何

堯制舜度，繇今亘古。周作孔述，炳星焕日。是曰《六經》，爲世權衡。萬象森羅，五常混并。游夏之徒，得羸喪精。空傳其道，無所發明。後賢誰嗣？惟軻洎卿。仁門義奥，我有典刑。聖人觀之，猶足化成。嬴傒劉帝，屈指西京。仲舒賈誼，名實絶異。相如子長，才智非常。較其工拙，互有否臧。揚雄欻焉，刷翼孤翔。可師數子，擅文之場。東漢而下，寂無雄霸。亹亹建安，格力猶完。當途之後，文失其官。家攘往跡，户掠陳言。陵夷怠墮，至於江左。輕淺淫麗，迭相唱和。聖心經體，盡墜于地。千詞一語，萬指一意。縫煙綴雲，圖山畫水。駢枝儷葉，顛首倒尾。治亂莫分，興亡不紀。齊頓梁絶，陳傾隋圮。奕奕李唐，木鐸再揚。文之紀綱，斷而更張。鉅手魁筆，磊落相望。凌轢百代，直趨三王。續《典》紹《謩》，韓領其徒。還《雅》歸《頌》，杜統其衆。土德既衰，文復喧卑。制誥之俗，儕于四六。風什之訛，隣于謳歌。懷經囊史〔二〕，孰遏頽波？出入五代，兵戈不稱。天佑斯文，起我大君。蒲帛詔聘，鴻碩紛綸。邪返而正，漓澄而淳。凡百儒林，宜師帝心。語思其工，意思其深。勿聽淫哇，喪其雅音。勿視彩飾，亡其正色。力樹古風，坐臻皇極。無俾唐文，獨稱往昔。賤臣司箴，敢告執策。

省分箴

王　隨

夕晦晝明，乾動坤静。物禀乎性，人賦於命。貴賤賢愚，壽夭衰盛。諒夫自然，冥數潛定。蕙生數寸，松高百尺。水潤火炎，輪曲轅直。或金或錫，或玉或石。荼苦薺甘，烏黔鷺白。性不可易，體不可移。揠苗則悴，續鳧乃悲。巢者罔穴，泳者寧馳？竹柏寒茂，桐柳秋衰。闕里泣麟，傅巖肖象。馮衍空歸，千秋驟相。健羡勿用，止足可尚。處順安時，吉禄長享。

畏言箴

劉　敞

吾甚畏言，言可畏也，而不能默然。吾言悃悃，倡而後和，人猶以爲過。吾言繩繩，譽而不訾，人猶以爲非。非吾言之畏，維人之多忌。非吾之不能默然，而人實多言。若是者其止乎？其已乎？其勿問而唯乎？譬之於物，其爲石，不爲水乎？水之滔滔，往而不來，有陷而淵，有壅而洄，有激而在山椒，曰水哉水哉！

讓箴

劉　敞

資政富公，始讓樞密直學士，又讓翰林學士，又讓樞密副使。凡三讓，所讓益尊，所守益堅，粲然有古人之遺風。故作《讓箴》，以矯世礪俗云。

讓如何其？讓非爲名，欲先信吾道於天下氓。讓如何其？讓非爲利，欲天下之人咸信吾義。世有常患，患其欲速。枉尺直尋，卒附於辱。世有常患，患其在得。辭小受大，卒没于直。公皆咈之，公既述之。啓之闢之，俾世則之。曰吾豈惡富貴？富貴維德。人以厚己，我以厚國。時豈無人，昬夜乞憐。縱或得〔三〕之，何如其賢？時豈無人，乘機射利。縱或得之，何如其智？嗟此富公，直哉優優。孰睎富公，而能勿羞〔四〕？孰持富公，携手以游？昔宋考父，三命益恭。嗟此富公，千世與同。作詩載美，穆如清風。

步箴

蔡　襄

有足兮，動涉坦夷。有心兮，何由險巇？足非有慮兮，心役之爲用。心如足兮，蠻貊行之。

勸講箴

趙師民

若帝之元，於稽古先。將以其道，格于皇天。格天如何？謹徽舊典。惟聖時憲，乃克盡善。在帝宅中，亮章温雅。將以其文，化成天下。化成如何？順考正道。席上之珍，玆惟國寶。天下有帝，體元剏制。非先聖之舊章，不足以秉同文而執司契。日中爲市，以贄四方。非先聖之遺法，不足以舉大義而正國常。帝度其身，郁郁乎文。彰禮施樂，以副皇墳。帝出其言，穆穆厥聲。含仁吐義，式諧群情。自天降祥，我民既康。不覩于經，懼先猷之寖忘。四夷放命，有嚴誓令。不覩于經，慮大功之未定。無以方隅之多事，而謂經籍之宜息。虞舜征苗，誕敷文德。無謂宸居之至尊，而忽右文之爲貴。岐昌造周，天經地緯。無以陳久之可替，乃謂迂闊而難行。先哲之言，雖無老成。無譏鄙生之窶陋，而略愚儒之淺昧。先師之談，不以人廢。無以世治之或殊，而謂陳言之可侮〔五〕。商弼之諫，事不師古。無玩歲月之其除，而謂寸陰之已速。周王之戒，惟日不足。有以見世主之御圖，或萬機紛然。不酌于古道，則風化有時而弗宣。有以見人君之居極，或百度差忒。不斷于古義，則權制有時而弗克。昔令王之經世，必去害而稱利。明主觀其書，可以效財成於萬事。昔賢臣之事君，有謀猷而必陳。明主觀其書，可以示軌度於群倫。正朝之上，法宮之中。非贊襄雅奧，不足以興嗜慾于清躬。神麗之游，光明之處。非啓迪深厚，不足以立正事於古語。是故可以上文，可以立武。可以奉天地，可以爲宗主，匪止玩其辭而釋其詁。可以觀道，可以對萬物。可以臨兆人，不止明其舊而知其新。靖恭乙夜，總覽群書。夫聖人之至德，何以加於？從容晏朝，紬繹微旨。非天下之至精，孰能與此？臣初聞始元之間，儒風寖還。待問之臣，賜以清閒。臣復觀永平之烈，經術未缺。群儒議前，稱制以決。桑乾之后，來自幽陵。束髮右衽，斯文有承。金陵之君，越于夷裔。雖則講習，其文已敝。李唐之興，賢君挺生。貞觀初治，開元既平。東壁群山，儒宗墨卿。侍從之臣，官有佳名。在我太祖，神武披攘。親駕辟廱，真儒有光。有赫太宗，文武並運。經臣師師，以承帝問。於穆真皇，講求多藝。以其人文，發爲盛際。陛下即位，纂承天禄。肇開二閣，以延儒服。西臨邇英，北啓延義。瞻仰皇明，彌綸聖智。成天下之務，昔游焉而穆清。陳天下之謨，頃於兹而講肄。帝坐甚明，天章不祕。願以議道，願以求治。下臣執經，敢告中侍。

友箴

司馬光

余何遊乎？余將遊聖人之門，仁人之里。非聖不師，非仁不友。可乎？未可。不若遊衆人之場，聞善而遷，觀過而改。

視聽言動四箴序

程頤

顔子問克己復禮之目，夫子曰：『非禮勿視，非禮勿聽，非禮勿言，非禮勿動。』四者，身之用也。由乎中而應乎外，制於外所以養其中也。顔子事斯語，所以進於聖人。後之學聖人者，宜服膺而勿失也。作四箴以自警云。一作因箴以自警。

視箴

心兮本虚，應物無跡。操之有要，視之爲一作爲之。則。蔽交於前，其中則遷。制之於外，以安其内。克己復禮，久而誠矣。

聽箴

人有秉彝，本乎天性。知誘物化，遂亡其正。卓彼先覺，知止有定。閑邪存誠，非禮勿聽。

言箴

人心之動，因言以宣。發禁躁妄，内斯静專。矧是樞機，興戎出好。吉凶榮辱，惟其所召。傷易則誕，傷煩則枝。已肆物忤，出悖來違。非法不道，欽哉訓辭。

動箴

哲人知幾，誠之於思。志士厲行，守之於爲。順理則裕，從欲惟一作爲。危。造次克念，戰兢自持。習與性成，聖賢同歸。

審己箴　　王无咎

汝曰有德，汝未大成。汝之有過，傷德蓋輕。聖能恕汝，猶曰汝美。衆人弗逮，知慕而已。恕汝不知，慕汝輒愉。汝不自反，卒比於愚。愚不可比，汝孰宜懼？聖人之恕，衆人之慕。

校勘記

〔一〕「所未」，麻沙本作「未所」。
〔二〕「懷經囊史」，六十四卷本作「壞經蠹史」。
〔三〕「得」，麻沙本作「讓」。
〔四〕「羞」，麻沙本作「讓」。
〔五〕「侮」，麻沙本作「悔」。

新校宋文鑑卷第七十三

校者按：底本爲刻卷，據六十四卷本、麻沙本刻卷校改。

銘

財貨銘

李　瑩

暇日讀《夢書》，則曰：『夢虺夢糞者，獲財。』因以銘之。

財貨將至，夢寐可尋。或穢或虺，乃玉乃金。穢可親歟？虺可翫歟？敢獻斯銘，以激貪夫。

續座右銘

李　至

崔子玉爲座右銘，白樂天亦爲座右銘，檢身之道，幾乎殫矣。予嘗冥心讌坐，自思所爲，慮向之益友，以予位著，不我規也。因疏其所得，亦命爲座右銘，聊以自勉。其辭曰：

短不可護，護則終短；長不可矜，矜則不長。尤人不如尤己，好圓不如好方。用晦則天下莫與汝爭智，撝謙則天下莫與汝爭强。多言者老氏所戒，欲訥者仲尼所臧。妄動有悔，何如静而勿動；太剛則折，何如柔[二]而勿剛。吾見進而不已者敗，未見退而自足者亡。爲善則遊君子之域，爲惡則入小人之鄉。吾將書紳帶以自警，刻盤盂而過防。豈如長存於座右，庶夙夜之不忘。

武關銘

胡 旦

南條東走，自雍而荆。呀爲武關，作扞秦城。秦人東顧，六國無主。漢氏西來，子嬰爲虜。彼此鯨鯢，更相貙虎。吁嗟强秦，曾無守禦。秦而爲漢，漢復如秦。劉氏不綱，莽賊造新。巖巖武關，前人後人。我開則興，我閉則亂。一開一閉，今古同貫。王者邦畿，守在四夷。禮義干櫓，道德藩籬。遠人不服，文德來之。化既無外，何以關爲？

彭祖觀井圖銘

陳 靖

淳化中，予將命之狄丘，道由彭門，有客得《彭祖觀井圖》以爲貺。中有臺榭人物，山水森森然，蓋狀其佳象幽致，表繪事之工。予無取，所慕者唯彭氏面井而覆之以輪，背樹而纜之以繩，凭杖斂躬，跼蹐而迎視，兢然若將墜也。嗚呼！古人臨事而懼之有若是，檢身遠害之有若是，後之君子，得無效歟？予實好古者，歷考其跡於傳記，雖敻而難信，且夫子云『竊比於我老彭』，亦其驗也。故作銘于座右曰：

至哉古人，遠害全身。戰戰兢兢，恒若履冰。朽索之馭，納隍是慮。天子則之，鴻圖永據。存而懼亡，繫于苞桑。諸侯則之，其國必昌。若舟弗濟，夕惕而厲。大夫則之，其家孔熾。直哉惟清，執虚如盈。士子則之，其道元亨。不争在醜，無愧屋漏。庶人則之，其食孔阜。吾省予行，吾慎予守。竊比老彭，式介眉壽。

門銘

呂夷簡

古者盤盂几杖，規戒存焉，今爲《門銘》，竊類於此。

忠以事君，孝以養親。寬以容衆，謹以修身。清以軌俗，誠以教民。謙以處貴，樂以安貧。勤以積學，静以澂神。敏以給用，直以全真。約以奉己，廣以施人。重以臨下，恭以待賓。貫之以道，總之以仁。在家爲子，在邦爲臣。斯言必踐，盛德聿新。勒銘於門，永代書紳。

几銘

陳堯佐

親仁可以自託，友賢可以自扶。求仁得仁，必馳必驅。若隱几以召，憑几而呼。則仁賢斯遯，斯役來趨。嗚呼！賢既遯，身即孤。

几銘

晏殊

小飯防饐，跬行虞跌。巾有角墊，衣存衽缺。惟忠與孝，則罔摧折。

擊蛇笏銘

石介

天地至大，有邪氣干於其閒，爲凶暴，爲殘賊，聽其肆行，如天地卵育之而莫禦也。人生冣靈，或異類出於其表，爲妖怪，信其異端，如人蔽覆之而莫露也。祥符年，寧州天慶觀有蛇妖，極怪異，郡刺史日兩至於其庭朝焉。人以爲龍，舉州人内外遠近，罔不駿奔於門以覲，恭莊肅祇，無敢怠者。今龍圖侍御孔公，時佐幕在是邦，亦隨郡刺史於其庭。公曰：『明則有禮樂，幽則有鬼神，是蛇不以誣乎？惑吾民，亂吾俗，殺無赦！』以手板擊其首，遂斃於前，則蛇無異焉。郡刺史曁州内外遠近庶民昭然若發蒙，見青天，覩白日，故不能肆其凶殘，而成其妖惑。《易》曰『是故知鬼神之情狀』，公之謂乎！夫天地閒有純剛至正之氣，或鍾於物，或鍾於人。人有死，物有盡，此氣不滅，烈烈然彌亘億萬世而長在。在堯時爲指佞草，在魯爲孔子誅少正卯刃，在齊在晋爲董史筆，在漢武帝爲東方朔戟，在成帝朝爲朱雲劍，在東漢爲張綱輪，在唐爲韓愈《論佛骨表》《逐鱷魚文》，爲段太尉擊朱泚笏，今爲公擊蛇笏。故佞人去，堯德聰；少正卯戮，孔法舉；罪趙盾，晋人懼；辟崔子，齊刑明；距董偃，折張禹；劾梁冀，漢室乂；佛老微，聖德行；鱷魚徙，潮風振；恠蛇死，妖氣散。噫！天地鍾純剛至正之氣在公之笏，豈徒斃一蛇而已？軒陛之下，有罔上欺君〔二〕、先意順旨者，公以此笏指之；廟堂之上，有蔽賢蒙惡、違法亂紀者，公以此笏麾之；朝廷之内，有諛容佞色、附邪背正者，公以此笏擊之。夫如是，則軒陛之下不仁者去。廟堂之上無姦臣，朝廷之内無佞人，則笏之功也，豈止在一蛇？公以笏爲任，笏得公而用。公方爲朝廷正人，笏方爲公之良器。敢稱德于公，作笏銘曰：

至正之氣，天地則有。笏惟靈物，笏能乃〔三〕受。笏之爲物，純剛正直。公惟正人，公乃能得。笏之在公，能破淫妖。公之在朝，讒人乃消。靈氣未竭，斯笏不折。正道未亡，斯笏不藏。惟公寶之，烈烈其光。

槩水銘

司馬光

槩水之盈，止之則平。平而後清，清而後明。勿使小欹，小欹則傾。傾不可收，用毀其成。嗚呼，奉之可不兢兢！

醫銘

吕　誨

晋人武泰通醫術，守臣獻狀，補太醫正。還鄉里，創起應聖侯廟。藝既成，歸善於師，又將廣懋來學，其志有足稱者。予謫官于是，還守蒲中，既行，丐文以顯於廟，因作醫銘，嘉乃意勤，遂成其志，知予言有以滋其善也。

六氣五行，人禀而生。三部九候，納諸和平。昔稱絶技，湔腸滌胃。輔以砭石，因之決潰。察脉之原，當於未然。不攻而勝，庶幾十全。愈世之病，如持國柄。常使衆邪，不得干正。能盡己意，膏肓必起。苟利於藝，毫釐千里。泰也有爲，心不忘師。義利之重，慎乎所治。

明州新刻漏銘

王安石

戊子王公，始治於明。丁亥孟冬，刻漏具成。追謂屬人，嗟汝予銘。自古在昔，挈壺有職。匪器則弊，人亡政息。其政謂何？弗棘弗遲。君子小人，興息維時。東方未明，自公召之。彼寧不勤，得罪于時。厥荒懈廢，乃政之疵。嗚呼有州，謹哉維兹！維兹其中，俾我後思。

布衾銘

范純仁

藜藿之甘，綈布之温。名教之樂，德義之尊。求之孔易，享之常安。錦繡之奢，膏粱之珍。權寵之盛，利慾之繁。苦難其得，危辱旋臻。舍難取易，去危就安。至愚且知，士寧不然？顔樂簞瓢，萬世師模。紂居瓊臺，死爲獨夫。君子以儉爲德，小人以侈喪軀。然則斯衾之陋，其可忽諸！

西銘　張載

乾稱父，坤稱母。予茲藐焉，乃混然中處。故天地之塞，吾其體；天地之帥，吾其性。民，吾同胞；物，吾與也。大君者，吾父母宗子；其大臣，宗子之家相也。尊高年，所以長其長；慈孤弱，所以幼吾幼。聖其合德，賢其秀也。凡天下疲癃殘疾惸獨鰥寡，吾兄弟顛連而無告者也。『于時保之』，子之翼也。『樂且不憂』，純乎孝者也。違曰悖德，害仁曰賊。濟惡者不才，其踐形惟肖者也。知化則善述其事，窮神則善繼其志。不愧屋漏爲無忝，存心養性爲匪懈。惡旨酒，崇伯子之顧養；育英才，潁封人之錫類。不弛勞而底豫，舜其功也；無所逃而待烹，申生其恭也。體其愛一作受。而歸全者參乎，勇於從而順令者伯奇也。富貴福澤，將以厚吾之生也；貧賤憂戚，庸玉汝於成也。存，吾順事；没，吾寧也。

東銘　張載

戲言出於思也，戲動作於謀也。發於聲，見乎四肢，謂非己心，不明也。欲人無己疑，不能也。過言非心也，過動非誠也。失於聲，繆迷其四體，謂己當然，自誣也。欲他人己從，誣人也。或者以出於心者歸咎爲己戲，失於思者自誣爲己誠。不知戒其出汝者，引一作歸。咎其不出汝者，長傲且遂非，不智孰甚焉！

鼎硯銘

蘇軾

鼎無耳，槃有趾，鑑幽無見几不倚。晹蟲隕羿喪厥喙，羽淵之化帝祝尾。不周僨裂東南圮，黝然而深維水委。誰乎爲此昔未始，戲銘其臀如幻詭。

鄧公硯銘

蘇軾

王鞏，魏國文正公之孫也，得其外祖張鄧公之硯，求銘於軾。軾銘曰：鄧公之硯，魏公之孫。允也其物，展也其人。思我魏公文而厚，思我鄧公德而壽。三復吾銘，以究令名。

天硯銘

蘇軾

軾〔四〕年十二時，於所居隙地中〔五〕與群兒鑿池爲戲，得異石如魚，膚筠〔六〕温瑩，作淺碧色，表裏皆細銀星，扣之鏗然。試以爲硯，甚發墨，顧無貯水處。先君曰：『是天硯也，有研之德，而不足於形耳。』因以賜吾曰：『是文字之祥也。』寳而用之，且爲銘曰：

一受其成，而不可更。或全於德，或全於形。均此二者，顧吾安取？仰唇俯足，世固多有。

攫之幽然，如水赴谷。釋之蕭然，如葉脱木。按之噫然應指而長言者似君，置之枵然遺形而不言者似僕。

文與可琴銘　蘇軾

徐州蓮華漏銘　蘇軾

故龍圖閣直學士禮部侍郎燕公肅，以創物之智聞於天下，作蓮花漏，世服其精。凡公所臨必爲之，今州郡往往而在，雖有巧者，莫敢損益。而徐州獨用瞽人衛朴所造，廢法而任意，有壺而無箭，自以無目而廢天下之視，使守者伺其滿，則決之而更注，人莫不笑之。國子博士傅君裼，公之外曾孫，得其法爲詳。其通守是邦也，實始改作，而請銘於軾。銘曰：

人之所信者，手足耳目也，目識多寡，手知重輕。然人未有以手量而目計者，必付之於度量與權衡。豈不自信而信物？蓋以爲無意無我，然後得萬物之情。故天地之寒暑，日月之晦明，昆侖旁薄於三十八萬七千里之外，而不能逃於三尺之箭，五斗之缾。雖疾雷霾風，雨雪晝晦，而遲速有度，不加虧贏。使凡爲吏者，如缾之受水，不過其量；如水之浮箭，不失其平。如箭之升降也，視時之上下，降不爲辱，升不爲榮。則民將靡然而心服，而寄我以死生矣。

三槐堂銘

蘇　軾

天可必乎？賢者不必貴，仁者不必壽。天不可必乎？仁者必有後。二者將安取衷哉？吾聞之申包胥曰：『人衆者勝天，天定亦能勝人。』世之論天者，皆不待其定而求之，故以天爲茫茫，善者以怠，惡者以肆。盗跖之壽，孔顔之厄，此皆天之未定者也。松栢生於山林，其始也，困於蓬蒿，厄於牛羊，而其終也，貫四時、閲千歲而不改者，其天定也。善惡之報至於子孫，而其定也久矣。吾以所見所聞所傳聞考之，而其可必也審矣。國之將興，必有世德之臣，厚施而不食〔七〕其報，然後其子孫能與守文太平之主，共天下之福。故兵部侍郎晋國王公，顯於漢、周之際，歷事太祖、太宗，文武忠孝，天下望以爲相，而公卒以直道不容於時。蓋聞〔八〕嘗手植三槐於庭，曰：『吾子孫必有爲三公者。』已而其子魏國文正公相真宗皇帝於景德、祥符之閒，朝廷清明，天下無事之時，享其福禄榮名者十有八年。今夫寓物於人，明日而取之，有得有否。而晋公脩德於身，責報於天，取必於數十年之後，如持左契，交手相付，吾是以知天之果可必也。吾不及見魏公，而見其子懿敏公以直諫一作道。事仁宗皇帝，出入侍從、將帥三十餘年，位不滿其德。天將復興王氏也歟？何其子孫之多賢也！世有以晋公比李栖筠者，其雄才直氣，真不相上下，而栖筠之子吉甫，其孫德裕，功名富貴，略與王氏等，而忠信仁厚不及魏公父子。由此觀之，王氏之福，蓋未艾也。懿敏公之子鞏與吾遊，好德而文，以世其家，吾是以録之。銘曰：

嗚呼休哉！魏公之業，與槐俱萌。封植之勤，必世乃成。既相真宗，四方砥平。歸視其家，槐陰滿庭。吾儕小人，朝不及夕。相時射利，皇卹厥德。庶幾僥倖，不種而穫。不有君子，其何能國？王城之東，晋公所廬。鬱鬱三槐，惟德之符。嗚呼休哉！

擇勝亭銘

蘇軾

維古潁城，因潁爲隍。倚舟于門，美哉洋洋。如淮之甘，如漢之蒼。如洛之温，如浚之涼。可侑我客，可流我觴。我欲即之，爲館爲堂。近水而構，夏潦所襄。遠水而築，邈焉相望。乃作斯亭，筵楹欒梁。鑿枘交設，合散靡常。赤油仰承，青幄四張。我所欲往，十夫可將。與水升降，除地布牀。可使杜蕢，洗觶而揚。可使莊周，觀魚而忘。可使逸少[九]，祓禊[一〇]而祥。可使太白，泳月而狂。既薺我茶，亦醪我漿。既濯[一一]我纓，亦浣我裳。豈獨臨水，無適不臧。春朝花郊，秋夕月場。無脛而趨，無翼而翔。敝又改爲，其費易償。榜曰擇勝，名實允當。維古至[一二]人，不留一方。虚白爲室，無何爲鄉。神馬尻輿，孰爲輪箱？流行坎止，雖觸[一三]不傷。居之無盜，中靡所藏。去之無戀，如所宿桑。豈如世人，生短慮長。尺宅不治，寸田是荒。錫瓦銅雀，石門阿房。俯仰變滅[一四]，與生俱亡。我銘斯亭，以砭世盲。

九成臺銘

蘇軾

韶陽太守狄咸新作九成臺，玉局散吏蘇軾爲之銘曰：

自秦并天下，滅禮樂，韶之不作，蓋千三百二十有三年。其器存，其人亡，則韶既已隱矣，而况於人器兩亡而不傳？雖然，韶則亡矣，而有不亡〔一五〕者存，蓋常與日月寒暑晦明風雨，並行於天地之間。世無南郭子綦，則耳未嘗聞地籟也，而况得聞其天？使耳聞天籟，則凡有形有聲者，皆吾羽旄干戚管磬匏絃。嘗試與子登夫韶石之上，舜峯之下，望蒼梧之眇莽，九疑之聯緜。覽觀江山之吐吞，草木之俯仰，鳥獸之鳴號，衆竅之呼吸，往來唱和，非有度數而均節自成者，非韶之大全乎？上方立極以安天下，人和而氣應，氣應而樂作，則夫所謂簫韶九成，來鳳鳥而舞百獸者，既已粲然畢陳于前矣。

端石硯銘

蘇軾

與墨爲入，玉靈之食。與水爲出，陰鑑之液。懿矣兹石，君子之側。匪以玩物，維以觀德。

邁硯銘

蘇軾

以此進道常若渴，以此求進常若驚。以此治財常思予，以此書獄常思生。

洪州分寧縣藏書閣銘

黄庭堅

凡治有條，如機有綜。經經緯緯，積寸成兩。菅蒯之手，簡功於紉。可席可屨，不能以寒。昔此廟學，終歲蓬艾。聖師所居，風雨無蓋。今誦聖言，皆有夏屋。爰及方册，宇以華閣。華閣渠渠，言行之林。聿求古今，自觀德心。咨爾諸生，永懷兹道。勿嬉勿鶩，以迪有造。得意自已，書不盡言。如御琴瑟，聽於無絃。幙阜凡凡，吴味楚尾。其下脩水，行六百里。山川之靈，或秀于民。世得材用，我培其根。勒銘頌成，式告爾後。無或墮之，永庇俎豆。

游藝齋銘

黄庭堅

色荒者使人蹻蹻，酒荒者使人漠漠。游於六藝之林，是謂名教之樂。

研銘

黄庭堅

制作淳古，可使巧者拙，夸者節。性質温潤，可使躁者静，戾者聽。觀棐几而見研，忘其一室之懸罄。

黃樓銘

陳師道

熙寧十年，京東路安撫使臣某、轉運使臣某、判官臣某，稽首言：河決澶州，南傾淮泗，彭城當其衝。夾以連山，扼以吕梁，流泄不時，盈溢千里，平地水深丈餘。下顧城中，井出脉發，東薄兩隅，西入通洫，南懷水垣，土惡不支，百有餘日而後已。守臣蘇軾，深惟流亡爲天子憂，夙夜不怠，以勞其人，興懷戍兵，固獎應卒。外爲長揵，乘高如虹，以殺其怒；内爲大堤，附城如環，以待[一六]其潰。築二防於南門之外，以通南山，以安危疑。發倉庾，明勸禁，以惠困窮，以督盗賊。宣布恩澤，巡行内外，吏民嚮化，興於事功。法施四邑，誠格百神，可謂有功矣，宜有褒嘉，以勸郡縣。十月二日甲子奏京師，明年元豐正月甲子制誥諭意。臣軾惟念祇承謨訓，人神同力，敢自爲功，以速大戾？而明揚褒大，無以報稱，乃作黄樓於東門，具刻明詔，以承天休而明德意，使其客陳師道又爲之銘。臣師道伏惟吕尚、南仲内撫百姓，外[一七]平諸侯，《詩》美文武；尹甫、召虎南伐淮夷，北伐玁狁，功歌宣王。君能使人以盡其才，臣能有功以報其上，古之義也。臣師道又惟感而通之者道也，行而化之者德也，制法明教者政也，治人成功者事也。昔之詩人歌其政事，則并其道德而傳之，後王有作，可舉而行。顧臣之愚，何與於此？誠樂君臣之盡道云。臣不佞，冒死上《黄樓銘》。其詞曰：

皇治惟戒，修明法度，協和陰陽。十有一年，天災時行，河失其防。齊魯梁楚，千里四遠，潰亂散亡。皇仁隱憂，臨遣信臣，以惠東方。羸老不窮，安慰撫養，發散積倉。流人如歸，居人忘危，完聚靡傷。天叙地平，明聖成能，人神效祥。靈平告成，百穀豐盈，萬邦樂康。郡縣祇畏，允迪聖謨，終事無荒。皇功不居，歸休臣民，邇昭遠揚。守臣拜手，夸大休嘉，使民不忘。改作黄樓，以臨泗上，述修故常。庶臣無佞，原始念終，銘之石章。以告成功，以揚德聲，永永無疆。

克己銘　呂大臨

凡厥有生，均氣同體。胡爲不仁？我則有己。立己與物，私爲町畦。勝心横生，擾擾不齊。大人存誠，心見帝則。初無吝驕，作我蟊賊。志以爲帥，氣爲卒徒。奉辭于天，孰敢侮予？且戰且徠，勝私窒慾。昔焉寇讎，今則臣僕。方其未克，窘我室廬。婦姑勃蹊，安取厥餘？亦既克之，皇皇四達。洞然八荒，皆在我闥。孰曰天下，不歸吾仁？癢痾疾痛，舉切吾身。一日至之，莫非吾事。顏何人哉？晞之則是。

蜀舍銘　劉跂

某郡王萬寓鄭，榜其居曰蜀舍，持餘杭朱浚民所爲記，過須城劉跂而請銘。爲之銘曰：

噫嘻此舍，是蜀非邪？吞若兩川，坤之維耶？危乎高哉，上青天邪？赤甲白鹽，峙峨眉邪？楮笳醬蒟，飯蹲鴟邪？一物不有，而不無邪？噫嘻此舍，是真蜀國。身如壺公，靡索不獲。行以蜀馳，臥以蜀息。陰燕陽魏，吴越璀錯。裴徊周流，誓不以易。謂不信者，有如此石！

大圓硯銘

晁補之

黑月模汗，兩奴利與。黔突居難，與揭篋趨。爾圓其外，亦不可轉。視吾爾硯！

座右銘

鄒浩

惟親惟天，惟親惟地。覆育我躬，德莫我議。汲汲以報，亦豈佗求？權行〔一八〕乃心，則知厥由。惟身康强，親喜而安。惟身疢疾，親憯于顔。矧惟此身，其來有自。自祖自考，以至于此。能欽愛身，爲欽愛親。祖考聽之，何福不臻？親壽而昌，我戲於側。念兹在兹，敢忘朝夕？

家藏古硯銘

唐庚

硯與筆墨，蓋氣類也，出處相近，任用寵〔一九〕遇相近也，獨壽夭不相近也。筆之壽以日計，墨之壽以月計，硯之壽以世計，其故何也？其爲體也，筆取鋭，墨次之，硯鈍者也。豈非鈍者壽，而鋭者夭乎？其爲用也，筆冣動，墨次之，硯静者也。豈非静者壽，而動者夭乎？吾於是得養生焉，以鈍爲體，以静爲用。或曰壽夭，數也，非鈍鋭動静所制，借令筆不鋭不動，吾知其不能與硯久遠也。雖然，寧爲此，勿爲彼也。銘曰：

不能鋭，因以鈍爲體。不能動，因以静爲用。唯其然，是以能永年。

古硯銘　崔鷗

知其白，守其黑，似老；學不厭，教不倦，似孔。其實墨家者流，摩頂放踵。

校勘記

〔一〕『柔』，底本空缺，據六十四卷本、麻沙本補。

〔二〕『欺君』，麻沙本作『欺民』。元本《黄氏日鈔》、清康熙刊本《徂徠先生全集》作『欺民』。

〔三〕『能乃』，六十四卷本作『乃能』。清康熙刊本《徂徠先生全集》作『乃能』。

〔四〕『軾』，六十四卷本、麻沙本作『吾』。

〔五〕『於所居隙地中』，麻沙本略之。

〔六〕『筠』，底本無，據六十四卷本、麻沙本補。

〔七〕『食』，麻沙本作『念』。宋本《經進東坡文集事略》作『食』。

〔八〕『聞』，六十四卷本無。宋本《經進東坡文集事略》無。

〔九〕「可使逸少」二句，麻沙本無。

〔一〇〕「禊」，六十四卷本作「災」。宋本《東坡後集》作「災」。明成化刊本《蘇文忠公全集》作「禊」。

〔一一〕「濯」，底本作「灌」，據六十四卷本改。宋本《東坡後集》、明成化刊本《蘇文忠公全集》作「濯」。

〔一二〕「至」，麻沙本作「聖」。宋本《東坡後集》、明成化刊本《蘇文忠公全集》作「至」。

〔一三〕「觸」，底本作「獨」，六十四卷本作「觴」，宋本《東坡後集》、明成化刊本《蘇文忠公全集》作「觸」，據以改。

〔一四〕「俯仰變滅」，麻沙本作「俯變仰滅」。宋本《東坡後集》、明成化刊本《蘇文忠公全集》作「俯仰變滅」。

〔一五〕「亡」，底本作「忘」，據六十四卷本、麻沙本改。

〔一六〕「待」，底本作「侍」，據宋本《後山居士文集》改。

〔一七〕「外」，底本作「内」，據宋本《後山居士文集》改。

〔一八〕「行」，六十四卷本作「衡」。明成化刊本《道鄉集》作「衡」。

〔一九〕「寵」，麻沙本作「際」。

新校宋文鑑卷第七十四

校者按：底本爲刻卷，據六十三卷本、麻沙本刻卷校改。

頌

廣農頌

夏竦

景德三年春，正月庚戌，詔頒農田敕於天下。二月癸未，詔郡國領勸農事，崇化源而廣農業也。臣聞，聖人無土不王，無民不君，有土地則王業興，有人民則君道立。故先王之建國也，土欲廣而不欲隙，民欲衆而不欲惰。謂地之不闢，非吾土也；人之不農，非吾民也。乃爲閭里室家以蕃其生，爲畎澮封畛以理其田，爲耒耜錢鎛以庀其器，爲歷象氣候以授其時。立經制以御之，設官司以教之，均工商衡虞之税，正車馬甲兵之賦。於是乎仁義禮樂有所加，賞罰號令有所用。三代通制，建中經遠，民以里居，地以井受。暨秦開阡陌，農戰相乘，漢制名田，并兼不息。舊章缺而仁政墜，經界慢而訩競起，沿革而下，古之制度不可復矣。其政何哉？蓋三季已還，五代而上，有天下者，或不知天下以地爲基，以農爲本，以食爲源，以教爲器。當其撥平禍亂，經始四國，則衽金革，簡車馬，計懷柔，議聚斂，賞勳舊，治城邑。暨邊垂既寧，寓縣既平，功業既成，府庫既盈，則思悉華夏以自奉，驅億兆以從欲。有患邊幅未闊，威武未震，則轉芻粟，事夷狄。有患歲月易逝，容髮易朽，則招方士，求神仙。有患登覽未遠，行樂未極，則增臺榭，麗宮室。有患嬪御未廣，歌舞未工，則漁聲色，選伎藝。有患校獵未快，馳騁未捷，則廣苑囿，具畢弋。有患巡幸未徧，游賞未普，則修馳道，飛清蹕。其間自非負天啓神授之資，有聖文靈武之德者，則不能訓稼穡，務儲衍，舍派而趨源，去末而從本，致天下太康，家給人足者哉！

我國家荷二聖基業，用三王禮樂，足食訓農，克立治本。吾皇龍飛，春秋鼎盛，勵精百度，旁求黎獻。謂守文艱如創業，承平難如治亂。深鑒前世，專行王道，羈縻四夷而重兵革，漁獵賢雋而藏網罟。觀六藝，虚臺館，聽道德，放聲樂。功業之大，則成、康、文、景無或比隆；河山之遠，則秦、漢、隋、唐不能齊盛。菽麥流衍而紅腐，玉帛充牣而露積。陛下尚宸居減麗，御膳輟聲，宵衣紫庭，清問多士。舉三王之故實，修八世之墜典，以爲擇循吏，守郡國，撫百姓。善則善矣，而未專也，於是授之使領，設爲職司，所以徇名而責實也。頒憲令，經田疇，勸耕殖，至則至矣，而未一也，於是編其制度，勒爲科條，所以建中而示法也。徇名責實，則官不曠；建中示法，則民不疑。詔下之日，鬼神稱慶，太平之風，旋踵可待，不終日而争訟息，未踰時而淳鹵闢。凡九圍之内，一歲之閒，衣食足而倉廩實，仁義行而刑罰措。大哉炎宋功德！陛下教化，垂億萬世，與天無窮。臣生逢聖明，叨觀盛事，謹昧死上《廣農頌》。其辭曰：

皇哉惟聖，躬提天柄。億兆歸心，三靈洽慶。廣我田事，肇修稼政。乃置官名，乃頒號令。號令維何？分條建規。恩斯懋斯，流冗攸歸。官名維何？啓職庀司。訓之導之，播種惟時。官民曰勤止，服田力穡。晝爾於耕，宵爾無斁。千耦偕飛，百穀咸殖。既藝淳鹵，越經封洫。赫赫曰湓止，糾力勸能。庤我錢鎛，疏我溝塍。乃能灌溉，爰相丘陵。汙萊以闢，游惰用懲。赫赫聖謀，有作咸覩。畎澮四溟，井疆九土。沃野萬里，縱横其畝。擁耒成林，灑流降雨。陽春如膏，原隰如鱗。我稼既華，六合生雲。稻粱黍稷，萬井龍文。同我婦子，或耨或耘。八月其穫，乃登爾稼。滯穗棲原，餘糧厭野。盈溢京庾，流衍方夏。式歌且謡，土金同價。百姓足矣，君孰不足？三百之囷，九年之蓄。八蜡既通，五禮咸穆。藏財於民，所寶惟穀。君哉君哉！樂事訓農。炎帝之教，后稷之功。方我王度，明而未融。臣之頌之，永矣無窮。

大順頌

晁　迥

《禮記·禮運》云：『四體既正，膚革充盈，人之肥也。父子篤，兄弟睦，夫婦和，家之肥也。大臣法，小臣廉，官職相守，君臣相正，國之肥也。天子以德爲車，以樂爲御，諸侯以禮相與，大夫以法相序，士以信相考，百姓以睦相守，天下之肥也。是謂大順。』愚讀書至此，詳味久之。無觀乎古先垂教，條暢明備，義取饒裕充盛，目之曰肥。若能偃風踐迹，各當其分，順之至也。無遠弗届，浸漬浹洽，薰然大同，斯乃純被之化，盡善盡美矣。雖欲鋭意推演，復何措辭？區區至誠，願陳萬一。今但舉其全文而繫以褒讚者，祗率道揚之志也。頌曰：

猗歟《禮》經，孰窺優域？愚嘗究觀，沛然有得。肇自人倫，及于家國。遂滿天下，具四表則。是謂大順，允臻其極。老生作頌，奉揚景式。

會聖宮頌

歐陽脩

臣伏見國家采《漢書》原廟之制，作宮于永安，以備園寢，欲以盛陵邑之充奉，昭祖宗之光靈，以耀示于千萬世，甚盛德也。臣永惟古先王者，將有受命之符，必先興業造功，警動覺悟於元元，然后有其位。而繼體守文之君，又從而顯明丕大，以纂脩乎舊物，故其兢兢勤勤，不忘前人。是以根深而葉茂，德厚而流光，子子孫孫承之無疆。

伏惟皇帝陛下，以神聖德，傳有大器，乾健而正，離繼而明。即位以來，於茲十年，勤邦儉家，以修太平。日朝東宮，示天下孝，親執籩豆，三見於郊。日星軌道，光明清潤，河不怒溢，東南而流。四夷承命，歡和以賓，奔走萬里，顧非有干戈告讓之命，文移發召之期，而犀珠象牙，文馬瑴玉，旅於闕庭，納於廐府，如司馬令，無一後先。至德之及，上格於天，下極於地，中浹於人，而外冒於四表。昆蟲有命之物，無不仰戴，神威聖功，效見如此。

太祖創造基始，克成厥家，當天受命之功。太宗征服綏來，遂一海內，睿武英文之業。真宗禮樂文物，以隆天聲，升平告功之典。陛下夙夜虔共，嗣固鴻業，纂服守成之勤。基構累積，顯顯昌昌，益大而光，稱于三后之意，可謂至孝。况春秋歲時，以禘以祫，則有廟祧之嚴；配天昭孝，以享以告，則有郊廟明堂之位；篆金刻石，則有史氏之官。歌功之詩，流於樂府，象德之舞，見於羽毛。惟是邦家之光，祖宗之爲，有以示民而垂無窮者，罔不宣著。陛下承先烈，昭孝思，所以奉之以嚴，罔不勤備。聖人之德，謂無以加，而猶以爲未也，乃復因陵園，起宫室，以望神游。土木之功，嚴而不華，地爽而潔，宇敞而邃，神靈杳冥，如來如宅，合於《禮》經『孝子謦咳思親』之義。

愚以謂宫且成，非天子自臨享，則不能以來三后之靈。然郡國不見治道，太僕不先整駕，恬然未聞有司之詔，豈難於動民而遲其來耶？特以龜筮所考，須吉而后行耶？不然，何獨留意於屋墻構築，而至於薦見孝享未之思耶？况是宫之制，夷山爲平，外取客土，鍛石伐木，發兵胥靡，調旁近郡。如此數年，而道路之民，徒見興爲之功，恐愚無以識上意。是宜不惜屬車之費，無諱數日之勞，沛然幸臨，因展陵墓，退而諭民以孝思之誠，遂見守土之臣，采風俗以問高年，亦堯舜之事也。古者天子之出，必有采詩之官，而道路童兒之言，皆得以聞。臣是以不勝惓惓之心，謹采西人望幸意，作爲頌詩，以獻闕下。辭曰：

巍巍穹崇，奠京之東，有山而崧。滃淪道源，匯流而淵，有洛之川。川靈山秀，回環左右，有高而阜。其阜何名？太祖太宗，真宗之陵。惟陵之制，因山而起，隱隱隆隆。惟陵之氣，常王而喜，鬱鬱葱葱。帝懷穹旻，受命我宋，造初於屯。帝念先烈，用欣余家，宣力以勤。赫赫三后，重基累構，既豐而茂。燕翼貽謀，是惟永圖，其傳在予。曰祖曰宗，有德有功，予實嗣之。克勤克紹，以孝以報，予敢不思？惟此園陵，先后之宅，既宅且安。后來游止，弗宮弗室，神何以驩？廼相川原，乃得善地，地高惟丘。廼以荆灼，廼訊龜寶，龜告曰猷。帝命家臣，而職我事，而徃惟寅。一毫一絲，給以縣官，無取於民。伐洛之薪，陶洛之土，瓦不病窳。柯我之斧，登我之山，木好且堅。家臣之來，役夫萬名，三年有成。宫成翼翼，在陵之側，須后來格。有門有宇，有廊有廡，有庭有序。殿兮耽耽，黼帷襜襜，天威可瞻。庭兮植植，鉤盾虎戟，容衛以飭。太祖維祖，太宗維弟，真宗維子。三聖嶷嶷，有以奠位，于此而會。聖兮在天，風馬雲車，其來仙仙。聖會于此，靈威神馭，其宫肅然。聖既降矣，其誰格之？惟孝天子。聖降當享，其誰來薦？亦孝天子。孝既克祇，而來胡遲？其下臣脩，作頌風之。

藉田頌

宋祁

皇帝再紀元之明年春二月，率群臣耕於東郊，恤毖祀，祈豐年也。前此，詔書示有司曰：『自我太宗，襲熙厥功，億神裕之，宥命方國。肖翹跂行，亦莫不寧。永惟土著之本，民夫之重，乃躬藉田，以倡農先。震地房之滿眚，導改政之長懋。柔嘉令芳，於是乎孚肹蠁；鹵莽滅裂，於是乎復敦厖。穗滯秉遺，見糧如坻。我真考因其累盛，重以明德。故能步師百萬，狩醫閭，見武節；高世八九，升窔遼，建元封。奉符隤祉，以攄無極。肆余承緒，兹率厥典則。蓺蕭布幣，固有常所，監農狎野，厥存舊章。惟一二執事，率循而懋明之。方春作時，百穀華始。姑使斯人悦羽旄之美，重見漢官；後嗣諗稼穡之艱，不失夏物。無贅聚儲峙，無煩勞供張。趣合于禮，劭吾農焉。』

前期，則脩飭神壝，按除膏壤，夷道如砥，呼蹕填街。梢夔貙以護野，雜荆牟以守燎。阡陌繡錯，原隰龍鱗，蒸膏冒檞，協風回春。於是旄頭先馳，屬車齊躅。奔星舞於旗旂，行月捷於羽箙。壽犀注鎧，肅給乎師營；蒼虬范馭，秋游乎天轡。瓊鈒流景，金根照塗，帟幙周張，紈綃綷縩。既而楺耒剡耜，載保介之間；先種後稑，庬播植之器。官分無諉，事具不敖。天子乃以丙午之旦，升華輅，由太庭。顏行山則，銜枚無聲，龍虎見象，堪輿奔警。坌閶闔，切囿游，乃彷徉乎曾城之外。五精來同，七聖景從，鑾聲佩節，次于帷宮。上既淳濯圭潔，儲思淵默。昧明乃頓大次，欽嘉壇。索先農以享之，因太積以配之。血毛幽全，金石鏗訇。躬接妥侑，加祠官之一等；禮重沿襲，且祖宗之遺意。爾乃降靈場，儼朱紘。物覩於聖，天健其行，星田彌望，紺轅儲駕。洪縻序進，五〔二〕步有容，三推成禮，邇臣告備。上曰：『朕志在敦本，寵其强力。可以勸，何憚於勤！』遂推而進之。有司以義固争，幾十撥而後釋。乃始弭節容與，御夫觀耕之臺。三公群后，班趨次耨，靡然從風，邁五踰九。大農灑種，庶人終畝，官師鼇抃，行内天旋。于時都人熙熙，駐望皇軒，或歌以壤，或擊于轅。不圖叢雲之旦，復見東户之年。日華晏温，天心馮豫。奉斗極，御應門。翔雞樹竿，墜鵠宣制，大賚四海，與之更始。虧除威辟，存問高年，振淹修墜，平徭闊賦。中外百執，告至而策勳；踐過三更，以差而賜帛。賚以解雨，鼓之巽風，不崇朝而周萬國。先是群臣繹丕懿，潤鴻名，將琢之玉版，納於金匱。至是則回雕輿，坐前殿，震照儀矩，翕受典册。皇皇哉兹禮，真帝世之希闊，臣工之旦暮者歟！

儒臣學於舊史，竊明《載芟》之詩，甸師之職。在籍之誼，有三説焉：一，典籍之常禮；二，籍履以親事；三，借民而治之。所言雖殊，要之歐天下之民，棄末而歸本耳。且古者謹察天廟，申敕陽官。田之不闢，辟在司寇，作爲御廩，鍾而藏之。其故何哉？以爲奉薦粢盛，非無良農，不如親之愈也。誰督耘耔？非無猛制，不若勸之善也。夫祭莫大於備物，物備而百神據之。兵莫大於足食，食足而四夷懷之。人莫急於豐財，豐財而有生聚之。是三物之濟否，在此舉也。且周宣缺之，戎軋其衰；漢文用焉，民阜其宜；唐后勤止，以豐易饑。洪惟太宗光迪於前，陛下述宣於後，皇矣同底於道，烝哉不隕其聲。方且九扈勸民，三事就緒，儗儗其盛，陳陳相因。糧餘可捷，草殖弗奥，民一于耜，家萬斯箱。遂駕五帝，軼三王，奮甘實而攄馨香也。敢作頌曰：

倬彼鮮原，帝籍于田。匪籍其勤，我爲民先。悠悠春旗，脉土於畿。陽膏澤澤，邁乎三推。有壬有林，亦莫不祗。我疆我里，載耘載耔。實苞實阜，茀厥豐草。田畯至喜，祈年伊早。我穀用成，我倉既盈。我倉耽耽，鍾于東南。其用伊何？事神薦馨。爲酒爲醴，爲粢爲盛。蒸之浮浮，釋之溲溲。上帝居歆，降福孔休。降福伊何？我民既蕃。室家溱溱，三事不諼。食足武奮，震疊爾功。蠻夷來同，罔不率從。帝猷昭升，式於九圍。兢兢業業，以毖萬幾。在豐念匱，在飫思饑。子子孫孫，勿替引之。

明堂頌

宋祁

臣言：去三月戊子制詔，季秋有事於明堂。臣以太常，與禮官博士，詣垂拱殿，議配享事，即建言：『周有臣曰旦，始嚴父配天，仲尼是之。唐并諸儒説，並祀六天帝，不敢損。陛下幸訪有司，請如古便。』四月乙丑，詔若曰：『夫禮，稱情適文。今議者言周、唐則善，至牽制所聞，褊而不優。宋亦一家，讓不制作，如來嗣何？且事天不及地，配父而遺祖，朕甚陋之。水旱不時，群神與焉。今賴天之力，方内以治。朕能合饗天地，以三聖侑，㬢報百神，咸秩並脩。况祖宗郊雩，不爲無比。有司無諱以勞，務稱朕意！』臣伏誦聖訓，久乃開曉，以爲前古所缺，群臣不逮。陛下獨得於心，其所以事神訓人，使萬世子孫無以加者。至於作聲歌，瑑圭邸，帳帟無文，夜鼜弗嚴，以竭恭至誠者，尚數十物，臣愚且不能徧知。若令詩頌不傳，是陛下盛德神功，不盡注天下耳目，聳動四夷，聲隱乎無疆也。謹撰成《明堂頌》一篇，辭淺義直，可使户曉，壤翁轅童，皆得塗謳。臣昧死再拜以聞。頌曰：

天有明命，以聖付聖。太祖太宗，燮伐大定。誰僭而王，孰擅而土？左披右攘，罔不就緒。厥角在廷，四夷無侮。真考顯承，受報收成。休休厥寧，震震厥聲。七十而五，號以大榮。

皇帝纂武，有庇於下。兵櫜不銛，䚔委而羽。一農之饑，吾飼以哺。一夫之寒，吾煖以褚。日寬租徭，歲貸囚庾。協氣四薄，順暘若雨。原高隰下，百穀膴膴。二十九載，惟秋九月。廼即大慶，度筵度室。寶字署顔，震照多物。置使有五，悉詔輔弼。既款靈宫，亦享廟祏。天兵桓桓，羅列衛營。有闟有旃，龍軏螭衡。耳耳其驅，雅雅于行。旖旎連蜷，風舞雲縈。士若銜枚，駿牡不鳴。吉日辛亥，進祀於堂。衣畫衮然，環瑀瑲瑲。六帝二祇，三后侑旁。醴淳牲肥，嘉鐏鉅房。芼醢果粢，静潔芬香。膋熾胖升，以迪厥嘗。我鍾欽欽，我舞俁俁。天妥於坐，百靈來序。奔精哆光，曶霍曾寓。山靈瀆怪，顯幽馳騖。或旅諸墀，或席諸廡，有羶斯飫。相惟辟公，既敏而度。帝拜稽首，柴煙上舉。祝有嘏言，皇帝受之。産百斯祥，裒萬斯禧。其轟如山，其積如茨。皇帝曰咨，朕不專有。旦御端門，百執奔走。其赦天下，新邦之舊。賙乏録勞，刮濯痕垢。官賞兵賚，金爵是富。驛歡四海，問弗容晝。天謂皇帝，感實火德。火德在孝，宗祀惟極。其還而功，衈嗣千億。而子而孫，長有萬國。天謂皇帝，安我群元。投蚌斥螟，稼溢於廛。癘訖疾攘，人樂躧躧。皇帝眉壽，永錫萬年。前祀三日，區霜如閉。皇帝既齋，一夕而霽。六幙掃除，若壒逢彗。天清地晏，夜星騰晰。皇帝小心，恭與虔并。徧見神祇，拜跪送迎。久立於次，須樂之成。器必全玉，牢不愛牲。制爲諸安，以正和清。夜鼓徹嚴，敷致厥誠。明明皇帝，惟先訓是式。惇咸懿親，其磐如石。存問齠耋，容受讜直。振淹登晙，毋或失職。惟慈惟仁，不厲聲以色。皇帝有言，克己則興。豐守吾儉，尊捨吾矜。雖日之升，瞿瞿兢兢，無不此或承！

皇帝神武頌

宋祁

或稱皇初之世，不賞而勸，不罰而懼，豈簡册之彌文哉！議者云：否。彼固未識夫震耀之飭天威，剛健之奮乾體也。粤若聖人，制海内之命，據天位之尊，總秉權綱，章敘典憲。不有威辟，不足以震元憝；不有變容，不足以開至聖。用能消弭殄行，嘉靖多方，闡皇靈，憲宗軌。丕天之大律，一民之至權者已。巨宋在宥，列聖繼統，際天丕冒，亘地砥屬。仆威械以去煞，襲道樞以訓儉，恩裕洪暢，容典飭盡。萬寶取足，合祛於皇極；百靈隤祉，震動於珍物。然猶右賢左戚，均權布寵。百辟箴闕，内平而外成；五細在邊，番休而遞上。防檢來患，蠲滌多辟，勤勤懇懇者，非弭亂之謂歟？然而善制未能無敝，有憂所以固國。廼者先帝違裕，群邪濟凶。寄朝家之威，席鈞宰之貴，侔尚方以制器，狎神巫而締紱。乃至易守帥以漸醜圖，徙陵兆而投天隙。拂戾蜚語，恬有姦計。遂欲包禍心以竊發，執左道而干紀，餌梟羹以未盡，礪貙牙而密噬。神靈震赫，姦宄呈露，輔臣建白，醜黨震壞。赤車具獄而來上，凶豎伏質而前死。允恭事敗，先謂伏誅。皇帝陛下，深拱諒闇，覽照前典，重當國之職，慎退人之禮。詔曰：『冢宰之任，萬樞所係。今丞相謂自底不令，其上大司徒印綬。』於是三事百執，抗疏以請曰：『無將必誅，列辟經制，與衆共棄，常苦無赦。謂今所犯，惡不可聞，願龔天刑，以塞群議。』帝曰：『朕不忍致于理，其放於朱〔二〕崖。』然後起跅弛之臣，明枉結之獄。掊克之貨，附上於官，附離之黨，肆赦一解。漏鯨彗於綱目，推虎吻於市道；浴白日以升景，投紫蜺而霽氛。惡草絶而善苗興，清風翔而群陰伏。人靈紓憤，道路相趨。既而薦紳之徒，相與喟然並稱曰：前日未命微梗，孽臣乘閒。潛構不類，陰傾時柄，食椹靡化，指蕣待滅。陛下探觀時變，先斷宸慮，倚文母之聖，攬列辟之議。廉考劓殄，介不終日，未減澄洗，蕩無餘灾。定寶業，極南山之安；殲渠魁，易家人之召。智不回慮，惡未旋踵，事已決矣。昔滔天殛而虞功劭，流言放而周德奮，觀闕誅而孔制列，竇瑟僵而漢基永。皆撥亂之盛準，長世之懿册，所由來舊矣。是以烈祖二宗，芟蕾除害，簫勺衆慝，若彼之蘁也。太后聖上，建威銷萌，祗遹先訓，如此之備也。宜乎勵無前之景鑠，暢不殺之神武，正《春秋》謹始之制，釋《洪範》作威之害，開賜無疆之眉壽，摛著不朽之尊名，此其時矣。蓋天子穆然初載，貶成仰定，未遑論制作之事也。下臣儓儗末品，不足弦次新頌，輒敢述輿人之詠，簡康衢之詩，亦擊轅折楊之比爾。其辭曰：

真宗御天，休息群元。委裘上仙，茂功全兮。皇帝纘務，惟新百度。尚文右武，鴻基固兮。孽豎柄臣，矜權取勳。興妖放命，託機神兮。上公列辟，協忠宣力。摧凶殄惡，清君側兮。曰恭曰謂，銜刀投裔。神武不殺，退以禮兮。或附或離，横貸敷施。脅從罔治，董之威兮。氛開祲收，美澤雲游。荷天鴻休，德既優兮。昭雪忠良，輿頌風翔。賁威舊章，恤無疆兮。

慶曆聖德頌

石介

三月二十一日大昕，皇帝御紫宸殿，朝百官，相得象、殊，拜竦樞密使，夷簡以司徒歸第。二十二日，制命昌朝參知政事，弼樞密副使。二十六日，敕除脩、靖、素並充諫官。四月八日，皇帝御紫宸殿，朝百官，衍樞密使，仲淹、琦樞密副使，乃用御史中丞拱辰、御史遨、御史平、諫官脩、靖十一疏，追竦樞密使敕。十三日敕，又除襄爲諫官。天地人神，昆蟲草木，無不懽喜。

皇帝退姦進賢，發於至聰，動於至誠，奮於睿斷，見於剛克，陟黜之明，賞罰之公也。上視漢、魏、隋、唐、五代，凡千五百年，其閒非無聖神之主，盛明之時，未有如此選人之精，得人之多，進人之速，用人之盡，實爲希闊殊尤，曠絶盛事。在皇帝之德之功，爲卓犖瑰偉，神明魁大。古者一雲氣之祥，一草木之異，一蹄角之怪，一羽毛之瑞，當時群臣猶且濃墨大字，金頭鈿軸，以稱述頌美時君功德，以爲無前之休，丕天之績。如仲淹、弼，實爲不世出之賢，求之於古，堯則夔、龍，舜則稷、契，周則閎、散，漢則蕭、曹，唐則房、魏，陛下有之。諸臣亦皆今天下之人望，爲宰相、諫官者，陛下盡用之，此比雲氣、草木、蹄角、羽毛之異，萬萬不侔，豈可黐無歌詩雅頌，以播吾君之休聲烈光，神功聖德，刻于琬琰，流于金石，告于天地，奏于宗廟，存于萬千年而無窮盡哉？臣實羞之。

臣嘗愛慕唐大儒韓愈爲博士日，作《元和聖德頌》千二百言，使憲宗功德赫奕煒煒，照于千古。至今觀之，如在當日。陛下今日功德無讓憲宗，臣文學雖不逮韓愈，而亦官於太學，領博士職，歌詩讚頌，乃其職業。竊擬於愈，輒作《慶曆聖德頌》一首四言，凡九百六十字。文辭鄙俚，固不足以發揚臣子之心，亦欲使陛下功德赫奕煒燁，照於千古，萬千年後觀之，如在今日也。臣不勝死罪！臣賤，無路以進，姑藏諸家，以待樂府之采焉。

於維慶曆，三年三月。皇帝龍興，徐出闈闥。晨坐太極，晝開閶闔。躬攬賢英，手鋤姦枿。大聲渢渢，震摇六合。如乾之動，如雷之發。昆蟲蹢蠋，妖怪藏滅。同明道初，天地嘉吉。初聞皇帝，慼然言曰：予父予祖，付予大業。予恐失墜，實賴輔弼。汝得象殊，重慎徽密。君相予久，予嘉君伐。君仍相予，笙鏞斯協。昌朝儒者，學聞該洽。與予論政，傅以經術。汝貳二相，庶績咸秩。惟汝仲淹，汝誠予察。太后乘勢，湯沸大熱。汝時小臣，危言業業。爲予司諫，正予門闑。爲予京兆，堲予讒説。賊叛於夏，往予式遏。六月酷日，大冬積雪。汝暑汝寒，同於士卒。予聞心酸，汝不告乏。予晚〔三〕得弼，予心弼悦。弼每見予，無有私謁。以道輔予，弼言深切。予不堯舜，弼自笞罰。諫官一年，奏疏滿篋。侍從周歲，忠力盡竭。契丹亡義，檮杌饕餮。敢侮大國，其辭慢悖。弼將予命，不畏不慴。卒復舊好，民得食褐。沙磧萬里，死生一節。視弼之膚，霜剥風裂。觀弼之心，鍊金鍛鐵。寵名大官，以酬勞渴。弼辭不受，其志莫奪。惟仲淹弼，一夔一契。天實賚予，予其敢忽？並來弼予，民無瘥札。曰衍汝來，汝予黄髮。事予二紀，毛秃齒豁。心如一兮，率履弗越。遂長樞府，兵政毋蹶。予早識琦，琦有奇骨。其器魁礌，豈視居楔？其人渾樸，不施剞劂。可屬大事，敦厚如教。琦汝副衍，知人予哲。惟脩惟靖，立朝讞讞。言論磥砢，忠誠特達。禄微身賤，其志不怯。嘗詆大臣，亟遭貶黜。萬里歸來，剛氣不折。屢進直言，以補予闕。素相之後，含忠履潔。昔爲御史，幾叩予榻。至今諫疏，在予箱匣。襄雖小臣，名聞予徹。亦嘗獻言，箴予之失。剛守粹慤，與脩儔匹。並爲諫官，正色在列。予過汝言，無鉗汝舌。皇帝明聖，忠邪辨別。舉擢俊良，掃除妖魃。衆賢之進，如茅斯拔。大姦之去，如距斯脱。上倚輔弼，司予調燮。下頼諫諍，維予紀法。左右正人，無有邪孽。予望太平，日不逾浹。皇帝嗣位，二十二年。神武不殺，其默如淵。聖人不測，其動以天。賞罰在予，不失其權。恭己南面，退姦進賢。知賢不易，非明不得。去邪惟難，惟斷乃克。明則不貳，斷則不惑。既明且斷，惟皇之德。群下踧踖，重足屏息。交相告語，曰惟正直。毋作側僻，皇帝汝殛。諸侯危慄，墮玉失舃。交相告語，皇帝神明。四時朝覲，謹脩臣職。四夷走馬，墜鐙遺策。交相告語，皇帝神武。解兵脩貢，永爲屬國。皇帝一舉，群臣懾焉。諸侯畏焉，四夷服焉。臣願陛下，壽萬千年。

錢鄧州不燒楮鏹頌　呂南公

嗚虖！士誠知脩耶？内不欺諸己，外不欺諸人，可與修己已。嗚虖！士誠有立耶？上不媿於天，下不怍於地，中不負於神，可謂士君子已。凡唯知修，至於可立，而不欺不媿者，其備如此。雖天地神明我，斯天地神明已，豈又卹卹於諸餘哉？世衰道隱，士心險惑，稔匿自危，則區區於禍福，以壯其毒。聞古之用幣，以禮神祇。後之罪士爲多，則假之以請禱禳祈。假之不已，則黐楮代焉而弗支。是故罪者滿世，而莫救其非。肅肅鄧州，唯道之繇。識超超於衆謬，行不徇於時流。孰巫祝之足因，而禧祥之苟求？蓋清修而不媿，則萬福之來酬。是何楮鏹之不然，而名位之優優。嗚虖！『豈弟君子，求福不回』；誰其嗣之？宋有人猗！

校勘記

〔一〕『五』，麻沙本作『玉』。

〔二〕『朱』，底本誤作『未』，據麻沙本改。

〔三〕『晚』，底本誤作『明』，據麻沙本改。

新校宋文鑑卷第七十五

校者按：底本此卷抄配，據六十三卷本、麻沙本刻卷校改。

贊

擬富民侯傳贊

張詠

漢武晚年，以丞相爲富民侯。富民，大本也；侯爵，勸功也。推導〔一〕之若此，將復古王之功歟？嘻！大朴未散，民命在天，風教既闢，民命在賢。賢不可黷，黷之非賢，先王仁孝以辯之。民不可擾，擾之生弊，先王簡儉以御之。粤自桀作瑤臺，民始知勞；秦易井田，民始知弊。所謂上闊其欲，而下散其束。四人桓桓，去勞就安，百途鑿鑿，雕僞散朴。哀周之民也，真可哀哉！一作之，百取之。斑白不得息，稚齒而趨驅，焦勞力竭，而饑凍繼之。浮民姦我利，非賢盗我食，何嘗少得佑助？徒俾日攻之。故謂令德日埋，窮兵亦私，末途喧喧，而大本取弊者於斯也哉！非有大聖正智，其誰拯之歟？漢洗秦弊七十年，武威文經，漸被四海。以高祖之仁，文帝之儉，尚不能推民壽鄉，功磨三代。加於武皇，事威窮侈，四十年間，民力凋半。亟下富民之詔，尊爲上公之號，憂勞誠思，亦至矣乎！徒知民富而後國昌，不知國正而後民治。

吁！不能師三代育民之法，以事末術，良可悲矣！亦由止奔流之舟，雖萬斯篙，未若五尺之纜之要也；療〔二〕已弊之民，雖百斯術，未若一正其本之仁〔三〕也。嗚呼！末塗未塞，本弊不正，欲民富國昌者，未之有也。漢雜覇道，史或過矣。余愛其君有富民之志，臣榮富民之號，又憤不能開通之，因附史氏作贊以矯之。贊曰：

五后之世，事簡而民靜；夏商周之世，事正而民治。故貧富之名，稀所稱焉。三代之季，四人亂倫，百途競新。蚩蚩餓甿，無階休存之，遂使抱仁義智能者，易以要功於其間。如武皇帝命富民侯，又如何哉？又如何哉？

杜甫贊

狄遵度

先生甫名，其字子美。其祖審言，當景龍際。以詩自名，高視一世。逮子美生，其作愈偉。少而不羈，跌宕徙倚。大章短篇，純乎首尾。詩派之別，源遠乎哉！波流沄沄，乃自我回。蹲崑崙巔，足亂四溟。覼縷蛤蠏，拘致鯤鯨。蜿蜒委瑣，巨細雜并。一啜則已，不圖其贏。横放直出，詭色互端。排蕩摧〔四〕戛，措齒不安。鬼求於陰，神索於陽。鈎搜錯莫，色沮氣傷。閃形撇影，隱露藏蔽。殫變極態，惟厥所指。吾方瞪踞，初不用意。沃粹醇源，植根塊土。貫赫胥庭，盤燧人圃。經亘聯屬，百億萬古。芬釀雜襲，纖細委墜。哺啜蹈藉，群稚走死。嗚呼！子美之述，吾能誦之。子美之意，吾能知之。子美之意，其所未聞。其所未知，蓋未得其云爲！

西漢三名儒贊

劉敞

余讀西漢，愛董仲舒、劉向、揚雄之爲人〔五〕，慕之。然仲舒好言災異，幾陷大刑。向鑄僞黄金，亦減死論。雄仕王莽，作《劇秦美新》，復投閣求死。皆背於聖人之道，惑於性命之理者也。以彼三子，猶未能盡善，才難不其然與？然〔六〕其善可師，其過可警也，爲三贊以自覽焉。

仲舒先覺，承秦絶學。進退規矩，金玉其璞。發明《春秋》，大義以脩。旁及《五經》，博哉優優。世莫能庸，黜相諸侯。仁義所漸，易剛以柔。茫茫大道，在昔聖考。蓋有不聞，奚究奚討？主父掎之，步〔七〕舒詭之。嗟若先生，有以啓之。懲違告休，不預世憂。著作孔多，後世是遒。嗟爾君子，克遵厥猷。

子政翼翼，簡易正直。博覽百家，以充其德。黄金之僞，智由信惑。臲卼邪世，身居困阸。不爲俗儒，苟取拘拘。略其威儀，忠質之符。疾邪救危，著論上書。同姓之仁，賢哉已夫！雖不三事，其文實章。以迄于今，日月之光。嗟我後人，庶〔八〕幾不忘。

子雲清虚，自有大度。非聖不觀，恥爲章句。擬倣六經，其文孔明。隱隱𥕐𥕐，實爲雷霆。世三不遷，知命理神。胡爲投閣，《劇秦美新》？君子之缺，衆儒有言。蓋天絶之，亦何必然？末世之人，以道邀利。或徇耳目，得之弗愧。嗟爾君子，能勿此畏？

河間獻王贊〔九〕

司馬光

周室衰，道德壞，五帝三王之文，飄淪散失，棄置不省。重以暴秦，害聖典，疾格言，燔詩書，屠術士。稱禮樂者謂之狂惑，術仁義者謂之妖妄，必薙滅先聖之道，響絶迹盡，然後慊其志。雖有好古君子，心誦腹藏，壁扃巖鐍，濟秦之險，以通於漢者，萬無一二。漢初挾書之律尚存，久雖除之，亦未尊録，謂之餘事而已。則我先王之道，燄燄其不息者無幾矣。河間獻王，生爲帝子，幼爲人君。是時列國諸侯，苟不以宫室相高，狗馬相尚，則哀姦聚猾，僭逆妄圖。唯獻王厲節治身，愛古博雅。專以聖人法度遺落爲憂，聚殘補缺，校實取正，得《周官》《左氏春秋》《毛氏詩》而立之。《周禮》者，周公之大典，毛氏言《詩》最密，《左氏》與《春秋》爲表裏。三者不出，六藝不明。噫！微獻王，則六藝其遂曀乎！故其功烈，至今賴之。且夫觀其人之所好，足以知其心。王侯貴人，不好侈靡而喜書者，固鮮矣。不喜浮辯之書，而樂正道，知之明而信之篤，守之純而行之勤者，百無一二焉。武帝雖好儒，好其名而不知〔一〇〕其實，慕其華而廢其質，是以好儒愈於文景，而德業後之。景帝之子十有四人，栗太子廢，而獻王最長。嚮若尊大義，屬重器，用其德，施其志，必無神仙祠祀之頌，宫室觀遊之費，窮兵黷武之勞，賦役轉輸之敝。宜其仁豐義洽，風移俗變，焕然帝王之治復還，其必賢於文景遠矣。嗟乎！天實不欲禮樂復興邪？抑四海自不幸而已矣？

無爲贊

司馬光

爲黄老者，以心如死灰，形如槁木爲無爲。迂叟以爲不然，作《無爲贊》：

治心以正，保躬以静。進退有義，得失有命。守道在己，成功則天。爲者敗之，不如自然。

晉蔡謨贊

王回

晉自武帝酒色無度，王公貴人競以酒色相侈，而王愷、石崇尤甚。愷使美人行酒勸客，飲不盡，輒殺美人。崇常夜飲諸少年酒，裴綽乘醉竊臥崇妾中，明旦裴家遺車迎綽，綽上車馳去。崇聞大怒，立殺數妾，將訟綽於朝。綽兄楷書請綽，曰：『吾弟酒狂，海内足〔一一〕知，足下飲以狂藥，而反責之禮邪？』崇方慕楷，欲交之，亦憚其辭直，乃止。其後渡江諸君家，往往猶襲故態。紀瞻爲尚書，置酒請王導等觀妓，瞻愛妾能歌新聲，左僕射護軍將軍〔一二〕周顗乘酒於衆中挑之而不得，有司劾顗荒酒失儀，元帝特詔宥焉。是時在位，蓋不以淫醟〔一三〕爲貶如此。蔡謨獨好禮自勑，嘗詣丞相導，導方作伎，設牀席，謨不悦而去，導亦不留客也。謨曾孫廓，廓子興宗，仍以好禮自勑達於朝，雖時淫暴，不敢稍侵媟之，人稱其家風云。贊曰：

古者牀笫之言不踰閾〔一四〕，而賓主燕享，所以觀禮樂，講仁義也。烏有男女亡辨，晝夜荒蠱，群於禽獸，而反以爲樂歟？此居餘所以知中山之亡。夫永嘉之亂又驗矣，而渡江君臣猶不知以此相儆，豈以風俗之敗，非召亂之著者邪？嗚呼迷哉！而蔡氏出於其間，獨能世學好禮，達而不汙，君子哉！

嵇紹贊　　王回

世皆以嵇紹死得其所褒之，予固愛其人行於亂世不汙，而能卒以忠爲烈。非其積累明於仁義，孰能自信如此耶？吾獨怪康與晋實皆爲魏臣，其誅也，豈犯有司？特晋方謀篡魏，忌其賢而見圖，故康誅而魏亦自亡。若紹可爲兼父與君之仇者也，力不能報，猶且避之天下。顧臣其子孫，而爲之死，豈不謬哉？

畫贊　　李泰伯

工有圖貴人之像者，予哀其賢而無所遂也，爲之辭云：

道之可行，君子乃行。行而無成，君子之疾。位以名得，名以位失。古人丘壑，豈徒自逸？嗚呼！

九馬圖贊　　蘇　軾

長安薛君紹彭家藏曹將軍《九馬圖》，杜子美所爲作詩者也，拳毛、獅子二駿在焉。作《九馬圖贊》〔一五〕：

牧者萬歲，繪者惟霸。甫爲作誦，偉哉九馬！姚宋廟堂，李郭治兵。帝下毛龍，以馭群英。我思開元，今爲幾日？筋骨應圖，至三萬匹。云何寂寥，跬步山川。負鹽挽磨，淚濕九泉。牝牡驪黄，自以爲至。駿其一毛，棄我千里。䮦騮是乘，脂蠟其鞭。道阻且長，喟其永歎！

二疏圖贊　蘇軾

惟天爲健，而不干時。沈潛剛克，以燮和之。於赫漢高，以智力王。凛然君臣〔一六〕，師友道喪。孝宣中興，以法馭人。殺蓋韓楊，蓋三良臣。先生憐之，振袂脱屣。使知區區，不足驕士。此意莫陳，千載于今。我觀畫圖，涕一作淚。下沾襟。

偃松屏贊　蘇軾

予爲中山守，始食北嶽松膏，爲天下冠。其木理堅密，瘠而不瘁，信植物之英烈也。謫居羅浮山下，地暖多松，而不識霜雪。如高才勝人，生綺紈家，與孤臣孽子有間矣。士踐憂患，安知非福？幼子過從我南來，畫寒松偃蓋爲護首小屏，爲之贊曰：

燕南趙北，大茂之麓。天僵雪峯，地裂冰谷。凛然孤清，不能無生。生此偉奇，北方之精。

蒼皮玉骨，磽磽齾齾。方春不知，沍寒秀發。孺子介剛，從我炎荒。霜中之英，以洗我瘴。

三馬圖贊

蘇　軾

元祐初，上方閉玉門關，謝遣諸將。太師文彦博、宰相吕大防、范純仁建遣諸將游師雄行邊，敕武備。師雄至熙河，蕃官包順請以所部熟户除邊患〔一七〕，師〔一八〕雄許之，遂擒猾羌大首領鬼章青宜結以獻。百官〔一九〕皆賀，且遣使告永裕陵。時西域貢馬，首高八尺，龍顱而鳳膺，虎脊而豹章，出東華門，入天駟監，振鬣長鳴，萬馬皆瘖。父老縱觀，以爲未始見也。上方恭默思道，八駿在廷，未甞一顧。其後圉人起居不以時，馬有斃〔二〇〕者，上亦不問。明年，羌温溪心有良馬，不敢進，請於邊吏，願以餽太師潞國公，詔許之。蔣之奇爲熙河帥，西蕃有貢駿馬汗血者，有司以非入貢歲月，留其使與馬於邊。之奇爲請，乞不以時入。事下禮部，軾時爲宗伯，判其狀云：『朝廷方却走馬以糞，正復汗血，亦何所用？』事遂寢。於時兵革不用，海内小康，馬則不遇〔二一〕矣，而人少安。軾甞私請於承議郎李公麟，畫當時三駿馬之狀，而使鬼章青宜結效之，藏於家。紹聖四年三月十四日，軾在惠州，謫居無事，閲舊書畫，追思一時之事，而歎三馬之神駿，乃爲之賛曰：

吁鬼章，世悍驕。奔貳師，走嫖姚。今在廷，服虎貂。效天驥，立内朝。八尺龍，神超遥。若將西，燕西瑶。帝念民，乃下招。籥歸雲，逝房妖。

王元之畫像贊

蘇軾

《傳》曰：『不有君子，其能國乎？』予嘗三復斯言，未嘗不流涕太息也。如漢汲黯、蕭望之、李固，吴張昭，唐魏鄭公、狄仁傑，皆以身徇義，招之不來，麾之不去。正色而立於朝，則豺狼狐狸自相吞噬，故能消禍於未形，救危於將亡。使皆如公孫丞相、張禹、胡廣，雖累千百，緩急豈可望哉？故翰林王公元之，以雄文直道，獨立當世，足以追配此六君子者。方是時，朝廷清明，無大姦慝，然公猶不容於中，耿然如秋霜夏日，不可狎玩，至於三黜以死。有如不幸而處於衆邪之間，安危之際，則公之所爲，必將驚世絶俗，使斗筲穿窬之流，心破膽裂，豈特如此而已乎？始予過蘇州虎丘寺，見公之畫像，想其遺風餘烈，願〔二二〕爲執鞭而不可得。其後爲徐州，而公之曾孫汾爲兖州，以公墓碑示余，乃追爲之贊，以附其《家傳》云。

維昔聖賢，患莫己知。公遇太宗，允也其時。帝欲用公，公不少貶。三黜窮山，之死靡憾。咸平以來，獨爲名臣。一時之屈，萬世之信。紛紛鄙夫，亦拜公像。何以占之？有泚其顙。公能泚之，不能已之。茫茫九原，愛莫起之。

王仲儀真贊

蘇軾

孟子曰：『所謂故國者，非有喬木之謂也，有世臣之謂也。』又曰：『爲政不難，不得罪於巨室。巨室之所慕，一國慕之；一國之所慕，天下慕之。』夫所謂世臣者，豈特世禄之人？而巨室者，豈特侈富之家也哉？蓋功烈已著於時，德望已信於人，譬之喬木，封殖愛養，自拱把以至於合抱者，非一日之故也。平居無事，商功利，課殿最，誠不如新進之士。至於緩急之際，決大策，安大衆，呼之則來，揮之則散者，惟世臣巨室爲能。余嘉祐中，始識懿敏王公於成都。其後從事於岐，而公自許州移鎮平涼。方是時，虜大舉犯邊，轉運使攝帥事，與副総管議不合，軍無紀律，邊人大恐，聲揺三輔。及聞公來，吏士踴躍傳呼，旗幟精明，鼓角讙亮，虜即日解去。公至，燕勞將佐而已。余然後知老臣宿將，其功用蓋如此。使新進之士當之，雖有韓、白之勇，良、平之奇，豈能坐勝默成，如此之捷乎？熙寧四年秋，余將往錢塘，見公於私第佚老堂，飲酒至莫，論及當世事曰：『吾老矣，恐不復見，子厚自愛，無忘吾言！』既去二年而公薨，又六年乃作公之真贊，以遺其子鞏。詞曰：

堂堂魏公，配命仁祖。顯允懿敏，維周之虎。魏公在朝，百度維正。懿敏在外，有聞無聲。高明廣大，宜公宜相。如木百圍，宜宫宜堂。天既厚之，又貴富之。如山如河，維安有之。彼窶人子，既陋且寒。終勞永憂，莫知其賢。曷不觀此，佩玉劍履。晋公之孫，魏公之子。

文與可飛白贊

蘇　軾

嗚呼哀哉！與可豈其多好，好奇也歟？抑其不試，故藝也？始予見其詩與文，又得見其行草篆隸也，以爲止此矣。既没一年，而復見其飛白，美哉多乎！其盡萬物之態也。霏霏乎其若輕雲之蔽月，翻翻乎其若長風之卷旆也。猗猗乎其若遊絲縈柳絮，裊裊乎其若流水之舞荇帶也。離離乎其遠而相屬，縮縮乎其近而不隘也。其工至於如此，而余乃今知之。則余之知與可者固無幾，而其所不知者蓋不可勝計也。嗚呼哀哉！

師子屏風贊　蘇軾

潤州甘露寺有唐李衛公所留陸探微畫師子板。余自錢唐移守膠西，過而觀焉，使工人摹之，置公堂中，且贊之曰：

圖其目，仰其鼻，奮髯吐舌威見齒。舞其足，前其耳，左顧右擲喜見尾。雖猛而和蓋其戲，嚴嚴高堂護燕几。啼呼顛沛走百鬼，嗟乎妙哉古陸子！

管幼安畫贊　蘇轍

余自龍川以歸，居潁已〔一三〕十有三年，杜門幽居，無以自適。稍稍取舊書閲之，將求古人而與之友，蓋於三國得一焉，曰管幼安。蓋幼安少而遭亂，渡海居遼東，三十七年而歸，歸於田廬，不應朝命，年八十有四而没。功業不加於人，而余獨何取焉？取其明於知時，而審於處己云爾。蓋東漢之衰，士大夫以風節相尚，其立志行義，賢於西漢。然時方〔一四〕大亂，其出而應世，鮮有能自全者。潁川荀文若以智策輔曹公，方其擒吕布，斃袁紹，皆談笑而辦，其才與張子房比，然至九錫之議，卒不能免其身。彭城張子布，忠亮剛簡，事孫氏兄弟，成江東之業，然終以直不見容，力争公孫淵事，君臣之義幾絶。平原華子魚，以德量重於曹氏父子，致位三公，然曹公之殺伏后，子魚將命，至破壁出后而害之。汝南許文休，以人物臧否聞於世，晚入蜀依劉璋，先主將克成都，文休逾城出降，雖卒以爲司徒，而蜀人鄙之。此四人者，皆一時賢人也，然直己者終害其身，而枉己者終喪其德，處亂而能全，非幼安而誰與哉？舊史言幼安雖老不病，著白帽，布襦袴，布裠，宅後數十步有流水，夏暑能策杖臨水，盥手足，行園圃，歲時祀其先人，絮帽布單衣，薦饋〔二五〕跪拜成禮。余欲使畫工以意髣髴畫之，昔李公麟喜畫，有顧、陸遺思，今公麟死久矣，恨莫能成吾意者。姑爲之贊曰：

幼安之賢，無以過人，余獨何以謂賢？賢其明於知時，審於處己，以能自全。幼安之老，歸自海東。一畝之宫，閉不求通。白帽布帬，舞雩而風。四時烝嘗，饋奠必躬。八十有四，蟬蜕而終。少非漢人，老非魏人。何以命之？天之逸民。

王元之真贊

黄庭堅

天錫王公，佐我太宗。學問文章，致于匪躬。四方來庭，上稍宴衎。公含瓦石，責君堯舜。采芝商洛，以切直去。惟是文章，許以獨步。白髮還朝，泣思軒轅。雞犬䑛〔二六〕鼎，群飛上天。

真宗好文，且大用公。太阿出匣，公挺其鋒。龍怒鱗逆，在庭岌岌。萬物並流，砥柱中立。古之遺直，叔向以之。嗚呼王公，其尚似之！

孔北海贊

陳師道

世以曹操爲英雄，雖孫仲謀甘出其下，而文舉以犬豕視之，豈知不免而遂不屈？蓋其高明下視之耳！方操微時，幸許劭之目以爲重，匈奴使來，自謂不稱而代捉刀，其自處如此。至其自比劉玄德，謂袁紹不足數，特居勢使然耳。玄德之死，謂孔明曰：『如嗣子不肖，君自取之。』其勤勞一世，蓋不爲漢計，豈爲子孫計哉？操非其比也。操惡禰衡而畏殺士之名，故以衡予劉表，不以文舉與人，卒自殺之，其不〔二七〕畏之亦至矣！劉毅家徒四壁，一擲百萬，世亦以爲英雄，小遇鵝炙，丐乞如奴婢。孰謂英雄，而以一臠動其心哉？此其操之類乎！子曰：『棖也慾，焉得剛？』剛者所以制欲，非勝人也，是故自用之謂英，自勝之爲彊。

校勘記

〔一〕『導』，底本作『尊』，據六十三卷本、麻沙本改。
〔二〕『療』，底本空缺，據六十三卷本、麻沙本補。
〔三〕『仁』，底本空缺，據六十三卷本、麻沙本補。
〔四〕『推』，底本作『推』，據六十三卷本、麻沙本改。

〔五〕「爲人」，底本誤作「爲之」，據六十三卷本、麻沙本改。
〔六〕「然」，底本誤作「善」，據六十三卷本、麻沙本改。
〔七〕「步」，底本誤作「仲」，據六十三卷本、麻沙本改。
〔八〕以下自「幾不忘」至本篇篇末，底本空缺，據六十三卷本、麻沙本補。
〔九〕自本篇篇題至「微獻王，則六」，底本空缺，據六十三卷本、麻沙本補。
〔一〇〕「知」，底本作「好」，據六十三卷本、麻沙本改。宋紹興本《温國文正公文集》作「知」。
〔一一〕「足」，底本空缺，據六十三卷本、麻沙本補。
〔一二〕「將軍」，麻沙本無。
〔一三〕「詹」，底本空缺，據六十三卷本、麻沙本補。
〔一四〕「闖」，底本作「闞」，六十三卷本作「間」，麻沙本作「闖」，據麻沙本改。
〔一五〕「圖」，麻沙本無。
〔一六〕「臣」，底本作「王」，據六十三卷本、麻沙本改。宋本《東坡後集》、明成化刊本《蘇文忠公全集》作「臣」。
〔一七〕「患」，底本空缺，據六十三卷本、麻沙本補。宋本《東坡後集》、明成化刊本《蘇文忠公全集》作「患」。
〔一八〕「師」，底本空缺，據六十三卷本、麻沙本補。宋本《東坡後集》、明成化刊本《蘇文忠公全集》作「師」。
〔一九〕「百官」，底本空缺，據六十三卷本、麻沙本補。宋本《東坡後集》、明成化刊本《蘇文忠公全集》作

「百官」。

〔二〇〕「斃」，底本作「弊」，據六十三卷本、麻沙本改。宋本《東坡後集》、明成化刊本《蘇文忠公全集》作「斃」。

〔二一〕「遇」，底本作「過」，據麻沙本改。宋本《東坡後集》、明成化刊本《蘇文忠公全集》作「遇」。

〔二二〕「願」，底本空缺，據六十三卷本、麻沙本改。宋本《經進東坡文集事略》作「願」。

〔二三〕「已」，底本作「邑」，據六十三卷本、麻沙本改。明嘉靖刊本《欒城集》作「川」。

〔二四〕「方」，底本無，據六十三卷本、麻沙本補。明嘉靖刊本《欒城集》作「方」。

〔二五〕「饋」，底本誤作「跪」，據六十三卷本、麻沙本改。明嘉靖刊本《欒城集》作「饌饋」。

〔二六〕「弛」，底本誤作「虵」，據麻沙本改。宋乾道本《豫章黄先生文集》作「弛」。

〔二七〕「不」，底本空缺，據麻沙本補。宋本《後山居士文集》作「不」。

新校宋文鑑卷第七十六

校者按：底本此卷抄配，據六十三卷本、二十七卷本（存第五至十八頁）、麻沙本刻卷校改。

碑文

唐狄梁公碑文

范仲淹

天地閉，孰將闢焉？日月蝕，孰將廓焉？大厦仆，孰將起焉？神器墜，孰將舉焉？巖巖乎克當其任者，惟梁公之偉歟！公諱仁傑，字懷英，太原人也。祖宗高烈，本傳在矣。公爲子極於孝，爲臣極於忠，忠孝之外，揭如日月者，敢歌于廟中。公嘗赴并州掾，過太行山，反瞻河陽，見白雲孤飛，曰：『吾親在其下。』久而不能去，左右爲之感動。《詩》有『陟岵』『陟屺』，傷『君子於役』，弗忘其親之深。吁嗟乎！孝之至也，忠之所繇生乎！

公嘗以同府掾當使絕域，其母老疾，公謂之曰：『奈何重太夫人萬里之憂！』詣長史府請代行，時長史司馬方眦睚不協，感公之義，歡如平生。吁嗟乎！與人交而先其憂，况君臣之際乎？公爲大理寺丞，决諸道滯獄萬七千人，天下服其平。武衛將軍權善才坐伐昭陵栢，高宗命戮之，公抗奏不屈，上怒曰：『彼致我不孝！』左右築〔一〕公令出，公前曰『陛下以一樹而殺一將軍，張釋之所謂：「假有盗長陵一抔土，則將何法以加之？」臣豈敢奉詔，陷陛下於不道？』帝意解，善才得恕死。吁嗟乎！執法之官患在少恩，公獨愛君以仁，何所存之遠乎！高宗幸汾陽宫，道出妬女祠下。彼俗謂盛服過者，必有風雷之灾。并州發數萬人，别開御道。公爲知頓使，曰：『天子之行，風伯清塵，雨師灑道，彼何害哉？』遽命罷其役。又公爲江南巡撫使，奏毁淫祠千七百所〔二〕，所存惟夏禹、太伯、季子、伍員四廟，曰〔三〕：『安使無功血食，以亂明哲之祠乎？』吁嗟乎！神猶正之，而况於人乎？

公爲寧州刺史，能撫戎夏，郡人紀之碑文。及遷豫州，會越王亂後，緣坐七百人，籍没者五千口。有使促行刑，公緩之，密表以聞曰：『臣言，似理逆人；不言，則辜陛下好生之意。表成復毁，意不能定。彼咸非本心，唯陛下矜焉。』勑貸之，流于九原郡。道出寧州舊治，父老迎而勞之曰：『我狄史〔四〕君活汝輩耶！』相携哭于碑下，齋三日而去。吁嗟乎！古謂民之父母，如公則過焉。斯人也，死而生之，豈父母之能乎？時宰相張光輔率師平越王之亂，將士貪暴，公拒之不應。光輔怒曰：『州將忽元帥耶？』對曰：『公以三十萬衆，除一亂臣，彼脅從輩，聞王師來，乘城〔五〕而降者萬計。公縱暴兵，殺降以爲功，使無辜之人，肝膽塗地。如得尚方斬馬劍，加於君頸，雖死無恨。』光輔不能屈，奏公不遜，左遷復州刺史。吁嗟乎！孟軻有言：威武不能挫，是爲大丈夫。其公之謂乎！

爲地官侍郎、同鳳閣鸞臺平章事，爲來俊臣誣構下獄。公曰：『大周革命，萬物惟新，唐朝舊臣，甘從誅戮。』因家人告變得免死，貶彭澤令。獄吏嘗抑公誣引楊執柔，公曰：『天乎！吾何能爲？』以首觸柱，流血被面，彼懼而謝焉。吁嗟乎！陷穽之中，不義不爲，况廟堂之上乎？

契丹陷冀州，起公爲魏州刺史以禦焉。時河朔震動，咸驅民保郛郭。公至，下令曰：『百姓復爾業，寇來吾自當之。』狄聞風而退，魏人爲之立碑。未幾入相，請罷戍疏勒等四鎮，以肥中國。又請罷安東，以息江南之饋輸，識者韙之。北狄再寇趙、定間，出公爲河北道元帥，狄退就命。公爲安撫大使，前爲突厥所脅從者，咸逃散山谷，公請曲赦河北諸州，以安反側，朝廷從之。吁嗟乎！四方之事，知無不爲，豈虚尚清談而已乎？

公在相日，中宗幽房陵，則天欲立武三思爲儲嗣，一日問群臣可否。衆稱賀，公退而不答。則天曰：『廼有異議乎？』對曰：『有之。昨陛下命三思募武士，歲時之間數百人，及命廬陵王代之，數日之間應者十倍。臣知人心未厭唐德。』則天怒，令策出。又一日，則天謂公曰：『我夢雙陸不勝者何？』對曰：『雙陸不勝，宫中無子也。』復命策出。又一日，則天有疾，公入問閤中，則天曰：『我夢鸚鵡雙翅折〔六〕者何？』對曰：『武者，陛下之姓。相王、廬陵王，則陛下之羽翼也，是可折乎？』時三思在側，怒發赤色。則天以公屢言不奪，一旦感悟，遣中使密召廬陵王，矯衣而入，人無知者，乃坐公於簾外而問曰：『我欲立三思，群臣無不可者，惟傒公一言。從之，則與卿長保富貴；不從，則無復得與卿相見矣。』公從容對曰：『太子，天下之本，本一摇而天下動。陛下以一心之欲，輕天下之動哉？太宗百戰取天下，授之子孫，三思何與焉？昔高宗寢疾，令陛下權親軍國。陛下奄有神器數十年，又將以三思爲後，如天下何？且姑與母孰親？子與姪孰近？立廬陵王，則陛下萬歲後，享唐之血食。立三思，則宗廟無祔姑之禮。臣不敢愛死以奉制，陛下其圖焉！』則天感泣，命褰簾使廬陵王拜曰：『今日國老與汝天子。』公哭於地，則天命左右起之，拊公背曰：『豈朕之臣，社稷之臣耶！』已而奏曰：『還宫無儀，孰爲太子？』復置廬陵王於龍門，備禮以迎，中外大悦。吁嗟乎！定天下之業，斷天下之疑，其至誠如〔七〕神，雷霆之威不得而變乎！

則天嘗命公擇人，公曰：『欲何爲？』曰：『可將相者。』公曰：『如求文章，則今宰相李嶠、蘇味道足矣。豈文士齪齪，思得奇才以成天下之務乎？荆州長史張柬之，真宰相才，誠老矣，一朝用之，尚能竭其心。』乃召拜洛州司馬。他日又問人於公，對曰：『臣前言張柬之，雖遷洛州，猶未用焉。』改秋官侍郎。及召爲相，果能誅張易之輩，返正中宗，復則天爲皇太后。吁嗟乎！薄文華，重才實，其知人之深乎！

公之勲德，不可殫言，有論議數十萬言，李邕載之《别傳》。論者謂松栢不夭，金石不柔，受於天焉。公爲大理丞，抗天子而不屈；在豫州日，拒元帥而不下；及居相位〔八〕，而能復廢主以正天下之本，豈非剛正之氣出乎誠性，見於事業？當時優游薦紳之中，顛而不扶，危而不持者，亦何以哉？

仲淹貶守鄱陽，移丹徒郡，道過彭澤，謁公之祠而述焉。又系之云：商有三仁，弗救其滅。漢有四皓，正於未奪。嗚呼！武暴如火，李寒如灰。何心不隨，何力可回？我公哀傷，拯天之亡。逆長風而孤騫，遡大川以獨航。金可革，公不可革，孰爲乎剛？地可動，公不可動，孰爲乎方？一朝感通，群陰披攘。天子既臣而皇，天下既周而唐。七世發靈，萬年垂光。噫！非天下之至誠，其孰能當？

成都府新建漢文翁祠堂碑

宋祁

蜀之廟食千五百年不絶者，秦李公冰、漢文公翁兩祠而已。冰爲蜀鑿離堆，逐悍水以溉，所及常無旱年。西人德之，因言冰身與水怪鬭，怪不勝死，自是江無暴流，蛟蜃怖藏，人恬以生。故侈大房殿，歲擊羊豕雉魚，伐鼓嘯籥，傾數十州之人，人得侍祠，奔走鼓舞，以娛悦〔九〕神，祝已傳嘏，而後敢安。翁之治蜀，開學校，以《詩》《書》教人，澡熨故俗，長長少少，親親尊尊，百姓順賴。其後司馬相如、王褒、揚雄以文章倡，張寬以博聞顯，嚴遵、李仲元以有道稱，何武入爲三公，漢家號令典章，赫然與三代等。蜀有儒自公始，班固言之既詳。初公爲禮殿，以舍孔子及七十二子之象。殿右廡作石室，舍公象於中。晚漢學焚，有守曰高朕，能興完之，後人又作朕象，進偶公室。歲時長吏率掾屬諸生，奉籩豆饗醪，薦之于前，虔跽謹潔，一再奠而退，辭無敢不信焉。冰以功，公以德，功易見，德難知，故祀雖偕，而優狹異焉。

嘉祐二年，予知益州，徃欵公祠，至則區位湫偪，埃蝕垢蒙，不稱所聞，大懼禮益懈忽，神弗臨享。其明年，乃占學官之西，攻位鳩工，弗亟弗遲，作堂三楹，張左右序及獻廡，大抵若干間，布尋以度堂，累常以度廷，疏窻以快顯，壯闔以嚴閉。采有青丹，陛有級夷，瓦密棟彊，若棘若飛。乃肖公象於宁間，繪相如等於東西壁。本古學之復莫若朕，本今學之盛莫若樞密直學士蔣公堂，故繪二公於其間，皆配祠焉。於是擇日告成於神，揖而升，簠簋、果湆、脯修紛羅而有容，可以告虔。趨而降，罍罇、巾洗、席燎並施而不慁，可以盡儀。相者循循，任者舒舒，禮生於嚴廣，靈妥於閒寂故也。

噫！自公之來，蜀之人自視若鄒魯。宋興，名臣鉅公踵相逮於朝。先帝時，巨盜再作亂，弄庫兵，争劍閣。是時蜀豪英無一污賊者，群頑愁窘，不容喘而滅，非人好忠、家知孝使然耶？所使然者，不自公歟？《傳》曰：『非此族也，不在祀典。』公在之矣。則是祠之作，顧自予而古，無俾壞息云。

祠之興，同尚之賢，則轉運使趙抃及提點刑獄使者凡三人。贊輔之勤，自通判軍州事祝諮以降六人。營董之勞，自兵馬都監毛永保而下二人。咸畫象於西廂，列官里於石陰。銘曰：

公二千石兮守大邦，冠峩峩兮紱斯皇。出有瑞節兮車騎羅，石室孔卑兮人謂何？新堂翼兮耽耽，庭廣直兮序巖巖。吏奉承兮不譁〔一〇〕，神來格兮此其家。儼群賢兮並陳，公所教兮如其仁。庖魚挺兮俎肉鮮，神來享兮憺蜿〔一一〕延。公教在人兮無有頗，蜀賢不乏兮才日多。俗祥順兮孝慈，公祀百世兮庸可知？

文潞公家廟碑文

司馬光

先王之制，自天子至于官師皆有廟。君子將營宮室，宗廟爲先，居室爲後。及秦，非笑聖人，蕩滅典禮，務尊君卑臣，於是天子之外，無敢營宗廟者。漢世，公卿貴人多建祠堂於墓所，在都邑則鮮焉。魏、晋以降，漸復廟制。其後遂著於〔一二〕令，以官品爲所祀世之數差。唐侍中王珪不立私廟，爲執法所糾，太宗命有司爲之營構以耻之，是以唐世貴臣皆有廟。及五代蕩析，士民求生有所未遑，禮頽教隊，廟制遂絶。

宋興，夷亂蘇疲，久而未講。仁宗皇帝閔群臣貴窮公相，而祖禰食於寢，儕於庶人，慶曆元年，因郊祀赦，聽文武官依舊式立家廟。令雖下，有司莫之舉，士大夫亦以耳目不際，往往不知廟之可設於家也。皇祐二年，天子宗祀禮成，平章事宋公奏言：『有司不能推述先典，明諭上仁，因循顧望，遂踰十載，緣偷襲弊，殊可嗟憫。臣嘗因進對，屢聞聖言，謂諸臣專殖第産，不立私廟，睿心至意，形於嘆息。蓋由古今異宜，封爵殊制，因疑成憚，遂格詔書。請下禮官儒臣，議定制度。』於是翰林承旨而下，共奏請自平章事以上立四廟，東宫少保以上三廟，其餘器服儀範，俟更參酌以聞。是歲十二月，詔如其請。既而在職者違慢相仗，迄今廟制卒不立。公卿亦安故習常，得諉以爲辭，無肯唱衆爲之者。獨平章事文公，首奏乞立廟河南。明年七月，有詔可之。然尚未知築構之式，靡所循依。至和初，西鎮長安，訪唐廟之存者，得杜岐公舊迹，止餘一堂四室，及旁兩翼。嘉祐元年，始倣而營之。三年，增置前兩廡及門，東廡以藏祭器，西廡以藏家譜，祊在中門之右，省牲、展饌、滌濯在中門之左，庖廚在其東南，其外門再重，西折而南出。四年秋，廟成。

公以入輔出藩，未嘗踰時安處于洛。元豐三年秋，留守西都，始釁廟而祀焉。一旦授光以家譜曰：『予欲志族世之所從來，及廟之所由立，垂示後昆，而爲我敘其事，欵于石。』光竊惟公追遠復古、率禮興化之盛德，不可以無傳。雖自知不文，不敢辭，謹敘而銘之。

按譜云：文氏之先，出陳公子完，以謚爲氏，與翼祖諱同〔一三〕。至秦有丕，丕生河東太守教，教家平陽。其後有〔一四〕韶，漢末爲揚州刺史，自韶以來，世乃可譜。韶之六世孫頻，後魏末爲太守。頻曾孫顯雋，以別駕從北齊高祖起晉州，就霸業，戰功居多，終兖州刺史。頻之六世孫曰肅，曰君洪。肅仕隋爲潁川郡丞，名列循吏，以公直抗宇文述，老卑秩。君洪從唐高祖起晉陽，爲右衛將軍。太子建成餘黨攻宫門，君洪首奮挺出戰没。頻之八世孫曰暉，曰播。暉相中宗，誅張易之，奪武后天下歸之唐，用仇人讒，謫死嶠南。播有史學，官至給事中。君洪之曾孫羽爲御史中丞。肅之四世孫括爲御史大夫。括孫晦爲太子賓客。晦兄昕爲義成節度使，晫爲散騎常侍，榮冠當時。自顯雋至晦，皆有傳見於史。其家自平陽或遷太平，或遷蒲阪〔一五〕，或遷寶鼎。晦之從父昆弟晤，爲北都留守判官，始居介休。晤生汾州參軍檖，檖生館，館生澤州録事參軍，即公之高祖考也，諱沼。曾祖考諱某，仕後唐，歷晉城、天池、平城三主簿，避晉高祖諱，更其氏曰文，歷崞、太谷二令，漢高祖即位，復舊氏，更名某。漢失天下，其支别者自帝於晉陽，復事之，終嵐州録事參軍。祖考諱某，辟石州幕府，棄官歸鄉里。太宗皇帝平晉陽，召之不起，以廟諱故，復爲文氏。考諱某，以儒學進，歷十三官，所至以彊直勤敏，振利攘害，名聞達，不可掩。判三司開拆磨勘司，終主客郎中，河東轉運使。其治行之詳，見於故平章事晏公、參知政事王公所譔墓誌及碑。公貴，朝廷褒榮三代，贈官皆至太師，中書令兼尚書令，爵燕、周、魏三國公。

廟成，澤州府君爲第一室，夫人某氏配。燕公爲第二室，燕國太夫人宋氏配。周公爲第三室，周國太夫人王氏、越國太夫人郭氏配。魏公居東室，魏國太夫人耿氏、魯國太夫人申氏配。公以廟制未備，不敢作主，用晉荀安昌公祠制作神板，采唐周元陽議，祀以元日，寒食、秋分、冬夏至致齋一日。又以或受詔之四方，不常其居，乃酌古諸侯載遷主之義，作車奉神版以行。此皆禮之從宜者也。其銘曰：

鬱彼喬木，茂于苞根。浩彼長川，發于浚源。矧人之先，云誰敢諼？天佑有宋，誕生哲臣。乃斡樞軸，乃秉鎔鈞。克釐克諧，允武允文。甘陵有妖，悖暴紛囂。公往逍遥，不日而消。仁祖遘疾，群心震慄。公入密勿，四海清謐。出殿方維，爲諸侯師。以惠以綏，不廢其威。至也民悦，去也民思。其思如何？式謡且歌。歌政之和，在洛爲多。謀居之安，疇如得民？公自汾渚，遷于洛滸。允樂兹土，永燕私處。伊水洋洋，山木蒼蒼。是掄是剫，是斷是斵，達於有洛。是相是虞，是卜是諏，是築是捄。是植是扶，是茨是塗，作廟渠渠。新廟既成，室家是營。公曰予居，風雨是幠。勿侈勿崇，予躬是容。人庳公堂，公曰予康。人隘公庭，公曰予寧。人勿予隘，維子孫是賴。人勿予庳，維子孫是利。克恭克儉，予履予視。俾躬之爲美，匪目之爲麗。廟堂既闢，四室有侐。豢牲孔碩，導黍及稷。豆籩既滌，掃灑既備。旨酒既沛，刲牲爲饎。乃薦乃陳，苾苾芬芬。祖考欣欣，百嘏來臻。天錫公祉，强明壽愷。帝錫公禄，崇榮豐泰。天匪公私，公德是宣。帝匪公優，公德[一六]是疇。公拜稽首，揚天子之休。思純終始，式詒孫子。子子孫孫，勿替勿忘。時奉烝嘗，保公之烈光！

澶州靈津廟碑文

孫洙[一七]

熙寧十年秋，大雨霖，河洛皆溢，濁流洶湧，初懷孟津浮梁，又北注汲縣，南泛胙城。水行地上，高出民屋。東郡左右，地最迫隘，土尤疏惡。七日乙丑，遂大決於曹村下埽。先是積年稍背去，吏惰不虔，楗積不厚，主者又多以護埽卒給它役，在者十纔一二，事失備豫，不復可補塞。隄南之地，斗絶三丈，水如覆盎破缶，從空而[一八]下。壬申，澶淵以河絶流聞。河既盡徙而南，廣深莫測，坼岸東匯於梁山張澤濼，然後派别爲二，一合南清河以入於淮，一合北清河以入於海。大川既盈，小川皆潰，積潦猥集，鴻洞爲一。凡灌郡縣九十五，而濮、齊、鄆、徐四州爲尤甚，壞官亭民舍鉅數萬，水所居地爲田三十萬頃。

天子哀憫元元，爲之旰食。初遣公府掾往，俾之循視，又遣御史往，委之經制，虚倉廩，開府庫，以振救之。徙民所過無得呵，吏謹視遇不使失職。假官地予民，使之耕，而民不至於太轉徙。質私牛於官，貸之牛，而牛不至於盡殺食。其蠲除約省，勞來安集，凡以除民疾苦，其事又數十，然後人得不陷於死亡矣。

天子乃與公卿大議塞河。初，獻計者有欲因其南潰，順水所趨，築爲隄，河輸入淮海。天子按圖書，準地形，覽山川，視水勢，以謂河所泛溢，綿地數州，其利與害，可不熟計？今乃欲捐置舊道，創立新防，棄已成而就難冀，憚暫費而甘長勞，夾大險，絶地利，使東土之民爲魚鼈食，謂百姓何？國家之事，固有費而不可省，勞而不獲已者也。天贊聖意〔一九〕，聖與神謀，詔以明年春作始修塞。乃命都水吏考事期，審功用，計徒庸，程畚築，峙餱糧，伐薪石。異時治河，皆户調楗，民多賤鬻貨産，巧爲逃匿。上慮人習舊常，而胥動以浮言也，先期戒轉運使，明諭所部，告之以材出於公，秋毫不以煩民，然後民得安堵矣。物或闕供，皆厚價和市，材須徙運，皆官給僦費。唯是丁夫，古必出於民者，乃賦諸九路，而以道里爲之節適。凡郡去河頗遠者，皆免其自行，而聽其輸錢以雇吏，則衆雖費，可不至於甚病，而役雖勞，可不至於甚疲矣。

材既告備矣，工既告聚矣。明年，立號元豐，天子遣官以牲玉祭於河，而以閏正月丙戌首事。方河盛決時，廣六百步，既更冬春，益侈大，兩涘之間，遂踰千步。始於東西簽爲隄以障水，又於旁側闕爲河以脱水，流渠爲雞距以釃水横水，爲鋸牙以約水，然後河稍就道，而人得奏功矣。既左右隄彊，而下方益傷矣。初仞河深得一丈八尺，白水深至百一十尺，奔流悍甚，薪且不屬，士吏失色。主者多疾置聞，請調急夫，盡徹諸埽之儲，以佐其乏。天子不得已，爲調於旁近郡，俾得蠲來歲春夫以紓民，又以廣固壯城卒數千人徃奔命，悉發近埽積貯，而又所蓄薦食稾數十萬以赴之。詔切責塞河吏，於是人益竭作，吏亦畢力，俯瞰回淵，重埽九緷而夾下之。四月丙寅，河槽合，水勢頗却，而埽下湫流尚駃，隄若浮寓波上，萬衆環視，莫知所爲。先是運使創立新意，制爲横埽之法，以遏絶南流。至是天子猶以爲意，屢出細札，宣示方略，加精致誠，潛爲公禱，祥應感發，若有靈契。五月甲戌朔，新隄忽自定武還北流，奏至，群臣入賀，告類郊廟，勞饗官師，遂大慶賜。自督師而下，至於勤事小吏，頒器幣各有差，第功爲三品，各以次增秩焉。濮、齊、鄆、徐四州守臣，以立隄救水，城得不没，皆賜璽加奬。吏卒自下揵，至竣事而歸，凡特支庫錢者四。

初，天子閔徒之遭［二〇］癘者，連遣太醫十數輩往救治之，以車載藥而行。春尚寒，賜以襦袍；天初暑，給以臺笠。人悦致力，用忘其勞。於是又命籍其物故者，厚以分卹其家；逃亡者，聽自出以貫編户；乘急出夫者，蠲春徭一歲有半，仁沾而恩洽矣。

自役興至於隄合，爲日一百有九，丁三萬，官徤作者無慮十萬人。材以數計之，爲一千二百八十九萬，費錢米合三十萬。隄百一十有四里，詔名埽〔二二〕曰靈平，立廟曰靈津，歸功於神也。方天子憂埽於合未固，水道内訌，上下惴恐。俄有赤蛇游於埽上，吏置蛇于盆，祝而放之，蛇亡而河塞。天子聞而異之，命褒神以顯號，而領於祠官，曲加禮焉。

有詔臣洙作爲廟碑，以明著神貺。臣洙竊迹漢、唐而下，河決常在於曹、衛之域，而列聖以來，泛澶淵爲尤數。雖時異患殊，而成功則一。然必曠歲歷年，窮力殫費，而後僅有克濟，固未有洪流横潰，經費移徙，不踰二年，一舉而能塞者也。何則？孝武瓠子，甚可患也，考今所決，適直其地，而害又逾於此焉。然宣房之塞，遠逾三十年，費累億萬計，乃至於天子親臨沈玉，從官咸使負薪，作爲歌詩，深自鬱悼，其爲艱久，亦已甚矣。視往揆今，則知聖功博大閎遠，古未有也。嗚呼！河之爲利害大矣，功定事立，夫豈易然哉？主吏誠能揆明詔，規永圖，不苟務裁費，徑役以日爲功，而使官無曠職，卒無乏事，繕治廢隄，常若水至，庶幾河定民安，無決溢之患矣。臣洙既奉詔爲廟金石刻，因得述明天子所以禦灾捍患，計深慮遠，獨得於聖心，而成是殊尤絶迹，遂及治河曲折，在官調度，與夫小大獻力，内外協心，概見其力〔二三〕，使後世有考焉。臣洙謹拜手稽首而獻文曰：

渾渾河源，導自積石。逆折而東，久輒羡溢。維古神禹，行水地中。順則所適，不爲防庸。降及戰國，瀕齊趙魏。陂障以流，與水争地。釃爲之渠，利用灌溉。水無所由，因數爲敗。由漢迄今，千三百歲。出地而行，患又滋大。明明天子，纘堯禹服。恩均蠻貊，澤潤草木。丁巳孟秋，淫雨漏河。河徙而南，千里濤波。天子曰咨，水實儆予。勤民之力，其得已乎？申命群司，鳩材庀工。上志先定，庶言則同。人樂輸費，吏罔〔二三〕遺力。聖誠感通，河即順塞。鉅野既瀦，淮泗既道。川無狂瀾，民得烝罩。東土其乂，徐方復寧。芒芒原隰，既夷且平。水所漸地，更爲沃野。人恣田牧，施及牛馬。三〔二四〕寧士女，相與歌呼。微我聖功，人其爲魚！四郡守臣，舞蹈上章。微我聖功，城其爲隍！帝釐山川，魚獸咸若。萬方歸之，如水赴壑。凡厥士吏，迨及庶民。其謹護視，烝徒孔勤。維是湯河，作固京室。在庭靡思〔二五〕，聖獨前識。九類攸叙，六府允脩。丕冒日出，覃被海陬。歸惠爾神〔二六〕，落此〔二七〕新廟。春秋承祀，以祈靈保。臣洙作頌，本原休功。刻是樂石，攄之無窮。〔二八〕

校勘記

〔一〕『築』，底本空缺，據六十三卷本、麻沙本補。北宋刻本《范文正公文集》、明翻元本《范文正公文集》作『築』。

〔二〕『所』，底本無，據六十三卷本、麻沙本補。北宋刻本《范文正公文集》、明翻元本《范文正公文集》作『所』。

〔三〕『曰』，底本空缺，據六十三卷本、麻沙本補。北宋刻本《范文正公文集》、明翻元本《范文正公文集》作『曰』。

〔四〕『史』，底本作『使』，據六十三卷本、麻沙本改。北宋刻本《范文正公文集》、明翻元本《范文正公文集》作『史』。

〔五〕『城』，底本誤作『賊』，據麻沙本改。北宋刻本《范文正公文集》、明翻元本《范文正公文集》作『城』。

〔六〕『翅折』，底本作『折翅』，據六十三卷本、麻沙本改。北宋刻本《范文正公文集》、明翻元本《范文正公文集》作『翅折』。

〔七〕『如』，底本作『至』，據六十三卷本、麻沙本、二十七卷本改。北宋刻本《范文正公文集》、明翻元本《范文正公文集》作『如』。

〔八〕『位』，底本作『公』，據六十三卷本、麻沙本、二十七卷本改。北宋刻本《范文正公文集》、明翻元本《范文正公文集》作『位』。

〔九〕『娱悦』，底本作『悦娱』，據六十三卷本、麻沙本、二十七卷本改。

〔一〇〕『不諱』，底本空缺，據六十三卷本、麻沙本、二十七卷本補。

〔一一〕『蜿』，麻沙本作『冤』。

〔一二〕『於』，底本作『爲』，據六十三卷本、麻沙本、二十七卷本改。宋本《温國文正公文集》作『於』。

〔一三〕『諱同』，底本作『同諱冂』，殆疑而未定，據六十三卷本、麻沙本、二十七卷本改。宋本《温國文正公文集》作『諱同』。

〔一四〕『有』，底本作『言』，據麻沙本改。宋本《温國文正公文集》作『有』。

〔一五〕『阪』，底本作『版』，據六十三卷本、麻沙本、二十七卷本改。宋本《温國文正公文集》作『阪』。

〔一六〕『德』，底本僅存『德』字前八畫，六十三卷本、麻沙本、二十七卷本作『勲』，宋本《温國文正公文集》作『德』，據以補。

〔一七〕本篇作者名氏，底本無，據六十三卷本、麻沙本、二十七卷本補。
〔一八〕『而』，底本作『中』，據六十三卷本、麻沙本、二十七卷本改。
〔一九〕『意』，底本作『德』，據六十三卷本、麻沙本、二十七卷本改。
〔二〇〕『遭』，麻沙本作『遘』。
〔二一〕『埽』，底本無，據六十三卷本、麻沙本、二十七卷本補。
〔二二〕『其力』，底本『力』字空缺，據六十三卷本、麻沙本、二十七卷本補。
〔二三〕『吏罔』，底本空缺，據六十三卷本、麻沙本、二十七卷本補。
〔二四〕『三』，底本作『盈』，據六十三卷本、麻沙本、二十七卷本改。
〔二五〕『靡思』，底本空缺，二十七卷本殘存一『靡』字，據六十三卷本、麻沙本補。
〔二六〕『神』，底本空缺，二十七卷本殘缺，據六十三卷本、麻沙本補。
〔二七〕『落此』，底本空缺，二十七卷本殘存一『此』字，據六十三卷本、麻沙本補。
〔二八〕以上自『洙作頌』至本篇篇末，底本空缺，二十七卷本殘存『作頌，本』『刻是樂石，攄之無窮』十一字，據六十三卷本、麻沙本補。

新校宋文鑑卷第七十七

校者按：底本此卷抄配，據六十三卷本、麻沙本刻卷校改。

碑文

表忠觀碑文

蘇軾

熙寧十年，十月戊子，資政殿大學士右諫議大夫知杭州軍州事臣抃言：『故吴越國王錢氏墳廟，及其父祖妃夫人子孫之墳，在錢塘者二十有六，在臨安者十有一，皆蕪廢不治，父老過之，有流涕者。謹按，故武肅王鏐始以鄉兵破走黄巢，名聞江淮，復以八都兵討劉漢宏，并越州，以奉董昌，而自居於杭。及昌以越叛，則誅昌而并越，盡有浙東西之地。傳其子文穆王元瓘，至其孫忠顯王仁佐，遂破李景兵，取福州，而仁佐之弟忠懿王俶又大出兵攻景，以迎周世宗之師，其後卒以國入覲。三世四王，與五代相終始。天下大亂，豪傑蜂起，方是時，以數州之地盜名字者，不可勝數，既覆其族，延及於無辜之民，罔有孑遺。而吴越地方千里，帶甲十萬，鑄山煑海，象犀珠玉之富，甲於天下，然終不失臣節，貢獻相望於道，是以其民至於老死不識兵革，四時嬉遊，歌鼓之聲相聞，至於今不廢，其有德於斯民甚厚。皇宋受命，四方僭亂，以次削平，而蜀、江南負其嶮遠，兵至城下，力屈勢窮，然後束手。而河東劉氏，百戰守死以抗王師，積骸爲城，釃血爲池，竭天下之力，僅乃克之。獨吴越不待告命，封府庫，籍郡縣，請吏于朝，視去其國如去傳舍，其有功於朝廷甚大。昔竇融以河西歸漢，光武詔右扶風脩理其父祖墳塋，祠以太牢。今錢氏功德，殆過於融，而未及百年，墳廟不治，行道傷嗟，甚非所以勸獎忠臣，慰答民心之義也。臣願以龍山廢佛祠曰妙因院爲觀，使錢氏之孫爲道士曰自然者居之，凡墳廟之在錢塘者，以付自然，其在臨安者，以付其縣之浄土寺僧曰道微，歲各度其徒一人，使世掌之。籍其地之所入，以時脩其祠宇，封殖其草木。有不治者，縣令丞察之，甚者易其人。庶幾永終不墜，以稱朝廷待錢氏之意。臣抃昧死以聞。』制曰：『可。』其妙因院改賜名曰表忠觀。銘曰：

天目之山，苕水出焉。龍飛鳳舞，萃於臨安。篤生異人，絶類離群。奮挺大呼，從者如雲。仰天誓江，月星晦蒙。强弩射潮，江海爲東。殺宏誅昌，奄有吴越。金券玉册，虎符龍節。大城其居，包落山川。左江右湖，控引島蠻。歲時歸休，以燕父老。曄如神人，玉帶毬馬。四十一年，寅畏小心。厥篚相望，大貝南金。五朝昏亂，罔堪託國。三王相承，以待有德。既獲所歸，弗謀弗咨。先王之志，我維行之。天胙忠孝，世有爵邑。允文允武，子孫千億。帝謂守臣，治其祠墳。毋俾樵牧，愧其後昆。龍山之陽，巋焉新宫。匪私于錢，唯以勸忠。非忠無君，非孝無親。凡百有位，視此刻文。

上清儲祥宮碑

蘇軾

元祐六年，六月丙午，制詔臣軾：『上清儲祥宮成，當書，其書之石。』臣軾拜手稽首言曰：『臣以書命，待罪北門，記事之成職也。然臣愚不知宮之所以廢興，與凡材用之所從出，敢昧死請。』乃命有司具其事，以詔臣軾。

始太宗皇帝以聖文神武，佐太祖定天下。既即位，盡以太祖所賜金帛，作上清宮朝陽門之內，旌興王之功，且爲五代兵革之餘，遺民赤子，請命上帝。以至道元年正月宮成，民不知勞，天下頌之。至慶曆三年十二月，有司不戒於火，一夕而燼，自是爲荆棘瓦礫之場，凡三十七年。元豐二年二月，神宗皇帝始命道士王太初居宮之故地，以法籙符水爲民禳禬，民趨歸之，稍以其力脩復祠宇。詔用日者言，以宮之所在爲國家子孫地，乃賜名上清儲祥宮，且賜度牒與佛廟神祠之遺利，爲錢一千七百四十七萬。又以官田十四頃給之。刻玉如漢張道陵所用印，及所被冠佩劍履以賜太初，所以寵之者甚備。宮未成者十八而太初卒，太皇太后聞之，喟然〔一〕歎曰：『民不可勞也，兵不可役也，大司徒錢不可發也，而先帝之意不可以不成！』乃敕禁中供奉之物，務從約損，斥賣珠玉以巨萬計，凡所謂以天下養者，悉歸之儲祥，積會所賜，爲錢一萬七千六百二十八萬，而宮乃成。內出白金六千三百餘兩，以爲香火瓜華之用。召道士劉應真嗣行太初之法，命入內供奉官陳衍典領其事。起四年之春，訖六年之秋，爲三門兩廡，中大殿三，旁小殿九，鍾經樓二，石壇一。建齋殿於東，以待臨幸。築道館於西，以居其徒。凡七百餘間，雄麗靖深，爲天下偉觀，而民不知，有司不與焉。嗚呼！其可謂至德也已矣。

臣謹按，道家者流本出於黄帝、老子，其道以清浄無爲爲宗，以虚明應物爲用，以慈儉不争爲行，合於《周易》『何思何慮』、《論語》『仁者静壽』之説，如是而已。自秦、漢以來，始用方士言，乃有飛仙變化之術，《黄庭》《大洞》之法，太上、天真、木公、金母之號，延康、赤明、龍漢、開皇之紀，天皇、太乙、紫微、北極之祀，下至於丹藥、奇技、符籙小數，皆歸於道家。學者不能必其有無，然臣嘗竊論之，黄帝、老子之道本也，方士之言末也，脩其本而末自應。故仁義不施，則《韶》《濩》之樂不能以降天神；忠信不立，則射鄉之禮不能以致刑措。漢興，蓋公治黄老，而曹參師其言，以謂治道貴清静而民自定，以此爲政，天下歌之曰：『蕭何爲法，講若畫一。曹參代之，守而勿失。載其清静，民以寧壹。』其後文景之治，大率依本黄老，清心省事，薄斂緩獄，不言兵而天下富。

臣觀上與太皇太后所以治天下者，可謂至矣！檢身以律物，故不怒而威；損利以予民，故不藏而富。屈己以消兵，故不戰而勝；虚心以觀世，故不察而明。雖黄帝、老子，其何以加此？本既立矣，則又惡衣菲食，卑宫室，陋器用，斥其羸餘，以成此宫，以上終先帝未究〔二〕之志，下以爲子孫無疆之福。宫成之日，民大和會，鼓舞謳歌，聲聞於天。天地喜答，神祇來格，祝史無求，福禄自至。時萬時億，永作神主。故曰修其本而末自應，豈不然哉！

臣既書其事，皇帝若曰：『大哉！太祖之功，太宗之德，神宗之志，而聖母成之。汝作銘詩，而朕書其首曰「上清儲祥宮碑」。』臣軾拜手稽首，獻銘曰：

天之蒼蒼，正色非耶？其視下也，亦若斯耶？我作上清儲祥之宮，無以來之，其肯我從？元祐之政，媚於上下，何脩何營？曰是四者，民懷其仁，吏服其廉。鬼畏其正，神予其謙。帝既子民，維子之視。云何事帝，而瘠其子？允哲文母，以公滅私。作宮千柱，人初不知。於皇祖宗，在帝左右。風馬雲車，從帝來狩。閱視新宮，察民之言。佑我文母，及其孝孫。孝孫來饗，左右耆耇。無競惟人，以燕我後。多士爲祥，文母所培。我膺受之，篤其成材。千石之鍾，萬石之簴。相以銘詩，震于四海。

伏波將軍廟碑

蘇　軾[三]

漢有兩伏波，皆有功德於嶺南之民。前伏波，邳離路侯也；後伏波，新息馬侯也。南越自三代不能有，秦雖遠通置吏，旋復爲夷。邳離始伐滅其國，開九郡。然至東漢，二女子側、貳反海南，震動六十餘城。時世祖初平天下，民勞厭兵，方閉玉關，謝西域，况南荒何足以辱王師？非新息苦戰，則九郡左衽至今矣。由此論之，兩伏波廟食於嶺南均也。古今所傳，莫能定於一。自徐聞渡海適朱崖，南望連山，若有若無，杳杳一髮耳，艤舟將濟，眩栗喪魄。海上有伏波祠，元豐中詔封忠顯王，凡濟海者必卜焉，曰某日可濟乎？必吉而後敢濟，使人信之，如度量衡石，必不吾欺者。嗚呼！非盛德其〔四〕孰能如此？自漢以來，朱崖、儋耳，或置或否，揚雄有言曰：『朱崖之棄，捐之之力也。否則介鱗易我衣裳。』此言施於當時可也。自漢末至五代，中原避亂之人，多家於此，今衣冠禮樂，蓋班班然矣，其可復言棄乎？四州之人，以徐聞〔五〕爲咽喉，南北之濟者，以伏波爲指南，事神其可不恭？軾以罪謫儋耳三年，今乃獲還海北，往反皆順風，無以答神貺，乃碑而銘。銘曰：

至險莫測海與風，至幽不仁此魚龍。至信可恃漢兩公，寄命一葉萬仞中。自此而南洗汝胷，撫循民夷必清通。自此而北端汝躬，屈伸窮達常正忠。生爲人英歿愈雄，神雖無言我意同。

記

來賢亭記

柳　開

人之學業、文章、行事烈烈有稱者，雖前古而生，孰不願與之游，恨乎己之後時而出也！同世而偕立，並能而齊名，則反有不相識相知者，亦有識而不知者。吾觀乎斯二者，經史子集之中，或絶言而不相談，或曾言而不相周，有之多矣。吾静思之，未嘗不爲惜。是夫當時力不相及者乎？是夫當時義不相賓者乎？因而誨人，吾所以異是于世矣，乃作此亭在東郊。厥有意乎？命曰來賢也，吾欲舉天下之人與吾同道者，悉相識而相知也。有能聞于吾，欲信而來于是也；有未聞于吾，欲知而來于是也。有先達于吾者，吾欲趨而來于是也；有後進于吾者，吾欲誘而來于是也。有務勝于吾者，吾欲讓而來于是也；有推退于吾者，吾欲尊而來于是也。大者吾將仰之，小者吾將俯之；貴者吾將奉之，賤者吾將崇之。極吾心而盡于世，合吾道而比于時。嗚呼！若曰子將來賢之徒于人，人將來賢之名于子者，吾又非斯志也。蓋欲夫是亭也，不獨如前言而已耳，亦將化今而警古矣。

待漏院記

王禹偁

天道不言，而品物亨、歲功成者，何謂也？四時之吏，五行之佐，宣其氣矣。聖人不言，而百姓親萬邦寧者，何謂也？三公論道，六卿分職，張其教矣。是知君逸于上，臣勞于下，法乎天也。古之善相天下者，自咎、夔至房、魏，可數也，是不獨有其德，亦皆務於勤爾，況夙興夜寐以事一人？卿大夫猶然，況宰相乎？

朝廷自國初因舊制，設宰相待漏院于丹鳳門之右，示勤政也。至若北闕向曙，東方未明，相君啓行，煌煌火城，相君至止，噦噦鑾聲。金門未闢，玉漏猶滴，徹蓋下車，于焉以息。待漏之際，相君其有思乎？其或兆民未安，思所泰之；四夷未附，思所來之。兵革未息，何以弭之；田疇多蕪，何以闢之？賢人在野，我將進之；佞臣立朝，我將斥之。六氣不和，災眚荐至，願避位以禳之。五刑未措，欺詐日生，請脩德以釐之。憂心忡忡，待旦而入。九門既啓，四聰甚邇，相君言焉，時君納焉。皇風于是乎清夷，蒼生以之而富庶。若然，總百官，食萬錢，非幸也，宜也。其或私讎未復，思所逐之；舊恩未報，思所榮之。子女玉帛，何以致之；車馬器玩，何以取之？姦人附勢，我將陟之；直士抗言，我將黜之。三時告災，上有憂色，構巧詞以悦之。群吏弄法，君聞怨言，進諂容以媚之。私心慆慆，假寐而坐。九門既開，重瞳屢回，相君言焉，時君惑焉。政柄于是乎隳哉，帝位以之而危矣。若然，則死下獄，投遠方，非不幸也，亦宜也。是知一國之政，萬人之命，懸於宰相，可不慎歟！復有無毁無譽，旅進旅退，竊位而苟禄，備員而全身者，亦無所取焉。

棘寺小吏王禹偁爲文，請誌院壁，用規於執政者。

竹樓記

王禹偁

黄岡之地多竹，大者如椽。竹工破之，刳去其節，用代陶瓦，比屋皆是，以其價廉而工省也。子城西北隅，雉堞圮毁，蓁莽荒穢，因作小竹樓二間，與月波樓通。遠吞山光，平挹江瀨，幽閴遼敻，不可具狀。夏宜急雨，有瀑布聲。冬宜密雪，有碎玉聲。宜鼓琴，琴調虚暢。宜詠詩，詩韻清絶。宜圍棊，子聲丁丁然。宜投壺，矢聲錚錚然。皆竹樓之所助也。

公退之暇，披鶴氅，戴華陽巾，手執《周易》一卷，焚香默坐，銷遣世慮。江山之外，第見風帆沙鳥，煙雲竹木而已。待其酒力醒，茶煙歇，送夕陽，迎素月，亦謫居之勝概也。彼齊雲、落星，高則高矣；井幹、麗譙，華則華矣。止於貯妓女，藏歌舞，非騷人之事，吾所不取。

吾聞竹工云：『竹之爲瓦，僅十稔；若重覆之，得二十稔。』噫！吾以至道乙未歲，自翰林出滁上；丙申，移廣陵；丁酉，又入西掖；戊戌歲除日，有齊安之命，己亥閏三月到郡。四年之間，奔走不暇，未知明年，又在何處。豈懼竹樓之易朽乎？幸後之人與我同志，嗣而葺之，庶斯樓之不朽也。咸平二年八月十五日記。

河南縣尉廳壁記

張　景

縣尉能禦盜，而不能使民不爲盜。盜賊息，非尉之能；盜賊繁，過不在乎尉矣。上失其平，下苦其情，弱者困死，彊者偷生，盜之常也，豈樂爲盜哉？無竭民力，民心安逸，無盡民物，民利豐實。居鄉聚族，有良有睦，履詐迹僞，有責有愧，民之常也，孰肯爲盜哉？故曰能與過，不在乎尉，在時政之得失爾！若夫平鬭訟，懾凶狡，惟盜是禦者，尉之職也。苟失其人，則貪殘誣枉，民不勝弊，反甚於盜焉。今郡縣至廣，庸不知所得者幾何人哉？太原王昭度，字世範，登進士第，爲河南尉，尉之職無所不舉焉。雖然，誠不足展世範之才，顧其所得，亦斯民幸矣。世範與景有舊，因求記刻於廳壁，庶有信於後，於是乎書。

亳州法相院鐘記

穆 脩

古之爲鐘，其用大矣。《樂記》稱黄鍾、大吕，又《春秋傳》稱師有鐘鼓曰伐，則是既爲大樂之備，又爲征伐之具。其用之大樂，可以調陰陽，感人神，導天地之和。用之軍旅，可以讐不軌，懼不庭，張邦國之威。考是二者，則鐘爲禮樂征伐之器久矣。三代之際，以及秦、漢，皆不變其用。

今是鐘也，專爲釋氏之器，亦從可知也。東漢之運將季，西域之法聿來，流晋、宋而益崇〔六〕，涉齊、梁而大盛。率天下而從其教，擬王者而闢其居。無王公，無士民，無高卑貴賤，豈〔七〕不從而信奉之，不從而依歸之，以求其福報乎如是，則盛矣，大矣，佛之爲法也！既與中國聖人之道並行於時，則所謂禮樂、征伐之器者，安得不入於佛之宫哉？佛之宫，其徒群棲而旅集，多者數百人而居之，其朋既繁，不常厥處，將齊彼衆，非言得通，則必聲物以齊之。求物聲宏達而及遠者，莫踰於鐘，是知鐘爲佛宫之用，其在此乎！

亳州法相禪院有主院僧海宣者，謹行之僧，能勤以募衆，崇揭土木，門堂殿廡，總百餘間，多宣師所葺也。聚徒侁侁，資膳悉備，警旦暮者，其闕惟鐘。州人時氏，豐財好佛之士也，一日詣宣師，復謀曰：『一鐘費用且幾何？願輸其貲，獨營斯善。』師即計其用度告之，遂以錢若干畀師。復謂曰：『鐘之成也，匪高弗居，則并請爲居鐘之樓。』以此土不産美材，因命僧海真南抵於舒，便其材木，匠爲成構而離之。自舒及譙，使以舟力，雖皆出時氏，然能減費便事者，蓋二師心計運度之謀也。天聖元年春，始召鐘人，與其鼓鑄，液波金錫，一冶而成。鐘事既立，樓材亦至，建於殿南東偏，居鐘於上。層甍翬飛，雙欒鯨震，嶷嶷崇構，上凌煙空，琅琅洪音，遠落霄外。于以壯觀精宇，于以號令群緇，日叩焉，使思其所以息，晦明風雨，罔迷厥時。

據釋氏言，鐘之聲，扣之可以上極天界，下洞幽泉，導死者冥昧之魂，出地獄沉淪之苦。故死者之家，嘗賂金帛衣物，求擊其響。若如其説，則非獨用之節昏曉，戒食寢而已，又復能售極苦之資，助釋氏之費焉。鐘不可闕于佛宫，明矣。

静勝亭記

穆脩〔八〕

州郡有兵馬監押〔九〕，職設令代，專督州下姦〔一〇〕争火盗，洎軍籍庫兵、商征酒榷之事，則皆與守同管署，自政賦財幣、刑罰獄訟之煩，則一不關及。其職位優，其務守簡，蓋士之階武而升者，非歷勞久十餘年，不被兹命。凡尸之者，能持謹常，不失局事，鉅細不絶筆，可否歸之州，足爲稱任，雖材且無所施。顧或每每好用自擾，以招權樹威而病其職者多矣。

潁川陳君永錫，始以公侯裔，縻迹落武，一再遷爲右侍禁，蓋漢之郎將類也，來監蔡〔一一〕之郡戎。爲人力文服古，而雅任闊達，樂所守無事，唯比旦一過廳，還則擁書自娱。常言：『吾職甚逸，吾性加踈，思得灑然空曠一宇，爲寄適之地，盡糞除耳目俗譁，而休吾心焉。』廨中舊有亭，其制卑而久，爲之易去故材，俾豐宏之。前數十步間，夾樹畹蔬蹊果，果外先峙射堋。堋豈清趣中宜有哉？然於亭遠甚，不大與亭害，故亦不廢，存之。亭成，君謀予以名，予請以静勝名〔一二〕亭。陳君之飾是亭，豈志於静者耶？

夫静之閫，仁人之所以居心焉。在心而静，則可以勝視聽思慮之邪。邪不勝，心乃誠，心誠性明，而君子之道畢矣。惟陳君能有是道，故名是亭。人苟不果其道，名無益也，是亡實而守空器也，不與夫盗名而居者比歟？後之挈斯職，據斯亭者，亦復能悦静而思勝乎？苟能善矣，無爲自擾而病其職，以守亭之名，爲亭之媿也。

庭莎記

晏　殊

介清思堂、中讌亭之間隙地，其縱七八步，其横南八步，北十步，以人迹之罕踐，有莎生焉。予守護之卒皆疲癃者，芟薙之役，勞於夏畦。蓋是草耐水旱，樂延蔓，雖拔心隕葉，弗之絶也。予既悦草之蕃廡，而又憫卒之勤瘁。思唐人賦詠，間多有種莎之説，且兹地宛在崇堞，車馬不至，弦匏不設，柔木嘉卉，難於豐茂，非是草也，無所宜焉。於是傍西墉，畫脩徑，布武之外，悉爲莎場，分命騶人，散取增殖，凡三日乃備。援之以舟楫，溉之以甘井，光風四泛，纖塵不驚。

嗟夫！萬彙之多，萬情之廣，大含元氣，細入無間。罔不禀和，罔不期適。因乘而晦用，其次區别而顯仁。措置有規，生成有術。失之則斁，獲之則康。兹一物也，從可知矣。乃今遂二性之域，去兩傷之患，偃藉吟諷，無施〔一三〕不諧。然而人所好尚，世多同異。平津客館，尋爲馬厩；東漢學舍，間充園蔬。彼經濟所先，而汙隆匪一，矧兹近玩，庸冀永年？是用刊辭琬珉〔一四〕，庶通賢君子，知所留意，儻與我同好，庶幾不剪也。

岳陽樓記

范仲淹

慶曆四年春，滕子京謫守巴陵郡。越明年，政通人和，百廢具興，乃重脩岳陽樓，增其舊制，刻唐賢今人詩賦於其上，屬予作文以記之。

予觀夫巴陵勝狀，在洞庭一湖。銜遠山，吞長江，浩浩湯湯，横無際涯。朝暉夕陰，氣象萬千。此則岳陽樓之大觀也，前人之述備矣。然則北通巫峽，南極瀟湘，遷客騷人，多會於此，覽物之情，得無異乎？若夫霪雨霏霏，連日不開；陰風怒號，濁浪排空；日星隱耀，山岳潛形；商旅不行，檣傾楫摧；薄暮冥冥，虎嘯猿啼。登斯樓也，則有去國懷鄉，憂讒畏譏，滿目蕭然，感極而悲者矣。至若春和景明，波瀾不驚；上下天光，一碧萬頃；沙鷗翔集，錦鱗游泳；岸芷汀蘭，郁郁青青。而或長煙一空，皓月千里；浮光躍金，静影沉璧；漁歌互答，此樂何極！登斯樓也，則有心曠神怡，寵辱偕忘，把酒臨風，其喜洋洋者矣。

嗟夫！予嘗求古仁人之心，或異二者之爲，何哉？不以物喜，不以己悲。居廟堂之高，則憂其民；處江湖之遠，則憂其君。是進亦憂，退亦憂，然則何時而樂耶？其必曰『先天下之憂而憂，後天下之樂而樂』乎！ 噫，微斯人，吾誰與歸？ 時六年九月十五日。

桐廬郡嚴先生祠堂記

范仲淹

先生，光武之故人也，相尚以道。及帝握赤符，乘六龍，得聖人之時，臣妾億兆，天下孰加焉？ 惟先生以節高之。既而動星象，歸江湖，得聖人之清，泥塗軒冕，天下孰加焉？ 惟光武以禮下之。在《蠱》之上九，衆方有爲，而獨『不事王侯，高尚其事』，先生以之。在《屯》之初九，陽德方亨，而能『以貴下賤，大得民也』，光武以之。蓋先生之心，出乎日月之上；光武之器，包乎天地之外。微先生，不能成光武之大；微光武，豈能遂先生之高哉？ 而使貪夫廉，懦夫立，是有大功於名教也。仲淹來守是邦，始構堂而奠焉，廼復爲其後者四家，以奉祠事。又從而歌曰：

雲山蒼蒼，江水泱泱。先生之風，山高水長。

校勘記

〔一〕『喟然』，底本空缺，據六十三卷本、麻沙本補。宋本《經進東坡文集事略》作『喟然』。

〔二〕『究』，底本空缺，據麻沙本補，六十三卷本作『窺』。宋本《經進東坡文集事略》作『究』。

〔三〕作者名氏，底本無，據六十三卷本、麻沙本補。

〔四〕『其』，底本無，據六十三卷本、麻沙本補。明成化刊本《蘇文忠公全集》作『其』。

〔五〕『聞』，底本空缺，據六十三卷本、麻沙本補。明成化刊本《蘇文忠公全集》作『聞』。

〔六〕『崇』，底本作『宗』，據麻沙本改。述古堂影宋鈔本《河南穆公集》作『崇』。

〔七〕『豈』，底本作『莫』，據六十三卷本、麻沙本改。述古堂影宋鈔本《河南穆公集》作『豈』。

〔八〕作者名氏，底本無，據六十三卷本、麻沙本補。

〔九〕『押』，底本空缺，據六十三卷本、麻沙本補。述古堂影宋鈔本《河南穆公集》作『押』。

〔一〇〕『州下姦』，底本作『川□□』，前一字誤，後二字缺，據六十三卷本、麻沙本改補。述古堂影宋鈔本《河南穆公集》作『州中姦』。

〔一一〕『蔡』，底本作『察』，據麻沙本改。述古堂影宋鈔本《河南穆公集》作『察』。

〔一二〕『名』，六十三卷本、麻沙本作『命』。述古堂影宋鈔本《河南穆公集》作『名』。

〔一三〕『施』，底本作『所』，據六十三卷本、麻沙本改。民國宋人集本《元獻遺文》作『施』。

〔一四〕『琬珉』，底本作『珉珉』，據六十三卷本、麻沙本改。民國宋人集本《元獻遺文》作『於石』，注曰：『《文鑑》作琬珉。』

新校宋文鑑卷第七十八

校者按：底本爲刻卷，據六十三卷本、麻沙本刻卷校改。

記

重修五代祖塋域記

韓　琦

唐鎮冀、深、趙等州節度判官朝議郎檢校太子左庶子兼御史中丞賜紫金魚袋諱義賓，琦之五代祖也。初，庶子以博學高節，晦道不仕，而鎮帥太傅王紹鼎雅知其名，屢加禮辟，庶子不得已而起，補節度副記室事。紹鼎卒，其子太尉常山王景崇襲有父鎮，益尊禮庶子，奏授節度掌書記。時巢賊犯闕，僖宗幸劍南，景崇率定帥王處存，合隣道兵入關進討，關輔以平，皆庶子謀也。景崇卒，其子太師鎔，幼嗣父位，府事一咨於庶子。以義結隣帥，内尊王室，朝廷喜之，故恩命累及。以光啓二年八月十四日終於鎮府立義坊之私第，年七十有五。庶子曾祖諱朏，沂州司户參軍。祖諱沛，登州録事參軍。父諱全，隱居不仕。自隱居而上，世葬深州博野蠡吾鄉之北原，博野今爲永寧軍。庶子以龍紀元年十月十五日，復附葬于先塋。夫人崔氏，棣州司馬魯之長女，婦道母訓，爲世儀法，終于天復二年七月十九日，年八十有三。其年八月十七日，歸祔於庶子。生二子，長諱定辭，鎮冀、深、趙等州觀察判官檢校尚書祠部郎中兼侍御史，好學能文，無所不覽。嘗聘燕帥劉仁恭，仁恭命幕吏馬彧以詩贈祠部，頗衒己學。祠部即席詶之曰：『崇霞臺上神仙客，學辨癡龍藝最多。盛德好將銀筆述，麗辭堪與雪兒歌。』一座愛其辭而不能解，馬大屈服，事具《北夢瑣言》。次諱昌辭，真定府鼓城令，琦之高祖也。爲政有惠愛而不壽，年二十九而亡。生一子，諱璆，廣晋府永濟令，琦之曾祖也。永濟始自鼇吾北原徙鼓城，與夫人張氏之喪，葬于趙州贊皇縣太平鄉之北馬村。先君令公始葬永濟與夫人史氏，暨琦祖太子中允知康州諱構與夫人李氏，于相州安陽縣之豐安村。

自先君之亡，諸子幼而孤，長而薄宦，奔走四方，故但能時奉豐安之祀。其於北馬、鼇吾之塋，則力莫能及。年世殊邈，幾於不能辨識。嘉祐三年，琦始得北馬之塋，一新封植。今年春，遣男忠彦走鼇吾，又得庶子之塋於北原。而先域之西北隅，北距唐河數里之近，嘗經霖潦，暴漲浸淫，及於庶子之塋。且念神靈久宅，不敢改卜，乃於嘉祐八年七月一日，遣孝彦告〔一〕而啓壙，自下以甓實而上，絶沮洳而止。衣衾棺柩，易而新之。然後塞隧廣封，以爲萬世之固。逮遠祖諸塋，率加治葺，翦其荆棘，而易以嘉木，繚其垣墉，而表以高閎。

既襄其事也，遂直書營繕之始末，而納諸壙中，且復誡於子孫曰：夫謹家諜而心不忘于先塋者，孝之大也。惟墳墓祭祀之有託，故以子孫不絶爲重。琦自志於學，每見祖先所爲文字，與家世銘誌，則知寶而藏之。有遺逸者，常精意搜掇，未始少懈，時編緝，寖以大備。其所誌先域之所在，雖距今百有餘年，必思博訪而得之，卒能不墜先業，推及先塋之八世，得以歲時奉事，少慰庸嗣之志。向若家諜之不謹，祖先文字之不得傳，雖有孝於祖先之心，欲究其宅兆而嚴事之，其可得乎？後世子孫，不能勤而知此，則與夫世之絶也何異？子孫其志之！

定州閱古堂記

韓琦

慶曆八年夏五月，天子以河朔地大兵雄而節制不專，非擇帥分治而并撫其民不可，始詔魏、瀛、鎮、定四路，悉用儒帥兼本道安撫使。而定以不肖辱其選，既讓不獲命，至則竭愚修職，尚懼不能稱上所以付與之意。退而思迹古名臣之軌躅，以自策厲，且患其汩於多務，而志之弗虔。會郡圃有壞亭，歲久不葺，於是廣之爲堂。既成，乃摭前代良守將之事實，可載諸圖而爲人法者，凡六十條，繪於堂之左右壁，而以閱古爲堂名。

夫古猶今也，古之人爲屏翰，授鈇鉞，而能成異政立奇功，而今或不能者，何也？蓋其待己也，必賢而足；其報禄也，必利而安。持是以望政成而功立，不其難哉？如曰古人能之，予反不能之，日夜以勉焉，又安有不至者耶？今予之所爲也，誠以己之道未充，而君之禄殊厚，任重塗遠，惟仆踣之是虞，故在燕處之閒，必將監古以自勉。其未至也，則雖紛肴觴，競笳吹，四時之景，交見于前，予方仰而愧，俯而憂，孰知夫樂之爲樂哉？其少進也，則雖吏文之擾懷，邊責之在己，予固得其道而處之，至於幅巾坐嘯，恬然終日，予之所樂，惡有既乎？若其賓客之於斯，僚屬之於斯，不離几席，如閲舊史，俾人人知爲治者莫先於教化，用兵者莫貴於權謀，而俱本之於忠義。功名一立，不獨身享富貴，而慶流家宗，其餘風遺烈，可以被於旂常，傳於簡策，邈千萬世而凜然如存，咸有聳慕之意。不以酣歌優笑之爲樂，而以是爲樂，則予也豈徒己之爲益，是將有益於人。知我者，其以我爲喜爽塏，遂娱賞而已乎？後來之賢，與我同志，必愛尚而增葺之，宜免夫毀圮圬墁之患矣。

峽州至喜亭記

歐陽脩

蜀於五代爲僭國，以險爲虞，以富自足，舟車之迹不通乎中國者，五十有九年。宋受天命，一海内，四方次第平。太祖改元之三年始平蜀，然後蜀之絲枲織文之富，衣被於天下，而貢輸商旅之往來者，陸輦秦鳳，水道岷江，不絶於萬里之外。

岷江之來，合蜀衆水，出三峽，爲荆江，傾折回直，捍怒鬬激，束之爲湍，觸之爲旋。順流之舟，頃刻數百里，不及顧視。一失毫釐，與崖石遇，則糜潰漂没，不見蹤跡。故凡蜀之可以充内府，供京師，而移用乎諸州者皆陸出。而其羡餘不急之物，乃下於江，若棄之然，其爲險且不測如此。夷陵爲州，當峽口，江出峽，始漫爲平流。故舟人至此者必瀝酒再拜，相賀以爲更生。

尚書虞部郎官朱公再治是州之三月，作至喜亭于江津，以爲舟者之停留也，且誌夫天下之大險，至此而始平夷，以爲行人之喜幸。夷陵固爲下州，廪與俸皆薄，而僻且遠，雖有善政，不足爲名譽以資進取。朱公能不以陋而安之，其心又喜夫人之去憂患而就樂易，《詩》所謂『愷悌君子』者矣。自公之來，歲數大豐，因民之餘，然後有作。惠於往來，以館以勞，動不違時，而人有賴。是皆宜書，故凡公之佐吏，因相與謀，而屬筆於脩焉。

畫舫齋記

歐陽脩

予至滑之三月，即其署東偏之室，治爲燕私之居，而名曰畫舫齋。齋廣一室，其深七室，以户相通。凡入予室者，如入乎舟中。其温室之奥，則穴其上以爲明。其虚室之疏以達，則欄檻其兩旁，以爲坐立之倚。凡偃休於吾齋者，又如偃休乎舟中。山石崷崒，佳花美木之植，列於兩簷之外，又似汎乎中流，而左山右林之相映，皆可愛者。故因以舟名焉。

《周易》之象，至於履險蹈難，必曰『涉川』。蓋舟之爲物，所以濟險難，而非安居之用也。今予治齋於署，以爲燕安，而反以舟名之，豈不戾哉？矧予又嘗以罪謫走江湖閒，自汴絶淮，浮於大江，至於巴峽，轉而以入於漢沔，計其水行幾萬餘里，其羈窮不幸而卒遭風波之恐，往往叫號神明，以脱須臾之命者數矣。當其恐時，顧視前後，凡舟之人，非爲商賈，則必仕宦，因竊自歎，以謂非冒利與不得已者，孰肯至是哉？賴天之惠，全活其生。今得除去宿負，列官於朝，以來是州，飽廩食而安署居。追思曩時山川所歷，舟檝之危，蛟黿之出没，波濤之洶欻，宜其寢驚而夢愕，而乃忘其險阻，猶以舟名其齋，豈真樂於舟居者邪？然予聞古之人有逃世遠去江湖之上，終身而不肯反者，其必有所樂也。苟非冒利於險，有罪而不得已，使順風恬波，傲然枕席之上，一日而千里，則舟之行豈不樂哉？顧予誠有所未暇，而舫者宴嬉之舟也，姑以名予齋，奚曰不宜？

予友蔡君謨，善大書，頗怪偉，將乞其大字以題於楹。懼其疑予之所以名齋者，故具以云，又因以置於壁。

襄州穀城縣夫子廟記

歐陽脩

釋奠釋菜，祭之略者也。古者士之見師，以菜爲摯，故始入學者必釋菜，以祀其先師。其學官四時之祭，乃皆釋奠。釋奠有樂無尸，而釋菜無樂，則其又略也，故其禮亡焉。而今釋奠幸存，然亦無樂，又不徧舉於四時，獨春秋行事而已。《記》曰：『釋奠必合樂，國有故則否。』謂凡有國各自祭其先聖先師，若唐虞之夔、伯夷，周之周公，魯之孔子。其國之無焉者，則必合於鄰國而祭之。然自孔子没，後之學者莫不宗焉，故天下皆尊以爲先聖，而後世無以易。學校廢久矣，學者莫知所師，又取孔子門人之高第曰顏回者而配焉，以爲先師。隋、唐之際，天下州縣皆立學，置學官生員，而釋奠之禮遂以著令。其後州縣學廢，而釋奠之禮，吏以其著令，故得不廢。學廢矣，無所從祭，則皆廟而祭之。荀卿子曰：仲尼，聖人之不得勢者也。然使其得勢，則爲堯舜矣。不幸無時而没，特以學者之故，享弟子春秋之禮。而後之人不推所謂釋奠者，徒見官爲立祠，而州縣莫不祭之，則以爲夫子之尊由此爲盛。甚者乃謂生雖不得位，而没有所享，以爲夫子榮，謂有德之報，雖堯舜莫若，何其謬論者歟！

祭之禮以迎尸酌鬯爲盛，釋奠薦饌，直奠而已，故曰祭之略者。其事有樂舞授器之禮，今又廢，則於其略者又不備焉。然古之所謂吉、凶、鄉射、賓燕之禮，民得而見焉者，今皆廢失，而州縣幸有社稷、釋奠、風雨、雷師之祭，民猶得以識先王之禮器焉。其牲酒器幣之數，升降俯仰之節，吏又多不能習，至其臨事，舉多不中而色不莊，使民無所瞻仰。見者殆焉，因以爲古禮不足復用，非師古好學者，莫肯盡心焉。

穀城令狄君栗爲其邑，未逾時，脩〔二〕文宣王廟，易於縣之左，大其正位爲學舍，於其旁藏九經書，率其邑之子弟興於學，然後考圖記，爲俎豆籩篚、罇爵簠簋凡若干，以與其邑人行事。宋興於今八十年，天下無事，方修禮樂，尊儒術，以文太平之功，以謂王爵未足以尊夫子，又加至聖之號以褒崇之，講正其禮，下於州縣。而吏或不能諭上之意，凡有司簿書之所不責者，謂之不急。穀城縣政久廢，狄君居之，朞月稱治，又能遵國典，修禮興學，急其有司所不責者，諰諰然惟恐不及，可謂有志之士矣。

吉州新學記　　歐陽脩

慶曆三年秋，天子開天章閣，召政事之臣八人，問治天下其要有幾，施於今者宜何先，使坐而書以對。八人者皆震恐失位，俯伏頓首，言此非愚臣所能及，惟陛下所欲爲，則天下幸甚！於是詔書屢下，勸農桑，責吏課，舉賢才。其明年，遂詔天下皆立學，置學官之員，然後海隅徼塞、四方萬里之外，莫不皆有學。嗚呼盛矣！學校，王政之本也。古者致治之盛衰，視其學之興廢。《記》曰：國有學，遂有序，黨有庠，家有塾。此三代極盛之時，大備之制也。

宋興蓋八十有四年，而天下之學始克大立，豈非盛美之事，須其久而後至於大備歟？是以詔下之日，臣民喜幸，而奔走就事者以後爲羞。其年十月，吉州之學成。州舊有夫子廟，在城之西北，今知州事李侯寬之至也，謀與州人遷而大之，以爲學舍。事方上請，而詔已下，學遂以成。李侯治吉，敏而有方。其作學也，吉之士率其私錢一百五十萬以助用。人之力積二萬二千工，而人不以爲勞。其良材堅甓之用，凡二十二萬三千五百，而人不以爲多。學有堂筵齋講，有藏書之閣，有賓客之位，有游息之亭，嚴嚴翼翼，壯偉閎耀，而人不以爲侈。既成，而來學者常三百餘人。

予世家於吉，而濫官於朝，進不能贊揚天子之盛美，退不得與諸生揖讓乎其中。然予聞教學之法本於人性，磨揉遷革使趨於善。其勉於人者勤，其入於人者漸。善教者以不倦之勤〔三〕，須遲久之功，至於禮讓興行，而風俗純美，然後爲學之成。今州縣之吏，不得久其職而躬親於教化也，故李侯之績，及於學之立，而不及待其成。惟後之人，無廢慢天子之詔，而怠以中止。幸予他日因得歸榮故鄉，而謁於學門，將見吉之士，皆道德明秀，而可爲公卿。問於其俗，而婚喪飲食皆中禮節。入於其里，而長幼相孝慈於其家。行於其郊，而少者扶其羸老，壯者代其負荷於道路。然後樂學之道成，而得時從先生耆老，席于衆賓之後，聽鄉樂之歌，飲獻酬之酒，以詩頌天子太平之功，而周覽學舍，思詠李侯之遺愛，不亦美哉！故於其始成也，刻辭于石，而立諸其廡以俟。

豐樂亭記

歐陽脩

脩既治滁之明年夏，始飲滁水而甘，問諸滁人，得於州南百步之近。其上豐山，聳然而特立；下則幽谷，窈然而深藏；中有清泉，滃然而仰出。俯仰左右，顧而樂之。於是疏泉鑿石，闢地以爲亭，而與滁人往遊其間。

滁於五代干戈之際，用武之地也。昔太祖皇帝，嘗以周師破李景兵十五萬於清流山下，生擒其將皇甫暉、姚鳳於滁東門外，遂以平滁。脩嘗考其山川，按其圖記，升高以望清流之關，欲求暉、鳳就擒之所，而故老皆無在者，蓋天下之平久矣。自唐失其政，海内分裂，豪傑並起而争，所在爲敵國者，何可勝數？及宋受天命，聖人出而四海一，嚮之憑恃險阻，剗削消磨。百年之間，漠然徒見山高而水清，欲問其事，而遺老盡矣。今滁介於江、淮之間，舟車商賈四方賓客之所不至，民生不見外事，而安於畎畝衣食，以樂生送死，而孰知上之功德，休養生息，涵煦百年之深也？

脩之來此，樂其地僻而事簡，又愛其俗之安閑。既得斯泉於山谷之閒，乃日與滁人仰而望山，俯而聽泉，掇幽芳而蔭喬木。風霜冰雪，刻露清秀，四時之景，無不可愛。又幸其民樂其歲物之豐成，而喜與予遊也，因爲本其山川，道其風俗之美，而使民知所以安此豐年之樂者，幸生無事之時也。夫宣上恩德，以與民共樂，刺史之事也。遂書以名其亭焉。

醉翁亭記

歐陽脩

環滁皆山也。其西南諸峯，林壑尤美，望之蔚然而深秀者，琅邪也。山行六七里，漸聞水聲潺潺，而瀉出於兩峯之閒者，讓[四]泉也。峯回路轉，有亭翼然，臨於泉上者，醉翁亭也。作亭者誰？山之僧曰智僊也。名之者誰？太守自謂也。太守與客來飲於此，飲少輒醉，而年又最高，故自號曰醉翁也。醉翁之意不在酒，在乎山水之間也。山水之樂，得之心而寓之酒也。

若夫日出而林霏開，雲歸而巖穴暝，晦明變化者，山間之朝暮也。野芳發而幽香，佳木秀而繁陰，風霜高潔，水清而石出者，山間之四時也。朝而往，暮而歸，四時之景不同，而樂亦無窮也。

至於負者歌于塗，行者休于樹，前者呼，後者應，傴僂提携，往來而不絕者，滁人遊也。臨谿而漁，谿深而魚肥，釀泉爲酒，泉香而酒洌。山肴野蔌，雜然而前陳者，太守宴也。宴酣之樂，非絲非竹，射者中，弈者勝，觥籌交錯，起坐而諠譁者，衆賓懽也。蒼顔白髮，頽然乎其間者，太守醉也。

已而夕陽在山，人影散亂，太守歸而賓客從也。樹林陰翳，鳴聲上下，遊人去而禽鳥樂也。然而禽鳥知山林之樂，而不知人之樂；人知從太守遊而樂，而不知太守之樂其樂也。醉能同其樂，醒能述以文者，太守也。太守謂誰？廬陵歐陽脩也。

有美堂記

歐陽脩

嘉祐二年，龍圖閣直學士尚書吏部郎中梅公出守于杭。於其行也，天子寵之以詩，於是始作有美之堂，蓋取賜詩之首章而名之，以爲杭人之榮。然公之甚愛斯堂也，雖去而不忘，今年自金陵遣人走京師，命予誌之。其請至六七而不倦，予乃爲之言曰：夫舉天下之至美與其樂，有不得而兼焉者多矣。故窮山水登臨之美者，必之乎寬閑之野，寂寞之鄉，而後得焉。覽人物之盛麗，夸都邑之雄富者，必據乎四達之衝，舟車之會，而後足焉。蓋彼放心於物外，而此娱意於繁華，二者各有適焉，然其爲樂不得而兼也。

今夫所謂羅浮、天台、衡嶽、廬阜，洞庭之廣，三峽之險，號爲東南奇偉秀絶者，乃皆在乎下州小邑，僻陋之邦。此幽潛之士，窮愁放逐之臣之所樂也。若乃四方之所聚，百貨之所交，物盛人衆，爲一都會，而又能兼有山水之美，以資富貴之娱者，惟金陵、錢塘。然二邦皆僭竊於亂世，及聖宋受命，海内爲一，金陵以後服見誅，今其江山雖在，而頹垣廢址，荒煙野草，過而覽者，莫不爲之躊躇而悽愴。獨錢塘自五代時知尊中國，效臣順，及其亡也，頓首請命，不煩干戈，今其民幸富完安樂。又其俗習工巧，邑屋華麗，蓋十餘萬家，環以湖山，左右映帶，而閩商海賈，風帆浪舶，出入於江濤浩渺、煙雲杳靄之閒，可謂盛矣。而臨是邦者，必皆朝廷公卿大臣，若天子之侍從，又有四方遊士爲之賓客，故喜占形勝，治亭榭，相與極遊覽之娱。

然其於所取，有得於此者，必有遺於彼。獨所謂有美堂者，山水登臨之美，人物邑居之繁，一寓目而盡得之。蓋錢塘兼有天下之美，而斯堂者，又盡得錢塘之美焉，宜乎公之甚愛而難忘也。梅公清慎好學君子也，視其所好，可以知其人焉。

相州晝錦堂記

歐陽脩

仕宦而至將相，富貴而歸故鄉，此人情之所榮，而今昔之所同也。蓋士方窮時，困阨閭里，庸人孺子皆得易而侮之，若季子不禮於其嫂，買臣見棄於其妻。一旦高車駟馬，旗旄導前，而騎卒擁後，夾道之人，相與駢肩累迹，瞻望咨嗟，而所謂庸夫愚婦者，奔走駭汗，羞愧俯伏，以自悔罪於車塵馬足之閒。此一介之士，得志當時，而意氣之盛，昔人比之衣錦之榮也。

惟大丞相衛國公則不然。公相人也，世有令德，爲時名卿。自公少時，已擢高科，登顯仕，海内之士，聞下風而望餘光者，蓋亦有年矣。所謂將相而富貴，皆公所宜素有，非如窮阨之人，僥倖得志於時，出於庸夫愚婦之不意，以驚駭而夸耀之也。然則高牙大纛不足爲公榮，桓圭衮冕不足爲公貴，惟德被生民，而功施社稷，勒之金石，播之聲詩，以耀後世而垂無窮，此公之志，而士亦以此望於公也，豈止夸一時而榮一鄉哉？

公在至和中，嘗以武康之節來治於相，乃作晝錦之堂於後圃，既又刻詩於石以遺相人。其言以快恩讎、矜名譽爲可薄，蓋不以昔人所夸者爲榮，而以爲戒，於此見公之視富貴爲如何，而其志豈易量哉？故能出入將相，勤勞王家，而夷險一節，至於臨大事，決大議，垂紳正笏，不動聲氣，而措天下於泰山之安，可謂社稷之臣矣。其豐功盛烈，所以銘彝鼎而被弦歌者，乃邦家之光，非閭里之榮也。余雖不獲登公之堂，幸嘗竊誦公之詩，樂公之志有成，而喜爲天下道也，於是乎書。

志古堂記

尹洙

河南劉伯壽宰新鄭之二年，作堂於縣署，既成之，謂予曰：「我官事已，則休於是，早夜以思，蓋有歎焉。歎乎功名之不可期，文章之不世傳。我思古人，力之而後已，遂名堂曰志古。」余〔五〕嘉其有是志，從而爲之辭曰：夫古人行事之著者，今而稱之曰功名；古人立言之著者，今而稱之曰文章。蓋其用也，行事澤當時以利後世，世傳焉，從而爲功名；其處也，立言矯當時以法後世，世傳焉，從而爲文章。行事立言，不與功名文章期，而卒與俱焉。後之人欲功名之著，忘其所以爲功名；欲文章之傳，忘其所以爲文章。故雖得其欲，而戾於道者有焉。如有志於古，當置所謂文章功名，務求古之道可也。古之道奚遠哉？得諸心而已。心無苟焉，可以制事；心無蔽焉，可以立言。惟無苟，然後能外成敗，而自信其守也；惟無蔽，然後窮見至隱，而極乎理也。信其守者，本乎純；極於理者，發乎明，純與明，是乃至古人之所至也。至乎至，文章功名從焉，而不有之也。伯壽嘉予言，刻之於堂以自儆。

滄浪亭記

蘇舜欽

予以罪廢，無所歸，扁舟南遊，旅於吴中，始僦舍以處。時盛夏蒸燠，土居皆褊狹，不能出氣。思得高爽虚闢之地，以舒所懷，不可得也。一日過郡學東，顧草樹鬱然，崇阜廣水，不類乎城中。並水得微徑於雜花修竹之閒，東趨數百步，有棄地，縱廣函五六十尋，三向皆水也。杠之南，其地益闊，旁無民居，左右皆林木相虧蔽。訪諸舊老，云：『錢氏有國，近戚孫承祐之池館也。』坳隆勝埶，遺意尚存，予愛而裴回，遂以錢四萬得之。構亭北碕，號滄浪焉。前竹後水，水之陽，又竹無窮極，澄川翠榦，光影會合於軒户之閒，尤與風月爲相宜。予時榜小舟，幅巾以徃，至則洒然忘其歸。觴而浩歌，踞而仰嘯，野老不至，魚鳥共樂。形骸既適，則神不煩，觀無邪，則道以明。返思向之汩汩榮辱之場，日與錙銖利害相磨戛，隔此真趣，不亦鄙哉？

噫，人固動物耳！情横于内而性伏，必外寓於物而後遣。寓久則溺，以爲當然，非勝是而易之，則悲而不開。唯仕宦溺人爲至深，古之才哲君子，有一失而至於死者多矣，是未知所以自勝之道。予既廢而獲斯境，安於沖曠，不與衆驅，因之復能乎内外失得之原，沃然有得，笑閔萬古，尚未能忘其所寓，自用是以爲勝焉。

待月亭記

劉　牧

春卿劉侯，監兵于兗之明年，作新基，侈舊亭于園池之廉，名之曰待月。一日，燕賓友之酒三行，客有長揖主人，請問『待月』之旨，答曰：『先是署有西園，園有舊亭。昔人尸之，荒榛與并。栖雞于垣，閑〔六〕馬于楹。或寢以羊，或宿以兵。有風至止，林籟少清。有月來思，池光不盈。一日，植足於園，縱觀而歎曰：景物否閉久矣，將祈泰於予乎？繇是呼卒夫，具畚挶，輦糞穢，鉏蒿茅。一之日，培竹與松，育美材也。二之日，浚池及泉，養清德也。三之日，因池土以封其基。四之日，即亭材而廣其構。不役于民，不擾于公，以潰于厥成。魯山巖巖，惠我蒼翠；魯水湯湯，遺予潺湲。而又周公之宇，仲尼之鄉，聖賢遺迹，盡圖於壁。若有神物，陰來相之，咸疑化工，私以與之。夫亭以池遷，盡能事也；月以水鑒，取善類也。予今是亭，西南去天，空曠千尺，不植草木，爲月之地。若秋之夕，夏之夜，素魄初上，納於清池，嬋娟淪漣，相與爲一。如金在鎔，如圭在磨。忽憶湘江之流，若洞庭之波，登新亭，對斯景，發吾人浩歌。則待月之名，不曰當歟？』

主人之詞既畢，客有舉觴而言曰：『春卿，吾聞「士閑燕相與言，則及仁與義」，又曰「文武之道，未墜於地，在人」。賢者志其遠者大者」。君今揭亭待清月，宜乎禮賢材，廣賓友，求仁義之説，與文武之用。内則思建明堂，興辟雍，與三代之故事；外則思復河湟，平薊壤，纘〔七〕唐漢之舊服。用之則爲事業，爲功名，垂光册書；不用之則有乎在道，以蓄其實。與夫宴安之流，游西園，寢北堂，同心而異志焉。』主人曰：『晋人善禱，或譏輪奂，周人落成，祇美寢興。吾子博我以王道，勤我以功名，君之言，古人不如。』顧謂牧曰：『先生業文，爲我書今日賓主之辭，與亭成之歲月。』牧固不讓云。

校勘記

〔一〕『告』，麻沙本作『先』。

〔二〕『脩』，麻沙本作『將』。宋慶元二年周必大刻本《歐陽文忠公集》、元本《歐陽文忠公集》作『脩』。

〔三〕『勤』，六十三卷本作『覲』。宋慶元二年周必大刻本《歐陽文忠公集》、元本《歐陽文忠公集》作『意』。

〔四〕『讓』，底本作『釀』，蓋諱字，據六十三卷本改。宋慶元二年周必大刻本《歐陽文忠公集》、元本《歐陽文忠公集》作『讓』。

〔五〕『余』，麻沙本作『今』。

〔六〕『閑』，底本誤作『閉』，據麻沙本改。

〔七〕『纘』，麻沙本作『績』。

新校宋文鑑卷第七十九

校者按：底本爲刻卷，據六十三卷本、麻沙本刻卷校改。

記

王沂公祠堂記

劉　敞

齊、魯雖皆稱貴文學尚禮義之國，然其俗亦與時升降。小白右功力，任權數，則其敝多詐智。伯禽尊尊親親，至其衰也，洙、泗之間，長幼相與讓。其失蓋以遠矣，然仲尼稱之曰：『齊一變，至於魯；魯一變，至於道。』由此論之，非明君賢師，扶世導民，孰能反其本哉？五代之亂，儒術廢絶。宋受命垂七十年，天下得養老長幼，亡兵革之憂，庶且富矣，然未有能興起庠序，致教化之隆者也。自齊、魯之閒，弦誦闕〔一〕然，況其外乎？

丞相沂公之初守青也，爲齊人建學，其後守鄆也，爲魯人建學。繇是二國之俗，始益知貴詩書之業，而安其性之所樂。老師宿儒，幼子童孫，粲然自以復見三代之美，禮讓日興，刑罰日衰。嗚呼，君子之盛德大業哉！孔子所謂至於道者，非耶？沂公薨於鄆且二十年，鄆人愛慕而悲思之，僉曰：『不可使文正之德不享於世。』前太守錢公子飛聞之，因即學宮而建祠堂，以稱士大夫之意。錢公去位之五年，堂乃成。其廣若干，脩若干，崇若干，凡皆錢公之素也。《甘棠》之詩：『勿翦勿伐，召伯所茇。』亦諸侯之正風哉！敘其語于石，以詔後世。又作登歌一章，并刻之云：

文武維周，天命郅隆。孰相其成？周公太公。周公冢宰，太公尚父。遜厥碩膚，惠於齊魯。維此齊魯，聖賢之緒。尊德樂道，四方爰茹。不振不競，靡則靡定。既晦而明，在我文正。天子是毗，諸侯是師。賦政于外，俾民不迷。乃設學校，乃敦詩書。翼翼齊魯，若周之初。二公之位，文正履之。二公之治，文正以之。周歷千歲，二公實使之。文正之功，後亦將似之。『徂徠之松，新甫之栢』。我作此堂，以告無斁。

東平樂郊池亭記

劉敞

古者諸侯雖甚陋，必有苑囿車馬鐘鼓之好，池臺鳥獸魚鼈之樂，然後乃能爲國。非以虞意崇不急也，以合士大夫，交賓客賢者，而同吏民也。《蟋蟀》《山樞》《車鄰》《駟鐵》《有駜》之詩是已。不然，則觳觳者墨術也。不侈於禮樂，不皡於度數，曰『人我之養，畢足而止』，亦瘠矣夫。

東平，蓋古之建國，又有州牧連率之政，於今爲重。其地千里，其四封所極，南則梁，東則魯，北則齊，三者皆大國也。其土沃衍，其民樂厚〔二〕，其君子好禮，其小人趨本。其俗習於周公、仲尼之遺風餘教，可馴以詩書，而不可詭以朱、墨，詭以朱、墨，鄙矣。

鄆故有負城之園，其廢蓋久，士大夫無所於游，四方之賓客賢者無所於觀，吏民無所於樂，殆失《車鄰》《駟驖》《有駜》之美，而況於《蟋蟀》《山樞》之陋？敞以謂非敦詩書，節禮樂之意也。據舊造新，築之鑿之，增之擴之，營之闢之。有堂有臺，有池有榭，有塢有亭有館，有南北門。堂曰燕譽，臺曰陳𢿐，池曰芹藻，榭曰博野，塢曰梧竹，亭曰玩芳，館曰樂游，南門曰舞詠，北門曰熙春。其制名也，或主於禮，或因於事，或寓於物，或諭於志，合而命之。以其地曰樂郊，所以與上下同樂者也。其草木之籍，松栝[三]槐柏，榆柳李梅，桃梨棗栗，楟柿石榴，林[四]檎木瓜，櫻桃蒲萄。太山之竹，汶丘之篠，嶧陽之梧，雍門之荻，蒲圃之檟，孔林之楷，香草奇藥，同族異名。洛之牡丹，吳之芍藥，芙蓉菱芡，蘭菊荇茆，可玩而食者甚衆。

孟子曰：『賢者而後樂此，不賢者雖有此不樂也。』吾其敢自謂賢乎？抑亦庶幾焉。後世將必有追數吾過者矣，吾請以此謝。

先秦古器記

劉　敞

先秦古器，十有一物，制作精巧，有款識，皆科斗書。爲古學者，莫能盡通，以它書參之，廼十得五六。就其可知者校其世，或出周文、武時，於今蓋二千有餘歲矣。嗟乎！三王之事，萬不存一，《詩》《書》所記，聖王所立，有可長太息者矣，獨器也乎哉？兑之戈，和之弓，離磬崇鼎，三代傳以爲寶，非賴其用也，亦云上古而已矣。孔子曰：『多見而識之，知之次也。』衆不可蓋，安知天下無能盡辨之者哉？使工模其文，刻於石，又并圖其象，以俟好古博雅君子焉。終此意者，禮家明其制度，小學正其文字，譜諜次其世謚，廼爲能盡之。

澶州頓丘縣重修縣治記

江休復

王在在浚，澶爲北門，重郛言言，洪河渾渾。矗爲巨防，扼爲要津，堤繇役作，務莫大焉。景德之元，皇御戎軒，翠華朝臨，虜騎宵奔。講言終驩，行李便蕃，賓客供給，禮莫重焉。總是二役，郡守縣令其職也。朝廷殿取多課，亦以此二者爲先。其米鹽牒訴，至纖至悉，萃於縣道，則爲令者又加難焉。以是一切趨辦，而不遑其他。唯吾從叔仲達爲能推行而優爲之。且承平積久，法網寖密，監司操持群下，不得動摇，吏亦便文諉事，亡能徃來，溺於其職，不克自振。官寺陰頓，寢堂聽事，至弊漏不可居，莫敢一摇手，其他可知矣。仲達爲邑宰於斯且朞年，職修事舉，顧而言曰：『昔人云「堂上不糞，則野草不除」，豈謂此邪？』先是河決商胡口，因廢觀城縣來入。亟請於上，取其故廨材木以營之。由孔子廟，以及聽事，下至於囹圄，有造有因，凡若干間。垣墉塈茨，凡若干工。自經始至落成，凡若干日。在上者不以爲過，在下者不以爲煩，程功即事，出於餘力。君子謂是役也，不徒更爽塏，避燥濕而已，足以觀政矣。後之踵此位、登此堂者，有以知改作之自，庶幾繼葺之，俾勿壞。

萬安渡石橋記

蔡襄

泉州萬安渡石橋，始造於皇祐五年四月庚寅，以嘉祐四年二月辛未訖功。絫趾於淵，釃水爲四十七道，梁空以行。其長三千六百尺，廣丈有五尺，翼以扶欄，如其長之數而兩之。靡金錢一千四百萬，求諸施者。渡實支海，舍舟而徒，易危以安，民莫不利。職其事，盧錫、王寔、許忠，浮圖義波、宗善等十有五人。既成，太守莆陽蔡襄爲之合樂讌飲而落之。明年秋，蒙召還京，道繇是出，因紀所作，勒於岸左。

諫院題名記

司馬光

古者諫無官，自公卿大夫至於工商，無不得諫者。漢興以來始置官。夫以天下之政，四海之衆，得失利病，萃於一官，使言之，其爲任亦重矣。居是官者，當志其大，捨其細，先其急，後其緩，專利國家，而不爲身謀。彼汲汲於名者，猶汲汲於利也，其間相去何遠哉？天禧初，真宗詔置諫官六員，責其職事。慶曆中，錢君始書其名於版。光恐久而漫滅，嘉祐八年，刻著于石。後之人將歷指其名而議之，曰某也忠，某也詐，某也直，某也回。嗚呼，可不懼哉！

獨樂園記

司馬光

孟子曰：「獨樂樂，不如與人樂樂；與少樂樂，不如與衆樂樂。」此王公大人之樂，非貧賤者所及也。孔子曰：「飯蔬食飲水，曲肱而枕之，樂亦在其中矣。」顔子「一簞食，一瓢飲」，「不改其樂」，此聖賢之樂，非愚者所及也。若夫「鷦鷯巢林，不過一枝；偃鼠飲河，不過滿腹」，各盡其分而安之，此乃迂叟之所樂也。

熙寧四年，迂叟始家洛，六年，買田二十畝於尊賢坊北，闢以爲園。其中爲堂，聚書至五千卷，命之曰讀書堂。堂南有屋一區，引水北流，貫宇下。中央爲沼，方深各三尺。疏水爲五派注沼〔五〕中，狀若虎爪，自沼北伏流出北階，懸注庭下，狀若象鼻。自是分而爲二渠，繞庭四隅，會於西北而出，命之曰弄水軒。堂北爲沼，中央有島，島上植竹，圓周三丈，狀若玉玦，攬結其杪，如漁人之廬，命之曰釣魚庵。沼北横屋六楹，厚其墉茨，以禦烈日。開户東出，南北列軒牖，以延凉颸，前後多植美竹，爲清暑之所，命之曰種竹齋。沼東治地爲百有二十畦，雜蒔草藥，辨其名物而揭之。畦北植竹，方徑丈，狀若棊局，屈其杪，交相掩，以爲屋，植竹於其前，夾道如步廊，皆以蔓藥覆之，四周植木藥爲藩援，命之曰采藥圃。圃南爲六欄，芍藥、牡丹、雜花各居其二，每種止植兩本，識其名狀而已，不求多也。欄北爲亭，命之曰澆花亭。洛城距山不遠，而林薄茂密，常若不得見，乃於園中築臺，作屋其上，以望萬安、轘轅，至於太室，命之曰見山臺。

迂叟平日多處堂中讀書，上師聖人，下友群賢，窺仁義之原，探禮樂之緒。自未始有形之前，暨四達無窮之外，事物之理，舉集目前。所病者，學之未至，夫又何求於人？何待於外哉？忘倦體疲，則投竿取魚，執衽采藥，決渠灌花，操斧剖竹，濯熱盥手，臨高縱目，逍遥相〔六〕羊，唯意所適。明月時至，清風自來，行無所牽，止無所柅，耳目肺腸，悉爲己有。踽踽焉，洋洋焉，不知天壤之間，復有何樂可以代此也？因合而命之曰獨樂園。或咎迂叟曰：『吾聞君子所樂，必與人共之，今吾子獨取足於己，不以及人，其可乎？』迂叟謝曰：『叟愚，何得比君子？自樂恐不足，安能及人？況叟之所樂者，薄陋鄙野，皆世之所棄也，雖推以與人，人且不取，豈得彊之乎？必也有人，肯同此樂，則再拜而獻之矣，安敢專之哉！』

信州興造記

王安石

晉陵張公治信之明年，皇祐二年也，姦彊帖〔七〕柔，隱詘發舒，既政大行，民以寧息。夏六月乙亥，大水。公徙囚於高獄，命百隸戒，不共有常誅。夜漏半，水破城，滅府寺，包人民廬居。公趨譙門，坐其下，敕吏士以桴收民，鰥寡孤獨老癃與所徙之囚，咸得不死。丙子，水降。公從賓佐，按行隱度，符縣調富民水之所不至者，夫錢户七百八十，收佛寺之積材一千一百三十二。不足，則前此公所命出〔八〕粟以賙貧民者三十三〔九〕人，自言曰：『食新矣，賙可以已，願輸粟直以佐材費。』

於是募人城水之所入，垣郡府之缺。考監軍之室，司理之獄。營州之西北亢爽之墟，以宅屯駐之師，除其故營，以時教士刺伐坐作之法，故所無也。作驛曰饒陽，作宅曰回車。築二亭於南門之外，左曰仁，右曰智，山水之所附也。梁四十有二，舟於兩亭之閒，以通車徒之道。築一亭於州門之左，曰寔月吉，所以屬賓也。凡爲城垣九千尺，爲屋八。以楹數之，得五百五十二。自七月甲午，卒九月丙戌，爲日五十二。爲夫一萬一千四百二十五。中家以下，見城郭室屋之完，而不知材之所出；見徒之合散，而不見役使之及己。凡故之所有必具，其無也，廼今有之。公所以救灾補敗之政如此，其賢於世吏則遠矣。

今州縣之灾相屬，民未病灾也，且有治灾之政出焉。施舍之不適，裒取之不中，元姦宿豪舞手以乘民，而民始病矣。吏乃始瞽然自得〔一〇〕，民相與誹且笑而不知也。吏而不知爲政，其重困民多如此。此予所以哀民，而閔吏之不學也。由是而言，則爲公之民，不幸而遇害灾，其亦庶乎無憾乎！

揚州龍興十方講院記

王安石

予少時客遊金陵，浮屠慧禮者從予遊。予既吏淮南，而慧禮得龍興佛舍，與其徒日講其師之說。嘗出而過焉，庳屋數十椽，上破而旁穿，側出而視後，則榛棘出人，不見垣端。指以語予曰：『吾將除此而宮之。雖然，其成也，不以私吾後，必求時之能行吾道者付之。願〔一一〕記以示後之人，使不得私焉。』當是時，禮方丐食飲以卒日，視其居枵然，余特戲曰：『姑成之，吾記無難者。』後四年來，曰：『昔之所欲爲，凡百二十楹，賴州人蔣氏之力。既皆成，盍有述焉。』噫，何其能也！蓋慧禮者，予知之，其行謹潔，學博而才敏，而又卒之以不私，宜成此不難也。世既言佛能以禍福語傾天下，故其隆向之如此，非徒然也，蓋其學者之材，亦多有以動世耳。今夫衣冠而學者，必曰自孔氏。孔氏之道易行也，非有苦身窘形，離性禁欲，若彼之難也。而士之行可一鄉、才足一官者常少，而浮圖之寺廟被四海，則彼其所謂材者，寧獨禮耶？以彼其材，由此之道，去至難而就甚易，宜〔一二〕其能也。嗚呼，失之此而彼得焉，其有以也夫！

桂州新城記

王安石

儂智高反南方，出入十有二州，而十有二州之守吏，或死或不死，而無一人能守其州者，豈其材皆不足歟？蓋夫城郭之不設，兵甲之不戒，雖有智勇，猶不能勝一日之變也。唯天子亦以爲任其罪者非獨吏，故特推恩褒廣死節，而一切貸其失職。於是遂推選士大夫所論以爲能者，付之經略，而今尚書工部侍郎余公當廣西焉。寇平之明年，蠻越接和，乃大城桂州。其木甓瓦石之材，以枚數之，至四百萬有奇。用人之力，以工數之，至二十餘萬。凡所以守之具，無一求而不給者焉。以至和元年八月始作，而以二年之六月成，夫其爲役亦大矣。蓋公之信於民也久，而費之欲以衛其材，勞之欲以休其力，以故爲是有大費與大勞，而人莫或以爲勤也。

古者君臣、父子、夫婦、兄弟、朋友之禮失，則夷狄橫而窺中國。方是時，中國非無城郭也，卒於陵夷毁頓陷滅而不救。然則城郭者，先王有之，而非所以恃爲存也。及至喟然覺寤，興起舊政，則城郭之脩也，又嘗不敢以爲後。蓋有其患而圖之無其具，有其具而守之非其人，有其人而治之非其法，能以久存而不敗者，皆未之聞也。故文王之起也，有四夷之難，則城于朔方，而以南仲。宣王之起也，有諸侯之患，則城于東方，而以仲山甫。此二臣之德，伋于其君，於其爲國之本末與其所先後，可謂知之矣。慮之以悄悄之勞，而發之以赫赫之名，承之以翼翼之勤，而續之以明明之功，卒所以攘夷狄，而中國之全安者，蓋其君臣如此，而守衛之有其具也。今余公亦以文武之材，當明天子承平日久，欲補弊立廢之時，鎮撫一方，修扞其民，其勤於今，與周之南仲、仲山甫蓋等矣。是宜有紀也，故其將吏相與謀而來取文，將鏤之城隅，而以告後之人焉。

張尚書畫像記

蘇　洵

至和元年秋，蜀人傳言有寇至，邊軍夜呼，野無居人，妖言流聞，京師震驚。方命擇帥，天子曰：『無養亂，無助變，衆言朋興，朕志自定。外亂不作，變且中起，不可以文令，又不可以武競。惟朕一二大吏，孰爲處兹文武之間，其命徃撫朕師？』乃惟曰張方平其人，天子曰然。公以親辭，不可，遂行，冬十一月至蜀。至之日，歸屯軍，徹守備，使謂郡縣：『寇來在吾，無爾勞苦！』明年正月朔旦，蜀人相慶如他日，遂以無事。又明年正月，相告留公像于淨衆寺，公不能禁。

眉陽蘇洵言於衆曰：『未亂，易治也。既亂，易治也。有亂之萌，無亂之形，是謂將亂，將亂難治。不可以有亂急，亦不可以無亂弛。惟是元年之秋，如器之攲，未墜於地，惟爾張公安坐於其旁，顏色不變，徐起而正之。既正，油然而退，無矜容。爲天子牧小民不倦，惟爾張公，爾繄以生，惟爾父母。且公嘗謂我言：「民無常性，惟上所待。人皆曰蜀人多變，於是待之以待盜賊之意，而繩之以繩盜賊之法。重足屏息之民，而以碪斧令。於是民始忍以其父母妻子之所仰賴之身，而棄之於盜賊，故每每大亂。夫約之以禮，敺之以法，惟蜀人爲易。至於急之而生變，雖齊魯亦然。吾以齊魯待蜀人，而蜀人亦自以齊魯之人待其身。若夫肆意於法律之外，以威刼齊民，吾不忍爲也。」嗚呼！愛蜀人之深，待蜀人之厚，如公，吾未始見。』皆再拜稽首曰：『然。』

蘇洵又曰：『公之恩在爾心，爾死，在爾子孫。其功業在史官，無以像爲也，且公〔一三〕意不欲，如何？』皆曰：『公則何事於斯？雖然，於我心有不釋焉。今夫平居聞一善，必問其人之姓名，與其鄉里之所在，以至於長短大小美惡之狀。甚者或詰其平生所嗜好，以想見其爲人，而史官亦書之於傳。意使天下之人思之於心，則存之於目，存之於目，故其思之於心也固。繇此觀之，像亦不爲無助。』蘇洵無以詰，遂爲之記。公南京人，爲人慷慨有大節，以度量雄天下，天下大事，公可屬。系之以詩曰：

天子在祚，歲在甲午。西人傳言，有寇在垣。庭有武臣，謀夫如雲。天子曰嘻！命我張公。公來自東，旗纛舒舒。西人聚觀，于巷于塗。謂公暨暨，公自于于。公謂西人：安爾室家，毋敢或訛，訛言不祥。往即爾常，春爾條桑，秋爾滌場。西人稽首，公我父兄。公在西囿，草木駢駢。公宴其僚，伐鼓淵淵。西人來觀，祝公萬年。有女娟娟，閨闥閑閑。有童哇哇，亦既能言。昔公未來，期女棄捐。禾黍與與，倉庾崇崇。嗟我婦子，樂此歲豐。公在朝廷，天子股肱。天子曰歸，公敢不承？作堂嚴嚴，有廡有庭。公像在中，朝服冠纓。西人相告，無敢逸荒。公歸京師，公像在堂。

木山記

蘇　洵

木之生，或孽而殤，或拱而夭，幸而至於任爲棟梁，則伐。不幸而風之所拔，水之所漂，或破折或腐，幸而得不破折不腐，則爲人所材，而有斧斤之患。其最幸者，漂沉汩没於湍沙之間，不知其幾百年，而激射齧食之餘，或髣髴於山者，則爲好事者取去，彊之以爲山，然後可脱泥沙而遠斧斤。而荒江之濆，如此者幾何？不爲好事者之所見，而爲樵夫野人之所薪者，何可勝數？則其㝡幸者之中，又有不幸者焉。

余家有三峯，余每思之，則恐其有數存乎其間。且其孽而不殤，拱而不夭，任爲棟梁而不伐，風拔水漂而不破折不腐，不破折不腐而不爲人之所材以及於斧斤，出於湍沙之閒，而不爲樵夫野人之所薪，而後得至於此，則其理似不偶然也。然余愛之，非徒愛其似山，而又有所感焉。非徒愛之，而又有所敬焉。余見中峯魁岸踞肆，意氣端重，若有以服其旁之二峯。二峯莊栗刻削，凛乎不可犯，雖其勢服於中峯，而岌然決無阿附意。吁，其可敬也夫！其可以有所感也夫！

吴郡州學六經閣記

張伯玉

六經閣，諸子百家皆在焉，不書，尊經也。吴郡州學，始由高平范公經緝之，至今尚書富郎中，十年更八政，學始大成。而成年六經閣又建。先時書籍草創，未暇完緝，廚之後廡，澤地汙晦，日滋散脱，觀者惻然，非古人藏象魏、拜《六經》之意。至是，富公始與吴邑長洲二大夫，以學本之餘錢，僦之市材，直公堂之南，臨泮池層屋。起夏六月乙酉，止秋八月甲申，凡旬有七浹，計庸千有二百。作楹十有六，棟三架，霤八，桷三百八十有四，二户六牖。梯衡桀棁，圬墁陶甓稱是。祈於久，故爽而不庳；酌於道，故文而不華。經南嚮，史西嚮，子、集東嚮。標之以油素，揭之以油黄，澤然區處，如蛟龍之鱗麗，如日月之在紀，不可得而亂矣。判天地之極，致皇王之高，道生人之紀律，舉在是矣。

古者聖人之設教也，知函夏之至廣，生齒之至衆，不可以頤解耳授，故教之有方，導之有原，乃本庠序之風，師儒之説，始於邦，達於鄉，至於室，莫不有學。烜之以文物，聳之以聲明。先用警策其耳目，然後清發其靈腑，故其習之也易，其得之也深。其教不肅而成，不煩而治。毆元元之入善域，優而柔之，俾自得之。萬世之後，尊三王四代法者無他焉，教化之本末馴漸也。然則觀是閣者，知《六經》之在，則知有聖人之道；知有聖人之道，則知有朝廷之化；知有朝廷之化，則嚮方之心，日懋一日。禮義之澤流於外，弦誦之聲格於内。其爲惡也無所從，其爲善也有所歸。雖不欲徙善遠罪，納諸大和不可。召康公之詩曰：『豈弟君子，來游來歌。』子思子之説云：『布在方册。人存，則政舉。』凡百君子，繇斯道活斯民，暢皇極，序彝倫者，捨此而安適？得無盡心焉！諸儒謂伯玉嘗從事此州，游學滋久，宜刊樂石，庶幾永永無忽。

分寧縣雲峯院記

曾鞏

分寧勤生而嗇施，薄義而善争，其土俗然也。自府來抵其縣五百里，在山谷窮處，其人修農桑之務，率數口之家，留一人守舍行饁，其外盡在田。田高下磽腴，隨所宜雜殖五穀，無廢壤。女婦蠶杼，無懈人。茶、鹽、蜜、紙、竹箭、材葦之貨，無有纖鉅，治咸盡其身力，其勤如此。富兼田千畝，廩實藏錢至累歲不發，然視捐一錢可以易死。寧死無所捐，其於施何如也？其間利害不能以稊米，父母兄弟夫婦相去若弈碁然，於其親固然，於義厚薄可知也。長少族坐，里閭相講，語以法律，意嚮小戾，則相告訐。結黨詐張，事關節以動視聽。甚者畫刻金木爲章印，摹文書以給吏立縣庭下，變僞一日千出。雖笞扑徙死交迹，不以屬心。其喜争訟，豈比他州縣哉？民雖勤而習如是，漸涵入骨髓，故賢令長佐吏比肩，常病其未易治教使移也。

雲峯院在縣極西，無籍圖，不知自何時立。景德三年，邑僧道常治其院而侈之，門闥靚深，殿寢言言，棲客之廬，齋、庖、庫、庾，序列兩旁。浮圖所用鐃、鼓、魚、螺、鐘、磬之編，百器備完。吾聞道常氣質偉然，雖索其學，其歸未能當於義，然治生事不廢其勤，亦稱其土俗。至有餘輒斥散之，不爲黍累計惜，樂淡泊無累，則又若能勝其嗇施、喜争之心可言也。或曰：『使其人不汩溺其所學，其歸一當於義，則傑睎邑人者，必道常乎？』未敢必也〔一四〕。慶曆三年九月，與其徒謀曰：『吾排蓬藋，治是院，不自意成就如此。今老矣，恐泯泯無聲畀來人，相與圖文字，買石刻之，使永永與是院俱傳，可〔一五〕不可也？』咸曰然。推其徒子思來請記，遂來。予不讓，爲中其可言者寵嘉之，使刻示邑人，其有激也。

仙都觀三門記

曾鞏

門之作，取備豫而已。然天子、諸侯、大夫各有制度，加於度則譏之，見於《易》《禮記》《春秋》。其旁三門，門三塗，惟王城爲然。老子之教行天下，其宮視天子或過焉，其門亦三之，其備豫之意，蓋本於《易》，其加於度，則知《禮》者所不能損，知《春秋》者所太息而已。甚矣其法之蕃昌也！

建昌軍南城縣麻姑山仙都觀，世傳麻姑於此仙去，故立祠在焉。距城六七里，由絶嶺而上，至其處，地反平寬衍沃，可宫可田，其穫之多，與他壤倍，水旱之所不能災。予嘗視而歎曰：『豈天遺此以安且食其衆，使世之衎衎施施趨之者不已歟？不然，安有是邪？』則其法之蕃昌，人力固如之何哉？其田入既饒，則其宫從而侈也宜。慶曆六年，觀主道士凌齊曅，相其室無不修，而門獨庳，曰：『是不足以稱吾法與吾力。』遂大之。既成，託予記。予與齊曅，里人也，不能辭。噫！爲里人而與之記，人之情也。以《禮》《春秋》之義告之，天下之公也。不以人之情易天下之公，齊曅之取予文，豈不得所欲也夫？豈以予言爲厲己也夫？

校勘記

〔一〕『闕』，六十三卷本作『闃』。四庫本《公是集》作『闕』。

〔二〕『厚』，麻沙本作『享』。四庫本《公是集》作『厚』。

〔三〕『栝』，六十三卷本作『梧』。四庫本《公是集》作『梧』。

〔四〕『林』，六十三卷本作『來』。四庫本《公是集》作『來』。

〔五〕『沼』下，底本復有一『沼』字，據六十三卷本、麻沙本删。宋本《温國文正公文集》亦無。

〔六〕『相』，麻沙本作『猖』。宋本《温國文正公文集》作『相』。

〔七〕『帖』，底本、麻沙本作『怗』，六十三卷本作『怡』，宋刻元明遞修本《臨川先生文集》作『帖』，據以改。

〔八〕「命出」，六十三卷本作「命富民出」。宋刻元明遞修本《臨川先生文集》作「命富民出」。

〔九〕「三十三」，六十三卷本作「二十三」。宋刻元明遞修本《臨川先生文集》作「二十三」。

〔一〇〕「得」，六十三卷本作「德」。宋刻元明遞修本《臨川先生文集》作「喜」。

〔一一〕「願」，六十三卷本作「吾」。宋刻元明遞修本《臨川先生文集》作「願」。

〔一二〕「宜」，六十三卷本作「安」。宋刻元明遞修本《臨川先生文集》作「宜」。

〔一三〕「公」，底本無，據六十三卷本補。《四部叢刊》景宋鈔本《嘉祐集》作「公」。

〔一四〕「必也」，麻沙本作「必有」。元本《元豐類稿》作「必也」。

〔一五〕「可」，麻沙本作「何」。元本《元豐類稿》作「可」。

新校宋文鑑卷第八十

校者按：底本爲刻卷，據六十三卷本、麻沙本刻卷校改。

記

兜率院記

曾　鞏

古者爲治有常道，生民有常業。若夫祝除髮毛，禁棄冠環帶裘，不撫耡耒機盎至他器械、水土之物，其時節經營皆不自踐，君臣、父子、兄弟、夫婦皆不爲其所當然，而曰其法能爲人禍福者，質之於聖人，無有也。其始自漢、魏，傳挾其言者浸淫四出，抵今爲尤甚。百里之縣，爲其徒者，少幾千人，多至萬以上。宮廬百十，大氐穹墉奥屋。文衣精食，輿馬之華，封君不如也。古百里之國，封君一人，然而力殆，不輕得足也。今地方百里，過封君者累百十，飛奇鈎貨以病民，民往往頻呻而爲塗中瘠者。以此治教，信讓奚而得行也？而天下若是，葢幾宮幾人乎？有司常錮百貨之利，細若蓬芒，一無所漏失，僕僕然其勞也。而至於浮圖人，雖廢如此，皆置不問，反傾府空藏而棄與之，豈不識其非古之制也？抑識不可，然且固存之耶？愚不能釋也。

分寧縣郭内外名爲宫者，百八十餘所。兜率院在治之西八十里，其徒尤相率悉力以侈之者也。其構興端原，有邑人黄庠所爲記。其後院主僧某又治其故而大之，殿舍中嚴，齋宫宿廬，庖湢之房，布列兩序，廏圉困倉，以固以密，資所以奉養之物，無一而外求。疏其事而來請記者，其徒省懷也。噫！子之法，四方人奔走附集者，衎衎施施未有止也。予無力以拒之，獨介然於心，而掇其尤切者，爲是説以與之。其使子之徒知己之饗利也多，而人蒙病已甚，且以告有司而諗其終何如焉？

擬峴臺記

曾　鞏

尚書司門員外郎晉國裴君，治撫之二年，因城之東隅作臺以遊，而命之曰擬峴臺，謂其山谿之形擬乎峴山也。數與其屬與州之寄客者遊，而間獨求記於予。

初州之東，其城因大丘，其隍因大谿，其隅因客土以出谿上，其外連山高陵，野林荒墟，遠近高下，壯大閎廓，怪奇可喜之觀，環撫之東南者，可坐而見也。然而雨隳潦毁，蓋藏弃委於榛藂茀草之間，未有即而愛之者也。君得之而喜，增甓與土，易其破缺，去榛與草，發其亢爽，繚其横檻，覆以高甍，因而爲臺，以脱埃氛，絶煩囂，出雲氣而臨風雨。然後谿之平沙漫流，微風遠響，與夫浪波洶湧，破山拔木之奔放，高桅勁艣，沙禽水獸，下上而浮沉者，皆出乎履舄之下。山之蒼顔秀壁，巔崖拔出，挾光景而薄星辰。至於平岡長陸，虎豹踞而龍蛇走，與荒蹊聚落，樹陰晻曖，遊人行旅，隱見而繼續者，皆出乎衽席之内。若夫雲煙開斂，日光出没，四時朝暮，雨暘明晦，變化之不同，則雖覽之不厭，而雖有智者，亦不能窮其狀也。或飲者淋漓，歌者激烈，或靚觀微步，旁皇徙倚，則得於耳目與得之於心者，雖所寓之樂有殊，而亦各適其適也。

撫非通道，故貴人蓄賈之遊不至。多良田，故水旱螟螣之菑少。其民樂於耕桑以自足，故牛馬之牧於山谷者不收，五穀之積於郊野者不垣，而晏然不知枹鼓之警，發召之役也。君既因其土俗，而治以簡静，得以休其暇日，而寓其樂於此。州人士女，樂其安且治，而又得遊觀之美，亦將同其樂也。故予爲之記。其成之年月日，嘉祐二年之某月某日也。

撫州顔魯公祠堂記

曾鞏

贈司徒魯郡顔公，諱真卿，事唐爲太子太師，與其從父兄杲卿，皆有大節以死，至今雖小夫婦人，皆知公之爲烈也。初，公以忤楊國忠斥爲平原太守，策安禄山必反，爲之備。禄山既舉兵，公與常山太守杲卿伐其後，賊之不能直闚潼關，以公與杲卿撓其勢也。在肅宗時，數正言，宰相不悦，斥去之。又爲御史唐旻所搆，連輒斥。李輔國遷太上皇居西宫，公首率百官請問起居，又輒斥。代宗時，與元載争論是非，載欲有所壅蔽，公極論之，又輒斥。楊炎、盧杞既相德宗，益惡公所爲，連斥之，猶不滿意。李希烈陷汝州，杞即以公使希烈，初甦其言，後卒縊公以死，是時公年七十有七矣。

天寶之際，久不見兵，禄山既反，天下莫不震動。公獨以區區平原，遂折其鋒，四方聞之，争奮而起，唐卒以振者，公爲之唱也。當公之開土門，同日歸公者十七郡，得兵二十餘萬。繇此觀之，苟順且誠，天下從之矣。自此至公殁，垂三十年，小人繼續任政，天下日入於弊。大盜繼起，天子輒出避之。唐之在朝臣，多畏怯觀望，能居其間，一忤於世，失所而不自悔者寡矣。至於再三忤於世，失所而不自悔者，蓋未有也。若至於起且仆，以至於七八，遂死而不自悔者，則天下一人而已，若公是也。

公之學問文章，往往雜於神仙浮圖之説，不皆合於理。及其奮然自立，能至於此者，蓋天性然也。故公之能處其死，不足以觀公之大。何則？及至於勢窮，義有不得不死，雖中人可勉焉，况公之自信也歟？維歷忤大姦，顛跌撼頓，至於七八，而始終不以死生禍福爲秋毫顧慮，非篤於道者不能如此，此足以觀公之大也。夫世之治亂不同，而士之去就亦異。若伯夷之清，伊尹之任，孔子之時，彼各有義。夫既自比於古之任者矣，乃欲睠顧回隱以市於世，其可乎？故孔子惡鄙夫不可以事君，而多殺身以成仁者。若公，非孔子所謂仁者歟？

今天子嘉祐元年，尚書都官郎中知撫州聶君某，尚書屯田員外郎通判撫州林君某，相與慕公之烈，以公之嘗爲此邦也，遂爲堂而祠之。既成，二君過予之家而告之，曰願有述。夫公之赫赫不可蓋者，固不繫於祠之有無，蓋人之嚮往之不足者，非祠則無以致其至也。聞其烈足以感人，况拜其祠爲親炙之者歟？今州縣之政，非法令所及者，世不復議。二君獨能追公之節，尊而事之，以風示當世，爲法令之所不及，是可謂有志者也。

筠州學記

曾　鞏

周衰，先王之迹熄。至漢，六藝出於秦火之餘，士學於百家之後。言道德者，矜高遠而遺世用；語政理者，務卑近而非師古。刑名兵家之術，則狃於暴詐，惟知經者爲善矣，又争爲章句訓詁之學，以其私見，妄穿鑿爲説，故先王之道不明，而學者靡然溺於所習。當是時，能明先王之道，揚雄而已。而雄之書，世未知好也。然士之出於其時者，皆勇於自立，無苟簡之心，其取與進退去就，必度於禮義。及其已衰，而搢紳之徒抗志於彊暴之間，至於廢錮殺戮，而其操愈厲者，相望於先後。故雖有不軌之臣，猶低佪没世，不敢遂其簒奪。

自此至於魏、晋以來，其風俗之弊，人材之乏久矣。以迄於今，士乃有特起於千載之外，明先王之道，以寤後之學者。世雖不能皆知其意，而往往好之。故習其説者，論道德之旨而知應務之非近，議政理之體而知法古之非迂，不亂於百家，不弊於傳疏。其所知者若此，此漢之士所不能及。然能尊而守之者，則未必衆也，故樂易敦朴之俗微，而詭欺薄惡之習勝。其於貧富貴賤之地，則養廉遠耻之意少，而偷合苟得之行多。此俗化之美，所以未及於漢也。夫所聞或淺而其義甚高，與所知有餘而其守不足者，其故何哉？繇漢之士，察舉於鄉閭，故不得不篤於自修，至於漸磨之久，則果於義者，非彊而能也。今之士，選用於文章，故不得不篤於所學，至於循習之深，則得於心者，亦不自知其至也。由是觀之，則上之所好，下必有甚者焉，豈非信歟？令漢與今有教化開導之方，有庠序養成之法，則士於學行，豈有彼此之偏，先後之過乎？夫大學之道，將欲誠意、正心、修身，以治其國家天下，而必本於先致其知，則知者固善之端，而人之所難至也。以今之士，於人所難至者既幾矣，則上之施化，莫易於斯時，顧所以導之如何爾！

筠爲州，在大江之西，其地僻絶。當慶曆之初，詔天下立學，而筠獨不能應詔，州之士以爲病。至治平三年，蓋二十有三年矣，始告于知州事尚書都官郎中董君儀，董君乃與通判州事國子博士鄭君蒨，相州之東南，得亢爽之地，築宮於上。齋祭之室，講誦之堂，休宿之廬，至於庖湢庫廐，各以序爲。經始於其春，而落成於八月之望。既而來學者常數十百人。二君乃以書走京師，請記於予。予謂二君之於政，可謂知所務矣。使筠之士相與升降乎其中，講先王之遺文，以致其知，其賢者超然自信而獨立，其中材勉焉以待上之教化，則是宮之作，非獨使夫來者玩思於空言以干世取禄而已。故爲之著予之所聞者以爲記，而使歸刻焉。

齊州二堂記

曾　鞏

齊濱濼水，而初無使客之館。使至，則常發民調材木爲舍以寓，去則徹之，既費且陋。乃爲之徙官之廢屋，爲二堂於濼水之上以舍客，因考其山川而名之。

蓋《史記·五帝紀》謂舜耕歷山，漁雷澤，陶河濱，作什器於壽丘，就時於負夏。鄭康成釋歷山在河東，雷澤在濟陰，負夏衛地。皇甫謐釋壽丘在魯東門之北，河濱，濟陰定陶西南陶丘亭是也。以余考之，耕稼陶漁，皆舜之初，宜同時，則其地不宜相遠。二家所釋，雷澤、河濱、壽丘、負夏，皆在魯、衛之間，地相望，則歷山不宜獨在河東也。《孟子》又謂舜東夷之人，則陶漁在濟陰，作什器在魯東門，就時在衛，耕歷山在齊，皆東方之地，合於《孟子》。按圖記，皆謂《禹貢》所稱雷首山在河東，嬀水出焉，而此山有九號，歷山其一號也。余觀《虞書》及《五帝紀》，蓋舜娶堯之二女，廼居嬀汭，則歷山蓋不同時，而地亦當異。世之好事者，廼因嬀水出於雷首，遷就附益，謂歷山爲雷首之别號，不考其實矣。由是言之，則圖記皆謂齊之南山爲歷山，舜所耕處，故其城名歷山，爲信然也。今濼上之北堂，其南則歷山也，故名之曰歷山之堂。

按圖，泰山之北與齊之東南諸谷之水，西北匯於黑水之灣，又西北匯於栢崖之灣，而至於渴馬之崖。蓋水之來也衆，其北折而西也，悍疾尤甚，及至於崖下，則泊然而止。而自崖以北，至於歷城之西，蓋五十里，而有泉涌出，高或致數尺，其旁之人名之曰趵突之泉。齊人皆謂嘗有棄糠於黑水之灣者，而見之於此，蓋泉自渴馬之崖潛流地中，而至此復出也。趵突之泉冬温，泉旁之蔬甲，經[一]冬常榮，故又謂之温泉。其注而北，則謂之濼水，達於清河以入於海。舟之通於齊者，皆於是乎出也。齊多甘泉，冠於天下，其顯名者以十數，而色味皆同。以余驗之，蓋皆濼水之旁出者也。濼水嘗見於《春秋》，魯桓公十有八年，『公及齊侯會于濼』，杜預釋一在歷城西北，入濟水。自王莽時不能被河南，而濼水之所入者清河也，預蓋失之。今濼上之南堂，其西南則濼水之所出也，故名之曰濼源之堂。

夫理使客之館，而辨其山川者，皆太守之事也。故爲之識，使此邦之人尚有考也。

道山亭記

曾鞏

閩故隸周者七，至秦開其地，列於中國，始并爲閩中郡。自粵之太末與吴之豫章，爲其通路。其路在〔二〕閩者，陸出則阸於兩山之間，山相屬無間斷，累數驛乃一得平地，小爲縣，大爲州，然其四顧亦山也。其塗或逆坂如緣絙，或垂崖如一髮，或側徑鈎出於不測之谿上，皆石芒峭發，擇地然後可投步。負載者雖其土人，猶側足然後能進，非其土人，罕不躓也。其谿行，則水皆自高瀉下，石錯出其間，如林森立，如士騎滿野，千里下上，不見首尾。水行其隙間，或衡縮蟉糅，或逆走旁射，其狀若蚓結，若蟲鏤，其旋若輪，其激若矢。舟泝沿者投便利，失毫分輒破溺。雖其土長川居之人，非生而習水事者，不敢以舟楫自任也。其水陸之險如此，漢嘗處其衆江淮之間而虚其地，蓋以其陿多阻，豈虚也哉？

福州治侯官，於閩爲土中，所謂閩中也。其地於閩爲最平以廣，四出之山皆遠，而長江在其南，大海在其東，其城之内外皆塗，旁有溝，溝通潮汐，舟載者晝夜屬於門庭。麓多桀木，而匠多良能，人以屋室鉅麗相矜，雖下貧，必豐其居，而佛、老子之徒，其宫又特盛。城之中三山，西曰閩山，東曰〔三〕九僊山，北曰粤王山。三山者鼎趾立，其附山，蓋佛、老子之宫以數十百，其瓌詭殊絶之狀，蓋已盡人力。

光禄卿直昭文館程公爲是州，得閩山嶔崟之際，爲亭於其處。其山川之勝，城邑之大，宫室之榮，不下簟席而盡於四矚。程公以謂在江海之上，爲登覽之觀，可比於道家所謂蓬萊、方丈、瀛洲之山，故名之曰道山之亭。閩以險且遠，故仕者常憚往，程公能因其地之善，以寓其耳目之樂，非獨忘其遠且險，又將抗其思於埃壒之外，其志壯哉！程公於是州，以治行聞，既新其城，又新其學，而其餘功，又及於此。蓋其歲滿，就更廣州，拜諫議大夫，又拜給事中，集賢殿修撰，今爲越州。字公闢，名師孟云。

霍丘縣驛記

王回

天下昔封〔四〕國之時，君民各久其安，而城郭、道路、關梁、廬館，尤嚴於賓客之事。凡國之地，大不過百里，而皆領於天子之詔，以待巡狩之所適。其歲時使人存覜，若歸脤、賀慶、致襘之來，則又有四鄰之交，朝覲會同聘問之集，車馬人徒之役，縱横而信宿者，蓋無虚國。而受館之禮，自畿内達於海隅，設官備物，候迓時謹，故雖跋山涉水，荒陋遐僻之城，具宗廟社稷者，一不敢缺焉。有不能然者，君子譏之，謂之失政，不可以爲國也。自天下更爲郡縣，守宰以考秩代居，民始不安其常，而先王之禮，所以浹於政事而尤嚴於賓客者，亦因以廢怠，陵夷且千歲。

及今，則驛舍之設，止於當路州縣馹遞所過，足以供給，應有司之令而已。然猶不敢稍張其制度，一有異於其間，則衆反譏之，以爲苟悦使客，市恩意，非政之急，吏既不得久於其秩，而思脱譏以滿去，故天下之驛，雖當路所設應有司之令者，往往圮而不完。至於歧旁他縣，則無敢唱興之者。

霍丘故蓼邑也，今縣屬壽，其治霍丘，距京師八百里，境内所包若千里，比而環者七州，七州之途皆出於驛，以達於壽。霍丘居最徑，然獨無驛，每使客之過者無所歸宿，則弛蓋偃節，混於逆旅，或寓其孥於浮屠氏之館，倉卒偪仄，而無以自表於民。今知縣事大理寺丞謝侯績〔五〕之至也，嘆曰：『吾爲地主於此，豈可以不知士大夫之辱？吾聞古之爲政，蓋莫不篤於賓客者，非苟相悦，所以相養以禮，而戴天子之命也。今吾邑雖陋，亦古之建國，傳其城郭社稷，而地大益近，曾不及有一館爲士大夫之禮，不已儉乎？雖衆口之譏，吾從古也，莫吾疚也。』於是相其署之東偏，面通衢之會，始築館焉。用若干日，立屋若干間，而門、堂、室、廡、井、庖、廐、庫，至於器皿百須無不具，而用不傷於財，役不勞於民也。既成，名之曰蓼驛，取古封國之號，蓋所以自見其志。而以狀屬回：『子其爲我書之，刻諸石，以告于後之人勿廢。』予曰：『推古之事，而歎今爲之難也。非發憤好禮，果於從政者，誰能爲之？』書傳於後之人，庶幾其卒勿廢焉。

建昌軍景德寺重修大殿彌陀閣記

李泰伯

儒失其守，教化墜於地，凡所以脩身正心，養生送死，舉無其柄，天下之人，若饑渴之於飲食，苟得而已。當是時也，釋之徒以其道鼓行之，焉往而不利？無思無爲之義晦，而心法勝；積善積惡之誡泯，而因緣作。空假中，則道器之云；戒定慧，則明誠之别。至於虞祔練祥，春秋祭祀之儀不競，則七日三年，地獄刼化之辯，亦隨而進，蕃衍光大，繄此之由。故嗣迦葉者，師子、達摩，流爲東山牛頭；傳龍樹者，惠文、惠思，熾乎天台灌頂。二家之學，並用於世。若夫律戒之盛，凡出家者，當由此塗。按白居易《撫州景雲寺律和尚碑》文，如來十弟子中，優波離善持律，波離滅，南嶽大師得之，南嶽滅，景雲大師得之。師南城人，初隸景雲寺，徙洪州龍興，終廬山東林，度男女萬五千人，姜相國公輔、顔太師真卿、本道廉使楊憑、韋丹，皆與友善。樂天之叙如此。

南城於宋爲建昌軍，景雲爲景德寺，律和尚之迹已無見，土木之堅久者，唯殿與門。殿之制不靡，而其材良，乃今所無。基高而旁羸，入風雨者四而如一，將恐腐折，後難爲功。寺僧義明，乃營屋若干柱以翼之，且作彌陀閣於其前右，兼壯與麗，爲永永計。先共謀者文憲、宗正。既而憲住他院，正亦遂輟，克有終者唯明。殿之財集於衆，閣成於孀何氏。始卒凡八年。明講經論，頗憙事，以雅於予，來乞文。因論釋之所由興，亦使其徒知此寺昔嘗有僧爲律戒師，於江之南度人以萬數，當世賢者與之游，以爲寺之榮，而有所慕焉。

袁州學記

李泰伯

皇帝二十有三年，制詔州縣立學。惟時守令有哲有愚，有屈力單慮祇順德意，有假宫借師苟具文書，或連數城亡誦弦聲，倡而不和，教尼不行。三十有二年，范陽祖君某知袁州，始至，進諸生，知學官闕狀，大懼人材放失，儒效闊疏，亡以稱上旨。通判潁川陳君某聞而是之，議以克合。相舊夫子廟陿隘不足改爲，廼營治之東北隅，厥土燥剛，厥位面陽，厥材孔良。瓦甓黝堊丹漆舉以法故，殿堂室房廡門各得其度。百爾器備，竝手偕作，工善吏勤，晨夜展力。越明年成，舍菜且有日，盱江李覯諗於衆曰：『惟四代之學，考諸經可見已，秦以山西鏖六國，欲帝萬世，劉氏一呼而關門不守，武夫健將賣降恐後，何邪？《詩》《書》之道廢，人唯見利而不聞義焉耳！　孝武乘豐富，世祖出戎行，皆孳孳學術，俗化之厚，延於靈、獻。草茅危言者，折首而不悔；功烈震主者，聞命而釋兵。群雄相視，不敢去臣位，尚數十年，教道之結人心如此。今代遭聖神，爾袁得賢君，俾爾由庠序踐古人之迹。天下治則擅禮樂以陶吾民，一有不幸，猶當伏大節爲臣死忠，爲子死孝，使人有所法，且有所賴，是惟朝家教學之意。若其弄筆墨以徼利達而已，豈徒二三子之羞？　抑爲國者之憂。』此年實至和甲午，夏某月甲子記。

義田記

錢君倚

范文正公，蘇人也。平生好施與，擇其親而貧、踈而賢者，咸施之。方貴顯時，置負郭常稔之田千畝，號曰義田，以養濟群族之人，日有食，歲有衣，嫁娶婚葬皆有贍。擇族之長而賢者主其計，而時其出納焉。日食人一升，歲衣人一縑，嫁女者五十千，再嫁者三十千，娶婦者三十千，再娶者十五千。葬者如再嫁之數，幼者十千。族之聚者九十口，歲入給稻八百斛，以其所入，給其所聚，沛然有餘而無窮。仕而家居俟代者與焉，仕而居官者罷其給。此其大較也。初公之未貴顯也，有志於是矣，而力未逮者三十年。既而爲西帥，及參大政，於是始有禄賜之入，而終其志。公既殁，後世子孫修其業，承其志，如公之存也。公雖位充禄厚，而貧終其身。殁之日，身無以爲斂，子無以爲喪。惟以施貧〔六〕活族之義遺其子而已。

昔晏平仲弊車羸馬，桓子曰：『是隱君之賜也。』晏子曰：『自臣之貴，父之族無不乘車者，母之族無不足於衣食，妻之族無凍餒者。齊國之士，待臣而舉火者三百餘人。以此爲隱君之賜乎？彰君之賜乎？』於是齊侯以晏子之觴而觴桓子。予甞愛晏子好仁，齊侯知賢，而桓子服義也。又愛晏子之仁有等級，而言有次也。先父族，次母族，次妻族，而後及其踈遠之賢。孟子曰：『親親而仁民，仁民而愛物。』晏子爲近之。觀文正之義，其與晏子比肩矣！然晏子仁止生前，而文正公之義〔七〕賢於身後，其規摹遠舉又疑過之。嗚呼！世之都三公位，享萬鍾禄，其邸第之雄，車輿之飾，聲色之多，妻孥之富，止乎一己，而族之人不得其門而入者豈少哉？况於施賢乎？其下爲卿大夫，爲士，廩稍之充，奉養之厚，止乎一己，族人之瓢囊爲溝中瘠者豈少哉？况於他人乎？是皆公之罪人也。公之忠義滿朝廷，事業滿邊隅，功名滿天下，後必有史官書之者，予可略也，獨高其義，因以遺於世云。

校勘記

〔一〕『經』，底本作『終』，據六十三卷本、麻沙本改。元本《元豐類稿》作『經』。

〔二〕『在』，底本無，據六十三卷本補。元本《元豐類稿》有『在』字。

〔三〕『曰』，底本無，據六十三卷本補。元本《元豐類稿》有『曰』字。

〔四〕『封』，麻沙本作『初』。

〔五〕『績』，麻沙本作『續』。

〔六〕『貧』，六十三卷本作『賢』。

〔七〕『其與晏子比肩矣！然晏子仁止生前，而文正公之義』，凡二十字，底本無，據六十三卷本補。

新校宋文鑑卷第八十一

校者按：底本爲刻卷，據六十三卷本、麻沙本刻卷校改。

記

慶州大順城記

張載

慶曆二年某月某日，經略元帥范公仲淹鎮役總若干，建城於柔遠寨東北四十里故大順川。越某月某日，城成。汴人張載謹次其事，爲之文，以記其功。詞曰：

兵久不用，文張武縱。天警我宋，羌蠢而動。恃地之彊，謂兵之衆。傲侮中原，如撫而弄。天子曰嘻！是不可捨。養姦縱殘，何以令下？講謨于朝，講士于野。鍖刑斧誅，選付能者。皇皇范侯，開府於慶。北方之師，坐立以聽。公曰彼羌，地武兵勁。我士未練，宜勿與競。當避其彊，徐以計勝。吾視塞口，有田其中。賊騎未迹，卯橫午縱。余欲連壁，以禦其衝。保兵儲糧，以俟其窮。將吏掾曹，軍師卒走。交口同辭，樂賛公命。月良日吉，將奮其旅。出卒于營，出器于府。出幣于帑，出糧于庾。公曰戒哉！無敗我舉。汝礪汝戈，汝鋈汝斧。汝干汝誅，汝勤汝與。既戒既言，遂及城所。索木箕土，編繩畚杵。胡虜之來，百十其至。自朝及辰，衆積我倍。公曰無譁，是亦何害？彼姦我乘，及我未備。勢雖不敵，吾有以恃。爰募彊弩，其衆累百。依城而陣，以堅以格。戒曰謹之，無鬬以力。去則勿追，往終我役。賊之逼城，傷死無數。謨不我加，因潰而去。公曰可矣，我功汝全。無怠無遽，城之惟堅。勞不累日，池陴以完。深矣如泉，高焉如山。百萬雄師，莫可以前。公曰濟矣，吾議其旋。擇士以守，擇民而還。書勞賞才，以飫以筵。圖列而上，薦聞於天。天子曰嗟！我嘉汝賢。錫號大順，因名其川。于金于湯，保之萬年。

澠池縣新溝記

趙瞻

澠掖巖嶔，面谿匯，土著市列，盤互回附。歲大霖潦，注邑中途，湍鍥濤齧，寖淫奔射。自道距岐，以派於劇衢康逵，已乃洩於川。邑之民，行者表深，居者附高木，擁槍纍，網防倍扉，以易厥[illegible]，承習生常，恬不恠憚。吏眈眈第養威堂皇上，坐廣卧安，烏即民謀。由此故城中地寖久注蝕，淪爲坎窞，車蹄馬跌，冤嘖載路。

及大理丞侯君爲縣，凡民病政蠹，鑱剔熸潔。居又明年，遑恤及是，跡所源流，慮所經歷，決邑之北偏曰魏家會，濬仞夷洒，並隅而東，順達于谿。鍤田千有二百步，平錢十有三萬，僦傭三千工。農願售地，市願輸金，役願顧直。工一月已，既而雨作，水循故道，趣於新溝，曼衍轉注，支合脉湊，如避善政，如伏嚴威，激流湧進，不潰厓岸。賈族侈肆，民家按堵，所利者博，其千萬年不弛。

侯君屬予，使謹其歲月。夫君子何慮而不及於民？《春秋左氏傳》曰『啓塞從時』，則違時僝工，猶趣興役，况是作也，不掠農力？《吕紀・月令》曰：『時雨將降』，『道達溝瀆，開通道路，無有障塞』。則葺舊補敝，猶爲按職，况是舉也，揭爲長利？彼以《經》《傳》用吾民，予豈敢不書？謹記曰：今上二十三年冬十月，某朔，某日甲子，河南澠作新溝。庶史氏有繼夫遷《河渠書》、固《溝洫志》者，當著予記。

登州新造納川亭記

章望之

人與天地並生而異道，能周而爲變化者，一氣也。天地之氣不舒，則四時五緯與山川水土，舉失其常；人之氣不舒，則思慮塞而精神有遺，百疾於是乎生。故君子所樂奉者天地之和，所樂觀者天地之大。大而高莫如山嶽，大而深莫如河海，其間又有禽獸草木之所蕃，黿鼉魚鱉之所錯，祕恠神異之所儲，珠玉寶藏之所産，世之百物，莫不具諸。是以高深之地，君子樂之，以其能開人思慮，泰人精神，蓋耳目廣則聰明豁爾。不然，何以孔子登東山而小魯，登泰山而小天下哉？故遇西子，然後知世無美色；享太牢，然後知世無珍味；聞《簫》《韶》，然後知世無至音；覩海嶽，然後知世無大物。古之君子，務見博而知遠者以此。

吉州刺史劉侯涣之爲登州也，爲納川亭於城之北隅，以地濱於海，言此所以容受百川也。

廣狹得中，奢儉得宜，役不勞而事不煩，其可以爲寓目適心之雄，殆無與亢者，豈非助大丈夫胸臆之一端歟？侯有文武長材，濟之以剛正，凛然有不可奪之風。甞入居清要，出總繁重，皆赫著能名。今之作斯亭，以壯郡國游觀之勝，以資賓客宴饗之盛。暇日則命戎旅，習水戰，以無忘戒備。其動翼如，其静肅如。於是王人朝士之出是途，莫不交口詠其交賓接下之和，美其忠奉朝廷之勤。異日侯去爲天子股肱，知必能以興作之心，充斥其行事。

清溪亭記

王安國

清溪亭臨池州之溪上，隷軍府事判官之廨〔一〕，而京兆杜君之爲判官也，築於治平三年某月某甲子，而成於某月某甲子。於是州之士樂之，而相與語曰：『夫吴楚、荆蜀、閩越之塗〔二〕，出入於是而離離；洞庭、鄱陽之水，浮於日月之無窮。四方萬里之人，飛帆鼓楫，上下於波濤之中，犯不測之險於朝暮之際，而吾等乃於數楹之地，得偉麗之觀於寢食坐作之間，是可喜也。若夫崎嶇闤闠之萬家，行〔三〕千峯之繚繞，朝暘曈曚，破氛霧於巑岏縹渺之石，而水摇山動於玲瓏窈窕之林，煙雲之滅没，風雨之晦冥，天之所變，隨於人之動息者也。陽闢而陰闔，草萌而木芽，霏紅縹紫，映燭而低昂，與夫美蔭交而鳥獸嬉，野潦收而洲渚出，冰崖雪壑，桑落之墟，景象之盛衰，見於四時之始終，而隱顯不匿乎一席之俯仰，然後知呼吸於天地之氣，而馳騖偃伏，出有入無者，孰使然哉？覽於是者，宜有以自得，而人不吾知也。』

君曰：『夫僊其形於事者，宜有以佚其勞。饜其視聽之喧囂，則必之乎空曠之所，然後能無患於晦明。吾是以知之，間隙携其好於此，而徜徉以畢景。飛禽之啁啾，怒浪之洶湧，漁蓬樵屩嘯於前而歌於後，孰與夫訟訴笏笞之聲交於吾耳也？岸幘穿屨，弦歌而詩書，投壺飲酒，談古今而忘賓主，孰與夫擎跽折旋之容接於吾目也？凡所以好其意者如此，而又以爲夫居者厭於扃束，行者甘於憩休，人情之所同，而吏者多以爲我不能久於處也，室廬有忽不治者，又況宴遊之設乎？俗陷於不恕，而萬事之陵夷，往往以此。吾疾之久矣，而亭之所以作也。』

噫！推君之意，可謂賢矣。吾爲之記曰：夫智足以窮天下之理，則未始玩心於物；而仁足以盡己之性，則與時而不遺。然則君之意有不充於是歟？余未嘗游於君，而吾弟和甫方爲之僚，乃因和甫請記而爲之，記者臨川王安國。

邢州堯山縣令廳壁記

沈　括

地方百里，聽事於庭者萬家，上不得專達於天子，下不得賓養國中之善士，其官謂之縣令。其秩不得齒於天子之下士，静牽動違，勢如槁毛。士能得志於斯，亦可謂賢矣。其選既輕，故民未嘗厚望於吏，吏之自期亦以此，則因謂之治，豈所謂治者耶？

吾王君聖美之爲堯山，不以其輕者入於心，而猶〔四〕爲其所難。剥槌斷裂之政不得行，皎明察深矯厲之名不立，而下皆有以相先，不暴而争，肆耕而飽食，事益不至縣令之庭。縣既已空無事，乃治其所居之堂。凡前後之共爲此邑者，不忍其人没而不章，則又納其壁中以縣令之題名。予客過趙、魏之郊，問其故家舊俗，皆慨然喜言三晉戰國之事。自七國之時，趙數窘秦人於兩河之間，秦方强天下，所憚獨在趙，故趙常〔五〕受兵，爲天下勁國。其後四分以爲代、魏、燕、趙，踣漳南，蹶上黨，肩尻頓僨，不能相支，而邯鄲、鉅鹿穿裂摧壞，獸驚鳥決，獨當四方之鋒。其人生而知有戰鬬攻掠之備，習聞而成風者，已久而不可遷，雖當積安無事之日，其天性固以異於他俗，此宜治之甚難。而聖美摩撫調養之，既成，則又推之於前後之人，若無心於得失者，宜乎民安之不難矣。聖美以嘉祐六年得堯山，於其將去，使來求記於予，則治平元年也。

七門廟記

劉　攽

嘉祐二年，予爲廬州從事，始以事至舒城，觀所謂七門三堰者，問其居人，其溉田幾何，對曰凡二萬頃。考於圖書，實魏揚州刺史劉馥所造，自魏至今，七百有餘歲云。予於是歎美其功。後二年，校書郎包君廓爲縣主簿，嘗與予語及之。包君謂予曰：『馥信有功，然吾問於耆老，而得羹頡侯信焉。初，漢以龍舒之地封信爲列侯，信廼爲民畎澮舒河，以廣溉浸。信爲始基，至馥時，廢而復修耳。昔先王之典，有功及民則祀之，若信者，抑可謂有功者乎！然吾恨史策之有遺，而吾憐舒人之不忘其思也，今我將爲侯廟祀之，而以馥配，子幸爲我記之焉。』予因曰諾。頃之，包君以書告曰廟謹畢事。

予曰：昔高帝之起，宗室昆弟之有材能者，賈以征伐顯，交以出入傳命謹信爲功。此二人者，皆裂地爲王，連城數十。代王喜以棄國見省，而子濞亦用力戰王吴，獨信區區，僅得封侯，而能勤心於民，以興萬世之利，其愛惠，豈與賈、濞相侔哉？夫攻城野戰，滅國屠邑，是二三子之所謂能殺人者也。與夫闢地墾土，使數十萬之民世世無饑餒之患，所謂善養人者，於以相譬，猶天地之懸絶也。然而賈、濞以功自名，信不見録，豈殺人易以快意，養人不見形象哉？周公之書曰『民功曰庸』，藉使信生當周公之世，其受賞，非賈、濞之所敢望矣。雖然，彼賈、濞之死，泯滅無聞久矣，而信至今民猶思而記之，此所謂『得乎丘民』，而世之寵禄『當時則榮，殁則已焉』者乎？夫事有可繼，君子繼之，不必其肇於己而後爲功也。若劉刺史，起於三國亂亡之餘，蒸庶掃地，顧獨以農爲先，事功一立，迄今長存，雖曰脩舊，是可謂功矣。予既嘉包君之能徇於民，使侯信之美不忘，又其建祀，合於先王之法，於是書之。

泰州玩芳亭記

劉　敞

《楚辭》曰：『惜吾不及古之人兮，吾誰與玩此芳草？』自詩人比興，皆以芳草嘉卉爲君子美德，無與玩者，猶《易》『井渫不食』云爾。海陵郡城西偏多喬木，大者六七尋，雜花桃李、山櫻、丁香、椒棣數十種，萱菊、薜荔、莎蘆、巴焦叢植櫓生。負城地尤良，朱氏居之，益種修竹、梅杏、山茶、橙梨，異方奇卉，往往而在。清池縈回，多菱蓮蘋藻。於是築室城隅，下臨衆卉，名曰玩芳。於乎！喬木森聳，百歲之積也；衆卉行列，十歲所植也；雜英紛糅，終歲之力也。俄而索之，不易得也。天施地生，非爲己役也。能者取玩焉，能主客也。惠而不費，莫相德也。非《易》所歎『渫而不食，爲心惻』也。於是刻石亭右，以記歲月云。

新修東府記

陳　繹

中書，政事本也；宰相，三公官也。官不必備，唯其人，匪其人不居。且體貌大臣，禮重而莊，物采顯庸，宜備而稱，豈曰私其人哉？蓋所與坐而論道，不下席而致太平之功者，二三執政而已。國朝以來，尚襲唐故，大臣多不及建里第，而僦居民間，至距城數里之外。東西南北，回遠不相接也。四方奏書，緩急報聞，吏卒持走，徧歷諸第，一有漏露稽違，失亡其可逮乎？而又暑寒雨風，晨趍暮還，輿衛騶呵，導從前後，搢紳士大夫造請，紛馳于里巷坊曲之隘，甚非尊嚴體貌之觀也。今禁衛三帥率有公廨，庶官省寺亦或有居，而獨大臣不列府舍，每朝則待漏闕門之次，入則議政殿上，退即聽事，群有司公見請白可否，少休，吏史抱文書，環几案，左右頡頏以進，至日下晝數刻始歸。夫以王城輦轂之大，其制度之闕如此。乃出聖畫，新剏二府，親遣中人，度地于闕之西南，輪廣方制，房皇鉤折，繪圖以聞。即刊定于禁中，申命三司，飭吏庀〔六〕司，計工程材，役不妨時，費不病官。自熙寧三年秋七月興作，東西府凡八位，揔千二百楹，明年秋八月，東府四位成，詔知制誥臣繹爲之記。臣拜手稽首，以書日月工實之次。

謹按，三代盛王，繇禮義之政，至于周而大備。文章典刑，物采位叙，煒然見于朝廷之表。公卿内外，居有室宅，上不爲過侈，下不爲苟約。出則寵之淑旂龍章鈎膺之駕，入則具之列鼎蒲筵粉純之居。仰而視其宫，則有榱題之礱密；俯而攝其衣，則有衮舄之嚴麗。且謂不如是不足以待其人，非其人不足以相天下之政。故其取予屈舒，厚薄等衰，一謂之天秩。先王之澤既竭，能道古人之言者起，以其私學蔽尚迷謬世俗，雖有志之主厭然，而所慕者不過耳目之所習，呴呴而望其下者益卑。西漢去治世未遠，開丞相府，四出門無闌，不設鈴，不驚鼓，深大宏遠，無有限節。郡國守長吏得以歲上計事，國有大議，車駕亦親幸而臨聽焉。然其議不過軍功、武爵、期會、督責之故。至於東漢，仍建公府蒼龍闕東偏，其制度雖存，而稱號不復於當時，蓋用人授位出於一切，其煩文虚器、隆殺存亡者，亦無足以繫政事之重輕。

宋興之初，平定四方，烜燿神武，遂一宇内，頗用戰勳伐閱將帥之人。浸久而安，生民樂嬉，百年之間，軌蹟運行，將臣相臣，夜寐夙興，罔敢有懈。皇帝臨位，躬攬權綱，顯白訓義，圖惟先王治理之實，置府設屬，大放古制。文武弛張，名器有等，大小尊卑，靡不遵序。夫名者，禮之分也；位者，處其名之器也。名既正，然後任責之理得，而百事修明。名不正，則任責之理廢，而百事隳。必使望其器，可以知其職；問其職，可以知其人。《書》曰：『股肱喜哉，元首起哉，百工熙哉！』是繇天子任大臣以道，而率作興事，罔不喜樂，賡歌卒起乎治功之隆，蓋君臣會遇，千載之甚盛德也。若乃聖作物覩，宣耀典訓，垂萬世之丕則，考不磨之斯文，其不在二府之制，而在道德之意乎！

新修西府記

陳繹

唐初，典兵禁中，出於帷幄之議，故以機密名官。開元中，設堂後五房，而機密自爲一司，其職祕，獨宰相得知，舍人官屬無得預也。貞元之後，藩鎮旅拒，重以兵屬人，乃以中官分領左右神策軍，而樞密之職歸於北司。然嘗寄治省寺廡下，延英會議，則屏立殿西，勢猶厭厭，傳道宫省語而已。至其盛時，其貴者號中尉，次則樞密使，皆得貼黄除吏。唐末既除北司，并南北軍於樞密，樞密使〔七〕遂揔天下之兵。五代以來，多以武人領使，而宰相知院事。國朝復置副貳、簽書、直學士之名，大略文武參用，間以宰相兼領之，故得進退大吏，預聞機政，其任職蓋重矣。

古之公卿，入則相與謀於朝，出則相與謀於家。家宰膳夫之政不至于耳目，而天下四方之事，每得於燕處之際。故其爲之不勞，而日常若有餘。今未明而入進見，請決於陛席之前，退而百執事叩閤禀事，吏持書奏，周走閭巷，終日不得與一二大臣謀求，若古人之之舂容有餘，勢固不行也。

熙寧三年，詔營兩府於掖城之南，其任樞密使者爲西府，於是有司知上之所以優隆大臣，將以修天下之政於堂陛之下，莫不率職底功，士獻其能，工致其才，不周歲而告成。臣謹按，樞密，司馬之職事，而周制屬於夏官，秦漢曰太尉，亦冠將軍之號，祿比丞相，置官屬，掌兵武。夫善用兵者，使之至於無兵，善治兵者，治之於無事，然後天子之威刑震耀，偃然懾折於萬里之外。噫！非二三大臣，曷以哉？若夫仰而登，則恩見於榱桷；俯而宴，則禮見於階陛。周旋指顧，無非上之致隆於己者，是則其所以享寵而居是者，可無思乎？

臨湘縣閱武亭記

劉摯

祕書丞衡君塾，字文叔，治岳州臨湘之二年，以書謂余曰：『使天下不如古，吾知其有人焉，謀己而偷者，固漫不省利害。及夸而高言，又曰：「吾方志遠大，彼細務瑣瑣，烏足爲？」是[八]二人者相與從事，積微浸著，天下頹政，何可勝數？吾則不敢。吾之邑，右帶長江，南東地大倚山，民慓猾輕爲盜。既憖古人，不能使民不爲盜，又不知禁其已然，尚曰爲政耶？縣所賴以索盜，有所謂弓手者，今在吾籍八十人，前時聽其便私，散居廛閭，呼調不一，難以應猝，及去而擾平民。今吾能不取官與民，作區屋以萃之，凡若干，據以大亭，牓曰閱武，以時臨視其藝。衆既團隸有地，稍稍就律，其材漸若可用，而無里巷譁競犯法之患。此縣令小事，非以爲功，然願有紀，告來者使勿廢而已。』

嗚呼！余知君不好小事名也，雖然，罔忽諸小，然後可以任夫大。俾天下得縣令皆用心猶此，循而望古有路矣。即以其所以謂余者，書之亭上。

校勘記

〔一〕『廨』，底本作『府』，據六十三卷本改。
〔二〕『塗』，底本作『徒』，據六十三卷本改。
〔三〕『行』，底本作『於』，據六十三卷本改。
〔四〕『猶』，麻沙本作『獨』。
〔五〕『常』，六十三卷本作『當』。
〔六〕『庀』，麻沙本作『譜』。
〔七〕『樞密使』，底本僅有一『使』字，從上，今據六十三卷本改。
〔八〕『是』，底本無，據六十三卷本補。

新校宋文鑑卷第八十二

校者按：底本爲刻卷，據六十三卷本、麻沙本刻卷校改。

記

墨君堂記

蘇軾

凡人相與號呼者，貴之則曰公，賢之則曰君，自其下則爾汝之。雖公卿之貴，天下貌畏而心不服，則進而君公，退而爾汝者多矣。獨王子猷謂竹君，天下從而君之，無異辭。今與可又能以墨象君之形容，作堂以居君，而屬余爲文以頌君德，則與可之於君信厚矣。

與可之爲人也，端静而文，明哲而忠。士之脩絜博習，朝夕磨治洗濯，以求交於與可者，非一人也，而獨厚君如此。君又疎簡抗勁，無聲色臭味可以娱悦人之耳目鼻口，則與可之厚君也，其必有以賢君矣。世之能寒燠人者，其氣燄亦未至若雪霜風雨之切於肌膚也，而士鮮不以爲欣戚，喪其所守。自植物而言之，四時之變亦大矣，而君獨不顧，雖微與可，天下其孰不賢之？然與可獨能得君之深，而知君之所以賢。雍容談笑，揮灑奮迅，而盡君之德。稚壯枯老之容，披折偃仰之勢，風雪凌厲，以觀其操，崖石犖確，以致其節。得志遂茂而不驕，不得志瘁瘠而不辱。群居不倚，獨立不懼。與可之於君，可謂得其情而盡其性矣。余雖不足以知君，願從與可求君之昆弟子孫族屬朋友之象，而藏於吾室，以爲君之別館云。

浄因院畫記

蘇　軾

余嘗論畫，以爲人禽、宮室、器用皆有常形，至於山石竹木、水波煙雲，雖無常形，而有常理。常形之失，人皆知之；常理之不當，雖曉畫者有不知。故凡可以欺世而取名者，必託於無常形者也。雖然，常形之失，止於所失，而不能病其全。若常理之不當，則舉廢之矣。以其形之無常，是以其理不可不謹也。世之工人，或能曲盡其形，而至於其理，非高人逸才不能辨。與可之於竹石枯木，真可謂得其理者矣。如是而生〔一〕，如是而死，如是而攣拳瘠蹙，如是而條達遂茂。根莖節葉，牙角脉縷，千變萬化，未始相襲，而各當其處。合於天造，厭於人意，蓋達士之所寓也歟！

昔歲嘗畫兩叢竹於浄因之方丈，其後出守陵陽而西也。余與之偕，別長老道臻師，又畫兩竹梢一枯木於其東齋。臻方治四壁於法堂，而請於與可，與可既許之矣，故余并爲記之。必有明於理而深觀之者，然後知余言之不妄。

李氏山房藏書記

蘇　軾

象犀珠玉，恠珍之物，有悦於人之耳目，而不適於用。金石草木，絲麻五穀六材，有適於用，而用之則弊，取之則竭。悦於人之耳目而適於用，用之而不弊，取之而不竭，賢不肖之所得，各因其才，仁智之所見，各隨其分，才分不同，而求無不獲者，惟書乎！

自孔子聖人，其學必始於觀書。當是時，惟周之柱下史聃爲多書。韓宣子適魯，然後見《易象》與《魯春秋》。季札聘於上國，然後得聞《詩》之《風》《雅》《頌》。而楚獨有左史倚相，能讀《三墳》《五典》，《八索》《九丘》。士之生於是時，得見《六經》者蓋無幾，其學可謂難矣，而皆習於禮樂，深於道德，非後世君子所及。自秦、漢已來，作者益衆，紙與字畫日趨於簡便，而書益多，世莫不有。然學者益以苟簡，何哉？余猶及見老儒先生，自言其少時，欲求《史記》《漢書》而不可得，幸而得之，皆手自書，日夜讀誦，惟恐不及。近歲市人，轉相摹刻，諸子百家之書，日傳萬紙，學者之於書，多且易致如此，其文詞學術當倍蓰於昔人，而後生科舉之士皆束書不觀，遊談無根，此又何也？

余友李公擇，少時讀書於廬山五老峯下白石庵之僧舍。公擇既去，而山中之人思之，指其所居爲李氏山房，藏書凡九千餘卷。公擇既已涉其流，探其源，采剥其華實，而咀嚌其膏味，以爲己有，發於文詞，見於行事，以聞名於當世矣。而書固自如也，未嘗少損，將以遺來者，供其無窮之求，而各足其才分之所當得。是以不藏於家，而藏於其故所居之僧舍，此仁者之心也。余既衰且病，無所用於世，惟得數年之閑，盡讀其所未見之書。而廬山固所願遊而不得者，蓋將老焉，盡發公擇之藏，拾其餘棄以自補，庶有益乎！而公擇求余文以爲記，乃爲一言，使來者知昔之君子見書之難，而今之學者有書而不讀爲可惜也。

眉州遠景樓記

蘇軾

吾州之俗，有近古者三：其士大夫貴經術而重氏族，其民尊吏而畏法，其農夫合耦以相助。蓋三代、漢唐之遺風，而他郡之所莫及也。始朝廷以聲律取士，而天聖以前，學者猶襲五代文弊，獨吾州之士，通經學古，以漢文詞爲宗師，方是時，四方指以爲迂闊。至於郡縣胥吏，皆挾經載筆，應對進退，有足觀者。而大家顯人，以門族相上，推次甲乙，皆有定品，謂之『江鄉』。非此族也，雖貴且富，不通婚姻。其民事太守縣令如古君臣，既去輒畫像事之，而其賢者，則記録其行事，以爲口實，至四五十年不忘。商賈小民，常儲善物而别異之，以待官吏之求。家藏律令，往往通念而不以爲非，雖薄刑小罪，終身有不敢犯者。歲二月，農事始作。四月初吉，穀稚而草壯，耘者畢出，數十百人爲曹，立表下漏，鳴鼓以致衆，擇其徒爲衆所畏信者二人，一人掌鼓，一人掌漏，進退作止，惟二人之聽。鼓之而不至，至而不力，皆有罰。量田計功，終事而會之，田多而丁少，則出錢以償衆。七月既望，穀艾而草衰，則仆鼓決漏，取罰金與償衆之錢，買羊豕酒醴，以祀田祖，作樂飲酒〔二〕，醉飽而去，歲以爲常。其風俗蓋如此，故其民皆聰明才智，務本而〔三〕力作，易治而難服。守令始至，視其言語動作，輒了其爲人，其明且能者，不復以事試，終日寂然，苟不以其道，則陳義秉法以譏切之，故不知者以爲難治。

今太守黎侯希聲，軾先君之友人也，簡而文，剛而仁，明而不苟，衆以爲易事。既滿將代，不忍其去，相率而留之。上不奪其請，既留三年，民益信，遂以無事。因守居之北墉而增築之，作遠景樓，日與賓客僚吏游處其上。軾方爲徐州，吾州之人以書相往來，未嘗不道黎侯之善，而求文以爲記。

嗟夫！軾之去鄉久矣，所謂遠景樓者，雖想見其處，而不能道其詳矣。然州人之所以樂斯樓之成而欲記焉者，豈非上有易事之長，而下有易治之俗也哉？孔子曰：『吾猶及史之闕文也，有馬者借人乘之，今亡矣夫！』是二者，於道未有大損益也，然且録之。今吾州近古之俗，獨能累世而不遷，蓋耆老昔人豈弟之澤，而賢守令撫循教誨不倦之力也，可不録乎？若夫登臨覽觀之樂，山川風物之美，軾將歸老於故丘，布衣幅巾，從邦君於其上，酒酣樂作，援筆而賦之，以頌黎侯之遺愛，尚未晚也。

莊子祠堂記

蘇　軾

莊子，蒙人也，嘗爲蒙漆園吏，没千餘歲，而蒙未有祀之者。縣令祕書丞王兢始作祠堂，求文以爲記。謹按《史記》，莊子與梁惠王、齊宣王同時，其學無所不闚，然要本歸於老子之言。故其著書十餘萬言，大抵率寓言也。作《漁父》《盜跖》《胠篋》以詆訾孔子之徒，以明老子之術，此知莊子之粗者。余以爲莊子蓋助孔子者，要不可以爲法耳。

楚公子微服出亡，而門者難之，其僕操箠而罵曰：『隸也不力。』門者出之。事固有倒行而逆施者。以僕爲不愛公子，則不可；以爲事公子之法，亦不可。故莊子之言皆實予而文不予，陽擠而陰助之，其正言蓋無幾。至於詆訾孔子，未嘗不微見其意。其論天下道術，自墨翟、禽滑釐、彭蒙、慎到、田駢、關尹、老聃之徒，以至於其身，皆以爲一家，而孔子不與，其尊之也至矣。然余嘗疑《盜跖》《漁父》則若真詆孔子者，至於《讓王》《説劍》，皆淺陋不入於道。反復觀之，得其《寓言》之終曰：陽子居西遊於秦，遇老子，『老子曰：「而睢睢，而盱盱，而誰與居？大白若辱，盛德若不足。」陽子居蹵然變容』。『其往也，舍者將迎其家，公執席，妻執巾櫛，舍者避席，煬者避竈。其反也，舍者與之争席矣』。去其《讓王》《説劍》《漁父》《盜跖》四篇，以合於《列禦寇》之篇曰：『列禦寇之齊，中道而反』，『曰：「吾驚焉」』，『「吾食於十漿而五漿先餽。」』然後悟而笑曰：『是固一章也。』莊子之言未終，而昧者勦之以入其言，余不可以不辨。凡分章名篇，皆出於世俗，非莊子本意。

靈壁張氏園亭記

蘇　軾

道京師而東，水浮濁流，陸走黃塵，陂田蒼莽，行者倦厭，凡八百里，始得靈壁張氏之園於汴之陽。其外脩竹森然以高，喬木蓊然以深。其中因汴之餘浸以爲陂池，取山之恠石以爲巖阜。蒲葦蓮芡有江湖之思，椅桐檜栢有山林之氣，奇花美草有京洛之態，華堂厦屋有吴蜀之巧。其深可以隱，其富可以養，果蔬可以飽鄰里，魚鼈筍茹可以餽四方之賓客。余自彭城移守吴興，由宋登舟，三宿而至其下，肩輿叩門，見張氏之子碩，碩求余文以記之。

維張氏世有顯人，自其伯父殿中君，與其先人通州府君，始家靈壁，而爲此園，作蘭皐之亭，以養其親。其後出仕於朝，名聞一時，推其餘力，日增治之，於今五十餘年矣。其木皆十圍，岸谷隱然，凡園之百物，無一不可人意者，信其用力之多且久也。

古之君子不必仕，不必不仕。必仕則忘其身，必不仕則忘其君，譬之飲食，適於饑飽而已。然士罕能蹈其義，赴其節，處者安於故而難出，出者狃於利而忘返，於是有違親絶俗之譏，懷禄苟安之弊。今張氏之先君所以爲其子孫之計慮者遠且周，是故築室藝園於汴、泗之間，舟車冠蓋之衝，凡朝夕之奉，燕遊之樂，不求而足。使其子孫開門而出仕，則跬步市朝之上；閉門而歸隱，則俯仰山林之下。於以養生治性，行義求志，無適而不可。故其子孫仕者皆有循吏良能之稱，處者皆有節士廉退之行，蓋其先君子之澤也。余爲彭城二年，樂其土風，將去不忍，而彭往來於張氏之園，以與其子孫遊，將必有日矣。南望靈壁，雞犬之聲相聞，幅巾杖屨，歲時城之父老亦莫余厭也，將買田於泗水之上而老焉。

放鶴亭記

蘇　軾

熙寧十年秋，彭城大水，雲龍山人張君天驥之草堂，水及其半扉。明年春，水落，遷於故居之東，東山之麓，升堂而望，得異境焉，作亭於其上。彭城之山，岡嶺四合，隱然如大環，獨缺其西十二，而山人之亭適當其缺。春夏之交，草木際天，秋冬雪月，千里一色，風雨晦明之間，俯仰百變。山人有二鶴，甚馴而善飛，旦則望西山之缺而放焉，縱其所如，或立於陂田，或翔於雲表，莫則傃東山而歸，故名之曰放鶴亭。

郡守蘇軾時從賓客僚吏往見山人，飲酒於斯亭而樂之，挹山人而告之曰：『子知隱居之樂乎？雖南面之君未可與易也。《易》曰：「鶴鳴在陰，其子和之。」《詩》曰：「鶴鳴于九皐，聲聞于天。」蓋其爲物，清遠閑放，超然於塵垢之外，故《易》、詩人以比賢人君子，隱德之士狎而玩之，宜若有益而無損者。然衛懿公好鶴，則亡其國。周公作《酒誥》，衛武公作《抑戒》，以爲荒惑敗亂無若酒者，而劉伶、阮籍之徒以此全其真而名後世。嗟夫！南面之君，雖清遠閑放如鶴者，猶不得好，好之則亡其國；而山林遁世之士，雖荒惑敗亂如酒者，猶不能爲害，而况於鶴乎！由此觀之，其爲樂未可以同日而語也。』山人欣〔四〕然而笑曰：『有是哉！』乃作放鶴招鶴之歌曰：

鶴飛去兮西山之缺，高翔而下覽兮擇所適。翻然斂翼婉將集兮，忽何所見矯然而復擊。獨終日於澗谷之間兮，處[五]蒼苔而履白石。鶴歸來兮，東山之陰。其下有人兮，黄冠草屨葛衣而鼓琴。躬耕而食兮，其餘以汝飽。歸來歸來兮，西山不可以久留。

文與可畫篔簹谷偃竹記

蘇軾

竹之始生，一寸之萌耳，而節葉具焉。自蜩蝮蛇蚹，以至於劍拔十尋者，生而有之也。今畫者乃節節而爲之，葉葉而累之，豈復有竹乎？故畫竹必先得成竹於胸中，執筆熟視，乃見其所欲畫者，急起從之，振筆直遂，以追其所見，如兔起鶻落，少縱則逝矣。與可之教予如此，予不能然也，而心識其所以然。夫既心識其所以然而不能然者，内外不一，心手不相應，不學之過也。故凡有見於中而操之不熟者，平居自視了然，而臨事忽焉喪之，豈獨竹乎？子由爲《墨竹賦》以遺與可曰：『庖丁，解牛者也，而養生者取之。輪扁，斵輪者也，而讀書者與之。今夫夫子之託於斯竹也，而予以爲有道者，則非耶？』子由未嘗畫也，故得其意而已。若予者，豈獨得其意？并得其法。

與可畫竹，初不自貴重，四方之人持縑素以請者，足相躡於其門，與可厭之，投諸地而罵曰：『吾將以爲韈！』士大夫傳之，以爲口實。及與可自洋州還，而余爲徐州，與可以書遺余曰：『近語士大夫，吾墨竹一派，近在彭城，可往求之。韈材當萃於子矣。』書尾復寫一詩，其略曰：『擬將一段鵝谿絹，掃取寒梢萬尺長。』予謂與可：『竹長萬尺，當用絹二百五十匹。知公倦於筆硯，願得此絹而已。』與可無以答，則曰：『吾言妄矣，世豈有萬尺竹也哉？』余因而實之，答其詩曰：『世間亦有千尋竹，月落庭空影許長。』與可笑曰：『蘇子辯則辯矣，然二百五十匹，吾將買田而歸老焉。』因以所畫篔簹谷偃竹遺予曰：『此竹數尺耳，而有萬尺之勢。』篔簹谷在洋州，與可嘗令予作《洋州三十詠〔六〕》，《篔簹谷》其一也。予詩云：『漢川脩竹賤如蓬，斤斧何曾赦籜龍？料得清貧饞太守，渭濱千畝在胷中。』與可是日與其妻游谷中，燒筍晚食，發函得詩，失笑噴飯滿案。

元豐二年正月二十日，與可没於陳州。是歲七月七日，予在湖州曝書畫，見此竹，廢卷而哭失聲。昔曹孟德《祭橋公》文有『車過腹痛』之語，而予亦載與可疇昔戲笑之言者，以見與可於予親厚無間如此也。

南安軍學記

蘇軾

古之爲國者四：井田也，肉刑也，封建也，學校也。今亡矣，獨學校僅存耳。古之爲學者四：其大則取士、論政，其小則弦、誦。今亡矣，直誦而已。舜之言曰：『庶頑讒説，若不在時，侯以明之，撻以記之，書用識哉，欲並生哉！工以納言，時而颺之，格則承之庸之，否則威之。』

格之言改也，《論語》曰：『有耻且格。』承之言薦也，《春秋傳》曰：『奉承齋犧，庶頑讒説不率教者，舜皆有以待之。』夫化惡莫若進善，故推其可進者，以射侯之禮舉之。其〔七〕不率教，甚者則撻之，小則書以記之，非疾之也，欲與之並生而同憂樂也。此士之有罪而尚未可棄者，故使樂工採其謳謡諷議之言而颺之，以觀其心。其改過者，則薦之且用之。其不悛者，則威之，屏之，僰之，寄之之類是也。此舜之學政也。射之中否，何與於善惡，而侯以明之何也？曰：射所以致衆而論士也，衆一而後論定。孔子射於矍相之圃，蓋觀者如堵，使弟子揚觶而序點者三，則僅有存者。由此觀之，以射致衆，衆集而後論士，蓋所從〔八〕來遠矣。《詩》曰『在泮獻囚』，又曰『在泮獻馘』。《禮》曰『受成於學』。鄭人游鄉校以議執政，或謂子産毁鄉校何如，子産曰：不可。善者吾行之，不善者吾改之，是吾師也。孔子聞之，謂子産仁。古之取士、論政者必於學，有學而不論政，不取士〔九〕，猶無學也。學莫盛於東漢，士數萬人，嘘枯吹生，自三公九卿皆折節下之，三府辟召，常出其口。其取士、論政可謂近古，然卒爲黨錮之禍，何也？曰：此王政也。王者不作，而士自以私意行之於下，其禍敗固宜。

朝廷自慶曆、熙寧、紹聖以來，三致意於學矣，雖荒服郡縣必有學，况南安江西之南境，儒術之富與閩、蜀等。而太守朝奉郎曹侯登，以治郡顯聞，所至必建學，故南安之學甲於江西。侯，仁人也，而勇於義。其建是學也，以身任其責，不擇劇易，期於必成。士以此感奮，不勸而力，費於官者，爲錢九萬三千，而助者不貲。爲屋百二十間，禮殿講堂視大邦君之居。凡學之用，莫不嚴具。又以其餘增置廩給，食數百人。始於紹聖二年之冬，而成於四年之春。學成而侯去，今爲潮州。

軾自海南還，過南安，見聞其事爲詳。士既德侯不已，乃具列本末，贏糧而從軾者三百余里，願紀其實。夫學，王者事也，故首以舜之學政告之。然舜遠矣，不可以庶幾，有賢太守，猶可以爲鄭子産也。學者勉之，無媿於古人而已。

成都府運判廳讌思堂記

文同

天下之事物，常相與宜稱，則文理順而制度得。或鉅細輕重一有未合，率病之以爲不當然，遂起衆論矣。區宇之大，吾宋盡有之，四指之極，幅員萬里，旁裁直製，界爲諸道，其置使以轉運爲名者，常艱選擇。往服其職，底財賦，察僚吏，宣布威惠，顓假之柄，其所與葢已重矣。惟劍南西川，原壄衍沃，畇庶豐夥，金繒紵絮，天灑地發；裝餽日報，舟浮輦走，以給中府，以贍諸塞，號居大農所調之半。縣官倚之，固以爲實藪珎藏云。其所謂佐者，既非齪齪循累歲月者之所能得，其所止亦當崇大閎顯，與主者儀形無歉缺，始云其可矣。今其所謂佐者之居，舊嘗一切置之，尋廢既復，亦踐襲往制，回曲庳狹，不足以視清曠，講燕休。餘基蓊然，蔽没蓬藋，嚮所湓者，未遑營之。

職方員外郎霍侯，以經行明修，所赴宜賴，將漕之貳，實以才擢。既至，攷究内外，静煩省劇，隱謬革悛，潛利宣章。列城信畏，俯伏觀望，不煩告諭，自底恬肅。惟是居處，厭不如事，思有以增易之，使夫文理制度，一與事物相表襮。龍圖閣直學士趙公，昔總外計，今復杖節臨鎮於是，聞侯之議，志與侯協，乃規斥其地，墻爲一圃，集材於羡，命工於隙，合諸意慮，授以程品。築隆址，植巨厦，曾不累月，匠以成告。危譙攴空，廣霤延廕，衡欄樆衛，牕户通潔。若翔而尚矯，將蟠而復振。奇巒秀巘，發遠思於其上；鮮葩珍木，悦真賞於其下。寬袤可以觴賓侶，靖密可以籌金穀。壯哉雄乎！誠大邦之崇宇，而外臺之偉觀也。

既落之，侯謂廣漢都尉文同曰：『無石以載，疑事之闕，將以屬子，子其謂何？』同曰諾。退自念，昔韓退之爲王南昌紀滕王閣，柳子厚爲楊長沙叙戴氏堂，皆部吏也。同今奉侯命而記此，職正宜矣，其敢以不敏辭？乃次其略，刻置宇下，以夸示永久，然慙不文。

齊州閔子祠堂記

蘇　轍

歷城之東五里，有丘焉，曰閔子之墓。墳而不廟，秩祀不至，邦人不寧。守土之吏，有將舉焉而不克者。熙寧七年，天章閣待制右諫議大夫濮陽李公來守濟南，越明年，政修事治，邦之耋老相與來告曰：『此邦之舊有如閔子，而不廟食，豈不大闕？公唯不知，苟知之，其有不飭？』公曰：『噫！信其不可以緩。』於是庀工爲祠堂，且使春秋修其常事。堂成，具三獻焉，籩豆有列，儐相有位，百年之廢，一日而舉。

學士大夫觀禮祠下，咨嗟涕洟。有言者曰：『惟夫子生於亂世，周流齊、魯、宋、衛之間，無所不仕。其弟子之高弟亦咸仕於諸國，宰我仕齊，子貢、冉有、子游仕魯，季路仕衛，子夏仕魏。弟子之仕者亦衆矣，然其稱德行者四人，獨仲弓嘗爲季氏宰，其上三人皆未嘗仕。季氏嘗欲以閔子爲費宰，閔子辭曰：「如有復我者，則吾必在汶上矣。」且以夫子之賢，猶不以仕爲汙也，而三子之不仕，獨何歟？』言未卒，有應者曰：『子獨不見夫適東海者乎？望之茫洋，不知其邊，即之汗瀾〔一〇〕，不測其深。其舟如蔽天之山，其帆如浮空之雲，然後履風濤而不僨，觸蛟蜃而不讋。若夫以江河之舟楫，而跨東海之難，則亦十里而返，百里而溺，不足以經萬里之害矣。方周之衰，禮樂崩弛，天下大壞，而有欲救之，譬如涉海，有甚焉者。今夫夫子之不顧而仕，則是舟楫足恃也。諸子之汲汲而忘返，蓋亦有陋舟而將試焉，則亦隨其力之所及而已矣。若夫三子願爲夫子而未能，下顧諸子而以爲不足爲也，是以止而待。夫子嘗曰：世之學柳下惠者，未有若魯獨居之男子。吾於三子亦云。』衆曰然。退而書之，遂刻於石。

東軒記

蘇　轍

余既以罪謫監筠州鹽酒税，未至，大雨，筠水泛溢，蔑南市，登北岸，敗刺史府門。鹽酒税治舍，俯江之漘，水患尤甚。既至，弊不可處，乃告於郡，假部使者府以居。郡憐其無歸也，許之。歲十二月，乃克支其欹斜，補其圮缺，闢聽事堂之東爲軒，種杉二本，竹百箇，以爲宴休之所。然鹽酒稅舊以三吏共事，余至，其二人適皆罷去，事委於一。晝則坐市區，鬻鹽沽酒，稅豚魚，與市人爭尋尺以自效。莫歸，筋力疲廢，輒昏然就睡，不知夜之既旦。旦則復出營職，終不能安於所謂東軒者。每旦莫出入其旁，顧之未嘗不啞然自笑也。

余昔少年讀書，竊嘗怪顔子以簞食瓢飲，居於陋巷，人不堪其憂，顔子不改其樂。私以爲雖不欲仕，然抱關擊柝，尚可以自養，而不害於學，何至困辱貧窶，自苦如此？及來筠州，勤勞米鹽之間，無一日之休，雖欲棄塵垢，解羈縶，自放於道德之場，而事每劫而留之，然後知顔子之所以甘心貧賤，不肯求斗升之禄以自給者，良以其害於學故也。

嗟夫！士方其未聞大道，沉酣勢利，以玉帛子女自厚，自以爲樂矣。及其循理以求通，落其華而收其實，從容自得，不知夫天地之爲大，與死生之爲變，而况其下者乎？故其樂也，足以易窮餓而不怨，雖南面之王不能加之，蓋非有德不能任也。余方區區欲磨洗濁汙，睎聖賢之萬一，自視缺然，而欲庶幾顔氏之福，宜其不可得哉！若夫孔子周行天下，高爲魯司寇，下爲乘田委吏，惟其所遇，無所不可，彼蓋達者之事，而非學者之所望也。今既以譴來此，雖知桎梏之害，而勢不得去，獨幸歲月之久，世或哀而憐之，使得歸伏田里，治先人之弊廬，爲環堵之室而居之，然後追求顔氏之樂，懷思東軒，優游以忘其老，然而非所敢望也。

校勘記

〔一〕『如是而生』，底本無，據六十三卷本補。宋本《經進東坡文集事略》作『如是而生』。

〔二〕『酒』，六十三卷本作『食』。宋本《經進東坡文集事略》作『食』。

〔三〕『而』，麻沙本作『爲常』。宋本《經進東坡文集事略》作『而』。

〔四〕『欣』，六十三卷本作『听』。宋本《經進東坡文集事略》作『忻』。

〔五〕『處』，六十三卷本作『啄』。宋本《經進東坡文集事略》作『啄』。

〔六〕『詠』，底本作『韻』，據六十三卷本改。宋本《經進東坡文集事略》作『詠』。

〔七〕『其』，麻沙本無。宋本《經進東坡文集事略》亦無。

〔八〕『從』，底本誤作『後』，據六十三卷本、麻沙本改。宋本《經進東坡文集事略》作『從』。

〔九〕『不論政，不取士』，六十三卷本作『不取士，不論政』。宋本《經進東坡文集事略》作『不論政，不取士』。

〔一〇〕『瀾』，六十三卷本作『漫』。

新校宋文鑑卷第八十三

校者按：底本爲刻卷，據六十三卷本、麻沙本刻卷校改。

記

黄州快哉亭記

蘇轍

江出西陵，始得平地，其流奔放肆大，南合湘、沅，北合漢、沔，其勢益張，至於赤壁之下，波流浸灌，與海相若。清河張君夢得，謫居齊安，即其廬之西南爲亭，以覽觀江流之勝，而余兄子瞻名之曰快哉。

蓋亭之所見，南北百里，東西一舍，濤瀾洶湧，風雲開闔。晝則舟楫出没於其前，夜則魚龍悲嘯於其下。變化倏忽，動心駭目，不可久視。今乃得翫之几席之上，舉目而足。西望武昌諸山，岡陵起伏，草木行列，煙消日出，漁父樵夫之舍，皆可指數，此其所以爲〔一〕快哉者也。至於長洲之濱，故城之墟，曹孟德、孫仲謀之所睥睨，周瑜、陸遜之所騁騖，其流風遺俗，亦足以稱快世俗。昔楚襄王從宋玉、景差於蘭臺之宮，有風颯然至者，王披襟當之曰：『快哉此風！寡人所與庶人共者耶？』宋玉曰：『此獨大王之雄風耳，庶人安得共之？』玉之言，蓋有諷焉。

夫風無雄雌之異，而人有遇不遇之變。楚王之所以爲樂，與庶人之所以爲憂，此則人之變也，而風何與焉？

士生於世，使其中不自得，將何往而非病？使其中坦然不以物傷性，將何適而非快？今張君不以謫爲患，竊會計之餘功，而自放山水之間，此其中宜有以過人者。將蓬户甕牖，無所不快，而况乎濯長江之清流，揖西山之白雲，窮耳目之勝，以自適也哉？不然，連山絶壑，長林古木，振之以清風，照之以明月，皆騷人思〔二〕士之所以悲傷憔悴而不能勝者，烏覩其爲快也哉？

遺老齋記

蘇轍

庚辰之冬，余蒙恩歸自南荒，客於潁川，思歸而不能。諸子憂之曰：『父母老矣，而居室未完，吾儕之責也。』則相與卜築，五年而有成。其南脩竹古栢，蕭然如野人之家。乃闢其四楹，加明窻曲檻，爲燕居之齋。齋成，求所以名之，余曰：『予潁濱遺老也，盍以遺老名之？』汝曹志之！予幼從事於《詩》《書》，凡世人之所能，茫然不知也。年二十有三，朝廷方求直言，有以予應詔者。予采道路之言，論宫掖之祕，自謂必以此獲罪，而有司果以爲〔三〕不遜。上獨不許，曰：『吾以直言求士，士以直言告我，今而黜之，天下其謂我何？』宰相不得已，寘之下第，自是流落凡二十餘年。及宣后臨朝，擢爲右司諫，凡有所言，多聽納者，不五年而與聞國政。

蓋予之遭遇者再，皆古人之希有。然其間與世[四]俗相從，事之不如意者，十常六七，雖號爲得志，而實不從[五]。予聞之，樂莫善於如意，憂莫慘於不如意。今予退居一室之間，杜門却掃，不與物接。心之所可，未嘗不行；心所不可，未嘗不止。行止未嘗少不如意，則予平生之樂，未有善於今日者也。汝曹志之！學道而求寡過，如予今日之處遺老齋可也。

司馬温公布衾銘記

范祖禹

温國文正公所服之布衾，隸書百有十字，曰『景仁惠』者，端明殿學士范蜀公所贈也，曰『堯夫銘』者，右僕射高平公所作也。元豐中，公在洛，蜀公自許往訪之，贈以是衾。先是，高平公作《布衾銘》以戒學者，公愛其文義，取而書於衾之首。及寢疾東府，治命斂以深衣，而覆以是衾。

公於物澹無所好，唯於德義若利欲。其清如水而澄之不已，其直如矢而端之不止。故其居處必有法，動作必有禮。其被服如陋巷之士，一室蕭然，圖書盈几[六]，經[七]日静坐泊如也。又以圓木爲警枕，小睡則枕轉而覺，乃起讀書。蓋恭儉勤禮，出於天性，自以爲適，不勉而能。與二范公爲心交，以直道相與，以忠告相益，凡皆如此。其誠心終始如一，將殁而猶不忘[八]。祖禹觀公大節與其細行，雖不可遽數，然本於至誠無欲，天下信之，故能奮然有爲，超絶古今。居洛十五年，若將終身焉，一起而功被天下，内之嬰童婦女，外之蠻夷戎狄，莫不敬其德，服其名，唯至誠故也。公兄子宏，得公手澤紙本於家，屬祖禹序其本末，俾後世師公之儉云。

湖學田記

顧臨

夫惠有術也，養有道也。一梁之渡人，惠之微者也，而君子取之，得其術也。一井之濟物，養之薄者也，而聖人取之，得其道也。子産乘輿，其爲力固勤矣，而君子不取，非其術也。冉子與粟，其爲心固周矣〔九〕，而聖人不取，非其道也。所謂術者，不在乎豐，在乎不費云爾。所謂道者，不在乎大，在乎不窮云爾。夫豐而多費，知愛於彼，而不知愛於此也。大而易窮，知愛於今，而不知愛於後也。惟其不費，則雖微可尚也；惟其不窮，則雖薄可貴也。

吴興學著於天下，當其盛時，學者不可勝録，然常患惠而養之者不至也。彼千里而來，有及門而不能留者，有留而不能久者。將返，則有戚然不足之歎。自學初得賜田五頃，而瀕湖多潦，歲入無幾。由今樞密胡公爲郡，始爲辨學資，漸以及諸生之寒俊者。繼胡公者或增焉，然亦莫之充也。

嘉祐中，臨嘗承乏教授，計其資，十常不能及二三。既數年，廼會太守鮑侯軻，恤其不給，慨然思有以廣其資。方謀諸士僚，適聞秀州杉楊涇有民訟田，頻年不決，官將兩奪之，鮑侯喜曰：『吾謀得矣。』廼用書懇請於轉運使，願得貸錢購所争之田，以贍學者。會轉運使賢，樂聞其請，遂用貸錢六十萬，得田七頃。其田當沃壤，舊無暵潦之患。以二年之入償貸錢，然後率爲學糧，歲可以食百員。夫棟宇之固，易隳也，泉布之富，易耗也，惟田之息，可以霑及無涯。語其始，可謂惠而不費者也；要其終，可謂養而不窮者也。

世有掠民脂血，妄爲塔廟之奉，在名教之地，則藐而不顧。噫！不明乎善，徒多費而易窮，較今日之爲，重可取也。鮑侯去之二年，遇今徐侯來，喜其得惠養之道術，而有資於名教，然慮歲月之久，有攘没其美者，乃强不敏著於記云。

重修御史臺記

曾　肇

元祐三年，新作御史臺成，有詔臣肇爲之記。臣肇伏自惟念幸得備位從官，以文字爲職，此大手筆雖非所克堪，然義不得辭，謹拜手稽首而記之，曰：

維御史見於周，掌贊書受灋令而已。戰國以對〔一〇〕執灋，亦記事之職也。至秦漢始置大夫，位亞丞相，副曰中丞，督部刺史，受公卿奏事，舉劾按章，其屬有侍御史，出討姦猾，治大獄，於是專繩糾之任。厥後政事歸尚書，而御史與尚書、謁者並爲三臺，大夫更爲三公，而中丞爲臺率，與尚書令、司隸校尉，朝會皆專席，爲三獨坐。隋唐復置大夫，天下有冤而無告者，得與中書、門下省詰之，謂之三司。自是御史益爲雄峻，其屬則有殿中、監察，并侍御史爲三院。侍御史一人，知雜事，横榻而坐，謂之南牀，皆專彈劾，不言事，本朝因之。

至真宗皇帝，增置言事御史，其後皆得言事。御史相率廷辯，小則人得自達，故其任視前世爲尤重，非但謹朝會、聽獄訟而已。列聖相繼，皆假以寬仁，使得自竭，是以風采所加，百僚震肅，朝廷倚而益尊，姦邪望而知畏。初，本朝雖因唐制，然以大夫爲兼官，不治臺事，以郎中員外郎兼侍御史知雜事，以貳中丞，以太常博士以上爲三院，未至者則爲御史裹行，監察故事，内察尚書六曹，外巡按郡縣，久之亦廢。

至神宗皇帝，大正官名，始歸大夫職，以侍御史治雜事，罷御史裹行，而復六察官。分守既定，廼相官府。蓋御史臺建於宣化坊，自開寶五年，纔有東西獄。七年，雷德驤分判三院事，請於上而大之，屋不及百楹。天禧二年，復詔增廣，遂至三百六十楹。訖於元豐，垂七十年，寖以圮壞。神宗皇帝伻圖程工，以授有司，舊闕大夫聽事，踵鄴都制度，闢門北鄉，取陰殺之義。又形勢庳下，無以重威，至是命置大夫聽事，闢門東鄉，增庳爲崇，培下爲高，其規橅宏遠矣。繼志述事，屬於後人。

今上即政之初，務先慈儉，土木之勤，咸詔勿事，惟臺之建，實遵先訓。猶以大夫虛員，姑省營築，闢門北鄉，仍故不改，經度損益，斷自聖心。以元祐二年六月己亥始事，三年八月庚辰卒功。用人力十萬五千，爲屋三百五十一楹。視舊小貶，而亢爽過之。門闔耽耽，堂室渠渠，長貳佐屬，視事燕休，翼翼申申，各適所宜。吏舍囚圄，深靚嚴固，案牘簿書，棲列有序。所以觀示都邑，表正憲度，揆諸典章，於是爲稱。昔周人考室，見於《風》《雅》，魯國作門，記諸《春秋》，後世傳誦，爲載籍首。恭惟神宗皇帝，受命承序，十有九年，建立經常，皆應古義。好惡無私，賞罰不僭，而綱紀是張；　宮室弗營，池蘌苟完，而府寺是崇。　故能垂精風憲之司，以啓後嗣之意。

二聖恭己，開闢言路，聰無不聞，明無不燭。　士有以言獲福，不聞忠以取禍。　耳目之地，寵遇莫抗，故能新是棟宇，以成前人之志。　是宜著在文字，刻之金石，以度越周魯，垂休無窮。　顧臣之愚，言語淺陋，何足以發揚聖德，稱明詔之萬一哉？　雖然，臣嘗聞之，責人非難，責己惟難。　御史責人者也，將相大臣非其人，百官有司失其職，天下之有敗法亂紀，服讒蒐慝者，御史皆得以責之。　然則御史獨無責乎哉？　居其位有所不知，知之有所不言，言之有所不行，行之而君子病焉，小人幸焉，此御史之責也。　御史雖不自責，天下得以責之。　惟其不難於責己，則施於責人，能稱其任矣。　能稱其任，然後危冠盛服，崇墉峻宇，游焉息焉，可以無媿。　苟異於是，得無餒於中哉？　臣故不自揆，輒因承詔，誦其所聞，以告在位者，使有以仰稱列聖褒大崇顯之意焉。

適南亭記

陸佃

會稽爲越之絶，而山川之秀甲於東南。　自晋以來，高曠宏放之士，多在於此。　至唐，餘杭始盛，而與越争勝，見元、白之稱。　然杭之習俗華媚，善占形勝，而丹樓翠閣，映輝湖山，如畫工小屏，細巧易好，故四方之賓客過而覽者，往往後越。　夫越之美，豈至此而窮哉？　意者江山之勝雖在，而昔賢往矣，距今千〔一七〕歲，幽深寂寞，殆有鬱而不發者也。

熙寧十年，給事中程公出守是邦。公，吏師也，所至輒治。故其下車未幾，弗出庭户之間，而政成訟清，州以無事。乃與賓客沿鑑湖，上蕺山，以尋將軍、祕監之跡。登望稍倦，未愜公意，於是有以梅山勝告公者，蓋其地昔子真之所居也。今其少西，有里曰梅市，其事應史，公聞往焉。初届佛刹，横見湖山一面之秀，以爲未造佳境也，因至其上望之。是日也，天和景晴，竹莖尚踈，木葉微合，峯巒如削，間見層出。公曰：此山之佳處也。已而北顧，見其煙海杳冥，風帆隱映，有魁偉絶特之觀，而高情爽氣，適相值也。夕陽在下，不得已而後去。其山之僧用和者，契公之意，因高構宇，名之曰適南，蓋取莊周大鵬圖南之義。暇日以衆飲而賞焉，水轉挹轉清〔一八〕，山轉望轉碧，而俯仰之間，海氣浮樓臺，野氣墮宫闕。雲霞無定，其彩五色，少頃百變，殆詞人畫史不能寫也。於是闔州以爲觀美，而春時無貴賤皆往。又其風俗綮雅，嬉遊皆乘畫舫，平湖清淺，晴天浮動，及登是亭，四眺無路，風輕日永，若在蓬萊之上，可謂奇矣。然則所謂餘杭者，未必如也。

公，蘇人也，自其少時已有詩名，咳唾成珠，人以傳玩，則模寫物象，道所難言，其在公賦之乎！雖然，公之美志喜於發揚幽懿，豈特賁一山而已？況〔一九〕此鄉之人，藏道蓄德，晦於耕隴、釣瀨、屠市、卜肆、魚鹽之間者乎？天子仁聖，拔用忠賢，夢想多士，斯可以出矣。庶幾託公之翼，摶風雲而上哉！

蜀州重修大廳記

呂陶

古之循吏，以郡縣爲一家，視其民如所親之於子弟，待之以忠厚樂易之誠，濟之以勤勞不怠之力。事不問巨細，苟可以興作營置，區處辦具，則莫不盡心焉。建校舍，選開敏吏，自訓飭之。減用度，遣諧博士，爲學子除吏繇，與俱行縣。通渠瀆，廣陂湖，起蕪廢，溉田至數萬頃。躬率儉約，勸督務農，出入阡陌，舍止鄉亭。輕刀劍，重牛犢，鑄田器，教犁耕，親度頃畝，差肥瘠爲三等，立文簿，藏之鄉縣。鑿山通道，列亭傳，置郵驛，凡數百里。息省勞役，還集流散，發倉廩以賑凶旱，具葬祭以恤鰥孤。限禮聘之年，施四誡之令，禁嫁娶送終，勿徇奢靡。此其事之大者，而爲之甚詳。以至榆薤葱韭，口有常數，二彘五雞，家有常養；種桑柘，植麻紵，藏果實，蓄菱芡，養蠶織屨，悉有教令。此其事之小者，而爲之亦不略。按古而求，蓋嚮公所由之風化，而孟子所謂王道之本者，亦可見焉。是以居則悦服，去則見思，風跡光煇於一時，德聲洋溢於後世。

游茂先之守唐安，抑用此術歟？虛心以接物，無猜阻疑貳之釁；抗志以涖事，無苟簡滅裂之態。舉大綱以敦治體，親細務以盡下情。自公府至於郊野，皆得其歡，知茂先待之如一家也。廳宇之弊久矣，每大風雨，慮至摧圮，政閑事隙，謀以葺之。遠訪諸侯路寢之制，近遵太守黄堂之式，崇庳深廣，舉適準度，他所毀陋，從而一新。樓壘得其高堅，帑庾得其固密。文牘充棟宇，有以謹其藏；賓客戾館舍，有以享其安。敞亭榭以資覽詠，完庖突以備燕饗。凡爲此者，蓋政有餘力而及之，非先後緩急之不序也。民安其居，吾可以議居處之安，非略於大而詳於小也。非以治舍爲逆旅，望望然計吾歲月以去，而不恤其他也。客有踐其境，造其門，升自西階，游目四顧，雖不問俗，政可知矣。譬如富家巨室，垣墻立而壯，門闔闢而大，奧阼别而正，囷倉廄庫之設，各得其當。就而詢之，必有愛其子孫者主焉。一郡之政何異於是？

予嘗通理此州，知土俗之淳良，羨風物之秀勝，以謂嘉郡齊民，宜得賢守敏政，乃具四美。今茂先之治，大槩如此，故予樂爲記之。茂先慷慨有遠度，每以功名自期，豈特區區乎此？他日去而顯矣，人必思之，有讀予文者，亦可以慰思也。

考古圖後記

呂大臨

莊周氏謂儒者逐跡喪真，學不善變，故爲輪扁之説，芻狗之諭，重以《漁父》《盜跖》，《詩》《禮》發冢之言，極其詆訾。夫學不知變，信有罪矣。變而不知止於中，其敝殆有甚焉。以學爲僞，以智爲鑿，以仁爲姑息，以禮爲虚飾，蕩然不知聖人之可尊，先王之可法。克己從義謂之失性，是古非今謂之亂政，至於坑殺學士，燔爇典籍，盡愚天下之民而後慊。由是觀之，二者之學，其害孰多？

堯、舜、禹、皋陶之書，皆曰『稽古』，孔子自道，亦曰『好古，敏以求之』。所謂古者，雖先王之陳跡，稽之好之者，必求其所以跡也。制度法象之所寓，聖人之精義存焉，有古今之所同然，百代所不得變者，豈芻狗、輪扁之謂哉？漢承秦火之餘，上視三代，如更〔一三〕夜夢覺之變，雖遺編斷簡，僅存二三，然世移俗革，人亡書殘，不復想見先王之緒餘，至人之謦欬。不意數千百年後，尊彝鼎敦之器，猶出於山巖屋壁、隴畝墟墓之間，形制文字，且非世所能知，況能知所用乎？當天下無事時，好事者蓄之，徒爲耳目奇異玩好之具而已。噫！天之果喪斯文也，則是器也，胡爲而出哉？予於士大夫之家所閲多矣，每得傳摹圖寫，寖盈卷軸，尚病窾啓未能深考。暇日論次成書，非敢以器爲玩也。觀其器，誦其言，形容髣髴，以追三代之遺風，如見其人矣。以意逆志，或探〔一四〕其制作之原，以補經傳之闕亡，正諸儒之謬誤。天下後世之君子，有意於古者，亦將有考焉。

校勘記

〔一〕『爲』，底本無，據六十三卷本補。

〔二〕『思』，麻沙本作『詩』。

〔三〕『以爲』下，麻沙本有一『有』字。

〔四〕『世』，底本作『士』，據六十三卷本、麻沙本改。

〔五〕『從』，六十三卷本作『得』。

〔六〕『几』上，麻沙本有一『滿』字。

〔七〕『經』，六十三卷本作『終』。
〔八〕『忘』，麻沙本作『足』。
〔九〕『其爲心固周矣』，麻沙本作『其心固爲周矣』。
〔一〇〕『對』，麻沙本作『致』。
〔一一〕『千』，麻沙本作『年』。
〔一二〕『況』，六十三卷本、麻沙本作『凡』。
〔一三〕『更』下，麻沙本有一『晝』字。
〔一四〕『探』，底本作『深』，據六十三卷本改。

新校宋文鑑卷第八十四

校者按：底本爲刻卷，據六十三卷本、麻沙本刻卷校改。

記

撫州新建使廳記

王无咎

善爲政者，急其所急以及其所緩，而經理於緩急之際，亦各有方。不善爲政者反此。若夫教化以奪其未順之心，衣食以厭其必得之欲，蔽不可留之獄訟，恤無所告之老窮，簡閲官吏，崇其善而替其惡，此最其所急而不可緩者也。至於城池之所以備豫，廨舍之所以興居，倉庫之所以出納，以及臺榭廄驛亭圃之區區，宜革而革，宜修而修，此差可以緩，而不可廢者也。故夫用事於一州者，得宏敏周通之君子，則將能周旋裁處，急當其急，緩當其緩，常不繆於序。而其間又周旋經理，使其利足以掩害，其損足以爲益，薄費而厚得，近舉而遠存。不然，得鄙近偷惰之吏，則其裁處多不能當其序，而經理又不能適其宜，如前之云云者，此後世之通患，而誼儒法士所爲發憤思古也。

治平二年四月五日，撫州之廳成，太守司農少卿錢公暄，革唐刺史危全諷之所建也。蓋全諷之建，當天祐之元年，至今殆二百年，而其勢將壞，故公始議革之。而方是之時，公之爲州已踰年矣，其政令已行，而吏民順諧，歲常有年，獄訟清簡。公夷然無爲也，於是使四縣之令各致〔二〕其材，而不自憚其煩，綣繾督視，故能以旬有二日而成。既成，則其規摹高廣，皆踰於舊。而其始，又以智損其中六楹，故使坐其下者，宛轉四顧，豁然虛曠，稱夫臨堂堂千里者之勢。其用於事而善如此，真所謂宏敏周通之君子哉！

噫！天下之有撫州，而撫州之宜有治廳者固無窮，而治廳之內，太守之迭處而迭去者亦無窮也，然則今日之役，不有文字之曲折，以託於無窮之間，則後之人，孰知夫爲是役者自吾錢公始，而爲之又適當其序且有方也？故無咎承公之命，不敢辭以不能，而遂爲之記云。

定平凝壽寺塑佛記

張舜民

定平縣，山不如水，水不如寺，寺不如凝壽。山無名而水有名，寺無不得山水，而凝壽居其勝。水西爲縣，東爲凝壽，負夕陽，見里社，重樓複道，繚絡上下，煙際隱顯，望如屏障間瀉出。故遊者不憚其勞，而居者不奪其樂。予始遊寺，有大明堂，佛居中，黄金之膚，五色之衣，美哉！從者具而皆土面骨立，制度尚未明，然予亦知其爲佛之尊也。

後予再遊，而艮前佛之背，又於壁中隱出爲半見之佛，而從者非向相似，而所謂九耀者爲之也，佛御輪乎其中矣。異矣，夫九耀昭昭在天，寧卑乎而顧爲臣僕如是邪？豈於教自有所本，而予未嘗學而不能知也歟？又安知不曰九曜五行之正氣尚臣吾佛，況於人乎？故王法則曰吾不知畏，而飲食男女常久之道，或一受教，俾之斷棄，至於終身不敢復〔二〕有。其設術之甚，無若此者矣。夫此則予何能爲哉？至於有善地不爲民居候館，而多聚斯類，然其獨凝壽哉？天下之所共歎者此也。

大雅堂記

黄庭堅

丹稜楊素翁，英偉人也。其在州閭鄉黨有俠氣，不少假借人，然以禮義，不以財力稱長雄也。聞余欲盡書杜子美兩川夔峽諸詩，刻石藏蜀中好文喜事之家，素翁粲然，向余請從事焉。又欲作高屋廣楹庥此石，因請名焉。余名之曰大雅堂，而告之曰：由杜子美以來，四百餘年，斯文委地，文章之士，隨世所能，傑出時輩，未有升子美之堂者，況室家之好耶？余嘗欲隨欣然會意處，箋以數語，終以汩没世俗，初不暇給。雖然，子美詩妙處，乃在無意於文。夫無意而意已至，非廣之以《國風》《雅》《頌》，深之以《離騷》《九歌》，安能咀嚼其意味，闖然入其門耶？故使後生輩自求之，則得之深矣。使後之登大雅堂者，能以余說而求，則思過半矣。彼喜穿鑿者，棄其大旨，取其發興於所遇林泉人物、草木魚蟲，以爲物物皆有所託，如世間商度隱語者，則子美之詩委地矣。素翁可并刻此於大雅堂中，後生可畏，安知無涣然冰釋於斯文者乎？

汳水新渠記

陳師道

汳句于〔三〕蕭，其闕如玦。《水經》謂河至滎陽，莨蕩渠出焉。渠至陽武，其下爲沙，蔡水是也。其出爲陰溝，溝至浚儀，其下爲渦，別爲汳。汳至蒙，別爲獲。餘波迆於淮陽，東歷蕭、彭城，入於泗。《注》謂鴻溝、官度、甾、獲、丹浚，與渠一也。禹塞滎澤，而通渠於甫田，其後河絶〔四〕，旃然入焉，即索水也。《漢書·地理志》：滎陽既有汴水，又有狼湯而受沛，蒙有獲水，首受甾、獲，至彭城入泗。

以余考之，《河渠書》云：自禹之後，滎陽引河爲鴻溝，以通宋、鄭、陳、蔡、曹、衛，與濟、汝、淮、泗會於楚。而《竹書紀年》梁惠成王入河于甫田，又引而東，明非禹之舊也。《書》曰濟入于河，東出于陶丘北者，入而復出也。溢爲滎者，濟之別。滎波既豬者，障而東之也。《周官》又謂豫之川，滎、洛；幽兖之川，河、沛，則河南無濟矣。其謂莨蕩受濟，禹塞滎澤而用河者，皆失之。《漢志》莨蕩無出，甾、獲無始，蓋略之也，余謂與《經》合。而滎水，諸書皆不載，又疑渠、汳爲二，而滎有一焉。杜佑以《經》作於順帝之後，詭誕無據，而《注》叙渠源，或河或沛，或河、沛合，其説不一，次其所經，紛錯悖戾。而《志》亦闊略，不具辨始末，蓋皆不可考也。

自漢末河入於汳，灌注兖、豫。永平中，遵〔五〕導汳自滎陽別而東北至千乘，入於海，而河於是故瀆在新渠之南。《注》所謂絶河而受索，自此始。隋開皇中，因漢之舊，導河於汳。大業初，合河、索爲通濟渠，别而東南入於淮，而故道竭。今始東都受退水爲臭河，於畿爲白溝，於宋爲長沙，於單爲石梁，於徐爲汳，而入於南清。南清，故泗也。蓋自三都而東，畿、宋、亳、宿、單、濟之間，千里四來。而故道淺狹，春夏不勝舟，秋水大至，亦不能受也。蕭，故附庸之國，城小不足居民，又列肆於河外，每水至，南里之民皆徙避之，廬舍没焉，率數歲一逢，民以爲病。

紹聖三年，縣令朝奉郎張惇，始自西河，因故作新，支爲大渠，合於東河，以導滯而援溺。於是富者出財，壯者出力，日勸旬勞，既月而成。邑人相與語曰：『渠議舊矣，更數令不決，而卒成於吾侯，孰有惠而不報者乎？』於是不詞而同，欲紀於石，以屬余。余謂張侯，其居善守，行峻而言道，以成其名。其仕善義，不畏不侮，以登於治。其可紀者多矣，而諸父兄弟獨有見於末者，何也？夫善爲治者，人知其善而已，至其所善，蓋莫得而言也。渠之興作有迹，其效在今，此邑人之所欲書也，遂爲之書。

咸平縣丞廳酴醿記

張耒

咸平五年，詔以陳留之通許鎮爲咸平縣。先是章聖皇帝幸亳，祠老子，道通許，築宫以待。幸既，爲縣，即以宫爲縣令治所。主簿居中書府，而樞密府爲尉舍。熙寧某年，始置丞，於是遷縣尉於外，而丞居焉。丞居之堂庭有酴醿，問之邑之老人，則其爲樞密府時所種也，既老而益蕃，延蔓庇覆，占庭之太半。其花特大於其類，邑之酴醿皆出其下。蓋其當時築室種植，以待天子之所休，必有竔麗可喜之物而後敢陳，是以獨秀於一邑，而莫能及也。

每思唐自天寶以至於周，歷歲數百，天下未嘗無戰，其治安僅足以小康，而禍敗常至於大亂。自安史以來，蕃鎮四據，而天下無完國。降及其末，分裂攘奪，至五季，而中原正朔之所加，僅止門閫之中。惟我藝祖、神宗，受天休命，神武四達，馬首所向，破滅摧伏，於是斸百年之蟠據，合歷世之分裂，數百年間，禍根亂源，薅剪堙塞，大掃而無餘矣。肆我章聖皇帝，誕承祖武，以無忘大功，寬賦薄征，順天養民，四方無虞，休養滋息。如人之疾病蠱敗，醫者既已擊逐釣取其累年之蠹矣，而後爲之調利撫養，安居美食，以使之豐腴而堅强也。

由是觀之，自開元以來，至於章聖，而天下之人如復見大治之全國。嗚呼！亦可謂盛矣。於是封太山，禪梁父，祀后土，祠老子，徜徉四方，以明示得意。聞之，古者天子巡幸所至，郡國必建原廟，所以廣孝恭，示後世，而况當太平之盛時，講一世之大禮，八鸞之所經，六龍之所駐，可以昭後世，示子孫，以爲歷世之大訓成法者，宜如何哉？是宜一草木，一瓦礫，皆當護守保藏，無敢棄壞，以無忘祖宗駿功成烈，而使知夫百餘年間，地平天成，養生送死無憾者，誰之力也。酴醾之生，當是時，蓋嘗沾雨露之濡，近日月之光，與夫旍頭屬車，皆爲一時之物矣，可不愛哉！

雙槐堂記

張耒

古之君子，將責人以有功也，必使之樂其職，安其居，以其優游喜樂之心而就吾事。夫豈徒苟悦之哉？凡人之情，其將有爲也，其心樂而爲之，則致精而不苟，雖殫力費心而不自知，故所爲者有成而無難。古之御吏也，爲法不苛，其勤惰踈密，隨其人之所欲，而吾獨要其成，是古之循吏，皆能有所建立。夫望人以功，而使其情愁沮不樂，求捨去之不暇，誰肯以其怨沮不平之心，而副我之所欲哉？

頃時，予見監司病郡縣之政不立，扼腕盛怒曰：『是惟飲食燕樂、居處游觀之好，吾日夜以法督責之，使無得有一於此。一歲之日，數計晷刻，吾從而課率之，使無得有頃刻之閒。』以約束爲不足，而繼以辱罵，辱罵爲不足，而繼以訊詰。方此時，吏起不待晨，卧不及暖，廢飲食，冒疾病，屋室敗漏，不敢修完，器用弊乏，不敢改作。其勤苦如是，猶不足以當其意，宜其郡縣之政無所不舉，小大得職，而民物安堵矣。然吏益姦，民益勞，文書具於有司而事實不立，吏足以免其身之責而民不知德，相爲欺紿，以善一時，而監司卒亦不得而察也。豈非其所爲者，無至誠喜樂之心，出於畏罪，不獲已，苟以充職故耶？其事功之滅裂如此，理固然也。

酸棗令王君，治邑有能名，以其餘力作燕居之堂，灑掃完潔，足以宴賓客，閲圖書，庭有雙槐，因以爲名。夫王君豈以謂苟勞而無益，不若暇佚而有功，將安其居，樂其身，以其獄訟簿書之閒，與賢士大夫彈琴飲酒，歡欣相樂，舒心而養神，使其中裕然，然後觀物圖其致，用意於文法尋尺之外，以追古循良君子之風，以大變俗吏之弊而爲之哉？夫古之善爲政者，不佚而常安，不勞而善成。吾知王君其有得於此矣，於是爲之書。

照碧堂記

晁補之

去都而東，順流千里，皆桑麻平野，無山林登覽之勝。然放舟通津門，不再宿，至於宋，其城郭闤閈，人民之庶，百貨旁午，以視他州，則浩穰亦都也。而道都來者，則固已曠然見其爲寬閑之土而樂之。豈特人情倦覯於其所已饜，而欣得於其所未足？將朝夕從事於塵埃車馬之間，日昃而食，夜分而息，而若有驅之急，不得縱而與之偕者，故雖平時意有所樂而不暇思，及其脱然去之也，亦不必山林遠絶之地，要小休而蹔適，則人意物境本暇而不遽，蓋向之所樂而不暇思者，不與之期，一朝而自復，其理固然。此照碧堂之所以爲勝也。

宋爲本朝始基之地，自景德三年，詔即府爲南都，而雙門立別宫，故經衢之左爲留守廨，面城背市，前無所達，而後與民語接。城南有湖五里，前此作堂城上以臨之，歲久且圮。而今龍圖閣學士南豐曾公之以待制留守也，始新而大之，蓋成於元祐六年九月癸卯。横七楹，深五丈，高可建旆，自東諸侯之宅無若此者。先是，南都歲賜官僚賓客費爲錢七千緡，公奉已約，亦不以是侈厨傳，故能有餘積以營斯堂，屹然如跳出堞上，而民不知。可以放懷高蹈，寓目而皆適。其南汴渠，起魏迄楚，長堤迤靡，帆檣隱見，隋帝之所以流連忘返也。其西商丘，祠陶唐氏，以爲火正，曰閼伯者之所以有功而食其墟也。其東雙廟，唐張巡、許遠捍城以死，而南霽雲之所以馳乞救於賀蘭之塗也。而獨梁故苑，複道屬之平臺三十里者，名在而跡莫尋，雖隋之疆，亦其所穿渠在耳。豈汰靡者易熄，而勳名忠義則愈遠而彌存，不可誣哉！

初，補之以校理佐淮南，從公宴湖上，後謫官於宋，登堂必慨然懷公，拊檻極目，天垂野盡，意若遐騖太空者。花明草熏，百物媚嫵，湖光瀰漫，飛射堂楝。長夏畏日，坐見風雨自堤而來，水波紛紜，柳搖而荷靡，鷗鳥盡儛，客顧而嬉，翛然不能去。蓋不獨道都來者以爲勝，雖饜於吳楚登覽之樂者，度淮而北，則不復有，至此亦躊躇儴徉而喜矣。夫人之感於物者同，而所以感者異。斯須之頃，爲之易意，樂未已也，哀又從之。故景公美齊，而隨以雪涕。《傳》亦曰：『登高遠望，使人心悴然。』昔之豪傑憤悱憂世之士，或出於此。若羊祜太息峴山之顛，祜固可人，其志有在，未可但言哀樂之復也。

公與補之俱起廢，而公爲太史氏，補之亦備史官，間相與語斯堂，屬補之記之。已而公再守南都，補之守河中，書來及焉。補之嘗論，昔人所館，有一日必葺，去之如始至者，有不掃一室者。夫一日必葺，以爲不苟於其細，則將推之矣；不掃一室，以爲有志於其大，則不可必。卒之其成功有命，則婼與蕃之賢，於此乎未辨。廼公之意，則曰：吾何有於是？從吾所好而已矣。二累之上也。名肇字子開，文學德行，事君行己，爲後來矜式。其出處在古人中，其欲有爲在天下後世，其卷而施之一郡，不以自少，而以自得，又樂與人同者如此，堂不足道也。

新城遊北山堂

晁補之

去新城之北三十里，山漸深，草木泉石漸幽。初猶騎行石齒間，旁皆大松，曲者如蓋，直者如幢，立者如人，卧者如虯。松下草間，有泉沮洳伏見，墮石井，鏘然而鳴。松間藤數十尺，蜿蜒如大虺。其上有鳥，黑如鴝鵒，赤冠長喙，俛而啄，磔然有聲。稍西，一峯高絶，有蹊介然，僅〔六〕可步。繫馬石觜，相扶攜而上，篁篠仰不見日，如四五里，乃聞雞聲。有僧布袍躡履來迎，與之語，愕而顧，如麋鹿不可接。頂有屋數十間，曲折依崖壁，爲欄楯，如蝸鼠繚繞乃得出，門牖相值。既坐，山風颯然而至，堂殿鈴鐸皆鳴，二三子相顧而驚，不知身之在何境也。且莫，皆宿。於時九月，天高露清，山空月明，仰視星斗皆光大，如適在人上。窻間竹數十竿，相摩戛，聲切切不已。竹間梅棕森然，如鬼魅離立突鬓之狀。二三子又相顧魄動而不得寐。遲明，皆去。既還家數日，猶恍惚若有遇，因追記之。後不復到，然往往想見其事也。

高廟碑陰記

唐　意

滁之西曰豐山，其絶頂有漢高帝廟，或云漢諸將追項羽，道經此山，至今土俗以五月十七日爲高帝生日，遠近畢集，薦肴觴焉。意嘗從太守侍郎曾公禱雨於廟，因讀庭中刻石，始知昔人相傳，蓋以五月十七日爲漢高帝忌日。按《漢書》，高帝十二年四月甲辰崩於長樂宫，五月丙寅葬長陵，注：自崩至葬，凡二十三日。疑五月十七日必其葬日，又非忌日也。以曆推之，自上元甲子之歲，至漢高帝十二年四月晦日，是年歲次丙午。凡積一百九十三萬六千三百六十三年，二千三百九十四萬九千五百九十一月，七億七百二十四萬六千八十五日，以法除之，筭外得五月朔己酉，十七日乙丑，則丙寅葬日乃十八日也。班固記漢初北平侯張蒼所用《顓帝曆》，晦朔月見，弦望滿虧，多非是。故高帝九年六月乙未，晦，日食。夫日食必於朔，而食於晦，則先一日矣。豈非丙寅乃當時十七日乎？不然歲月久遠，傳者之失也。遂以告公，命刻其碑陰。

拱北軒記

鄒浩

拱北軒者，所居對堂之小軒也。昭人屋向皆東南，獨此居面北，軒又正在北方，先聖言『北辰居其所，而衆星拱之』，故取以名焉。

因竊自念，君者，北辰也，拱者也；群臣者，衆星也，拱之者也。今在内爲輔弼，爲侍從，爲六曹寺監之屬，拱北可也；在外爲監司，爲守令，爲諸路郡邑之屬，拱北可也。而浩則名除於仕版，身廢於炎荒，既已隕墜而爲石矣，尚奚麗天者之擬邪？又竊自念，所除者名耳，拱北之心未嘗除也；所廢者身耳，拱北之心未嘗廢也。夫未嘗除而自除之，未嘗廢而自廢之，非浩所忍爲也。浩於是軒朝夕焚香，稽首再拜，上祝皇帝壽千萬歲，長與天同，久與地並。拱於内者，輔弼盡輔弼之道，侍從盡侍從之宜，六曹寺監之屬，盡所以爲六曹寺監之職。拱於外者，監司盡監司之分，守令盡守令之才，諸路郡邑之屬，盡所以爲諸路郡邑之務。上下相承，如源流之一水；先後相應，如首尾之一形。自京師而環矚之，雖遠在蠻夷戎狄之外，猶且四序平，萬物遂，重譯效貢，拱我聖人，而況九州之内乎？和氣浮於上，則景星見，卿雲飛；和氣動於下，則朱草生，醴泉湧。凡是祥瑞之物，莫不紛綸畢至。祖宗之功德由此而彌光，廟社之安榮由此而彌固。前古以來，未有太平若此其盛焉。浩之所以拱北，在是而已。且既已爲石矣，亦必有觸之而起者，始自膚寸，旋充太虚，於時滂沱，未必無助。然則區區素定之心，又安敢自棄而莫之篤歟？又竊系以詞曰：

七曜兮可西，五嶽兮可移，我心湛然兮如初時。我不見窮達得喪之殊塗兮，惟拱北之知。噫！高高無私兮，日監在兹。

易庵記

唐庚

客問陶隱居：『吾欲注《周易》《本草》，孰先？』隱居曰：『《易》宜先。』客曰：『何也？』隱居曰：『注《易》誤，猶不殺人。注《本草》誤，則有不得其死者矣。』世以隱居爲知言，與吾之説大異。

蓋《六經》者，人〔七〕君本之致治也。漢時決疑獄，斷國論，悉引經術，兹豈細故而易言哉？

《本草》所以辨物，《六經》所以辨道。道者，物之所以生。萬物者，人之所資以爲生。一物之誤，猶不及其餘，道術一誤，則無復孑遺矣。前世儒臣引經誤國，其禍至於伏尸百萬，流血千里。《本草》之誤，豈至是哉？注《本草》誤，其禍疾而小；注《六經》誤，其禍遲而大。隱居注《本草》矣，故知《本草》之爲難，而未嘗注經，故不知經尤爲難，而不可率易如此。世以不服藥爲中醫，此言雖小，可以喻大。吾用《易》不審，陷難幾死。今幸閑廢，方且據庵孰讀而深思之，復書此二本，其一以自警，其一以寄二子焉。

顏魯公祠堂記

唐　庚

上元中，顏公爲蓬州長史，過新政，作《離堆記》四百餘言，書而刻之石壁上。字徑三寸，雖崩壞剥裂之餘，而典刑具在，使人見之凛然也。

元符三年，余友强叔來尹是邑，始爲公作祠堂於其側，而求文以爲記。余謂仁之勝不仁久矣，然有時乎不勝，而反爲所陷焉，命也。史臣論公晚節偃蹇，爲姦臣所擠，見陨賊手，是未必然。公孫丞相以仲舒相膠西，梁冀以張綱守廣陵，李逢吉以韓愈使鎮州，而盧杞以公使希烈，其用意正相類爾。然於數君終不能有所傷，而公獨不免於虎口，由是觀士之成敗存亡，豈不有命耶？而小人軒然自以爲得計，不亦謬乎？且吾聞古之尚友者，以友天下善士爲未足，又尚論古之人，誦其詩，讀其書，思見其人而不可得，則方且欲招屈子於江濱，起士會於九原，蓋其志所願，則超然慕於數千百載之後，而況於公乎？公之功名事業已絶於人，而文學之妙亦不可及，因其心畫之所在而祠之，此昔人尚友之意也。嘗試與彊叔登離堆，探石堂，觀其遺迹，而味其平生，則公之精神風采，猶或可〔八〕以想見也夫！

絳州思堂記

張繹

金臺太守時侯，默而好深沉之思。下車之六月，作堂於治所之東偏，命之曰思，且將進思盡忠，退思補過，以盡吾之才也。

客有難者曰：『天下何思何慮？「同歸而殊塗，一致而百慮」，天下何思何慮？而子欲思之耶？』侯笑曰：『公知其一，未知其二。「靖共爾位，好是正直。神之聽之，介爾景福」，人道之常也，吾又何思？日往則月來，月往則日來，天道之常也，吾又何思？子見世之人矯情亂志，拂類以成其行者乎？富貴之未來，則爲之巧語軟熟，視人有詡詡乞憐之色，不得，則戚戚以爲憂。患難之來，則爲悲愁無聊之聲，鼠匿鳥伏，若不可容，以僥倖險阻之萬一，不得，則戚戚以爲憂。嗚呼！是未來者果可來，而既來者果可去耶？夫惟〔九〕不知有是理而强思之也，天下始紛紛多事矣。是所謂「憧憧往來，朋從爾思」是也。子所謂不思，殆謂是歟？』客曰：『然。』

侯曰：『子徒知有不可思而强思之，庸詎知當思而不思，又患之大也耶？』客愕然。侯指曰：『子見庭中之杏，當未春時，橛然一枯株耳。然則春而華，秋而落，果何有耶？子能思其所以華，思其所以落，則死生之理盡矣。子見坐隅之燭，當中夜，晰晰可以見幽隱，仆之，則瞋目不見丘山，果何物耶？子能思其所以見，思其所以不見，則鬼神之理盡矣。孔子所謂「學而不思則罔」，孟子所謂「思則得之，不思則不得」是也。不然，子欲捨是而求道家者流，浮屠之説，去人情，絶思慮，塊然坐乎窮荒之域，視吾君臣父子，泛泛若江湖之適相值也，頽靡壞蕩，不自收斂。且曰：吾之道，將自同於獸死木爛而已，吾又何思？嗚呼！是道也，吾不知其果何道也耶？而子不願學之耶？』於是客始茫然自失。因撫髀而爲之歌曰：『春雨濕兮花卉〔一○〕香，秋風落兮露以霜。一往一來，天地之常。彼不知兮，何自苦而茫茫？思乎思乎，吾君臣父子兮，真道之奥而德之光。』客去，侯懼其言之不傳也，樂與學者共之也，遂命壽安張繹記之，河南吴僅書之。

校勘記

〔一〕『致』，麻沙本作『備』。

〔二〕『復』，麻沙本作『傷』。

〔三〕『于』，底本作『如』，據六十三卷本、麻沙本改。宋本《後山居士文集》作『於』。

〔四〕『絶』，底本無，據六十三卷本補。宋本《後山居士文集》作『絶』。

〔五〕『遵』，六十三卷本爲墨釘。宋本《後山居士文集》無。

〔六〕「僅」，底本無，據麻沙本補。明刊本《雞肋集》作「僅」。
〔七〕「人」，底本無，據六十三卷本補。
〔八〕「可」，底本無，據六十三卷本、麻沙本補。
〔九〕「惟」，麻沙本作「爲」。
〔一〇〕「卉」，六十三卷本作「葉」。

新校宋文鑑卷第八十五

校者按：底本爲刻卷，據六十三卷本、麻沙本刻卷校改。

序

重修説文序

徐鉉

臣徐鉉等奉詔校定許慎《説文》十四篇，并《序目》一篇，凡萬六百餘字。聖人之旨，蓋云備矣。

稽夫八卦既畫，萬象既分，則文字爲之大輅，載籍爲之六轡，先王教化所以行於百代，及於物之功，與造化均，不可忽也。雖復五帝之後，改易殊體，六國之世，文字異形，然猶存篆籀之迹，不失形類之文。及暴秦苛政，散隸聿興，便於末俗，人競師法，古文既絶，譌僞日滋。至漢宣帝時，始命諸儒修倉頡之法，亦不能復，故光武時，馬援上疏論文字之譌謬，其言詳矣。及和帝時，申命賈逵，修理舊文，於是許慎采史籀、李斯、揚雄之書，博訪通人，考之於賈逵，作《説文解字》，至安帝十五年，始奏上之。而隸書行之已久，習之益工，加以行草、八分紛然間出，返〔一〕以篆籀爲奇恠，不復經心，至於六籍舊文相承傳寫，多求便俗，漸失本原。《爾雅》所載草木魚鳥之名，肆意增益，不可觀矣。諸儒傳釋，亦非精究小學之徒，莫能矯正。唐大曆中，李陽冰篆迹殊絶，獨冠古今，自云『斯翁之後，直至小生』，此言爲不妄矣。於是刊定《説文》，修正筆法，學者師慕，篆籀中興。然頗排斥許氏，自爲臆説。夫以師心之見，破先儒之祖述，豈聖人之意乎？今之爲字學者，亦多從陽冰之新義，所謂貴耳賤目也。唐末喪亂，經籍道息。

皇宋膺運，二聖繼明，人文國典，粲然光被，興崇學校，登進群才。以爲文字者，六藝之本，固當率由古法，乃詔取許慎《説文解字》，精加詳校，垂憲百代。臣等愚陋，敢竭所聞。蓋篆書堙替，爲日已久，凡傳寫《説文》者非其人，故錯亂遺脱，不可盡究。今以集書正副本及群臣家藏者，備加詳考，有許慎注義序例中所載，而諸部不見，審知漏落，悉從補録。復有經典相承傳寫及時俗要用，而《説文》不載者，承詔皆附益之，以廣篆籀之路，亦皆形聲相從，不違六書之義者。其間《説文》具有正體，而時俗譌變者，則具於注中。其有義理乖舛，違戾六書者，並序列於後，俾夫學者無或致疑。大抵此書務援古以正今，不徇今而違古。若乃高文大册，則宜以篆籀，著之金石。至於常行簡牘，則草隷足矣。又許慎注解，詞簡義奥，不可周知，陽冰之後，諸儒箋述，有可取者，亦復附益。猶有未盡，則臣等粗爲訓釋，以成一家之書〔二〕。《説文》之〔三〕時，未有反切，後人附益，互有異同，孫愐《唐韻》行之已久，今並以孫愐音切爲定，庶夫學者有所適從。食時而成，既異淮南之敏；縣金於市，曾非吕氏之精。塵瀆聖明，若臨冰谷。

贈𪎭植彈琴序

柳開

我聽子之琴，實聞其聲，不能知子琴之音也。獨坐永日，泠然不休，嗟乎！我是病於子矣。子本謂我能知其音，將欲宣其心而達其志也，豈徒然乎？爲子我悲矣，不幸因子琴之悲，而竊自感而自悲也。子果能爲我而聽其言乎？

子之琴有似於我之文也，力學十餘年，非古聖賢人之所爲用心者不敢安，於是學成而業精，行修而德廣，希於古之知己者，不可從而見也，徒勤勤而至於今矣。尤乎人不我知〔四〕，誠之而莫所遂其求也，甘自放於東郊矣。聽子之琴，感我之悲也，亦將自尤而自責矣，又何外尤於他人乎？始自求於人，今知己之爲過也。棄俗尚而專古者，誠非樂於人而取其貴者也，獨宜其自知而自樂矣。用是而得與子言乎？子以琴之能見於我也，將謂我能識其音而辨其功矣，我豈果能專爲子識其音而辨其功乎？易子之願也，我亦如是矣。我聽子之琴，尚不能識其音而辨其功矣，人豈反能觀我之文也，而能爲我行其言而盡其道乎？故知人不我知者，亦無尤也。與子務於古者也，知之者不足取於外也，誠乎己而已。子聞此之言，固亦信哉！我之感而悲不爲妄也。子試謂我而思之，將見子亦嗚而不禁矣。

龍圖序

陳摶

且夫龍馬始負圖，出於羲皇之代，在太古之先也。今存已合之位或疑之，况更陳其未合之數耶？然則何以知之？答曰：於仲尼三陳九卦之義，探其旨，所以知之也。九卦，謂履、謙、復、恒、損、益、困、井、巽之九卦也。况夫天之垂象，的如貫珠，少有差，則不成次序矣。故自一至於盈萬，皆累累然如係之於縷也。且若龍圖本合，則聖人不得見其象，所以天意先未合而〔五〕形其象，聖人觀象而明其用。是龍圖者，天散而示之，伏羲合而用之，仲尼默而形之。

始龍圖之未合也，惟五十五數。上二十五，天數也。中貫三五九，外包之十五，盡天三天五天九并十五之用，後形一六無位上位去一，下位去六。又顯二十四之爲用也，兹所謂天垂象矣。下三十，地數也，亦分五位，五位，言四方中央也。皆明五之用也。上位形五，下位形六。十分而爲六，五位六五，三十數也。形坤之象焉。坤用六也。六分而幾四象，成七、九、八、六之四象。地六不配。謂中央六也，一分在南邊，六幾少陽七。二分在東邊，六幾少陰八。三分在西邊，六幾老陽九。惟在北邊，六便成老陰數，更無外數添也。在上則一不用，形二十四。在下則六不用，亦形二十四。上位中心去其一，見二十四。下位中心去其六，亦見二十四。以一歲三百六旬，周於二十四氣也。故陰陽進退，皆用二十四。後既合也，天一居上，爲道之宗；地六居下，爲氣之本。一六上下，覆載之中，運四十九之數，爲造化之用也。天三幹地二，地四爲之用。此更明九六之用，謂天三統地二，地四幾九，爲乾元之用也。九幹五行，幾數四十，是謂大衍之數五十，其用四十有九也。三若在陽，則避孤陰。在陰，則避寡陽。成八卦者，三位也，謂一三五之三位。二與四只兩位，兩位則不成卦體，是無中正，不爲用也。二與四，在陽則爲孤陰，四二是也。在陰則爲寡陽，七九是也。三皆不處之，若避之也。大矣哉！龍圖之變，歧分萬塗，今略述其梗槩焉。

弈碁序

宋　白

投壺博弈皆古也，禮經有文，仲尼所稱。弈之事，下無益於學植，上無禆於化源，然觀其指歸，可以喻大者也，故聖人存之。

觀夫散木一枰，小則小矣，於以見興亡之基；枯碁三百，微則微矣，於以知成敗之數。是故弈人之説有數條焉：曰品，曰勢，曰行，曰局。品者優劣之謂也，勢者彊弱之謂也，行者奇正之謂也，局者勝負之謂也。品之道，簡易而得之者爲上，戰争而得之者爲中，孤危而得之者爲下。勢之道，寬裕而陳之者爲上，謹固而陳之者爲中，懸絶而陳之者爲下。行之道，安徐而應之者爲上，疾速而應之者爲中，躁暴而應之者爲下。局之道，舒緩而勝之者爲上，變通而勝之者爲中，刼殺而勝之者爲下。品之義有淺深，定淺深之制由乎從時。勢之義又有踈密，分踈密之形由乎布子。行之義又有利害，審利害之方由乎量敵。局之義又有安危，決安危之理由乎得地。時有去來，乘則得之，過則失之。子有向背，遠則斷之，蹙則窮之。敵有動静，緩則守之，急則攻之。地有廢興，多則破之，少則開之。能從時者無不濟，能布子者無不成，能量敵者無不勇，能得地者無不彊。然從時之權戒乎遷，布子之權戒乎欺，量敵之權戒乎忽，得地之權戒乎貪。無謂品高而怠其志，怠即將卑。無謂勢大而驕其心，驕即將羸。無謂行長而泄其機，泄即將疲。無謂局盛而忘其敗，忘即將危。若然，則制術於未形之前，識宜於臨事之際，轉禍於垂亡之間。俱此道者，爲善弈乎！

引而伸之，可稽於古。彼簡易而得之，寬裕而陳之，安徐而應之，舒緩而勝之，有若堯禪舜，舜禪禹乎！彼戰争而得之，謹固而陳之，疾速而應之，變通而勝之，有若湯放桀，武王伐紂乎！彼孤危而得之，懸絶而陳之，躁暴而應之，刧殺而勝之，有若秦併六國，項王霸楚乎！是故得堯、舜之策者爲首，得湯、武之訣者爲心，得秦、項之計者爲趾焉。抑從時有如設教，布子有如任人，量敵有如馭衆，得地有如守國。其設教也，在寬猛分。其任人也，在善惡明。其馭衆也，在賞罰中。其守國也，在德政均。至於怠志而驕心，泄機而忘敗，非止圍棊，將規家國焉。故曰：弈之事，下無益於學植，上無裨於化源，然觀其指歸，可以喻大者也，故聖人存之。

御覽序

田　錫

臣聞，聖人之道，布在方策。《六經》則言高旨遠，非講求討論，不可測其淵深。諸史則跡異事殊，非參會異同，豈易記其繁雜？子書則異端之説勝，文集則宗經之辭寡。非獵精以爲鑒戒，舉要以觀會同，可爲日覽之書，資於日新之德，則雖白首未能窮經。矧王者機務餘暇，端拱穆清，所宜不勞躬而得稽古大端，不煩覽而達爲理大意。

臣每讀書，思以所得，上補達聰。而天啓微衷，神佑私志，近因宣召，面得敷陳。可以銘於座隅者，書於御屏，可以用於帝道者，録爲御覽。今經取帝王易曉之意，史取帝王可行之事，子或揔於雜録，集或附之逐篇，悉求切當之言，用達精詳之理。覽之詳其義，則事與機會；用之得其時，則名與功偕。冀以塵露之微，上裨高深之德。即嗣聖功業，與堯、舜比崇；生靈富壽，在羲、軒之上。

留别知己序

向敏中

古者，無患身不立，患道之不彰。偉哉！達士之格言，人倫之妙端也。敏中始學於《六經》、舊史氏，見砥名勵行、濟時於有道者，則臨文慨慕，景遺範而耿光；見竊榮冒進、致身於非據者，則執卷窮微，想前事而太息。頃歲，嘗侍立於先人，謂予曰：『矜功者弗立，僥望者勿成。無徇俗以强媒，苟名〔六〕而自是。』三省前訓，克荷靡忘。

曁予忝宦，聿來南夏，終朝若厲，臨事且繁。揔地千里，成賦百萬，編民剛勁，庶務稠雜。約乎風土，陋豫章之奥壤；比其井制，越金陵之上邦。布術懵從繩之理，化民無偃草之謡。迅速周天，迭换四稔，忽奉宸詔，俾歸闕庭。駕言於邁，中心鬱然。同年執友，通才巨儒，咸貺以序文歌詩，送别者多矣。其間探味述作，希閲詞旨，大約以踐清華，居近密，名器偉重，組紱超峻，爲進身之望也。激揚之意，雖知己之虚談；潤色之詞，復文士之恒態。豈若出直言以誡之，垂有益以喻之？使敏中於太平之朝，彰其道，成其業，去邪助正，嫉惡揚善，移風以變俗，悛僞以復古，則可矣，將逮於竊榮冒進之輩，豈可得乎？况立性甚拙，揣心愈踈，嘗以居人臣之位，握刑賞之柄，焕耀當世，賁飾後昆者，宜乎富於道德，飽於忠鯁，求於至理，盡於至公，然後不求名而名自彰也，不竊榮而榮自至也。設不能量力以再思，約己以務進，逐本徇末，争利忘義，心爲蠹蝥，面作狐狸，縱峩冠鳴珮，左金右玉，上倚千尋，一去九萬，躡跡於賢人君子右者，復不愧歟？願言故交，勉樹令德，俟他日將前言以辨釋之，則知敏中平生之志有在矣。

柳如京文集序

張景

一氣爲萬物母，至於陰陽開闔，嘘吸消長，爲晝夜，爲寒暑，爲變化，爲死生，皆一氣之動也。庸不知斡之而致其動者，果何物哉？不知其何物，所以爲神也。人之道不遠是焉。至道無用，用之者有其動也。故爲德，爲教，爲慈愛，爲威嚴，爲賞罰，爲法度，爲立功，爲立言，亦不知用之而應其動者又何物也。

夫至道潛於至誠，至誠藴於至明，離潛發藴，其至而不知所至者，非神乎哉？堯、舜之揖讓，湯、武之征伐，周公之制禮樂，孔子之作經典，孟軻之拒楊、墨，韓愈之排釋、老，大小雖殊，皆出於不測，而垂於無窮也。

先生生於晉末，長於宋初，拯五代之横流，扶百世之大教，續韓、孟而助周、孔，非先生孰能哉？先生之道，非常儒可道也；先生之文，非常儒可文也。離其言於往跡，會其旨於前經，破昏蕩疑，拒邪歸正，學者宗信，以仰以賴，先生之用可測乎？藏其用於神矣。然其生不得大位，不克著之於事業，而盡在於文章。文章蓋空言也，先生豈徒爲空言哉？足以觀其志矣。今緝其遺文九十五篇，爲十五卷，命之曰《河東先生集》。先生名氏官爵暨行事，備之行狀，而繫於集後。

送魯推赴南海序

穆　脩

爲人之佐，其難矣哉！夫令而行者，其長之所專也；從而輔之者，其佐之所守也。凡政有害於公，有悖於理，知而必言，己之可爲耳，言而必從，豈己之所能哉？苟上無必從之道，則政有必失之患，爲其佐者，罪先及之，故曰：爲人之佐，其難矣哉！

然則如何其可也？曰盡其職而已矣。上言者賢，己當公而輔之；不賢，己當公而正之。賢不賢，自主彼之材；輔與正，非己之職歟？正之而不從，則雖獲罪，反〔七〕有之矣，於其職也，實無媿焉。今之從事二人者，或莫率是道，不涉於欺，則陷於隨。居上者，其人果賢，其政果明，是宜順之於下，以成其美。己則曰：我爲人佐，遂能無一言爲之損益，吾何以食其官？

即彊出白黑以紛亂之，此非欺而何？居上者，其人果不賢，其政果不明，是宜直之於下，以救其過。已則曰：我爲人佐，言不吾專，力與爲敵，徒速悔累，曷若附離唱和，取容免責。苟全吾位而去，此非隨而何？予謂士之居其位，事其人，既不可欺，亦不當隨。不欺不隨，唯職所宜而已矣。

魯君以辭學中名，自邑佐而遊郡幕，皆有所稱，今將復佐於南海。南海，際南之鉅府也。方聞其長，則是天子諫臣，賓接僚屬，當獎正與直，用是以往，志必上行。苟上下協公，以從於理，予見南海之政，獨追於古，而荒夷之民浹其惠也。

唐柳先生文集後序

穆　脩

唐之文章，初未去周、隋、五代之氣，中間稱得李、杜，其才始用爲勝，而號專雄詞詩，道未極其渾備。至韓、柳氏起，然後能大吐古人之文，其言與仁義相華實而不雜。如韓《元和聖德》、柳《平淮西》雅章之類，皆辭嚴義偉，製述如經，能崒然聳唐德於盛漢之表，蔑愧讓者，非二先生之文，則誰與？

予少嗜觀二家之文，常病柳不全見於世，出人間者，殘落纔百餘篇。韓則雖目其全，至所缺墜，亡字失句，獨於集家爲甚。志欲補得其正而傳之，多從好事者訪善本，前後累數十，得所長，輒加注竄。遇行四方遠道，或他書不暇持，獨齎韓以自隨。幸會人所寶有，就假取正，凡用力於斯，已蹈二紀外，文始幾定。而惟柳之道，疑其未克光明於時，何故伏其文而不大耀也？求索之莫獲，則既已矣於懷，不圖晚節遂見其書，聯爲八九大編，夔州前序其首，以卷別者，凡四十有五，真配韓之鉅文歟！書字甚樸，不類今蹟，蓋往昔之藏書也。從考覽之，或卒卷莫迎其誤脱，有一二廢字，由其陳故劘滅，讀無甚害，更資研證就真爾。因按其舊，録爲別本，與隴西李之才參讀累月，詳而後止。

嗚呼！天厚予嗜多矣，始而饜我以韓，既而飫我以柳，謂天不吾厚，豈不誣也哉！世之學者，如不志於古則已，苟志於古，求踐立言之域，捨二先生而不由，雖曰能之，非予所敢知也。天聖九年秋七月，河南穆脩伯長後叙。

景祐鹵簿圖記序

宋　綬

古者黄帝氏創軒冕之容，列營衛之警，輿駕儀物，蓋本於此。唐堯彤車，有虞鸞和，夏后之綏，商人之路，《周官》有司常、巾車之職，虎賁、旅賁之從，三五之際，其所由來尚矣。秦六國兼屬車九九之數，漢上甘泉備千乘萬騎之衆。自時厥後，損益可知。歷李唐之艱屯，接五代之卑替，風流文物，蕩然罕餘。

我藝祖挺神武之姿，膺樂推之運，霆斷電掃，王略載清。緐蕝示天子之尊，黄屋削諸侯之僭。始議郊饗，即諏典文。宰司儒臣，討求揚搉，補緝漏目，崇飾新規，扞衛既雄，羽儀兼備。

初，吏士所服皆用畫帛，被襲且久，汙衊不鮮。乃命易以厚繒，加之文綉，采綷相錯，焕乎一時。若繼代相傳，洎代國所得，於古戾者，必褫去其制，樸者必增華。自是天時報功，洛壇拜况，遺老嗟覩，舊章頓還。二宗繼猷，慎守丕則，柴泰兆耕，東壥纂石，仙閭薶牲，汾湝順風。訪道案，歷上陵，巡祭便蕃，威容震耀，羽旄輿馬，咸慰夫東西人之望焉。

在昔蔡邕《十意》，首著車服之目，范曄緒成其事，史官頗續此作。其旁記别録，又有董巴、徐廣、周遷數家，中朝江左，亦嘗圖鹵簿。至道中，詔翰林承旨宋白，與内侍畫郊丘仗衛，緘在秘府。景德中，資政殿學士王欽若上《鹵簿記》三卷，敕付太史。蓋古今之論，其詳可得而覩。皇上紹庭正統，拱己中宸，睿德天成而日躋，洪化火馳而風偃。崇儒嚮學，文之經也；講兵訓士，武之畏也〔八〕；奉先登侑，禮之大也；度曲接神，樂之廣也。包文武以居業，緫禮樂而播憲，則清光景鑠，可臆度而遽數哉！

粤再郊之明年，命華光侍臣圖寫大簿。是時臣充儀仗使，督攝容衛，又以太僕奉車，承被顧問，官守之事，得以周知。乃與侍講〔九〕馮元、侍講孫奭議曰：前二圖書，寫〔一〇〕形紀事不相參會，盍象設而又文陳乎？繇是著爲《圖記》十篇，名物夥多，但續〔一一〕其居首者，非有小異，不復重出。先標其形制，後載其因造，有未周盡，復具於末篇。别依兵部字圖畫横幅，其軸織悉無漏，合丹青而不亂，非見聞之異辭。天行星陳，莫斯爲盛。嘻！夫聖人制情之動，防民之踰，爲之辨貴賤名數之差，著陟降進止之節，訓之以物則，顯之以器服，故方軫圓蓋以覩法象，鏤錫辰旂以昭聲明，寢兕持虎以養其威，升龍左纛以副其德。天下尊之，百官奉之，邪心弗萌，亂原以消。非謂尚文貌之繁，矜紛華之飾。我后之置圖自正，覩古作鑒者，其是之謂歟！

歲在戊寅，燔祀有期，敕内省副鑒監，逮屬艱難，常從領護，其屬重飾帝車，爰及法物，並加釐正。詢博士之論，擇國工之工，巧惟藻絢，臻夫典美。臣又適分使節，專職禮儀，因念曩編，宜益今制，而名標天聖，事從景祐，義則非順，理當改爲。輒取近所修正，各附其下，他即如舊。仍以親政之初元，冠其篇題，表一王而大居正也。薦塵衡石之覽，將謹名山之藏，庶幾裨《中經》丙部之餘，爲官注一家之説耳。

輔弼名對序

劉　顏

昔者三王咸設四輔：一曰師，二曰保，三曰疑，四曰丞。俾居左右前後，各主訓護論思。又建三公，以揔百揆。《書》曰：『夢帝賚予良弼。』又曰：『弼予一人。』是四輔、三公、九卿，通謂之輔弼。故西漢汲黯曰：『天子置公卿輔弼之臣，寧令從諛承意，陷主於不義乎！』則三公、九卿通謂之輔弼明矣，皆所以勗仁勸道，補政益德，申朝廷之大義，固社稷之長策，致君上於無過，措國家於不傾，出入詢謀，言動獻替者也。是以持平守正，審情切事，中於時病，合於物心。一言之發，足以廣其聰明；一語之行，足以垂其法度。此乃輔弼之臣，應對之名者也。苟其不善，過與不及之者，或有問大而應細，詢要而對迂，訪真而述僞，咨易而答難。若是，欲聰而塞，欲明而昏，法度可垂，未之聞也。夫子曰：『舜好問，好察邇言。』謂近言而善者，察而行之。蓋得其情實，適於理致，不必奇遠，然後聽從，此古之帝王求其論説之本意也。夫舜與三王治殊而道邈，論説之語，質略而深，末塗難守。惟漢至五代，跡顯而時近，問答之辭，聞見者洽，後世易法，可酌中道，垂訓來世。

顔竊不忖揆，私務纂述，失意窮處，宅心遺事。探經濟之策，考摭實之議。斷自西漢，迄於周朝，凡一十九代之君臣，僅千二百年之問答，皆朝廷之至務，社稷之令猷。或關治亂以發明，或繫安危而辯列。足以施諸廊廟，利於國家，經久可行，本末具載。凡四十門，門中各起類例，以陳警策，又爲序論，以示抑揚。其下或逐臣，或逐事，有所隱塞，曲爲申明。并目録，共四十一卷，命曰《輔弼名對》。其間亦有位非公卿，言是輔弼，不可廢者，兼而録之。又有虛論浮談，讒言輕議，雖輔弼之士，亦不取焉。且太史吴兢撰《貞觀政要》，止述太宗一朝。又宰相趙瑩著《君臣正論》，惟載唐室一代。其實多采章疏，不能純取問答。且章疏多，則有踈間之敝；問答少，則失親切之詳。以至虛論浮談，讒言輕議，錯雜其間，精粗相半，將恐垂訓不廣，而取信不深。故自歷朝，專采名對，庶幾賢人君子，輔弼聖帝明王，詢於芻蕘，無棄顓頊也已。

送張損之赴任定府幕職序

劉　牧

我國家以仁策馴有北四十年矣，歲時遣使挈詞幣，修聘事焉。朝廷有大慶及大事，亦罔不與，足蹈吾境，目覩吾民，斂手帖帖，如家人焉。故朔方之民，往往老者忘父兄之讎，而壯者不識戰鬭事。何以言之？長老常爲牧言邊防事，云兩河間夷未通好時，其民過隣里親舊家，必帶刀劍。霜降農閑，里胥鄰長，會民習古戰陣之法。居常畜健馬乾食，寇至，裹糧持劍，帶甲上馬，不悔戰死，以怯爲耻。通好後，中年戴白之叟，入武庫指兵器，亦尚能辨其名物與其使用。當時老者，今已死矣；當時壯者，今已老矣。子孫生來見聞，保障不驚，城池不完，開門逢迎，不相危疑，食稻衣錦，養移於體。雖其風俗耐辛苦，尚武勇，而無事以來，習熟爲然，亦少殆矣。

朝廷既以朔方爲安，凡沿邊郡縣文武之任，循例而授。士之從政，選懦不材者，貪其飲食賜予十倍内郡，不憚其去；輕揚急進者，貪其階緣知遇，其勢易獲亦十倍内郡，咸樂其補。故今官〔一二〕邊任者，粉墨雜糅矣。

噫！凡人有家，雖無事時，未嘗一日不嚴門庭之限，藩籬之固；其與人也，雖親戚友〔一三〕善，許相死生，亦不忘去内外之别。川者腰舟具焉，山者獸獲存焉。爲人牧民者，如之何不之思也？在《易·復》象曰：『先王以至日閉關，商旅不行。』釋者謂四夷爲中國之陰，王者必却而外之，先王閉關而却外，所以擬其象也。必至日者，乘〔一四〕陽長陰消之際，設備務速，明不可後〔一五〕時也。商旅不行，小人喻於利，亦防奸之謂也。天之愛民久矣，必爲生智者以謀之。損之是行，豈貪飲食、速知遇之徒歟！

損之居常與人言，必慷慨時事。今其行有日，同年友弟劉牧取酒酌勸，侑以言曰：今夷人保信誓，河北固無恙，第其民之疾苦，治之得失，物之利害，將盡忘之乎？而又職事官之任，平居時則投壺雅歌，奉樽俎之驩，與記奏之事；在軍旅則參謀畫，擁楯騎馬，而裁檄書。北方多賢諸侯，如訪損之以政者，則當思所以應之，勉樹功名，無爲具腰舟、設獸獲者笑之。

校勘記

〔一〕『返』，底本作『近』，據六十三卷本改。《四部叢刊》景黄丕烈校宋本《徐公文集》作『返』。

〔二〕『書』，底本作『學』，據六十三卷本改。《四部叢刊》景黄丕烈校宋本《徐公文集》作『書』。

〔三〕『《説文》之』三字，底本無，據六十三卷本補。《四部叢刊》景黄丕烈校宋本《徐公文集》有此三字。

〔四〕『尤乎人不我知』，麻沙本作『尤人乎不知我』。

〔五〕『而』，底本作『其』，據六十三卷本、麻沙本改。

〔六〕『苟名』上，六十三卷本有一『無』字。

〔七〕『反』，麻沙本作『及』。述古堂影宋鈔本《河南穆公集》作『乃』。

〔八〕『講兵訓士，武之畏也』，底本作『講兵訓武，士之畏也』，據六十三卷本、麻沙本改。

〔九〕『侍講』，麻沙本作『侍讀』。

〔一〇〕『寫』，六十三卷本作『寓』。

〔一一〕『續』，六十三卷本作『繪』。

〔一二〕『官』，底本作『言』，據六十三卷本改。

〔一三〕「友」，麻沙本作「交」。
〔一四〕「乘」，麻沙本作「果」。
〔一五〕「後」，六十三卷本作「移」。

新校宋文鑑卷第八十六

校者按：底本爲刻卷，據六十三卷本、麻沙本刻卷校改。

序

祕演詩集序

歐陽脩

予少以進士遊京師，因得盡交當世之賢豪。然猶以謂國家臣一四海，休兵革，養息天下以無事者四十年，而智謀雄偉、非常之士，無所用其能者，往往伏而不出山林屠販，必有老死而世莫見者，欲從而求之不可得。其後得吾亡友石曼卿。曼卿爲人，廓然有大志，時人不能用其材，曼卿亦不屈以求合，無所放其意，則往往從布衣野老，酣嬉淋灕，顛倒而不厭。予疑所謂伏而不見者，庶幾狎而得之，故常喜從曼卿遊，欲因以陰求天下奇士。

浮屠祕演者，與曼卿交最久，亦能遺外世俗，以氣節相高，二人懽然無所間。曼卿隱於酒，祕演隱於浮屠，皆奇男子也。然喜爲歌詩以自娱，當其極飲大醉，歌吟笑呼，以適天下之樂，何其壯也！一時賢士，皆願從其游，予亦時至其室。十年之間，祕演北渡河，東之濟、鄆，無所合，困而歸。曼卿已死，祕演亦老病。若夫二人者，予乃見其盛衰，則余亦將老矣夫！

曼卿詩辭清絶，尤稱祕演之作，以爲雅健有詩人之意。祕演狀貌雄傑，其胷中浩然，既習於佛，無所用，獨其詩可行於世，而懶不自惜。已老，胠其槖，尚得三四百篇，皆可喜者。曼卿死，祕演漠然無所向，聞東南多山水，其巔崖崛𡾊，江濤洶湧，甚可壯也，遂欲往遊焉，足以知其老而志在也。於其將行，爲叙其詩，因道其盛時，以悲其衰。

惟儼文集序

歐陽脩

惟儼姓魏氏，杭州人，少遊京師三十餘年，學於佛而通儒術，喜爲辭章。與吾亡友曼卿交最善，曼卿遇人無所擇，必皆盡其忻歡。惟儼非賢士不交，有不可其意，無貴賤，一切閉拒絶去不少顧。曼卿之兼愛，惟儼之介，所趣雖異，而交合無所間。曼卿嘗曰：『君子泛愛而親仁。』惟儼曰：『不然，吾所以不交妄人，故能得天下士。若賢不肖混，則賢者安肯顧我哉？』以此一時賢士多從其遊。居相國浮圖，不出其户十五年，士嘗遊其室者，禮之惟恐不至。及去爲公卿貴人，未始一往干之。

然嘗切恠平生所交皆當世賢傑，未見卓卓著功業，如古人可記者。因謂世所稱賢材，若不笞兵走萬里，立功海外，則當佐天子，號令賞罰於明堂。苟皆不用，則絶寵辱，遺世俗，自高而不屈，尚安能酣豢於富貴而無爲哉？ 醉則以此誚其坐人，人亦復之，以謂遺世自守，古人之所易，若奮身逢時，欲必就功業，此雖聖賢難之，周、孔所以窮達異也。今子老於浮圖，不見用於世，而幸不踐窮亨之塗，乃以古事之已然，而責今人之必然邪？雖然，惟儼傲乎退偃於一室，天下之務，當世之利病，聽其言，終日不猒，惜其將老也已！

曼卿死，惟儼亦買地京城之東，以謀其終，乃斂平生所爲文數百篇示予，曰：『曼卿之死，既已表其墓，願爲我序其文，然及我之見也。』嗟夫！惟儼既不用於世，其材莫見於時，若考其筆墨馳騁，文章贍逸之能，可以見其志矣。

集古目録序

歐陽脩

物常聚於所好，而常得於有力之强。有力而不好，好之而無力，雖近且易，有不能致之。象犀虎豹，蠻夷山海殺人之獸，然其齒角皮革可聚而有也。玉出崑崙流沙萬里之外，經十餘譯，乃至乎中國。珠出南海，常生深淵，采者腰絙而入水，形色非人，往往不出，則下飽蛟魚。金礦於山，鑿深而穴遠，篝火餱糧而後進，其崖崩窟塞，則遂葬於其中者，率常數十百人。其遠且難，而又多死，禍常如此，然而金玉珠璣，世常兼聚而有也。

凡物好之而有力，則無不至也。湯盤孔鼎，岐陽之鼓，岱山、鄒嶧、會稽之刻石，與夫漢魏已來聖君賢士桓碑彝器，銘詩序記，下至古文籀篆分隸，諸家之字書，皆三代以來至寶，恠奇偉麗，工妙可喜之物，其去人不遠，其取之無禍。然而風霜兵火，湮淪磨滅，散棄於山崖墟莽之間，未嘗收拾者，由世之好者少也。幸而有好之者，又其力或不足，故僅得其一二，而不能使其聚也。夫力莫如好，好莫如一。

予性顓而嗜古，凡世人之所貪者，皆無欲於其間，故得一其所好於斯。好之已篤，則力雖未足，猶能致之。故上自周穆王以來，下更秦、漢、隋、唐、五代，外至四海九州，名山大澤，窮崖絶谷，荒林破塚，神仙鬼物詭恠所傳，莫不皆有，以爲《集古録》。以謂傳寫失真，故因其石本，軸而藏之。有卷秩次第，而無時世之先後，蓋其取多而未已，故隨其所得而録之。又以謂聚多而終必散，乃撮其大要，别爲《録目》，因并載夫可與史傳正其闕謬者，以傳後學，庶益於多聞。或譏予曰：物多則其勢難聚，聚久而無不散，何必區區於是哉？予對曰：足吾所好，玩而老焉可也。象犀金玉之聚，其能果不散乎？予固未能以此而易彼也。

梅氏詩集序

歐陽脩

予聞，世謂詩人少達而多窮，夫豈然哉？蓋世所傳詩者，多出於古窮人之辭也。凡士之蘊其所有，而不得施於世者，多喜自放於山巔水涯之外，見蟲魚草木、風雲鳥獸之狀類，往往探其奇恠。内有憂思感憤之鬱積，其興於怨刺，以道羈臣、寡婦之所歎，而寫人情之難言，蓋愈窮則愈工。然則非詩之能窮人，殆窮者而後工也。

予友梅聖俞少，以蔭補爲吏，累舉進士，輒抑於有司，困於州縣，凡十餘年。年今五十，猶從辟書，爲人之佐，鬱其所畜，不得奮見於事業。其家宛陵，幼習於詩，自爲童子，出語已驚其長老。既長，學乎《六經》仁義之説，其爲文章，簡古純粹，不求苟説於世，世之人徒知其詩而已。然時無賢愚，語詩者必求之聖俞，聖俞亦自以其不得志者，樂於詩而發之。故其平生所作，於詩尤多。世既知之矣，而未有薦於上者。昔王文康公嘗見而歎曰：『二百年無此作矣。』雖知之深，亦不果薦也。若使其幸得用於朝廷，作爲雅頌，以歌詠大宋之功德，薦之清廟，而追商、周、魯《頌》之作者，豈不偉歟！奈何使其老不得志，而爲窮者之詩，乃徒發於蟲魚物類、羈愁感歎之言。世徒喜其工，不知其窮之久而將老也，可不惜哉！

聖俞詩既多，不自收拾，其妻之兄子謝景初，懼其多而易失也，取其自洛陽至於吴興已來所作，次爲十卷。予嘗嗜聖俞詩，而患不能盡得之，遽喜謝氏之能類次也，輒序而藏之。其後十五年，聖俞以疾卒於京師。余既哭而銘之，因索於其家，得其遺藁千餘篇，并舊所藏，掇其尤者六百七十七篇，爲一十五卷。嗚呼！吾於聖俞詩論之詳矣，故不復云。

送徐無黨南歸序

歐陽脩

草木鳥獸之爲物，衆人之爲人，其爲生雖異，而爲死則同，一歸於腐壞澌盡泯滅而已。而衆人之中，有聖賢者，固亦生且死於其間，而獨異於草木鳥獸衆人者，雖死而不朽，愈遠而彌存也。其所以爲聖賢者，修之於身，施之於事，見之於言，是三者所以能不朽而存也。修於身者，無所不獲。施於事者，有得有不得焉。其見於言者，則又有能有不能也。施於事矣，不見於言，可也。自《詩》《書》《史記》所傳，其人豈必皆能言之士哉？修於身矣，而不施於事，不見於言，亦可也。孔子弟子，有能政事者矣，有能言語者矣，若顔回者，在陋巷曲肱饑卧而已，其群居則默然終日如愚人，然自當時群弟子皆推尊之，以爲不敢望而及，而後世更百千歲，亦未有能及之者，其不朽而存者，固不待施於事，况於言乎？

予讀班固《藝文志》，唐《四庫書目》，見其所列，自三代、秦、漢以來，著書之士，多者至百餘篇，少者猶三四十篇，其人不可勝數，而散亡磨滅，百不一二存焉。予竊悲其人，文章麗矣，言語工矣，無異草木榮華之飄風，鳥獸好音之過耳也。方用其心與力之勞，亦何異衆人之汲汲營營？而忽焉以死者，雖有遲有速，而卒與三者同歸於泯滅。夫言之不可恃也蓋如此。今之學者，莫不慕古聖賢之不朽，而勤一世以盡心於文字間者，皆可悲也。

東陽徐生，少從予學爲文章，稍稍見稱於人。既去，而與群士試於禮部，得高第，由是知名。其文辭日進，如〔一〕水涌而山出。予欲摧其盛氣而勉其思也，故於其歸，告以是言。然予固亦喜爲文辭者，亦因以自警焉。

外制集序

歐陽脩

慶曆三年春，丞相吕夷簡病不能朝，上既更用大臣，鋭意天下事，始用諫官御史疏，追還夏竦制書。既而召韓琦、范仲淹於陝西，又除富弼樞密副使。弼、仲淹、琦，皆惶恐頓首，辭讓至五六不已。手詔趣琦等就道甚急，而弼方且入求對以辭，不得見，遣中貴人趣送閤門，使即受命。嗚呼！觀琦等人所以讓，上之所以用琦等者，可謂聖賢相遭，萬世一遇，而君臣之際，何其盛也！

於是時，天下之士，孰不願爲材耶？顧予何人，亦與其選。夏四月，召自滑臺，入諫院，冬十二月，拜右正言，知制誥。是時夏人雖數請命，而西師尚未解嚴，京東累歲盜賊，最後王倫暴起沂州，轉劫江淮之間，而張海、郭貌山等亦起商、鄧，以驚京西。州縣之吏多不稱職，而民弊矣。天子方慨然勸農桑,興學校,破去前例,以不次用人。哀民之困,而欲除其蠹吏,知磨勘法久之弊，而思別材不肖，以進賢能。患百職之不修，而申行賞罰之信，蓋欲修法度矣。予時雖掌誥命，猶在諫職，常得奏事殿中，從容盡聞天子所以更張庶事，憂閔元元，而勞心求治之意，退得載於制書，以諷曉訓敕在位者。然予方與修祖宗故事，又修《起居注》，又修編敕，日與同舍論議，治文書，所省不一，而除目所下，率不一二時，已迫丞相出，故不得專一思慮，工文字，以盡導天子難諭之意，而復誥命於三代之文。嗟夫！學者文章見用於世鮮矣，况得施於朝廷，而又遭人主致治之盛。若脩之鄙，使竭其材，猶恐不稱，而况不能專一其職？此予所以常遺恨於斯文也。

明年秋，予出爲河北轉運使。又明年春，權知成德軍事。事少間，發嚮所作制草而閲之，雖不能盡載明天子之意，於其所述百得一二，足以章示後世。蓋王者之訓在焉，豈以予文之鄙而廢也！於是録之爲三卷。予自直閣下，儤直八十始滿。不數日，奉使河東，還，即以來河北。故其所作，纔一百五十餘篇云。

詩圖總序

歐陽脩

周之詩自文王始，成王之際，頌聲興焉，周之盛德之極。文王之詩三十七篇，其二十三篇繫之周公、召公，爲《周南》《召南》。其八篇爲《小雅》，六篇爲《大雅》。武王之詩六篇，四篇爲《小雅》，二篇在《召南》之風。成王之詩五十三篇，其十篇爲《小雅》，十二篇爲《大雅》，三十一篇爲《頌》。是爲《詩》之正經。其後二世，昭王立，而周道微闕。又六世，厲王政益衰，變雅始作。厲王死於彘，天下無君。周公、召公行政，謂之共和，凡十四年。而厲王之下，太子宜臼遷於洛邑，號東周。周之室益微，而平王之詩貶爲《風》，下同列國，至於桓、莊，而詩止矣。初成王立，周公攝政，管、蔡作亂，周公及其大夫作詩七篇，周之太史以爲周公詩主道豳國公劉、太王之事，故繫之《豳》，謂國變風。而諸侯之詩無正風，其變風自懿王始作。懿王時，《齊風》始變；夷王時，《衛風》始變；次厲王時，《陳風》始變。厲王崩，周、召共和，《唐風》始變；次宣王時，《秦風》始變；至平王時，《鄭風》始變；惠王時，《曹風》始變；《陳》最後，至頃王時，猶有靈公之詩，於是止矣。蓋自文至頃，凡二十世，王澤竭而詩不作。

今鄭之詩次，比考於舊史，先後不同。《周》《召》《王》《豳》皆出於周，《邶》《鄘》合於衛，檜、魏世家絶，其可考者，七國而已。《陳》《齊》《衛》《晋》《曹》《鄭》《魏》，此變風之先後也。《周》《召》《邶》《鄘》《衛》《王》《鄭》《齊》《豳》《秦》《魏》《唐》《陳》《檜》《曹》，此孔子未删《詩》之前，季札所聽周樂次第也。《周》《召》《邶》《鄘》《衛》《王》《鄭》《齊》《魏》《唐》《秦》《陳》《檜》《曹》《豳》，此今《詩》之次第也。考其得封之先後，爲國之大小，與其詩作之時，皆失其次，説者莫能究焉。其外魯之《頌》四篇，《商頌》五篇，鄭康成以爲魯得用天子之禮樂，故有《頌》，而《商頌》至孔子之時，存者五篇，而《夏頌》已亡，故録魯詩以備三《頌》，著爲後王之法。監三代之成功，法莫大於夏矣。

康成所作《詩譜圖》，自共和而後，始得春秋次序。今其圖亡。今略準鄭遺説，而依其次序推之，以見前儒之得失。今既依鄭爲圖，故風雅變正[二]，與其序所不言，而説者推定世次，皆且從鄭之意，其所失者，可指而見焉。司馬遷謂古詩三千餘篇，孔子删之，存者三百。鄭學之徒皆以遷説之謬，言古詩雖多，不容十分去九。以予考之，遷説然也。何以知之？今書傳所載逸詩，何可數焉？以圖推之，首更十君而取其一篇者，又有二十餘君而取其一君，由是言之，何啻乎三千？詩三百一十一篇，亡者六篇，存者三百五篇云。

慶曆兵録序

宋祁

世之言兵者，本之軒轅時，書缺有間矣。夏、商以來，乃能言之。緣井田，作乘車，即鄉爲軍，因田爲蒐，周法則然。外制郡國，内彊京師，兵非虎符不得發，漢法則然。開府籍軍，混兵於農，使士皆土著，有格死，無叛上，唐法則然。然晚周力分諸侯，其弊弱者常分，暴者常并，故六國相軋而亡。漢衰，權假彊臣，其弊勢侔則疑，力寡則隨，故僭邦鼎峙而立。唐季亂生置帥，其弊樂姑息，厭法度，故群不逞糜潰而争。由是觀之，始未甞不善，而後稍陵遲也。

宋興，剗五姓餘亂，一天下之權，借藩納地，梗帥嬰法，經武制衆，罔不精明。凡軍有四：一曰禁兵，殿前馬步三司隸焉，卒之鋭而票者充之。或挽彊，或蹋張，或戈船突騎，或投石擊刺，故處則衛鎮，出則更戍。二曰廂兵，諸州隸焉，卒之力而悍者募之。天下已定，不甚持兵，唯邊蠻夷者，時時與禁兵參屯，故專於服勞，間亦戍更。三曰役兵，群有司隸焉，人之游而惰者入之。若牧置，若漕輓，若管庫，若工技，業壹事專，故處而無更。凡軍有額，居有營，有常廩，有横賜。四曰民兵，農之健而材者籍之，視鄉縣大小而爲之數。有部曲，無營壁，闕者輒補，歲一閲焉，非軍興不得擅行。此國家制軍，大抵如此。然兵無常帥，帥無常鎮，權不外假，力不它分，此其所以維萬方，憺四夷，鼓行無前，而對天下者也。

慶曆五年，今參預貳卿濟陽丁公，以壯猶宿望，進使樞省〔三〕。惟是本兵柄，按軍志，無不在焉，而叢分几閣，非甚有紀。公乃搜次首末，鉤考纖微，掇其攻守戰者，爲禁兵、民兵《兵録》五篇，合群曹所分，擿諸條所隱，彙而聯之，部分班如也，離而件之，區處戢如也。彌衆而易見，愈詳而不繁。雖伍符猥并，邊瑣曲折，歲列廢置，月比耗登，披文指要，坐帷而判。蓋簡稽之決要，蒐乘之總凡。録成，乃上於官，且俾叙作者之意。

謹按，軍篇之首，公各述所由。前創後因，聖繼神承，既有第矣，近衛别録，示有尊也，餘軍弗載，略所緩也，文約事明，成一王法。惟公達練多聞，以忠力自結於上，處機宥，不周歲擢貳鉉台，曝誠明，詡權綱，有德有言，天子之寶臣歟！

邯鄲圖書十志序

李　淑

儒籍肇劉《略》、荀《簿》，王《志》、阮《録》，汔元毋迺備。士大夫藏家者，唯吴齋著目。唐季兵燬，墳典散落。帝宋戢戈講道，薦紳靡然，編摩校輯，歲月相踵。

予家高曾以還，力弦誦馬蹄間，重明尚文，素風不衰。肆中山公，奮蕤舒光，翊宣通謨，狷者賴清白之傳，冠而並班傳遊。載筆兩朝，禁清圖史，號令策牘，吁俞演暢。伊延閣廣内幽經祕篇，固殫見悉索之。中敕辨次，甫事麾去。大抵官書三萬六千二百八卷，訂開元見目什不五六，《崇文目》刓去五千，餘猶淺末。摽剽名臣舊族間所獲，或東觀之闕，繇是知世書尚存，購寫弗競，豐社舊蘊，斷巇不倫。中山官南，始復論補，逮於刊綴，彌三十載。會請養玉堂，抉私褚外内經，合道釋書畫，得若干，離十志五十七類，總八目。几梔題衺，參准昔模，緗素枕籍，點兼古語。有貳本者，分貯旁格，柳氏長行後學之别歟！

噫！予門從著作、水部、賛善、洪州，四世而及中山，鄙夫承之，施爾朋、圭、舀、泊、彙、蒙、謙輩，冠蓋八葉。繄汝曹善承之，肆守之，毋爲勢奪，毋爲賄遷。書用二印，取朋篆，所以記封國，詔世代。東都永寧有館第，西都履道有園齋，爲退居佔畢之玩。既志之序之，識迂拙耽賞之自。後日紬續，追紀左方。

唐鑑序

石介

夫前車覆，後車戒，前事之失，後事之鑑。湯以桀爲鑑，故不敢爲桀之行，而湯德克明，隆祀六百。周以紂爲鑑，故不敢爲紂之惡，而周道至盛，傳世三十。漢以秦爲鑑，故不敢爲秦之無道，而漢業甚茂，延弘四百年。唐以隋爲鑑，故不敢爲隋之暴亂，而唐室攸乂，永光十八葉。國家雖承五代之後，實接唐之緒，則國家亦當以唐爲鑑。

臣逖覽往古，靡不以女后預事而喪國家者。臣觀唐最甚矣，武氏變唐爲周，韋庶人、安樂公主酖殺中宗，太平公主潛謀逆亂，楊貴妃召天寶之禍。臣歷觀前世，鮮不以閹官用權而傾社稷者。臣視唐尤傷矣，代宗遭輔國之侮蔑，憲宗被陳慶之弒逆，昭宗爲季述之囚辱。臣眇尋歷代，無不以姦臣專政而亂天下者。臣視唐至極矣，禄山之禍，則林甫、國忠爲之也，朱泚之亂，則盧杞爲之也，陳慶之弒，則皇甫鎛爲之也。嗚呼！姦臣不可使專政，女后不可使預事，宦官不可使任權。明皇始用姚崇、宋璟則治，終用林甫、國忠則亂。德宗始用崔祐甫、陸贄則治，終用盧杞、裴延齡則亂。憲宗始用裴度則治，終用皇甫鎛則亂。自武后奪國，迄於中、睿，暨天寶末年，政由女后，而李氏幾喪。自肅宗踐位，歷於代宗、德宗、順宗，憲、穆、文、武、宣、懿、僖、昭，權在中官，而唐祚終去。詩曰：『赫赫宗周，褒姒滅之。』然則巍巍鉅唐，女后亂之，姦臣壞之，宦官覆之。

臣故采摭唐史中女后、宦官、姦臣事迹，各類集作五卷，謂之《唐鑑》。噫！唐十八帝，惟武德、貞觀、開元、元和百數十年，禮樂征伐，自天子出。女后亂之於前，姦臣壞之於中，宦官覆之於後，顛側崎危，綿綿延延，乍傾乍安，若續若絶，僅能至於三百年，何足言之？後之爲國者，鑑李氏之覆車，勿專政於女后，勿假權於中官，勿委任於姦臣，則國祚延弘，歷世長遠，當傳於子，傳於孫，可至千萬世，豈止齪齪十八帝，局促三百年者哉！伏惟明主戒之！

校勘記

〔一〕『如』，底本誤作『加』，據六十三卷本、麻沙本改。宋慶元二年周必大刻本《歐陽文忠公集》、元本《歐陽文忠公集》作『如』。

〔二〕『正』，底本誤作『王』，據六十三卷本改。

〔三〕『省』，麻沙本作『密』，據六十三卷本、麻沙本改。

新校宋文鑑卷第八十七

校者按：底本爲刻卷，據六十三卷本、六十四卷本、二十七卷本（存第四、第六至二十四頁）、麻沙本刻卷校改。

序

皇祐會計録序

田　況

在昔冢宰制國用，必度歲之豐寡，謹出入之式灋，以馭其用，至通三十年之率以防不給，其裁節過殺、精密重慎可知也已。古今世遼，兵農殊業，賦貢常入，不足更用，斡計權利，其途百出。有唐鹽鐵、户部、度支分蠹使務，謂之三司。兵禍仍積，邦財匱耗，至用宰相主之，以重其事。明宗乃專立一使，以摠其任。國朝又甞各置使領事，多盭違無所從禀，故復合而爲一。以《周官》六典，文昌萬事，過半在於兹矣。以秦、漢言之，則兼大農、少府、將作、水衡之職。以唐五代言之，則包租庸、地税、户口、國計之名，其寄重憂深，非群司之擬也。

國家丕享海内，化際日出，養兵之法，與古不侔。祖宗繼承，募置增衍，康定、慶曆中，夏戎阻命，邊關益戍，釋販舍耒，争隸軍籍，校之景德、祥符歲，數幾一倍矣。是以經費日侈，民力屢疲，垂今十五年，未克如舊。加以吏員歲溢，恩廕例繁，冗食待次，不可勝紀。幸上叡聖恭儉，憂民節用，内踈聲玩，外簡游幸，至於廣内秘殿，裁損渥飾，嚴籞池囿，率多權廢，不急土木，一切停罷，近詔應不急土木，一切權罷。舊制，禁中歲新户牖欄檻朱緑之飾，去歲傳宣三司，福寧殿等處，五年一次修換。金明池御座龍艦，金碧宏麗，始費不貲，攸同請繕飾，上面諭曰：此實無用，可撤毁之，勿横費也。臣以斲鏤小碎之材，毁無所用，願粗修補，不使壞可也。上從之。其它去奢從儉，德音非一，不可殫也。顯以安邊柔遠、清心息事爲本，征繕或闕，時發内府緡帛以濟之。故計臣得以深自率勵，未罹咎謫，誠爲幸哉！必欲酌祖宗之舊，參制浮冗，以裕斯民，則繫乎岩廊之論〔二〕，非有司之事也。

臣材策闇短，久當大計，雖内自竭盡，而績無最尤。若夫内外之盈虚，出納之慎忽，商貨之通滯，法令之峻遲，朝夕詢求，則不敢懈。先朝權三司使公事，丁謂甞編《景德會計録》上之。逮今四紀餘，利害贏虧，變通損益，多非近制矣。臣今略依謂之所述，集成《皇祐會計録》六卷，一《户賦》，二《課入》，三《經費》，四《儲運》，五《禄賜》，六《雜記》。其出入之數，取一年最中者爲準，精要者采緝之，冗醸者删除之。如謂所録郡縣疆里，復以宫館祠宇附贅其下，此皆不取。至於糧芻運饋，國之大計，故特爲《儲運》一篇，以補其闕。每卷之首，別爲題辭，今昔之隆汙，置廢之是否，庶可見其崖略矣。冒瀆皇覽，伏深戰汗。

奉國軍衙司都目序

錢彦遠

《詩》曰『王之爪牙』，言吏士鋒鋭，能搏噬奇邪也。故軍將皆建旗於前曰『大牙』，凡部曲受約束，禀進退，悉趍其下。近世重武，通謂刺史治所曰『牙』，緣是從卒爲牙中兵，武吏爲牙前將，俚語缺誤，轉稱爲『衙』。唐自開元至五代間，衙將最重，皆督千人，兼檢校臺省官，猶春秋陪臣，非才幹勇略不授。

國初芟誅奸雄，斂威銷萌，出儒臣守郡，始募城郭子弟，或里胥雜補，唯得筦倉庫，部飛輓，趍擯呼指爾。乃立條教以均勞逸，視比例以參輕重，考歲月以叙等級，愛民甚矣。天下壹也，就有風俗便宜，亦從而小殊。明州，漢之鄮縣，本朝賜節度額。其地東濱海洋，群山聯屬，田堉且隘，鱻鱻錯出。居人呰窳偷生，喜輕衣甘食，無蓄積之實。衙將員雖百有二十，貲産視它郡爲瘁。典吏乘隙，骫枉重困，握粟出卜，訟訴繁興。昭文學士陸君下車明年，彦遠得爲通判官，會按察使符，俾釐正簿領，復命鄞主簿何世昌侑焉。頗蠲除舊弊數端，悉條列使〔二〕合法令，而附近人情，衆以爲便。乃獻狀按察二使，既成，題曰《衙司都目》，因書本末篇首。

送楊鬱林序

劉敞

鬱林，古郡也，太守，尊官也，其任不輕矣，然而當拜者，輒以炎瘴霧露爲解。天子以謂此皆全軀保妻子之臣，無憂國之風，皆置不用，而詔丞相擇刺史之賢者，使舉奇偉倜儻之士，以充其選。於是大人部荆州，詔書先至，則以楊侯聞，天子可焉，遂自郡從事遷廷尉丞，假五品服以行，別賜錢十萬，衆皆榮之。然楊侯既受命，退而治裝，汎然不以爲喜。聞嶺海之説，風土之異，漠然不以爲憂，如他日焉。人皆曰：楊侯矯亢人也。

嗚呼！前世之所以能治也，爲官擇人；後世之所以不治也，爲人擇官。彼庸庸之臣，志得意滿，生而養交以饕富貴，真若長者，一旦有竟外之事，憂畏首鼠，堅以死辟，世常有之〔三〕。夫『不可使往』，《春秋》貶焉，若無君子，何以矯也？吾以楊侯矯世之君子，《春秋》之徒歟！推此心也，雖在山海之内，而加千乘之國，其有難治哉？於其行，序以贈之。

劉景烈字解

劉敞

劉侯，外戚公子也，而過人者三：其弓七鈞而射百步，末可以斃牛；兵無長短，劍無單複，應敵施巧，倏忽不可知如神；居士大夫間，而恂恂不失節似儒者。予是以嘉之。夫士有英邁之氣，而非功名之時，則略爲不用；資功名之時，而無信任之勢，則效爲不見。今劉侯，其天材多矣，又有肺腑之親，而四方夷狄尚多恣睢者，設使因其時，奮其氣，功名豈遂少哉？而久處未試，予是以惜之。

他日，因燕飲酒，言曰：『吾名永年，而字昌齡，以爲釋可也，以爲訓則不可，幸有以易之。』

予曰：『然。使貴而可以永年，則安有齊、梁之君？使富而可以永年，則安有范、中行之臣？齊、梁之貴，范、中行之富，而忽然不聞，彼可以永年者安在哉？在功名而已矣。天地無窮，而人之生有涯，以夫有涯遊無窮之中，而無以自別也。蠢然作，蟄然止，則已矣，雖萬物何辨焉？嗟乎！此智勇士捐筋力，忘利害而不顧，以求就功名者也，故一託於義，而終身安之。金石象其聲，丹青狀其貌，簡策叙其實，若是可以永年矣。字子以景烈，如何？』座客相和唱善，劉侯拜且謝曰：『謹受教，請銘之心，不敢須臾忘。』因序其語授之。

送湖南某使君序

劉敞

苗民之頑，不率帝命，蓋自古記之矣。以堯爲君，以舜爲相，而有三危之誅。以舜爲君，以禹爲相，而有群后之師。此非其德不至、力不足也，不得已也。然則聖朝獨得已而已之乎？夫蠻夷異類，其暴，虎也，其貪，狼也，其捷，猱狖也。山林之與居，鳥獸之與群，其險阻幽絶，非人境也。然而驅中國之士，衣三注之甲，負弩荷戈，加糧糗其上，夜則冒霧露，晝則負赤日，日夜不休，與之馳逐，是以難也。然則雖欲急成功，安可得哉？

今者上策，莫若脩堯舜之義，明布其德，而物將自服。其次嚴兵以守之，絶其抄略之路，而勿爲深入之師。其次誘而放之，使去其穴，則固可取也。若夫耻不能追而探其巢，不爲致人而致於人，釁於勇而嗇於禍，可進而不可退，是以師僥幸也，非國家之利也，願使君不爲。昔者三苗之事，益贊於禹，故其功烈垂於後世，而莫得過焉。世不可誣，安知後來者之非益也？將在使君所以達之而已，何畏乎有苗！

送馬承之通判儀州序

蔡襄

唐末失御，外方將帥臣闚釁輒發，藉土地，聚貨財，招倈僄勇士，務刺擊爭鬭以爲强。甚者格弛天子法令，專逐帥臣，盜有其衆。患日寖長，梁朱氏卒乘此勢以取天下。其後五十餘年，易四姓，大率由是廢興。武人縮重兵，收天下安危，大柄在掌握間，更世移祀，提持飲食器〔四〕，東西左右耳。於是軍中氣凛然騰在人上，躬儒〔五〕者俛首隱舌，不復奮起開説古先王治道而爲之節制。勢久而變，理固然也。國家既平四方，追鑒前失，凡持邊議，主兵要，内宥密而外方鎮，多以儒臣任之〔六〕。武人剟去角牙，磨治平聲。壯戾，妥處行伍間，不敢亢然自校輕重。然則今天下安危大計，其倚重於儒臣乎！獨不知決然自當其所倚重，建立經久之制者，果誰哉？

承之以文稱於交遊，喜能自立〔七〕，玆有西鄙之行，思以竭材慮而後愜焉。予觀承之之文之言，未始離乎忠也。使力足而勢大者，咸以是而爲心，唯國之計，而微躬之念，事罔不濟，且使世之人，知儒者果可以天下安危大柄倚重之也。

送張總之温州司理序

蔡襄

提封千里，民堵萬區，加其上者，獨太守耳，守之責無已重乎？曰：不若理官之重。然則使死者不怨，刑者甘心，遂理官之重，可乎？曰：不奪，則責之可也。凡縣邑之民事，不得其平者，則平之於尹；尹之不能平及事之大者，咸得平之於守；守視其事之小者立决之，其大者下於理官，理官得以考其情而棄之〔八〕。故曰：守之責不若理官之重。然理官之專其重，而不得專其官，有昏耄柔懦，則事叢而下；有偏〔九〕怒奇〔一〇〕憐，則舉手左右；有狹中矜敏，則務乎簡歷。日召而前，頤指教敕，迎合其意則喜，違之則怒，至有鍛鍊遷就而爲之，使冤者不得吐其臆，鞫者不得畢其慮。故曰：不奪，則責之可也。使能者爲之，期止於是，不期於奪，然每一事之下，審獄具文，諮於從事，謀於監郡，上於太守，而又質於掌法者，若文不比，囚不直，則移而讞之，衆皆可焉，班而署之，然後乃得已矣。若是，積三歲而罷歸，其勤亦甚矣。

總之力學修文，行之廉厚，復爲理官，使主郡者賢明不奪，則其責愈重，總之宜如何爲心哉？夫與鼓瑟者游，而言操刀之事，則言者之過也。總之於行，不敢指異事以規。

送黄子思寺丞知咸陽〔一一〕序

蔡襄

天子之尊，下視民人，遠絶不比，然出政化，行德澤，使之速致而均被者，蓋其所關行有以始而終之者也。惡乎始？宰相以始之。惡乎終？縣令以終之。輔相天子，施政化德澤，自朝廷下四方，而止於縣者，承其上之所施，然後周致於其民也。近天子莫如相，相必得賢，故能輔其政化德澤之施也。近民莫如令，令無良焉，雖政教之美，德澤之厚，而民莫由致之也。相近天子，而令近於民，其勢固殊，然其相與貫連以爲本末，是必動而相濟者也。民知其所賴，而相休養以業其生，惟令而已。令之於民，察其土風井閭，而別其善惡、强弱、富貧、勤墯、寃讎、疾苦，以條辨而均治之，使咸得其平焉。今之責，豈輕之哉？今之取令，率以歲年，不稱其能否，是故天下之令有賢有不賢，天下之民有幸有不幸。必爾盡天下之令無有不賢，則盡天下之民亦無有不幸矣。

子思黄君業儒，以才名於時，前此爲獄官，涖囚必直其情，而未嘗以色語威之。今之爲縣，從可知矣。故予序其行，既屬子思以爲令之重，而又慶咸陽之民之幸也。

唐史論斷序

孫甫

古之史，《尚書》《春秋》是也。二經體不同而意同。《尚書》記治世之事，作教之書也。故百篇皆由聖人立，不以惡事名，雖桀、紂之惡，亦因湯、武之事而見，不特書也。但聖賢順時通變，言與事各有所宜，爲史者從而記之，又經聖人所定，典、謨、訓、誥、誓、命之文，體雖不一，皆足以作教於世也。《春秋》記亂世之事，立法之書也。聖人出於季世，覩時之亂，居下而不能治，故立大中之法，裁判天下善惡，而明之以王制。是聖人於衰亂之時，起至治之法，非謹其文，則不能正時事而垂大典矣。此《尚書》《春秋》之體所以不同也。然《尚書》記治世之事，使聖賢之所爲傳之不朽，爲君者，爲臣者，見爲善之效，安得不説而行之？此勸之之道也。其間因見惡事致敗亂之端，此又所以爲戒也。《春秋》記亂世之事，以褒貶代王者賞罰，時之爲惡者衆，率辨其心迹而貶之，使惡名不朽，爲君者，爲臣者，見爲惡之效，安得不懼而防之？此戒之之道也。其間有善事者，明其心迹而褒之，使輝光於世，此又所以爲勸也。是《尚書》《春秋》記治亂雖異，其於勸戒則大意同也。

後之爲史者，欲明治亂之本，謹勸戒之道，不師《尚書》《春秋》之意，何以爲法？至司馬遷修《史記》，破編年體，創爲紀傳，蓋務便於記事也。記事便，則所取博，故奇異細碎之事皆載焉。雖貫穿群書，才力雄俊，於治亂之本，勸戒之道，則雜亂而不明矣。然有識者短之，謂紀傳所記，一事分爲數處，前後屢出，比於編年則文繁。此類固所失不細，殊不知又有失之大者。夫史之記事，莫大乎治亂。君令於上，臣行於下，臣謀於前，君納於後，事臧則成，否則敗，成則治之本，敗則亂之由。此當謹記之。某年君臣有謀議，將相有功勳，紀多不書，必竢其臣殁而備載於傳，是人臣得專有其謀議功勳也。《尚書》雖不謹編年之法，君臣之事年代有序，羲和之業，固載於《堯典》，稷、契、皋、夔之功，固載於《舜典》，三代君臣之事亦猶是焉。遷以人臣謀議功勳，與其家行細事雜載於傳中，其體便乎？復有過差邪惡之事，以召危亂，不於當年書之，以爲深戒，豈非失之大者？

或曰：《春秋》雖編年，經目其事，傳載本末，遷立紀傳，亦約是體。故劉餗《史例》曰：『傳所以釋紀，猶《春秋》之傳焉。』此可見遷書之不失也。答云：《春秋》，聖人立法之書也。立法，故目其事而斷之，明治亂之本。所目之事，或一句，或數句，國之典制罔不明，人之善惡罔不辨。左氏，史官也，見聖人之經所目之事，遂從而傳之，雖不能深釋聖人之法，記事次序，一用編年之體，非外《春秋》經目獨爲紀也。遷之爲紀也，周而上多載經典之事，固無所發明，至秦、漢紀並直書其事，何嘗有法？紀無法，傳何釋焉？此乃餗附遷而爲之辭也。或曰：史之體必尚編年，紀傳不可爲乎？答曰：爲史者習尚紀傳久矣，歷代以爲大典，必論之以復古則泥矣。有能編列君臣之事，善惡得實，不尚僻恠，不務繁碎，明治亂之本，謹勸戒之道，雖爲紀傳，亦可矣。必論其至，則不若編年體正而文簡也。

甫常有志於史，竊慕古史體法，欲爲之。因讀唐之諸書，見太宗功德法制，與三代聖王並。後帝英明不逮，又或不能守其法，仍有荒縱很忌庸懦之君，故治少而亂多。然有天下三百年，由貞觀功德之遠也。《唐書》繁冗遺略，多失體法，事或大而不具，或小而不記，或一事別出而意不相照，恠異猥俗，無所不有，治亂之迹，散於紀傳中，雜而不顯，此固不足以彰明貞觀功德法制之本，一代興衰之由也。觀高祖至文宗《實録》，叙事詳備，差勝於佗書，其間文理明白者尤勝焉。至治亂之本，亦未之明，記事務廣也；勸戒之道，亦未之著，褒貶不精也。爲史之體，亦未之具，不爲編年之體，君臣之事多離而書之也。又要切之事，或有遺略，君臣善惡之細，四方事務之繁，或備書之，此於爲史之道亦甚失矣。遂據《實録》與《書》，兼采諸家著録參驗不差，足以傳信者，修爲《唐史記》。舊史之文，繁者删之，失去就者改之，意不足而有佗證者補之，事之不要者去之，要而遺〔一二〕者增之，是非不明者正之。用編年之體，所以次序君臣之事。所書之法，雖宗二經文意，其體略與《實録》相類者，以唐之一代有治亂，不可全法《尚書》《春秋》之體，又不敢僭作經之名也。

或曰：子之修是書，不尚紀傳之體可矣。不爲書志，則郊廟、禮樂、律曆、灾祥之事，官職、刑法、食貨、州郡之制，得無遺乎？答曰：郊廟而下，固國之巨典急務，但記其大要，以明法度政教之體，其備儀細文，則有司之書，各有司存，爲史者難乎具載也。

自康定元年修是書，至皇祐四年草具，遂作序述其意，更竢删潤其文。後以官守少暇，未能備具，逮嘉祐七年，成七十五卷。是年冬，卧病久，慮神思日耗，不克成就，且就其編秩，粗成一家。况才力不盛，叙事不無踈略，然於勸戒之義謹之矣。勸戒之切而意遠者，著論以明焉。欲人君覽之，人臣觀之，備知致治之由，召亂之自，邪正之效，焕然若繪畫於目前，善者從之，不善者戒之，治道可以常興，而亂本可以預弭也。論九十二首，觀者毋忽，不止唐之安危，常爲世鑒矣。

伊川擊壤集序

邵　雍

《擊壤集》，伊川翁自樂之詩也。非唯自樂，又能樂時與萬物之自得也。伊川翁曰：子夏謂：『詩者，志之所之也，在心爲志，發言爲詩。情動於中而形於言』，『聲成其文而謂之音』。是知懷其時則謂之志，感其物則謂之情，發其志則謂之言，揚其情則謂之聲，言成章則謂之詩，聲成文則謂之音。然後聞其詩，聽其音，則人之志情可知之矣。且情有七，其要在二。二謂身也，時也。謂身，則一身之休慼也；謂時，則一時之否泰也。一身之休慼，則不過貧富貴賤而已；一時之否泰，則在夫興廢治亂者焉。是以仲尼刪《詩》，十去其九，諸侯千有餘國，《風》取十五，西周十有二王，《雅》取其六，蓋垂訓之道，善惡明著者存焉耳。

近世詩人，窮慼則職於怨憝[一三]，榮達則專於淫泆，身之休慼發於喜怒，時之否泰出於愛惡，殊不以天下大義而爲言者，故其詩大率溺於情好也。噫！情之溺人也甚於水。古者謂『水能載舟，亦能覆舟』，是覆載在水也，不在人也。載則爲利，覆則爲害，是利害在人也，不在水也。不知覆載能使人有利害耶？利害能使水有覆載邪？二者之間，必有處焉。就如人能蹈[一四]水，非水能蹈人也，然而有稱善蹈者，未始不爲水之所害也[一五]。若外利而蹈水，則[一六]水之情亦由人之情也；若内利[一七]而蹈水，則敗[一八]壞之患立至於前，又何必分乎人焉水焉，其傷性害命一也。性者，道之形體也，性傷則道亦從之矣。心者，性之郛郭也，心傷則性亦從之矣。身者，心之區宇也，身傷則心亦從之矣。物者，身之舟車也，物傷則身亦從之矣。是知以道觀性，以性觀心，以心觀身，以身觀物，治則治矣，然猶未離乎害者也。不若以道觀道，以性觀性，以心觀心，以身觀身，以物觀物，則雖欲相傷，其可得乎？若然，則以家觀家，以國觀國，以天下觀天下，亦從而可知之矣。

予自壯歲，業於儒術，謂人世之樂，何嘗有萬之一二？而謂名教之樂，固有萬萬焉，况觀物之樂，復有萬萬者焉。雖死生榮辱轉戰於前，曾未入於胷中，則何異四時風花雪月一過乎眼也？誠爲能以物觀物，而兩不相傷者焉，蓋其間情累都忘去爾。所未忘者，獨有詩在焉。然而雖曰未忘，其實亦若忘之矣。何者？謂其所作，異人之所作也，所作不限聲律，不沿愛惡，不立固必，不希名譽，如鑑之應形，如鍾之應聲。其或經道之餘，因静照物，因時起志，因物寓言，因志發詠，因言成詩，因詠成聲，因詩成音，是故哀而未嘗傷，樂而未嘗淫，雖曰吟詠情性，曾何累於情哉？鍾鼓，樂也；玉帛，禮也。與其嗜鍾鼓玉帛，則斯言也，不能無陋矣。必欲廢鍾鼓玉帛，則其如禮樂何？人謂風雅之道，行於古而不行於今，殆非通論，牽於一身而爲言者也。吁！獨不念天下爲善者少，害善者多，造危者衆，而持危者寡。志士在畎畝，則以畎畝言，故其詩名之曰《伊川擊壤集》。

洛陽耆英會序

司馬光

昔白樂天在洛，與高年者八人遊，時人慕之，爲《九老圖》傳於世。宋興，洛中諸公繼而爲之者凡再矣，皆圖形普明僧舍。普明，樂天之故第也。元豐中，文潞公留守西都，韓國富公納政在里第，自餘士大夫以老自逸於洛者，於時爲多。潞公謂韓公曰：『凡所爲慕於樂天者，以其志趣高逸也，奚必數與地之襲焉？』一旦悉集士大夫老而賢者於韓公之第，置酒相樂，賓主凡十有一人，既而圖形妙覺僧舍，時人謂之『洛陽耆英會』。

孔子曰：『好賢如《緇衣》。』取其敝又改爲，樂善無厭也。二公寅亮三朝，爲國元老，入贊萬機，出綏四方。上則固社稷，尊宗廟；下則熙百工，和萬民。天子心腹股肱耳目，天下所取平。其勳業閎大顯融，豈樂天所能庶幾？然猶慕效樂天所爲，汲汲如恐不及，豈非樂善無厭者與？又洛中舊俗，燕私相聚，尚齒不尚官，自樂天之會已然，是日復行之，斯乃風化之本，可頌也。宣徽王公，方留守北都，聞之，以書請於潞公曰：『某亦家洛，位與年不居數客之後，顧亦官守，不得執卮酒在坐，良以爲恨，願寓名其間，幸無我遺！』其爲諸公嘉羡如此。

光未及七十，用狄監、盧尹故事，亦預於會。潞公命光序其事，不敢辭。時五年正月壬辰，端明殿學士兼翰林學士太中大夫提舉崇福宮司馬光序。

開府儀同三司守司徒武寧軍節度使致仕韓國公富弼，字彥國，年七十九。

河東節度使開府儀同三司守太尉判河南府兼西京留守司事潞國公文彦博，字寛夫，年七十七。

司封郎中致仕席汝言，字君從，年七十七。

太常少卿致仕王尚恭，字安之，年七十六。

太常少卿致仕趙丙，字南正，年七十五。

秘書監致仕劉几，字伯壽，年七十五。

衛州防禦使致仕馮行己，字肅之，年七十五。

太中大夫充天章閣待制提舉崇福宫楚建中，字正叔，年七十三。

司農少卿致仕王慎言，字不疑，年七十二。

太中大夫提舉崇福宫張問，字昌言，年七十。

龍圖閣直學士通議大夫提舉崇福宫張燾，字景元，年七十。

序賻禮

司馬光

名以位顯，行由學成，此禮之常。若夫身處草野〔一九〕，未嘗從學，志在爲善，不求聲利，此則尤可尚也。近世史氏專取高官爲之傳，故閭閻之善人莫之聞。喪禮之廢壞久矣，而民間爲甚，至有初喪親，賓具酒肉，聚於其家，與主人同醉飽者，有以鼓樂導喪車者，有因喪納婦者，相習爲常，恬不知恠。

醫助教劉太，居親喪，獨不飲酒食肉，終三年，此乃今士大夫所難能也。其弟永一，尤孝友廉謹過人。於熙寧初，巫咸水入夏縣城，民溺死者以百數，永一執竿立門首，他人物流入門者，輒摘出之。有僧寓錢數萬於室，居無何，僧自經死，永一遽詣縣自陳，請以錢歸其弟子。鄉人負其債久不償者，永一輒毀券以愧其心。其行事類如此。有周文粲者，其兄嗜酒，仰文粲爲生，兄或時酗毆文粲，其鄰人不平而唁之，文粲怒曰：『吾兄未嘗毆我，汝何離間吾兄弟也？』有蘇慶文者，事繼母以孝聞，常語其婦曰：『汝事吾母，小不謹必逐汝。』繼母少寡而無子，由是安其室終身。元豐中，朝廷修景靈宫，調天下畫工詣京師，事畢，有詔選試其優者，留翰林，授官禄。有臺亨者，名第一，以父老固辭，歸養於田里。此五人與余同縣，故余得而知之。

悲夫！天下布衣之士，刻志厲行，而人莫知者，可勝數哉？始太之喪其父也，余兄弟賻以千錢，且爲書致之曰：『禮，凡有喪，佗人助之，珠玉曰含，車馬曰賵，貨財曰賻，衣服曰襚。今物雖薄，欲人之可繼也。』久之，太請刻其書於石，曰：『嚮也鄉人不知有賻禮，自太父之喪，鄉人稍稍行之。太欲廣其傳，由吾鄉以及鄰縣，由鄰縣以達四方，使民間皆去弊俗而入於禮，豈小補哉？』余益美其志，因諭之曰：『是書不足刻。余竊慕君子樂道人之善，請書若兄弟及周文粲、蘇慶文、臺亨所爲，以傳於世，庶幾使爲善者不以隱微而自懈焉。』

送陳升之序

王安石

今世所謂良大夫者有之矣，皆曰：是宜任大臣之事者，作而任大臣之事，則上下一失望，何哉？人之材有小大，而志有遠近也。彼其任者小，而責之近，則煦煦然仁而有餘於仁矣，孑孑然義而有餘於義矣。人見其仁義有餘也，則曰：是其任者小而責之近，大任將有大此者。然上下誒之云爾，然後作而任大臣之事。作而任大臣之事，宜有大此者焉，然則煦煦然而已矣，孑孑然而已矣，故上下一失望。豈惟失望哉？後日誠有堪大臣之事，其名實烝然於上，上必懲前日之所誒而逆疑焉。暴於下，下必懲前日之所誒而逆疑焉。上下交疑，誠有堪大臣之事者而莫之或任，幸欲任，則左右小人得引前日之所誒懲之矣。

噫！聖人謂知人難，君子惡名之溢於實。爲此則奈何？亦精之而已矣。惡之則奈何？亦充之而已矣。知難而不能精之，惡之而不能充之，其亦殆哉！予在揚州，朝之人過焉者，多堪大臣之事。可信而望者，陳升之而已矣。今去官於宿州，予不知復幾何時乃一見之也。予知升之作而任大臣之事，固有時矣。煦煦然仁而已矣，孑孑然義而已矣，非予所以望於升之也。

送孫正之序

王安石

時然而然，衆人也；已然而然，君子也。已然而然，非私己也，聖人之道在焉爾。夫君子有窮苦顛跌，不肯一失詘己以從時者，不以時勝道也。故其得志於君，則變時而之道，若反手然，彼其術素脩而志素定也。時乎楊墨，已不然者，孟軻氏而已。時乎佛老，已不然者，韓愈氏而已。如孟軻、韓愈〔二〇〕者，可謂術素脩而志素定也，不以時勝道也，惜也不得志於君，使真儒之效不白於當世，然其於衆人也卓矣。

嗚呼！予觀今之世，圓冠峩如，大裙襜如，坐而堯言，起而舜趨，不以孟、韓之心爲心者，果異衆人乎？予官於揚，得友曰孫正之，行古之道，又善爲古文，予知其能以孟、韓之心爲心而不已者也。夫越人之望燕爲絶域也，北轅而首之，苟不已，無不至。孟、韓之道，去吾黨豈若越人之望燕哉？以正之之不已而不至焉，予未之信也。一日得志於吾君，而真儒之效不白於當世，予亦未之信也。正之之兄官於温，奉其親以行，將從之，先爲言以處予，予欲默安得而默也？

唐百家詩選序

王安石

安石與宋次道同爲三司判官時，次道出其家藏唐詩〔二一〕百餘編，委余擇其佳者，次道因名曰《百家詩選》。廢日力於此，良可悔也。雖然，欲知唐詩者，觀此足矣。

故蹟遺文序

王回

傳古者莫壽於竹帛，而世以金石爲最壽者，惑於外也。彼徒見其剛堅之質，大書而顯刻之，安於屋壁山岩之中，藏覆遮護，國有官守，家有子孫，外物莫能尋其隙而傷，則以爲傳於萬世不朽矣。然而存於今者，《六經》、百氏之文，皆竹帛所載，而其被於金石，特以爲最壽者，所存無幾，往往復斷剥缺訛，非反質於竹帛所載《六經》、百氏之文，則不可得而讀。其不載於竹帛，而名迹遂因而泯没者，可勝道哉！其官守子孫，今誰國而誰家也？由此觀之，萬物未有恃其久而全者。夫金石誠壽者，而人力不足以保於其外。竹帛之壽，固不如金石，人知其不可恃也，然衆傳而廣之〔二二〕，雖復萬世，猶今日也，則金石之壽，尚何以較其短長哉？

予嘗閲古鐘鼎碑碣之文，以證諸史及它傳記，其褒頌功德，雖不可盡信，而於年月名氏山川風俗，與其一時之文采制度，有得其詳，而史傳追述，乃其概耳。惜乎曩所聞者，今已磨滅殆盡，而今所見者，後數百年不知又磨滅幾何也。故采其完可讀者，首尾編之，因次吾説爲序，號曰《故蹟遺文》。

夫古之文以竹帛傳，既壽於金石矣，而今之文以紙傳，又便於竹帛，便則傳之者益衆，而此書之壽，其可究哉？特不知後之人能不以吾説而廢否？

校勘記

〔一〕『之論』，麻沙本作『論之』。
〔二〕『使』，麻沙本作『便』。
〔三〕『世常有之』，麻沙本作『若常庸之』。
〔四〕『提持飲食器』，麻沙本作『操持飲器』。宋本《莆陽居士蔡公文集》作『若提持食飲器』。
〔五〕『儒』，六十三卷本、六十四卷本、二十七卷本作『懦』。宋本《莆陽居士蔡公文集》作『儒』。
〔六〕『任之』，麻沙本作『之任』。宋本《莆陽居士蔡公文集》作『爲之任』。
〔七〕『喜能自立』，六十三卷本、六十四卷本、二十七卷本作『喜自樹立』。宋本《莆陽居士蔡公文集》作『喜自樹立』。
〔八〕『棄之』下，六十三卷本、六十四卷本、二十七卷本有『殺之』二字。宋本《莆陽居士蔡公文集》無。
〔九〕『偏』，底本誤作『徧』，據六十三卷本、六十四卷本、二十七卷本、麻沙本改。宋本《莆陽居士蔡公文集》作『偏』。
〔一〇〕『奇』，六十三卷本、六十四卷本、二十七卷本作『可』。宋本《莆陽居士蔡公文集》作『奇』。
〔一一〕『咸陽』下，六十三卷本、六十四卷本、二十七卷本有一『縣』字。宋本《莆陽居士蔡公文集》無。
〔一二〕『遺』，底本誤作『違』，據六十三卷本、六十四卷本、二十七卷本改。
〔一三〕『憝』，六十三卷本、六十四卷本、二十七卷本作『對』。
〔一四〕本篇『蹈』字，麻沙本皆作『踏』。

〔一五〕『所害也』，麻沙本作『所害人』。

〔一六〕『水，則』，底本無，據六十三卷本、六十四卷本、二十七卷本補。

〔一七〕『内利』，底本作『利内』，據六十三卷本、六十四卷本、二十七卷本改。

〔一八〕『則敗』二字，麻沙本作『利而』。

〔一九〕『野』，六十三卷本、六十四卷本、麻沙本作『木』。宋本《温國文正公文集》作『野』。

〔二〇〕『韓愈』，底本無，據六十三卷本、六十四卷本、二十七卷本補。宋本《王文公文集》、明嘉靖刊本《臨川集》合前『孟軻』二字作『孟韓』。

〔二一〕『詩』，底本誤作『時』，據六十三卷本、六十四卷本、二十七卷本改。宋刻元明遞修本《臨川先生文集》、明嘉靖刊本《臨川集》作『詩』。

〔二二〕『衆傳而廣之』，六十四卷本空缺，六十三卷本、二十七卷本爲墨塊。明天順刊本《文章辨體》作『竹帛之壽』。

新校宋文鑑卷第八十八

校者按：底本爲刻卷，據六十三卷本、六十四卷本、二十七卷本、麻沙本刻卷校改。

序

譜例序

蘇洵

古者諸侯世國，卿大夫世家，死者有廟，生者有宗，以相次也，是以百世而不相忘。此非獨賢士大夫尊祖而貴宗，蓋其昭穆存乎其廟，遷毁之主存乎其太祖之室，其族人相與爲服，死喪嫁娶相告而不絶，則其勢將自至於不忘也。

自秦漢以來，仕者不世，然其賢人君子猶能識其先人，或至百世而不絶。無廟無宗，而祖宗不忘，宗族不散，其勢宜亡而獨存，則由有譜之力。蓋自唐衰譜牒廢絶，士大夫不講，而世人不載，於是乎由賤而貴者，恥言其先，由貧而富者，不録其祖，而譜遂大廢。

昔者洵嘗自先子之日而咨考焉，由今而上得五世，由五世而上得一世，一世之上失其次，而其本出於趙郡之蘇氏，以爲《蘇氏族譜》。他日歐陽公見而歎曰：『吾嘗爲之矣。』出而觀之，有異法焉，曰：『是不可使獨吾二人爲之，將天下舉不可無也。』洵於是又爲《大宗譜法》，以盡譜之變，而并載歐陽氏之譜，以爲《譜例》，附以歐陽公題劉氏碑後之文，以告當世之君子，蓋將有從焉者。

送石昌言舍人北使引

蘇　洵

昌言舉進士時，吾始數歲，未學也。憶與群兒戲先府君側，昌言從旁取棗栗啗我，家居相近，又以親戚故甚狎。昌言舉進士，日有名，吾後漸長，亦稍知讀書，學句讀，屬對聲律，未成而廢。昌言聞吾廢學，雖不言，察其意甚恨。後十餘年，昌言及第第四人，守官四方，不相聞。吾日以壯大，乃能感悔摧折復學。又數年，遊京師，見昌言長安，相與勞苦如平生歡，出文十數首，昌言甚喜，稱善。吾晚學無師，雖曰爲文，中心自慚，及聞昌言説，乃頗自喜。

今十餘年，又來京師，而昌言官兩制，乃爲天子出使萬里外彊悍不屈之虜，建大旆，從騎數百，送車千乘，出都門，意氣慷然。自思爲兒時，見昌言先府君旁，安知其至此？富貴不足怪，吾於昌言獨自有感也。大丈夫生不爲將，得爲使，折衝口舌之間，足矣。往年彭任從富公還，爲我言曰：既出境，宿驛亭，聞介馬數萬騎馳過，劍槊相摩，終夜有聲，從者怛然失色。及明，視道上馬迹，尚心掉不自禁。凡虜所以誇耀中國者，多此類也。中國之人不測也，故或至於震懼而失辭，以爲夷狄笑。嗚呼，何其不思之甚也！昔者奉春君使冒頓，壯士大馬，皆匿不見，是以有平城之役。今之匈奴，吾知其無能爲也。孟子曰：『説大人則藐之。』況於夷狄？請以爲贈。

蘇氏族譜引

蘇洵

《蘇氏族譜》，譜蘇氏之族也。蘇氏出於高陽，而蔓延於天下。唐神龍〔二〕初，長史味道刺眉州，卒於官，一子留於眉，眉之有蘇氏自是始。而譜不及者，親盡也。親盡則曷爲不及？譜爲親作也。凡子得書，而孫不得書者，何也？以著代也。自吾之父，以至吾之高祖，仕不仕，娶某氏，享年幾，某日卒，皆書，而他不書者，何也？詳吾之所自出也。自吾之父，以至吾之高祖，皆曰諱某，而他則遂名之，何也？尊吾之所自出也。譜爲蘇氏作，而獨吾之所自出得詳與尊，何也？譜吾作也。

嗚呼！觀吾之譜者，孝悌之心可以油然而生矣。情見於親，親見於服，服始於衰，而至於緦麻，而至於無服。無服則親盡，親盡則情盡，情盡則喜不慶，憂不弔。喜不慶，憂不弔，則塗人也。吾所與相視如塗人者，其初兄弟也。兄弟，其初一人之身也。悲夫！一人之身，分而至於塗人，吾譜之所以作也。其意曰：分至於塗人者，勢也。勢，吾無如之何也已，幸其未至於塗人也，使之無至於忽忘焉可也。嗚乎！觀吾之譜者，孝悌之心可以油然而生矣。系之以詩曰：

吾父之子，今爲吾兄。吾疾在身，兄呻不寧。數世之後，不知何人。彼死而生，不爲戚欣。兄弟之親，如足於手，其能幾何？彼不相能，彼獨何心！

仲兄郎中字序

蘇洵

洵讀《易》至《涣》之六四曰：『涣其群，元吉。』曰：嗟夫！群者，聖人之所欲涣，以混一天下者也。蓋余仲兄名涣，而字公群，則是以聖人之所欲解散滌蕩者以自命也，而可乎？他日以告，兄曰：『子可無爲我易之？』洵曰唯。既而又曰：請以『文甫』易之如何？且兄嘗見夫水之與風乎？油然而行，淵然而留，渟回汪洋，滿而上浮者，是水也，而風實起之。蓬蓬然而發乎大空，不終日而行乎四方，蕩乎其無形，飄乎其遠來，既往而不知其迹之所存者，風也，而水實形之。今夫風水之相遭乎大澤之陂也，紆餘委蛇，蜿蜒淪漣，安而相推，怒而相陵。舒而如雲，蹙而如鱗，疾而如馳，徐而如徊。揖讓旋辟，相顧而不前。其繁如縠，其亂如霧，紛紜鬱擾，百里若一。汩乎順流，至乎滄浪之濱。滂薄洶湧，號怒相軋，交横綢繆，放乎空虚。綽乎無垠，横流逆折，濆旋傾側，宛轉膠戾。回者如輪，縈者如帶，直者如燧，奔者如燄，跳者如鷺，投者如鯉。殊狀異態，而風水之極觀備矣。故曰『風行水上，涣』，此亦天下之至文也。然而此二物者，豈有求於文哉？無意乎相求，不期乎相遭，而文生焉。是其爲文也，非水之文也〔二〕，非風之文也。二物者非能爲文，而不能不爲文也，物之相使，而文出於其間也。故此天下之至文也。今夫玉，非不温然美矣，而不得以爲文。刻鏤組繡，非不文矣，而不可與論乎自然。故夫天下之無營而文生之者，惟水與風而已。昔者君子之處於世，不求有功，不得已而功成，則天下以爲賢；不求有言，不得已而言出，則天下以爲口實。嗚呼！此不可與他人道之，唯吾兄可也。

列女傳目録序

曾　鞏

劉向所叙《列女傳》凡八篇，事具《漢書》向列傳。而《隋書》及《崇文總目》皆稱向《列女傳》十五篇，曹大家注。以《頌義》考之，蓋大家所注，離其七篇爲十四，與《頌義》凡十五篇，而益以陳嬰母，及東漢已來凡十六事，非向書本然也。蓋向舊書之亡久矣。嘉祐中，集賢校理蘇頌，始以《頌義》篇次復定其書爲八篇，與十五篇者並藏於館閣。而《隋書》以《頌義》爲劉歆作，與向列傳不合。今驗《頌義》之文，蓋向之自叙。又《藝文志》有向《列女傳頌圖》，明非歆作也。自唐之亂，古書之在者少矣，而《唐志》録《列女傳》凡十六家，至大家注十五篇者亦無録。然其書今在，則古書之或有録而亡，或無録而在者亦衆矣，非可惜哉！今校讎其八篇及十五篇者已定，可繕寫。

初，漢承秦之敝，風俗已大壞矣，而成帝後宫趙、衛之屬尤自放。向以謂王政必自内始，故列古女善惡所以致興亡者，以戒天子，此向述作之大意也。其言大任之娠文王也，目不視惡色，耳不聽淫聲，口不出惡言，又以謂古之人胎教者皆如此。夫能正其視聽言動者，此大人之事，而有道者之所畏也。顧令天子之女子能之，何其盛也！以臣所聞，蓋爲之師傅保姆之助，詩書圖史之戒，珩璜琚瑀之節，威儀動作之度，其教之者有此具。然古之君子未嘗不以身化也，故《家人》之義，歸於反身；《二南》之業，本於文王，豈自外至哉！世皆知文王之所以興，能得内助，而不知其所以然者，蓋本於文王之躬化。故内則后妃有《關雎》之行，外則群臣有《二南》之美，與之相成。其推而及遠，則商辛之昏俗，《江漢》之小國，《兔罝》之野人，莫不好善而不自知，此所謂身修故國家天下治者也。

後世自問學之士，多徇於外物，而不安其守，其室家既不見可法，故競於邪侈，豈獨無相成之道哉？士之苟於自恕，顧利冒恥，而不知反己者，往往以家自累故也。故曰『身不行道，不行於妻子』。信哉！如此人者，非素處顯也，然去《二南》之風亦已遠矣，况於南鄕天下之主哉！

向之所述勸戒之意，可謂篤矣，然向號博極群書，而此傳稱《詩·芣苢》《柏舟》《大車》之類，與今序《詩》者之説尤乖異，蓋不可考。至於《式微》之一篇，又以謂二人之作。豈其所取者博，故不能無失歟？其言象計謀殺舜所以自脱者，頗合於《孟子》。然此傳或有之，而《孟子》所不道者，蓋亦不足道也。凡後世諸儒之言經傳者，故多如此，覽者采其有補而擇其是非可也。故爲之叙論，以發其端云。

戰國策目録序

曾　鞏

劉向所定《戰國策》三十三篇，《崇文總目》稱十一篇者闕。臣訪之士大夫家，始盡得其書，正其誤謬，而疑其不可考者，然後《戰國策》三十三篇復完。叙曰：

向叙此書，言周之先，明教化，修法度，所以大治。及其後，謀詐用而仁義之路塞，所以大亂。其説既美矣，卒以謂此書戰國之謀士，度時君之所能行，不得不然，則可謂惑於流俗，而不篤於自信者也。

夫孔、孟之時，去周之初已數百歲，其舊法已亡，舊俗已熄久矣。二子乃獨明先王之道，以謂不可改者，豈將彊天下之主以後世之所不可爲哉？亦將因其所遇之時，所遭之變，而爲當世之法，使不失乎先王之意而已。二帝三王之治，其變固殊，其法固異，而其爲國家天下之意，本末先後，未嘗不同也。二子之道，如是而已。蓋法者所以適變也，不必盡同；道者所以立本也，不可不一。此理之不易者也。故二子者守此，豈好爲異論哉？能勿苟而已矣。可謂不惑乎流俗而篤於自信者也。

戰國之游士則不然，不知道之可信，而樂於説之易合，其設心注意，偷爲一切之計而已。故論詐之便而諱其敗，言戰之善而蔽其患。其相率而爲之者，莫不有利焉，而不勝其害也；有得焉，而不勝其失也。卒至蘇秦、商鞅、孫臏、吴起、李斯之徒，以亡其身，而諸侯及秦用之者，亦滅其國。其爲世之大禍明矣，而俗猶莫之寤也。惟先王之道，因時適變，爲法不同，而考之無疵，用之無敝。故古之聖賢，未有以此而易彼也。

或曰：邪説之害正也，宜放而絶之，則此書之不泯，其可乎？對曰：君子之禁邪説也，固將明其説於天下，使當世之人皆知其説之〔三〕不可從，然後以禁則齊。使後世之人皆知其説之不可爲，然後以戒則明。豈必滅其籍哉？放而絶之，莫善於是。是以《孟子》之書，有爲神農之言者，有爲墨子之言者，皆著而非之。至於此書之作，則上繼《春秋》，下至楚、漢之起，二百四五十年之間，載其行事，固不得而廢也。

此書有高誘注者二十一篇，或曰三十二篇，《崇文總目》存者八篇，今存者十篇云。

陳書目録序

曾鞏

《陳書》六本紀，三十列傳，凡三十六篇，唐散騎常侍姚思廉譔。始思廉父察，梁、陳之史官也，録二代之事未就，而陳亡。隋文帝見察，甚重之，每就察訪梁、陳故事。因以所論載，每一篇成輒奏之。而文帝亦遣虞世基就察求其書，文未就而察死。察之將死，屬思廉以繼其業。唐興，武德五年，高祖以自魏以來二百餘歲，世統數更，史事放逸，乃詔論次，而思廉遂受詔爲《陳書》。久之，猶不就。貞觀三年，遂詔論譔於秘書内省，十年正月壬子，始上之。

觀察等之爲此書，歷三世，傳父子，更數十歲，而後乃成，蓋其難如此。然及其既成，與宋、魏、齊、梁等書，世亦傳之者少，故學者於其行事之迹，亦罕得而詳也。而其書亦以罕傳，則自祕府所藏，往往脱誤。嘉祐六年八月，始詔校讎，使可鏤板，行之天下。而臣等言：梁、陳等書缺，獨館閣所藏，恐不足以定著，願詔京師及州縣藏書之家，使悉上之。先皇帝爲下其事，至七年冬，稍稍始集。臣等以相校，至八年七月，《陳書》三十六篇者始校定，可傳之學者。其疑者亦不敢損益，特各疏於篇末。其書舊無目，列傳名氏多闕謬，因别爲目録一篇，使覽者得詳焉。

夫陳之爲陳，蓋偷爲一切之計，非有先王經紀禮義風俗之美，制治之法，可章示後世。然而兼權尚計，明於任使，恭儉愛人，則其始之所以興。惑於邪臣，溺於嬖妾，忘患縱欲，則其終之所以亡。興亡之端，莫非自己致者。至於有所因造，以爲號令威刑，職官州郡之制，雖其事已淺，然亦各施於一時，皆學者之所不可不考也。而當時之士，争奪詐爲〔四〕、苟得偷合之徒，尚不得不列以爲世戒。而况於壞亂之中，蒼惶之際，士之安貧樂義，取捨去就不爲患禍勢利動其心者，亦不絶於其間。若此人者，可謂篤於善矣。蓋古人之所思見而不可得，《風雨》之詩所爲作者也，安可使之泯泯，不少概見於天下哉？則陳之史，其可廢乎？

蓋此書成之既難，其後又久不顯，及宋興已百年，古文遺事，靡不畢講，而始得盛行於天下，列於學者。其傳之之難又如此，豈非遭遇固自有時也哉！

南齊書目録序

曾鞏

《南齊書》八紀，十一志，四十列傳，合五十九篇，梁蕭子顯撰。始江淹已爲《十志》，沈約又爲《齊紀》，而子顯自表武帝，別爲此書。臣等因校正其訛謬，而叙其篇目曰：

將以是非得失、興壞理亂之故而爲法戒，則必得其所言而後能傳於久，此史之所以作也。然而所言不得其人，則失其意，或亂實，或析理之不通，或設辭之不善，故雖有殊功韙德、非常之迹，將闇而不章，鬱而不發，而檮杌嵬瑣、姦回凶慝之形，可幸而掩也。嘗試論之：

古之所謂良史者，其明必足以周萬事之理，其道必足以適天下之用，其智必足以通難知之意，其文必足以發難顯之情，然後其任可得而稱也。何以知其然邪？昔者唐虞有神明之性，有微妙之德，使由之者不能知，知之者不能名，以爲治天下之本。號令之所布，法度之所設，其言至約，其體至備，以爲治天下之具。而爲二《典》者推而明之，所記者獨其迹邪？并與其深微之意而傳之。小大精粗無不盡也，本末先後無不白也，使誦其説者，如出乎其時，求其指者，如即乎其人，是可不謂明足以周萬事之理，道足以適天下之用，智足以通難知之意，文足以發難顯之情者乎？則方是之時，豈特任政者皆天下之士哉，蓋執簡操筆而隨者，亦皆聖人之徒也。

兩漢以來，爲史者去之遠矣。司馬遷從五帝三王既没數千載之後，秦火之餘，因散絶殘脱之經，以及傳記百家之説，區區掇拾，以集著其善惡之迹，興廢之端，又創己意以爲本紀、世家、八書、列傳之文，斯亦可謂奇矣。然而敝害天下之聖法，是非顛倒，而采摭謬亂者，亦豈少哉？是豈可不謂明不足以周萬事之理，道不足以適天下之用，智不足以通難知之意，文不足以發難顯之情者乎？夫自三代以後，爲史者如遷之文，亦不可不謂儁偉拔出之材，非常之士也，然顧以謂不足以發難顯之情者，何哉？蓋聖賢之高致，遷固有不能達其情而見之於後者矣，故不得而與之也。遷之得失如此，況其他邪？至於宋、齊、梁、陳、後魏、後周之書，蓋無以議爲也。

子顯之於斯文，喜自馳騁，其更改破析，刻彫藻繢之變尤多，而其文益下，豈夫材固不可以彊而有邪？數世之史既然，故其辭迹曖昧，雖有隨世以就功名之君，相與合謀之臣，未有赫然得其傾動天下之耳目，播天下之口者也。而一時偷奪傾危、悖理反義之人，亦幸而不暴著於世，豈非所託不得其人故邪？可不惜哉！

蓋史者所以明夫治天下之道也，故爲之者亦必天下之材，然後其任可得而稱也。豈可忽哉！豈可忽哉！

范貫之奏議集序

曾　鞏

尚書户部郎中直龍圖閣范公貫之之奏議凡若干篇，其子世京集爲十卷，而屬余序之。

蓋自至和以後十餘年間，公常以言事任職，自天子大臣至於群下，自掖庭至於四方幽隱，一有得失善惡關於政理，公無不極意反復，爲上力言。或矯拂嗜欲，或切劘計慮，或辨别忠佞而處其進退。章有一再，或至於十餘上，事有陰争獨陳，或悉引諫官御史合議肆言。仁宗常虚心采納，爲之變命令，更廢舉，近或立從，遠或越月踰時，或至於其後，卒皆聽用。蓋當是時，仁宗在位歲久，熟於人事之情僞與群臣之能否，方以仁厚清静，休養元元，至於是非與奪，則一歸之公議而不自用也。其所引拔以言爲職者如公，皆一時之選，而公與同時之士，亦皆樂得其言，不曲從苟止。故天下之情，因得畢聞於上，而事之害理者，常不果行，至於奇衺恣睢，有爲之者，亦輒敗悔。故當此之時，常委事七八大臣，而朝政無大闕失，群臣奉法遵職，海内乂安。夫因人而不自用者，天也。仁宗之所以其仁如天，至於享國四十餘年，能承太平之業者，繇是而已。後世得公之遺文而論其世，見其上下之際相成如此，必將低徊感慕，有不可及之歎，然後知其時之難得，則公言之不没，豈獨見其志？所以明先帝之盛德於無窮也。

公爲人温良慈恕，其從政寬易愛人，及在朝廷，危言正色，人有所不能及也。凡同時與公有言責者，後多至大官，而公獨早卒。公諱師道，其世次州里、歷官行事，今有資政殿學士趙公抃撰〔五〕公之墓銘云。

相國寺維摩院聽琴序

曾鞏

古者學士之於六藝，射，能弧矢之事矣，又當善其揖讓之節；御，能車馬之事矣，又當善其驅馳之節；書，非能肆筆而已，又當辨其體而皆通〔六〕其意；數，非能布策而已，又當知其用而各盡其法；而五禮之威儀，至於三千；六樂之節文，可謂微且多矣。噫！煩且勞如是，然古之學者必能此，亦可謂難矣。然習其射御以禮，習其干戈於樂，則少於學，長於朝，其於武備固修矣。其於家有塾，於黨有庠，於鄉有序，於國有學，於教有師，於視聽言動有其容，於衣冠飲食有其度。几杖有銘，盤杅有戒，在輿有和鸞之聲，行步有佩玉之音，燕處有《雅》《頌》之樂，而非其故，琴瑟未嘗去於前也。盡〔七〕其出入進退，俯仰左右，接於耳目，動於四體，達於其心者，所以養之至如此其詳且密也。雖然，此尚爲有待於外者爾。若夫三材萬物之理，性命之際，力學以求之，深思以索之，使知其要，識其微，而齋戒以守之，以盡其材，成其德，至合於天地而後已者，又當得之於心，夫豈非難哉？噫！古之學者，其役之於內外，持其心，養其性者至於如此，此君子所以愛日，而自彊不息以求至乎極也。然其習之有素，閑之有具如此，則求其放心，伐其邪氣，而成文武之材，就道德之實者，可謂易矣。

孔子曰：『興於《詩》，立於《禮》，成於《樂》。』蓋樂者，所以感人之心而使之化，故曰成於《樂》。昔舜命夔典樂，教胄子，曰：『直而温，寬而栗，剛而無虐，簡而無傲。』則樂者，非獨去邪，又所以救其性之偏而納之中也。故和鸞佩玉，《雅》《頌》琴瑟之音，非其故不去於前，豈虛也哉？今學士大夫之於持其心，養其性，凡有待於外者，皆不能具，得之於內者，又亦皆略，其事可謂簡且易矣。然所以求其放心，伐其邪氣，而成文武之材，就道德之實者，豈不難哉？此予所以懼不至於君子而入於小人也。

夫有待於外者，余既力不足，而於琴竊有志焉久矣，然患其莫余授也。治平三年夏，得洪君於京師，始合同舍之士，聽其琴於相國寺之維摩院。洪君之於琴，非特能其音，又能其意者也，予將就學焉。故道予之所慕於古者，庶乎其有以自發也。同舍之士，丁寶臣元珍、鄭穆閎中、孫覺莘老、林希子中，而予曾鞏子固也。洪君名規，字方叔，以文學吏事稱於世云。

校勘記

〔一〕『神龍』，底本誤作『神堯』，據六十三卷本、六十四卷本、麻沙本改。《四部叢刊》景宋鈔本《嘉祐集》作『神龍』。

〔二〕『非水之文也』，底本無，據麻沙本補。《四部叢刊》景宋鈔本《嘉祐集》有此五字。

〔三〕『皆知其説之』，底本無，據六十三卷本、六十四卷本、二十七卷本、麻沙本補。元本《元豐類稿》有此五字。

〔四〕『爲』，麻沙本作『僞』。元本《元豐類稿》作『僞』。

〔五〕『撰』，六十三卷本、六十四卷本、二十七卷本作『爲』。元本《元豐類稿》作『爲』。

〔六〕『皆通』，麻沙本作『明』。元本《元豐類稿》作『皆通』。

〔七〕『盡』，六十三卷本、六十四卷本、二十七卷本作『蓋』。元本《元豐類稿》作『蓋』。

新校宋文鑑卷第八十九

校者按：底本爲刻卷，據六十三卷本、六十四卷本、二十七卷本、麻沙本刻卷校改。

序

送周屯田序

曾鞏

士大夫仕登朝廷，年七十，上書去其位，天子官其一子而聽之，亦可謂榮矣，然而有若不釋然者。余爲之言曰：

古之士大夫倦而歸者，安居几杖，膳羞被服，百物之珍好自若。天子養以燕饗飲食鄉射之禮，自比子弟，袒鞲鞠膳以薦其物，諮其辭説，不於庠序，則於朝廷。時節之賜與，縉紳之禮於其家者，不以朝，則以夕。上之聽其休，爲不敢勤以事；下之自老，爲無爲以尊榮也。今一日辭事還其廬，徒御散矣，賓客去矣，百物之順其欲者不足，人之群嬉屬好之交不與。約居而獨游，散棄乎山墟林莽、陋巷窮閭之間。如此，其於長者薄也，亦曷能使其不欲然於心邪？雖然，不及乎尊事，可以委蛇其身而益閑；不享乎珍好，可以窒煩除薄而益安；不去乎深山長谷，豈不足以易其庠序之位？不居其榮，豈有患乎其辱哉？然則古之所以殷勤奉老者，皆世之任事者所自爲，於士之倦而歸者，顧爲煩且勞也。今之置古事者，顧有司爲少耳；士之老於其家者，獨得其自肆也。然則何爲動其意邪？

余爲之言者，尚書屯田員外郎周君中復。周君與先人俱天聖二年進士，與余舊且好也。既爲之辨其不釋然者，又欲其有以處而樂也。讀余言者，可無異周君而病今之失矣。

送江任序

曾　鞏

均之爲吏，或中州之人，用於荒邊側境、山區海聚之間，蠻夷異域之處。或燕、荆、越、蜀，海外萬里之人，用於中州。以至四遐之鄉，相易而往。其山行水涉，沙莽之馳，往往則風霜冰雪瘴霧之毒之所侵加，蛟龍虺蜴之群之所抵觸，衝波急洑、隤崖落石之所覆壓。其進也，莫不籝糧舉藥，選舟易馬，刀兵曹伍而後動，戒朝奔夜，變更寒暑而後至。至則宫廬器械、被服飲食之具，土風氣候之宜，與夫人民謡俗語言習尚之務，其變難遵，而其情難得也，則多愁居惕處而思歸。及其久也，所習已安，所蔽已解，則歲月有期，可引而去矣。故不得專一精思修治，以宣布天子及下之仁，而爲後世可守之法也。

或九州之人，各用於其土，不在西封在東境。士不必勤，舟車輿馬不必力，而已傳其邑都，坐其堂奥。道塗所次，升降之倦，凌冒之虞，無有接於其形，動於其慮。至則耳目口鼻百體之所養，如不出乎其家。父兄六親，故舊之人，朝夕相見，如不出乎其里。山川之形，土田市井，風謡習俗辭説之變，利害得失善惡之條貫，非其童子之所聞，則其少長之所遊覽，非其自得，則其鄉之先生老者之所告也。所居已安，所有事之宜，皆以習熟。如此，能專慮致勞營職事，以宣上恩而修百姓之急，其施爲先後，不待旁諮久察，而與奪損益之幾已斷於胸中矣。豈累夫孤客遠寓之憂，而以苟且決事哉？

臨川江君任，爲洪之豐城。此兩縣者，牛羊之牧相交，樹木果蔬五穀之壟相入也。所謂九州之人各用於其土者，孰近於此？既已得其所處之樂，而猒聞飫聽其人民之事，而江君又有聰明敏給之材，潔廉之行，以行其政，吾知其不去圖議論之適，賓客之好，而所爲有餘矣。蓋縣之治，民自得於大山深谷之中，而州以無爲於上，吾將見江西之幕府，無南嚮而慮者矣。於其行，遂書以送之。

送趙宏序

曾 鞏

荆民與蠻合爲寇，潭旁數州被其害。天子、宰相以潭重鎮，守臣不勝任，爲改用人，又不勝，復改之。守至，上書乞益兵，詔與撫兵三百，殿直天水趙君希道實護以往。希道雅與接，間過予，道潭之事。予曰：潭山川甲兵如何，食幾何，賊衆寡强弱如何，予不能知。能知書之載，若潭事多矣。或合數道之兵以數萬，絶山谷而進，其勢非不衆且健也，然而卒殲焉者多矣。或單車獨行，然而以克者相踵焉。顧其義信如何耳。致吾義信，雖單車獨行寇，可以爲無事，龔遂、張綱、祝良之類是也。義信不足以致之，雖合數道之兵以數萬，卒殲焉，適重寇耳，況致平耶？陽旻、裴行立之類是也。則兵不能致平，致平者在太守身也明矣。前之守者果能此，天子、宰相烏用易之？必易之，爲前之守者不能故也。今往者復曰乞益兵，何其與書之云者異邪？

予憂潭民之重困也，寇之益張也。往時潭吏與旁近郡斬力勝賊者、暴骸者、戮降者有之。今之往者，將特不爲是而已耶？抑猶不免乎爲是也。天子、宰相任之之意，其然耶？潭守近侍臣使撫覘潭者，郎吏、御史、博士相望，爲我諗其賢者曰：今之言古書，往往曰迂，然書之事乃已試者也。師已試而施諸治，與時人之自用，孰謂得失耶？愚言儻可以平潭之患，今雖細然大中、咸通之間，南方之憂常劇矣，夫豈階於大哉？爲近臣、郎吏、御史、博士者，獨得而不思也？希道固喜事者，因其行，遂次第其語以送之。

李氏退居類藁序

李泰伯

李泰伯以舉茂才罷歸。其明年慶曆癸未秋，因科所著文，自冠迄兹十五年，得草藁二百三十三首，將恐亡散，姑以類辨爲十二卷寫之。間或應用而爲，未能盡無愧，閔其力之勞，輒不棄去。至於天淫刻飾，尤無用者，雖傳在人口，皆所弗取。噫！天將壽我乎？所爲固未足也。

不然，斯十二卷，庶可藉乎見古人矣，故自序云。

鳬繹先生詩集序

蘇　軾

孔子曰：『吾猶及史之闕文也。有馬者，借人乘之。今亡矣夫！』史之不闕文，與馬之不借人也，豈有損益於世也哉？然且識之，以爲世之君子長者，日以遠矣，後生不復見其流風遺俗，是以日趨於智巧便佞而莫之止。是二者，雖不足以損益，而君子長者之澤在焉，則孔子識之，而况其足以損益於世者乎？

昔吾先君適京師，與卿士大夫遊，歸以語軾曰：『自今以往，文章其日工，而道將散矣。士慕遠而忽近，貴華而賤實，吾已見其兆矣。』以魯人鳬繹先生之詩文十餘篇示軾曰：『小子識之！後數十年，天下無復爲斯文者也。』先生之詩文皆有爲而作，精悍確苦，言必中當世之過，鑿鑿乎如五穀必可以療饑，斷斷乎如藥石必可以伐病。其遊談以爲高，枝詞以爲觀美者，先生無一言焉。其後二十餘年，先君既没，而其言存。

士之爲文者，莫不超然出於形器之表，微言高論，既已鄙陋漢唐，而其反復論難，正言不諱，如先生之文者，世莫之貴矣。軾是以悲於孔子之言，而懷先君之遺訓，益求先生之文，而得之於其子復，乃録而藏之。先生諱太初，字醇之，姓顔氏，先師兖公四十七世孫云。

田表聖奏議序

蘇　軾

故諫議大夫，贈司徒田公表聖奏議十篇。嗚呼！田公，古之遺直也，其盡言不諱，蓋自敵己以下受之有不能堪者，而况於人主乎？吾是以知二宗之聖也。自太平興國以來，至於咸平，可謂天下大治，千載一時矣。而田公之言，常若有不測之憂，近在朝夕者，何哉？古之君子，必憂治世而危明主。明主有絶人之資，而治世無可畏之防。夫有絶人之資，必輕其臣；無可畏之防，必易其民，此君子之所甚懼也。方漢文時，刑措不用，兵革不試，而賈誼之言曰：『天下有可長太息者，有可流涕者，有可痛哭者。』後世不以是少漢文，亦不以是甚賈誼。由此觀之，君子之遇治世而事明主，法當如是也。誼雖不遇，而其所言略已施行，不幸早世，功烈不著於時。然誼嘗建言，使諸侯王子孫各以次受分地，文帝未及用，歷孝景至武帝，而主父偃舉行之，漢室以安。今公之言，十未用五六，安知來世不有若偃者舉而行之歟？願廣其書於世，必有與公合者，此亦忠臣孝子之志也。

錢塘勤上人詩集序

蘇　軾

昔翟公罷廷尉，賓客無一人至者，其後復用，賓客欲往，翟公大書其門曰：『一死一生，乃知交情。一貧一富，乃知交態。一貴一賤，交情乃見。』世以爲口實，然余嘗薄其爲人，以爲客則陋矣，而公之所以待客者，獨不爲小哉？

故太子太師歐陽公，好士爲天下第一，士有一言中於道，不遠千里而求之，甚於士之求公，以故盡致天下豪俊。自庸衆人以顯於世者固多矣，然士之負公者亦時有，蓋嘗慨然太息，以人之難知，爲好士者之戒。意公之於士，自是少倦，而其退老於潁水之上，余往見之，則猶論士之賢者，唯恐其不聞於世也。至於負者，則曰：是罪在我，非其過。翟公之客負公於死生貴賤之間，而公之士叛公於瞬息俄頃之際，翟公罪客，而公罪己，與士益厚，賢於古人遠矣。

公不喜佛老，其徒有治《詩》《書》，學仁義之説者，必引而進之。佛者惠勤，從公遊三十餘年，公常稱之爲聰明才智有學問者，尤長於詩。公薨於汝陰，余哭之於其室，其後見之，語及於公，未嘗不涕泣也。勤固無求於世，而公又非有德於勤者，其所以涕泣不忘，豈爲利也哉？余然後益知勤之賢，使其得列於士大夫之間，而從事於功名，其不負公也審矣。

熙寧七年，余自錢塘將赴高密，勤出其詩若干篇，求余文以傳於世。余以爲詩非待文而傳者也，若其爲人之大略，則非斯文莫之傳也。

六一居士集序

蘇　軾

夫言有大而非夸，達者信之，衆人疑焉。孔子曰：『天之將喪斯文也，後死者不得與於斯文也。』孟子曰：禹抑洪水，孔子作《春秋》，而予〔一〕距楊墨。蓋以是配禹也。文章之得喪，何與於天？而禹之功與天地並，孔子、孟子以空言配之，不已夸乎？自《春秋》作，而亂臣賊子懼；孟子之言行，而楊墨之道廢，天下以爲是固然，而不知其功。孟子既没，有申、商、韓非之學，違道而趍利，殘民以厚主，其説至陋也，而士以是罔其上，上之人僥倖一切之功，靡然從之。而世無大人先生如孔子、孟子者，推其本末，權其禍福之輕重，以救其惑，故其學遂行。秦以是喪，天下陵夷，至於勝、廣、劉、項之禍，死者十八九，天下蕭然，洪水之患，蓋不至此也。方秦之未得志也，使復有一孟子，則申、韓爲空言。作於其心，害於其事；作於其事，害於其政者，必不至若是烈也。使楊墨得志於天下，其禍豈減於申、韓哉？由此言之，雖以孟子配禹可也。

太史公曰：『蓋公言黄、老，賈誼、晁錯明申、韓。』錯不足道也，而誼亦爲之，余以是知邪説之移人，雖豪傑之士有不免者，况衆人乎？自漢以來，道術不出於孔氏，而亂天下者多矣。晋以老、莊亡，梁以佛亡，莫或正之。五百餘年，而後得韓愈。學者以愈配孟子，蓋庶幾焉。愈之後二百餘年，而後得歐陽子。其學推韓愈、孟子，以達於孔氏，著禮樂仁義之實，以合於大道。其言簡而明，信而通，引物連類，折之於至理以服人心，故天下翕然師尊之。自歐陽子之存，世之不説者譁而攻之，能折困其身，而不能屈其言。士無賢不肖，不謀而同曰：歐陽子，今之韓愈也。

宋興七十餘年，民不知兵，富而教之，至天聖、景祐極矣。而斯文終有愧於古，士亦因陋守舊，論卑而氣弱。自歐陽子出，天下争自濯磨，以通經學古爲高，以救時行道爲賢，以犯顔納説爲忠，長育成就，至嘉祐末，號稱多士，歐陽子之功爲多。嗚呼！此豈人力也哉？非天其孰能使之？歐陽子没十餘年，士始爲新學，以佛、老之似，亂周、孔之實，識者憂之。賴天子明聖，詔修取士法，風厲學者，專治孔氏，黜異端，然後風俗一變，考論師友淵源所自，復知誦習歐陽子之書。

予得其詩文七百六十六篇於其子棐，乃次而論之曰：歐陽子論大道似韓愈，論事似陸贄，記事似司馬遷，詩賦似李白。此非余言也，天下之言也。歐陽子諱脩，字永叔，既老，自謂六一居士云。

華戎魯衛信録總序

蘇　頌

元豐四年八月，奉詔編類北界國信文字。臣切惟念，國家奄宅〔二〕四海，方制萬區，九夷八蠻，罔不率俾，蠢兹獯〔三〕獫，早已面内。章聖皇帝，因其喪師請和，許通信好，歲時問遺，寖以訓備。陛下欽若成憲，羈縻要荒，乃命儒臣，討論故事，將欲垂於方册，副在有司，其所以慮遠防微，紆意及此者，皆以偃兵息民故也。顧臣愚陋，不足以奉承明詔，黽勉期月，粗見綱領，詮次類例，皆稟聖謨。

前詔斷自通好以來，以迄乎今，將明作書之繇，故以《叙事》冠於篇首。厥初講和，始於繼忠書奏虜主乞盟之請，賜以俞旨，由是行成，故次之以《書詔》。既許其通好，乃有載書以著信，故次之以《誓書》。昔之和戎，則有金絮采繒之賂，我朝歲致銀絹，以資其費，故次之以《歲幣》。恩意既通，又有好貨以將之，故次之以《國信》。信好不可單往，必有言詞以文之，故次之以《國書》。異國之情，非行人莫達，故次之以《奉使》。奉使之别，則有接送館伴，所經城邑郵亭次舍，山川有險易，道塗有回遠，若非形於績事，則方嚮莫得而辨也，故作《驛程地圖》。前後遣使〔四〕名氏非一，職秩不同，南北群臣交相禮接，年月次序散而不齊，既爲信書，不可無紀，故作《名銜年表》。夫如是，而使事盡矣。

通好肇於戎人，我從而聽之，凡問遺之事，皆列北信北書於前，朝廷所遺〔五〕乃報禮也，故載之於後，所以著其所從來也。凡使者之至，在道則有郵館宣勞之儀，入朝則有見辭宴賜之式，禮意疏數，並有節文，故次之以《儀式》，又次之以《賜予》。虜待王人亦有常矩，無敢違越，故以持禮過北界，及北界分物係於後。使者宜通賓主之歡，而贄見之禮不可闕也，故次之以《交馳》。問勞往返，詔宣書劄，體範存焉，故次〔六〕之以《詔録》，又次之以《書儀》。信幣則有齎操之勤，導從則有輿隸之衆，霑賚所及，無不均通，故次之以《例物》。使者至都，上恩顧卹，靡所不至，或貿易貨財，或須索供饋，或丐求珍異，許予多矣，故次之以《市易》，而《供須》《求丐》附焉。南北將命，往還約束，細大之務，動循前比，故次之以《條例》。凡此皆常使也。

誕辰歲節，致禮而已，至若事干大體，則有專使以導之，故次之以《泛使》。疆埸之虞，帥守當任其責，則接境司州，得以公牒往復，故次之《文移》。事非司州所能予奪，至待命官及疆吏對議者，代州移徙〔七〕巡鋪界壕是也，故次之以《河東地界》。疆界既辨，則邊圉不可不謹，故次之以《邊防》。其别又有州郡壁壘之繕完，砦鋪塘濼之限斷，載於《輿地》，所以示守備之嚴也。

凡爲此書，本於通好遼人，則彼之種族自出，不可不知。遼本契丹也，故次之以《契丹世系》。虜與中國言語不通，飲食不同，逐草隨畜，射獵爲生，難以禮義治也，朝廷所以能固結而柔服之，蓋知其愛好之實也，故次之以《國俗》。耶律氏僭儗中華，有年數矣，爵號官稱，往往竊名，故次之以《官屬》。而宗戚、俸禄，三者相須並見於一〔八〕。夷狄之俗，恃險與馬，由古然矣，故次之以《關口道路》，又次之以《番軍馬》。遼之爲國，幅員不過三千餘里，而並建都府，兼置州縣，軺車所過，宜詳其處，故次之以《州縣》。彼裔夷也，并有奚、渤故土，外接大荒之境，其可見者，宜兼著之，所以示天聲之逮遠也，故終於《番夷雜録》，而《經制》《方略》《論議》《奏疏》附焉。

臣切觀前世制禦戎狄之道，載籍所紀，不過厚利和親以約結之，用武克伐以驅除之，或卑辭厚禮以誘其衷，或入朝質子以制其命。漢、唐之事，若可信也，然約結一解，則陵暴隨之。彼豈不得其術邪？蓋恃一時之安，而不圖經久之利故也。淵謀碩畫，何代無之？至於我朝，乃得上策。年歷七紀，而保塞無患，歲來信幣，而致禮益恭。行旅交通，邊城晏閉，黎民土著，至老死而不知兵革。自書契以來，戢兵保定，未有如今日之全勝者也。

聖上方恢天下之度，以威懷遠人，猶慮有司慢令取侮，遂案圖籍，揭爲令典，使之循守，無得而踰。後雖有忿鷙悍黠之虜，欲啓事端，繩以章條，彼當自屈。若然，舉遼朔之衆，唯上之令，則是書之作，可謂規橅宏遠，而德施無窮矣。然以今日承平之勢，當彼百年既往之運，狃我涵煦，侈心漸萌，侈極而微，形兆兹見，藁街質館，行可致其俘入矣。今姑撮其大要，概副聖辰〔九〕經遠之慮，揔二百卷，卷有冗併，則釐爲上中下，謹條事目，具於左方。

章公甫字序

章望之

古之人有聖智者出，然後制器濟用，以爲天下利，而洪荒之風革矣。前聖作之，後聖因之，以至於多且備。宫室棟宇，養生之大物也。丘墓宗廟，奉死之大歸也。城郭溝池，守國之大防也。車輅，所以行陸也；舟梁，所以行水也：險阻由是而通。耒耜鎡錤，筐筥杵臼，所以資農作也；薄槌以時蠶，機杼以成絲，絲麻布帛，所以資女功也：衣食由是而有。鈇鉞干戈，介胄矛戟，所以衛兵人也；常旂旟旐，所以表師帥也；鼓鼙鐃鐲，所以警進退也：姦暴由是而戢。罔罟畢翳，所以給畋漁也，災害由是而除。衣裳韠舄，所以周身也；冕弁巾冠，所以飾首也；天子之鎮圭，諸侯之五瑞，所以班國也；佩玉於身，觸以衝牙，組綬咸異，所以節行也：貴賤由是而衰。喪期有數，喪制有別。齊斬苴枲，以杖屨輔其隆，以日月致其殺，所以厚人道也，孝思由是而篤。珪璧琮璜，凡用玉者，所以禮神修好也，誠慤由是而交。鼎鼐錡釜，所以致烹飪也；俎豆簠簋，所以旅飲食也；爵勺尊彝，所以斟酒醴也：賓祭由是而供。金石絲竹，匏土革木，舞以干戚羽旄，象其君德，所以諧音樂也，和樂由是而合。莞簟几杖，所以佚四體也，尊少由是而分。射侯既抗，正鵠既設，弓矢以中，所以習射也，禮容由是而考。節符印璽，所以孚遠近也，命令由是而質。府庫之藏，鍵閉筦籥以固之，所以謹出納也，詐僞由是而察。

五行之産，五材之用，或文也，或素也，或有象也，或無象也，或貴其聲也，或貴其色也，或貴其物也，或貴其德也，視其所施而已。大小有宜，上下有稱，於以尊尊而親親，老老而賓賓，敬鬼神而利民事，國家制度，於是乎始。罔淫爲異器，以啓奇邪，是以作而可法，用而可觀。惟度量權衡，齊衆之器也，多寡天下物，誠信天下之民。本之同律，參之度數，以適規矩方圓，以定準繩平直，法於王府，同於四海之内。凡出於人力者，莫不得所。以程百器，以役百工，是以先王務審之。

今吾族子者，衡其名矣，子平其字矣，甞得進士第，冠多士於天子之廷，是尊儒之重選也。六朞而拜四官，籍在外朝，職在書府，出守大邦，世人猶以爲淹。相見於江之南，固請於予曰：『爲我推衡平之義，而易字焉。』予不得其辭，而告之曰：『衡平，而物得輕重；物得輕重，而民得其情，天下之公所由出也。字曰公甫，可乎？』公甫曰：『衡也，不得叔父之言爲不自安。今朋友以謂衡也者，將告之曰：是吾叔父之言也。』

鄭野甫字序

章望之

鳥獸與人雜生於世。鳥獸之形，有頭足毛羽之異。吾人者，因其形之一類，槩以其物稱之。人之形同，莫可辨者。古之人以名名人，出其父祖之命，以爲識别。後之人因名配字，以義類相符，非謂有勸沮之殊，欲令人人行其名字也。故有因義以配物，有因物以配義。有因名之文，損益藏顯，而字乃反之。有因名之物，遂以其實配之。是以因義以配物，如耕之於伯牛，如由之於子路。因物以配義，如赤之於子華，師之於子張。字反名，如商之於子夏，偃之於子游。物配實，如長之於子長，予之於宰我，是其意也。今之人不究本初，以意起事，或謂：此名也，宜充之以是道；彼字也，可行之於終身。雖失古人之心，猶未離乎告人以善也。然而以名字自守，於吾道之門固已狹矣。

鄭子名叔熊，其友字以正夫。子不安其説也，命予爲言其理以易之。夫子學於古人，聞深而見博，又以行誼自潛，不待正夫之字然後勸也。請字之曰野甫，以附於因物以配義者。如曰：不已質哉？爲賦《白駒》之卒章曰：『生芻一束，其人如玉。』『其人如玉』云者，謂其來非外也。

校勘記

〔一〕『予』，麻沙本作『孟子』。宋本《經進東坡文集事略》作『孟子』。
〔二〕『宅』，麻沙本作『字』。
〔三〕『獯』，底本作『種』，據六十三卷本、六十四卷本、二十七卷本改。
〔四〕『使』，麻沙本作『到』。
〔五〕『遺』，麻沙本作『遺』。
〔六〕『次』，底本作『受』，據六十三卷本、六十四卷本、二十七卷本改。
〔七〕『徙』，底本誤作『徒』，據六十三卷本、六十四卷本、二十七卷本改。
〔八〕『一』，底本無，據六十三卷本、六十四卷本、二十七卷本補。
〔九〕『辰』，六十三卷本、六十四卷本、二十七卷本作『神』。

新校宋文鑑卷第九十

校者按：底本爲刻卷，據六十三卷本、六十四卷本、二十七卷本（存第六至十四頁）、麻沙本刻卷校改。

序

後周書序

王安國

《周書》本紀八，列傳四十二，合五十篇，唐令狐德棻請撰次，而詔德棻與陳叔達、庾儉成之。仁宗時出太清樓本，合史館祕閣本，又募天下獻書，而取夏竦、李巽家本下館閣，是正其文字。今既鏤板以傳學官，而臣等始預其是正，又序其目録一篇，曰：

周之六帝，當四海分裂之時，形勢刧束，毅然有志合天下於一，而材足以有爲者，特文帝而已。文帝召蘇綽於稠人之中，始知之未盡也，卧與之言，既當其意，遂起，并晝夜咨諏酬酢，知其果可以斷安危治亂之謀，而詘己以聽之。考於書，唯府兵之設，斂千歲已散之民而係之於兵，庶幾得三代之遺意，能不駭人視聽以就其事，而效見於後世。文帝嘗患文章浮薄，使綽爲《大誥》以勸，而卒能變一時士大夫之制作。然則勢在人上而欲鼓舞其下者，奚患不成？雖然，非文帝之智内有以得於己，而蘇綽之守外不詘於人，則未可必其能然也。以彼君臣之相遭，非以先王之道，而猶且懇懇以誘之言〔一〕，又況無所待之豪傑，可易以畜哉？

夫以德力行仁，所以爲王霸之異，而至於詘己任人，則未始不同。然而君能畜臣者，天下之至難。《傳》曰：『取人以身，修身以道，修道以仁。』蓋道極於不可知之神，而人有其質，推之爲天下國家之用者，以其粗爾。然非致其精於己，則其粗亦不能以爲人，惟能自愛其身，則内不欺其心，外不蔽於物，然後好惡無所作，而尚何有己哉？能無己，始可以得己，而足以揆天下之理，知人之言，而邪正無以廋其實，尚何患乎論之不一哉？於是賢能任使之盡其方，而吾所省者以天下之耳目，而小人不能託忠以誣君子。又從而爲之勸禁，則小人忿欲之心已黜於冥冥之際，君子樂以其類進，而摩厲其俗，凛然有恥。君臣相與謀於上，因敝以新法度，而令馳騖於下者，有忠信之守，而無傅會遷就之患，則法度有拂於民而下不以情赴上者乎？蓋虛然後能受天下之實，約然後能操天下之煩，垂纓攝衽，俯仰廟堂〔二〕，無爲以應萬幾者，致其思而已矣。

夫思之爲王者事，君臣一也，勢則異焉。世獨頌堯、舜之無爲，而安知夫人主自宜無爲，而思則不可一日已也。《書》曰：『思曰睿。』揚雄曰：『於道則勞。』其不然歟？蓋夫法〔三〕善矣，非以道作其人，則不能爲之守。而民之多寡，物之豐殺，法度有視時而革者，必待人而後謀，則是可不致其思乎？苟未能此，而徒欲法度之革者，是豈先王爲治之序哉？彼區區之周，何足以議此〔四〕，徒取其能因一時君臣之致好，猶足以見其效，又況慨然行先王之道，而得大有爲之勢乎？是固不宜無論也。

良方序

沈括

予嘗論治病有五難：辨疾，治疾，飲藥，處方，别藥。此五也，今之視疾者，唯候氣口、六脉而已。古之人視疾，必察其聲音、顔色、舉動、膚理、情性、嗜好，問其所爲，考其所行，已得其太半，而又徧診人迎、氣口、十二動脉。疾發於五臟，則五色爲之應，五聲爲之變，五味爲之偏，十二脉爲之動。求之如此其詳，然而猶懼失之，此辨疾之難一也。

今之治疾者，以一二藥，書其服餌之節，授之而已。古之治疾者，先知陰陽運曆之變故，山林川澤之竅發。而又視其老少、肥瘠、貴賤、居養、性術、好惡、憂喜、勞逸，順其所宜，違其所不宜，或藥或火，或刺或砭，或風或液，矯易其故常，捭摩其性理，搏而索之，投機順變，間不容髮。而又調其衣服，理其飲食，異其居處，因其情變，或治以天，或治以人。五運六氣，冬寒夏暑，暘雨電雹，鬼靈厭蠱，甘苦寒暑之節，從先勝復之用，此天理也。盛衰彊弱，五臟異稟，飲食異好，循其所同，察其所偏，不以此一形彼不一，不以一人例比衆人，此人事也。言不能傳之於書，亦不喻之於口，其精過於承蜩，其察甚於刻棘。目不捨色，耳不失聲，手不釋脉，猶懼其差也，授藥遂去，而希其十全，不其難哉？此治疾之難二也。

古之飲藥者，煮煉有節，飲啜有宜。藥有可以久煮，有不可以久煮者，有宜熾火，有宜溫火者，此煮煉之節也。宜溫宜寒，或緩或速，或乘飲食喜怒而飲食喜怒爲用者，有違飲食喜怒而飲食喜怒爲敵者，此飲啜之宜也。而水泉有美惡，操藥之人有勤惰，如此而責藥之不效者，非藥之罪也。此服藥之難三也。

藥之單用爲易知，複用爲難知。世之處方者以一藥爲不足，又以衆藥益之，殊不知藥之有相使者，有相反者，有相合而性易者。方書雖有使佐畏惡之性，而古人所未言，人情所不測者，庸可盡哉？如酒之於人，飲之踰石而不亂者，有濡咳則顛眩者；漆之於人，有終日搏漉而無害者，有觸之則瘡爛者。焉知他藥之於人無似之〔五〕者？此稟賦之異也。南人食猪魚以生，北人食猪魚以病，此風氣之異也。水銀得硫黄而赤如丹，得礬石而白如雪。人之欲酸者無過於醋矣，以醋爲未足，又益之以棖，二酸相濟，宜甚酸而反甘。巴豆善利也，以巴豆之利爲未足，而又益之以大黄，則其利反折。蟹與柹，嘗食之而無害也，二物相遇，不旋踵而嘔。此色爲易見，味爲易知，嘔利爲大變，故人人知之。至於相合而之他藏，致他疾者，庸可易知邪？如乳石之忌參术，觸者多死。至於五石散，則皆用參术，此古人處方之妙，而世人或未諭也。此處方之難四也。

醫，誠藝也；方，誠善也。用之中節也，而藥或非良，其奈何哉？橘過江而爲枳，麥得濕而爲蛾；雞踰嶺而黑，鸜鵒〔六〕踰嶺而白；月虧而蚌蛤消，露下而蚊喙斥。此形氣之易知者也，性豈獨不然乎？予觀越人藝茶畦稻，一溝一壠之異，遠不能數步，則色味頓殊。况藥之所生，秦、越、燕、楚之相遠，而又有山澤、膏瘠、燥濕之異禀，豈能物物盡其所宜？又《素問》説：陽明在天，則花實戕氣；少陽在泉，則金石失理。如此之論，采掇者固未甞恤也，抑又取之有早晚，藏之有良苦，風雨燥濕，動有槁暴。今之處藥，或有惡火者，必日之而後咀，然安知采藏之家不甞烘焙哉？又不能必。此辨藥之難五也。

此五者，大槩而已，其微至於言不能宣，其詳至於書不能載，豈庸庸之人而可以易言醫哉？予治方最久，有方之良者，輒異疏之。世之爲方者，稱其治效，甞喜過實，《千金》《肘後》之類，尤多溢言，使人不復敢信。予所謂良方者，必目睹其驗，始著於篇，聞不預也。然人之疾，如向所謂五難者，方豈能必良哉？一覩其驗，即謂之良，殆不異乎刻舟以求遺劍者！予所以注著其狀於方尾，疾有相似者，庶幾偶值云耳。篇無次序，隨得隨注以與人，拯道貴速，故不暇〔七〕久伏待完也。

縣法序

吕惠卿

天下之民事皆領於縣，則奉朝廷之法令，而使辭訟簡，刑獄平，會計當，賦役均，給納時，水旱有備，盜賊不作，衣食滋殖，風俗敦厚，必自縣始。然古之宦學皆有師法，雖工官猶莫不然，况於爲數萬户之縣，而當古一國之任，獨可以無法乎？

惠卿之有意於此也久矣，兹者出守大名，當薦饑之後，民卒流亡，盜賊多有，隨宜應務，粗亦竭愚，復召畿内之知佐，問其所以施設之方，而監司部吏之歷縣道、老民事者，皆諮訪焉。既盡其所長矣，於是又附以平日之所嘗講聞試用者，爲法令、詞訟、刑獄、簿曆、造簿、給納、災傷、勸課、教化，凡十門，目曰《縣法》。以趣時便事，宜與敕令合而易曉，故不敢甚高而文，以其意與所學於先王者不異也，故時及焉。而其事多河北之風俗，則以行之部内而已。然愷悌君子，有志乎民者，亦所不愛也。

易傳序

程頤

易，變易也，隨時變易以從道也。其爲書也，廣大悉備，將以順性命之理，通幽明之故，盡事物之情，而示開物成務之道也。聖人之憂患後世可謂至矣。去古雖遠，遺經尚存，然而前儒失意以傳言，後學誦言而忘味，自秦而下蓋無傳矣。予生千餘載之後，悼斯文之湮晦，將俾後人沿胡本作泝。流而求源，此《傳》所以作也。

《易》有聖人之道四焉，以言者尚其辭，以動者尚其變，以制器者尚其象，以卜筮者尚其占。吉凶消長之理，進退存亡之道，備於辭，推辭考卦，可以知變，象與占在其中矣。君子居則觀其象而玩其辭，動則觀其變而玩其占。得於辭不達其意者有矣，未有不得於辭而能通其意者也。至微者理也，至著者象也，體用一源，顯微無間。觀會通以行其典禮，則辭無所不備。故善學者求言必自近，易於近者，非知言者也。予所傳者辭也，由辭以得意，則在乎人焉。

春秋傳序

程　頤

天之生民，必有出類之才起而君長之，治之而争奪息，導之而生養遂，教之而倫理明，然後人道立，天道成，地道平。二帝而上，聖賢世出，隨時有作，順乎風氣之宜，不先天以開〔八〕人，各因時而立政。暨乎三王迭興，三重既備，子丑寅之建正，忠質文之更尚，人道備矣，天運周矣。聖王既不復作，有天下者，雖欲倣古之跡，亦私意妄爲而已。事之謬，秦至以建亥爲正；道之悖，漢專以智力持世，豈復知先王之道也？

夫子當周之末，以聖人不復作也，順天應時之治不復有也，於是作《春秋》，爲百王不易之大法，所謂『考諸三王而不謬，建諸天地而不悖，質諸鬼神而無疑，百世以俟聖人而不惑』者也。先儒之傳曰：『游、夏不能贊一辭。』辭不待贊也，言不能與於斯耳。斯道也，惟顔子嘗聞之矣，『行夏之時，乘殷之輅，服周之冕，樂則《韶》舞』，此其準的也。後世以史視《春秋》，謂褒善貶惡而已，至於經世之大法，則不知也。《春秋》大義數十，其義雖大，炳如日星，乃易見也。惟其微辭隱義，時措從宜者，爲難知也。或抑或縱，或與或奪，或進或退，或微或顯，而得乎義理之安，文質之中，寬猛之宜，是非之公，乃制事之權衡，揆道之模範也。

夫觀百物而後識化工之神，聚衆材而後知作室之用，於一事一義，而欲窺聖人之用，非上智不能也。故學《春秋》者，必優游涵泳，默識心通，然後能造其微也。後王知《春秋》之義，則雖德非禹、湯，尚可以法三代之治。自秦而下，其學不傳，予悼夫聖人之志不明於後世也，故作傳以明之，俾後人通其文而求其義，得其意而法其用，則三代可復也。是傳也，雖未能極聖人之蘊奧，庶幾學者得其門而入矣。

群居治五經序

龔鼎臣

夫《五經》，道之源也，人非專力探究，雖百歲亦無至焉。今之士人，以世所謂明經者，第習讀其言應貢舉，比及得爵禄政事，卒不諭經義。故以傳誦爲己羞，喜近功，輕遠度，率常抉剔其詞，引爲章句，自謂通經。及語以道德仁義，皆若聾之於聲，瞽之於色，其不能聞且見者如是，予常病焉。

會鄴郡陳子堅、河南侯孝傑俱以儒名，相與擇士之秀者，得孫、高二生，各取一經以治之。由是一室之中，講誦正醇〔九〕，仁義之言，馥如椒蘭，天人之理，邃如江海，時發辨論，鏗然其聲。既而樹程式，凡十日，互求傳注所未至者，以質問焉。有不通者，罰金以恥之，庶乎鮮或暇逸，而造乎極焉。然孔子謂『誦《詩》三百，授之以政，不達；使於四方，不能專對。雖多，亦奚以爲』者，誠爲顓愚者發爾。善爲學者，能誦且達於政，而敏於對，其於聖人之言爲不乖謬矣。用是著其始，且以勉於終云。

送焦千之序

劉　攽

攽嘗論鄉舉里選之法，難全行於今。自三代之盛，諸侯列國與郡縣不同，及事久遠不傳，且置不言。夫東西漢之時，賢士長者未嘗不仕郡縣也。自曹掾、書史、馭吏、亭長、門幹、街卒、游徼、嗇夫，盡儒生學士爲之，才試於事，情見於物，則賢不肖較然。故遭事不惑，則知其智；犯難不避，則知其節；臨財不私，則知其廉；應對不疑，則知其辯。如此，故察舉易，而賢公卿大夫自此出矣。今時士與吏徒異物，吏徒治文書，給厮役，戇愚無智，貪〔一〇〕詬無節，乘間窺隙，詭法求貨，笞傌僇辱，安以爲己物，故無可以興善者。而儒生學士之居於鄉里，不過閉門養高，其外則游學四方，以崇名譽，然後可以出群過人矣。而欲法前世，一使郡縣議其行實而察舉之，固難矣。

前年天子祫祭宗廟，施慶天下，閔太平之時，賢士有遺逸而不仕者，因詔州郡推擇，上名於朝。閒一歲，處士之應詔而至十三人，果多游學成名者。天子皆以禮接之，館於太學，而使有司策問以經術之要，當世之宜，而爵命之，皆得顯名美仕焉。凡十三人，吾所素識者，焦君伯彊。焦君伯彊介直好學，數應進士舉，至禮部輒罷去，時人皆歎惜之，謂之遺逸，不亦宜乎？夫州郡推擇之公也，有司考試之明也，方將爲國得賢，必且精心審慮，拔士於千萬，豈其崇虛徇名，苟得舉逸民之稱而已？則夫十二人者，吾雖未盡識之，殆皆焦君之倫無疑。於是焉使之從政治，譬猶發敖倉以賙貧乏，決江河以灌下隰，沛然其有餘矣。然吾聞焦君之名在第三，而他郡有辭禮命而不至者。夫焦君之才既盡美矣，况復有過其一二者乎？彼辭禮命不至者，又其故何哉？彼以迎之致敬之禮未盡其數歟？抑彼皆伊尹、太公之儔，至三聘而後幡然改，立爲太師然後載而與之歸乎？天下之大，未可誣也。吾甚慕之，故於焦君之行，樂道之焉。

送趙希道序

潘興嗣

予少時，以爲天下功名，惟慷慨魁壘之士能奮力以取之。睥睨而舉目，優游而就步，則以爲不若人矣。既而孰視天下之士，顛仆寒餓之際，老死林谷之間，未必盡非才，而世之出於功名者，或異是焉，猶中疑而未決也。則取史氏所載，上下數千載，泛濫而博求之，然後知功名立者，或偶於一時，不必皆奇男子，又有幸不幸也。反而思之，則縮縮然不得其所欲，因取文王、周公、孔子之書，顛倒散漫，以觀乎消息盈虚之際，則豁然若有所得。嗟乎！始予之狂，猶騰瀾怒濤，横流逆奔，吞嗜百川，久之勢旋氣定，平入於海，雖蛟魚百怪，出没洶涌，而不知所以汩乎其中。

蓋予與希道别十有三年，予之鋭氣銷鑠頓挫〔一二〕如此。而希道平時尤喜功名，廓落敢言，今乃爲小官，奔走數千里外，宜其憒憒不得於心。乃俛首低氣，視甑石焉不啻若千金之重，豈其所徇者輕，而無異於吾之説邪？　如無異於吾説，則篤吾以自信，如是功名之來也有餘，其去也無不足，迺所謂幸不幸者，豁然於胷中矣。　希道其勉之！

南豐集序

王　震

南豐先生以文章名天下久矣。　異時齒髪壯，志氣鋭，其文章之慓鷙奔放，雄渾瓌偉，若三軍之朝氣，猛獸之抉怒，江湖之波濤，煙雲之姿狀，一何奇也！　方是時，先生自負，要似劉向，不知以韓愈爲何如爾。　中間久外徙，世頗謂偃蹇不偶〔一二〕，一時後生輩鋒出，先生泊如也。　晚還朝廷，天下望用其學，而屬新官制，遂掌書命。　於是更置百官，舊舍人無在者，已試即入院，方除目填委，占紙肆書，初若不經意，午漏盡，授草院吏，上馬去。　凡除郎御史數十人，所以本法意，原職守，而爲之訓敕者，人人不同，咸有新趣，而衍裕雅重，自成一家。　余時爲尚書郎，掌待制吏部，一日得盡觀，始知先生之學，雖老不衰，而大手筆自有人也。　嗚呼！　先生用未極其學已矣，要之名與天壤相弊〔一三〕，不可誣也。　客有得其新舊所著而裒録之者，余因書其篇首云。

校勘記

〔一一〕「誘之言」，六十三卷本、六十四卷本、麻沙本作「誇言之」。

〔二〕『廟堂』，六十三卷本、六十四卷本作『明堂』，麻沙本作『堂廟』。
〔三〕『法』下，六十三卷本、六十四卷本有一『度』字。
〔四〕『此』，麻沙本無。
〔五〕『似之』下，麻沙本有一『異』字。
〔六〕『鸜鵒』，六十三卷本、六十四卷本作『鸜鴝』。
〔七〕『暇』，麻沙本作『假』。
〔八〕『開』，麻沙本作『治』。
〔九〕『講誦正醇』，麻沙本作『講正誦醇』。
〔一〇〕『貪』，六十三卷本、六十四卷本、二十七卷本作『臾』。
〔一一〕『頓挫』，麻沙本作『頓拙』。
〔一二〕『偶』，麻沙本作『遇』。
〔一三〕『弊』，麻沙本作『懸』。

新校宋文鑑卷第九十一

校者按：底本爲刻卷，據六十三卷本、六十四卷本、二十七卷本、麻沙本刻卷校改。

序

正蒙序

范育

子張子校書崇文，未伸其志，退而寓於太白之陰，横渠之陽，潛心天地，參聖學之源。七年而道益明，德益尊，著《正蒙書》數萬言，而未出也，間因問答之言，或窺其一二。熙寧丁巳歲，天子召以爲禮官，至京師，予始受其書而質問焉。其年秋，夫子復西歸，殁於驪山之下。門人遂出其書，傳者浸廣，至其疑義，獨無從取正，十有三年於兹矣，痛乎微言之將絶也。友人蘇子季明，離其書爲十七篇，以示予。昔者夫子之書蓋未嘗離也，故有枯株晬盤之説。然斯言也，豈待好之者充且擇歟？特夫子之所居也。今也離而爲書，以推明夫子之道，質萬世之傳，予無加損焉爾。惟夫子之爲此書也，有《六經》之所未載，聖人之所不言，或者疑其蓋不必道，若『清虚一大』之語，適將取訾於末學，予則異焉。

自孔、孟没，學絶道喪，千有餘年，處士横議，異端間作，若浮屠、老子之書，天下共傳，與《六經》並行。而其徒侈其説，以爲大道精微之理，儒家之所不能談，必取吾書爲正。世之儒者亦自許曰：吾之《六經》未嘗語也，孔、孟未嘗及也。從而信其書，宗其道，天下靡然同風，無敢置疑於其間，况能奮一朝之辯，而與之較是非曲直乎哉？子張子獨以命世之宏才，曠古之絶識，參之以博聞强記之學，質之以稽天窮地之思，與堯、舜、孔、孟合德乎數千載之間，閔乎道之不明，斯人之迷且病，天下之理泯然其將滅也，故爲此言，與浮屠、老子辯，夫豈好異乎哉？蓋不得已也。浮屠以心爲法，以空爲真，故《正蒙》闢之以天理之大，又曰：『知虚空即氣，則有無隱顯，神化性命，通一無二。』老子以無爲爲道，故《正蒙》闢之曰：『不有兩，則無一。』至於談死生之際，曰：『輪轉不息，能脱是者，則無生滅。』或曰久生不死，故《正蒙》闢之曰：『太虚不能無氣，氣不能不聚而爲萬物，萬物不能不散而爲太虚。』夫爲是言者，豈得已哉？使二氏者真得至道之要，不二之理，則吾何爲紛紛然與之辯哉？其爲辯者，正欲排邪説，歸至理，使萬世不惑而已。使彼二氏者，天下信之，出於孔子之前，則《六經》之言有不道者乎？孟子常勤勤闢楊朱、墨翟矣，若浮屠、老子之言，聞乎孟子之耳，焉有不闢之者乎？故予曰：《正蒙》之言，不得已而云也。

嗚呼！道一而已，亘萬世，窮天地，理有易乎是哉？語上極乎高明，語下涉乎形器，語大至於無間，語小入於無朕。一有窒而不通，則於理爲妄。故《正蒙》之言，高者抑之，卑者舉之，虚者實之，礙者通之，衆者一之，合者散之，要之立乎大中至正之矩。天之所以運，地之所以載，日月之所以明，鬼神之所以幽，風雲之所以變，江河之所以流，物理以辨，人倫以正。造端者微，成能者著。知德者崇，就業者廣，本末上下，貫乎一道。過乎此者，淫遁之狂言也；不及乎此者，邪詖之卑説也。推而放諸有形而准，推而放諸無形而准，推而放諸至動而准，推而放諸至静而准。無不包矣，無不盡矣，無大可過矣，無細可遺矣。言若是乎其極〔二〕矣，道若是乎其至矣，聖人復起，無有間乎斯文矣。

元祐丁卯歲，予居太夫人憂，蘇子又以其書屬余爲之叙。泣血受書，三年不能爲一辭，今也去喪而不死，尚可不爲夫子言乎？雖然，爝火之微，培塿之塵，惡乎助太陽之光，而益太山之高乎？蓋有不得默乎云爾，則亦不得默乎云爾。門人范育謹序。

仁皇訓典序

范祖禹

臣竊以語聖人之德，必以甚盛者爲稱；觀先王之治，必以所多者爲尚。堯以仁，舜以孝，禹以功，文王以文，皆其甚盛者也。夏之政忠，商之政質，周之政文，皆其所多者也。三代以後，其德不極，其治不純，然而亦必有盛多者焉。漢孝文之恭儉，唐太宗之功烈，考之三王，抑其次也。

惟我有宋，受天眷命，太祖無心於有天下，而神器歸之。至仁如天，神武不殺，終捨其子，以授大聖，堯、舜傳賢，不是過也。太宗繼文，海内爲一。真宗守成，治致太平。至於仁宗，當勝殘去殺之運，制禮作樂之會，光有天下，四十二年，宋興以來，享國最久。修身於一堂之上，而置天下於太山之安；端拱於法宫之中，而躋一世於仁壽之域。舟車所通，日月所照，無思不服，威靈在天，既三十年。仁深澤厚，淪浹海寓，流風未息，故老猶存。窮山窟穴之氓，言之則流涕；被髮左衽之俗，聞之則稽首。用能光大累聖無前之烈，恢建後嗣無窮之基。

昔周公作《無逸》，本之太王、王季，以及文王，追配三宗。四人迪哲，多稱文王之德，以勸成王，取其可以爲法者也。漢自高祖，至於肅宗，非無賢君，而漢世之治，獨稱孝文。唐自高祖，至於宣宗，亦非無令主，而唐世之治，獨稱太宗。皆取其子孫可守，以爲成憲也。洪惟本朝祖宗，以聖繼聖，其治尚仁，而仁宗得其粹焉。古者史爲書以勸戒人君，唐史官吴兢作《貞觀政要》，仁宗時命史臣編《三朝寶訓》，神宗時亦論次兩朝之事。陛下又命臣以神宗之訓，上繼五朝，以備邇英進讀，日陳於前。考〔二〕自三代以來，未有六聖相承，其德克類者也。

恭惟仁宗，言爲謨訓，動爲典則，實守成之規矩，致治之準繩。臣謹録天禧以來，訖於嘉祐，五十年之事，凡三百十有七篇，爲六卷，名其書曰《仁皇訓典》，以助睿覽，庶有萬一之補焉。元祐八年正月日，臣祖禹昧死謹上。

熙寧太常祠祭摠要序

楊　傑

國朝歲祀天地、五方帝、神州、宗廟、大明、夜明、太社、太稷、太一、九宫、臘蜡爲大祀，文宣、武成、風師、雨師、先農、先蠶、五龍爲中祀，壽星、靈星、中霤、馬祭、司寒、司中、司命、司民、司録爲小祀。凡太常典禮樂，少府共服器，光禄共酒齋、黍稷、果實、醯醢，將作共明水、明火，太府共香幣，太僕共牛羊，司農共豕俎。有司應命，人或爲之騷然。

熙寧四年冬，詔以諸寺監祠事隸於太常，所以肅奉神之禮也。太常初置主簿，傑首被命，至局之日，寺監群吏，各執故習，惘然不知祭祀〔三〕之聯事。傑廼集諸司所職，爲《旁通圖》一卷，以示之。於是上知其綱，下知其目，大事從其長，小事則專達，郊廟群祀，焕然易明。有司百執，各揚其職，職事相聯，罔不修舉。命曰《熙寧太常祠祭摠要》云。

仁宗御書後序

陳師道

人皆有所好，其上勝之，其次任之，其下蘊崇之也。惟至人無好，有所好者，同於人也。神文聖武皇帝，其好之，與人同；其勝之，與人異。同以爲德，異以爲法。邇聲色而欲不勝禮，寶珠玉而利不勝義，時遊田而逸不勝度，故其在位四十餘年，而四方百物無所損益。顧好飛白書，明窗淨几，時一爲之，以侈其好。於是將相宗戚，家有藏焉。臣不知書，不能頌其美，而竊有所歎也。凡藝，不滯古則徇今。滯古則舍己而就規矩，徇今則略法而逐世好，故其弊君臣争名，而禍亂從之。臣竊窺觀，皇帝會法而忘世，會理而忘法，故工拙偏正，不足論也。所謂有其道而進於技者，王者之於藝蓋如此。

彭城王氏，世爲貴將，故其家有傳焉。其從孫萬壽主簿臣有基，以皇帝所書六大字以示臣，臣蓋望而知之也。臣不知書，然望而知之者，臣以理得之也。臣惟皇帝却天下之好，而留神翰墨，乃帝者之懿德，來世之偉聞，而臣實懼焉。臣聞故老言，當斯之時，二府百吏，内宗外姻，下逮近習，莫不好書。夫士大夫阿主之好而爲書，未害於政，而臣懼小人因書以進也，故君子於其所好，又有慎焉。臣惟皇帝之知此，故世無其傳，而臣之愚不得不懼也。

茶經序

陳師道

陸羽《茶經》，家傳一卷，畢氏、王氏書三卷，張氏書四卷，内外書十有一卷，其文繁簡不同。王、畢氏書繁雜，意其舊文。張氏書簡明，與家書合，而多脱誤。家書近古，可考正，自[四]『七之事』，其下亡。乃合三書以成之，録爲二篇，藏於家。

夫茶之著書自羽始，其用於世亦自羽始，羽誠有功於茶者也。上自宫省，下迨邑里，外及戎夷蠻狄，賓祀燕享，預陳於前，山澤以成市，商賈以起家，又有功於人者也，可謂智矣。《經》曰：『茶之否臧，存之口訣。』則書之所載，猶其粗也。夫茶之爲藝，下矣，至其精微，書有不盡，况天下之至理，而欲求之文字紙墨之間，其有得乎？

昔者先王因人而教，同欲而治，凡有益於人者，皆不廢也。世人之説曰：先王詩書道德而已，此乃世外執方之論，枯槁自守之行，不可群天下而居也。史稱羽持具飲李季卿，季卿不爲賓主，又著論以毁之。夫蓺者，君子有之，德成而後及，所以同於民也。不務本而趨末，故業成而下也。學者謹之！

中庸後解序

吕大臨

《中庸》之書，學者所以進德之要，本末具備矣。既以淺陋之學爲諸君道之，抑又有所以告諸君者。古者憲老而不乞言，憲者儀刑其德而已，無所事於問也。其次則有問有答，問答之間，然猶不憤則不啓，不悱則不發。又其次有講有聽，講者不待問也，聽者不至問也。學至於有講有聽，則師益勤而道益輕，學者之功益不進矣。又其次有〔五〕講而未必聽。有講而未必聽，則無講可也。然朝廷建學設官，職事有不得已者，此不肖今日爲諸君强言之也。諸君果有聽乎？無聽乎？

孔子曰：『古之學者爲己，今之學者爲人。』爲己者必存乎德行而無意於功名，爲人者必存乎功名而未及乎德行。若後世學者，有未及乎爲人，而濟其私欲者多矣。今學聖人之道，而先以私欲害之，則語之而不入，道之而不行，如是則教者亦何望哉？聖人立教以示後世，未嘗使學者如是也。朝廷建官設科以取天下之士，亦未嘗使學者如是也，學者亦何心舍此而趨彼哉？

聖人之學，不使人過，不使人不及。喜怒哀樂未發之前，以爲之本，使學者擇善而固執之，其學固有序矣。學者蓋亦用心於此乎，則義禮〔六〕必明，德行必修，師友必稱，鄉黨必譽。仰而上古，可以不負聖人之傳付；達於當今，可以不負朝廷之教養。世之有道君子，樂得而親之；王公大人，樂聞而取之。與夫自輕其身，涉獵無本，徼幸一旦之利者，果何如哉？諸君有意乎今日之講，猶有望焉。無意，則不肖今日自爲譊譊無益，不幾乎侮聖言者乎？諸君其亦念之哉！

進策序

秦觀

臣聞，春則倉庚鳴，夏則螻蟈鳴，秋則寒蟬鳴，冬則雉鳴。此數物者，微眇矣，然其候未至，則寂寞而無聞，既至，則日夜鳴而不已。何則？陰陽之所鼓動，四時之所感發，氣變於外，則情迫於中，雖欲不鳴，不可得也。淮海小臣，不聞廟堂之議〔七〕，帷幄之謀，獨耳剽目采，頗知當世利病之所以然者。嘗欲輸肝膽，效情素，上書於北闕之下，則又念身非諫官，職非御史，出位犯分，重煩有司之誅，隱忍逡巡而不敢發。幸陛下發德音，下明詔，大臣任舉賢良方正能直言極諫之士，將修祖宗故事，而親策於廷。嗚呼！此亦愚臣效鳴之秋也。輒忘踈賤，條其意之所欲〔八〕言者，爲三十篇以獻，惟陛下財擇焉。其目曰：

以意寓言，以言寓文，示變化之所終始，使天下曉然知之，作《國論》。瑟不鳴，二十五絃各以其聲應；轂不運，三十輻各以其力旋。默則治語，静則制動，作《主術》。急不極則緩不生，緩不極則急不成，一債〔九〕一起，如環無端，作《治勢》二篇〔一〇〕。以地〔一一〕爲險，山川是資；以兵爲險，不厭通達，作《安都》。自信者不避嫌，自許者不求合，倚而容之，績乃可底，作《任臣》二篇。衆賢聚於本朝，姦人之所不利，巧爲詆誣，以幻群聽，作《朋黨》二篇。鳥有鳳，魚有鯤，超絶之材，宜見闊略，作《人材》。楊、墨塞路，孟氏所攘；申、商崛興，莫或汝遏，作《法律》二篇。得與失爲鄰，利與害同門，非至精莫之能分，作《論議》二篇。爵禄者，所以礪世磨鈍，科條品目，其可不悉？作《官制》二篇。善治水者，以四海爲壑；善治財者，以天地爲資。國之大計，於是乎在，作《財用》二篇。料敵之虚實，若别牛馬；應變之倉卒，如數一二。非有道之士，不能作將帥，以寡覆衆，來如風雨，去如絶絃，作《奇兵》。美言可以市，三寸之舌勝百萬之師，作《辨士》。機會之來，間不容髪，匪龜匪鏡，其能勿失？作《謀主》。心不治則神擾，氣不養則精喪，治心養氣，其〔一二〕術自得，作《兵法》。愚民弄兵，依阻山谷，銷亡不時，或爲大釁，作《盗賊》三篇。党項微種，盗我靈武，逾八十年，天誅不迄，作《邊防》三篇。東西爲緯，南北爲經，織〔一三〕者執綜而文成，其詳在彼，其畧在此，作《序》篇。

揚州集序

秦　觀

《揚州集》者，大夫鮮于公領州事之二年，始命教授馬君希孟，采諸家之集而次之，又搜訪於境内簡編碑板亡缺之餘，凡得古律詩洎箴賦，合二百二篇，勒爲三卷，號《揚州集》云。

按《禹貢》曰：『淮海惟揚州。彭蠡既豬』，『三江既入，震澤底定』。而《周禮·職方氏》亦稱『東南曰揚州，其山鎮曰會稽，其澤藪曰具區，江曰三江，浸曰五湖。』則三代以前，所謂揚州者，西北據〔一四〕淮，東南距海，江湖之間盡其地。自漢已來，既置刺史於是，稱揚州者，往往指其刺史所治而已。蓋西漢刺史無常治，東漢治歷陽，或徙壽春，又徙曲阿。魏亦治壽春，或徙合肥。吴治建業。西晋、後魏、後周皆因魏。東晋、宋、齊、梁、陳皆因吴。惟宋嘗以建業爲王畿，而東揚州爲揚州。東揚州者，會稽也。隋以後皆治廣陵。繇是言之，凡稱揚州者，東漢指歷陽，或壽春，或曲阿。中原自魏至周，指壽春，或合肥。江左自吴至陳，指建業，或會稽。隋、唐、五代乃指廣陵。廣陵在二漢時，嘗爲吴國、江都國、廣陵郡，宋爲南兖州，北齊爲東廣州，後周爲吴州，唐初亦爲邗州。其爲揚州，自隋始也。繇是言之，凡稱吴國、江都、廣陵、南兖、東廣、吴州、邗州者，皆今之揚州也。

此集之作，自魏文帝詩已下，在當時雖非揚州，而實今之廣陵者，皆取之。其非廣陵，而當時爲揚州者，皆不復取。至揚子雲《箴》本約《禹貢》爲辭，則廣陵自在其中，固不得而不録也。

既成，公又屬觀推表廢興遷徙之跡，而究其端，使夫覽之者有攷焉。

集瑞圖序

秦觀

熙寧九年，燕國邵舜文與諸弟持其先君之喪於宜興。數月，有雙瓜生於後圃。後二年，又生紫芝三，雙桃、雙蓮各一，凡六物。於是鄉之耆老聞而歎曰：邵氏其興乎！何其瑞之多也。舜文因集六物者而圖之，號《集瑞圖》云。

余謂萬物皆天地之委和，而瑞物者又至和之所委也。至和之氣，磅礴氤氲而不已，則必發見於天地之間。其精者蓋已爲盛德，爲尊行，爲豪傑之材。其浮沉而下上者，則又爲景星慶〔一五〕雲，甘露時雨，醴泉芝草，連理之木，同穎之禾。而棲翔遊息乎其中者，則又爲鳳凰、麒麟、神馬、靈龜之屬。曄乎光景色象之異也，藹乎華實臭味之殊也，卓乎形聲文章之無與及也，於是世〔一六〕指以爲瑞焉。繇是言之，世之所謂瑞者，乃盛德、尊行、魁奇之才所鍾和氣之餘者耳。

邵氏之祖考，既以潛德隱行見推鄉閭，至舜文、彦瞻、端仁，又以文學收科第，弟兄相繼，有聞於時，而諸子森然皆列於英俊之域，則是至和之氣，鍾於其家久矣，宜其餘者發爲草木之瑞也。昔楊寶得王母使者白環四枚，而寶生震，震生秉，秉生賜，賜生彪，凡四世爲三公。以往推今，即邵氏六物之瑞，豈徒生而已，夫蓋有應之者矣！

送李端叔赴定州序

張　耒

耒爲兒童，從先人於山陽學官，始見端叔爲諸生，耒雖未有知，意已相親。後幾二十年，端叔罷官四明，道楚，耒又獲見。耒時已孤，端叔弔我，悲懷如骨肉。後凡再遇於京師，今其再也。然端叔每別數年一見，其論議益奇，名譽益高，今朝廷士大夫相與稱説天下士，屈指不一二，必曰吾端叔也。

元祐八年，蘇先生守定武，士願從行者半朝廷，然皆不敢有請於先生，而蘇先生一日言於朝，請以端叔佐幕府。蘇先生之位未能進退天下士，故用子如此，然其意可知也。耒，蘇公門人之下列也，其親慕端叔不足恠。庚午，耒臥病城南，門無犬雞，晝臥愔愔，端叔嘗夜過我，以燭視我面目，見病有間，喜動詞色，訪覔醫藥，以至無恙。我之道藝無取，名譽不振，端叔獨拳拳如此，何也？然端叔與余外家通譜，於我舅行也，豈其出於此？非耶？八年十月過我，告以將北，求余言爲贈行。余在交遊中，已號爲多言，其敢有愛於子？

爲今中國患者，西北二虜也，狙伺我久矣。西小而輕，故爲變易，北大而重，故爲變遲。小者疥癬，大者癰疽也。自北方罷兵，中國直信而不問，君臣不以掛於口而慮於心者數十年矣。吾知其故，誠知驕虜之不能棄吾之重幣也。有司如故事，歲時發幣，車馬出門，而北顧無事矣。凡爲是説者，謂非虜情則不可。然人度量相遠，未可以十百計也。世固有得一金而喜者，何必金帛數十萬？ 亦有得國於人而不厭者，數十萬金帛未足賴也。往趙元昊未反時，中國不爲備禦，猶今日之信北也。一旦不遜，中國震動，視其治軍立國，驕逆悍驁，豈特河隴間一羌酋也？吾安能復以羈縻其父祖者制畜之哉？ 且雄傑之才，未嘗絶於世，不在中國，必在夷狄。高皇帝以氣吞中原之雄，而冒頓張於匈奴，高帝終無以困之。魏滅蜀，晋滅吴，大敵已盡，而苻、石鶩於中國。祖宗芟夷僭亂，天下聽順，無復偃蹇。而久之元昊叛於羌，自是以來，又數十年矣。未聞今北邊要郡，有城隍不修，器械苦惡，屯戍單寡，然跬步强敵而人不懼者，誠信之也。梟鴟不鳴，要非祥也；豺狼不噬，要非仁也。見其不鳴，謂之孔鸞；見其不噬，待以犬馬。吁！亦過矣。

定武，虜衝也，其容有悔乎？ 耒頃在洛陽，與劉几者語邊事。几，老將也，謂余曰：『比見詔書，禁邊吏夜飲。此曹一旦有急，將使輸其肝腦，而平日禁其爲樂，爲今役者，不亦難乎？』夫椎牛釃酒，豐犒而休養之，非欲以醉飽爲德，所以增士氣也。耒聞定武異時從軍吏士，豐樂豪盛，而今燕豆疏惡，終日受饗，腹猶枵然，官吏貧寠，有愁苦無聊之心。且朝廷既委所當費而不愛矣，將軍重兵，臨方面，天子屬以何事，而與持籌小吏日夜計口腹之贏，此何爲者也？真能遂不費一錢，纔得幾何哉？

子從辟以佐帥軍事，與有責矣。挾端叔之學問詞章而從蘇先生，如決大川而放之海，是則余無以賛子矣。

校勘記

〔一〕『極』，麻沙本作『至』。
〔二〕『考』，六十三卷本、六十四卷本、二十七卷本作『粤』。
〔三〕『祀』，底本作『事』，據六十三卷本、六十四卷本、二十七卷本改。宋本《無爲集》作『祀』。
〔四〕『自』，底本誤作『月』，據六十三卷本、六十四卷本、二十七卷本改。宋本《後山居士文集》作『自』。
〔五〕『有』，底本無，據六十三卷本、六十四卷本、二十七卷本補。
〔六〕『禮』，六十三卷本、六十四卷本、二十七卷本作『理』。
〔七〕『議』，麻沙本作『識』。
〔八〕『欲』，底本無，據六十三卷本、六十四卷本、二十七卷本補。
〔九〕『債』，底本作『憒』，據六十三卷本、六十四卷本、二十七卷本、麻沙本改。
〔一〇〕『二篇』，麻沙本無。
〔一一〕『地』，麻沙本作『治』。
〔一二〕『其』，六十三卷本、六十四卷本、二十七卷本作『四』。
〔一三〕『織』，麻沙本作『識』。
〔一四〕『據』，底本、麻沙本作『劇』，蓋通假。六十三卷本、六十四卷本、二十七卷本作『極』。
〔一五〕『慶』，六十三卷本、六十四卷本、二十七卷本作『卿』。
〔一六〕『世』，底本無，據六十三卷本、六十四卷本、二十七卷本補。